Al sangue versato che non secca mai

Questo romanzo racconta una storia vera. Su diversi episodi esistono più versioni e molteplici ipotesi; di volta in volta ho scelto quella che consideravo più verosimile e convincente: di questo lavoro do conto nella nota bibliografica che accompagna ogni singolo capitolo, in fondo al volume.
Quando con l'immaginazione ho connesso fatti, colmato vuoti, ricostruito dialoghi, ipotizzato brevi scene o dato corpo a emozioni e pensieri, l'ho fatto in modo mai arbitrario ma basandomi sempre su testimonianze storiografiche o su indizi concreti. In qualche occasione ho adattato la scansione temporale degli eventi alle esigenze narrative, in modo da rendere più lineare una vicenda vasta, complessa, spesso intricata. Queste pagine sono un retablo costruito grazie alla strumentazione letteraria che il romanzo concede; ogni scena inquadra il dramma di un Paese intero, in cui la verità è talmente contorta da superare la fantasia più ardita.
Ogni personaggio a cui si fa riferimento è realmente esistito, ogni fatto è realmente accaduto. Tutto questo è stato. *r.s.*

1.
FUOCO

Corleone, 1943

Un boato scuote il terreno. Poi, soltanto sassi. Sassi, brandelli e ossa rotte.

Sembrava che ormai fosse acqua passata, che il diavolo avesse riposto il suo possente tamburo, che i fischi, gli scoppi e gli sconquassi della guerra avessero abbandonato la strada del cielo. Che almeno dall'alto non piovesse più metallo. Con il procedere dell'estate anche i bombardamenti sono finiti. E allora cos'è stato? Perché i crocifissi ora pendono storti dai loro chiodi fissati alle pareti?

In via Rua del Piano è successo l'inferno. La casa di Giovanni e della sua famiglia non esiste più. Qualcuno sta imbambolato davanti alle macerie e alle fiamme, lanciando lo sguardo oltre la nube di polvere grigia.

Tra le macerie c'è solo il giovane Salvatore, è ancora vivo. Anche Gaetano, suo fratello, è vivo. Si contorce per terra, coperto di sangue. Gli altri maschi della famiglia sono morti.

L'inferno, finora, sembrava lontano da Corleone. Qui si lavora, si prega e si mette su famiglia.

È così quieto, il sonno di queste campagne, che i forestieri, quando ci capitano per un motivo o per un altro, calpestano piano il terreno con la paura che si svegli d'un tratto, che le zolle si smuovano e che dai recessi, mentre sui campi soffia un'aria calda e melensa, un ghigno di scherno tuoni sopra le loro teste: *Credevate davvero, poveri scemi, che questa terra dormisse?*

Da queste parti la terra si sveglia molto prima del sole. Comincia a respirare mentre è ancora buio. Inizia a stiracchiarsi, si sgranchisce le membra. Sembra perfino che sbadigli, che il suo alito caldo si sollevi pigramente sopra i frutteti.

Insieme alla terra, si svegliano anche gli uomini.

Stamattina Giovanni ha caricato i suoi tre figli maschi sul carretto quando il sole era ancora tiepido. Il mulo si è messo a camminare, svogliato, per via Rua del Piano, e il *cloc, cloc, cloc* dei suoi zoccoli li ha addormentati di nuovo, i tre ragazzi, più di una volta, mentre Giovanni aveva già la giornata davanti agli occhi e guardava dritto, tenendo le redini. A mano a mano che il carretto si lasciava dietro le costruzioni basse e grigie, la campagna si spalancava da un lato e dall'altro, al di là della barriera invisibile che cinge Corleone: quella delle chiese. San Michele Arcangelo, San Bernardo, San Nicolò; poi San Leoluca, Madonna delle Grazie, Santa Maria Maddalena, Maria Santissima Annunziata, San Giovanni Evangelista, e di nuovo San Michele Arcangelo. A congiungerle una all'altra, disegnerebbero delle mura di cinta. Senza contare quelle all'interno del borgo. Se lo spazio per i cristiani qualche volta manca, nei letti imbarcati di queste vecchie casette che ospitano spesso una famiglia intera, più i cani, i maiali e le galline, quello per i santi non manca mai. Pendono dalle testiere, stanno aggrappati ai muri, si specchiano negli armadi e dentro i vetri delle credenze.

Giovanni ha tre ettari di terra sparsi fra le contrade di Marabino, Frattina, San Cristoforo e Mazzadiana. È poco, ma se lo fa bastare. Tutta la terra che sta qui intorno apparteneva, un tempo, a certe stirpi di baroni malcreati che andavano dicendo in giro di poter arrivare fino a Palermo senza mai uscire dalla loro proprietà. Ed era vero. Non c'è da stupirsi se oggi, in mezzo a una campagna di pecore, carrubi, ulivi e qualche vigneto – tutta roba di un solo padrone, o di un altro prima di lui, e così indietro nel tempo –, se in un paese di miserabili braccianti e gabellotti, di campieri, di cani che mangiano altri cani per non crepare di fame, avere tre ettari di terreno e un piatto a tavola una volta al giorno è considerata una fortuna.

Giovanni, a suo modo, è un uomo fortunato. Fra le pieghe del suo volto cotto dal sole, cucinato a fuoco vivo per quarantasei anni, si cela qualche briciolo di gratitudine. Qualcosa ha ottenuto, dopo una vita passata chino sul campo, le braccia doloranti ogni sera. Non c'è un giorno della sua esistenza, da che si ricordi, in cui non si sia spaccato la schiena; e quando non se la spaccava lui, capitava che la spaccasse a qualcun altro: i Reali Carabinieri di Corleone l'hanno schedato come "soggetto capace di procurare danno alle persone e al patrimonio altrui".

Quello che Giovanni e i suoi tre figli Salvatore, Gaetano e Francesco andavano cercando stamattina tra le frasche non era patrimonio altrui. Si trattava di doni, per così dire, piovuti dal cielo. Bombe americane. Ferro, polvere da sparo, metallo da usare, da vendere o da barattare. Sciami di cacciabombardieri hanno ronzato nel cielo siciliano deponendo fra le zolle una covata di uova di drago. Adesso, per chi le sa vedere, luccicano mezze sepolte nella terra sotto il sole.

Dopo aver perlustrato in lungo e in largo i campi intorno a Corleone, qualche cosa l'hanno trovata: un ordigno *made in USA* e un proiettile di cannone.

Salvatore, detto Totò, ha dodici anni. È il maggiore e anche il più robusto, nonostante non arrivi al metro e sessanta d'altezza. C'è stato bisogno della sua forza per caricare la bomba e il proiettile sul carretto.

"Piano! Piaaano! Che qua facciamo un botto, facciamo."

"Vai!" ha gridato Totò a Gaetano, che stava inginocchiato sul pianale del carretto. "Pigghia..."

Gaetano e Francesco hanno avvolto la bomba e il proiettile in un sacco di tela mentre Giovanni li guardava e si mangiava le mani.

"Tutti insieme saltiamo, accura a ttìa... Coi botti e i falò, saltiamo..." Il proiettile è uscito dal sacco ed è rotolato fino al fondo del pianale.

"Ah!" Giovanni si è morso il pugno. "Va' eccati!" I ragazzi lo hanno guardato terrorizzati: non era tanto il pericolo di saltare in aria, ma la sua mano pesante e callosa che in ogni momento poteva abbattersi su di loro.

"Già passò 'a luminiana di santu Luca, vediamo di tornare a casa interi, amunì."

E così, sistemato il carico, accomodati il proiettile e la bomba su un mucchietto di paglericcio perché non sobbalzassero lungo la strada, tutti i maschi della famiglia si sono incamminati alla volta di casa quando era già pomeriggio inoltrato. C'è voluta un'ora, mulo permettendo, prima di rivedere quel grumo di casette contadine tutte grigie, coperte di tegole sbeccate e piene di santi, crocifissi e preghiere mai ascoltate.

Gaetano guardava la strada e parlava con suo padre di certi solchi da tirare domattina nel terreno di Mazzadiana. Francesco era l'unico che riusciva a sonnecchiare, sulla via del ritorno, con i due ordigni sistemati in mezzo ai piedi. Totò non spiccicava una parola. Guardava il cielo, si rosicchiava le unghie. Arrivati a Corleone ha tirato uno scappellotto al più piccolo.

Sono saltati giù dal carretto all'angolo fra via Rua del Piano e via Ravenna, Giovanni ha steso un panno per terra, ha preso la bomba e ce l'ha piazzata sopra. Voleva disinnescarla lì, per strada, davanti alla porta di casa sua.

Si è chinato sull'ordigno. Due vecchie che camminavano lungo via Ravenna hanno visto la sua schiena coprire una specie di siluro. Armeggiava come aveva fatto più volte, come quando sistemava gli assi del carretto, mungeva le pecore, raccoglieva le fave. Solo che adesso stava giocando con settanta chili di esplosivo sotto i davanzali di un migliaio di cristiani che di sfortune ne avevano già viste parecchie. Le vecchie hanno lanciato un'occhiata ai tre piccoli disgraziati che stavano appollaiati sul muretto e guardavano il padre faticare. Totò ha risposto con un ghigno, orgoglioso di suo padre che sfotteva la morte e la mungeva a mestiere, le staccava i pezzi uno alla volta e li trasformava in danaro.

Ci ha messo poco, Giovanni, a disinnescare la bomba. L'avrebbe rivenduta, forse. A chi, non era importante. Bastava che arrivasse con i piccioli giusti, poi sarebbero stati affari suoi. Metallo, pezzi, polvere da sparo: sono come i maiali queste bombe degli americani. Non si butta via niente. Sono meglio dei tartufi e assai più facili da trovare. Però possono esplodere.

Ma Giovanni aveva una certa pratica con i tartufi d'acciaio. In pochi secondi ha armeggiato con la spoletta di naso e quella di coda – che non sapeva neanche a cosa servissero, ma sapeva come sganciarle. Adesso la bomba era inoffensiva.

Il proiettile, invece, lo era già. Era crepato sulla punta e all'interno non c'era polvere da sparo. Giovanni e i ragazzi l'hanno girato e rigirato, dentro non c'era niente. Era vuoto. Ne avrebbe riutilizzato il ferro.

Era così inoffensivo che Giovanni ha detto ai ragazzi di portarselo dentro casa, in quella casa che era mezza stalla e mezza chiesa, con gli animali che non stavano mai zitti.

Le donne non c'erano. Maria Concetta era in giro per faccende con la figlia grande, Caterina, e l'ultima nata, Arcangela. Camminavano in una delle viuzze del borgo, l'andatura lenta e stanca, perché Maria Concetta è all'ottavo mese e ha una pancia grossa come tre angurie. Non hanno visto Giovanni che prendeva una pietra, varcava la soglia e dava un colpo secco, deciso, sulla punta del proiettile. Ma i maschi sì. Erano lì, alle spalle del padre, quando il proiettile è esploso in un enorme boato e le fiamme hanno avvolto la casa.

Adesso è impossibile, per Totò, riconoscere il corpo del padre. Fino a un attimo fa era in piedi, mugugnava qualcosa, le sue braccia forti mulinavano nell'aria, le dita bitorzolute stringevano un sasso, e ora i suoi pezzi sono sparsi in giro, sui muri e sul pavimento di quella casa sventrata. Anche il piccolo Francesco ha fatto la stessa fine. Gaetano sta per terra, accartocciato su se stesso. Le schegge di ferro gli sono entrate nella gamba destra, gli hanno ferito la faccia e il collo.

Solo Totò se ne sta ancora in piedi, senza un graffio, in un inferno di fuoco e disperazione. È lui il capofamiglia, adesso: l'unico maschio della famiglia Riina rimasto illeso.

Le fiamme gli danzano intorno, ma non lo toccano.

Tra le persone che adesso si sono raggruppate in strada, in mezzo ai pianti e alle urla disperate, qualcuno sta gridando al miracolo.

2.
IL GUASTAFESTE

Palermo, 1982

C'è davvero bisogno che oggi sia diverso da ieri?

Questo sta pensando il direttore della Cassa di risparmio mentre entra nel bar dei Miracoli, proprio di fronte alla banca, e il proprietario lo saluta con un sorriso e un cenno del capo. Anche l'uomo dietro il bancone lo saluta.

"Direttore."

Si toglie il cappello, lo poggia sul bancone e aspetta il solito caffè con la solita brioche, che arrivano a tempo di record accompagnati da un bicchiere d'acqua frizzante. Il direttore china il capo e li osserva, li scruta. Li soppesa.

Il caffè è dignitoso. La brioche, pure. Se non fosse appena sfornata non sarebbe un granché, però è bella calda, quindi il bilancio è comunque positivo. È sempre grato quando si trova di fronte a un bilancio positivo, sia che si tratti di quello di un suo correntista, sia che si tratti del proprio.

Così, mentre addenta la brioche e assapora i grani di zucchero che gli si sciolgono sulla lingua, il direttore ha già la risposta alla sua domanda. Non c'è proprio nessun bisogno che oggi sia diverso da ieri.

Il direttore si rimette il cappello ed esce dal bar. Attraversa la piazza con lo sguardo basso e la ventiquattrore di pelle che ciondola dalla sua mano destra.

Una volta arrivato a ovest della piazza, dove le arcate della Sicilcassa danno un che di pretenzioso all'edificio del primo Novecento, il direttore fa un gioco che si ripete più o meno uguale ogni mattina. Cerca, cioè, di calcolare lo scarto in centimetri fra i passi che sta compiendo oggi per avvicinarsi all'entrata e quelli che ha fatto ieri. Ammesso che un giorno possa raggiungere la perfezione, ricalcando le impronte lasciate il giorno prima, non lo saprà mai. Ma i giochi funzionano, per quel che ne sa lui, finché nessuno vince davvero.

Eppure, oggi, qualcosa di diverso c'è. Varcato l'ingresso, proseguendo con lo sguardo basso, si sente addosso alcune occhiate indiscrete. Si sente osservato. A qualche metro dal suo ufficio vede due uomini in divisa che parlano con la segretaria. Uno di loro ha il gomito poggiato alla scrivania e le sorride. Appena lo vedono, però, tornano entrambi rigidi e impettiti. L'altro, quello che non stava poggiato alla scrivania, gli porge una busta senza dirgli niente.

"Direttore," s'intromette la segretaria, "gli agenti sono venuti a portare una..."

"Una richiesta dal tribunale," la interrompe il più basso dei due, che adesso ha cambiato espressione.

Il direttore prende la busta. Rimbalza lo sguardo dalla segretaria ai finanzieri. Prova ad abbozzare un sorriso ma gli esce fuori uno strano ghigno.

"Posso sapere di che si tratta?"

"Eh," dice la donna, "ho chiesto anch'io, ma..."

"Niente, direttore. È una lettera dall'Ufficio istruzione."

"Ah, sì... e di che si tratta?" chiede di nuovo. Ma sa già perfettamente di cosa si tratta. Sapeva che sarebbe arrivata, prima o poi; c'era in lui una flebile – ma non per questo trascurabile – speranza che non accadesse. Oggi quella speranza si è infranta.

"Dovete leggere, direttore. Noi dobbiamo solo notificare. Mettete una firma qui, per piacere."

Il direttore firma. I due finanzieri, che hanno entrambi il conto corrente alla Sicilcassa, gli stringono la mano e accennano a togliersi il berretto, poi si avviano lungo il corridoio. Il suono dei loro tacchi rimbomba fra una parete e l'altra mentre il direttore e la segretaria si guardano dubbiosi.

Entrato in ufficio, il direttore si leva il cappello e lo appende all'attaccapanni dietro la porta. Si siede alla scrivania e, con il tagliacarte, apre la busta. Osserva il foglio ripiegato, se lo rigira fra le mani come un giocatore di poker. Lo corteggia, prova a blandirlo con leggeri tocchi delle dita, consapevole che quel foglio determinerà il futuro di questa mano e forse anche di quelle successive.

Le sue mani sono agitate da un lieve tremolio.

Finalmente si decide.

Il contenuto della lettera è molto stringato. Nonostante ciò, impiega qualche minuto a leggerlo e rileggerlo. A suo modo, è rassicurante che sia successo anche a lui. La minaccia, dice qualcuno, pesa molto di più della sua stessa esecuzione. Da questo momento la minaccia non esiste più, esiste solo il problema.

È fatta richiesta da questo Ufficio istruzione presso il Tribunale di Palermo, ai fini di un'indagine in corso, di produrre al sottoscritto giudice istruttore Giovanni Falcone, nel più breve tempo possibile, tutte le distinte di cambio da valuta estera lavorate dall'istituto di credito di cui Lei è direttore a far data dal gennaio 1975 fino al giorno presente.

Il direttore poggia la lettera sul robusto tavolo di mogano e si volta verso la finestra. Anche oggi, il sole mattutino illumina l'ampia stanza che dà sulla piazza. Solleva la cornetta del telefono alla sua destra – ce n'è un altro alla sua sinistra –, e schiaccia un pulsante.

"Chiamami il direttore del Banco di Sicilia."

Attende alcuni minuti fissando il vuoto e massaggiandosi il mento, poi il telefono squilla. La segretaria gli passa il collega.

"È arrivata anche a me."

"Benvenuto nel club," gli dice l'altro.

Riaggancia senza dire nulla e ricomincia a fissare il vuoto davanti a sé. Rimane così per più di un quarto d'ora, da solo. Nessuno entra nella stanza, gli impiegati sanno che di prima mattina non devono disturbarlo se non per questioni della massima urgenza, perché a quell'ora sta sfogliando i quotidiani.

Poi, quando sente di potersi lasciare alle spalle la faccenda almeno per un paio d'ore, il telefono squilla.

"C'è il direttore della Cassa rurale e artigiana che chiede..."

"Va bene, va bene, passamelo."

"È arrivata anche a te?" gli domanda subito. È arrivata anche a lui. Sembra che dalla Procura di Palermo sia partita un'altra catena di spedizioni. Adesso la lista delle banche dovrebbe essere completa. La voce del collega è tesa come la sua, ben lontana da quella rilassata del giovedì sera, quando si vedono per la partita a carte.

Pare che oggi, disgraziatamente, sarà un giorno diverso da ieri.

La mattina dopo c'è uno strano viavai davanti al Palazzaccio. Un dispregiativo comune nel Bel Paese, quando ci riferisce ai tribunali. Tanto più se è quello di Palermo, un viluppo di marmo e cemento, con la sua facciata austera, gli interni disadorni, i pilastri pesantissimi. Se a questo si aggiunge che nessuno è mai contento di finire in tribunale, il nomignolo è più che meritato.

È uno strano viavai non tanto per l'abbigliamento delle sue comparse, tutto sommato uguale a se stesso – abiti scuri, cravatte, qualche valigetta –, ma per i loro volti, che non sono quelli dei soliti avvocati, magistrati, cancellieri e segretarie.

Alcune grosse auto sono parcheggiate davanti all'ingresso del tribunale. Gli autisti se ne stanno in piedi, poggiati alle macchine, ad attendere il ritorno degli uomini d'affari che hanno accompagnato.

Un tonfo improvviso, seguito da una serie di mugugni, desta l'attenzione dei passanti. Un gruppo di autisti si è radunato intorno a un'auto con i vetri scuri e usa il cofano come tavolo da gioco. Uno di loro ci ha appena sbattuto sopra un asso di bastoni, con grande scontento dei colleghi.

Manca ancora un po' prima che gli uomini che hanno accompagnato facciano ritorno. Gli autisti non sanno di cosa si tratti né quanto durerà la sosta, ma il fatto che si siano ritrovati lì tutti insieme non preannuncia nulla di buono. O perlomeno nulla di rapido.

Per la gran parte i loro capi sono direttori di banca, ma c'è anche qualche figura più o meno nota della politica locale. Nessuno, tranne i frequentatori abituali del tribunale, vedendoli a spasso per i corridoi coglierebbe le differenze.

All'interno, qualcosa di stonato rispetto al trantran quotidiano anima l'edificio di una contenuta frenesia. Di solito sono i giovani ad affrettarsi da un ufficio all'altro, mentre gli anziani usano una certa parsimonia quando si tratta di allontanarsi dalla propria poltrona. Oggi, invece, quelli di fretta hanno tutti i capelli bianchi. E non sono magistrati, appunto. E neanche avvocati.

"Se non avete una convocazione, il dottore non vi può ricevere," sta dicendo una segretaria a un uomo in doppiopetto che si è fatto accompagnare fin dentro il palazzo da quello che probabilmente è il suo autista, o forse il suo portaborse, e che sta infatti dietro di lui reggendogli la valigetta.

"E certo che ho una convocazione. La lettera da Falcone è arrivata, se non è una convocazione questa..."

"Non è una convocazione, è una richiesta formale. Se volete parlare con il dottore Falcone dovete fare richiesta per un..."

"Nessuna richiesta faccio. Allora, per favore, fate sapere a sua eccellenza Pizzillo che fino a prova contraria è il capo di questo... posto, che io sto qua e che lo voglio vedere. Prendetevi il mio documento. Anto', il portafoglio," dice all'uomo dietro di lui.

Quello si accosta al davanzale per poggiarci la valigetta, la apre e inizia a rovistare.

"Per il dottore Pizzillo dovete salire al piano di... Scusate, ma avete un appuntamento?"

"Un *appuntamento*?" chiede quello. L'espressione è schifata.

"Sì. Non è che potete andarci così, senza appuntamento."

L'uomo in doppiopetto la guarda per qualche secondo senza fiatare. Poi sospira.

Si volta verso il portaborse. "Andiamo, va'," e s'incamminano lungo il corridoio. In quell'istante, il telefono sulla scrivania della segretaria ricomincia a suonare, come aveva fatto ininterrottamente fino a pochi minuti prima dell'arrivo dei due.

"Ufficio istruzione. No, il dottore Falcone non... Sì, ho capito, però il dottore non può ricevere telefonate. No, non la vostra, non può riceverne in generale, non..." La segretaria alza gli occhi al cielo.

Davanti alla porta del procuratore generale Pizzillo c'è una mezza dozzina di persone che fanno anticamera. Un vigile urbano seduto dietro un banchetto di legno fa *ssh* ogni tanto per chiedere di abbassare la voce, poi si rimette a leggere il giornale. Dall'interno arrivano le frasi concitate di due persone. Per quanto parlino ad alta voce non si capisce bene cosa stiano dicendo. Ogni tanto, però, qualche frammento arriva alle orecchie di quelli che aspettano fuori. Parole come "rovinare", "indagini", "Sicilia", e un buon numero di "minchia", mettono d'accordo tutti gli astanti. Qualcuno annuisce, qualcun altro passeggia nervosamente in cerchio. Quando l'ultimo arrivato fa la sua comparsa, seguito dal suo portaborse, gli altri lo salutano.

"Ah, vedi," dice uno magro come la fame che non ha mai provato, a giudicare dai gemelli d'oro e dall'orologio che ha al polso. "Solo noi mancavamo. Ora il signor Falcone può festeggiare, ha barrato tutti i nomi della lista. Forse manca solo..." Ma ecco che ne arriva un altro.

"Profetico sei!" gli dice un collega battendogli una mano sulla spalla. Scoppiano in una risata. Proprio in quel momento, la porta si apre.

"Sua eccellenza," dice uno.

"Giovanni," lo saluta un altro.

"Presidente," gli dice un altro ancora.

Quello li guarda a uno a uno, sospira, scrolla le spalle.

"Entrate."

Nell'ufficio del procuratore generale, le mani pescano nei taschini di eleganti giacche scure, gli accendini scattano uno dietro l'altro. La stanza diventa in pochi istanti una fumeria.

"Giovanni, Giovanni..." inizia uno strofinandosi le mani. Porta un completo chiaro e una cravatta azzurra con dei piccoli cavallucci marini. È basso e mingherlino, così il grosso sigaro da cui ha appena tirato una boccata sembra anche più grosso. "Tu lo sai da quanto ci conosciamo. Mi sono mai permesso di dire questo o quello? Di dire 'sta cosa va bene e quest'altra è una minchiata? Ci siamo mai permessi?" Allarga lo sguardo all'intero uditorio. Tutti scuotono la testa.

Un altro alza le mani: "E nemmeno adesso lo stiamo facendo."

"Nossignore," concorda quello con l'abito chiaro. "Però una cosa ti devo chiedere, e te la chiedo a nome di tutti questi signori qui presenti. Possiamo?"

Pizzillo annuisce con sufficienza e fa un gesto per invitarlo ad andare avanti.

"Benissimo. Io vorrei sapere, *noi* vorremmo sapere, se dobbiamo cambiare mestiere, se dobbiamo... non lo so, cercare lavoro alle poste?"

"Vecchio sono, signor presidente," dice un altro che se ne sta poggiato alla piccola libreria sulla parete. "Solo in pensione posso andare." Pizzillo lo ignora.

"Dobbiamo... Non lo so, che dobbiamo fare? Con tutti questi documenti che volete, tutte queste *ricerche*," gesticola soffiando un'altra nuvola di fumo, "qui si blocca tutto. Tutto si blocca."

"Le giornate a fare le ricerche," dice quello poggiato alla libreria. "Signor presidente, ce le state facendo fare a noi le indagini. E così però non si lavora più."

"Tutto si blocca," ribadisce l'altro.

Pizzillo si massaggia la fronte. Resta in silenzio, con gli altri che lo fissano dietro la cortina di fumo. Dopo qualche attimo si risveglia dalla sua meditazione. "E io che posso fare? Non posso mica chiudere l'Ufficio istruzione."

"Nooo," gli si avvicina l'uomo bassino con il sigaro, ben interpretando il suo pensiero: "Ma quando mai, Giovanni. Mai ci permetteremmo di chiederti di licenziare qualcuno. Ma come ti viene in mente? Scusa se ti abbiamo fatto capire male, noi vogliamo solo... respirare," con un gesto plateale si allenta il nodo della cravatta. "Respirare," ripete soffiando il fumo del suo grosso sigaro. "Respirare." Guarda gli altri, che annuiscono e finalmente sorridono, inalando nicotina a pieni polmoni. "Solo respirare un po'."

"Solo respirare," gli fa eco il collega poggiato alla libreria.

Pizzillo ne esce un'ora dopo, congeda sulla soglia i suoi visitatori e resta qualche attimo poggiato allo stipite, lo sguardo assorto mentre le voci si allontanano. Quando vede l'ultimo della coda svoltare in fondo al corridoio, allora con calma chiude la porta e torna a sedersi. Ma non ha il tempo di poggiarsi allo schienale della poltrona che qualcuno bussa alla porta.

"Presidente." È Rocco Chinnici, capo dell'Ufficio istruzione. Un po' per la sua mole, per la sua anzianità professionale e per il ruolo che ricopre, Chinnici è molto rispettato all'interno del Palazzo di giustizia. Al suo ufficio spetta il compito di istruire i procedimenti penali raccogliendo prove, organizzando il materiale e costruendo, di fatto, il fascicolo giudiziario che sarà poi presentato in tribunale a carico degli imputati. È un lavoro molto delicato, quello dell'Ufficio istruzione. La correttezza delle accuse e la raccolta del materiale probatorio è cruciale. Specialmente in una città come Palermo, dove non si contano i processi di mafia conclusi con assoluzioni per insufficienza di prove. Non si può essere processati più di una volta per lo stesso reato, e una volta fatto il danno non è più possibile ripararlo.

Pizzillo annuisce e indica la poltrona davanti alla scrivania. "Sarei venuto io da te," dice.

Chinnici entra e chiude la porta.

"Per la questione del pretore? Bisogna sostituire La Commare, il CSM ha deciso che la competenza è del presidente della corte, se non facciamo questa..."

"No, no, siediti. Dobbiamo parlare prima di un'altra cosa."

"Presidente, però sarebbe urgente."

"Prima c'è una cosa più importante. Ti puoi sedere o no?"

"Certo." Chinnici si siede. Inizia a lisciarsi la cravatta con l'indice e il medio e fissa Pizzillo con aria interrogativa.

"Allora, tu mi devi spiegare quello che state facendo tu e i tuoi... come li chiami? I *Plasmon*?"

Chinnici si batte una mano sulla coscia e sorride. "È un nome che gli ho dato così, una cosa affettuosa. I *plasmoniani*, li chiamo. Per i biscotti Plasmon, la pubblicità. Forti e superattivi." Chinnici arrossisce un po'. "Sono più giovani di me, è un modo..."

"Sì, sì, va bene. Chiamali come minchia vuoi tu."

Chinnici adesso fa scorrere la cravatta fra il pollice e le quattro dita, come per stirarla. È una specie di tic che i suoi colleghi conoscono bene. Quando è tranquillo usa solo due dita, di più invece quando inizia ad agitarsi.

"Il problema non è come vi chiamate, ma come lavorate."

"In che senso?"

"Nel senso che state facendo un macello, qua non si capisce più niente. Sono informato di quello che fate."

"È un suo diritto. E un suo dovere."

"Grazie di ricordarmelo." Pizzillo si alza, guarda l'immagine di Sandro Pertini appesa al muro dando le spalle a Chinnici, che non dice niente. Anche Pizzillo resta in silenzio per qualche secondo.

Poi, all'improvviso, si volta e poggia le mani sulla scrivania. "Vi ho sempre lasciato fare perché mi piace che andate più a fondo, insomma, che indagate, che volete rimettere le cose a posto. Ma non è questo il modo. Forse non vi è chiaro che state rovinando l'economia palermitana."

"Noi?" domanda incredulo il consigliere istruttore.

"Eh no, io. Ti sembra normale che questi qua devono vedersi arrivare ogni giorno la Finanza nelle loro filiali? Che devono passare il tempo a recuperare le distinte di cambio? Giornate buttate a rovistare nella contabilità perché," agita le mani, "perché Giovanni Falcone si è messo in testa di fare lo sceriffo?"

Chinnici aggrotta la fronte. "Sta solo facendo il suo lavoro."

"Lo sta facendo male. E visto che tu sei il suo capo, lo stai facendo male pure tu."

Chinnici si liscia ancora la cravatta. Pizzillo alza le mani come se stesse per dire qualcosa, ma poi non dice niente. Si volta di nuovo verso il muro e si massaggia il mento.

"Sai che devi fare?"

"No."

"Devi farlo lavorare davvero."

"Falcone? Ma mi sembra che già così..."

"Devi caricarlo di processi. Ma di processi facili, quelli di tutti i giorni." Pizzillo torna a sedersi. "Così forse farà quello che hanno sempre fatto i giudici istruttori."

"Cioè?"

"Niente!" Batte il pugno sulla scrivania.

"Non è per contraddirla, ma siamo stati noi a scoprire i canali della droga fra Palermo e gli Stati Uniti, e siamo giudici istruttori."

Pizzillo poggia i gomiti sulla scrivania e fissa Chinnici. Ha le mascelle serrate. Resta così per una manciata di secondi. Dopo un'attesa che pare infinita, decide di abbandonarsi contro lo schienale della poltrona. Accavalla le gambe, tossicchia. Prova a dissimulare la rabbia, ma non ci riesce.

"Non si fa come fate voi, Rocco. Verrò a ispezionare i vostri uffici."

"Ne ha facoltà."

"Abbiamo finito." Pizzillo alza una mano per mostrargli la porta. Chinnici si alza, riaccosta la poltrona alla scrivania ed esce dalla stanza.

La processione di bancari dura tutta la mattina. Poco dopo le due la segretaria si ritira in una stanzetta che dà sul corridoio, proprio di fronte alla porta dell'ufficio del giudice Falcone. Sta mettendo via il contenitore del pranzo quando un omone con le spalle larghe, la testa grande e la fronte corrucciata si avvia a passo svelto verso la stanza del magistrato. Appena vede la punta delle sue scarpe, d'istinto apre la bocca per dire qualcosa. Poi però capisce che è Rocco Chinnici.

La sua manona si stringe intorno alla maniglia della porta, che scompare. Quando è già mezzo dentro, si ricorda di bussare.

"Rocco," dice l'uomo seduto alla scrivania nella poltrona nera imbottita. Nella stanza, oltre alla lunga scrivania di legno e a un mobile con una vetrinetta accostato alla parete, ci sono una cassaforte, un mucchio di faldoni depositati qua e là e una macchina da scrivere Olivetti Linea 98. Ci sono anche altre due scrivanie vuote con alcuni macchinari e una serie di calendari delle forze armate appesi al muro. Mucchi di scatoloni sono accatastati sul pavimento.

"Posso entrare?"

"Più di così?"

Chinnici chiude la porta, prende la piccola sedia che sta di fronte alla scrivania e ci si siede. La sedia scricchiola. Si è fatto le ossa, le sue grosse ossa, in dodici anni di carriera a Trapani e a Partanna, prima di tornare a Palermo. È stato per lui un ritorno a casa, o quasi. Il posto in cui è nato nel 1925, Misilmeri, è un paesino nelle campagne lì intorno. Conosce benissimo la strada che lo collega a Palermo: dopo i bombardamenti alleati, la ferrovia era *kaputt* e lui, per diplomarsi al liceo classico Umberto I, era costretto a percorrerla ogni giorno a piedi. Più di quindici chilometri, per circa tre ore di cammino. Due volte al giorno.

"Giovanni, tu lo sai quello che sta succedendo, no?"

"Lo scudetto alla Juve? Eh, lo so, ma dobbiamo pur farcene una ragione..."

"Dai, seriamente. Questa storia delle lettere alle banche sta diventando ingestibile."

"E lo dici a me?" Falcone indica gli scatoloni. Chinnici poggia i gomiti sulla scrivania.

"Vengo dall'ufficio di Pizzillo."

"Sua eccellenza."

"Esattamente."

"Ti ha convocato?"

"Sono andato io da lui."

"Da bravo cattolico ti volevi autoflagellare?"

"Volevo ricordargli che dobbiamo sostituire La Commare, dopo la pronuncia del CSM serve un altro pretore. Ma non mi ha fatto neanche parlare. Mi ha detto che all'Ufficio istruzione stiamo rovinando l'economia palermitana."

"Ah, adesso è così che si chiama, *economia*?"

"Ha detto che devo caricarti di processetti da niente perché devi fare quello che fa un giudice istruttore."

"Cioè?"

"Niente." Si liscia la cravatta con due dita, segno che è più o meno a suo agio.

Falcone aggrotta la fronte, si passa una mano sulla barba scura. Lo guarda negli occhi. Sono occhi minacciosi quelli di Chinnici, per chi non lo conosce, e la sua stazza di solito atterrisce l'interlocutore.

L'espressione di Falcone è attendista. Vorrebbe sorridere, ma non è certo di poterselo concedere. La gerarchia è pur sempre la gerarchia: una cosa in cui sia lui sia Chinnici credono, e che entrambi rispettano.

"E tu lo farai?"

Rocco tira un respiro profondo, poi butta fuori l'aria dalle narici e rimane in silenzio.

"Vieni." Gli fa cenno di alzarsi. Falcone scosta la poltrona dalla scrivania e lo segue lungo il corridoio. Chinnici lo porta davanti al suo ufficio e apre la porta per lasciarlo entrare per primo.

"Addirittura?" chiede Falcone. "Siamo a 'sto punto?"

Che all'interno del tribunale ci siano invidie e tutta una serie di ostilità più o meno taciute è noto a tutti, com'è noto che dall'arrivo di Falcone queste tensioni si sono inasprite, ma da qui a sospettare la presenza di microspie dentro agli uffici...

"No, ma che hai capito."

"Ah, e che ne so, non parli, mi porti in un altro ufficio, pensavo che..."

"Non è *un altro* ufficio, è un ufficio particolare. È l'ufficio del consigliere istruttore, il capo dell'Ufficio istruzione. E quella lo sai cos'è?" indica la sua poltrona.

"La poltrona del consigliere istruttore?"

"La poltrona di Cesare Terranova. Adesso doveva esserci lui, seduto lì. È stato a tanto così."

3.
IL BIGLIETTO

Palermo, 1979

È una strana mattina di settembre, a Palermo. Fa caldo, ma non troppo. Il cielo è grigio, ma non troppo. Potrebbe piovere da un momento all'altro, o le nuvole che velano l'azzurro di una patina umida potrebbero spalancarsi facendo posto al sole. Nulla è ancora detto.

Giovanna apre gli occhi. Vede che Cesare è già sveglio, ha aperto gli scuri e ora sta con la schiena poggiata alla testiera del letto. Gli poggia la testa sul petto. Con l'orecchio ascolta i battiti calmi e regolari del suo cuore. Si meraviglia di come possa sentirsi così tranquillo.

"Sei preoccupato?" sussurra fra la veglia e il sonno.

"No," risponde lui, e Giovanna apre gli occhi definitivamente. È infastidita.

Perché lei ha paura e lui no? La mafia ha parlato chiaro. Il pentito Giuseppe Di Cristina ha fatto mettere a verbale che il boss Luciano Leggio, detto Liggio, ha emesso una condanna a morte contro il giudice Terranova, e lui, Cesare Terranova, per tutta risposta ha continuato a fare pressioni per ottenere un posto da consigliere istruttore a Palermo. Vuole mettere insieme gli uomini e le prove necessarie per sbattere in carcere quella feccia. E non è finzione, la sua: è sincero quando dice che non ha paura. Il battito del suo cuore lo conferma. Qualche giorno fa ha detto a Giovanna di stare tranquilla: "La mafia non uccide i magistrati. I giudici fanno il loro lavoro e i mafiosi fanno il loro, così è da sempre." Solo che oggi – sarà che il sole non si decide a uscire, o la pioggia ad arrivare – Giovanna non è più certa di nulla. Il fatto che suo marito lo sia, piuttosto che tranquillizzarla la stizzisce un po'.

"Ho fatto un sogno," le dice a un tratto Cesare. Fissa il vuoto davanti a sé. Ha gli occhi di un bambino. Li ha conservati uguali, da quand'è nato cinquantotto anni fa a Petralia Sottana, un paesino arrampicato sulle Madonie, dove d'inverno nevica fino alle caviglie e d'estate, quando il sole picchia, ci si mette con la testa sotto le fontane. "Paolo Borsellino era un ragazzo. Me lo trovavo davanti, in udienza, per una rissa che avevano fatto lui e gli altri studenti di destra, una rissa con i comunisti."

"Ma questo è successo davvero."

"Sì, certo." Hanno riso più volte, lui e Borsellino, di quel vecchio episodio. Cesare prende dal comodino i suoi grossi occhiali e se li mette. Ora non sembra più un bambino. "Solo che stavolta Paolo mi allungava un biglietto." Si fa una risatina. La testa di Giovanna sobbalza sopra il suo petto. "Cioè, provava a mettere questo foglio sul mio tavolo ma i poliziotti lo bloccavano. Però lui insisteva, diceva: 'Il biglietto! Il biglietto!', e quelli se lo portavano via."

"E che biglietto era?"

"Ah, boh." Sono pochissime le volte in cui Cesare ha mentito a sua moglie. Questa è una di quelle. La seconda, nell'arco di pochi giorni.

Si alza con qualche fatica dal letto, infila le ciabatte e si avvia a piccoli passi verso il bagno. Si sente stanco. A cinquantotto anni, ne avrebbe pure diritto. Ha combattuto la guerra mondiale e si è fatto la prigione in Africa; poi, appena messo via il fucile, ne ha cominciata un'altra, di guerra, stavolta disarmato: già nel '46 era in magistratura, pretore a Messina, poi aggiunto giudiziario a Patti e giudice istruttore a Palermo, infine procuratore a Marsala. Ne ha viste e sentite di tutti i colori. Ha istruito da solo e con certosina pazienza processi di enorme importanza nel contrasto alla mafia palermitana, e scritto fiumi di pagine contro l'Anonima assassini, sessantaquattro sciagurati che hanno colorato di rosso le strade di Corleone con in testa il loro capo Lucianeddu. È proprio Luciano Liggio che ha firmato un anno fa la sua condanna a morte. E Cesare è così spaventato che, dopo averlo saputo, ha dichiarato a un giornalista: "Dimentico spesso la rivoltella a casa, ma non ho paura. Ho visto mafiosi inginocchiarsi e piangere, anche Liggio. Io sono un giocatore di bridge. Amo le carte e gioco per vincere. Luciano Liggio… perderà anche lui. La nostra partita non è finita ma non ho paura."

È così spaventato che ha appeso nel suo studio un disegno, regalo dell'amico pittore Bruno Caruso. In primo piano c'è lui, il giudice, in cravatta e occhiali da sole. Dietro, come un'ombra, il boss. Ogni giorno che Dio manda in terra Giovanna gli chiede se non sarebbe il caso di toglierlo. Ma a Cesare non sembra di cattivo gusto. Anzi, quel ritratto del boss di Corleone con gli occhi stretti come quelli di un pesce e l'aria da tonto gli è diventato simpatico.

E sempre perché è spaventato, ha messo in una cornicetta d'argento la fotografia di Liggio che i colleghi gli hanno regalato con tanto di dedica: *Con amore, il tuo amico Lucianeddu.* Quando se lo vede davanti, immancabilmente gli scappa una risata. Ma sono risate che gli lasciano addosso un velo di stanchezza, un velo scuro che gli si poggia sulle spalle, così che giorno dopo giorno, velo dopo velo, inizia ad avvertirne il peso. Non parlerebbe di paura, ma di qualcosa di diverso: da quando è cominciato questo suo flirt con la morte ha l'impressione che l'inverno arrivi prima e che l'estate, invece, se ne vada in fretta, che passi giusto per un saluto sull'uscio di casa e poi via, di nuovo freddo, di nuovo buio.

C'è da capirlo quindi, se adesso camminando trascina le ciabatte sul pavimento come farebbe un uomo più anziano.

Quando esce dal bagno, Giovanna sta versando il caffè nelle tazze. La cucina è rischiarata da una luce ingannevole che pare sospesa fra l'alba e il crepuscolo.

“Oggi torni alla carica?” gli domanda. C’è del sarcasmo nella sua voce.

Cesare spalanca le braccia. Lo sa, dovrebbe accontentarsi: l’hanno nominato consigliere presso la corte d’appello, un modo per ricominciare a fare il magistrato visto che per parecchi anni è stato lontano dalla toga. All’inizio, sinceramente, non gli è mancata molto. Merito delle batoste prese con il processo all’Anonima assassini: su 64 imputati, fra cui Liggio e Riina, sono arrivate 64 assoluzioni. Totò Riina è stato condannato solo per il furto di una patente. I giudici hanno scritto che “l’equazione mafia uguale associazione per delinquere, su cui hanno così a lungo insistito gli inquirenti e sulla quale si è esercitata la capacità dialettica del magistrato istruttore, è priva di apprezzabili conseguenze sul piano processuale”. Mancava solo che gli facessero le pernacchie. Lui, però, si ostina a ripetere che non è stata una sconfitta. “Li ho fotografati,” ha detto a Giovanna appena tornato a casa, con la testa bassa e le spalle flosce. “Non vanno in galera ma li ho fotografati. Prima non avevano una faccia, ora c’è una foto di gruppo. Qualcun altro potrà usarla.”

Poi ha tolto il disturbo e si è messo a fare il deputato del PCI. È stato membro della commissione antimafia e si è tolto la soddisfazione di scrivere insieme a Pio La Torre una relazione in cui diversi democristiani, fra cui l’onorevole Giovanni Gioia, l’ex sindaco di Palermo Vito Ciancimino e il deputato Salvo Lima, vengono accusati di avere rapporti stabili con la mafia.

La toga, però, ora gli manca. La sua ostinazione si aggrappa a qualcosa che nessuno comprende. Forse neanche lui. Vuole tornare a istruire i processi, in prima linea.

Finisce di bere il caffè. Mentre si allaccia le scarpe, gli torna in mente l’immagine del giovane Borsellino con il biglietto nella mano tesa.

S’infila la giacca e tende l’orecchio verso la cucina. Giovanna ha aperto il rubinetto per lavare le tazzine. Cesare si toglie le scarpe e cammina silenziosamente fino allo stipetto del salotto. Prende la chiave e lo apre. Sbircia fra le cartelle dei suoi documenti. Eccolo lì, il biglietto. L'oggetto della sua menzogna. Richiude. In camera da letto ora c'è Giovanna, tornata per l'ultimo quarto d'ora di riposo.

"Che c'è, non trovi le scarpe?"

"Sì, no, ma... Eccole." Sorride, le dà un bacio sulla fronte ed esce dalla stanza. Apre la grande porta e percorre le scale che dal terzo piano lo portano in strada.

Il maresciallo della polizia Lenin Mancuso lo aspetta sotto casa fumando. Si chiama proprio così: Lenin. Questo poliziotto dai tratti marcati, che ricorda certi attori western, figlio di un padre che non doveva avere molti dubbi al momento di recarsi alle urne, è la sua guardia del corpo. Dovrebbe fargli anche da autista, se non fosse che il giudice Terranova preferisce guidare lui.

Cesare lo saluta con due colpetti sulla spalla.

Fanno un po' di strada fino alla Fiat 131 Supermirafiori azzurra del giudice, salgono, Cesare ingrana la retromarcia.

"Allora?" Mancuso si strofina le mani. "Quanto manca ancora, signor giudice?" Si conoscono da più di vent'anni ma Mancuso continua a chiamarlo "signor giudice" e a dargli del lei. "Gli diamo una raddrizzata a questo Ufficio istruzione o no?"

"Eh... A Dio piacendo."

"Io sono pronto."

"Lo so." Lenin Mancuso non è soltanto il suo guardaspalle. Il maresciallo è anche un ottimo investigatore, il suo fiuto è stato decisivo nell'autunno del '71, quando lui e Terranova davano la caccia a un uomo che aveva rapito e assassinato tre bambine. Quando Cesare ha presentato Lenin a Giovanna le ha detto che è il suo angelo custode. Ed è così che adesso li immagina lei, stesa sul letto con il sapore del primo caffè sulle labbra e gli occhi socchiusi negli ultimi scampoli di sonno: un giudice e il suo angelo custode in una 131.

"Ma che stanno aspettando? La nomina non c'era già?"

"Sì, certo che c'è," dice Terranova, che nel frattempo è quasi arrivato in retromarcia all'angolo con via De Amicis.

"E allora?"

"Eh, e allora..." Cesare inchioda il piede sul freno, il maresciallo stringe con la mano il sedile. Due auto, sbucate all'improvviso, sbarrano la strada alla Fiat 131. Scendono tre uomini con delle pistole, uno di loro ha un fucile. Non c'è molto su cui ragionare, non c'è tempo neanche per alzare un dito. Mancuso riesce a sfilare la Beretta di ordinanza dalla cintola e si lancia sopra il giudice per coprirlo. Prova a fargli scudo col suo corpo. Ma le pallottole arrivano dappertutto. Cesare sente sul volto il fiato caldo del suo angelo custode, mentre i proiettili lo scuotono come un tappeto. Sente, ancora, che il maresciallo apre lo sportello e spara qualche colpo, ma è tutto inutile. Non puoi difenderti con una pistola contro un fucile, soprattutto se ti hanno teso un agguato.

E allora eccola, la morte. Cesare la vede arrivare. Aveva ragione a prenderla in giro: non è spaventosa. È solo maledettamente stupida. Ha lo sguardo vacuo dello scemo del villaggio. Come nel ritratto del suo amico pittore. Se qualcuno non le avesse messo un fucile in mano, la vedresti seduta giorno e notte davanti al bar del paese, la morte, a lamentarsi del caldo e degli acciacchi dell'età. Eppure qualcuno le ha consegnato questo fucile che adesso spara, e continua a sparare, senza neanche sapere bene perché, finché le pallottole non sono finite.

Cesare pensa alla prima delle bugie che ha raccontato a Giovanna, che la mafia non uccide i giudici e ognuno pensa a fare il suo mestiere: perché da qualche anno, invece, il mestiere del mafioso è diventato anche questo, ammazzare i giudici e i poliziotti. La seconda riguarda il biglietto che ha sognato stanotte. Lui sa benissimo di cosa si tratta. È chiuso a chiave nello stipetto della libreria. Sopra c'è scritto:

Non possiedo beni immobili.

Quanto ai beni mobili, desidero che restino tutti in assoluta proprietà di Giovanna. Raccomando a Giovanna di prendersi cura della nostra piccola biblioteca e di far sì che non vengano mai disperse le numerose opere letterarie e storiche, di un certo pregio, che insieme abbiamo raccolto.

Vorrei pure che Giovanna dedicasse qualcosa, come meglio lei crede, alle organizzazioni per la protezione e la difesa degli animali e per la conservazione della natura.

Infine desidero che Giovanna, prima di tutto e di tutti, provveda a dare a mia madre – alla quale auguro lunga e lunga vita – un mio ricordo, a mia madre alla quale va costante il mio pensiero pieno di affetto e di nostalgia degli anni sereni della giovinezza.

Sta pensando a questo, Cesare, alla sua bella madre che gli sopravvivrà, agli anni sereni della giovinezza e a quel paesino arrampicato sulle Madonie dove d'inverno nevica fino alle caviglie e d'estate, quando il sole picchia, ci si mette con la testa sotto le fontane. I suoi occhi, ora che il volto gli è cascato in avanti e gli occhiali sono scivolati sulla punta del naso, sono di nuovo quelli di un bambino. Un bambino addormentato nell'abbraccio del suo angelo custode.

La morte, stupida e meticolosa, gli fa ciao dal finestrino dell'auto per spararagli l'ultimo colpo, mentre il sole scompare una volta per tutte dietro le nuvole. Basta questo perché la pioggia cominci a scrosciare.

4.
UNA LUNGA STAFFETTA

Palermo, 1982

"Quindi, per rispondere alla tua domanda se *lo farò* oppure no, se ti chiederò di ammorbidire le indagini sulle banche, sugli Spatola, i Gambino, i corleonesi: sì, dovrei farlo. Me l'ha chiesto il mio capo, la persona con cui devo fare i conti tutti i giorni, fino al calare del sole e spesso anche oltre. Ma la persona con cui devo fare i conti *dopo* il calare del sole, e spesso anche oltre, dovrebbe stare seduta su quella poltrona al posto mio; la voleva così tanto quella poltrona, che si è fatto ammazzare rincorrendola."

La porta si apre all'improvviso. Fa capolino il volto baffuto di Paolo Borsellino.

"Ma oggi non ci vediamo?"

"E certo che ci vediamo. Un attimo."

"Ci sono anche i ragazzi che stanno..."

"Sì, sì, ho capito. Puoi aspettare un attimo?" Gli fa cenno di chiudere la porta.

"Signorsì." La testa di Borsellino scompare dietro lo stipite, la porta si chiude. Dal corridoio arriva il vociare degli altri colleghi, Di Lello e Guarnotta, che aspettano anche loro di riunirsi. È un'abitudine inaugurata da Chinnici, quella della riunione settimanale. Prima del suo arrivo, la prassi era che ognuno seguisse l'indagine di cui era titolare; raramente, o piuttosto mai, c'era uno scambio d'informazioni fra magistrati su fascicoli diversi. Non ce n'era alcun bisogno, d'altronde, visto che la mafia era inquadrabile, secondo i più, come una serie di fenomeni criminali del tutto scollegati fra loro, priva del carattere verticistico che invece, ormai da anni, Chinnici insiste per attribuirle. Quattro contadini dal grilletto facile e una manciata di rapinatori tendenti alla recidiva. E adesso, invece...

Dal corridoio arriva una risata.

"Minchia! Ma sempre a lavorare state?" È la voce di Ayala, poi i suoi passi che si allontanano schioccando sul pavimento. Dentro l'ufficio Falcone e Chinnici si fissano, in piedi uno di fronte all'altro. Rocco si è poggiato alla scrivania. Dietro di lui, l'immagine di Sandro Pertini con gli occhiali squadrati li osserva dalla parete della stanza.

"Ti sto spiegando questo perché..." gesticola, si liscia la cravatta. "Te lo sto spiegando per due motivi. Uno," gli mostra il pollice, "non voglio che tu creda che qui dentro ognuno fa quello che gli pare, o che io sia irrispettoso delle gerarchie. Io credo molto nelle gerarchie e nell'*ordine*. Capisci quello che voglio dire?" Giovanni annuisce, ma nella sua espressione c'è un margine di dubbio. Sta cercando di capire dove Rocco voglia andare a parare. "Io, però, prima che allo Stato rispondo alla mia coscienza. Pizzillo non è un uomo corrotto, è solo un po'... seduto. Un po' conservatore, ecco, un po' troppo conservatore." Giovanni inarca le sopracciglia. Non ne è del tutto convinto. "Due: tu lo sai perché vi faccio lavorare in squadra? Perché ci riuniamo almeno una volta alla settimana, condividiamo le informazioni, ci passiamo i fascicoli. Lo sai?"

"Perché questi fascicoli sono tutti collegati fra loro, sono sempre gli stessi nomi che girano, è un sistema articolato di..."

"Sì, certo," Rocco fa un gesto con la mano, "questo è chiaro. Ma c'è un altro motivo, un motivo più *segreto*." Gli strizza l'occhio indicandogli la sedia. Falcone si siede, e anche Rocco va a sedersi dietro la scrivania su cui poggia i gomiti.

"La mafia è cambiata, Giovanni. Questi qui non si fanno più problemi quando si tratta di... Lo sappiamo, no?" Chinnici stringe i braccioli della poltrona. Per un attimo, l'immagine dei suoi polpastrelli che si aggrappano all'imbottitura è raggelante. Falcone sta osservando un uomo chiuso da vivo dentro la propria bara. Quella poltrona è un feretro scelto con grande cura. Il colore, i legni, le rifiniture...

Giovanni prova a scacciare l'immagine dalla propria mente.

"Ho impiegato settimane, settimane, per spiegare a mia moglie e ai miei figli che tenevo molto a questo posto," stringe ancora l'imbottitura nera dei braccioli, "che era la mia destinazione naturale e che non potevo tirarmi indietro. Loro sanno benissimo quello che è successo a... Sanno tutto. Però gli ho detto che non devono preoccuparsi. Che ora tu hai la scorta, io ho la scorta. E non dobbiamo troppo preoccuparci. Però dobbiamo pure essere realisti. Ci ho ragionato molto dopo la morte di Cesare. È importante che, nel caso in cui qualcuno dovesse *cadere*, se qualcuno di noi..."

"Sì, sì, ho capito," tronca Falcone. Il volto di Rocco oggi è più bianco del solito, e ha due grosse occhiaie. Giovanni non riesce a tollerare oltre l'immagine che gli si è piantata nel cervello.

"Ecco. In quel caso, le conoscenze che ognuno di noi ha accumulato non devono disperdersi. Se cade uno, non cade anche l'indagine. Se cade uno, sappiamo che prima di cadere ha passato il testimone." La luce che entra dalla finestra si riflette sugli occhi di Rocco, ora velati da una patina lucida. Si lascia andare sullo schienale, affonda nella morbida imbottitura nera, come da steso, e ricomincia a lisciarsi la cravatta.

"Quindi tu non solo puoi, ma *devi* continuare a indagare. E poi devi dire anche agli altri, a Paolo, a Giuseppe, a Leonardo, quello che..."

“Sì, Rocco, è tutto chiaro.” Giovanni si alza bruscamente. Gli manca l’aria. Esce dall’ufficio quasi correndo, mentre i colleghi assiepati nel corridoio lo chiamano. Ma lui non sente niente, a parte un coltello puntato alla gola. Una lama fredda e affilata, poggiata sopra la sua carotide.

5.
OSTAGGIO

Favignana, 1976

"Mi volete fregare... Io lo ammazzo! Lo ammazzo!"

Giovanni Falcone è legato a una sedia nel parlatorio del carcere di Favignana con un coltello puntato alla gola. Alle sue spalle, occhi spiritati e un enorme tatuaggio che gli copre il collo allungandosi fino alle braccia, Vincenzo Oliva, ventinove anni, una condanna a trent'anni anni per omicidio.

"Lo ammazzo!"

Il direttore del carcere si tiene poco distante dalla soglia. Non ha dubbi che il detenuto – una vecchia conoscenza del carcere, trasferito altrove e poi riportato lì dopo una rissa con altri reclusi – faccia sul serio. Oliva, che si proclama appartenente ai Nuclei armati proletari, è in prigione per l'assassinio del benzinaio Ottavio Perrone, avvenuto il 9 maggio del '64 a Sanremo durante una rapina che gli aveva fruttato trentamila lire. È questo, per lui, il valore di una vita umana.

La questione è seria, tanto che di fianco al direttore del penitenziario c'è il procuratore della Repubblica Giuseppe Lumia, arrivato lì appena avvisato della notizia, e anche il presidente del Tribunale di Trapani, Cristoforo Genna. Ma Oliva si rifiuta di trattare con entrambi. Ha intimato a tutti di non entrare nel parlatorio, altrimenti farà fuori il giudice. Preferisce parlare con due detenuti che gli fanno da mediatori: il bandito sardo Peppino Pes e il pugliese Sante Notarnicola, braccio destro di Pietro Cavallero, il boss della banda di rapinatori che nove anni prima ha messo a ferro e fuoco Piemonte e Lombardia.

"Dove sono le TV? Eh? Mi avete preso per coglione?" grida Oliva. Giovanni Falcone ha i capelli appiccicati alla fronte. Sta sudando, nonostante sia ottobre inoltrato, ma non sembra impaurito. Teso, quello sì. Chi non lo sarebbe, con un braccio stretto intorno al collo e la punta di un coltello che gli sfiora la carotide?

"Dove sono i giornali? Le radio? Mi state prendendo per il culo?"

"No, no," prova a calmarlo il direttore del carcere, "stanno arrivando." Intanto si volta a guardare il procuratore, che annuisce. "Stanno arrivando, sono già sulla pilotina." In parte è vero. Alcuni uomini sono sulla pilotina che approderà di lì a poco sull'isola di Favignana, dove carabinieri e polizia hanno allestito diversi posti di blocco. Non è ancora chiaro se i giornalisti entreranno di fatto nel penitenziario: per ora si sono messi in marcia. La situazione cambia minuto dopo minuto e potrebbe sfuggire di mano.

Anche Pes e Notarnicola sono agitati. Dalle celle arrivano le voci degli altri detenuti che incitano Oliva inveendo contro le autorità. La rivolta è dietro l'angolo.

Il magistrato di sorveglianza Giovanni Falcone è arrivato nel carcere intorno a mezzogiorno, per la sua visita settimanale. Oliva, insieme ad altri detenuti, aspettava nel corridoio che conduce al parlatorio. Appena Falcone è entrato nella stanza, Oliva l'ha aggredito puntandogli il coltello alla gola, l'ha legato alla sedia e si è barricato dentro il parlatorio chiedendo di essere trasferito nel carcere di Torino insieme a sua sorella, perché, dice, in quello di Favignana vogliono fargli la pelle. E forse non ha tutti i torti, visto e considerato il suo passato da attaccabrighe. Chiede anche di poter leggere a radio e TV un comunicato politico che si conclude, in ogni caso, con la richiesta di trasferimento nel penitenziario torinese.

A un tratto, due carabinieri portano davanti al parlatorio un uomo in completo scuro dall'aria trafelata. È l'avvocato Salvatore Ciaravino, noto per aver già difeso con l'organizzazione di estrema sinistra Soccorso rosso alcuni terroristi. Ha uno sguardo rassicurante. Appena arriva, infila la testa fra la porta e il battente. Oliva serra il braccio intorno al collo di Falcone, che tossisce.

"Calma, calma," dice l'avvocato. "Sono Salvatore Ciaravino, sono qui per lei. Ho già..."

"Sì, sì," mugugna Oliva, "lo so chi sei."

"Bene. Allora possiamo calmarci un attimo? Va tutto bene." Falcone gli lancia un'occhiata perplessa. "*Andrà* tutto bene," si corregge Ciaravino.

"Dove sono le TV?"

Con molta cautela, Ciaravino fa un mezzo passo nella stanza. "Per ora stanno arrivando le radio. Per le TV è più difficile, serve più tempo."

"Voi mi state fottendo!"

"No, no... Guardi che a quest'ora nessuno è davanti alla TV, mentre una diretta radio arriverà dappertutto, anche a chi sta guidando." C'è un fondo di verità, nella bugia dell'avvocato. È da più di quattro ore che Oliva è asserragliato in quella stanza. Ormai sono tutti esausti. Falcone solleva lentamente una mano e si asciuga la fronte.

Passa ancora un'oretta fra vari tira e molla, urla e minacce di tagliare la gola all'ostaggio. Dopodiché, l'avvocato Ciaravino torna nel parlatorio con un telefono collegato da un lungo cavo a una presa nel corridoio.

"Può parlare con un redattore dell'ANSA."

"Ma che cazzo..." Oliva strabuzza gli occhi. "Ma che cazzo vuol dire? Io ho chiesto radio e TV. Che state cercando di fare?"

"L'ANSA è l'agenzia di stampa che rifornisce tutti i quotidiani, le televisioni e le radio. È il meglio che possiamo fare."

"Ma non è quello che ho chiesto!" sbotta il detenuto. "Voglio la RAI! Avete capito?"

"La RAI è impossibile," dice Ciaravino. "Mi ascolti, Oliva. Posso?" Si schiaccia la cornetta del telefono contro il petto e gli si avvicina facendo piccoli passi, con l'altra mano bene in vista. "Questo è il miglior accordo in cui possiamo sperare. Un ordine di trasferimento già firmato per il carcere di Torino e la lettura alla radio del suo comunicato."

Oliva non è convinto.

"E chi me lo dice che verrà letto alla radio?"

"Ascolterà lei stesso la trasmissione." Il detenuto tentenna per qualche attimo, poi allunga una mano per afferrare la cornetta.

"Chi è al telefono? Non ho... Ok, va bene. Posso iniziare?" Solo adesso si rende conto che gli sarà impossibile leggere il suo comunicato tenendo un braccio intorno al collo del magistrato e il telefono nell'altra mano.

"Chiudi la porta," dice all'avvocato. Quello fa per chiuderla dietro di sé.

"Esci!" gli grida Oliva. Ciaravino esce e chiude la porta del parlatorio.

Oliva toglie il braccio dal collo di Falcone, ma continua a tenere il coltello. Mette la cornetta del telefono fra la spalla e il mento. Con la sinistra prende un biglietto dalla tasca, lo apre e inizia a leggere.

"Oggi un militante individualista anarchico..." tossicchia. "Oggi un militante individualista anarchico aderente ai Nuclei armati proletari, rispondendo alla brutale repressione di Stato diretta a eliminare fisicamente il combattente all'interno delle carceri gestite dal potere borghese, ha inteso rispondere con la rappresaglia rivoluzionaria a queste gravissime provocazioni sequestrando il magistrato preposto alla sorveglianza del carcere di Favignana..." Il suo ostaggio lo ascolta pazientemente per una decina di minuti, chiudendo di tanto in tanto gli occhi o sollevandoli al soffitto. "... alla minima repressione risponderà con la rappresaglia rivoluzionaria..."

Devono passare ancora un paio d'ore prima che Oliva possa ritenersi soddisfatto e sufficientemente garantito. Deve arrivare, nello specifico, l'ordine di trasferimento che lo colloca nel carcere di Torino. Quando arriva, Oliva consegna il coltello all'avvocato Ciaravino. Giovanni Falcone può tirare un sospiro di sollievo rimettendosi in piedi.

"Come stai?" gli si avvicina Genna. "Tutto bene?"

"Sono stato meglio, ma non mi posso lamentare."

Genna gli mette un braccio sulle spalle. "Chi glielo dice a Rita se poi ti succede qualcosa?"

Da quando Falcone si è trasferito a Trapani da Lentini, dov'era pretore, fra loro si è creato un buon rapporto. Il presidente del tribunale è spesso a casa dei Falcone, dove Rita fa sfoggio delle sue abilità culinarie. C'è sempre un bel movimento in casa loro. Rita ama circondarsi della Trapani bene, gente con molti argomenti e altrettante opinioni, e anche a Giovanni fa piacere opporre un ostacolo alla riservatezza che gli è propria, aprire una breccia nello scudo che, un po' per carattere e un po' per necessità, si è costruito intorno.

È lì che adesso Falcone deve ritornare, a Trapani. Così s'incammina verso l'uscita del carcere. Raggiungerà il molo e poi, finalmente, una barchetta lo porterà verso casa dove potrà rivedere Rita. Sarà molto in pena, visto che la notizia del suo sequestro ha fatto in pochi minuti il giro dell'isola. Hanno provato a telefonare a casa per avvisarla che è andato tutto bene, ma il telefono squillava a vuoto.

Giunto al molo, Giovanni capisce il perché. C'è una caterva di amici in sua attesa, e fra loro c'è anche Rita, che corre subito ad abbracciarlo. Stasera a casa Falcone ci sarà una festa.

6.
TRIBUNALE DEI MORTI

Palermo, 1982

È strano sentire di nuovo, oggi che sono passati sei anni, il freddo della lama poggiata sul collo. Stavolta non c'è nessuno a impugnarla dietro di lui. Eppure, la sensazione non è troppo diversa. Falcone si abbandona sullo schienale della poltrona. Alza gli occhi al soffitto: un po' di cemento e qualche tavella oltre la quale c'è il capo di tutta la baracca. Forse, se sta ben attento, può riuscire a sentirne i passi.

Perché Pizzillo ha deciso di fare la voce grossa proprio adesso? È da almeno un paio d'anni che questa storia va avanti, con gli accertamenti finanziari su conti e libretti di risparmio e le continue richieste di documentazione ai direttori di banca. Richieste che molto spesso non vengono evase, vengono ignorate o respinte tramite le lettere degli avvocati, vengono procrastinate fino a quando i giudici non si recano personalmente nelle filiali – ed è accaduto più volte – per rinfrescare la memoria a direttori sempre troppo impegnati.

L'unica spiegazione è che la strada è quella giusta. L'indagine è arrivata a un punto, ed è un punto che ai colletti bianchi non piace. Li mette sotto pressione. Per questo con i loro mezzi spicci ma concreti cercano di scaricare almeno una parte di quella pressione addosso al procuratore generale. E lui, di conseguenza, la scarica sui suoi sottoposti.

Falcone ha preso in mano le carte del procedimento contro i fratelli Rosario e Vincenzo Spatola due anni fa, rendendosi subito conto di come soprattutto il primo dei due fosse molto caro all'economia locale, visto che, a partire dagli anni settanta, è diventato uno dei maggiori contribuenti siciliani. E pensare che la sua carriera imprenditoriale iniziò nel dopoguerra, quando era ancora un ragazzo, come venditore ambulante di latte nel suo quartiere, quello dell'Uditore. Lì arrivarono anche le prime rogne con la giustizia a causa di una partita di latte che aveva annacquato prima di destinarla al mercato nero. Quando si dice che uno promette bene. Oggi Rosario Spatola è uno dei costruttori e appaltatori più potenti di tutta la Sicilia: la sua impresa dà lavoro a quattrocento persone, e lui si sposta di continuo fra Palermo e gli Stati Uniti.

Parrucchino, blazer scuro, cravatte eleganti, Spatola inoltre conosce bene gli uffici della Procura di Palermo: i magistrati lo tengono sotto torchio già dalla fine degli anni settanta, provano a strappargli qualche brandello di verità, a scucirgli qualche minima confessione. Da un lato e dall'altro dell'oceano, le sue parentele e i suoi soci in affari sono ben noti. Si chiamano Gambino, Di Maggio, Inzerillo, Bontate, Mangano, hanno nomi italoamericani come John Egitto, Gerald Castaldo, Richard Cefalù, soprannomi come Franky boy. Solo qualche mese fa, l'imprenditore ha organizzato un brindisi elettorale per il ministro della Difesa Attilio Ruffini, in quota DC, invitando tutti i presenti a "votare e far votare il nostro amico alle elezioni europee".

Ma questa, per il momento, rischia di essere la faccenda meno importante. Il nome di Rosario Spatola è legato a doppio filo a quello di un banchiere, Michele Sindona. Definito dalla rivista *Time* "l'italiano di maggiore successo dopo Mussolini", dal presidente del Consiglio Giulio Andreotti come "il salvatore della lira" e dall'ambasciatore americano John Volpe come "l'uomo dell'anno", il suo nome compare nello stesso fascicolo giudiziario. Senza contare il finto sequestro che pare abbia messo in scena dopo che la sua Franklin Bank è stata dichiarata insolvente per bancarotta fraudolenta. Grazie a Sindona, buon conoscente di papa Paolo VI e proprietario di una banca privata finanziaria a cui si è associata nel '69 la Banca vaticana, i Bontate, gli Spatola, gli Inzerillo, hanno investito danaro sporco in società finanziarie e immobiliari con una serie di operazioni concluse in Florida e sull'isola di Aruba.

Il processo Spatola è un verminaio, una rete intricatissima di nomi, clan mafiosi e logge massoniche, che partono dalla Sicilia e arrivano molto lontano; quello che appare subito chiaro è che chi ci mette le mani muore. È successo a Giorgio Ambrosoli, il commissario liquidatore che si occupava delle attività finanziarie di Sindona, e al procuratore Gaetano Costa. Sulle poltrone del Tribunale di Palermo si potrebbero tracciare delle x per tenere il conto di quelli che hanno fatto appena in tempo a sedercisi. C'è un tribunale dei vivi, che cerca – annaspando, tra provvidenziali dimenticanze e funamboliche lungaggini – di amministrare la giustizia. E ce n'è uno dei morti, che ancora non l'ha ottenuta.

7.
LO SBIRRO AMERICANO

Palermo, 1979

Sei proprio sicuro di essere in Italia? Non è che forse sei rimasto in Libia e questo è un sogno? Magari fra un secondo tuo padre ti sveglierà di soprassalto, già nella sua bella uniforme da marinaio stirata e profumata, tua madre in cucina starà scaldando il pane, il barattolo con la marmellata sarà aperto sul tavolo...

Ma no, ma no. Ma quale sogno: è Palermo. Una città italiana, fino a prova contraria. Solo che di prove contrarie, Boris ne vede un po' ovunque. Di fianco alla città operosa – *rilassatamente* operosa, non come certi posti del Nord, fanatici e forsennati nella corsa quotidiana al profitto – ce n'è un'altra, eternamente sopita nelle scalcinature dei suoi vecchi palazzi e per nulla intenzionata a destarsi.

È anche colpa tua. È per questo che ti pagano, perché questo posto migliori. Forse non fai abbastanza, forse...

Schiaccia il piede sul freno, l'auto s'inchioda al centro della strada. Boris digrigna i denti in una mezza bestemmia. Due bambini a petto nudo stanno facendo lo slalom a centro strada su una bici tutta rappezzata con il nastro adesivo. Uno è seduto, l'altro si regge in piedi sulle staffe della ruota posteriore.

"Oh! Ma che c..." grida sporgendosi dal finestrino.

"Arrusu!" grida quello in piedi, poi i due riprendono a fare lo slalom senza neanche preoccuparsi di svignarsela. Avrebbe senso fermarsi, scendere dall'auto, tirare quei due per le orecchie e riportarli dai genitori? Macché. Ormai casa sua è diventata una specie di comunità, un centro di accoglienza per bambini di strada. Li trascinano in questura e lì dovrebbero rimanere fin quando i genitori – di solito gente allo sfascio, senza un lavoro, alcolizzati e tossici – non vengano a riprenderseli. Ma lui, ogni volta, se li porta a casa. Li fa sedere a tavola e li fa mangiare con la sua famiglia. I suoi figli Alessandro, Selima ed Emanuela hanno ormai fatto l'abitudine a stringere amicizie che si risolvono nel giro di una mezza giornata, sua moglie Ines ad apparecchiare un posto in più.

Boris rimette in moto, sbuffa e scuote la testa.

Vedi? È anche colpa tua se tutto resta sempre uguale.

Alza gli occhi al retrovisore, si aggiusta i baffi col pollice e l'indice. Poi con la mano si sistema i capelli, ben ordinati e impomatati, con la riga che parte precisa poco sopra l'orecchio sinistro. È fin qui che si estende la sua ricerca di ordine e compostezza, fino al suo aspetto, ai capelli e ai baffi, alle giacche sportive ma eleganti e alle camicie sempre stirate, alle cravatte dalle trame fini.

Forse non fai abbastanza...

E basta, perdio. Cosa deve fare? Il poliziotto, il padre, l'assistente sociale. Lo farebbe pure, fosse per lui. Se le giornate avessero qualche ora in più, invece delle solite ventiquattro. E poi, non spetta sempre tutto a lui. Non sarebbe compito suo neanche quello che sta per fare adesso, mentre parcheggia l'auto davanti alla sede centrale della Cassa centrale di risparmio per le province siciliane, proprio a ridosso della Vucciria. E qui, ancora, di fronte alla vista dei palazzi crollati – vecchi ruderi dalle finestre murate, dalle pareti sventrate, tenuti in piedi per miracolo da una pezza di stucco e qualche iniezione di cemento grigio – Boris si chiede se è proprio sicuro di trovarsi in Italia. Se quello che ha davanti a sé, maestoso, imponente e venerato – al contrario delle costruzioni sullo sfondo – è davvero il palazzo di una grossa banca o non, piuttosto, la dimora di uno spietato dittatore che fa gli interessi di pochi a scapito del benessere di molti. Possibile che sia entrambe le cose?

Si guarda un'ultima volta nello specchietto. Si sistema i baffi, che erano già in ordine, e fa lo stesso con la riga dei capelli. Il look fa molto sbirro americano. Sembra appena uscito da una puntata di *Starsky & Hutch*. Quindi è perfetto. Come sempre.

Avrebbe potuto far venire uno dei suoi agenti, qui in banca, ma voleva farlo lui. Vuole che il direttore sappia che il capo della squadra mobile si è preso il disturbo di andarci personalmente. Che avverta tutta la pressione possibile.

Varca l'ingresso con le mani infilate nelle tasche dei pantaloni. Si guarda intorno, lo sguardo spazia sull'alto soffitto, poi segue il perimetro del locale, i marmi, e cala sui volti degli impiegati dietro gli sportelli. Attende così, sull'uscio, per qualche secondo, senza che accada nulla. Sfila una sigaretta dal pacchetto morbido e la accende proteggendo la fiamma con la mano anche se non ce n'è bisogno. Quando alza di nuovo lo sguardo vede davanti a sé, a mezzo metro, la guardia giurata che lo scruta.

"Polizia," gli dice soffiando il fumo della sigaretta, prima che quello gli domandi perché porta una pistola sotto la giacca. La apre con calma e gli mostra l'arma, poi la toglie dalla fondina sotto l'ascella e la consegna: è una Colt cinque colpi. Gli mostra anche il distintivo.

"Buongiorno, che dovete fare?"

"Dovrei parlare con qualcuno."

"Vedete che fila che c'è," indica le code agli sportelli. "Però per voi, lo sapete... Ora vi chiamo un impiegato," gli strizza l'occhio.

"Ma no, non devo fare... Sono qui per lavoro."

"Per lavoro?" lo fissa la guardia con aria interrogativa.

"Sì, per lavoro. Come poliziotto."

"Ah."

"Devo parlare con Lo Coco."

"Ah. Allora un attimo, chiedo se è disponibile. Voi vi chiamate?"

"Dottore Giuliano, dirigente della squadra mobile della questura. Vi aspetto qua."

Boris torna a fissare il soffitto della banca. Qui dentro, in quest'unico stanzone, ci starebbero due o tre piani di quei vecchi palazzi pericolanti della Vucciria. È proprio alto. Alto, grande, pulito. Per trovare qualcosa che funzioni qui a Palermo, bisogna entrare in banca. Il locale gli ricorda quello della Manin, la manifattura dove lavorava quand'era a Milano prima di vincere il concorso in polizia. Lì, però, c'era molto più movimento. Gli operai si spostavano incessantemente, andavano da un punto all'altro. Al colpo d'occhio, insomma, era un luogo più dinamico. Qui invece tutto è fermo. È solo il danaro a muoversi. E pare che si muova molto bene.

La guardia impiega una decina di minuti a ritornare, e ha un'espressione molto diversa da quella di pochi minuti prima, quando credeva che Boris fosse lì per compilare una distinta di versamento o incassare un assegno.

"Il direttore ha detto che può ricevervi."

"Gentilissimo."

"Se volete seguirmi." S'incamminano verso l'ala est dell'edificio, dove ci sono gli uffici. La guardia procede lentamente. Non ha alcuna fretta di portare il nuovo ospite nell'ufficio del direttore. Sa bene che non sarà molto felice di incontrarlo. Fra sbirri e bancari c'è sempre quel muro sottile ed estremamente malleabile del segreto bancario, un feticcio vecchissimo ma duro a morire. Quella di certi conti è una pentola che nessuno vuole aprire.

Boris si aggiusta i baffi e si liscia i capelli.

"Piacere. Lo Coco," gli fa il direttore porgendogli la mano sull'uscio dell'ufficio.

È un uomo bassino, ha una folta capigliatura bianca che lo fa sembrare più vecchio di quanto non sia. Boris è contento che si sia preso quantomeno il disturbo di aspettarlo sulla soglia. Lo Coco indossa una cravatta con piccole rondini ricamate.

"Giuliano, squadra mobile."

Si stringono la mano con vigore, poi il direttore gli fa cenno di accomodarsi sulla poltrona rossa di fronte alla sua scrivania. Ci sono altri due tavoli dentro l'ufficio, bassi e informali, circondati da divanetti neri. Ma né l'uno né l'altro cercano informalità, questo è chiaro. È quasi impossibile che il capo della mobile e il direttore della Cassa di risparmio diventino buoni amici. Quasi.

"Voi siete il poliziotto americano, è giusto?"

Ecco. Non è un caso se Boris Giuliano sembra uscito da un episodio di *Starsky & Hutch*. Si è fatto le ossa nella sede dell'FBI di Quantico, in Virginia. È lì che ha imparato a fare il poliziotto. È lì che ha imparato a sparare – si dice che con la sua Colt sia capace di piazzare una palla in mezzo agli occhi di qualcuno da cinquanta metri di distanza. È lì che è diventato un esperto di pedinamenti. Ed è lì che ha imparato l'importanza del detto *follow the money*, quando si tratta di acciuffare criminali. Era naturale che, una volta tornato nella sua terra d'origine, qualcuno iniziasse a riferirsi a lui come "lo sbirro americano". In realtà, i colleghi della squadra mobile sanno che lo "sbirro americano" non è lui. Lo sbirro americano vero si chiama Tom Tripodi, è un agente dell'FBI e ha fatto il viaggio di ritorno in Italia con Boris perché anche lui, adesso, sta indagando sulle cosche mafiose, ma dalla parte dei cattivi. In questo preciso istante, mentre Boris è seduto nell'ufficio di Lo Coco, Tom Tripodi è in un garage della Kalsa con la serranda abbassata, seduto a un tavolo pieno di bottiglie di birra con tre uomini, due dei quali fanno di cognome Bontate e Inzerillo. Tom Sing Sing – questa è la storia che finora si sono bevuti – è un ex trafficante di Detroit che ha deciso di passare con i Gambino, e quindi con loro. In questura, Tom e Boris sono come il laccio e la trottola. Qualcuno li chiama "i gemelli".

"Vi vedo informato," dice Boris.

"Eh, Palermo è una città piccola, dottore. Siamo una famiglia, alla fine!" ridacchia. "Le voci girano presto... Ditemi, però: come vi posso aiutare?"

Boris prende dalla tasca interna della giacca un foglio ripiegato, lo apre e lo poggia sulla scrivania girandolo, in modo che Lo Coco possa leggerlo nel verso giusto. È la fotocopia di un assegno. Il direttore lo guarda con grande interesse.

"Caspita," commenta.

"Eh già." L'importo segnato sull'assegno è di trecentomila dollari americani.

"Lo conoscete?"

"Questo assegno? Dottore, se dovessi ricordarmi tutti gli assegni che vengono versati in questa banca finirei per dimenticare il nome dei miei figli."

"Giusto, è stato versato in questa banca. Complimenti per l'intuizione."

"Immaginavo, visto che l'avete portato qua."

"Comunque no, non intendevo l'assegno, volevo dire se conoscete la persona che l'ha firmato, il signor Francesco Giglio."

"Neanche per idea."

"Siete sicuro?"

"Al cento per cento."

"Io non voglio insistere, voi siete stato gentile a ricevermi così all'improvviso..."

"Dovere."

"Però sono costretto a ricordarvi che se poi dovesse venire fuori che questo Giglio voi lo conoscete, che magari è un cliente abituale..."

"Lo escludo," lo interrompe Lo Coco.

"Questo è strano, non si deposita un assegno da trecentomila dollari in una banca che non si conosce. Ci risulta fra l'altro che questo Giglio abbia fatto diverse operazioni."

"Ah, davvero?" Lo Coco è perplesso. Si picchietta i denti con l'unghia dell'indice. "Dottore, volete fumare?" Lo Coco si accende una sigaretta e porge il pacchetto a Boris.

"Grazie, ho le mie."

"Io veramente non so... In questo momento, forse dovrei..."

"Ci risulta che in totale ha versato ventitré assegni circolari e che poi ha diviso i soldi in due libretti di risparmio al portatore." Lo Coco si sporge sulla scrivania, avvicina gli occhi alla fotocopia dell'assegno, stringe le palpebre. "È strano, insomma, uno che ha fatto così tante operazioni..."

"Aspettate," fa a un tratto il direttore, "ma questo viene da una banca straniera."

"Sì."

"Eh, infatti... È una banca americana..."

"Esattamente. Iniziate a ricordare?"

"Forse."

"Ottimo. E cosa ricordate?"

"Forse un signore con un forte accento americano."

"Aaah, ecco. Vedete che ve lo ricordate? E com'è fatto questo signore? Me lo potete descrivere?"

"L'avrò visto sì e no un paio di volte."

"Ed è sufficiente per descrivermelo?"

"Certo, certo." Lo Coco prende la pochette bianca dal taschino della giacca e si asciuga la fronte. È luglio, il sole palermitano mostra i muscoli, e per quanto nel palazzo della banca si stia più freschi che all'esterno, il calore arriva anche lì. Il direttore, almeno, sembra soffrirlo molto.

"Dovrebbe essere un signore con i capelli bianchi, non proprio bianchi... Diciamo..."

"Brizzolati?"

"Esatto, brizzolati. Media altezza..."

"Perfetto, perfetto." Boris sorride e annuisce, come si fa con i bambini. Con quelli stupidi, almeno, perché quelli che si porta a casa dalla questura lo capirebbero da un chilometro di distanza che nel suo sorriso c'è qualcosa di non proprio benevolo. "Ho cambiato idea, accetterò una delle vostre sigarette."

"Certo!" fa Lo Coco. Poi si rende conto di aver quasi urlato e abbassa gli occhi per l'imbarazzo. "Ecco," gli porge il pacchetto. "Ma è un criminale? Se posso sapere... Come siete venuto in possesso di questo assegno?"

"Non è per voi, direttore, lo capirete, però queste sono informazioni riservate."

"Ah, va bene, va bene. Non c'è problema." Lo Coco usa la pochette per asciugarsi anche il collo. "Oggi è un forno," sorride. "Non si respira."

A dargli quella fotocopia sono stati gli uomini della DEA, la Drug enforcement administration, che hanno intercettato un anno fa all'aeroporto JFK di New York un quintale di eroina purissima spedita da Palermo. La DEA ha anche messo le mani su una serie di assegni e di versamenti catalogati come "rimesse per migranti" che viaggiavano in direzione opposta, partendo stavolta dal New Jersey e arrivando dritto fino alla Cassa di risparmio per le province siciliane, per poi impaludarsi nelle pieghe di svariate manovre finanziarie.

Il pensiero di Boris va per un istante al collega Tom, che sta recitando la parte del mafioso in un garage della Kalsa; ormai sarà già alla sesta birra. Forse, tra i due, è quello che se la sta passando peggio. Ma almeno lui ha la birra. Qui, invece, solo acqua di colonia, abiti da beccamorto e menzogne a buon mercato.

"Direttore, allora devo chiedervi qualche altra notizia su questo Giglio."

"Eh, ma io non ho idea di chi sia questo signore, so solo che ha i capelli brizzolati e parla americano."

"E voi incassate assegni di trecentomila dollari da gente 'americana' che non conoscete? Quindi io vengo qua, *Good morning*.

How are you? e cambio un assegno da mezzo milione di dollari? È corretto?"

"Eh, ma voi sapete che nessuno se la passa bene, di questi tempi, neanche le banche..."

"Non mi era sembrato."

"Se ci mettiamo anche a fare le pulci a quelli che portano capitali. Mica siamo poliziotti, dottore!" Si fa un'altra risata.

"Io sì, però." Boris spegne la cicca, ancora a metà, nel portacenere sulla scrivania. "Direttore, allora..."

"Lo so, lo so. Voi indagate, fate bene. So che lavorate molto, che lavorate con gli americani, è giusto? Non vi ho offerto neanche una cosa da bere, mi dovete scusare."

"Sono in servizio. In che senso lavoriamo con gli americani? Che volete dire?" Lo Coco si alza, apre il mobiletto alle sue spalle e tira fuori una bottiglia di Chivas.

"Ma niente, niente... Avanti, bevetevi un bicchiere," dice svitando il tappo.

"Non posso, vi ringrazio. Come se avessi accettato." Nonostante il caldo, Boris sente un brivido percorrergli la schiena.

"Vedete che vi riconcilia," dice lo Coco svitando il tappo, "così magari possiamo venirci incontro. Non c'è bisogno di fare la guerra, dottor...?"

"Giuliano."

"Sì, ma che nome avete? Come vi hanno battezzato?"

"Dottore Giuliano."

Lo Coco scuote la testa, sornione.

"Scusate, dottore, volevo solo essere educato."

"Non c'è bisogno, potete pure essere maleducato," dice alzandosi. Si sistema i capelli, prende la fotocopia dell'assegno dalla scrivania, la ripiega e se la mette in tasca.

"L'importante è che se torna questo signore voi mi avvertite. Siamo d'accordo?"

"Certamente. Non mancherò. Giglio, è giusto?"
"Avete una buona memoria."

Tom Sing Sing ha la faccia da pacioccone e qualche chilo di troppo. Vedendolo, nessuno direbbe mai che è un mafioso – infatti non lo è, è un agente dell'FBI sotto copertura –, e questo suo essere "fuori ruolo", questa sua estetica spiazzante, lo rendono paradossalmente più credibile. Nel giro lo chiamano Sing Sing perché pare che si sia fatto un paio d'anni nel carcere di Ossining. I documenti sul periodo della sua detenzione sono a posto. Se qualcuno dal lato dei cattivi dovesse trovare il modo di recuperarli – ipotesi più che probabile – apprenderebbe che è stato nella prigione di massima sicurezza per ventisei mesi e che il suo unico compagno di cella era uno spacciatore di crack morto di overdose appena uscito dal carcere.

Boris lo trova spaparanzato in una poltrona nell'ufficio della mobile, i piedi poggiati sopra un tavolino e una sigaretta al mentolo fra le labbra.

"Ti sta piacendo parecchio il ruolo."

"Ci sono nato," risponde in un italiano sghembo, con una strana cadenza siciliana. Boris si stravacca nella poltroncina accanto. Le pareti dell'ufficio sono ingiallite, qua e là l'intonaco mostra le sue crepe, e in un angolo c'è un mucchio di calcinacci caduti dal soffitto. Fra stemmi e calendari spunta qualche crocifisso. Boris si allenta la cravatta e si accende anche lui una sigaretta, poi si volta a fissare il collega aspettandosi che dica qualcosa.

"Ci siamo, my friend," gli fa Sing Sing. "Ci siamo." Boris sorride, ma è un sorriso preoccupato.

"Una partita la stanno lavorando nel deposito di carburanti dietro il..." prende un bigliettino spiegazzato dalla tasca posteriore dei jeans, "bar Baby Luna. Un altro invece in una stalla di Rosario Spatola a..." legge di nuovo il bigliettino, "Baida. E poi hanno un altro laboratorio per raffinare l'eroina dove c'è una pompa elettrica che prende l'acqua direttamente dal fiume."

Boris si fa una risata. "E dove?"

Tom legge in fondo al suo foglietto spiegazzato. "Alcàmo."

"Àlcamo, forse."

"Àlcamo, sorry. C'è questo chimico, Ciccio Mannoia... Riesce a lavorare ottanta chili alla settimana: quattro tonnellate e mezzo all'anno."

"Fiuuu."

"Questo qui guadagna cinque milioni di lire al chilo."

"Cazzo, abbiamo proprio sbagliato lavoro," fa Boris guardando il soffitto malandato mentre soffia il fumo della sigaretta.

"Bontate e Inzerillo vendono l'eroina a Gambino: cinquantamila dollari al chilo. Gambino la rivende alle famiglie americane: centotrentamila dollari al chilo." Boris fischia di nuovo.

"Sei un grande, Sing Sing." Tom toglie i piedi dal tavolino e schiaccia la cicca nel portacenere.

"What's up, my friend?"

"In che senso?"

"Che succede? Ti vedo un po'..." gesticola senza finire la frase. Boris lo guarda per qualche secondo senza parlare. Si conoscono abbastanza perché Tom intuisca che c'è qualcosa che non va. "Che c'è? Tuo figlio?"

"Ma no, figurati, Alessandro è un fenomeno, va benissimo a scuola. Farà anche lui il poliziotto, ne sono sicuro."

"Poor guy."

"Già."

"E allora che c'è? Qual è il problema?" Boris si alza e va a chiudere la porta della stanza, poi torna alla poltrona e si siede con i gomiti poggiati sulle ginocchia, sporto verso il collega.

"Ascoltami, Tom," gli dice a bassa voce, quasi sussurrando, "tu te ne devi andare."

"Che?" fa lui. "Ma che dici?" Boris gli fa cenno di abbassare la voce. Tom riprende con un sibilo, teso come una corda. "Perché me ne dovrei andare? Sto raccogliendo del materiale che è dinamite."

"Sì, sì, lo so, stai facendo un lavoro fantastico, ma te ne devi andare. Devi tornare a casa tua, qui non è più sicuro per te."

"Che vuoi dire?"

"In questa città si parla molto. Troppo. E qui," allarga le braccia riferendosi all'ufficio, "dove uno si aspetterebbe, non lo so... Qui si parla ancora di più."

Tom si alza, va alla finestra e si accende un'altra sigaretta al mentolo. "Vuoi dire che c'è una talpa in questura?"

"Non lo so." Boris scuote la testa, avvilito. "Ma credo ti abbiano scoperto. Sanno chi sei, Tom. Qualcuno deve aver parlato." Tom inizia a grattarsi il mento. Non è un fifone, ma è appena uscito da un garage con diversi pezzi da novanta della mafia palermitana, tutti armati e tutti pronti a fare testa o croce per chi debba sparare, accoltellare, strangolare.

"Hai..." La parola gli esce roca. Si schiarisce la voce. "Hai sospetti su qualcuno?"

"Niente di concreto."

"C'è qualcuno che... Qualcuno di cui non ti fidi?"

"Bruno."

"*Quel* Bruno?"

"Lui."

"Non ci credo." Tom scuote la testa. "Secondo me ti sbagli, Bruno è tuo amico, ti vuole bene."

"Sì, lo so."

"E allora?"

"Non lo so, Tom, non lo so. Tu però te ne devi andare."

"Non se ne parla."

"Tom, non mi costringere a ricordarti che qui siamo in Italia e che tecnicamente io sono un tuo superiore. Quindi quello che ti sto dando è..."

"Shit! Io non me ne vado."

"... un ordine." Gli si avvicina e gli mette le mani sulle spalle, lui se le scrolla di dosso. "Tom." Gli dà un buffetto sulla guancia. "Te ne devi andare. Qui non è più sicuro."

"Se è così, se sanno di me, allora se la prenderanno anche con te. *Siamo sulla stessa barca*, come dite voi."

"Che c'entra, io sono uno sbirro siciliano."

"Anch'io sono uno sbirro."

"Sì, ma è diverso. Io sono a casa mia. Loro fanno i ladri, io faccio la guardia. È così che funziona."

Tom dà un pugno sul muro. È arrabbiato, ha il volto paonazzo, ma sa perfettamente che, se le cose stanno come dice Boris, il tempo è già scaduto. Il fatto che sia ancora in vita è qualcosa di molto simile a un miracolo. Dovrebbe già trovarsi su un volo diretto per la Virginia.

"Dai. Prendi le tue cose e tornatene a casa." Boris gli scompiglia i capelli. "Ci vediamo presto, amico mio. Adesso vattene."

* * *

Nel garage della Kalsa che Tom Sing Sing ha smesso di frequentare da un giorno all'altro, oggi c'è un'umidità che rende tutto assurdamente pesante. Anche alzarsi, aprire il frigo dei gelati e prendere una birra, per i picciotti di Stefano Bontate è una faticaccia.

Bontate è un uomo dall'aspetto pacato, i modi eleganti e di buona cultura. Il fatto che adesso sia chiuso in questo garage buio e umido con altri quattro uomini a bere birra e giocare a poker su un tavolino lercio non deve trarre in inganno. Ieri sera ha cenato con il principe Vanni Calvello di San Vincenzo, appassionato di tiro al volo e fine collezionista di armi pregiate mentre la sera prima era con sua moglie a vedere una gara di auto sportive dove correva il conte Marianello Gutierrez Spadafora. Bontate si muove con agilità da un luogo all'altro e sa adattare la propria parlata agli invitati di un sontuoso ricevimento come alla teppaglia che siede con lui in questo istante.

"E quindi l'americano ce lo stava mettendo nel culo," dice lanciando un jack di cuori. "Furbi, siamo, a farci fottere dagli americani."

"Però avete visto, don Stefano," dice uno con una polo azzurra tesa sulla pancia, "l'abbiamo scoperto."

"E menomale. Menomale." Lancia un'occhiata a tutti i presenti.

"Don Stefano, i fratelli Spatola hanno messo a posto tutte le carte. Due società. Abbiamo dovuto fare un po' di giri di nomi, intestazioni... Ma tutte persone fidate. Lo Presti ha parlato con l'onorevole, l'appalto è nostro. Garantito."

"Io non mi sbilancio mai a garantire, Saruzzo, tu ti sbilanci?"

"Io, no. Ma gli Spatola hanno detto che è sicuro."

"Eeeh, hanno detto, hanno fatto... Questi qua stanno facendo cose strane, lo sai tu?" Fa cenno a un altro di passargli una bottiglia di birra, ne beve un sorso e si pulisce la bocca con la manica della camicia di lino. "Cose strane fanno."

"Avete ragione, don Stefano, è solo che..." La frase è interrotta da tre colpi sulla saracinesca. Tutti si fermano, c'è un attimo di silenzio. Poi altri due colpi. L'uomo con la polo azzurra si alza e va ad aprire. Via via che la serranda sale, spuntano due scarpe nere lucide, poi dei pantaloni dello stesso colore, poi una camicia blu e una cravatta con piccole rondini ricamate. L'uomo che appare è bassino e ha una folta capigliatura bianca.

"Ciccio!" Bontate si alza e va ad abbracciarlo. Lo bacia su una guancia. "Come stai? Tutto bello elegante, sei. Lo vedete come è bello elegante il cugino mio?" Gli altri ridacchiano. "Che sei stato a un matrimonio? Eh?"

"Magari," dice il nuovo arrivato scostando una sedia dal tavolo e prendendo posto. "In banca così si lavora. Tutti i giorni, dalla mattina alla sera. Pure con quaranta gradi."

"Ma tu non sudi! Tranquillo, sei. Un pezzo di ghiaccio! Dategli una birra, amunì." Francesco Lo Coco, che Stefano Bontate chiama affettuosamente Ciccio, è suo cugino di primo grado. Sono cresciuti insieme. Poi, col tempo, il primo è diventato il direttore di una filiale della Cassa di risparmio, l'altro il boss della famiglia di Santa Maria di Gesù, la più importante cosca mafiosa di Palermo. Lo Coco manda giù mezza birra con un sorso e sbuffa un rutto a mezza bocca.

"È tornato."

"Chi?"

"Lo sbirro. Giugliano, Giuliano, come minchia si chiama. La seconda volta. Ha portato altri assegni."

"Di nuovo? E che vuole?"

"Si è incazzato, ha detto che mi vuole arrestare. Ste', stavolta sono guai."

"Ah, sì? Guai? E perché?"

"Ha visto gli altri versamenti a nome di Giglio. Mi aveva detto che lo dovevo avvisare se Giglio tornava."

"E tu l'hai avvisato?" Bontate scoppia in una risata. Gli altri lo seguono a ruota. "Lo hai avvisato che *Giglio* ci va tutti i giorni dentro a quella banca? Che ci va così tanto spesso che l'hanno fatto *direttore*?"

"Tu scherzi, questo mi mette dentro e si mangia la chiave."

"Ah, ah, addirittura!" Lo stringe a sé passandogli un braccio intorno al collo. "Tu non ti devi preoccupare di niente, perché niente ti succede." Bontate si alza e va a prendersi da solo un'altra birra. La stappa con l'apribottiglie legato al frigo e la beve a piccoli sorsi. Fra un sorso e l'altro, borbotta qualcosa. Gli altri riescono a capirlo solo in parte.

"Puzza di sbirro dappertutto. Sbirri infiltrati, sbirri che t'interrogano, sbirri che ti fottono i piccioli, sbirri che te lo mettono in culo. Sbirri dappertutto. C'hanno scassato la minchia 'sti sbirri. C'hanno proprio scassato la minchia." Finisce la birra senza che nessuno apra bocca. Bontate è un uomo freddo e calcolatore, tanto da meritarsi il soprannome di Falco. Quando perde le staffe è bene mettersi in un angolo e fare silenzio.

"Amunì!" fa cenno a tutti di alzarsi. "Andiamo a parlare! Pure coi viddani mi metto a parlare se c'è bisogno, che questo qua sicuramente c'avrà scassato la minchia pure a loro."

"Coi viddani?" gli sussurra preoccupato il cugino. Bontate aggrotta la fronte.

"Eh no... Magari coi viddani proprio no, ora 'unn'allargamu." È così che chiamano i corleonesi: viddani, contadini. Per uno come Bontate, che invece saltella da un salotto all'altro facendosi chiamare principe di Villagrazia, sarebbe troppo chiedere una tregua o addirittura una rapida alleanza, foss'anche per risolvere un problema comune e spinoso come quello dello "sbirro americano".

"Però don Michele sì. Il Papa c'ha sempre una parola di saggezza su 'ste cose qua. Amunì!"

* * *

Boris stamattina si è svegliato solo. Il letto matrimoniale gli sembra troppo grande, ora che sua moglie Ines ha lasciato vuota la sua metà. Non si sentono neanche le voci dei ragazzi, Alessandro, Selima ed Emanuela, che in questo momento si starebbero preparando per andare a scuola. In tutta la casa regna una pace irreale, un vuoto sinistro e ostile.

D'altronde è stato lui a imporglielo, non si può lamentare. Ieri un agente è sceso dal quarto piano della questura, dove arrivano le chiamate per il 113, ha bussato alla porta del suo ufficio e gli ha detto: "Dottore, abbiamo ricevuto una telefonata."

"Che cosa strana!" ha commentato Boris.

"Sì, cioè..." ha proseguito il poliziotto intrecciando le dita, come se stesse per chiedergli un giorno di ferie. Però non è a lui che vanno chieste le ferie.

"Era un uomo."

"Ottimo. E...?"

"Ha detto: *dite a Giuliano che morirà presto.*"

Boris ha deglutito. Ma la sua espressione non è cambiata di una virgola. "E che ci voleva tutto 'sto tempo per dirlo?"

"No, è solo che..."

"Sto scherzando, sto scherzando." Si è alzato e gli ha dato una pacca sulla spalla.

"Se volete sentire la registrazione..."

"Sai quante volte mi hanno detto che ero un uomo morto? Conosco uno che i medici gli avevano dato tre mesi di vita e invece sta ancora qua a scassare la minchia." Ma Boris non è stupido. Sa benissimo che i pronostici dei medici e quelli della mafia hanno un peso diverso.

"Va bene, dai, sentiamo 'sta registrazione." Ha seguito l'agente al centralino e hanno ascoltato insieme la registrazione. Effettivamente, l'unica informazione che ne hanno ricavato è che si trattava di un uomo, forse intorno alla quarantina, con un marcato accento siciliano. Dopotutto, è lì che si trovano, in Sicilia.

Di ritorno a casa, Boris ha detto a sua moglie di portare i ragazzi a Piedimonte Etneo, alle falde del vulcano. "È solo per una breve vacanza," le ha detto. Ha pensato che lì, in un modo o nell'altro, potranno trascorrere qualche settimana di tranquillità.

La sera è passato a salutare Emanuela, Alessandro e Selima. Lei, la più piccola, ha sette anni. Come ogni volta, prima di rimboccarle le coperte le ha accarezzato la fronte e le ha raccontato una favola. Sono in tutto cinque o sei le favole che le racconta a ripetizione, ma a lei non dispiace, perché Boris ogni volta ne cambia il finale. Questa volta, per esempio, *Cappuccetto rosso e il lupo* è finita con la ragazzina che arrivava a casa e trovava la nonna nel pieno di una festa con le amiche e con tutti gli animali della foresta.

Con Alessandro è diverso. Lui non ha più l'età per farsi rimboccare le coperte, e questo a Boris dispiace un po'. Il lato positivo è che può spiegargli cose da adulti.

"Papà sta facendo delle indagini pericolose sulla droga," gli ha detto.

"Vogliono ammazzarti?" gli ha domandato lui.

"Da sempre. Da quando scassai i vetri della zia Rosalia con il pallone, mi vogliono ammazzare. Avevo la tua età."

Alessandro gli ha messo il broncio. "Tu scherzi sempre."

Boris gli ha dato un pizzicotto sulla guancia ed è andato a dormire. A Ines aveva già raccontato il contenuto della telefonata ricevuta dal 113. Anche a lei, abbracciandola mentre era voltata verso il muro, ha detto la stessa cosa. Che di telefonate come quella ce ne erano state già a decine, che era ordinaria amministrazione e che la vacanza a Piedimonte Etneo era giusto "una pignoleria".

Così stamattina la casa è vuota, e Boris sente il suo stesso respiro produrre un'eco desolante fra una parete e l'altra.

Si veste rapidamente, si annoda la cravatta, si riordina i baffi e si pettina con cura. Oggi deve uscire qualche minuto prima. Ha un appuntamento al bar Lux, sotto casa. Un caffè al volo e poi in questura, per vedere di sbrogliare una volta per tutte la matassa degli assegni alla Cassa delle province siciliane, i libretti di risparmio, le valigette in aeroporto. Tom Tripodi, dall'altra parte dell'oceano, aspetta notizie. E lui, che gli ha fatto il torto di rispedirlo a casa, si sente in dovere di dargliene. Oggi, magari, è la volta buona.

Esce di casa. Entra nel bar Lux e gli occhi si posano tutti su di lui. È raro vederlo qui dentro. Di solito esce dal portone, s'infila in macchina e fila dritto in questura.

Boris ordina un caffè al banco e aspetta la persona che deve incontrare, il suo contatto. Arriverà a momenti.

Solo che ne entra un'altra, di persona. E lui non se ne accorge. Gli arriva alle spalle mentre sta bevendo il suo caffè. Sette colpi di pistola. Sette piaghe di un'apocalisse che non finisce mai.

Dall'altra parte dell'oceano, a Quantico, in uno stanzone dell'FBI pieno di scrivanie, Tom Sing Sing aspetta per ore una telefonata che non arriva. Quando finalmente il telefono squilla e accosta l'orecchio al ricevitore, gli si ferma il cuore in petto. Lascia cadere la cornetta sul tavolo. Nella sua testa sfilano brandelli di conversazioni.

Sanno chi sei, Tom, te ne devi andare...

Qui non è più sicuro per te...

Loro fanno i ladri, io faccio la guardia. È così che funziona...

Poi le parole sfumano, e tutto è silenzio.

8.
VERMINAIO

Palermo, 1982

Adesso è Giovanni Falcone a lavorare al processo Spatola, che gli appare come un mondo smisurato i cui territori sembrano ancora largamente inesplorati. Sono sue le mani che rovistano in quel verminaio di assegni, conti correnti, società di comodo, appalti pubblici e traffico di eroina che intreccia tre filoni d'indagini: quelle del poliziotto Bruno Contrada e dei magistrati Ferdinando Imposimato e Giuliano Turone. Oltre che smisurato, il mondo in cui vaga Falcone è ostile e pericoloso. È per questo che gli è stata assegnata una scorta.

Nulla che il magistrato non conosca già, per carità. La paura è un'amica di vecchia data. Era il novembre del '67 e lui era pubblico ministero a Marsala quando gli arrivarono per la prima volta cartoline con croci e bare disegnate: una specie di rituale di passaggio per tutti i novellini, un battesimo a cui ogni magistrato che si trovi a indagare sulla mafia sa di non potersi sottrarre. Al momento di accettare un posto di lavoro, c'è chi fa il calcolo dei chilometri fra la casa e l'ufficio, e chi il calcolo dei morti che l'hanno preceduto. Su alcune poltrone si siede solo chi è abbastanza paziente e scrupoloso da scostare tutti i cadaveri che vi si sono accasciati prima di lui.

Oltre al cadavere di Boris Giuliano, fra i caduti illustri del processo Spatola c'è il procuratore Gaetano Costa, ucciso il 6 agosto 1980 da tre colpi di P38 – sparati, anche in questo caso, alle spalle – mentre sfogliava dei libri su una bancarella in via Cavour, vicino casa sua.

Qualcuno, di Gaetano Costa, dice ancora che se l'è cercata. Non era uomo da cedere ai compromessi, Costa, e ci tenne a metterlo in chiaro fin dal primo giorno del suo insediamento. "Vengo in un ambiente dove non conosco nessuno," disse leggendo il suo discorso. "Sono distratto e poco fisionomista. Sono circostanze che provocheranno equivoci. In questa situazione è inevitabile che il mio inserimento provocherà anche dei fenomeni di rigetto. Se la discussione però si sviluppa senza riserve mentali, per quanto vivace, polemica e stimolante, non ci priverà di una sostanziale serenità. Ma ove la discussione fosse inquinata da rapporti d'inimicizia, d'interlocutori ostili e pieni di riserve, si giungerà fatalmente alla lite." E alla lite si è giunti più volte, soprattutto per questioni di mafia. Di lui "si poteva comprare solo la morte", ha scritto un suo sostituto. La sua incorruttibilità era chiara a tutti, ma il motivo per cui molti sostengono che se la sia cercata è un altro: pur avendo ottenuto il beneficio di una scorta, ritenendo che un gruppo di uomini armati al suo seguito potesse causare pericolo alle persone a lui vicine, Costa non ne usufruiva. È stato ammazzato dopo aver firmato una manciata di ordini di cattura contro Rosario Spatola e i suoi sodali, come i Gambino e gli Inzerillo. Gli stessi ordini di cattura che i suoi sostituti, per un motivo o per un altro, si erano rifiutati di firmare.

Sembra che questo Stato sia ammalato, che alcune sue cellule si rivoltino contro di lui, e che il suo sistema immunitario – gli uomini come Costa e Terranova, per esempio – sia un apparato residuale, messo all'angolo dal proprio stesso organismo. Lasciato solo, infiacchito. Eroso passo dopo passo, mutazione dopo mutazione, finché diventa complicato distinguere la parte sana da quella marcia. Il lavoro di sabotaggio delle cellule buone è scientifico e graduale.

Al posto di Boris Giuliano, al comando della squadra mobile di Palermo è arrivato Giuseppe Impallomeni, allontanato dalla Questura di Firenze per un giro di mazzette, che gira con in tasca una tessera d'iscrizione alla loggia massonica P2 e che, da che si trovava al trecentonovesimo posto nella graduatoria dei vicequestori aggiunti, è salito provvidamente, in un battito di ciglia, al tredicesimo. La poltrona di questore di Palermo, invece, è stata assegnata a Giuseppe Nicolicchia, che per ora ha soltanto compilato la sua domanda d'iscrizione alla P2, custodita dal maestro venerabile Licio Gelli, capo della loggia, nella sua fabbrica Gioele, a Castiglion Fibocchi, un paesino della Toscana.

Dopo Giuliano, a infilare le mani in quel verminaio è stato il capitano dei carabinieri di Monreale, Emanuele Basile. Per mesi ha indagato sul traffico di eroina fra Palermo e gli Stati Uniti arrivando alla famiglia di Altofonte, legata al boss Totò Riina e alla mafia corleonese, quelli che Bontate chiamava i viddani. Che evidentemente, pur essendo contadini, sanno comunque maneggiare le armi. Nel giorno del suo compleanno, mentre ritornava nella sua casa di campagna a bordo della sua Giulietta 2000 Super con al polso un orologio Vacheron Constantin che costava più della stessa auto e indosso un abito di sartoria in tessuto principe di Galles, il principe di Villagrazia si è beccato così tanti colpi di fucile da diventare quasi irriconoscibile. A dilaniare il corpo di Bontate sono stati i kalashnikov. Per la prima volta, la mafia ha usato lo stesso fucile che il tenente Michail Timofeevič Kalašnikov aveva progettato nel 1943 in un ospedale kazako, dove stava riprendendosi dalle ferite infertegli in guerra, con l'ambizione di aiutare la Russia a vincere la guerra contro i nazisti. Poco importa che la guerra dei corleonesi sia un'altra: loro pensano in grande. Addio lupara, benvenuto kalashnikov. Il capitano Basile, dal canto suo, ha arrestato con l'accusa di associazione a delinquere i componenti della famiglia di Altofonte e ha denunciato per lo stesso reato i mafiosi viddani Leoluca Bagarella, Antonino Gioè, Antonino Marchese e Francesco Di Carlo, consegnando nelle mani del magistrato Paolo Borsellino il fascicolo con le sue indagini sugli uomini di Totò Riina.

In una calda sera di maggio, Basile partecipava con la sua famiglia alla festa del Santissimo Crocifisso, patrono di Monreale. Poco dopo la mezzanotte, mentre i fuochi d'artificio coloravano il cielo scoppiettando fra un palazzo e l'altro, il capitano dei carabinieri camminava con sua moglie Silvana tenendo in braccio la figlioletta Barbara di quattro anni. Via Pietro Novelli era un carnaio. Nessuno si aspettava che un sicario gli piombasse alle spalle – alle spalle, anche stavolta – e che facesse fuoco, scappando subito dopo in auto. Sua moglie si è salvata per quello che molti, ancora oggi, ritengono un miracolo: nel tentativo di frapporsi fra il killer e suo marito per evitare che ricevesse il colpo di grazia, è stata raggiunta lei stessa da una pallottola. Se non è morta, è stato solo grazie a una piccola agendina di tre centimetri per quattro, con la copertina d'argento, regalatale dal marito, nella quale il proiettile è andato a conficcarsi.

Ha ragione quindi Giovanni Falcone, che in questo momento è seduto alla sua scrivania, a sentirsi quel coltello puntato alla gola. Non tanto per l'idea che qualcuno voglia farlo fuori – quella è un conto a parte, e non è un coltello ma un macigno, un'ipoteca inestinguibile sopra la sua vita con cui ha fatto la pace molti anni fa – quanto per la sensazione di appartenere a un organismo in cui le cellule guaste fanno di tutto per sabotare le sane, come nelle peggiori malattie.

Ma forse sta esagerando.

Forse Chinnici poteva addirittura evitare di raccontargli del suo scambio con il procuratore Pizzillo. Tanto, fin quando c'è Rocco a proteggere lui e gli altri, il lavoro va avanti, in un modo o nell'altro.

Falcone cerchia con la matita alcuni nomi sui fogli che stanno sparsi sopra la scrivania. Sono nomi di mafiosi, di impiegati bancari e di imprenditori. Fino a qualche tempo fa nessuno avrebbe pensato di poterli collegare tra loro. Ancora oggi a molti sembra impossibile. Eppure, anche se la trama è intricata, c'è un filo che li lega l'uno all'altro, sempre lo stesso. Fa molti giri, d'accordo, a volte diventa così sottile da sembrare inesistente, scompare, poi si avvolge su se stesso, si annoda, si aggroviglia, ma è pur sempre un filo. Un unico, dannato filo. Ed è fatto di soldi.

Se è vero che le famiglie vendono eroina negli USA e che Palermo è diventata la più importante raffineria d'Europa, allora per tanta droga che esce dalla Sicilia ci saranno tanti soldi che vi entrano. Soldi che una volta riciclati dai fratelli Spatola diventano puliti, ma che quando oltrepassano i confini italiani sono ancora sporchi. Ed è così che entrano nelle banche: sporchi. Intercettarne i flussi è relativamente semplice. A patto che uno voglia farlo davvero. È per questo che Falcone ha chiesto a tutti i direttori delle filiali bancarie di Palermo, Agrigento e Trapani di consegnare tutte le distinte di cambio dalla valuta straniera – quelle dai dollari alla lira, in particolare – avvenute dal 1975 a oggi. Non si aspettava che per loro fosse un'impresa talmente gravosa. Non si aspettava di metterli in difficoltà. O forse, più probabilmente, se lo aspettava, e l'ha fatto proprio per questo.

Falcone ha gli occhi incollati alle sue carte. Sottolinea, annota ai margini dei fogli. La sua sagoma è ibrida: la posa è quella dello studioso, le spalle sono quelle di uno sportivo, o perlomeno di uno che prova a dedicarsi allo sport con una minima regolarità, nonostante le levatacce e le nottate passate a lavorare. Come l'ultima, tanto per cambiare.

Ora poggia il gomito sul tavolo, la mano sulla guancia a sostenere la testa. Rovista alla cieca con la destra sulla scrivania, mentre continua a leggere. Sente sotto le dita una carta diversa da quella delle pagine a cui sta lavorando. È una copia del *Giornale di Sicilia* che aveva gettato lì appena entrato in ufficio. Forse è il momento di prendersi una pausa. Quando gli occhi sono troppo stanchi la vista può tradirti proprio quando non dovrebbe. Si adagia sullo schienale e inizia a scorrere i titoli di apertura. In quel momento, però, sente un vociare dietro la porta, che si apre.

"Ma a questi livelli stiamo?" È Giuseppe Di Lello. Sta parlando con Chinnici, che entra subito dopo di lui. A seguire, Leonardo Guarnotta, Paolo Borsellino e Giuseppe Ayala. L'ultimo non è un giudice istruttore, ma un sostituto procuratore. Ma lavora così spesso con la squadra di Chinnici, che ormai ne fa parte anche lui.

"Entrate pure, eh," dice Falcone. "Senza problemi." Gli altri continuano a parlare.

"Cioè, ti ha detto proprio così? Che stiamo rovinando l'economia palermitana?"

"Così mi ha detto."

"E tu che gli hai detto?"

"Che avrei riferito."

"E hai riferito?" domanda Borsellino.

"Ha riferito," interviene Falcone, che ha preso a sfogliare il giornale. Il tema principale della cronaca è l'omicidio del segretario regionale del PCI, Pio La Torre, avvenuto meno di un mese prima. La Torre stava andando alla sede del partito con Rosario Di Salvo, amico e autista. Erano da poco passate le nove del mattino. Mentre prendevano una strettoia, una moto gli si è piazzata davanti costringendoli a frenare. È partita la prima raffica di proiettili. A quel punto sono scesi da un'auto altri uomini per completare il lavoro. Di Salvo aveva con sé una pistola: ha esploso alcuni colpi, ma non è servito a proteggere se stesso né il segretario del PCI. Per nessuno dei due c'è stato scampo.

Poco dopo, in via Turba, c'era una folla di compagni che si accalcava davanti ai due corpi esanimi e alla loro auto malconcia.

E c'era anche Falcone, con Rocco Chinnici e con il poliziotto Ninni Cassarà, i volti grigi e tesi ingessati in un oscuro presagio di morte.

L'omicidio è stato subito rivendicato dai Gruppi proletari organizzati, ma c'è più di un sospetto che gli assassini vadano ricercati altrove. La Torre stava lavorando a una proposta di legge per introdurre il reato di "associazione mafiosa", una definizione più dettagliata di quella prevista dal reato di "associazione per delinquere": prevedeva, nella fattispecie, il sequestro dei patrimoni accumulati dalle cosche.

Falcone ha già letto gli articoli che parlano del duplice omicidio, così sfoglia il giornale fino ad arrivare alle pagine locali. Lo sguardo gli cade su una piccola foto nella cronaca mondana di Trapani. Si è tenuta una festa a casa di un notabile che invitava spesso lui e Rita, quando ancora viveva lì. Un paio di volte, dietro insistenza di lei, ci sono anche andati. Pare che a lei faccia ancora piacere andarci, dato che è ritratta in foto con una schiera di altri ospiti, tutti eleganti e sorridenti. Di fianco a Rita c'è il suo nuovo marito, il presidente del tribunale trapanese Cristoforo Genna.

Falcone manda giù un boccone amaro. Sta provando in ogni modo a lasciarsi tutto alle spalle, e in generale ci riesce bene. Ma non è sempre facile. Per tanti passi avanti che fa, ogni tanto gli tocca farne uno indietro.

9.
L'ANIMALE SOCIALE

Trapani, 1976

I *magnifici dieci* non se la passano male. Così si dice nei salotti trapanesi, e così è. D'altronde, se così non fosse, non gli avrebbero dato questo soprannome. Sono avvocati, magistrati, professori, qualche imprenditore. Gente che lavora sodo e che poi, appena gli impegni e il meteo lo permettono, se ne va in gita a Favignana, a San Vito Lo Capo, a Mozia, se non addirittura all'estero per una vacanza o anche per una toccata e fuga. Quando il tempo a disposizione, invece, è quello di una serata, allora si brinda nei salotti. Quegli stessi salotti che poi, quando Giovanni Falcone, sua moglie Rita e le altre quattro coppie dei *magnifici* vanno via, chiacchierano, spettegolano e ogni tanto – ma proprio ogni tanto – spendono qualche parola di ammirazione.

I Falcone si sono fatti conoscere, da queste parti. Sono arrivati dieci anni fa che erano già sposati: Giovanni era stato pretore a Lentini, un piccolo comune del siracusano dal quale era poi stato trasferito con sua somma gioia visto che lì l'ufficio era popolato da sole tre persone; Rita è un'insegnante di scuola elementare che si definisce agnostica e simpatizza per i temi politici cari alla sinistra. Le mogli amano conversare con lei, e anche i mariti. È bruna, simpatica e attraente. Molto diversa da suo marito, che simpatico lo è soltanto a sprazzi, quando decide di esserlo. Solo qualche giorno fa, a un party a cui lui e Rita erano stati invitati, la padrona di casa Marina Pace Lampiasi gli si è avvicinata a metà serata per chiedergli se andasse tutto bene. Era completamente imbambolato. Sembrava catatonico.

Non era la prima volta che accadeva. Spesso alle feste, Giovanni si mette in disparte e osserva. Qualcuno dice piuttosto che "scruta", come se stesse riflettendo su qualcosa che però non viene mai fuori, resta intrappolato nel suo cervello. Poi, all'improvviso, se ne esce con una battuta delle sue e rientra in partita.

È per Rita che Giovanni si trasforma in un animale sociale, o quantomeno ci prova con risultati alterni. Per lei si spinge al punto da organizzare cene e cocktail, trasformando casa Falcone in uno dei tanti salotti in cui la buona borghesia trapanese si riunisce per gustare buon cibo e vini siciliani che propiziano chiacchiere più o meno genuine. È a una festa, d'altronde, che si sono conosciuti nel lontano 1962. Due anni dopo erano marito e moglie.

È una coppia stranamente assortita la loro, di quelle che non si capisce mai se siano compromesse dalle enormi differenze, o se proprio grazie a quelle differenze stiano in equilibrio. A ogni modo Giovanni non ha mai avuto alcun dubbio che Rita Bonnici sia la donna della sua vita. Ne è perdutamente innamorato. I dubbi ce li hanno i suoi genitori, piuttosto, e talvolta anche le sorelle, Anna e Maria, anche se nessuna di loro li esprime mai a voce alta, perlomeno in sua presenza.

Arturo Falcone, classe 1904, è venuto a mancare proprio quest'anno. Era direttore del Laboratorio provinciale di igiene e profilassi del Comune di Palermo. Un uomo solido, abbastanza aperto su certe questioni ma decisamente chiuso su altre. Ha permesso a Giovanni di inseguire il suo sogno iscrivendosi all'Accademia navale di Livorno e frequentando i corsi per quattro mesi. Ma solo a una condizione: "Dovrai fare l'ingegnere navale. Se pensi di intraprendere la carriera militare, sappi che non sono per nulla d'accordo." Quando Giovanni superò tutti gli esami, le prove scritte, i test e le visite mediche, i superiori decisero che era molto portato per gli incarichi che richiedevano doti di comando e coordinazione, e che quindi il suo futuro sarebbe stato nel genio navale. Il suo amore per il mare si nutriva di letteratura, con i romanzi di Conrad, ed era alimentato da un eterno sogno di navigazione, forse unica ipotesi di una calma terrena senza che i piedi poggiassero sulla terra. Giovanni comunicò a suo padre la destinazione decisa dai comandanti. Lui gli rispose: "Ti aspettiamo all'Università di Palermo." Quattro anni dopo si laureò in giurisprudenza, poi l'ingresso in magistratura.

Sua madre Luisa, invece, classe 1907, è figlia di un noto ginecologo. Si dichiara fascista, ma la sua professata fede politica è più che altro un saldo ancoraggio ai valori morali e religiosi che ritiene imprescindibili. Non ha nulla di fascista, Luisa. Teme soltanto che i princìpi della sua educazione possano disperdersi con un'avanzata dei partiti di sinistra. La famiglia, la chiesa, l'integrità, la fermezza morale. Quando Giovanni ha firmato il manifesto a favore della campagna per il divorzio, iscrivendosi al comitato e partecipando ai dibattiti, non l'ha presa benissimo. Anna, Maria e Luisa non hanno mai osteggiato il legame fra Rita e Giovanni, pur nutrendo la convinzione che sia stata lei la causa, o quantomeno uno sprone per la sua energica virata a sinistra.

D'altra parte Giovanni non ha mai portato la politica in tribunale – anche se qualcuno, ogni tanto, prova a insinuarlo. Come negli ultimi tempi, dopo la sentenza di fallimento dell'imprenditore Leonardo Rao. L'inchiesta vedeva il soggetto, ormai alla soglia della bancarotta, contrattare in via privata con le banche i propri debiti, in modo che non si finisse, appunto, con una dichiarazione di fallimento. A soccombere, però, sarebbero stati i piccoli creditori, abbandonati a se stessi. La sentenza di Falcone ha dato il via al processo di liquidazione e alla restituzione dei soldi a tutti i creditori, indipendentemente dalla loro consistenza. Nella comunità trapanese sono stati in molti a rimanere disorientati; negli stessi salotti che lui e Rita amano frequentare, la sentenza è stata interpretata come un gesto politico. Ma non c'è nulla di politico, per Giovanni Falcone, nella corretta applicazione della legge.

Rita e Giovanni abitano in un bell'appartamento a Palazzo Venuti, un grande edificio chiaro con delle strisce rosse che ne cingono la facciata passando sotto a ognuno dei balconi affacciati su via Formica. A separare l'ingresso del casamento dalla strada c'è un porticato. Davanti a questo, una fila di auto staziona regolarmente. Appartengono per la gran parte agli inquilini. Alcuni di loro, come Falcone, sono magistrati. Da qui, la spiaggia dista una ventina di minuti a piedi.

Rita sta sistemando le ultime cose, fra un'oretta arriveranno gli ospiti. La tavola è già apparecchiata. Lei va e viene dalla cucina per sistemare i piatti con gli antipasti. Alici, insalata di polpo, e un paio di grosse scodelle piene di piccole arancine di carne.

"Tu ne sei convinto? L'importante è che ne sei convinto," dice tornando verso la cucina. Le ultime parole si dissolvono per la lontananza, ma Giovanni ne capisce il senso. È seduto sul divano e sta leggendo un paio di fascicoli che si è portato a casa dal tribunale. Gli occhiali sulla punta del naso, la camicia tesa sulla pancetta che lo sport tiene a bada solamente in parte. Rita torna dalla cucina con del pane da affettare.

"Se tu ne sei convinto..."

"A te farebbe piacere?"

"Io che c'entro?"

"Certo che c'entri anche tu."

"E perché? Comunque sì, sarei contenta. Se è quello che vuoi." Il punto è che Giovanni non lo sa ancora se è quello che vuole. Alza gli occhi dalle sue carte.

"Non lo so." Guarda sua moglie. Scrolla le spalle, fa un sospiro e ricomincia a leggere. "Non lo so. Forse sì."

"Sono valori in cui credi? È gente che ti piace, cioè..." gli si siede accanto. A Giovanni è stato proposto di candidarsi con la corrente UNICOST, Unità per la costituzione, una corrente moderata, tendenzialmente di sinistra, che ha bisogno di nomi forti la cui integrità sia fuori discussione.

"Sì, sì. Fanno molto per le donne magistrato, per i giovani. Però non lo so. Già mi accusano di fare politica, se mi candido pure per UNICOST è la fine. Anche se..."

"Cosa?"

"Sarebbe una candidatura di bandiera, non è per farmi eleggere. Solo un sostegno, diciamo."

Dal balcone arrivano i rumori della strada. Trapani è una città piena di vita, di locali in cui andare, di case da frequentare. E di circoli a cui iscriversi, di gruppi in cui entrare, di simpatie da coltivare. Sono simpatie che possono influire molto, in un senso o nell'altro. Hanno influito anche sulle scelte professionali di Falcone. Se è passato dal penale al civile, nel '73, non è stato solo per una questione d'interessi lavorativi. Il suo capo, al penale, era il procuratore Carlo Alberto Malizia, fratello del generale e magistrato Saverio, fra i cui compiti rientra la tutela del segreto militare e che ha maneggiato i fascicoli del tentato golpe di Piano Solo, della strage di piazza Fontana, e quelli di molti altri casi aggrovigliatisi nelle eterne spirali del "superiore interesse di Stato". Sembra insomma che il generale Malizia, che è anche insegnante di diritto all'Università La Sapienza di Roma, abbia fatto un buon lavoro. Per quanto riguarda Carlo Alberto, ex capo di Falcone, la situazione differisce, ma non di molto. Di lui si mormorano amicizie ai piani alti delle banche, interessi economici che ne condizionerebbero il lavoro, ma si tratta di chiacchiere da bar, e tali sono destinate a rimanere.

Fra Carlo Alberto Malizia e l'attuale capo di Falcone, il presidente del Tribunale di Trapani Cristoforo Genna, non è mai corso buon sangue. Quindi, in fin dei conti, la prima scelta politica

Falcone l'ha fatta schierandosi da un lato piuttosto che dall'altro. E dovendosi schierare da un lato, ha scelto quello di Genna. È un punto di riferimento, un uomo pieno di esperienza e di cose da insegnare. Anche se non è più agli inizi, Giovanni sa di avere ancora molto da imparare, specie nel campo della giustizia civile, e vuole imparare dal migliore.

Il citofono suona nel momento esatto in cui Rita, dopo aver fatto altri viaggi dal salotto alla cucina e viceversa, ha acceso la TV e si è lasciata cadere sul divano. Adesso la spegne, si alza e va a rispondere. Schiaccia il pulsante che apre il portone e si sistema i capelli guardandosi nel piccolo specchio all'ingresso.

"Chi è?" chiede Giovanni, che è ancora seduto sul divano con in mano le carte.

"Secondo te?"

"Genna."

"Esatto."

"È sempre il primo."

"Be', è puntuale."

Giovanni si alza con calma, poggia i fascicoli su un ripiano della libreria e si avvia alla porta, che è mezza aperta. Rita attende già sull'uscio. L'ascensore arriva al piano. Cristoforo Genna è elegante e sorridente. Si passa una mano nei capelli grigi. Bacia la signora Falcone e stringe la mano a Giovanni. Ha portato una bottiglia di passito, che consegna a Rita.

"Sono il primo?"

"Così sembra," gli risponde Giovanni.

"È la vecchiaia." Gli poggia una mano sulla spalla.

"Si chiama puntualità," dice Rita entrando in cucina con in mano il passito. Si sente il rumore della porta del frigo che si chiude. Genna fa qualche passo fino al balcone, ma aspetta che sia Falcone ad aprire la portafinestra. Giovanni poggia la mano sulla maniglia. In quel momento suona il citofono.

"Olé." Stavolta Rita lascia che sia lui ad andare al citofono.

"Mi bastava aspettare due minuti per non fare la figura del cretino," sussurra Genna nell'orecchio di Rita.

"Ma smettila!" ride lei dandogli un buffetto sul braccio.

"Allora," fa lui appena Giovanni torna in salotto, "come andiamo?"

Falcone spalanca le braccia, sospira. "Come ci vedi."

"Be', dai... Molto meglio di quando stavi al penale."

"Questo è poco ma sicuro," dice Rita.

"Sì, ma gli manca."

"Ma figurati," fa Giovanni.

"Sì che gli manca," insiste Genna facendo l'occhiolino a Rita. "Te lo dico io che gli manca."

Non è vero, lavorare al penale non gli manca. Non gli mancano le minacce, non gli mancano le intimidazioni ai testimoni, non gli mancano le sviste di qualche giudice un po' sbadato, le assoluzioni per mancanza di prove: non gli manca quel modo provinciale di considerare la mafia come una serie di screzi fra gentaglia di strada, un botta e risposta a colpi di lupara fra contadini violenti. La mafia è organizzazione, centralizzazione, controllo, potere. Fin quando non lo capiranno, fin quando faranno finta di non capirlo, combatterla armati di un temperino spuntato sarà inutile e frustrante.

Il ricordo del processo a Mariano Licari è ancora fresco. Lo sarà per sempre. Falcone lo porterà con sé come una ferita aperta. Col tempo si trasformerà in un segno di guerra, uno di quelli che sanciscono il valore del guerriero, ma per ora fa soltanto male.

Licari era un boss di rango della cosiddetta "mafia marsalese", un uomo distinto ed elegante, la cui opera di confutazione delle accuse partiva già dal garbo con cui si relazionava ai giudici, dalla sua educazione, dall'assenza di frasi intimidatorie e di minacce velate che invece molti suoi "colleghi" amavano lanciare ai magistrati. Era azionista di diverse banche locali, oltre a essere un attivo imprenditore inserito in diverse società. La mafia di Licari e della sua potente cosca rappresentava un anello di congiunzione fra la violenza e le prevaricazioni del mondo contadino e le frange criminali inserite a pieno titolo nell'economia cittadina. Le prove della colpevolezza del patriarca Licari in fatti di sangue, intimidazioni, estorsioni, riciclaggio di danaro, erano molte e provenienti da più fonti. Fra i testimoni d'accusa citati da Falcone – all'epoca pubblico ministero – per chiedere la condanna del boss, figurava una sorta di pentito, tal Biagio Valenti, padre di Gino, ammazzato dai membri della *ghenga* di Licari. Biagio, messosi alla caccia degli assassini del figlio, era stato ucciso anche lui. Ma aveva scritto una serie di appunti, un memoriale redatto passo passo con ogni nuovo indizio che riusciva a scoprire. Il diario di Valenti era pieno di ulteriori prove che andavano a sommarsi a quelle già raccolte dai magistrati contro il boss e i suoi spietati sodali.

Il lavoro del pubblico ministero Giovanni Falcone e del giudice istruttore Marcantonio Motisi fu enorme e certosino. Motisi si concentrò sui movimenti bancari di Licari, individuandone diversi che lo incastravano senza ombra di dubbio. Falcone imparò da Motisi, e dal processo a Licari, due fatti incontestabili. Il primo: indagare seguendo gli spostamenti di danaro può essere un mezzo fondamentale per la lotta alle mafie. Il secondo: puoi avere tutte le prove del mondo, ma se i giudici sono sordi da quell'orecchio, i boss restano liberi. E così fu per Mariano Licari. È stato anche per questo motivo, oltre che per il *savoir-faire* di Cristoforo Genna, che Falcone ha deciso di passare al civile, lasciandosi alle spalle interi processi buttati alle ortiche, sentenze strampalate, prove ignorate, castelli di numeri, dati, fatti inoppugnabili rasi al suolo da giudici poco obiettivi e da giurie intimidite. Come quella chiamata a esprimersi su Licari e sulla mafia marsalese. Il processo venne difatti trasferito a Salerno. La sconfitta era ampiamente annunciata.

"Non mi manca," dice Giovanni versando un bicchiere di rosso a Genna e a sua moglie Rita. "Non mi manca per niente." Ma le cose, si sa, cambiano. Come i legami.

"La signora è incantevole," dice Genna guardando Rita, che fa una piroetta per mostrare il suo bel vestito lungo, rosso come il vino che ha nel bicchiere.

"Già," concorda Giovanni mentre si avvia verso il citofono che ha suonato di nuovo. Nel frattempo, dal pianerottolo arriva il vociare di quelli che avevano suonato prima. In pochi minuti, casa Falcone si anima di colori e di volti sorridenti, i bicchieri tintinnano, la serata si accende. Per qualche ora l'appartamento di Palazzo Venuti, questa casetta accogliente e discreta, senza sfarzi eccessivi, diventa il centro del mondo. Come piace a Rita.

Adesso Giovanni se ne sta poggiato al balcone, con la schiena rivolta al panorama, e guarda casa sua, che è diventata un piccolo teatro. L'incertezza sul suo futuro gli fa venire in bocca un sapore amaro. Continua a osservare gli invitati che si divertono, e lo ricaccia in gola.

10.
SFIDA TRA GALANTUOMINI

Palermo, 1982

È un sole rovente quello che investe l'enorme giardino della villa e la sua facciata nobile, un po' decadente, incorniciata dagli alberi, dalle piante e da altissime palme i cui tronchi sbiechi sembrano voler crollare da un momento all'altro. Come i poliziotti che stanno tutto intorno alla villa, stanchi e flosci nelle loro divise sudate. Villa Malfitano, che quasi tutti chiamano Villa Whitaker, è una costruzione di fine Ottocento che si trova nella parte nord di Palermo e ricorda certi splendori lontani ma nient'affatto dimenticati. Da quando Delia Whitaker, figlia di Joseph Isaac Spadafora Whitaker – conosciuto da queste parti come Pip – l'ha ceduta qualche anno fa alla fondazione che porta il suo cognome, è diventata una sede di rappresentanza della Regione Sicilia. Nei sette ettari di giardino che la circondano – un lato coltivato all'inglese, graziosamente asimmetrico, l'altro coltivato all'italiana, geometrico e regolare – si trovano insolite piante che provengono da ogni parte del mondo. Il suo interno ospita invece gli uffici della prefettura.

Due uomini sono seduti uno di fronte all'altro, nella grossa stanza con il soffitto alto e le pareti maestosamente decorate che affaccia sul giardino. Uno sta dietro un'ampia scrivania e indossa un doppiopetto blu, l'altro è un visitatore: indossa una giacca verde scuro e una cravatta marrone, e ha un taccuino poggiato sulla coscia. Ha le gambe accavallate in una posa informale ma rispettosa.

Il primo è il prefetto di Palermo fresco di nomina, il generale Carlo Alberto dalla Chiesa; il secondo è il giornalista Giorgio Bocca. Sembrano così diversi, a guardarli. Uno con lo sguardo severo e privo di guizzi, da vero uomo di Stato; l'altro con le palpebre strette e indagatrici, il volto asciutto e ben disegnato da attore d'altri tempi. Eppure, non sono così diversi. Certo, si stanno sfidando. È una sfida tra galantuomini, ma pur sempre una sfida: uno si batte per lo Stato, l'altro si batte per il popolo. Ed è un peccato che sia così, perché fino a qualche decennio fa combattevano entrambi per la Resistenza partigiana. Non sono loro a essersi divisi, sono i loro schieramenti ad aver preso, nel tempo, direzioni differenti. Si sono allontanati. O, quantomeno, uno dei due è andato via via allontanandosi mentre l'altro restava a guardare, inerme.

"Generale, vorrei farle una domanda pesante," dice Bocca socchiudendo le palpebre per prendere meglio la mira. "Lei è qui per amore o per forza? Questa scommessa quasi impossibile contro la mafia," agita la penna, "è sua o di qualcuno altro che vorrebbe bruciarla?" Si sporge verso il generale. "Lei cosa è veramente: un proconsole o un prefetto nei guai?"

Dalla Chiesa sospira. È un po' indisponente, questo Bocca. Se non fosse che hanno la stessa età – fra loro c'è un mese esatto di differenza, dalla Chiesa è nato il 27 settembre del 1920, Bocca il 28 agosto dello stesso anno – e che si è fatto la nomea di quello che scrive per la povera gente, per il popolo, il generale lo rimetterebbe al suo posto.

"Be'," sospira di nuovo, "nella storia italiana sono di certo il primo generale dei carabinieri che ha detto chiaro e netto al governo: una prefettura come prefettura, anche se di prima classe, non m'interessa. M'interessa la lotta contro la mafia, mi possono interessare i mezzi e i poteri per vincerla nell'interesse dello Stato."

"Credevo che il governo si fosse impegnato. Se ricordo bene, il Consiglio dei ministri del 2 aprile scorso ha deciso che lei deve ‘coordinare sia sul piano nazionale che su quello locale’ la lotta alla mafia.”

“Non mi risulta che questi impegni siano stati ancora codificati.” Il generale guarda una parete della stanza. È la prima volta dall’inizio dell’intervista che si sottrae allo sguardo del giornalista. L’argomento lo sta mettendo a disagio.

“Vediamo un po’.” Bocca tamburella con la penna sopra il taccuino. “Lei forse vuol dirmi che, stando alla legge, il potere di un prefetto è identico a quello di un altro prefetto ed è la stessa cosa di quello di un questore. Ma è implicito che lei sia il sovrintendente, il coordinatore.”

“Be’, io preferirei l’esplicito.”

“Se non ottiene l’investitura formale, che farà? Rinuncerà alla missione?”

“Vedremo a settembre. Sono venuto qui per dirigere la lotta alla mafia, non per discutere di competenze e di precedenze. Ma non mi faccia dire di più, per piacere.” Dalla Chiesa scosta leggermente la sedia dalla scrivania, come a dire che il tempo per l’intervista è terminato. Ma Bocca non accenna ad alzarsi. Da fuori arriva il cinguettio degli uccellini. Un tempo, all’interno della dépendance che si trova in giardino, a pochi metri dalla struttura principale, erano custoditi dodicimila esemplari di uccelli. Nella villa, invece, ancora oggi è esposta una ricchissima collezione di oggetti d’arte che il signor Whitaker raccolse durante i suoi numerosi viaggi all’estero, oltre a una serie di antichi dipinti e ai bellissimi affreschi di Ettore De Maria Bergler, il più famoso esponente del liberty di primo Novecento. Tutto ciò dona alla prefettura un’aria aristocratica e solenne che intimorisce i più. Ma Bocca non sembra affatto intimorito.

“No, parliamone, invece.” Il generale gli lancia un’occhiata gelida. “Queste faccende all’italiana vanno chiarite. Lei cosa chiede? Una sorta di dittatura antimafia? I poteri speciali del prefetto Mori?” Gli sembra di cogliere una nota di scherno negli occhi del giornalista, ma per il momento cerca di ignorarla.

"Non chiedo leggi speciali, chiedo chiarezza." Accosta di nuovo la sedia alla scrivania. "Mio padre, al tempo di Mori, comandava i carabinieri di Agrigento. Mori poteva servirsi di lui ad Agrigento e di altri a Trapani, a Enna o anche a Messina, dove occorresse. Chiunque pensasse di combattere la mafia nel pascolo palermitano e non nel resto d'Italia perderebbe solo tempo."

"Lei cosa chiede? L'autonomia e l'ubiquità di cui ha potuto disporre nella lotta al terrorismo?" insiste il giornalista.

"Ho le idee chiare, ma capirà che non è il caso di parlarne in pubblico." Dalla Chiesa rimane in silenzio per qualche istante, sperando che Bocca annuisca, si alzi e tolga il disturbo. Che capisca, insomma, che pur con tutta la buona volontà un prefetto non può mettersi nei guai per aver concesso un'intervista alla *Repubblica*. Bocca, però, non annuisce, né tantomeno si alza.

Dalla Chiesa spalanca le braccia. "Le dico solo che le ho già illustrate convenientemente, e da tempo, nella sede competente. Spero che si concretizzino al più presto. Altrimenti non si potranno attendere sviluppi positivi."

"Ritorna con la mafia il modulo antiterrorista? Nuclei fidati e coordinati in tutte le città calde?"

Il generale fa stavolta un gesto brusco con la mano, come a dire: adesso basta. Adesso è troppo. Ci riprova con la scena muta, che ora, però, dura di più. Non ha intenzione di rispondere.

"Generale, noi ci siamo conosciuti qui negli anni di Corleone e di Liggio, lei è stato qui fra il '66 e il '73 in funzione antimafia, il giovane ufficiale nordista del *Giorno della civetta*. Che cosa ha capito allora della mafia e che cosa capisce oggi, 1982?" A questa sì, a questa può rispondere.

"Allora ho capito una cosa, soprattutto: che l'istituto del soggiorno obbligatorio era un boomerang, qualcosa di superato dalla rivoluzione tecnologica, dalle informazioni, dai trasporti. Ricordo che i *miei* corleonesi, i Liggio, i Collura, i Criscione, si sono tutti ritrovati stranamente a Venaria Reale, alle porte di

Torino, a brevissima distanza da Liggio con il quale erano stati da me denunciati a Corleone per più omicidi nel 1949. Chiedevo notizie sul loro conto e mi veniva risposto: 'Brave persone. Non disturbano. Firmano regolarmente.' Nessuno si era accorto che in giornata magari erano venuti qui a Palermo o che tenevano ufficio a Milano o, chissà, erano stati a Londra o a Parigi."

"E oggi?"

"Oggi mi colpisce il policentrismo della mafia, anche in Sicilia, e questa è davvero una svolta storica. È finita la mafia geograficamente definita della Sicilia occidentale. Oggi la mafia è forte anche a Catania, anzi da Catania viene alla conquista di Palermo. Con il consenso della mafia palermitana, le quattro maggiori imprese edili catanesi oggi lavorano a Palermo. Lei crede che potrebbero farlo se dietro non ci fosse una nuova mappa del potere mafioso?"

"Senta, generale." Bocca si sistema la giacca, avvicina con un piccolo scatto la sedia alla grossa scrivania. "Lei e io abbiamo la stessa età e abbiamo visto, sia pure da ottiche diverse... Abbiamo visto le stesse vicende italiane. Alcune prevedibili, altre assolutamente no." Sanno bene entrambi di che vicende si sta parlando. Si sta parlando di facce graffiate dai rovi e di trincee alzate prima che sorgesse il sole, di uniformi strappate e di pallottole schivate, di rotolamenti sulle pendici di assurde montagne. Si sta parlando di partigiani e di lacrime. Ma tutti e due, d'un tratto, distolgono lo sguardo, come se qualcosa li avesse imbarazzati. Un improvviso pudore si alza fra loro come una lastra di vetro. Non è più tempo per certe cose.

"Parliamo adesso di quelle meno prevedibili. O comunque meno ovvie."

"Bene, ho fatto ricerche su questo fatto nuovo: la mafia che uccide i potenti, che alza il mirino ai signori del 'palazzo'", dice il generale. "Credo di aver capito la nuova regola del gioco: si uccide il potente quando avviene questa combinazione fatale, è diventato troppo pericoloso ma lo si può uccidere perché è isolato."

"Mi spieghi meglio."
"L'esempio più chiaro è quello del procuratore Costa."
"Cioè?"
"Gaetano Costa diventa troppo pericoloso quando decide, contro la maggioranza della Procura, di rinviare a giudizio gli Inzerillo e gli Spatola. Ma è isolato, dunque può essere ucciso, cancellato come un corpo estraneo. Così è stato anche per Coco: magistratura, opinione pubblica e anche voi garantisti eravate favorevoli al cambio fra il giudice Sossi e i terroristi rossi della XXII ottobre. Coco disse no. E fu ammazzato."
"Generale, mi sbaglio o lei ha una idea piuttosto estesa dei mandanti morali e dei complici indiretti?"
Dalla Chiesa spalanca le braccia e scuote la testa. Sta per congedarlo.
"No, non si arrabbi. Mi dica piuttosto perché fu ucciso il comunista Pio La Torre."
"Per tutta la sua vita. Ma è stata decisiva la sua ultima proposta di legge, quella di mettere accanto alla 'associazione a delinquere' l'associazione mafiosa." Corruga la fronte e fissa il suo visitatore come per dire: è tutto?
"Come si vede lei, generale dalla Chiesa, di fronte al padrino del *Giorno della civetta*?"
"Stiamo studiandoci, muovendo le prime pedine. La mafia è cauta, lenta, ti misura, ti ascolta, ti verifica alla lontana. Un altro non se ne accorgerebbe, ma io questo mondo lo conosco."
"Mi faccia un esempio."
"Mah." Dalla Chiesa scrolla le spalle. "Certi inviti. Un amico con cui hai avuto un rapporto di affari, di ufficio, ti dice, come per combinazione: perché non andiamo a prendere il caffè dai tali? Il nome è illustre. Se io non so che in quella casa l'eroina corre a fiumi ci vado e servo da copertura. Ma se io ci vado sapendo, è il segno che potrei avallare con la sola presenza quanto accade."
"Che mondo complicato. Forse era meglio l'antiterrorismo."

"In un certo senso sì, allora avevo dietro di me l'opinione pubblica, l'attenzione dell'Italia che conta. I gambizzati erano tanti e quasi tutti negli uffici alti, giornalisti, magistrati, uomini politici. Con la mafia è diverso, salvo rare eccezioni la mafia uccide i malavitosi, l'Italia per bene può disinteressarsene. E sbaglia."

"Perché sbaglia, generale?"

"La mafia ormai sta nelle maggiori città italiane dove ha fatto grossi investimenti edilizi, o commerciali e magari industriali." Il suo sguardo fugge altrove, con finta noncuranza. Dalla Chiesa vuole mimetizzare l'importanza della sua ultima frase, dissimularla, perché sa che quelli come Bocca non si lasciano dire cosa è più importante e cosa lo è meno, ma cercano la profondità dove è meno evidente. E infatti gli occhi del giornalista si fanno taglienti come due lame. È lì, è presente e sta col fiato sospeso, sebbene anche lui possegga la dote signorile dell'autocontrollo.

"Vede," prosegue il prefetto, "a me interessa conoscere questa 'accumulazione primitiva' del capitale mafioso, questa fase di riciclaggio del danaro sporco, queste lire rubate, estorte, che architetti o grafici di chiara fama hanno trasformato in case moderne o alberghi e ristoranti *à la page*. Ma mi interessa ancora di più la rete mafiosa di controllo, che grazie a quelle case, a quelle imprese, a quei commerci magari passati a mani insospettabili, corrette, sta nei punti chiave, assicura i rifugi, procura le vie di riciclaggio, controlla il potere."

"E deposita nelle banche coperte dal segreto bancario, no?"

"Il segreto bancario." Dalla Chiesa grugnisce in un sorriso fintamente divertito. "La questione vera non è lì. Se ne parla da due anni e ormai i mafiosi hanno preso le loro precauzioni. E poi che segreto di Pulcinella è? Le banche sanno benissimo da anni chi sono i loro clienti mafiosi. La lotta alla mafia non si fa nelle banche o a Bagheria o volta per volta, ma in modo globale."

"Generale dalla Chiesa, da dove nascono le sue grandissime ambizioni?" Il prefetto fa una faccia strana, un po' schifata, si direbbe, ma anche sorridente. Scruta il giornalista cercando di capire se è serio oppure no.

"Voglio dire: questa lotta alla mafia l'hanno persa tutti, da secoli, i Borboni come i Savoia, la dittatura fascista come le democrazie pre e post fasciste, Garibaldi e Petrosino, il prefetto Mori e il bandito Giuliano, l'ala socialista dell'EVIS indipendente e la sinistra sindacale dei Rizzotto e dei Carnevale, la Commissione parlamentare di inchiesta e Danilo Dolci. Ma lei, Carlo Alberto dalla Chiesa, si mette il doppiopetto blu prefettizio e ci vuole riprovare."

"Ma sì, e con un certo ottimismo, sempre che venga al più presto definito il carattere della specifica investitura con la quale mi hanno fatto partire. Io, badi, non dico di vincere, di debellare, ma di contenere. Mi fido della mia professionalità, sono convinto che con un abile, paziente lavoro psicologico si può sottrarre alla mafia il suo potere. Ho capito una cosa, molto semplice ma forse decisiva: gran parte delle protezioni mafiose, dei privilegi mafiosi certamente pagati dai cittadini, non sono altro che i loro elementari diritti. Assicuriamoglieli, togliamo questo potere alla mafia, facciamo dei suoi dipendenti i nostri alleati."

Qualcuno bussa alla porta.

"Ah, a proposito," dice dalla Chiesa. Dallo spiraglio fra la porta e il battente fa capolino un poliziotto.

"Comandi, generale, aveva chiamato?"

"Sì. Stamattina, però." Bocca capisce che adesso deve proprio alzarsi.

"Venga, venga," dice il prefetto al poliziotto sull'uscio. "Dia questo all'avvocato," gli porge una cartellina. "Deve andare in tribunale, all'Ufficio istruzione, dal dottore Giovanni Falcone. La richiesta è nella cartella."

"Certamente, generale." Il poliziotto guarda Giorgio Bocca, poi di nuovo il prefetto. "Il dottore si trattiene ancora?" Evidentemente è stato istruito. Fra un'oretta, verso pranzo, andranno a pranzo assieme, così dalla Chiesa potrà presentargli sua moglie Emanuela

Setti Carraro, giovane e bella, segreto oggetto di desiderio della borghesia palermitana e non soltanto. Ma per ora, Bocca deve togliere il disturbo. Il prefetto ha faccende urgenti da sbrigare.

Il giornalista esce dallo stanzone insieme al poliziotto. Il generale apre alcuni fascicoli che ha sulla scrivania e inizia a leggere. Non è più tempo di rotolarsi dietro le trincee alzate prima che sorga il sole, ma si combatte in tanti modi, con il fucile o senza, con il sole o senza. Ora che sente la camicia inzuppata sulla schiena, il generale preferirebbe senza.

11.
CHI CHIAMERÒ A DIFENDERMI

Palermo, 1982

La scrivania di Falcone è tappezzata di carte. L'aria è ferma, si respira poco o niente, ma il magistrato sembra non curarsene.

Le carte appaiono sparse alla rinfusa, ma in realtà c'è un metodo ben preciso. Presi singolarmente, quei fascicoli dicono ben poco. Nulla che vada al di fuori del loro contenuto. In realtà sono i tasselli di un puzzle che ritrae l'immagine della gorgone Medusa. Chi la fissa negli occhi diventa una statua di pietra. Poi si spacca, si sbriciola al suolo, e le sue briciole non sono buone neanche più a sfamare i piccioni. Sarebbe ingenuo pensare che prima di Falcone nessuno ne abbia scorto almeno i lineamenti, che nessuno ne abbia intravisto il volto. Ma nella gran parte degli esseri umani è l'istinto di autoconservazione a prevalere. Quanto agli altri, be', si sa dove stanno adesso, anche se se ne parla poco o niente, e quando lo si fa è sempre con una battuta, con lo scudo dell'ironia, l'unica forma di esorcismo conosciuta in questi uffici.

Senza togliere gli occhi dai documenti, Falcone alza una mano sul vassoio con le paste che poggia sopra un apparecchio scuro, una sorta di calcolatore che ancora nessuno ha imparato a utilizzare. Dentro ci sono i cannoli che Rocco Chinnici ha portato di ritorno da un incontro alla scuola media Gramsci.

È stato lì a parlare di mafia. È un suo vezzo, una delle sue bizzarrie. Che utilità ha parlare di mafia e di droga ai ragazzini, che grazie a Dio non hanno ancora di questi problemi? Se non fosse fra i magistrati più alti in grado non gli sarebbe concesso. Dopo il suo ultimo intervento all'assemblea dei giovani studenti di Siracusa, a un giornalista che gli ha domandato perché lo facesse, ha risposto: "Perché credo nei giovani, nella loro forza, nella loro limpidezza, nella loro coscienza. I giovani cominciano a sentire stimoli morali più alti e più veri." Il giornalista lo ha guardato con occhi un po' spaesati, come se da qualche parte dovesse esserci un trucco. Come se a parlare fosse un politico che poi, alla fine del discorso, gli avrebbe chiesto in cambio il voto. Chinnici ha scrollato le spalle e ha cercato di essere più concreto.

"In ogni caso, sono i giovani che dovranno prendere domani in pugno le sorti della società, è giusto che abbiano le idee chiare. Quando parlo ai giovani della necessità di lottare contro la droga, praticamente gli sto indicando uno dei mezzi più potenti per combattere la mafia. Oggi il mercato della droga è lo strumento di potere e guadagno più importante. Nella sola Palermo c'è un fatturato di droga di almeno quattrocento milioni al giorno, a Roma e Milano addirittura di tre o quattro miliardi: una ricchezza criminale enorme che è rivolta soprattutto contro i giovani, contro la vita, la coscienza, la salute dei giovani. Il rifiuto della droga è l'arma più potente dei giovani contro la mafia."

La cosa comica – comica per modo di dire – è che tutta quella droga, sia quella che arriva al Nord sia quella usata dai palermitani, è proprio da lì che viene. Da Palermo. È tutto scritto nelle carte che Falcone ha lì, davanti a sé. Ma è scritto a brandelli, su pezzetti di carta che bisogna in qualche modo rimettere insieme. Falcone, finalmente, c'è riuscito. Per questo di fianco alle carte con le deposizioni, le transazioni bancarie, le intercettazioni, le fotografie e tutto il resto, c'è un'ordinanza di rinvio a giudizio per i fratelli Spatola e compagni. Pare che stavolta la *ghenga* dovrà schivare qualche colpo vero, se ci riesce. Lui, invece, se ci riesce, dovrà schivare una manciata di piombo nella schiena.

È chiaro a tutti, ormai, che il processo Spatola è una staffetta, una lunga staffetta dove ognuno, nell'atto di cedere il testimone all'altro, stramazza al suolo.

Eppure, sembra strano, non è questo a impensierire adesso Giovanni Falcone.

Prende un altro grosso faldone che sta in un angolo della scrivania. Sopra c'è scritto "Michele Greco + 161". Lo apre nel punto in cui ha inserito un foglio bianco ripiegato in due. C'è un nome cerchiato, quello di Salvatore Inzerillo, detto Totuccio, lo stesso presente nell'ordinanza sui fratelli Spatola, di cui fra l'altro è parente. È anche cugino di Carlo Gambino, capo dei Gambino di Brooklyn. Inzerillo è stato ucciso l'11 maggio dell'anno scorso nonostante dovesse ancora pagare a Totò Riina una partita di droga che gli era stata affidata, e si sentisse, quindi, piuttosto al sicuro. Ma ormai, dopo l'assassinio di Bontate, la guerra è aperta: è la seconda, dopo quella che ha sconvolto la Sicilia negli anni sessanta, e le logiche sono quelle di ogni guerra, che sia di mafia oppure no: bisogna buttare giù più soldati possibile. È tutto un botta e risposta: Inzerillo ha ordinato l'uccisione del procuratore Gaetano Costa – che si era permesso di firmare da solo, al posto dei suoi sostituti, più di cinquanta mandati di cattura contro lo stesso Inzerillo, Rosario Spatola, John Gambino e i loro associati –, così i viddani, per dimostrare che non erano da meno, dopo aver ucciso Stefano Bontate hanno fatto fuori anche lui a colpi di kalashnikov mentre usciva dal portone di casa della sua amante. Ma la novità importante è la nuova veste dei cugini Salvo, conosciuti come "gli esattori di Salemi", titolari dell'agenzia Satris che gestisce nella regione settantacinque esattorie. Sono entrambi in quota DC e adesso, per la prima volta, figurano come anello di congiunzione fra la mafia militare e il mondo dei colletti bianchi, tracciano una linea continua che parte da Bontate e Badalamenti per cambiare rotta, dirigendosi a Corleone subito dopo lo scoppio della seconda guerra di mafia, sono in ottimi rapporti con Salvo

Lima e Giulio Andreotti – che infatti ha inviato loro un bel vassoio d'argento in occasione del matrimonio della figlia di uno dei due – e hanno provato più volte a... a...

Falcone si passa una mano sulla fronte. La mente adesso sta pensando ad altro, va più in fretta di quanto riesca a fare l'occhio, che resta indietro rispetto a quella vertigine di nomi e collegamenti. È la terza volta che rilegge la stessa riga, e allora si ferma.

Fa davvero fatica a concentrarsi. Lui lo sa il perché. Ha ancora nella testa la foto che ha visto sul giornale nella cronaca di Trapani. Com'erano sorridenti, Rita e Cristoforo Genna! È questo che Rita voleva davvero? L'amore che cercava?

Falcone guarda nel vuoto, di là dalla finestra. Non è rimpianto quello che ha negli occhi. Vorrebbe solo capire. L'amore, però, sfugge alle logiche che governano la scienza. Non è possibile ripetere l'esperimento, apportare correttivi, ridurre il margine d'errore. Ogni volta si ricomincia da capo. Ed è quello che lui sta provando a fare. Il suo cuore, già da molto tempo, non è più di Rita.

Ciò non toglie che Giovanni si ostini a indagare – *indagare*, esattamente, come fa sul lavoro – su cosa è andato storto, su cosa gli è sfuggito, su come sarebbe andata se avesse fatto la cosa giusta, nel momento giusto.

D'altronde, la cosa giusta, dice a se stesso ora che il volto di Francesca gli invade la mente scalzando tutto il resto, è questa. È essere qui, adesso, con Francesca. Su questo non c'è alcun dubbio. Non *deve* esserci. Le reminiscenze della vita a Trapani sono piccoli reflussi di bile, sono domande prive di passione, domande e basta. Vanno via così come sono arrivate. Però ogni tanto arrivano.

"Dottore, quando volete, siamo pronti." Sull'uscio compare uno dei carabinieri della scorta. Gliel'hanno assegnata due anni fa, appena ha preso in mano l'inchiesta sugli Spatola. Dovrebbe pranzare con un cronista del *Giornale di Sicilia* in una trattoria dalle parti del Teatro Massimo. Ma non ne ha più voglia.

"Eh, la verità... Non posso. È sopravvenuto un impegno."

"Dove vi portiamo?"
"No, no, è una sciocchezza."
"Dottore, siete sicuro?"
"Sicuro."
"Se dovete andare da qualche parte..."
"Sicuro. Non mi allontano."

È sicurissimo. Tanto che si alza, si sporge anche lui sull'uscio e avvisa la segretaria. Poi torna dentro, solleva la cornetta del telefono e compone un numero. È un interno della Procura per i minorenni.

"Pranziamo assieme?" Ascolta la risposta, sorride. "Sto arrivando." Ha bisogno di vederla. E ha bisogno anche di prendere un po' d'aria. Vuole sentire un po' d'aria sulla faccia.

Aspetta un altro quarto d'ora provando a concentrarsi sulle carte. Poi, come se non aspettasse altro, prende la borsa, ci infila dentro un paio di fascicoli ed esce di corsa dall'ufficio con la testa bassa.

A pochi metri dall'ingresso del tribunale lo aspetta Francesca. Appena lo vede arrivare si sistema i capelli. Il sole è alto e luminoso nel cielo di Palermo, ma per lui è come se fosse spuntato solo adesso. La bacia, ora che finalmente può farlo davanti a tutti.

"Svergognati!" sentono gridare dietro di loro. "Andate a lavorare, andate." Sono Alfredo Morvillo e Giuseppe Ayala, che se la ridono camminando verso l'ingresso del tribunale. Stringono due cartocci unti e bisunti. È la loro solita colazione a base di pane e panelle, che oggi, evidentemente, si è posticipata fino a diventare un pranzo.

Ayala è magro e alto come un'autostrada. Morvillo, be'... lui non è alto come Ayala, ma ogni volta che Giovanni lo vede avverte un filo di soggezione: Alfredo è il fratello di Francesca, quella che adesso è la sua donna, e se ora sono liberi di baciarsi davanti a tutti è anche grazie al risultato della sottile – franca, ma comunque sottile – diplomazia che ha adoperato nei confronti di suo fratello.

Alfredo, uomo dallo sguardo attento ma rilassato, senza alcun moto d'inquietudine, ha nell'espressione qualcosa di artistico. Quando non indossa la cravatta, a maggior ragione vedendolo fuori dal contesto del tribunale, potrebbe sembrare un regista cinematografico alla Pupi Avati.

Giovanni e Francesca si sono conosciuti durante una di quelle cene trapanesi. È stato difficile, per Giovanni, tagliare subito i ponti con la sua vita precedente. Così, per qualche tempo, ha fatto la spola tra Palermo e Trapani, accettando inviti dal vecchio gruppo di amici – che non è poi tanto *vecchio*, solo che a lui piace pensarla così – e standο ben attento a non incrociare Rita. Una sera, seduta accanto a lui, trovò Francesca, magistrato alla Procura per i minorenni di Palermo.

I bicchieri e le posate tintinnavano, le chiacchiere rimbalzavano da un lato all'altro del tavolo, solo che quando finivano dal lato di Francesca smettevano di rimbalzare. Fra lei e suo marito, trapanese, che quella sera era rimasto a casa, le cose andavano male. Glielo si leggeva in faccia. E anche se non glielo si fosse letto in faccia, lo si sarebbe letto poco più tardi nella richiesta di separazione.

Capelli biondi e un'aria dimessa, parlava poco o niente, limitandosi ai minimi cenni di cortesia che ci si scambia durante le serate. Giovanni la scrutava da un po', sempre sottecchi.

"Io sono libero da servizio," le ha detto. Lei gli ha rivolto un'occhiataccia.

"Non in quel senso! Volevo dire... Non verbalizzo niente. Puoi parlare, insomma."

"Ah," ha fatto lei, sollevata. "Potrei verbalizzare io, però."

"Anche se sei libera da servizio?"

"E certo... Dipende dal reato."

Dopo che si sono messi insieme, anche se Francesca era ormai ufficialmente separata, lui e lei sono rimasti sempre dei mezzi clandestini. I pranzi insieme erano veri funambolismi dell'elusione, scuse accampate coi colleghi, piccole reticenze o vere e proprie menzogne. Fino alla mattina in cui Falcone non ha preso il telefono, ha composto il numero del collega Alfredo Morvillo e gli ha chiesto se poteva andare un attimo a trovarlo. Morvillo è uscito dal suo ufficio al secondo piano, in Procura, ed è sceso due piani sotto, all'Ufficio istruzione. Falcone era già in piedi ad aspettarlo, a metà corridoio.

"Senti, Alfredo, devo dirti una cosa." L'ha preso per un braccio e si sono incamminati lungo il corridoio. La spiegazione è durata diversi minuti, interrotta ogni tanto da un "ciao" o da un rapido cenno del capo a qualche collega di passaggio. Alla fine, Alfredo aveva uno sguardo perplesso.

"Giovanni, io non so cosa risponderti. Mi cogli alla sprovvista." Ed era vero. Di quella relazione fiorita clandestinamente fra gli uffici del tribunale, nessuno sapeva nulla. I due avevano imparato forse dai loro imputati a tacere, a dissimulare, a sottrarsi così bene ai pedinamenti.

"Ora so che fra te e Francesca c'è qualcosa... non ho molto da dire. Solo una cosa: Francesca è una donna che non ha avuto una vita felice." Alfredo intrecciava le dita, si scrutava le mani, alzava lo sguardo, poi lo abbassava di nuovo. "Da piccola è cresciuta con un'educazione rigida, con dei genitori molto esigenti. Poi è diventata adulta, d'accordo, però sempre rimanendo in quel bozzolo protettivo, capisci?" Giovanni annuiva, chiedendosi dove il collega volesse andare a parare.

"Lei non andava a ballare, aveva pochi amici... Non è che avesse molta libertà. La sua esperienza, insomma, è questa. È tutta qui. Studio, laurea, matrimonio. Col marito non è andata bene, e questo le pesa come un macigno. Voglio dire che... Hai capito cosa voglio dire?"

"Forse."

"Forse sì o forse no?"

"Forse. Se mi spieghi meglio può diventare *forse sì*."

"Un'altra delusione non le farebbe bene. Ora hai capito?"

"Sì."

"Senza *forse*?"

"Senza *forse*."

"Io non... Non so che dirti, Giovanni. Ti chiedo solo di rifletterci bene prima di fare dei passi che potrebbero rovinare la sua serenità." Falcone ha sorriso, come rasserenato. Ha stretto la mano ad Alfredo e ha detto: "Stai tranquillo, ho capito benissimo." È stato quello il giorno a partire dal quale Giovanni e Francesca sono diventati ufficialmente una coppia.

"Ma guardali," dice Giovanni indicando Morvillo e Ayala che varcano l'ingresso. "'Sti disgraziati. Ancora fanno il pranzo. Solo a cena si mangia."

"Lo stiamo facendo anche noi, il pranzo."

"E che c'entra."

"A proposito," lo guarda preoccupata.

"Tutto a posto." Giovanni, che non potrebbe muoversi senza la scorta, fa un gesto con le mani per rassicurarla.

"Ti hanno dato l'ok?"

"Me ne sono scappato." Francesca si batte una mano sulla fronte. Accelerano il passo. Gli stomaci cominciano a borbottare.

Fa un caldo maledetto. Falcone sta giusto chiedendosi perché si sia portato la giacca, che tiene poggiata sulla spalla destra. Camminano mano nella mano lungo via Pagano. Sente la camicia che gli si incolla addosso. La mano sinistra, stretta in quella di Francesca, è calda e sudata.

Socchiude gli occhi, abbagliato dal sole, e si pone la solita domanda, quella che ha iniziato a porsi dal momento in cui ha messo piede nell'Ufficio istruzione e che a furia di ripetersela ha perso ogni consistenza drammatica, trasformandosi in una tiepida routine: come sarebbe morire adesso? Sarebbe a dire: chi arriverebbe per primo a soccorrerlo? Chi scatterebbe la prima foto del cadavere? In che posizione si accascerebbe al suolo? Forse una radio, da una finestra spalancata, canterebbe il *Dies irae* di Giuseppe Verdi, il pezzo che preferisce della *Messa da requiem*.

Il giorno dell'ira, quel giorno che
dissolverà il mondo terreno in cenere
come annunciato da Davide e dalla Sibilla

Quanto terrore verrà
quando il giudice giungerà
a giudicare severamente ogni cosa...

È stato un idiota a uscire da solo con lei. Un idiota e un egoista. Aveva troppa voglia di vederla. Aveva troppo *bisogno* di vederla. Da via Porta Carini arrivano le urla del mercato del Capo. Sente che Francesca lo tira via, come se avesse colto qualche sua sciocca ambizione. Se la mano che stringe adesso fosse quella di Rita, in che direzione lo trascinerebbe?

Giovanni guarda in lontananza i colori sgargianti delle bancarelle, la frutta, il pesce, le persone che si addossano l'una all'altra. È assurdo pensare che un posto del genere, per qualcuno, possa significare morte. Alla sua destra, invece, si stendono lunghe e desolate le mura di San Vito, una strada anonima, qualche macchina parcheggiata qua e là, mucchi di erbacce e piante secche che pendono dagli intonaci sgretolati. È assurdo pensare che un posto del genere, per qualcuno, possa significare vita. Ed è lì che vanno. Il ristorante La Cala d'argento è proprio lì, cento metri più avanti.

"Ma che..." Francesca s'irrigidisce. Si volta a tre quarti. Giovanni sente la mano stringersi forte intorno alla sua. Si volta anche lui, lentamente. Quattro uomini camminano dietro di loro, tenendosi a distanza, a pochi metri l'uno dall'altro. Il cuore di Giovanni comincia a battere più forte.

In quel momento che potrò dire io, misero,
chi chiamerò a difendermi,
quando a malapena il giusto potrà dirsi al sicuro?

Giovanni stringe le palpebre, mette meglio a fuoco. Si dà uno schiaffo sulla coscia e sussurra: "Ma vaff..."

"Dottore, scusate, ma non potevamo..."

"Va bene, certo. Venite pure voi."

Sono gli uomini della sua scorta.

12.
SVENTURATA È LA TERRA CHE HA BISOGNO DI EROI

Palermo, 1982

Via Notarbartolo è una strada lunga e dritta che taglia, con tutte le sue continuazioni, la parte nord di Palermo, tracciando una retta che inizia dalle pendici del monte Cuccio e arriva fino al mare. Come la sua parallela, viale Lazio, interseca un gran numero di viottoli e di altre strade più o meno grandi, più o meno importanti, disegnando una scacchiera che ha come limite superiore via Principe di Palagonia e come limite inferiore via Libertà.

È molto diversa dal posto in cui Giovanni è nato: fra via Castrofilippo e piazza Magione, nel quartiere della Kalsa, casa Falcone era un nido accogliente e prezioso, con i suoi affreschi che adornavano le pareti della vecchia abitazione appartenuta al fratello della nonna, il sindaco Pietro Bonanno, con un capofamiglia fermo, autoritario, una madre devota e due sorelle amorevoli – Anna, la prima, e Maria, la secondogenita – più grandi di lui, un po' materne anche loro, che se ne stavano per ore affacciate al balcone a guardare la chiesa della Santissima Trinità. Si respirava un'aria da vecchio borgo, alla Kalsa, una convivialità d'altri tempi, mentre qui l'atmosfera è assai più urbana. Eppure, Giovanni non saprebbe dire se gli è più familiare l'intimità decadente della Kalsa o questo lungo stradone di negozi e di grossi palazzi che si fronteggiano senza soluzione di continuità. La verità è che ha vissuto più tempo qui che alla Kalsa. Ci si trasferì con i genitori e le sorelle che era ancora ragazzino, poi ci ha vissuto con Rita, la sua ex moglie, appena arrivati da Trapani, quando le cose già andavano male ma forse c'era ancora qualcosa da salvare, poi ci ha preso casa con Francesca.

È un ottimo posto in cui vivere, ma c'è qualcos'altro in questa sua ostinazione a prendere casa sempre nella stessa strada, quella via che prende il nome dalla prima vittima eccellente della mafia, l'ex sindaco di Palermo, Emanuele Notarbartolo, assassinato nel lontano 1893. Possibile che sia la ricerca di un punto fermo – per quanto legato a un passato funesto – mentre tutto il resto, intorno, sfugge o si sgretola, svanisce o sprofonda? È questa, in buona sostanza, la sua palafitta in un mare sempre agitato? A prescindere da tutto è qui che ha scelto di fare base, e non c'è da sorprendersi che non voglia rinunciarvi.

Ora è seduto sul balcone di casa con il braccio poggiato alla ringhiera e una sigaretta accesa che gli penzola dalle dita sporte sul vuoto. Verso ovest, riesce ad allungare lo sguardo fino al monte Cuccio. Dall'interno arriva un bel vociare, si direbbe almeno una dozzina di persone, e le note esplosive di *The Freeze* degli Spandau Ballet in sottofondo. La luce lunare rischiara il volto di Giovanni, che sta con il mento poggiato sopra l'avambraccio e fissa in lontananza. È un'immagine statica, il suo corpo è fermo, praticamente immobile, ma i suoi pensieri danzano frenetici come le note degli Spandau.

Unpack my case one more time
I'll cancel my train once again
Destiny give me a day
The watching is frozen again...

"Ragazzo. Allora?" La mano sulla spalla è quella di Paolo Borsellino.

"Eh, allora, allora. Cu s'arrubbò 'u portacenere?"

"Peppino Ayala! Pentito sugnu." Borsellino si mette una mano sul cuore. "Lo vidi proprio là che girava con la refurtiva," indica l'interno dell'appartamento, "ma poi si *diede latino* come a Masino Buscetta. Nessuno lo vide più."

"Lo dissi fin dal primo giorno..." sospira Falcone scuotendo la cenere in un vaso fissato alla ringhiera. Una volta deve aver ospitato una pianta, ma adesso c'è solo terreno secco.

"Eccolo!" Borsellino indica Ayala che si ferma sulla soglia del balcone con il portacenere in mano.

"Che è?!" Guarda Giovanni sgranando gli occhi. "Perché stai ciccando nella pianta? Se ti vede Francesca..."

Falcone lo guarda, poi guarda Borsellino, quindi si dà una manata sulla fronte.

"Alfredo! Alfredo!" Ayala chiama con ampi gesti l'amico che sta al centro dell'appartamento a travasare del vino da un bicchiere a un altro. Morvillo alza la testa, un fiotto di vino gli si versa sulle scarpe.

"Ma porc..."

"Chiama tua sorella!" gli fa Ayala. "Amunì, chiamala!"

Francesca arriva pochi secondi dopo, e senza che suo fratello Alfredo l'abbia chiamata. La voce di Ayala si è sentita fino al pian terreno.

"Lo vidi pochi secondi fa, e testimoni possono confermare, che ciccava dentro al vaso della pianta."

"Quale pianta?" chiede Giovanni guardando il vaso vuoto. Sa bene che è tutta una pantomima e che qualcuno, probabilmente Paolo Borsellino, l'avrà visto solo e sconsolato sul balcone di casa e avrà detto agli altri di andare lì a fargli compagnia. O forse Francesca, forse è stata proprio lei. D'altronde, non è per questo che gli ha improvvisato questa cena? Vuole che non gli manchi nulla, di questa vita e di quella precedente. Vuole che ritrovi un po' di Trapani, delle partite a biliardino con gli amici al bar Pizzimenti, dei balli a Erice, al Ciclope o al Villaggio Turistico, dove quando proprio andava male c'era il juke-box acceso e in qualche modo si riusciva a fare quattro salti, delle serate al Lions Club o delle feste di carnevale, delle cene da Titta a Pizzolungo, delle belle giornate sotto il sole cocente nelle calette di Levanzo. Francesca sa che di quella vita passata non ha fatto parte e che, comunque, non avrebbe potuto essere diversamente: lei non è Rita. Così, quando pensa a quella vita passata, un po' si augura che sia *passata* davvero e un po', contro il suo stesso interesse, cerca di rievocarla, perché Giovanni senta di non aver perso qualcosa a stare insieme a lei, perché non provi nostalgia inciampando dentro i propri ricordi.

Solo che non è facile. Non lo è per niente.

Francesca gli porge il proprio bicchiere. Giovanni manda giù un sorso e glielo restituisce, accarezzandole la mano.

"Che tenerezza, mamma mia," li sfotte Ayala.

"No, però, per cortesia," si unisce Alfredo, "'ste cose fatele quando state da soli."

Destiny give me a day
Erogenous zones win again.
Blue sing la lune sing lagoon,
These visions are making me stay...

"Ma chi ha alzato il volume?" Giovanni non lo sta chiedendo a nessuno in particolare.

"E dai! Sempre a scassare la minchia stai," Ayala è su di giri. Si muove, danzereccio, ondeggiando come un giunco nel suo metro e novanta di altezza. Non è pensabile organizzare una festa senza di lui. Forse, fra tutti, è quello che più gli ricorda i suoi anni di Trapani. Francesca deve averlo capito già da tempo. Giovanni la guarda, lei fa una smorfia e torna dentro ad abbassare il volume della musica.

"Vorrei vedere a te, vorrei vedere."

"E che vuoi vedere? Pure io c'ho la scorta, che dobbiamo fare?"

"Eh, ma tu magari non hai i suoi vicini," dice Borsellino.

"Ma no, ce li ha pure lui. Ce li abbiamo tutti. Solo che forse i suoi non sono abbastanza coraggiosi da esporsi." Falcone si riferisce a una lettera firmata da una sua vicina e pubblicata pochi giorni fa dal *Giornale di Sicilia*. Nel suo *j'accuse*, la signora scriveva: "Regolarmente tutti i giorni (non c'è sabato o domenica che tenga), al mattino, nel primissimo pomeriggio e alla sera (senza limiti di orario), vengo letteralmente assillata da continue e assordanti sirene di auto della polizia che scortano i vari giudici. Ora, mi domando, è mai possibile che non si possa riposare un poco nell'intervallo del lavoro e, quanto meno, seguire un programma televisivo in pace, dato che, pure con le finestre chiuse, il rumore delle sirene è molto forte? Non è che questi 'egregi signori' potrebbero essere piazzati tutti insieme in villette alla periferia della città, in modo tale che sia tutelata la tranquillità di noi cittadini-lavoratori e l'incolumità di noi tutti, che nel caso di un attentato siamo regolarmente coinvolti senza ragione?"

Ora, siccome la sua presenza risulta a quanto pare sgradita, nell'impossibilità pratica di prendersi una "villetta alla periferia della città", Falcone si muove con due piedi in una scarpa, sta attento al volume della musica e solleva sempre le sedie per evitare che striscino sul pavimento. Se potesse chiedere agli agenti di scorta di abbassare il volume delle sirene per non dar fastidio al suo vicinato, che magari sta guardando un film o sta facendo la pennichella pomeridiana, lo farebbe. Però non può.

Come non può dire nulla ai figli di Borsellino che saltano sul pavimento, pur sapendo che domani qualcuno se ne lamenterà oppure, più probabilmente, scriverà una lettera all'amministratore del condominio. Ai condomini, quei piccoli colpi sul pavimento, quei suoni frivoli di spensieratezza devono arrivare come delle stilettate. È osceno che uno come lui si diverta. È una cosa che sta fuori dalla grazia di Dio. Non è per questo che i cittadini pagano la sua scorta, ma perché patisca e perché incarni la sofferenza. Se proprio devono finanziargli la sopravvivenza, se proprio la sua esistenza in vita è legata a questa strana forma di azionariato popolare, allora non deve deludere i suoi investitori. Perché poi, alla fine, se anche lui si mette a ballare, se anche lui *si diverte*, su quali spalle ricadrà il peso dell'inerzia sociale? Chi si incaricherà di risalire la montagna con un macigno legato alla schiena, se perfino lui, che è *pagato* per farlo, si mette ad ancheggiare bevendo margarita? Se *sventurata è la terra che ha bisogno di eroi*, quella che si affida ai martiri riesce a cavarsela piuttosto bene. Ha fatto proprio il meccanismo della delega e l'ha trasferito alle questioni di coscienza.

A Francesca, poi, i bambini piacciono – perfino quelli che saltano come dei diavoli sul pavimento – e a lui piace guardarla mentre sorride.

Lei non ha mai sollevato l'argomento. È stato Giovanni, una volta, mentre guardavano il TG della sera, di punto in bianco, a dirle: "Non si mettono al mondo orfani."

"Eh?" le ha chiesto lei cadendo dalle nuvole.

"Non si mettono al mondo orfani," ha ripetuto lui poggiando la testa sulla sua spalla. "Si mettono al mondo bambini, non orfani." Lei lo ha accarezzato, fissando il vuoto davanti a sé. Da quella sera, non ne hanno mai più parlato.

Sono rimasti solo loro due, adesso, sul balcone, e guardano insieme la sagoma scura del monte Cuccio.

"Dovremmo guardare là," dice Francesca voltandosi verso est, dove c'è il mare, "non di là."

"Va bene anche di là. Ogni tanto."

"Ogni tanto."

"Interrompo qualcosa di speciale?" Leonardo Guarnotta poggia una mano sulla spalla di Francesca e il braccio sulla schiena di Falcone, stringendo fra le dita lo stelo di un bicchiere di rosso. Con la sua fronte alta e i capelli portati ordinatamente indietro, ha il volto elegante di un attore d'altri tempi.

"Certamente."

"Be'..." si appoggia anche lui alla ringhiera, "è per un buon motivo. Mi ha chiamato Rocco, dice che forse sappiamo chi è Roberto." Falcone sgrana gli occhi.

"Ma veramente?"

"Yes."

Anche Francesca cambia espressione. Pur lavorando alla Procura per i minorenni, spesso e volentieri si trova di fatto coinvolta nelle indagini del pool. Quantomeno, ha fatto l'orecchio ai nomi e ai fatti principali che li riguardano. Come in questo caso.

È da un bel po' che i magistrati del pool si chiedono chi sia questo fantomatico Roberto. Se lo chiedono, per la precisione, da quando hanno trovato in una tasca del boss Totuccio Inzerillo, ucciso da una raffica di kalashnikov davanti al portone di casa della sua amante, un biglietto con alcuni numeri di telefono. Uno di quei numeri era dell'ingegnere Ignazio Lo Presti. Falcone ha ottenuto l'intercettazione della sua linea telefonica, e così, giorno dopo giorno, la polizia ha scoperto un po' di cose interessanti. Intanto, il telefono di Lo Presti viene usato regolarmente da uno degli "esattori di Salemi", i cugini Salvo, con cui è imparentato. Ignazio Salvo chiama spesso lo studio di un commercialista a Milano, chiedendo di potersi mettere in contatto con un tale Roberto. Solo che Roberto non si sa chi sia, e i due, ovviamente, si guardano bene dal pronunciarne il vero nome. Adesso pare che qualcosa sia cambiato.

Guarnotta stringe Falcone e sua moglie in una specie di abbraccio, come un coach di rugby.

"Finalmente *Roberto* si è fatto vivo. Dal Brasile."

"Eh?"

"Esatto, dal Brasile. E non vi immaginerete mai chi è."

"E chi è?"

Guarnotta temporeggia, beve tranquillamente un sorso di vino, resta muto.

"E dai, oh! Chi minchia è?!"

Guarnotta fa il muto per qualche altro secondo, poi, quando vede che Giovanni si sta incazzando sul serio, parla.

"Don Masino."

Giovanni guarda Francesca, incredulo. Poi fissa di nuovo il collega.

"Tommaso Buscetta?"

"Lui." Guarnotta sorride, felice come una pasqua.

"E sta in Brasile?"

13.
COME IN UN MOSAICO

Palermo, 1982

"Solo noi stiamo ancora qua, Rocco. Perfino i boss se ne scappano. Perfino loro l'hanno capito."

"E adesso che c'è, hai paura?"

"E certo. Perché, tu no?"

"È chiaro." Rocco Chinnici si massaggia il volto, abbassa gli occhi sulla scrivania. "È chiaro," ripete. "Ma chi è che non ne ha? Borsellino? Guarnotta? Di Lello? Peppino Ayala?"

"Ad Ayala lo ammazzeranno le panelle, prima della mafia."

"Ma figurati. Due metri di cristiano. Può mangiarsi quello che vuole." Si alza, va alla finestra e guarda fuori. Settembre è iniziato da tre giorni. Tre giorni che avrebbero dovuto portare un po' di fresco, ma solo in teoria, perché in pratica è ancora piena estate. Qualcuno passeggia in piazza, ma nonostante sia sera sono in pochi a sfidare la calura. Un paio di donne spingono le loro carrozzine fermandosi di tanto in tanto per asciugarsi la fronte.

"Hai dubbi, Giovanni? È questo che mi vuoi dire?", si volta verso di lui. "Perché se hai dubbi basta che me lo dici e io ti posso anche..."

"Ho dubbi su tutto, Rocco, proprio su tutto. Sulla cravatta che mi devo mettere, sull'ordinanza che devo scrivere, pure su quanto sale devo mettere sulla carne."

"Poco."

"Ma su questo no: non ci ho pensato neanche una volta a farmi trasferire. Mai. Te lo posso giurare."

"Io ti credo. Però, sai, sarebbe umano."

"E chi dice di no. Io però sto bene qua."

Non è proprio esatto, a voler essere pignoli. Falcone non sta bene dove sta. Per niente. Sarebbe facile, altrimenti. È difficile, invece. Lo è dal mattino, quando apre gli occhi, si volta verso Francesca e si domanda se stasera potrà salutarla di nuovo. Lo è quando esce di casa e si sforza di sorriderle anche se hanno appena litigato – anzi, a maggior ragione se hanno litigato – perché è sempre importante lasciare un certo ricordo. Lo è quando sale in macchina e l'autista gira le chiavi nell'accensione, giocando ogni volta alla roulette russa. Quando entra in tribunale e deve camminare con la testa bassa per ignorare i mormorii, i sussurri, "È arrivato, Batman!", "Il giustiziere della notte!", "Lo sceriffo!".

Il punto non è stare bene o stare male, il punto è fare l'unica cosa possibile. Quando ha preso in mano le carte del processo Spatola ha sentito un clic, uno scatto. Il rumore di un tassello che s'incastrava al posto giusto. Le pressioni, poi, i tentativi di ostacolarlo, gli interventi del procuratore Pizzillo non hanno fatto altro che consolidare quel mosaico. Ora nessuno è più in grado di separarne i frammenti. Non ne esistono più, di frammenti. Adesso esiste un unico quadro. E non è un quadro di gioia, di appagamento, di gratificazione. È un quadro e basta. La sua estetica è esatta, la sua logica compositiva è oscura ma irrefutabile. Oggi, in questo istante, in questo luogo, tutto è esatto. Giovanni lo sente, e non gli importa se questo è triste, è rischioso o è denso di oscuri presagi. Lui non potrebbe fare nulla di diverso da quello che fa.

"Hai visto che alla fine Inzerillo ha cantato?" Chinnici si riferisce al biglietto trovato sul cadavere del boss Totuccio Inzerillo con il numero di telefono dell'ingegnere Lo Presti. È stato solo grazie a quel ritrovamento che l'Ufficio istruzione ha potuto disporre le intercettazioni sul telefono di lui e dei Salvo.

"Da morto, certo."

"Eeeh, che pignoleria, Giovanni! Te lo dicevo che era un bravo ragazzo. In ogni mafioso c'è un animo onesto. Solo che talvolta viene fuori quando sono morti, tutto qua." Almeno a loro, ai mafiosi, quando muoiono ammazzati gli portano rispetto e onorificenze, fanno lunghe processioni, funerali sontuosi con grande sperpero di danaro. Quando ammazzarono il collega Pietro Scaglione, nel '71, le cariche dello Stato disertarono il funerale. Il presidente del Consiglio, Emilio Colombo, non si presentò alle esequie, pur trovandosi in Sicilia per un comizio elettorale. Non si presentò neanche il ministro della Giustizia, e nemmeno quello degli Interni, Franco Restivo, un palermitano.

"Perché non ci abbiamo pensato prima?"

"A cosa?"

"Che quel Roberto poteva essere Buscetta. Potevamo arrivarci anche noi."

"Il boss dei due mondi." Rocco annuisce e si gratta il mento.

"Eh... Chissà se..."

"Cosa?"

"Be'... Se gli va di..."

"Di collaborare?"

"Eh."

"A Buscetta? Ma figurati. È già un miracolo se è ancora vivo. Secondo te lo hanno risparmiato?"

"Ma chi, Riina?"

Chinnici si rende conto dell'ingenuità della propria domanda e scuote la testa. Riina non risparmia nessuno. Casomai ne ammazza uno in più, mai uno in meno. Nella strategia del Corto, megghiu abbunnari chi scarsiari. Non c'è bisogno che sia Falcone a spiegarglielo. Un tempo, forse, quando ai vertici della Cupola c'erano Bontate, Badalamenti e Liggio, qualche forma di mediazione sarebbe stata possibile. Un accordo, magari: tu sparisci per sempre e noi ti lasciamo in piedi. Le guerre, finché era possibile, andavano evitate, ai mafiosi come allo Stato. La mafia doveva esistere all'interno dello Stato; aiutarlo, perfino, se c'era una reciproca convenienza. Ma ora che Liggio ha messo il potere nelle mani del Corto e di Binnu Provenzano, non c'è più pace per nessuno. Mafiosi, magistrati, poliziotti, testimoni scomodi, politici. Sono soltanto materia organica, pezzi di carne, nulla di più delle bestie che scannavano nelle campagne di Strasatto. Pedine da buttare giù per un capriccio o perché così tira il vento.

Anche loro due, Giovanni e Rocco, sono due pezzi di carne. Due quarti di manzo. Due lupi a cui sparare con la scupetta perché non stacchino la testa alle galline nel recinto.

"Dalla Chiesa si è fatto dare 'Greco Michele + 161'." Falcone si accende un sigaro, tira un paio di boccate. "Cioè, ha mandato un poliziotto, non è venuto lui."

"E vabbè, ci avrà da fare. È il prefetto."

"Sì, sì, per carità."

"E come mai se l'è fatto dare?"

"Ah, boh. Credevo che lo sapessi tu."

"Non ne so niente. Si starà interessando... Si vorrà fare un quadro."

Il rapporto intitolato "Greco Michele + 161" è il miglior modo che il prefetto dalla Chiesa abbia per farsi un'idea delle alleanze mafiose e degli equilibri tra le varie famiglie siciliane: è un lungo fascicolo che porta la firma del vicequestore della polizia Ninni Cassarà, insieme a quella di un suo informatore, tale Prima luce, sulla cui vera identità il poliziotto non ha mai voluto dare spiegazioni. Non si può dire che Cassarà abbia un carattere facile, d'altronde, che sia uno malleabile. Si sono conosciuti a Trapani, lui e Giovanni Falcone, ed entrambi sono poi sbarcati a Palermo: Falcone per scelta, Cassarà su disposizione del questore perché, nonostante i molti inviti a lasciare tranquillo il circolo culturale trapanese Scontrino, il poliziotto ha guidato un blitz, con relativa perquisizione, in quella che era di fatto la sede di sette logge massoniche legate alla P2 – Iside, Iside 2, Osiride, Ciullo d'Alcamo, Cafiero, Hiram, Loggia C – visitata anche dal maestro venerabile Licio Gelli.

Dopo questo episodio, Cassarà è stato trasferito a Palermo, ma qui, contrariamente a quanto si aspettava qualcuno, non si è affatto acquietato. Gente così non la addomestichi da un giorno all'altro.

Il 25 marzo 1982, il killer Salvatore Totuccio Contorno, già scampato miracolosamente a un agguato a colpi di kalashnikov grazie al suo ben noto sangue freddo, è stato arrestato. Contorno non è un pezzo grosso, ma le sue prodezze gli avevano procurato un posto come guardaspalle del boss Stefano Bontate. Caduto Bontate sotto i colpi dei corleonesi, Contorno per salvarsi la pelle ha dovuto letteralmente schivare i proiettili. I killer l'hanno atteso sotto casa dei genitori, in via Ciaculli, ma non hanno calcolato che l'occhio di un sicario navigato non è diverso da quello di un giocatore di scacchi, che deve sempre sapere cosa accade in tutte le caselle della scacchiera.

Il primo elemento a far insospettire Contorno è un'auto che lo precede con un'andatura troppo lenta. Sorpassandola, ne riconosce il guidatore. È un volto noto, uno del giro. Una volta imboccato il cavalcavia che da via Ciaculli immette in via Giafar, Totuccio nota poi un uomo, ancora suo conoscente, affacciato al sesto piano del palazzo che dà sul ponte. Se non appare strano il fatto che se ne stia affacciato, è strano perlomeno il modo in cui si sporge. Sembra guardingo. Troppo.

Ancora, poco più avanti, Contorno nota un altro uomo di sua conoscenza appostato fra una cancellata e un giardino privato. Infine, ecco sbucare da un vicolo cieco una moto di grossa cilindrata. A bordo ci sono i killer Giuseppe Lucchese e Pino Greco, detto Scarpuzzedda. Il quadro è completo. Totuccio sta per andarsene al Creatore. Così è stato deciso dal Corto e dai suoi. E a nulla sono valse le cautele prese dal mafioso, come quella di portarsi sempre dietro un bambino, visto che con un bambino al seguito – questo dice la "legge" della vecchia mafia – nessuno può essere ucciso.

Ma la mafia si è rinnovata.

Di fianco a Totuccio Contorno, sul sedile del passeggero, c'è l'undicenne Giuseppe Foglietta, un amico di suo figlio che – sostiene Totuccio – ha *insistito* per tornare a casa con lui. Quando Totuccio sente arrivare la prima scarica di mitra, lascia il volante e si getta sul bambino. La motocicletta prosegue la corsa, ma subito, nel retrovisore, Contorno vede che sta ritornando. Si prepara un'altra raffica di kalashnikov. Contorno corre con l'auto un centinaio di metri più avanti, frena, spinge il bambino fuori dall'abitacolo ed esce anche lui impugnando la sua calibro 38 a cinque colpi. Il mitra torna a sparare, un'altra pioggia di proiettili investe l'auto di Contorno e l'edificio dietro, bucando il muro e una saracinesca. È Scarpuzzedda a essere colpito: il proiettile lo prende al petto, e cade all'indietro dalla motocicletta. Per sua fortuna, indossa un giubbotto antiproiettile.

Totuccio grida al bambino di correre. E corrono, corrono, corrono, fino a salvarsi.

Nonostante il suo proverbiale sangue freddo, questo soldato della malavita sarebbe comunque crepato in un battito d'ali, se la polizia non gli avesse stretto le manette ai polsi nel marzo scorso.

Nella sua villa di Bracciano, che ha acquistato per duecentoventi milioni di lire, i poliziotti hanno trovato due auto blindate, due utilitarie, centocinquanta chili di hashish, due chili di eroina, armi e pallottole di vario calibro, trentacinque milioni in contanti e diversi documenti falsi.

I corleonesi, adesso, non potendo rifarsi su di lui, gli stanno ammazzando uno alla volta tutti i parenti. Da vero "uomo d'onore" qual è, però, nessuno si aspettava che decidesse di cantare, e nessuno sperava di riuscire a convincerlo.

Ma Cassarà ci è riuscito.

Prima luce – cioè il primo spiraglio di luce nella coltre di omertà che avvolge la mafia – ha fatto un nome, quello del boss Michele Greco, detto il Papa, che ora viene messo in relazione con la cosca. Ma oltre a quello di Greco, Contorno ha snocciolato altri nomi di boss, gregari, semplici picciotti, leve e ingranaggi indispensabili per il funzionamento della macchina mafiosa. Dalle sue confessioni clandestine, sussurrate a mezza voce al vicequestore Cassarà, è nato il rapporto "Greco Michele + 161".

E adesso il neoprefetto Carlo Alberto dalla Chiesa, insediatosi a Palermo poco prima dell'estate, ha mandato un poliziotto in tribunale per chiederne una copia.

"Ha chiesto pure l'ordinanza di rinvio a giudizio per Rosario Spatola."

"E allora vedi? Vuole capirci di più. È uno che va dritto per la sua strada, dalla Chiesa. Abbiamo bisogno di persone così, Giovanni. Fossi in te non mi preoccuperei."

"Non mi preoccupo. Dico solo che magari poteva passare lui, che ne so..."

"Eeeh, ma vai, va'," Rocco gli lancia un foglio appallottolato. "Pure tu c'hai un carattere di merda, non ti credere. Fra noi ci capiamo, ma quelli lì," indica con un gesto circolare le mura dell'ufficio, "i tuoi colleghi, per non parlare di quelli che stanno *fuori* dal tribunale, ti vedono come una prima donna, uno che vuole fare tutto lui senza lasciare niente agli altri, un accentratore. Tu sei un accentratore?"

"Io?" Falcone si mette una mano sul petto. "Un accentratore?"

"Sei un accentratore o no?"

"Io mi alzo all'alba, c'ho la scorta pure quando vado al cesso, i miei vicini mi..."

"Sì, sì, *qua qua qua*," Chinnici imita con la mano il becco di un'anatra, "ce l'abbiamo tutti la scorta, ci alziamo all'alba e tutto quanto. Sei un accentratore o no?"

"No!"
"E manco dalla Chiesa! Lascialo lavorare e dagli tutto quello che gli serve."
"Ci mancherebbe altro."

Il telefono sulla scrivania di Chinnici inizia a suonare appena Falcone si è alzato e sta per avviarsi verso la porta.
"Ah, il signor prefetto!" dice Chinnici nella cornetta. Poi guarda Falcone e copre il microfono con la mano. "Parli del diavolo..."
"In bocca al lupo."
"Me lo passi pure. Me lo..." Lo sguardo di Rocco si rabbuia. Falcone, che stringe la maniglia della porta, si ferma sull'uscio. Il capo gli fa cenno di tornare a sedersi.
"Capisco. Capisco," dice al telefono continuando a fissarlo con occhi tetri. Poi posa lentamente la cornetta.
"L'hanno ammazzato. Lui e sua moglie."
Giovanni si lascia cadere sulla sedia. Nella sua testa sente un'orchestra di campane che suona a morto.

... che potrò dire io, misero,
chi chiamerò a difendermi,
quando a malapena il giusto potrà dirsi al sicuro?

"Manco i nazisti c'erano riusciti. Manco i nazisti."
Rocco si allenta la cravatta ma gli manca l'aria. Non riesce a deglutire. Si sente come appeso a un cappio.
Si fissano muti, senza dire una parola, perché entrambi si stanno chiedendo la stessa cosa: chi, fra loro, morirà prima. In che modo. In quale posizione. Con che espressione. In auto o sull'asfalto. Da soli, oppure...
Il telefono riprende a squillare, ma nessuno dei due fa il gesto di afferrarlo.

Il corridoio si sta animando. Rumore di porte che si aprono e di tacchi che camminano. Voci allarmate.

Ma Rocco e Giovanni non sentono nulla. Sfila un funerale, lento e disperato, dentro la loro testa. A chi appartiene il volto che sta per finire inghiottito dal terreno?

14.
POTERI SPECIALI

Palermo, 1982

L'Autobianchi A112 color crema del generale dalla Chiesa ha lasciato Villa Whitaker intorno alle ventuno. Il tettuccio e il parabrezza erano appena sporcati da una sabbiolina fine che come zucchero a velo, sospinta dallo scirocco, si è sparsa in serata sulle auto parcheggiate nel cortile della prefettura e in tutta Palermo. Emanuela Setti Carraro, moglie del generale, ha girato la chiave nell'accensione e ha dato un colpo di tergicristalli per scrollarne un po' dal vetro, poi sono partiti. C'era lei alla guida.

Mentre facevano manovra, un'altra auto si è messa in moto. Un'Alfetta blu ha iniziato a seguirne la scia, rimanendo a pochi metri dall'A112. Tutto normale, tutto come al solito. Era l'agente di polizia Domenico Russo che gli faceva da scorta.

"È partito?" ha chiesto il generale a sua moglie cercando di inquadrare l'auto blu nello specchietto laterale.

"Non lo vedo."

Lei ha alzato gli occhi al retrovisore.

"Sì, è dietro di noi." Il generale ha annuito e ha abbassato il finestrino per regolare meglio lo specchietto. "Hai fame?" ha chiesto a Emanuela.

"Mamma mia," ha sorriso lei. Sono usciti dal cortile della prefettura e hanno marciato lentamente su via Dante Alighieri.

Dietro di loro, l'agente Russo li osservava senza perderli d'occhio. Ma non era l'unico.

"Tu no?"

Dalla Chiesa ha scrollato le spalle. "Sì. Non lo so."

"Non sai se hai fame?" Sua moglie si è voltata verso di lui e gli ha sorriso con aria interrogativa.

"Bah. Non lo capisco più. Queste giornate mi mettono un nervosismo addosso... È frustrante."

"Mi dispiace." Non era necessario che lui le spiegasse. Lo aveva già fatto più volte, nell'arco dei cento giorni trascorsi dal momento in cui si è insediato come nuovo prefetto di Palermo. Però ha voluto farlo lo stesso, più per se stesso che per lei.

"Mi hanno mandato a fare la guerra con la zappa e le brache calate."

"Già."

"Mi hanno mandato a... *coordinare la lotta alla mafia sia sul piano nazionale che su quello locale*," ha continuato caricando di enfasi le parole, "intanto però non so neanche *qual è* questo ruolo di coordinamento, questi *poteri speciali* che mi dovevano dare. Nessuno ha formalizzato niente. Sono un prefetto come un altro, non c'è una gerarchia. Il questore o il prefetto di un'altra città possono fare come meglio credono, e la loro autorità vale come la mia. Allora," ha scosso la testa, "allora non capisco che ci sto a fare qua. Mi stanno prendendo in giro, è questa la verità."

"Ora ci mettiamo un po' di pesciolini freschi nello stomaco e ti faccio vedere che..."

"È tutta una pagliacciata. Questo dovevo dire a quel Bocca quando mi ha intervistato. Dovevo dire: 'Caro dottor Bocca, mi stia a sentire e riporti pari pari: è tutta una pagliacciata. Nessuna lotta alla mafia, niente poteri speciali. Qui nessuno vuole combattere un bel niente.'"

"Non lo faresti mai. Un uomo dello Stato non ragiona così."

"Un *uomo dello Stato*... Lo Stato... L'ho ripetuta tante di quelle volte, questa parola, che non so più cosa significa."

"Hai fatto la guerra, Carlo. Che sarà mai?" Emanuela gli ha accarezzato una guancia, ma lui si è scansato. Non voleva essere compatito.

"E invece no, io lo so benissimo cos'è lo Stato! Forse è lo Stato che non sa più chi sono io, che non mi riconosce più." È rimasto in silenzio per qualche attimo. Poi ha riattaccato. "La guerra?" si è lasciato scappare un grugnito. "Almeno lì sapevi per chi stavi combattendo. C'erano le trincee. E c'erano le divise. Ed erano diverse, da un lato o dall'altro. Erano diverse."

Il generale e sua moglie avevano prenotato un tavolo in un ristorante all'aperto che affaccia sul golfo di Mondello. Sarde, polipo, una frittura di calamari, una brezza malinconica e oziosa che ricuce le ferite e disinfetta i rancori.

Carlo ha guardato nello specchietto. L'Alfetta blu dell'agente Russo era ancora dietro di loro. Avrebbero dovuto stare lì, lui ed Emanuela, dentro l'auto blu, non certo nell'A112 color crema, ma il generale ha sempre sostenuto che viaggiare in un'auto anonima fosse più sicuro per sé e per sua moglie rispetto a girare in una macchina blu. Un ragionamento corretto, in linea di massima. Se non fosse che l'agente Domenico Russo non era l'unico a essere informato di quel dettaglio, non era l'unico ad averli visti salire in macchina, e non era l'unico a osservarli mentre procedevano lentamente nel traffico, ormai giunti in via Carini.

Già da diverse ore c'era qualcun altro che scrutava i movimenti del generale. Anche dentro la prefettura.

Una volta usciti da Villa Whitaker, dopo che l'Alfetta si è accodata all'A112, una moto ha seguito l'Alfetta a debita distanza. A bordo c'erano due killer. Il primo, il guidatore, era il campione italiano di kickboxing Giuseppe Lucchese, detto Occhi di ghiaccio. Il secondo era Giuseppe Greco, detto Scarpuzzedda. Lo stesso che aveva già fatto visita, circa un anno prima, a Salvatore Contorno, il quale si era salvato per miracolo.

Ma i "miracoli", per chi ci crede, sono eventi straordinari. La logica con cui si presentano è imperscrutabile. Talvolta può apparire perversa.

In via Carini le auto hanno rallentato. La moto di Lucchese e Greco ha affiancato l'Alfetta dell'agente Russo. Scarpuzzedda ha sollevato la canna del kalashnikov, è partita la raffica. Il poliziotto non ha avuto il tempo di reagire, e neanche di saltare fuori dall'auto come aveva fatto Prima luce. Non ha avuto il tempo di fare né di capire nulla.

Neanche Emanuela Setti Carraro e suo marito Carlo Alberto dalla Chiesa, prefetto di Palermo da soli cento giorni, hanno avuto il tempo di capire nulla. Perfino di chiedersi da dove arrivasse il fragore di quella raffica di mitra, perché, proprio mentre l'agente Russo finiva crivellato dalle pallottole, una BMW 518 con a bordo i killer Calogero Ganci e Antonino Madonia ha superato l'A112 e gli si è parata davanti. Un altro kalashnikov, stavolta imbracciato da Madonia, ha lanciato una sventagliata di proiettili contro il parabrezza dell'Autobianchi, colpendo Carlo ed Emanuela per ben trenta volte.

L'A112 ha sbandato, andando a sbattere contro una Fiat Ritmo parcheggiata a bordo strada. Poi, silenzio.

E dire che il commando ha usato solo la metà della potenza di fuoco che aveva preparato. Un'altra macchina occupata dai killer Francesco Paolo Anzelmo e Giuseppe Giacomo Gambino seguiva l'auto del prefetto, pronta a intervenire se l'agente Russo avesse avuto il tempo di reagire. Ma così non è stato.

Completato il lavoro, Scarpuzzedda è sceso dalla moto, si è fatto il suo bel giro intorno all'auto ridotta a una gruviera, ha accostato gli occhi ai finestrini, poi al parabrezza, perlustrandola con meticolosità, per assicurarsi che il generale e sua moglie non dessero più cenni di vita.

L'auto e la moto servite per l'agguato, portate altrove, sono state date alle fiamme. Tre auto guidate da Gaetano Carollo, Vincenzo Galatolo e Raffaele Ganci, padre del killer Calogero, sono arrivate, tempestive, a prelevare i picciotti che smontavano dal lavoro. Si sono molto complimentati, padre e figlio, per il buon esito della spedizione.

Mentre gli uomini d'onore tornavano alle loro case, alle loro famiglie, le fiamme si alzavano dalla motocicletta e dalla BMW spargendo nell'aria un fumo nero e malsano. Ogni tanto qualcuno, sentendolo, arricciava il naso. Veniva preso dalla nausea. Ma non diceva niente, né chiamava la polizia. Sapeva che era meglio tacere e farsela passare. Ci mettono niente le fiamme a circondare anche casa tua. Basta una parola di troppo, o anche una parola e basta. Quelle che il generale aveva scritto nei suoi documenti, intanto, sono sparite chissà come dalla sua cassaforte privata.

Si è concluso così il mandato del prefetto dalla Chiesa, con un rogo, tre casse da morto e una cassaforte vuota.

Questo ne è stato della lotta alla mafia che gli avevano affidato.

Dei suoi *poteri speciali.*

15.
COGLIERE LE ROSE

San Ciro (Palermo), 1982

C'è una complessità, nella disposizione di questi petali, che ricorda i soffitti a volta di alcune cattedrali. È incredibile come un'impalcatura di cellule aggrappate l'una all'altra possa svilupparsi seguendo linee così esatte. Questa è la bellezza, riflette Rocco. È l'illusione di un ordine, o perlomeno la sua rappresentazione. Ci racconta che la nostra realtà è saldamente basata sui pilastri della logica. Ci racconta che tutto, alla fine, è giusto. Che esiste una giustizia, a prescindere da noi.

Non si è neanche arrotolato le maniche della camicia. Se ne sta chino su un cespuglio di rose a tagliarne i gambi con un grosso paio di forbici, mentre il sole batte con una cattiveria di cui lui sembra non accorgersi. Ai suoi piedi, di fianco alla cesta dove sta riponendo con delicatezza le rose appena raccolte, ce n'è un'altra piena di arance e fichi d'India.

Caterina, la più grande, è venuta già due volte con in mano una maglietta di cotone, gli ha chiesto se voleva mettersela perché faceva caldo, ma non c'è stato nulla da fare. Le sue rose, di cui ha piantato più di cento esemplari nel giardino accanto alla casa e che zappa con grandissima cura, vuole raccoglierle in camicia. Caterina ed Elvira vanno avanti e indietro dalla cucina portando le posate e i piatti ancora vuoti, e di tanto in tanto si voltano a vedere quest'uomo che raccoglie frutta e rose per deporle nelle ceste di vimini. Se non sapessero già chi è, non saprebbero come inquadrarlo.

Agata, sua moglie, sta preparando gli antipasti. La tavola è apparecchiata all'esterno, nel patio della casa di campagna della famiglia Chinnici. Tutto intorno, alberi e spianate, cespugli, chiome verdi che colorano i declivi e il costone di roccia su cui si erge la casa.

Giovanni, il più piccolo, se ne sta appollaiato con le gambe penzoloni sul muretto di cinta.

"Eccoli," dice a un tratto.

Rocco solleva la schiena dalle sue rose e getta lo sguardo oltre la cancellata, sul viale d'accesso. La macchina di Alfredo Morvillo si avvicina lentamente alzando nuvole di terriccio. Il tempo che lui e sua moglie Anna scendano dall'auto, ed ecco che il rombo crescente di una grossa moto annuncia l'arrivo di Giuseppe Ayala. Dall'auto dei Morvillo scende anche la piccola Gaia, sei anni e la chioma lunga tenuta ferma da un cerchietto con dei cuoricini. Si fermano davanti al cancello e aspettano che Ayala, anche lui accolto da una cappa di polvere e terra, si sfili il casco, smonti dalla moto e inserisca il cavalletto.

"Baciamo le mani," fa Alfredo Morvillo. Ayala bacia la signora, piuttosto, dà un pizzicotto sulla guancia alla bambina ed entrano in gruppo nella tenuta Chinnici. Rocco li aspetta all'ingresso con le mani infilate in un paio di grossi guanti.

"Non vi stringo la mano..."

"Lo fa apposta," dice Ayala a Anna. "Se li mette anche al lavoro."

"Confermo," annuisce suo marito.

"Ma guarda a 'sti..." Rocco si sfila un guanto e porge la mano alla signora, ignorando gli altri due. "Sto tagliando le rose."

"Pure al lavoro. Sempre così dice: le rose."

Rocco si inginocchia e fissa la piccola Gaia con occhi serissimi: "E tu? Da dove esci fuori? L'ultima volta che ci siamo visti... Vent'anni fa!" Gaia ride e si aggrappa alla gamba di sua madre.

"Non è vero!"

"Come non è vero? Vent'anni!"

"Io ho sei anni!" gli grida in faccia.

"Allora mi sono sbagliato... Sei più grande!" Gaia alza la testa per guardare sua madre con aria interrogativa. Anna sorride e scrolla le spalle.

"Più piccola," azzarda lei timidamente. Rocco fa finta di contare sulle dita delle mani.

"Uhm..." si gratta la testa, "forse hai ragione. E sentiamo: sei troppo piccola per raccogliere le rose?"

"No!"

"Benissimo, allora andiamo."

Sembra una riunione di famiglia, e in effetti lo è. Alla tavola sistemata si sono aggiunti anche Giuseppe Di Lello e Leonardo Guarnotta. Gli invitati sono una dozzina. Borsellino e Falcone, che sono appena arrivati, provano a trattenere l'ingordigia di fronte a un enorme vassoio di bruschette con le sarde e i pomodorini. Ci sono tutti. Mancano solo il padrone di casa e Gaia, la figlia dei Morvillo, che se ne stanno qualche metro più in là – lui accovacciato, lei in piedi – davanti a un cespuglio di rose.

"Queste bruschette sono illegali," dice Ayala pulendosi il muso.

"E non ha ancora visto il piatto forte," gli dice Caterina.

"Nooo," Borsellino sgrana gli occhi.

"Ma..." Falcone lo imita.

"Vuoi dire che proveremo i..." Morvillo tocca il ginocchio di sua moglie Anna.

"Sì!" ride Caterina.

"I rigatoni alla Chinnici!" sussurra Falcone deglutendo a vuoto.

Nessuno sa quale sia l'ingrediente segreto della pasta con il sugo di carne preparata da Rocco, ma chi l'ha provata, come Paolo e Giovanni, ne tramanda il mito tra un ufficio e l'altro del tribunale, spesso e volentieri qualche minuto prima di pranzo, quando gli stomaci sono più avvezzi a lasciarsi sedurre con grandi brontolii.

“Dice che una settimana fa ti scanciaru pi latru e ti stavano arrestando, ti risulta?” domanda Morvillo con la bocca piena. Sua moglie gli molla una gomitata nel fianco.

“A mmìa?” fa Ayala.

“A ttìa, a ttìa. Ayala Peppino, noto come *il terrore su due ruote*.”

“Nego *ferru ferru*, signor giudice. Come i banditi sardi.” Il più giovane dei Chinnici, Giovanni, guarda incuriosito prima sua madre e poi le due sorelle, ma neanche loro sanno di cosa stiano parlando. Anche Caterina sorride. Oggi il suo volto è più radioso del solito. Si sposerà. Vorrebbe dirlo a tutti, ma sarebbe inutile, perché Rocco l’ha già confidato ai più intimi nei giorni scorsi, e ora i più intimi sono tutti seduti a tavola. Ma fanno finta di niente, perché lei magari non avrebbe voluto che il padre lo raccontasse in ufficio. Così questo segreto di Pulcinella rimane a mezz’aria, occhieggiato e taciuto per diplomazia familiare.

“Stava correndo come un diavolo, ’sto disgraziato, sopra a quel...” Morvillo fa un cenno verso la motocicletta parcheggiata all’esterno, “sopra a quello scaldabagno, proprio mentre...”

“Guarda che quello scaldabagno...”

“... la volante stava passando per via Libertà, allora hanno acceso i lampeggianti e si sono messi a corrergli dietro come un topo.”

“Ma che cazzat... Oh, pardon,” si scusa Ayala. “Ma quando mai, fesserie sono.”

“‘Accosti! Accosti!’ gridavano col finestrino abbassato.” Il figlio di Rocco ride sputacchiando briciole di pane.

“Nego dall’inizio alla fine. I signori agenti mi riconobbero e garbatamente, anzi, *ossequiosamente*, mi salutarono.”

“Ossequiosamente,” ripete Borsellino infilandosi in bocca una bruschetta. “Addirittura.”

“Ossequiosamente. *Dottore* qua, *dottore* là...”

“Ma il dottore Chinnici?”

"Fa' attenzione. Ci sono le spine, vedi? Così," Rocco stringe la sua manona intorno a quella minuscola di Gaia. Sarebbe bello se anche la sua Caterina tornasse bambina, se restasse con lui altri quindici o vent'anni. E poi, sì, con tutta calma potrebbe andarsene dove vuole e con chi vuole. E invece...

"Sono belle, vero?" Gaia annuisce con ampie oscillazioni del viso.

"Perché ci hai messo le spine? Per non fartele rubare?"

"Mica ce le ho messe io. Le rose nascono già con le spine."

"Sì, sì... lo so," annuisce con un'aria mesta, "ma che peccato."

"Succede sempre con le cose belle. Bisogna stare attenti. Mettila lì," indica il cesto di vimini in cui ce n'è già una dozzina. "Sai? Soltanto i fiori più belli hanno le spine."

"Non è vero."

Chinnici tace, in effetti la bambina ha ragione. "Forse dovrei andare a cucinare."

"Cucini tu?" Gaia lo guarda meravigliata.

"Eh. Che c'è di strano? Il tuo papà non cucina mai?"

"No."

"Dopo ci parlo io con quel disgraziato."

"Che cosa cucini?"

"I rigatoni alla Chinnici. Li ho inventati io. Poi vedi quanto sono buoni."

"Mmm," Gaia ruota il suo piccolo indice nella fossetta della guancia destra. "Hanno le spine?"

"No. Ho detto che ce le hanno le cose *belle*, non quelle buone."

"Il pesce è buono e ha le spine."

"Quelle non sono spine, sono lische."

"È la stessa cosa."

"Adesso taglia quella e andiamo a mangiare. Anzi, scegli tu quale vuoi tagliare. È per la tua mamma. Così puoi dargliela tu."

"E quelli?" Gaia indica il cesto con le arance e i fichi d'India.

"Quelli sono per i papà. Le rose alle signore, la frutta ai signori."

"Io ce l'ho già la frutta a casa, posso avere una rosa in più?"

"Va bene, però la frutta te la prendi lo stesso, che magari tuo padre la vuole. Adesso devo andare a cucinare."

"Voglio venire con te."

"E insomma, è finito presto questo fidanzamento. L'ho sempre detto che mia sorella è una persona saggia." Alfredo annuisce, pensoso, per aggiungere teatralità alla sua ultima frase.

"Tua sorella lavora anche di domenica, a differenza tua. L'ho lasciata che aveva ancora il tavolo pieno di carte." Giovanni si versa un bicchiere di vino rosso. "Chi lavora coi minori," lo beve tutto d'un sorso, "e chi coi minorati. Come sta andando il tuo lavoro?" domanda a Caterina, che ha deciso di seguire le orme di suo padre e da qualche tempo è anche lei magistrato. "Anche tu con elementi del genere?"

"Più o meno."

"Sei ancora in tempo per mollare."

"E a suo padre chi glielo dice?" fa Guarnotta.

"Ah, Rocco sarebbe il primo a farle un applauso," interviene Agata. La sua è una frase ironica, ma l'effetto che produce è un silenzio che dura un'eternità. C'era voluto molto impegno per scacciare i pensieri con una serie di battute una dietro l'altra, in piena convivialità, come se nulla fosse accaduto, come se non avessero ammazzato il prefetto di Palermo a colpi di kalashnikov solo pochi giorni fa. È anche per questo, in fondo, che Rocco li ha invitati a San Ciro. Perché a questo genere di cose si risponde con l'unione. Solo che basta poco per scivolare in un'insopportabile angoscia.

"Ma Rocco?" Di Lello rompe il silenzio.

"È un perfezionista," fa Ayala.

"Vado a vedere." Agata fa per alzarsi, ma Caterina la blocca.

"No, lo sai che non vuole. La ricetta è segreta."

"Ma se sta con la bambina."

"È troppo piccola, non può raccontarla a nessuno."

"Sì, certo," sussurra suo padre.
"Io devo andare al bagno," dice Giovanni alzandosi.

Rocco è ai fornelli, di spalle. La bambina sta in piedi su uno sgabello e segue i suoi movimenti in silenzio. Giovanni li scorge passando per il corridoio che porta al bagno.

"Se non fai così, viene troppo liquido."

"Io non voglio cucinare. Mai."

"Passami quella." Gaia prende una zuppiera e gliela passa. "A questo punto accendi il fuoco un'ultima volta..."

"Non voglio cucinare, hai capito o no?"

"Non è possibile. Nessuno ti sposerà se non saprai cucinare."

"Mi sposerò un signore che cucina."

"Non ce ne sono molti."

Giovanni passa oltre la cucina, diretto al bagno. Non vuole origliare, ma la tentazione è più forte di lui.

"Tu fai lo stesso lavoro di papà?"

"Sì, più o meno. Ma lui è più bravo. È il più bravo di tutti."

Avrebbe detto lo stesso di chiunque, pensa Giovanni appoggiandosi allo stipite, e questo gli fa onore. Rocco dev'essere stato un ottimo padre per Caterina, e dev'esserlo ancora per gli altri due ragazzi. Per un attimo, Giovanni vede se stesso al posto di Rocco. È serenità quella che sta immaginando di provare?

Non si mettono al mondo orfani... Non c'è alcuna virtù in una frase del genere. È una frase stupida, che innesca uno stupido paradosso.

"Vieni a trovarmi a casa?"

"Va bene, ora però prendi quella ciotola."

E quindi Rocco ha messo al mondo degli orfani? Non si direbbe che quei tre lì fuori lo siano.

"E quando verrai?"

"Quando vuoi, c'è un sacco di tempo."

Forse Rocco non si cura del dolore che provocherà nei suoi

figli quando il telefono di casa squillerà. Forse ci spera ancora, di farla franca.

La bambina si avvia saltellando verso l'uscita della cucina, Rocco si volta anche lui. Il suo sguardo e quello di Giovanni s'incrociano. Dentro le pupille di quest'omone che trasporta vassoi di pasta in grembiule da cucina Giovanni vede qualcosa di spaventoso. Un pozzo senza luce, una botola che Rocco, non visto, sovrappensiero, si è scordato di chiudere.

Per un attimo, quello che Giovanni prova è terrore autentico.

Tutto quel dolore, quella fitta lancinante che un giorno arriverà e taglierà la carne, spaccherà le ossa, è già dentro di lui. È il suo dolore, e non vuole cederne neanche un po'.

"Vieni, Giova', che si fredda."

16.
VITA PRIVATA

Palermo, 1983

“Non sta bene, ve lo dico in amicizia. Io posso pure fare finta di niente, ma le voci girano. Qualcuno è pure venuto qui a parlare.”

“Di noi due?”

“Di voi due, esatto.”

“Ma se lo sanno tutti che stiamo insieme!” Falcone accenna una risata, si volta alla sua destra per guardare Francesca, che tace e ha un’espressione incredula.

“Pure a suo fratello l’abbiamo detto. Ufficialmente.”

“Ah, Giovanni, Giovanni,” Pizzillo si alza dalla sua grossa poltrona, si passa una mano sul volto, annuisce.

“Tu usi la parola ‘ufficialmente’ con molta leggerezza.”

“Ma in che senso, scusi? Io non sono più sposato e neanche lei. Ma poi... Cioè...” spalanca le braccia, è confuso. Guarda di nuovo Francesca. “Di cosa stiamo parlando? Della nostra vita privata? Mi sembra un po’...”

“Allora, aspetta, perché qui ci sono almeno un paio di errori. Partiamo dal secondo: è la tua vita privata, la *vostra* vita privata,” lancia un’occhiata a Francesca, “ma siete entrambi magistrati e in quanto tali dovete essere esempi di rettitudine.”

“Rettitudine?”

“Presidente,” interviene Francesca, ma la parola le si strozza in gola. Prova a schiarirsela con due colpi di tosse. “Questo però è un discorso che andrebbe fatto ai colleghi che fanno scadere i termini di custodia cautelare..."

"A quelli che 'perdono' i fascicoli," aggiunge Giovanni, "a quelli che..."

"Avete nomi e cognomi da fare?" Pizzillo poggia le mani sulla scrivania e si sporge verso di loro. Restano entrambi in silenzio. Giovanni fissa negli occhi il procuratore, immobile. Poi scuote la testa, sconsolato.

"Perfetto. Allora, parlavamo di rettitudine. E qui arriviamo all'altra questione: siete sposati?"

"No, signor presidente, non siamo sposati."

"Siamo fidanzati." Lei gli stringe una mano. Pizzillo non riesce a dissimulare un lieve sprezzo.

"D'accordo, ma io vi ho chiesto un'altra cosa. Perlomeno siete divorziati?"

"Be'... stiamo aspettando entrambi..." Giovanni si batte le mani sulle ginocchia. "Non ci credo che stiamo parlando di questo."

"Stiamo entrambi aspettando il divorzio," gli risponde Francesca, "le carte sono già state firmate."

"Ma non siete ancora divorziati."

Falcone lo fissa. Scuote di nuovo la testa.

"No."

"Benissimo. Capite allora quello che vi sto dicendo?"

"Francamente no," dice Giovanni.

"Be', ti conviene capirlo, Falcone." Ora Pizzillo si rivolge soltanto a lui, che è un magistrato del *suo* tribunale. "Perché altrimenti sarà qualcun altro a dovertelo spiegare. Come il Consiglio superiore della magistratura."

"Eh?!" fanno Giovanni e Francesca, all'unisono.

"Esatto, il CSM." Pizzillo si accende una sigaretta. "Fumate?" porge il pacchetto. Loro scuotono la testa, anche se avrebbero entrambi una voglia matta di tirare un paio di boccate.

"Qui sorgono gli estremi per l'incompatibilità ambientale."

"Io non ci credo..." dice Francesca.

"Trovo tutto questo surreale," fa Giovanni.

"E troveresti surreale anche un trasferimento in un altro tribunale? Lo sai, Falcone, quando emerge l'incompatibilità ambientale..."

"Noi..." balbetta Falcone. Guarda Francesca, poi torna a fissare il procuratore: "Noi non ci troviamo nulla di scandaloso. Lei faccia quello che crede."

L'ingresso del tribunale è trafficato. Molti, passando, cercano lo sguardo di lui o di lei per salutarli, ma entrambi tengono gli occhi bassi e fumano in silenzio. Per una buona dozzina di minuti nessuno apre bocca, tranne che per accendersi una seconda sigaretta. Poi, come se si fossero messi d'accordo, parlano entrambi.

"Io non ci credo."

"Ma cos'è, una scena dei *Promessi sposi*?"

È una novità questa premura, se così si può chiamare, da parte di Pizzillo. In un tribunale dove interi processi con decine e decine d'imputati si concludono con assoluzioni collettive per mancanza di prove, l'attenzione del procuratore generale si è posata sulla vita affettiva di Giovanni Falcone e Francesca Morvillo.

"Abbiamo sbagliato?" chiede lei. Si riferisce al fatto di aver reso il loro legame manifesto. Perché le tresche fra colleghi sono all'ordine del giorno, tutte più o meno note. Nessuna, però, palese. Questo perché si tratta, appunto, di tresche.

"Non lo devi mai dire." Giovanni le accarezza una guancia. Si accorge che è umida.

"Ehi." Le prende il volto fra le mani. "Non devi dirlo mai più." La bacia. Lei fa come per ritrarsi. "Ehi," le sussurra.

"È per te. Se davvero ti mandano via."

"Ma futtitinni! Non abbiamo sbagliato niente. Noi non siamo due amanti clandestini, siamo due persone oneste. Hai capito?" Avvicina il volto a quello di lei finché i nasi si sfiorano. "Siamo due persone oneste, e l'onestà si paga. Altrimenti sarebbe facile. Merda 'nfacci a cu lava linzola. Se dobbiamo pagare l'onestà, vuol dire che la pagheremo." Lei fa un piccolo singhiozzo. Tira una boccata di sigaretta.

"Ti spaventa?" Francesca scuote la testa. "Neanche a me. A posto, stiamo."

La sera scende su Palermo come gelatina sopra una crostata. Il caldo non dà tregua, Giovanni sente sulla pelle una patina oleosa. Il suo primo pensiero è quello di gettarsi sotto la doccia. Si è svegliato alle cinque del mattino, come al solito, ha fatto la sua ginnastica quotidiana, ha bevuto un caffè e poi lavoro fino alle otto e mezzo, quando la scorta è venuta a prenderlo per portarlo in tribunale. Alle due è tornato a casa per pranzare con Francesca, prima dell'incontro con sua eccellenza Pizzillo quel pomeriggio.

Adesso sono le nove della sera. Quattro auto scure guidate da agenti in giubbotto antiproiettile sfrecciano sulla corsia preferenziale di via Libertà con i lampeggianti e le sirene accese. Fra poco, quando la scorta arriverà sotto casa, con grande seccatura dei vicini, Giovanni entrerà in ascensore con tre agenti, mentre altri due saliranno le scale a piedi fino alla porta del suo appartamento. Arrivati lì, uno di loro si siederà davanti alla porta e ci rimarrà fino al mattino dopo.

Giovanni vorrebbe solo gettarsi sotto la doccia, ma lo accoglierà una scrivania coperta da un mare di carte e di fotocopie di assegni, sparsi secondo un ordine particolare. È il suo romanzo, ci lavora anche di notte. Ma non c'è nulla d'inventato. Dietro quell'ordine c'è una storia lunga e complicata che altri, prima di lui, hanno iniziato a raccontare. Altre voci, altri narratori, che adesso cantano una triste *Spoon River* sepolti sotto un metro di terra. A lui spetta solo il compito di concluderla, questa storia, perché tutti la conoscano. Suo è il compito di raccogliere il testimone e di chiudere questa staffetta. Di arrivare in piedi fino al traguardo. Almeno fino a lì.

17.
ERO

Palermo, 1983

"In Italia nel 1970 c'erano duecento tossicodipendenti. Duecento. Ora vi sembrerà assurdo se vi dico che quello avrebbe dovuto essere un campanello d'allarme. La *civiltà dei consumi* che stava dilagando, le mode che arrivavano dagli Stati Uniti, dall'Inghilterra, dal Nord Europa... Per quale motivo non sarebbe dovuta arrivare anche quella? C'erano stati gli anni del boom economico, circolava un po' di danaro in più. Insomma, le condizioni c'erano tutte. Solo che qui, nel Paese dell'inventiva, diciamo, dell'*intraprendenza*, è successo perfino di peggio: non ci siamo accontentati di diventare consumatori di eroina, ma siamo diventati un centro d'eccellenza nella produzione... Non è che a un Paese si può comandare di essere geniale soltanto nell'arte, nella scienza. E quindi è andata a finire così."

Rocco sorvola con gli occhi l'aula magna. Gli studenti la riempiono tutta. Chi non è riuscito a trovare posto sulle poltroncine si è seduto per terra, sopra il proprio zaino, o se ne sta in piedi appoggiato al muro. Stanno a sentirlo come può stare a sentirlo una calca di giovani universitari interessati, curiosi, ma pur sempre giovani. Ogni tanto un brusio percorre la sala, ma Rocco lo ignora e va avanti. Nessuno gli ha chiesto di venire qui, all'Università di Palermo, per parlare di droga e criminalità rubando tempo alle ore di lezione. L'ha chiesto lui. È quindi fatale che qualcuno sia lì per ascoltare, qualcun altro per fare comunella o per rilassarsi; per riposare, magari, senza dover temere lo sguardo inquisitorio di un prof che poi, alla resa dei conti, gli metterà un diciotto sul libretto degli esami. La gran parte, però, sta ad ascoltarlo. Sembrano affascinati dall'argomento. Chissà a quanti, fra loro, è stato già proposto di "farsi un buco". Solo una volta, giusto per provare.

"Quintali, forse tonnellate di eroina arrivano ogni anno in America da Palermo. I più pericolosi criminali hanno stabilito qui, in Sicilia, il loro campo d'azione. Alcune raffinerie sono state scoperte, ma altre, direi almeno altre quattro o cinque, sono in piena efficienza. Un chilo di eroina pura prodotta a Palermo, che qui viene venduto a mezzo milione di lire, venduto al dettaglio frutta il doppio o il triplo. Ma la droga non è tutta uguale. Quando si parla di *droga* non si hanno le idee molto chiare. La droga leggera, come l'hashish o la marijuana, non crea neppure dipendenza."

L'aula magna si elettrizza di risatine e pacche sulle spalle. Parte un applauso scrosciante. Rocco alza una mano, severo, per zittire i ragazzi.

"L'eroinomane, invece, è soggetto a paurose crisi di astinenza. Ne ho interrogati diversi, per lavoro, mentre erano in piena crisi: vi assicuro che è un'esperienza terrificante. Ho visto anche piangere molti genitori, ragazzi miei. Molti dei *vostri* genitori."

Fissa la platea, cerca di intercettare lo sguardo di tutti quelli in prima fila, poi di quelli dietro. Vuole incrociarne il più possibile.

"Spesso sono venuti a chiedermi soluzioni, o magari di revocare i provvedimenti di libertà concessi ai figli tossicodipendenti. Volevano che li chiudessi in galera. Ma non è questa la soluzione. Non è questa. Dobbiamo crearla noi. Ed è qui che entrate in gioco voi. La prima arma per combatterla, l'eroina, è rifiutarla. *Rifiutarla.* Siete..." Si prende una piccola pausa. Il suo sguardo passa di nuovo da un ragazzo all'altro, da una testa all'altra, moltiplicandosi finché può. "È stato bellissimo stare qui con voi. *Voi* siete bellissimi. Non dovete fare altro che continuare a esserlo."

Un altro applauso riempie l'aula magna. Stavolta, però, i ragazzi battono anche i piedi sul pavimento. La sala trema, Chinnici scende dalla pedana con entrambe le mani alzate, per ringraziare, e cerca ancora, mentre si avvia all'uscita, di catturare altri sguardi. Un uomo bassino in giacca scura, con un grosso paio di occhiali, si incammina adesso verso la piccola pedana allestita al centro dell'aula. È stato Rocco a chiedere che l'incontro si svolgesse in questo modo e non, come avviene di solito, con i relatori seduti dietro la lunga cattedra di legno sul fondo del locale. Mentre raggiunge la pedana, il nuovo arrivato – che ha ascoltato con attenzione tutto il suo intervento, annuendo di tanto in tanto – gli stringe la mano e gli batte l'altra sulla spalla sussurrandogli qualcosa, forse un complimento. È un medico, uno di quelli che fanno il giro delle scuole per dire ai ragazzi di stare lontani dalle droghe, spesso vanamente. Sembra che abbia diretto un paio di centri per la cura delle tossicodipendenze, dopodiché ha messo su un'associazione non profit.

L'uomo tossicchia un paio di volte, osserva anche lui i ragazzi per qualche secondo, senza dire nulla. Annuisce, si guarda la punta delle dita. Ha la pelata lucidissima. La luce artificiale, accesa nonostante sia giorno, gli disegna una mezzaluna luminescente sul cranio allungato, che ha una vaga forma di limone. Si sistema gli occhiali, picchietta con l'unghia sul microfono per controllare che sia acceso, quindi inizia a parlare.

"La chiamano 'roba'. Come l'ultima delle fesserie. 'Una *roba* qualsiasi', 'La solita *roba*', '*Roba* da due soldi'. Nasce dalla terra come i pomodori, le patate, i cavoli... la lattuga. E come i papaveri. È proprio lì che riposa, nei papaveri, nascosta dentro i loro bulbi. Non ha alcuna fretta di svegliarsi."

Sembra che in questo caso il narratore sia più affascinato dalla narrativa che dalla scienza.

Ma non è l'unico. I ragazzi lo ascoltano. Che stiano ascoltando un medico o un narratore, per loro non sembra fare molta differenza. Anzi. Il primo, forse, li annoierebbe.

"I semi da cui prende vita possono dormire per decenni sepolti nel terreno, nell'attesa che il clima sia perfetto. Il tempo è un problema degli uomini, ragazzi. Solo degli uomini."

Fra una tirata e l'altra non vola una mosca. Il medico usa le pause come un test periodico a cui sottopone il suo uditorio. Se avverte un brusio, un minimo cenno di disattenzione, si gratta la testa calva fin quando non regna il silenzio.

"Alla fine di ogni aprile, milioni di contadini, *milioni*, in diversi angoli del mondo, Afghanistan, Kazakistan, Iran, Pakistan, India, Thailandia, Laos, Myanmar, sfilano nei campi coltivati a papavero officinale armati di piccoli coltelli o di attrezzi rudimentali, fabbricati in casa, magari in un vecchio capanno, con cui incidono la capsula della pianta non ancora matura, un palloncino verde che somiglia alla testa di un grosso lecca-lecca. Dall'incisione praticata sul bulbo filtra un liquido denso e biancastro che una volta lasciato essiccare e fermentare con un fungo, l'*Aspergillus niger*, diventa oppio.

È un rituale che si ripete dalla notte dei tempi. Pensate che alcune capsule di papavero sono state ritrovate nelle palafitte dell'uomo di Cro-Magnon che ha popolato la terra circa trentamila anni fa. Vi rendete conto? Trentamila anni fa. I sumeri ne tramandarono l'uso ai caldei e agli assiro-babilonesi, loro lo introdussero in Egitto. Ma già Erasistrato, fondatore con Erofilo della scuola medica di Alessandria d'Egitto, nel terzo secolo avanti Cristo metteva in guardia i suoi allievi e i colleghi medici dall'uso frequente del papavero da oppio come rimedio al dolore."

"Ma poi facciamo un esame?" Il grido arriva dal fondo dell'aula magna.

"In pochi stettero a sentirlo," continua lui facendo finta di non aver sentito, o forse proprio in risposta alla domanda. "In Cina, c'è chi dice arrivò più di duemila anni prima di Cristo. Marco

Aurelio, Avicenna, Coleridge, Baudelaire, De Quincey, Oscar Wilde. L'oppio, conosciuto anche col nome cinese di *o-fu-jing*, 'veleno nero', ha sedotto anche i più grandi, che gli hanno dedicato poesie, racconti, canzoni, *confessioni*. Paracelso, a cui viene talvolta attribuita l'invenzione del laudano, una tintura d'oppio, ne morì intossicato.

Dall'oppio si ricava la morfina e da questa, attraverso un processo che richiede attrezzature sofisticate, l'eroina. *Non interessante.*" Fa un sorriso amaro. "Così dissero nel 1874 quando un inglese, Charles Romley Alder Wright, ne sintetizzò per la prima volta la molecola sperimentandola sugli animali. *Non interessante.* Ventitré anni dopo, il chimico tedesco Felix Hoffmann, che lavorava per la Bayer, usò il processo dell'acetilazione sull'acido acetilsalicilico e ottenne l'aspirina. Undici giorni dopo, applicando lo stesso processo alla morfina, ottenne l'eroina. Di nuovo lei. Stavolta, però, fu chiaro che era tutto tranne che *non interessante.*"

Si china per prendere una bottiglia d'acqua dalle mani di un'assistente arrivata sotto il palco per portargliela. La donna gli passa anche un bicchiere, ma lui lo poggia sul leggio vuoto che ha davanti a sé e beve a canna. Di nuovo, l'aula è immersa nel silenzio totale. Solo gli scricchiolii delle poltroncine su cui gli studenti si sistemano, chi incrociando le gambe, chi poggiandosi allo schienale, frangono a tratti il vuoto sonoro.

"Sembrò un rimedio formidabile contro la tosse. Fu messa in commercio dalla Bayer e chiamata col nome di eroina, dal tedesco *heroisch*, eroico, fenomenale contro i problemi respiratori e priva degli effetti collaterali della morfina. Come quello della dipendenza, per esempio.

Venne impiegata per il trattamento di ogni tipo di dolore, perfino quello ginecologico. Diventò il farmaco più venduto in assoluto, l'eroico rimedio a ogni dolore. Occorse poco perché soppiantasse la sua sorella maggiore ma più debole, la morfina. E sempre defilata, senza clamori, conquistò anche la gran parte dei consumatori di oppio. Quando ci si rese conto che la dipendenza da eroina era molto più rapida e subdola rispetto a quelle da morfina e da oppio, perché ne bastavano quantità molto inferiori, ormai l'uso della roba era diventato un'emergenza sanitaria. Il mondo era pieno di donne e di uomini con le pupille ridotte a uno spillo e le braccia come una gruviera che si trascinavano per le città in cerca della roba. La chiamavano *brown sugar*, *black tar*, *china white*, *big H*, *Harry*, a seconda della qualità o dello slang locale. Ai più attenti fra voi non sfuggirà un dettaglio: *ero* è anche il passato di *sono*. Queste persone, arrivate a un certo punto, restano svuotate di tutto, tranne che del bisogno di lei. Non hanno più interessi, tranne che per lei. Spesso non hanno più neanche un amore, perché l'eroina, potremmo dire, è molto... *monogamica*. La si può fumare o iniettare. Cambia qualcosa, ma solo all'inizio. Chi di noi non vorrebbe scordarsi del dolore? Andiamo! C'è qualcuno, fra voi, che non vorrebbe lasciare il proprio dolore fuori da quella porta?" indica la porticina dell'aula magna. Qualche attimo di silenzio in cui nessuno, ovviamente, si fa avanti.

"Sarebbe perfetto se dopo un paio d'ore, un misero paio d'ore, non doveste uscirne, da questa stanza. E allora le giornate non esisteranno più. La stanza diventerà una cornice e tutto ciò che ne rimarrà fuori sbiadirà, perderà significato. Perdonatemi se sono così... Se può sembrare che io stia facendo del terrorismo. Il punto è che le cose stanno esattamente così. Credetemi. Quelli che oggi sono i protagonisti delle vostre vite, la famiglia, la ragazza, gli amici, diventeranno comparse. Anzi, diventeranno strumenti. Nient'altro che mezzi per arrivare a lei. Qualcuno fra voi ha un amico tossicodipendente?" L'uomo aspetta un minuto buono senza che nessuno alzi la mano.

"Lo so. Non mi aspettavo che qualcuno dicesse di sì. Vi capisco. Vi capisco bene." Qui fa un'altra pausa, come se la questione lo riguardasse nel personale. Sul punto, però, non approfondisce. Ricomincia invece con la sua lunga tirata.

"Alla fine è così che succede. Lei ti appartiene, e questo potrebbe perfino essere bello. Ma sei soprattutto tu che appartieni a lei, e questo... questo no, ragazzi. Questo non è bello per niente.

"USA, Cina e Gran Bretagna lo capirono prima degli altri che quella roba ci giocava, sulla sottovalutazione. Nel 1912 firmarono il primo trattato internazionale per mettere le briglie alla produzione e alla distribuzione di stupefacenti. L'accordo fu inserito nel 1919, al termine della guerra, nel trattato di Versailles. E fu in quel momento, in quell'esatto momento, che le mafie drizzarono le orecchie. Ma su questo potrebbe dire di più il consigliere Chinnici." Si guarda intorno alla ricerca di Rocco, che però è già corso via in tribunale.

"Che però è un uomo serio e doveva tornare al lavoro. Quindi dirò io due cose. Molti soldati che avevano partecipato al conflitto, e che erano stati curati con la morfina e con l'eroina, sentivano un *vuoto*. Non sapevano bene cosa fosse, ma sapevano di poterlo colmare soltanto con un'iniezione. Chi aveva già ottimi ponti con gli Stati Uniti ed era disposto, in nome di grossi ricavi, ad accollarsi grossi rischi, si fece avanti. Le famiglie italoamericane, sparse fra la Sicilia e il Nordamerica, sembravano create apposta, no? In Italia, fino al 1951 nulla e nessuno vietò alle compagnie farmaceutiche di produrre eroina a scopo medico. Lucky Luciano, che dopo la guerra era stato malamente riconsegnato al Bel Paese come molti altri suoi colleghi mafiosi, si tuffò nel business. Stando ai rapporti del Federal bureau of narcotics, si incontrò a Palermo con i mafiosi della famiglia Gambino. Luciano si procurava l'eroina dalle industrie farmaceutiche del Nord Italia, i Gambino la spedivano a New York grazie agli immigrati clandestini che s'imbarcavano con le loro valigie di cartone piene di arance, formaggi, acciughe, olive... Furono lungimiranti, Lucky Luciano e i Gambino. Non c'è che dire. Talento imprenditoriale. Se all'inizio l'eroina era diffusa principalmente nei ghetti neri e portoricani – un affare marginale, quindi, per le famiglie siciliane –, accadde però che dopo il 1956, quando gli USA introdussero pene molto più severe in materia di traffico di stupefacenti e i mercanti di morte americani appaltarono il lavoro sporco a chi se la sentiva di rischiare ancora di più, i siciliani cominciarono a girare con i portafogli pieni. I papaveri diventano oppio, l'oppio diventa pasta grezza, la pasta grezza arriva in raffineria e diventa eroina moltiplicando il suo valore a livelli esponenziali. Tutto chiaro? Era un mercato che si basava su una domanda in perenne crescita. Quanto più aumentava la disponibilità, tanto più aumentava la domanda. Il sogno di ogni imprenditore. Frenato però, nei contesti civili, da un elemento dell'equazione: il costo umano." Legge qualche cifra dal foglio sul leggio.

"Nel 1971 si è stimato che il 10-15 per cento di tutti i soldati statunitensi facesse uso di eroina. L'esercito di zombie che vagava per le strade americane colpì, finalmente, l'opinione pubblica. Richard Nixon lanciò la sua famosa guerra alla droga e la tratta Turchia-Marsiglia-New York – la cosiddetta *French Connection* – fu il bersaglio prescelto. La Turchia ricevette dagli USA aiuti finanziari per fermare le coltivazioni d'oppio, la rete dei trafficanti corsi, che garantiva loro coperture e mano libera in Francia, fu smantellata. I chimici finirono arrestati, o senza lavoro. Ma solo per un po'. La mafia intuì subito il potenziale della roba e dei suoi stregoni, che ingaggiò per resuscitarla, dandole nuove rotte. Gli scettici hanno perso, giusto? Ma non possiamo farne una colpa agli scettici, perché è sempre così che succede. L'uomo è scettico per natura. Anche di fronte alla statistica, a Erasistrato e Paracelso. Il mondo ne è pieno, di scettici. E lei, la *roba*, li adora gli scettici. Molti credono di essere più forti di lei. Oppure sono così feriti che scelgono di rannicchiarsi fra le sue braccia e cadere in letargo. L'avete studiato Verga, giusto? Benissimo. Potete credermi se vi dico che in molti di quegli occhi – perché ne ho visti moltissimi, a centinaia – mentre si stringono, mentre si appannano, e purtroppo, molte volte, si spengono... Molti di quegli occhi dicono una cosa soltanto: roba mia, vientene con me. È questo che dicono: roba mia, vientene con me."

L'applauso stavolta tarda molto ad arrivare. Appena cominciano i primi battimani il relatore, quasi a volerli interrompere, si lancia in una lunga e inutile serie di ringraziamenti all'università, al rettore, all'assessorato, al consigliere Chinnici, al Tribunale di Palermo, fino all'ultimo dei custodi. Adesso, però, parla con gli occhi bassi, come se stesse pensando ad altro. Come se fosse imbarazzato da quel lungo applauso.

Ha qualcos'altro nella testa. Qualcun altro, forse.

È consuetudine, in tutte le guerre, avere un amico, un parente, o un amore che cade.

18.
L'INFILTRATO

Palermo-New York-Milano, 1979-1980

Out of the tree of life I just picked me a plum
You came along and everything's startin' to hum

"Talìa, ta'. È la nuova Ella Fitzgerald..." Filippo ha un faccione che a trovarselo davanti, a pochi centimetri dal proprio, intimorisce. Naso grande, fronte ampia, bocca larga. Perfino i pori della pelle sono grandi: con un po' di pazienza li si potrebbe contare.

"È nera," sussurra il tizio che gli sta di fianco, sul vecchio divano di pelle consumata.

"Uh?" fa Filippo distratto, incantato dai movimenti sinuosi della ragazza.

"Ella Fitzgerald è nera."

"Ma va', va'," gli dà una manata sulla spalla che lo scuote come un tappeto. Poi continua ad ascoltare, col sorriso stampato sul volto, facendo piccoli movimenti con la testa, mugugnando parole che vorrebbero mimare quelle del testo in inglese.

Davanti a loro c'è un vetro insonorizzato che corre lungo la parete prendendone la metà superiore. Dietro il vetro c'è lei, la nuova Ella Fitzgerald. Che però è bianca come il latte.

Still it's a real good bet, the best is yet to come

"*Na-na na-na tucàm...*" canticchia Filippo facendo schioccare le dita, "*mh-mh-mh-mh na-na na-na...*" L'altro, invece, è immobile. Si direbbe anche un po' seccato.

Alla destra del divano c'è un gabbiotto con la porta aperta. Al suo interno, un enorme mixer e una serie di altri apparecchi. Seduto al mixer c'è un ragazzo in canotta con i capelli neri raccolti in un fermaglio e le guance tormentate dall'acne. Se ne sta immobile, con la testa abbassata sulla strumentazione. Gli occhi, però, puntano dritto verso la cantante che ogni tanto si passa una mano nei lunghi riccioli biondi. Indossa una minigonna di vernice nera e una camicetta blu con una fila di bottoncini che corre fino alla vita.

The best is yet to come and babe, won't it be fine?
Best is yet to come, come the day you're mine

"Bella," commenta Filippo drizzando la schiena. "Bella!" Si batte una mano sulla coscia. Ma lei non può sentirlo, dall'altra parte del vetro. La musica continua a scorrere con un tempo swing, il piatto della batteria squilla come una campana, il contrabbasso gli corre dietro. Gli accordi di piano entrano con insistenza a ogni battuta, spesso con malagrazia, sovrastando la voce. Sembra che il pianista non abbia piena cognizione di quello che sta succedendo in sala. Infatti è così. Il pianista non c'è. La musica è registrata, la ragazza sta cantando su una base.

Come the day you're mine, i'm gonna teach you to fly
We've only...

"No, no!"

La ragazza scuote la testa all'improvviso. La musica continua per qualche secondo. Il ragazzo col fermaglio la guarda, perplesso.

"No!" grida lei. "Falla ripartire!"

"Ma..." spalanca le braccia il fonico.

"Oh! La sentisti?!" sbraita Filippo. Il tizio seduto di fianco a lui ha un sussulto. "Falla ripartire, disse!" Anche l'altro gli fa cenno di far ripartire la base. "Amunì."

Il ragazzo schiaccia un paio di bottoni, scocciato.

"Ti sto pagando o no?" chiede Filippo a quello seduto alla sua destra. Il tizio annuisce con vigore.

"E allora?"

"Niente... Chi disse niente? Tutto a posto è."

Guardano la ragazza che intona *The Best Is Yet to Come* mentre il piatto della batteria riprende a squillare lievemente fuori tempo.

"Minchia," sospira Filippo, "manco i musicisti veri ci sunnu. Che miseria."

"Eh, ci vogliono altri piccioli." Filippo si volta bruscamente. Quello, d'istinto, si fa indietro. Ma poi Filippo torna a guardare la cantante.

"Te li faccio attruvari io i piccioli..." mugugna. Ora sul volto gli è tornato il sorriso. "Io, te li faccio attruvari." Manda un bacio alla ragazza, che gli sorride e continua a cantare.

The best is yet to come and babe, won't it be fine?
Best is yet to come, come the day you're mine

* * *

Frank Rolli ha la nausea da un mese, ormai. Ha passato l'ultima settimana a vagare fra il prato del Bridge Park, sotto il ponte di Brooklyn, le panchine del Fort Greene Park e Brighton Beach. Ma non trova pace. La settimana prima, invece, a sbronzarsi da Boo's, dove non c'è un italiano neanche a pagarlo. La regola è questa: tenersi alla larga dai posti frequentati dagli italiani. Che è un bel problema, per un italiano.

I Gambino sono troppo svegli per non aver fiutato nulla. Ha beccato un paio dei ragazzi in giro per Elizabeth Street e l'hanno salutato come se niente fosse: "Frankie bello! Fatti offrire il caffè!", ma lui li ha dribblati. Adesso è convinto che fosse una farsa, un giochetto per fargli credere che è tutto ok, che non deve preoccuparsi, e poi colpirlo quando meno se l'aspetta.

Falvey e Wilson gli hanno detto che deve rilassarsi, che può dormire su sette guanciali, che ci pensa la DEA – l'agenzia antidroga americana – a proteggerlo e che sta in una botte di ferro. Ma lui ne conosce parecchia di gente che è finita in una botte di ferro. O in una cassa di legno. O in un pilastro di cemento.

Gli hanno detto che più si rilassa e più è credibile. "Quelli fiutano la paura," ha detto Wilson. Falvey ha annuito, come fa sempre. "Siamo blindati, nessuno parla, nessuno sa niente. Nessuno ti ha beccato," ha detto Falvey. Wilson ha aggiunto: "Esatto. Non sei mai stato beccato. Sei pulito. I ragazzi si fanno la galera e tu no. Capita. Che ti credi, che è la prima volta?" Non sarà certo la prima volta che qualcuno della banda viene beccato dalla DEA e qualcun altro no, ma lui nella banda ci sta a metà. Non è un uomo d'onore, e non è neanche un picciotto. È un semplice coglione che lavora nel magazzino Alitalia all'aeroporto JFK e che dà una mano ai ragazzi quando si tratta di far arrivare la roba. È una pedina sacrificabile. O forse no, forse non lo è.

Frank non è più certo di niente. Vorrebbe solo vomitare, ma non ci riesce. E così deve tenersi la sua maledetta nausea.

Chissà da quanto lo tenevano d'occhio, quei bastardi di Falvey e Wilson. Sanno tutto. Sanno anche che ha fatto un bel po' di truffe per le quali non è mai stato beccato. Non ancora, almeno. E lui, che non è un campione in niente, e lo sa bene, credeva anche di averla scampata, quando sono arrivati nel magazzino dell'aeroporto a sequestrare i pacchi. Poi sono andati ad arrestare i ragazzi. E poi, quando aveva smontato dal lavoro, senza farsi vedere da nessuno – almeno, così dicono – sono andati a casa sua.

"Guarda che c'è un paio di manette anche per te," ha detto Wilson. Gliele ha anche mostrate: "Eccole." Le ha fatte tintinnare. Frank sapeva che non stavano bluffando. Da qualche tempo la DEA lavora fianco a fianco con un manipolo di giudici scassaminchia palermitani con la passione per gli aerei. Si sono scordati la paura di volare, i magistrati; la pigrizia, il sole di Palermo e tutto il resto. C'è questo Falcone che ogni due per tre sale su un aereo e atterra al JFK, porta con sé i suoi fascicoli e ne chiede altri in prestito. Si sono messi in testa di fare gioco di squadra. E i risultati, purtroppo per Frankie e per i suoi amici italoamericani, si vedono.

"Sai quanto ti becchi per traffico internazionale di eroina?"

"Chiiiili di eroina," ha rincarato Falvey. Poi hanno messo sul tavolo – letteralmente – tutte le imputazioni per tutti i reati che ha commesso più o meno dalla sua nascita. Sono tanti da metterlo in galera e farlo uscire con la dentiera e i peli nelle orecchie.

"Ok. Che cazzo volete?" ha chiesto.

"Frankie bello."

Falvey ha sospirato, ha annuito, poi ha guardato la piccola moka bruciacchiata che stava sul fornello, afflosciandosi contro lo schienale della sedia.

"Dicono che gli italiani fanno un buon caffè..."

"Oh! Frankie bello! Ma sei vivo? Sei morto? Che cazzo stai facendo?"

"Em... Eman..." biascica lui. La sveglia digitale segna le 4.47 del mattino.

"*Emà emà* 'e mammeta! Ma ti rincoglionisti, ah?"

"Sono le cinque meno..."

"E quando minchia ti trovo io se non ti chiamo alle cinque? Ti sto cercando da due giorni, ti sto cercando. Non sei manco andato a lavorare."

"No. Scu... scu..."

"Seh, scù scù scù... Ma vafanculo, va'. Come stai, Frankie bello? Tutto bene?"

È la telefonata che stava aspettando. Cioè, è la telefonata che Falvey e Wilson stavano aspettando. Quella che lo salverà, secondo loro, scrollandogli di dosso tutte le imputazioni e rendendolo un uomo libero. Per sempre libero. Ma secondo lui è la telefonata del beccamorto, quella che lo costringerebbe a fare testamento se solo avesse ancora qualcosa, se solo la DEA non gli avesse confiscato anche le monete da dieci cents.

"Tutto bene, Emanuele. Mi sono un po' spaventato, non sapevo se avevano beccato anche me o..."

"Mi pare di no, tu che dici?"

"No, infatti. Pulito, sono. Pulito e profumato. Tu come stai?"

"Tutto a gonfie vele. Solo una piccola *influenza*, lo sai... Ma noi siamo forti, non ci fanno niente, non ci fanno." Altro che una piccola influenza. Gli agenti della DEA hanno sequestrato un carico di eroina spedito da Palermo che a una piccola organizzazione sarebbe costato molto caro. Le avrebbero tagliato le gambe. Ma i Gambino non sono una piccola organizzazione. Sono una famiglia, una grande e ricca famiglia.

"Però deve cambiare, Frankie. Non possiamo sbagliare di nuovo. Dobbiamo vederci noi due. Quando ci vediamo?"

"Eh... non lo so. Dove ci vediamo?"

"Alla mia pizzeria."

"Ok. Possiamo fare..."

"Stasera. Ciao, Frankie bello. Parcheggia di fronte alla pizzeria."

* * *

"Però una base vera, qualche volta..." Rosaria affonda la brioche nella granita di mandorle. Ha il volto imbronciato come quello di una bambina. Dà un morso svogliato alla brioche. "Con dei musicisti veri..."

"Mia, ma ne parlammo già, o no?" È così che la chiama Filippo, *mia*. Un semplice aggettivo possessivo.

"Sì, però..."

"Però che?" le si avvicina. "Però che?" ripete accarezzandole la nuca. "Sei bravissima, sei una regina, meglio di quella cosa inutile di Ella Fitzgerald, pure meglio di..." Filippo agita le mani, non sa quale altro nome citare.

"Ma per piacere. A me una cosa mi serve, la base."

"E ce l'avevi la base, o no? Bellissima, sei stata bravissima," si bacia l'indice e il medio.

"Sì, però..."

"E oh!" Filippo batte la mano sul tavolo. "*E però, e però, e però...* Va bene così, ti dissi. Per ora questi sono i piccioli, poi se ne arrivano altri ti prendo i musicisti veri." Rosaria cala di nuovo la brioche nella granita. Ha gli occhi lucidi.

"Lo sai che è tutto un fatto di *bisinìss*, per ora che sei emergente questi sono i soldi che possiamo spendere. Poi però se continui a cantare così..." Si fa una grassa risata, gli altri seduti ai tavoli del bar si voltano a guardarlo, lui lancia un paio di occhiate e quelli tornano a farsi i fatti loro. Sanno chi è Filippo Ragusa.

"Se continui a cantare così..." Muove le mani a mulinello. "In paradiso, andiamo!" Le dà un bacio sulla fronte. Lei annuisce, poco convinta. In silenzio, mangia la brioche fino a lasciarne solo un pezzetto nel piatto. È ora di pranzo, ma lei ha voluto la brioche e la granita. Aveva voglia di dolce.

"Quanti dischi facciamo?"

"Un sacco."

"Sì, ma quanti?"

"Un centinaio almeno."

"Solo cento?"

"Adesso vedi, mia. Adesso che sbarchi in America. Ti devono sentire un paio di persone e poi bum! Però poi non fare che quando vai nella televisione non mi saluti più!" Filippo si fa un'altra grassa risata e le dà un altro bacio, stavolta sulla testa.

"Ma già a Milano vediamo qualcuno importante." Si fa pensoso, annuisce da solo.

"Devo mettermi qualcosa di..."

"Ci penso io, ti compro due o tre cose bellissime, amunì, ho deciso. Una pelliccia. La vuoi una pelliccia? Ora che andiamo a Milano te la compro. Pelliccia!" Le rivolge un sorriso raggiante. Ha la fronte velata da una patina untuosa, i denti grandi e bianchi.

"La pelliccia?"

"Eh, la pelliccia? Non la vuoi la pelliccia? Tutte le femmine vogliono una pelliccia..."

"C'hai i soldi per comprarmi la pelliccia e non ce li hai per i musicisti?"

"Ma che c'entra! Ma che..." Batte la mano sul tavolo, si morde le labbra. "Mannaggia la... Lo capisti o no che non sono soldi miei? Quelli per la pelliccia sì, sono soldi miei, i piccioli per la musica non sono miei. Lo capisti o no? È un investimento, io non è che posso andare un attimo all'America e faccio 'zio Joseph, i piccioli sono pochi, ha detto Rosaria se ci puoi dare...'" agita le mani, "quello dice 'ma vafanculu tu e Rosaria, vafanculu tu e quella minchiona di Rosaria' dice."

Lei aggrotta la fronte e gli lancia un'occhiata offesa, ma poi riabbassa gli occhi sul bordo del tavolo e sulla pelle chiara delle sue ginocchia sottili.

"Com'è che facisti?" Finge di stringere un microfono e sorride con i suoi denti grandi e bianchi. "*Na-na na-na tucàm... Na-na na-na tucàm...*"

* * *

Frank Rolli passa davanti al ristorante una prima volta senza parcheggiare. Vuole fare un pronostico sul proprio futuro. La sua tomba sarà lo sgabuzzino della pizzeria Tiffany?

Fa un altro giro dell'isolato e parcheggia, stavolta sì, di fronte all'ingresso, all'altro lato della strada.

Emanuele ha una polo bianca e anche lui indossa un paio di jeans. Quando vede Frank sull'uscio si passa una mano sui capelli corti, spalanca le braccia e inarca la schiena all'indietro.

"Frankie bello! Amen! E che si deve fare per vederti a ttìa?" Frank sorride e si lascia abbracciare.

"Amunì, siediti, forza, mangiati una bella pizza. Carmelo!" grida al pizzaiolo.

"No, no... Ti ringrazio, Emanuele, non mi va, ho proprio lo stomaco chiuso."

"Ah?" lo guarda Emanuele un po' schifato, "'u stomacu chiusu hai? Come 'i fimmini? Uhm," gli lancia un'occhiata perplessa, "va bene, va bene. Allora, Frankie bello, possiamo parlare io e te?" Si tocca il ginocchio. Frank vede solo sparire la sua mano destra sotto il tavolo. È la seconda volta che lo fa da quando si sono seduti.

"Come mai ti buttasti latitante? Ah?"

"Emanuele, io... Non lo so, Emanuele, non ti voglio dire minchiate."

"Solo la verità, Frankie bello. Noi ci comportiamo così, siamo persone che si comportano così. Tu pure sei così? Solo la verità?"

"Sì, sì, è per questo che..." Frank si rende conto che sta sudando. Sente la camicia bagnata sulla schiena. Si poggia allo schienale. Così, se qualcuno deve accorgersene, sarà solo a conversazione terminata. Emanuele lo fissa. Non gli stacca gli occhi di dosso. E ha messo di nuovo la mano destra sotto il tavolo.

"Io non sono bravo a dire minchiate, e poi a te... Quindi te lo dico proprio col cuore in mano." Si mette una mano sul petto. Fa una piccola pausa, abbassa lo sguardo, come se si vergognasse di ciò che sta per dire.

"Ho avuto paura. Emanuele..." Vorrebbe abbracciarlo davvero, adesso. Vorrebbe rifugiarsi nelle braccia di Emanuele Adamita, il grande Emanuele, il re del narcotraffico fra New York e la Sicilia, il pupillo di Joseph Gambino. "Ho avuto una paura fottuta." D'altronde non sta dicendo null'altro che la verità. *Di chi* abbia avuto paura – e ancora ne ha – però è un altro discorso.

Emanuele lo fissa. Stringe le palpebre. Lo sta esaminando. La sua mano destra è ancora sotto il tavolo.

"Paura?"

"Paura. Credevo che gli sbirri mi avessero beccato pure a me. Mi guardavo intorno, li vedevo dietro di me, che mi seguivano, li vedevo dappertutto..."

"Uhm. E li vedevi perché c'erano o li vedevi perché la tua testa..." Si sporge sul tavolo e gli picchietta l'indice sulla fronte, ma intanto butta uno sguardo fuori dalla vetrina, dove due dei suoi stanno a fumare e controllano la strada. Quel dito sulla tempia non è piacevole per Frank, ma perlomeno Adamita ha sfilato la mano da sotto il tavolo.

"No, no, non c'erano. Era solo la mia testa."

Emanuele estrae un pacchetto stropicciato di Camel dalla tasca dei pantaloni, ne sfila una e se l'accende. Poggia i gomiti sul tavolo e fissa Frank attraverso la nuvola di fumo. Brucia quasi mezza sigaretta così, soffiando fumo e fissando Frank.

Dopo un'eternità riprende a parlare.

"Frankie bello. Dobbiamo discutere, ti dissi." Frank annuisce. Finalmente le spalle e i nervi del collo trovano un po' di sollievo.

"Quello che è successo, insomma... una minchiata è. Però le minchiate... le fanno i minchioni. Noi non siamo minchioni. Non ci facciamo fottere i soldi e la roba dai cornuti della DEA, ah? Stammi a sentire, Frankie bello, qui dobbiamo cambiare le cose. E tu ci devi aiutare."

"Cazzo, Emanuele, è chiaro. È chiaro." Frank si sta rilassando così tanto che teme di farsela addosso, che la vescica gli si allenti d'un botto e gli inzuppi il cavallo dei pantaloni.

"Allora mi devi dire come dobbiamo fare per toglierci dalle palle quei cornuti. Questi parlano con i palermitani, si passano le carte, si fanno *pìu pìu* nell'orecchio..." Imita con le dita il becco di un uccellino. "E quindi noi dobbiamo trovare il metodo perfetto. Nel culo glielo dobbiamo mettere."

"Il metodo perfetto, Emanuele... Se ci fosse, cazzo, lo conoscerei. Però non c'è." Si massaggia la punta del naso con le nocche. Riflette. "Però posso dirti come ridurre i rischi al minimo."

"Ah, e va bene, dai. Questo è un buon inizio. Ti sto a sentire." Spalanca le braccia e si abbandona contro lo schienale della sedia.

"Allora, allora..."

"Vuoi una birra? Fatti una birra, Francuzzo, amunì. Due birre!" grida al pizzaiolo, che se ne sta poggiato al forno con le mani in mano. "Anzi, tre! Io me ne faccio un paio."

"I pacchi non vanno spediti come 'effetti personali'. E non vanno spediti a gente che non esiste. Prima era tutto facile, adesso 'sti cornuti..." Pensa alla faccia degli agenti Falvey e Wilson, ed è contento di potergli dare finalmente la gloria che meritano. "... 'sti cornuti hanno capito il gioco. Prima era facile, i pacchi spediti a destinatari inesistenti venivano portati nel magazzino Alitalia, io li sostituivo con altri pacchi pieni di minchiate e vi davo a voi quelli arrivati da Palermo. Questo adesso non si può più fare."

Arriva il pizzaiolo con tre boccali di birra fredda pieni fino all'orlo. Emanuele solleva il suo, brindano.

"Ai cambiamenti."

"Ai cambiamenti." Frank fa un sorso e si pulisce la bocca col dorso della mano. "Quindi, i problemi sono due: quelli lì adesso controllano tutti i pacchi spediti come 'effetti personali', soprattutto se arrivano da Palermo. E soprattutto se il destinatario non esiste."

"Santa Rosalia..."

"Eh... Devono essere spedizioni commerciali, Emanuele. Pacchi spediti con merce dichiarata. Non devono partire da Palermo. Falli partire... non lo so, da Milano. E il destinatario deve esistere davvero, altrimenti scatta un allarme."

"Basta così?"

"No. Il valore commerciale dei pacchi non deve superare i duecentocinquanta dollari, altrimenti per lo sdoganamento serve la presenza di un commissario."

"Minchia..." Emanuele finisce la prima birra, soffoca un rutto, e fa un sorso dal secondo boccale. "Minchia..." ripete. "Duecentocinquanta? E che ci metto io nei pacchi, le minchie fritte? 'U culu d'o giudice Falcone ci metto? Per meno di duecentocinquanta dollari che altro ci posso mettere?"

"In realtà è semplice. Bisogna spedire più pacchi con lo stesso contenuto, cioè dividere il valore. Però..." Frank si poggia al tavolo e si sporge verso Emanuele. Adesso è lui che tiene le redini, lo sa e vuole sfruttare il momento. "Uno deve contenere soltanto la merce legale," mostra l'indice. "Uno. Quello che io farò ispezionare. Gli altri me li porto in magazzino e facciamo quello che abbiamo sempre fatto."

"Uhm..." Emanuele annuisce. Si accende un'altra Camel. Ha smesso di infilare le mani sotto il tavolo ogni due per tre. Frank ne è contento.

"E bravo Frankie. Bravo. Ti posso abbracciare?" Senza aspettare la risposta Emanuele si alza in piedi e lo abbraccia. Frankie sente sullo zigomo il calcio freddo di una pistola. "Io lo dissi che eri serie A. Pure a Joseph glielo dissi: serie A."

"È il mio lavoro." Il suo lavoro sarebbe quello di agente del magazzino merci Alitalia all'aeroporto JFK di New York. È per quello che la compagnia di bandiera italiana lo paga, non certo per trafficare eroina per conto dei Gambino. Ma questi sono dettagli.

"E sentiamo, Frankie bello. Come ci regoliamo per la tua... il tuo *onorario*, diciamo. Come dice l'avvocato, l'*onorario*," ripete come si trattasse di un termine assai forbito.

"Per il mio..." sta per dire, "compenso", ma si corregge per compiacere Emanuele, "*onorario*, be'..." Se vuole continuare a respirare, dev'essere credibile. E per esserlo deve alzare la posta.

"È un lavoro delicato, Emanuele..." Lui lo fissa come se stesse per scaraventargli il tavolo addosso. Ma Frank tiene duro. "E considera che mi hanno anche quasi beccato, quindi rischio il doppio." Poteva anche toglierci il *quasi*.

"Amunì, Francuzzo. Quanto vuoi?"

"Trentamila."

"Trentamila dollari?" Lo guarda incredulo.

"Trentamila. Indipendentemente dalla quantità di roba che devi far entrare. Anche se fossero solo tre grammi, trentamila."

"Minchia, Frankie." Emanuele si massaggia il mento. "Minchia..." Frank scrolla le spalle.

"Ne devo parlare con gli altri."

"Sì, va benissimo, non c'è problema."

"Ne dobbiamo discutere, Frankie. Ci vediamo domenica."

Frank guida in apnea fino a Brighton Beach, con gli occhi piantati nel parabrezza. Parcheggia con due ruote sul marciapiede, sbatte la portiera e si avvia verso il lungomare. Passeggia per qualche minuto, poi entra in un bar e chiede un doppio bourbon con un bicchiere d'acqua e del ghiaccio. Mentre il barista glielo serve, va al telefono e ci infila nervosamente due gettoni.

"Falvey."

"Ho visto Emanuele. Gli ho detto come spedire con le nuove regole e gli ho chiesto trentamila."

"Che ti ha detto?"

"Mi ha dato appuntamento per domenica a pranzo al caffè Milleluci. Credo che non verrà da solo."

Frank entra nel caffè Milleluci – un anonimo baretto ben decorato, con immagini di panorami italiani appesi alle pareti e candele accese anche a mezzogiorno – e trova Emanuele seduto con un altro uomo.

Joseph Gambino ha un volto luminoso, non bello ma piacevole da guardare. Il naso lungo e sottile, le orecchie leggermente a sventola, un sorriso calmo e qualche piccola ruga ai lati degli occhi castani.

Frank è indeciso su cosa fare. È stupido da parte sua non essersi preparato nulla, un saluto, una frase. Si aspettava che all'incontro ci fosse qualcuno dei pezzi grossi, ma non credeva che il nipote di sua maestà Carlo Gambino volesse presentarsi personalmente.

"Lui è Frankie," lo presenta Emanuele.

"Onorato." Frank porge la mano al boss, che gliela stringe senza alzarsi.

"Dicono belle cose di te," gli fa Gambino annuendo lievemente.

"Bontà loro."

"Dicono pure che c'è stato un problema." Il sorriso è sempre più esile. Svanisce così lentamente – una linea alla volta, una piccola ruga alla volta che si distende e scompare – che Frank non sa più se ci sia ancora o se sia già soltanto un ricordo.

"Sì, be'... mi dispiace. Però potreste organizzarvi meglio. Fare qualche miglioria," dice. Ora ne è sicuro, il sorriso è completamente scomparso dal volto del boss che, anzi, adesso sembra percorso da un accenno di qualcos'altro... Rabbia? L'uso della seconda persona plurale, evidentemente, l'ha innervosito. Come dire: *voi* potete organizzarvi meglio. Non *io*. Quello che è successo non è colpa mia.

Il cuore di Frank batte nel suo petto come un tamburo di guerra. Si domanda se anche Emanuele Adamita e Joseph Gambino possano sentirne il rumore.

Dopo un silenzio che dura un'eternità, è Emanuele a parlare.

"Be', Francuzzo, così però..."

"E sentiamo, come potremmo *organizzarci meglio*?" chiede il boss.

"Dunque, come dicevo a Emanuele..."

"Sì, e puoi ripetere anche a me?" Ha una strana cadenza, Joseph Gambino, rapida e piena di legature. Gli italoamericani chiamano gli emigrati di ultima generazione siciliana come lui, che gravitano intorno al caffè Giardino e hanno i nomi americanizzati, gli *zips*, perché parlano velocemente e spesso non ci si capisce nulla.

"Ci mancherebbe." Frank ripete a Joseph Gambino, passo passo, le stesse cose che ha detto a Emanuele pochi giorni fa.

"È importante non spedire da Palermo," insiste. "È fondamentale."

"Non ti preoccupare, Frankie bello," fa Emanuele, "abbiamo deciso che spediremo da Milano."

"E anche i nomi dei destinatari..."

"Sì, sì..." Emanuele fa un gesto annoiato, "abbiamo capito. Spediamo a una ditta vera: Arcobaleno italiano. È di un mio amico. Si chiama Cesare e non gliene fotte una minchia di quello che ci sta nei pacchi. Però mi avvisa quando arrivano. È uno a posto."

Frank è contento che Emanuele abbia già pensato a questo. Gli dà a intendere che sia già proiettato in avanti, e che la sua richiesta dei trentamila sia stata accettata.

"E i pacchi devono essere sigillati."

"Sigillati, sigillati... Tutto a posto è. Li saldiamo, i pacchi. Voglio vedere 'sti curnutazzi di cani che ci fanno. Pure gli animali ci misero contro, mica solo i cristiani. Francuzzo..." Emanuele si sporge sul tavolo. "Francuzzo bello..." Si sporge ancora di più. Adesso i loro nasi si sfiorano quasi. "Vuoi partire cu mmìa?" Gli manda un bacetto, poi scoppia in una risata. Joseph però resta impassibile, così Emanuele si ricompone.

"Eh? Vieni pure tu?" A Frank sta per venire un colpo. Cos'è questa novità che deve partire anche lui? Dove sta scritto? Quando mai è successo?

"In che senso?"

"Ci servi come consulente, insomma... come esperto."

"Ma col lavoro, poi, come...?"

"Eh! Il lavoro, il lavoro... Perché questo che è? Non è lavoro? Forse è meglio il lavoro là che il lavoro qua? Ah?"

"No, però... È che..."

"È giusto," dice Gambino. "Partirai anche tu con Emanuele. Ci serve la tua... *consulenza* sul posto, dalla partenza alla destinazione."

Il boss si alza, ed Emanuele subito dopo di lui.

"Ah, Frank," dice Gambino. "Per il tuo compenso: non si può fare." Frank strabuzza gli occhi.

"Be'..."

"Sono troppi. Trenta sono troppi." Gambino aspetta lì in piedi, immobile, con i suoi occhi inchiodati sul cranio dell'agente di magazzino merci Frank Rolli. Che però si lancia in un ultimo, disperato bluff.

"Mi spiace," dice Frank. "Non è per mancarle di rispetto, ma io rischio troppo, don Giuseppe." È la prima volta che lo chiama per nome, ricordandogli che è un italiano e dandogli del "don". Forse ha pisciato fuori dal vaso. Ma per restare coerente, continua ad alzare la posta. "E poi lo sapete che sono il numero uno."

Basta un attimo e il collo di Emanuele s'innerva di vene.

"Che vuoi dire, Francuzzo, che se non lavori per noi puoi farlo per qualcun altro?"

"No, no..." si affretta Frank, "non mi permetterei mai." Dicendolo, però, non guarda Emanuele, ma Joseph. "Se non mi volete con voi mi ritiro. Che devo fare? Vuol dire che mi ritiro. Faccio quello che ho sempre fatto: lavoro nel magazzino, mi porto a casa lo stipendio e stop."

Joseph guarda Emanuele, che scrolla le spalle. Aspetta solo che il boss gli dia un ordine. Ma il boss guarda di nuovo Frank, che ripete: "Non è per mancarle di rispetto." Gambino sospira. Si passa una mano sulla fronte, si sistema i capelli. Sta riflettendo.

Dopo qualche secondo, che nella testa di Frank è mezzo secolo, torna a sedersi.

"Allora," picchietta con il polpastrello dell'indice sul tavolo e parla senza guardarlo negli occhi, come se non se lo meritasse.

"Il punto, caro... Frank, è che io devo far partire quattro o cinque chili." Emanuele, che è ancora in piedi, scuote la testa. Non è contento che il boss stia mettendo Frank al corrente di tutti questi dettagli. È forse una punta d'invidia quella che gli si legge negli occhi?

"E non posso pagarti trentamila dollari per quattro o cinque chili di roba. Sei d'accordo? Mi dispiace," apre le braccia. "Mi dispiace." Il boss sospira di nuovo.

“E quindi, caro *Frank*,” pronuncia il suo nome con un certo sdegno aristocratico, “a questo punto ci sono due possibilità. Una è che tu fai quello che ti dico, altrimenti ti ammazzo. Lo faccio io, con queste mani. Mi credi?” Frank deglutisce.

“Un’altra,” dice il boss prendendosi una lunga pausa, “è che faccio spedire più roba. Molta di più. Così diamo un senso ai tuoi trentamila.”

“Be’...” ripete Frank come un imbecille.

“Ci facciamo sentire noi. Non sparire.”

Emanuele gli lancia un’occhiata di ghiaccio. È quell’occhiata a fargli capire che resterà vivo e che hanno accettato le sue condizioni.

Frank aspetta che i due escano dal Milleluci, poi corre da Boo’s per la più grande sbronza della sua vita.

* * *

A Milano c’è un grosso giro di musicisti internazionali, Filippo ha ragione.

Nei circa venti jazz club sparsi per la città – Capolinea, Club 2, Studio 7, Le Scimmie, Swing e via dicendo – passano tutti i mammasantissima della musica internazionale: Chet Baker, Bill Evans, Charles Mingus, Phil Woods, oltre agli italiani Franco Cerri, Renato Sellani... Rosaria ha già preparato un piccolo repertorio di tre brani, fra quelli registrati in sala, che potrà cantare dal vivo se qualcuno, magari nel corso di una jam-session, dovesse invitarla a salire sul palco.

The frozen mountain dreams
of April’s melting streams,
How crystal clear it seems,
you must believe in Spring

Canta tingendosi le unghie. Vuole crederci, in questa primavera. Non ne può più delle passeggiate su corso Umberto, delle finestre mezze chiuse dietro cui schioccano zoccoli da donna sui pavimenti lucidi, tirati a specchio, mentre le TV a tutto volume raccontano di posti dove succedono cose, cose vere, cose diverse da una sventagliata di proiettili, da una vendetta d'onore, dai canzuna a la carrittera o dalla festa di Maria Addolorata. È per questo, in fin dei conti, che quando Filippo ha accostato la sua nuova Lancia al marciapiede chiedendole se volesse fare un giro, lei gli ha risposto un "no" che in realtà era un "sì, ma dovrai insistere parecchio". Sperava che la Lancia di Filippo fosse abbastanza veloce da alzare una nuvola di polvere sopra corso Umberto, sulle finestre mezze chiuse, sui pavimenti tirati a lucido e sulla festa di Maria Addolorata.

Ma per andare lontano non basta un'auto veloce. Serve anche un buon guidatore.

Prende il rossetto, lo ruota con le due mani perché ne sbuchi la punta e inizia a passarsela sulle labbra. Ora il canto diventa un mugugno.

Fra poco lo vedrà. Potrà stringerlo fra le sue mani, girarlo e rigirarlo e... No, non è a Filippo che sta pensando.

Ha messo un paio di stivali scamosciati con la cerniera. Faranno un lungo viaggio. Ha in mente di sfilarseli appena salirà in macchina. Da Palermo a Milano è un'eternità. Ha messo in una sacca di tela una decina di cassette con i pezzi di Ella Fitzgerald, Nat King Cole, Billie Holiday, Sarah Vaughan, Betty Carter, Tony Bennett. Ci ha messo anche *Sultans of Swing* dei Dire Straits perché Filippo quando la sente comincia a saltellare. Non capisce le parole, ma ne segue il ritmo e ne storpia i versi, un po' come fa con *The Best Is Yet to Come*, solo che così, almeno, non la tocca nel vivo. Se proprio deve storpiare qualcosa...

Rosaria sente il motore della Lancia Delta che rimbomba fra un edificio e l'altro del suo vicolo. Sta sgasando. Gliel'ha detto mille volte di non farlo, che ai vicini dà fastidio, e sarebbe stato meglio non averglielo detto, perché da quel giorno, ne è sicura, ha preso a farlo di proposito.

"Filippo arrivò!" grida sua madre dall'altra stanza.

Lui l'aspetta seduto al volante, con un grosso paio di lenti a specchio e una catenina di san Giuseppe che penzola dal retrovisore.

"Mia! E che ti portasti, tutto il guardaroba?" le fa dal finestrino.

Lei si avvicina lentamente all'auto lasciando la valigia sul marciapiede, si china e sbircia all'interno dal finestrino posteriore.

"Allora?"

"Allora che?" Lui fa finta di niente.

"Fammelo vedere!"

"Vedere? E che vuoi vedere?"

"E dai!" Batte il pugno sul tetto dell'auto.

"Oh! Calma... Metti prima la valigia nel cofano."

"E dai, oh!"

Filippo scuote la testa. "Nzh," fa con le labbra. "Prima la valigia, ti dissi." Rosaria fa un gran respiro, torna verso il marciapiede e prende la valigia con entrambe le mani. Solo adesso si accorge di quant'è pesante.

"Non è che mi dai una mano?"

Filippo fa di nuovo: "Nzh." Tira una leva che sta sotto il volante e il bagagliaio si apre con uno scatto. Rosaria trascina la valigia, sbuffando, fino al portellone. Appena lo solleva, li vede. Sono i suoi dischi, tutti impilati in tre grosse scatole piene a metà. La copertina è blu scuro, lei è seduta su un pianoforte a coda. Ai piedi ha un paio di scarpe nere con un tacco così lungo e appuntito che sembra voler pugnalare la scorza del mondo mentre lei se ne sta lì, a guardare il sangue che sgorga, intonando qualche bella canzone.

S'intitola *The Best Is Yet to Come.* Il meglio deve ancora venire.

Tira su col naso un paio di respiri che sembrano due piccoli grugniti, poi scoppia a piangere.

* * *

"Lo sai quello che mi piace dell'Italia, Francuzzo?"

"Le femmine?"

"Ah ah ah... Pure 'i fimmini, mannaggia a ttìa." Gli dà una pacca sulla spalla. "E pure la famiglia. Ma quello che mi piace di più è che... non lo so... è tutta bella soda, capisci?"

"Uhm?"

"Bella soda, bella tosta..." stringe il pugno, "che esiste davvero, capisci? Non mi so spiegare..."

"Sì, forse ho capito."

"Qua in America facciamo i piccioli, il *bisinìss*, non sto dicendo che si vive male, però questo è l'ufficio, quella è la casa. Mi capisci?"

"Sì, è chiaro."

"Ogni tanto bisogna mettere i piedi per terra, o no?"

Frank annuisce. "I piedi per terra."

Il volo Alitalia numero 603 diretto a Milano Malpensa sta per decollare dall'aeroporto JFK di New York. Sono le sette e mezzo di sera. Emanuele e Frank sanno che fra poco passerà una hostess con la cena, ed entrambi non vedono l'ora. È stata una giornata di preparativi. Anzi, una settimana intera. E ancora non è finita. Solo l'altro ieri è arrivata a Frank la notizia che i chili di eroina da far entrare negli aerei non sono più quattro o cinque, ma dodici. La sua responsabilità cresce. Cresce il danno che procurerà alla famiglia nel caso in cui la DEA dovesse riuscire a metterci le zampe sopra. Cresce anche il premio assicurativo sulla sua vita. Peccato che non l'abbia mai sottoscritto.

"Che c'è, Frankie bello, stanco sei?"

"Minchia." Sospira, guarda in alto, si lascia accecare dalle piccole luci sparse sopra le file di poltrone. "Stanco è poco. Sono distrutto. I turni doppi ho fatto, per avere queste ferie."

"Eeeh, a pezzi pure io," gli batte una mano sulla coscia, "ma ora ci rilassiamo." Emanuele fa scattare il meccanismo per reclinare lo schienale, che cade all'indietro e si arresta bruscamente, quasi rimbalzando. Emanuele si volta sporgendosi nel corridoio.

"Chiedo scusa," dice all'uomo seduto dietro di lui, un tizio con una felpa dei Boston Celtics bianca e verde. "Scusate," ripete.

"Niente," risponde il tizio.

"Scusate," dice anche all'altro, seduto accanto al finestrino, quindi subito dietro Frank, che invece ha una giacca di tweed sopra un lupetto bianco. Quello alza la mano a sua volta. Emanuele tira su di uno scatto lo schienale della sedia.

"Minchia. Per i bambini li fecero 'sti cosi." Frank ha chiuso gli occhi. Non sta dormendo, ma finge che sia così o, quantomeno, di essere sulla buona strada. Tutto perché Emanuele si acquieti un attimo.

"Frankie..." Emanuele gli tocca la spalla. "Frankie..." Lui sospira e apre gli occhi. "Prima che ti addormenti, Francuzzo, ti devo dire una cosa importante." Frank si rizza sullo schienale e si stropiccia gli occhi.

"Sono tutto orecchie."

"Ormai sei dei nostri, Frankie." Lo fissa aspettandosi una risposta. Che però non arriva. "Lo capisti quello che ti sto dicendo?"

"Sì, cioè..."

"Sei dei nostri. I ragazzi mi hanno detto di salutarti. Pure Saro. Mi hanno detto preciso preciso: 'Salutaci Frankie e digli che ormai è dei nostri. Che gli vogliamo bene.'" Lo fissa ancora per qualche secondo. Aggrotta la fronte.

"Hai capito?"

"Sì, sì. Ho capito, Emanuele. Sono... Grazie, non so che dire. Dillo anche ai ragazzi, a Saro... Per me è un onore." Si mette una mano sul cuore. "Sono onorato." Emanuele gli dà una rumorosa pacca sulla spalla.

"Ora ti puoi addormentare. Anzi, no, aspetta. L'ultima cosa."

"Ma non mi voglio addormentare, solo chiudere un poco gli occhi."

"A Milano..." Emanuele si rende conto che sta parlando ad alta voce, quindi abbassa il volume. "A Milano ci sarà un incontro. Tu non puoi partecipare. Lo so che questo ti pare un poco strano per le cose che ti ho appena detto, ma ti devi fidare. Comunque, minchiate sono. Ci saranno i ragazzi di Knickerbocker Avenue, già li conosci."

"Ah, sì."

"Minchiate. Io comunque dormirò da mia madre, tu in albergo. Per ogni cosa, questo è il numero di casa di mia madre." Gli passa un tovagliolino di carta spiegazzato con un numero scritto a penna. Frank lo prende e se lo mette in tasca. Richiude gli occhi.

Passati un paio di minuti, sente qualcosa dietro premere sul suo gomito, lungo il bracciolo. È la mano del tizio seduto dietro di lui, quello con il lupetto bianco. Frank apre a metà l'occhio sinistro, vede che anche Emanuele ha inclinato la testa all'indietro e sta provando ad appisolarsi. Sfila dalla tasca il biglietto con il numero di telefono e lo passa all'agente Falvey, che a sua volta lo passa a Wilson, seduto accanto a lui. Wilson si copre la testa con il cappuccio della felpa e prova a schiacciare anche lui un pisolino.

Quando l'aereo atterra a Malpensa, il cielo di Milano è rischiarato da una luce tiepida. La primavera è arrivata anche a queste latitudini. L'asfalto stesso sembra profumare di fresco mughetto.

Emanuele e Frank arrivano in taxi a Vanzaghello, un buco di cinquemila abitanti fra Milano nord e Varese. Si fanno lasciare a casa della madre di Emanuele, una signora bassina dai modi graziosi che abbraccia e sbaciucchia il figlio, stringe la mano a Frank e subito si mette a preparare la moka. Il tempo di sedersi, dire qualche parola di circostanza, mangiare qualche biscotto al burro e il citofono suona. Sono Domenico e Antonio, i fratelli di Emanuele.

Domenico e Antonio indossano abiti da lavoro. I saluti sono stranamente formali, segue una breve chiacchierata. Dopodiché il telefono di casa inizia a squillare. È per Emanuele.

"Stasera al Vecchio 400," dice di ritorno in salotto. I fratelli annuiscono.

"Frankie però no. Tu lo accompagni in albergo," fa Emanuele a suo fratello Antonio.

"Dove?"

"Hotel Astoria, Busto Arsizio. Ti scrivo l'indirizzo."

"Si vedono stasera in un ristorante, Il Vecchio 400. Dovrebbe stare a Milano."

Frank Rolli è in mutande, steso sul letto nella camera dell'Hotel Astoria. Adora gli alberghi.

Sarebbe tutto perfetto, se all'altro capo del telefono non ci fossero due agenti della Drug enforcement administration a ricordargli che ha un debito con lo Stato, un debito grosso come una casa il cui pagamento ne innescherà un altro, di debito, con altre persone, ben più pericolose.

Ha ricevuto istruzione di non contattare nessuno. Amici, ex fidanzate, puttane. Niente. Così passa un'oretta a scolarsi bottigline di vodka, bourbon e gin, spaparanzato sul letto davanti alla TV. Su Antenna 3 Lombardia, un gruppo di ragazze in bikini cerca di aggiudicarsi il titolo di Miss Bustarella, mentre i concorrenti al telefono provano a vincere un'automobile offerta dal concessionario locale sponsor della trasmissione. Su RAI1 c'è una puntata del *Muppet Show*. Frank lascia cadere il telecomando sul materasso e prende una lattina di birra dal frigobar. Per un po' si dimentica del perché è qui, a Busto Arsizio, chiuso in una camera d'albergo. Si dimentica anche di quello che gli accadrà. Si addormenta del sonno pesante di chi ha cambiato fuso orario.

"Minchia, Frankie bello, fai proprio schifo..." Emanuele entra senza complimenti e va a sedersi sul letto. Antonio e Domenico lo seguono. Si guardano intorno e arricciano il naso. Dev'esserci puzza di chiuso. Oltre, naturalmente, al cimitero di bottigline sparso in giro.

"Datti una sistemata," gli fa Antonio. Frankie ha spalancato gli occhi e sta cercando di ricordare dove si trova. Emanuele lancia al fratello un'occhiataccia. Solo lui può permettersi di trattare Frank così. È roba sua. Sua e di Joseph Gambino.

"Sì, Francuzzo, datti una sistemata," ripete. Sembrano tesi. Qualcosa dev'essere andato storto durante la cena. Frank raccoglie i pantaloni dalla moquette, se li infila.

"Che succede, ragazzi?" riesce a chiedere finalmente.

"Niente, niente... Tutto a posto è."

"Dovete dirmi qualcosa?"

"Niente di che..." Scrolla le spalle Emanuele. Ma Frank sa che non è così. Non sarebbero piombati tutti e tre in camera sua alle... Che ora è? Mezzanotte? Non si aspettava neanche di vederli, dopo cena.

"È solo cambiato un dettaglio. Una minchiata. Per il resto è tutto uguale." Non ha la faccia di chi sta parlando di una minchiata, Emanuele. E non ce l'hanno neanche i suoi fratelli. Domenico si gratta nervosamente il mento, Antonio sembra molto interessato alle proprie ginocchia. Frank aspetta senza dire nulla. Emanuele sospira.

"Il carico. È cambiato un pochino il carico. Ma per te non cambia niente. Sempre trentamila ti becchi."

"Il carico... In che senso?"

"Be'..."

"In che senso è cambiato?" I tre fratelli Adamita si lanciano occhiate fra loro. È Emanuele a dover parlare.

"Non sono più dodici chili. È un po' di più."

"Cioè? Quanta ne dobbiamo portare?"

"Qualche chilo in più."

"Quanta?"

"Quaranta."

"Quaranta chili?"

"Yes."

"Ma porca..." Frank cerca con gli occhi una bottiglia ancora chiusa, ma sono tutte vuote.

"Tu hai detto che per te sempre trentamila erano, giusto?"

"Be'..."

"È giusto o no?" Emanuele si sporge verso l'altro bordo del letto, dov'è seduto lui.

"Sì."

"Allora tutto ok. Ci vediamo domani. Amunì." Si alza e sgattaiola con gli altri due Adamita fuori dalla stanza.

* * *

"Ma quando arriviamo a Milano?"

"Tra poco. Prima dobbiamo andare da Gino."

"Gino?"

"Un mio amico. C'ha un negozio di dischi. Una cosa fantastica, poi vedi."

"E non sta a Milano?"

"No, ma sta vicino. A Gallarate."

Rosaria sbuffa e si accende un'altra Merit. Tanto domani non deve cantare, la sua voce è racchiusa nei dischi che viaggiano con loro verso nord. Non ce la fa più. Il viaggio è stato lunghissimo, e a quanto pare non è ancora finito. Le luci dell'autostrada rischiarano ogni tot metri il profilo destro di Filippo. Anche lui è stanco, ma c'è qualcosa che lo tiene bello carico. Sembra più emozionato di lei.

"Poi andiamo in albergo e poi, domani mattina... il Duomo!"

"E la pelliccia."

"Sissignora, la pelliccia, la pelliccia. Che ti credi, che dice minchiate Filippo Ragusa? Ah?" Rosaria tira una boccata. Filippo le prende la sigaretta di mano, fa un paio di tiri e gliela ripassa con il braciere rosso e lungo come un bengala.

"E questo Gino fa i turni di notte?"

"Eh? In che senso... Ah, si capisce. Mi aspetta. Che ti dissi io? Amico è!" È mezzanotte passata. Deve volergli assai bene, questo Gino.

"Io credevo che stava a Milano."

"E invece sta a Gallarate! Che ti fa schifo Gallarate? Ah?" Si volta verso di lei. Rosaria gli fa cenno con la testa di guardare avanti.

Gino se ne sta poggiato al muro, con un piede sulla facciata grigia dell'edificio basso, di fianco a una saracinesca chiusa con l'insegna Magic Music. Filippo e Rosaria sono entrati in un autogrill, poco prima di uscire a Gallarate, e lui gli ha telefonato per dire che sarebbero arrivati di lì a poco.

Si avvicina svogliato alla macchina, le spalle cascanti sotto un giubbino di jeans tutto consumato. Filippo scende dall'auto, si stringono la mano.

"Ciao, bello."

Non c'è nessun altro per strada, la città è deserta. Solo in lontananza si sente il latrato di un cane.

Rosaria lo guarda attraverso il parabrezza. Non sembrano molto amici, a onor del vero.

"Ti presento Rosaria!" fa Filippo. Però, voltandosi verso destra, non vede nessuno. Allora si sporge sul parabrezza.

"Oh! E vuoi uscire o no?" Rosaria scende dall'auto con tutta calma, il viso imbronciato e stanco. Sbadiglia e porge la mano a Gino.

"Molto piacere. Allora?" chiede a Filippo.

"Tutto a posto." Va al bagagliaio, lo apre e mostra a Gino le scatole con i dischi. Lui li soppesa. Mugugna qualcosa.

"Quanti sono?"

"Cento." Gino scuote la testa. Rosaria lo guarda contrariata. Si aspettava un minimo di considerazione.

"Ne prendo settanta."

"Settanta?" chiede Filippo.

"Settanta."

"Ok." Filippo si passa una mano nei capelli. "Settanta," ripete sottovoce. "Li puoi contare mentre io e l'amico facciamo due chiacchiere?" domanda a Rosaria. Lei lo scruta per qualche attimo, come intontita. Filippo però si volta verso Gino e fa un gesto in direzione della saracinesca chiusa. Gino prende un grosso mazzo di chiavi dalla tasca e vanno ad aprirla. Rosaria si siede sul bordo del bagagliaio e inizia a contare i propri dischi.

"Uno, due, tre, quatto, cinque, sei..." Li sfila dalle scatole e li dispone inclinati, a gruppi di dieci, contro la parete del baule.

Non sa bene perché, ma non è più molto contenta di separarsene.

Si mette a canticchiare, ma è più un sussurro che una melodia. È un soffio sottile che vola via perdendosi prima ancora di nascere, come la brezzolina tiepida di primavera che le accarezza le braccia nude e che però, invece di cullarla, le fa venire una strana pelle d'oca.

The frozen mountain dreams
Of April's melting streams,
How crystal clear it seems,
You must believe in spring...

* * *

Il garage di casa Adamita è spazioso e pieno di attrezzi da lavoro. Al centro del garage c'è un furgone, un Ford Transit rosso con il portellone posteriore aperto. Sulla pedana c'è una mezza dozzina di sacchi di plastica avvolti in metri e metri di nastro adesivo. Sono pieni di eroina *brown sugar* nata in Afghanistan, lavorata in Egitto, spedita in Italia attraverso la Turchia, raffinata a Palermo e arrivata in Lombardia con una staffetta composta da un furgone con il carico e da un'auto che lo precedeva.

Emanuele e Antonio hanno comprato scatole di cartone, pezzi di polistirolo, contenitori di zinco e altri materiali, comprese delle bacchette di metallo per saldare lo zinco. Frank regge un contenitore mentre Antonio lo salda facendo attenzione a non bruciare il sacchetto che si trova all'interno. Frank, per non bruciarsi la faccia, sta voltato dall'altra parte.

L'operazione procede in religioso silenzio per almeno un paio d'ore. Verso ora di pranzo sono tutti e tre sudati come spugne.

"Mangiamo?" chiede Frank asciugandosi la fronte con l'avambraccio. Antonio scuote la testa, spazientito. Ha le braccia piene di scottature per le scintille che gli sono saltate addosso.

"Ma che mangiamo e mangiamo..." fa Emanuele dal fondo del garage. "Avemu a travagghiari! Questo è l'indirizzo. Va spedito tutto qua."

Frank lo apre e legge.

"È cambiato? Non era Arcobaleno italiano?"

"Cambiato, cambiato," spalanca le braccia Emanuele. "Non va bene?"

Frank legge l'indirizzo sul biglietto. "Centro nastri italiani." Si china sulla scatola e sbircia all'interno.

"Dischi?"

"Esatto. Dischi di jazz."

"Rosaria... Ferrara? E chi è?"

"E chi minchia è?" scrolla le spalle Emanuele. "Boh. Pare che è 'a fimmina d'o 'zu Filippo. Prezzo basso, musica buona... Merce da emigranti."

Frank guida il Ford Transit fino al negozio della ditta Jumbo freight forwarders di Gallarate, l'unica, fra quelle vicine, che spedisca verso il magazzino merci della compagnia Alitalia all'aeroporto JFK di New York. Proprio dove lavora Frank. Emanuele e Antonio lo seguono per portare i pacchi già completamente imballati.

"Frankie bello, che ti devo dire?" lo abbraccia Emanuele davanti all'ingresso dell'albergo. "È sempre bello lavorare con te. Anzi, è sempre più bello."

"Grazie, Emanuele. Anche per me."
"Ti vogliamo bene, Frankie. Ci vediamo dall'altra parte."

Ma c'è un cambiamento. E stavolta non dipende dai Gambino, ma da Frank Rolli.

"Tutto fatto," dice al telefono sdraiandosi sul letto morbido, ordinato, che qualcuno ha provveduto a sistemare prima che lui ritornasse in camera. "Jumbo freight forwarders, Gallarate. Ha dato il suo documento. L'eroina è nei pacchi. Tutti e quaranta i chili."

"Cazzo, Frank. Complimenti. Siamo da te in venti minuti. Tu riparti fra due ore. Tieniti pronto." Nello stesso istante, una decina di auto della polizia italiana sfrecciano verso la casa degli Adamita. E sfrecciano anche verso il centro di Milano, dove una ragazza sta facendo scivolare controvoglia i suoi polpastrelli su una morbida pelliccia bianca.

"Non la voglio più," dice al suo fidanzato, che la guarda incredula. "Fa troppo caldo."

Quest'anno la primavera ha saltato un giro. Rosaria non sa se dirgli che aspetta il suo bambino. È da qualche giorno che ci pensa. Ma non ne avrà l'occasione. Il viaggio è terminato, ormai lei non gli serve più.

19.
SOGNI

Palermo, 1983

Sembra un cartomante, l'uomo chino sul proprio tavolo con fogli e ritagli disposti in ordine tutt'altro che casuale. Li sposta, li riorganizza. Ne toglie uno per far posto a un altro. Sta ricomponendo la favola nera dell'eroina che parte nella sua forma larvale dagli altipiani mediorientali, arriva in Egitto, dove sbuca dal proprio bozzolo rivelando il suo vero volto, viaggia attraverso la Turchia, poi verso Palermo e poi da lì vola da una parte all'altra dell'oceano fino agli USA. Il danaro, che compie il percorso inverso e dagli USA spicca il volo verso il Bel Paese, viene investito e riciclato grazie al lavoro dell'ingegnere edile Ignazio Lo Presti, imparentato con i cugini Nino e Ignazio Salvo; e sono proprio i cugini Salvo a procurare tramite la fittissima rete di entrature di cui godono nella Democrazia cristiana – alla quale offrono sostegno, aiuti economici, tangenti e prebende varie – le commesse pubbliche in grado di far circolare il danaro, ripulirlo e, perché no, farlo aumentare. Oltretutto, i lavori pubblici commissionati alle ditte degli Spatola e di Lo Presti offrono la possibilità ulteriore di distribuire posti di lavoro in una regione cronicamente piagata dalla disoccupazione. In Sicilia, i posti di lavoro – che siano da direttore dei lavori, da geometra o anche da semplice manovale – valgono come l'oro. Chi ne riceve uno è più che contento di ricambiare il favore dentro la cabina elettorale mettendo una "x" sul partito del proprio benefattore. È un sistema circolare perfetto, chiuso in se stesso, che riesce a sfamare chiunque vi prenda parte.

Sembra quasi che non procuri vittime, pensa Giovanni soffiando una nuvola di fumo che viaggia verso la portafinestra dello studio saturandosi di grigio e di azzurro. Fatta eccezione per le migliaia di morti con le braccia come puntaspilli. O per quegli altri che hanno provato a opporsi, che pure sono finiti con qualche buco in corpo, ma di proiettile. Sempre di buchi si tratta. O anche per quelli che ne facevano parte, di questo sistema, ma che da un momento all'altro hanno iniziato a essere pedine scomode. Uno spera sempre di non doverne vedere neanche una, di queste vittime. È una lotteria all'incontrario. Quello che molti, troppi, ancora non hanno capito, è che a giocarci, a questa lotteria, prima o poi un biglietto con un teschio sopra te lo becchi anche tu. Nella migliore delle ipotesi, stai scavando la tomba per qualcun altro.

Anche la figlia dei vicini di Rocco, scomparsa di casa qualche tempo fa, è stata ritrovata morta di overdose nell'androne di un palazzo vicino all'università. La stessa università che ha frequentato Caterina. Chi ha scavato la fossa a quella ragazza? Il suo spacciatore? I cugini Salvo? Rosario Spatola? Ignazio Lo Presti? La Democrazia cristiana? O forse i Gambino, gli Adamita, i Bontate, gli Inzerillo... A Giovanni viene in mente la scena finale di *Assassinio sull'Orient Express*. Si può sfilare il coltello di mano a un'intera nazione? Forse no. Ma si può chiudere la fabbrica dei coltelli.

Sorride da solo, Giovanni. Sorride di se stesso e della propria ingenuità. Ciò non toglie che adesso le sue carte, le fotocopie degli assegni, le informative di polizia, i verbali degli interrogatori, siano un mandato per presentarsi davanti alla fabbrica dei coltelli. Quindi vuole andarci davvero.

Sorride di nuovo. Anzi, ora sta proprio ridendo, con i suoi denti bianchi e il suo faccione tondo. Tossicchia un po' di fumo e scuote la testa.

Vuole andarci davvero, a chiudere la fabbrica. E non gliene frega niente dei cori di pernacchie che troverà ad attenderlo. Ci è abituato. Fra l'altro è in ottima compagnia.

Sul tavolino accanto alla portafinestra c'è una piccola caraffa che Francesca ha adattato a vaso per accogliere le rose rosse che ogni tanto Rocco le regala. Una rosa è ancora là. Sembra un po' appassita, ma regge ancora. Magari, quando proprio chinerà la testa, potranno lasciarla seccare.

Sono compagni di cella, lui e Rocco. Stanotte Giovanni ha sognato che erano in prigione all'Ucciardone. Lui, Borsellino, Chinnici, Di Lello, Guarnotta e Ayala. Rocco doveva farsi l'ergastolo ed era l'anziano del padiglione. La composizione della platea era singolare, così come lo erano i reati commessi da ogni carcerato. Qualcuno era dentro per omicidio, qualcun altro per estorsione, qualcuno per "indagine"; qualcuno, ancora, come Guarnotta, era in prigione per "scrittura" (il sogno non offriva nessun altro dettaglio riguardo a questa strana imputazione). Ayala era stato arrestato per "diserzione" – l'assenza dal posto di lavoro per procurarsi delle panelle al chiosco lì vicino era stata equiparata a un reato militare – mentre Di Lello era finito in manette per il furto di una matita nell'ufficio del procuratore Pizzillo.

Anzi, no, anche Borsellino era stato arrestato per un fatto vagamente imparentato con la realtà, come nel caso di Ayala: la sua accusa era di aver preso parte a una rissa durante un corteo studentesco. Per il resto, era tutto un pot-pourri di accuse e reati ugualmente gravi, ugualmente odiosi – tanto che gli altri detenuti lanciavano a ognuno di loro occhiate significative – e ugualmente condannati dal codice penale, se non addirittura da quello militare. A un certo punto sembrava che Borsellino stesse tentando l'evasione insieme a un gruppo di picciotti di Passo di Rigano.

Sebbene alcuni elementi del sogno, inquadrati alla luce del sole, fossero indubbiamente comici, a caricare Falcone di una strana inquietudine è stato il carcere in sé. L'Ucciardone. Ogni volta che deve tornarci per interrogare i detenuti lo coglie l'agitazione. E sarebbe strano il contrario, visto che nella casa circondariale palermitana ha subito un paio d'anni fa il suo secondo attentato. Era andato a interrogare proprio l'ingegnere Ignazio Lo Presti. Erano in sala colloqui e stavano parlando con alcuni fascicoli poggiati sul tavolo, quando un altro detenuto, tale Salvatore Sanfilippo, un picciotto del Borgo Vecchio, entrò anche lui in parlatorio. Grazie a qualche miracolo dell'amministrazione penitenziaria, Sanfilippo era riuscito a portarsi in carcere una calibro 38. Fu Lo Presti, si può dire, a salvargli la vita. Appena l'ingegnere vide Sanfilippo entrare in sala disse a Falcone: "Questo viene per noi." Giovanni si alzò di scatto e riuscì a dare un calcio alla porta, chiudendola, dopodiché lui e Lo Presti si nascosero in una sala più interna. Sanfilippo, scoperto, s'inventò un'assurda messinscena: puntò la pistola contro un altro magistrato – che era lì anche lui per parlare con un detenuto –, reclamando il trasferimento in un altro carcere. A tutti apparve strano fin da subito che un detenuto come Sanfilippo, che in carcere, grazie alla propria affiliazione, faceva la vita del nababbo, si fosse inguaiato con le proprie mani per farsi trasferire altrove. Doveva tenerci parecchio, il picciotto del Borgo Vecchio, a fare quello che era andato a fare.

E quindi è normale che lo scenario dell'Ucciardone – dopo che già a Favignana avevano minacciato di sgozzarlo – sia bastato da solo a fare iniziare la giornata di Falcone con il piede storto.

Si è svegliato all'alba, come sempre. Francesca era accanto a lui che dormiva voltata dall'altra parte. Si è lavato e vestito con un sapore disgustoso, una pappetta collosa sulla lingua che non andava via nonostante le abbondanti e ripetute passate di dentifricio. Per quanto grottesco e per molti versi comico, il sogno gli aveva messo addosso un'angoscia fenomenale.

Il sole non era ancora spuntato, che già aveva pronta la borsa per la piscina. Da un po' di tempo a questa parte, se vuole fare due bracciate, l'unica soluzione è andarci all'alba, o mentre gli altri mangiano, oppure la sera tardi. Gli sguardi delle persone, quando arriva negli orari di punta, sono molto simili a quelli dei detenuti immaginari nel carcere dell'Ucciardone. Idem per il cinema, dove lui e Francesca hanno smesso di andare ormai da quasi un anno. Non ricorda neanche qual è l'ultimo film che ha visto. Ogni volta, al suo arrivo, la scorta doveva far sgomberare quattro file di posti per costruirgli intorno una barriera di sicurezza. Al ristorante non va meglio. Ormai è prassi che quando arriva Giovanni con la sua scorta la gente si alzi e vada a mangiare altrove; con grande gioia, fra l'altro, dei proprietari, che grazie al giudice scassaminchia vedono sfumare lauti guadagni.

La solitudine delle sue cartomanzie, il suo vagare a ritroso nel tempo seguendo le rotte dell'eroina, degli assegni e dei voli fra Italia e Stati Uniti, ormai, Giovanni lo sa, è anche un porto franco. È un luogo da abitare quando tutti gli altri gli sono preclusi. Un po' come per Buscetta, che si è autoesiliato in Brasile.

Narcotraffico, omicidio, indagine. Sono tanti i reati per cui si finisce al confino.

Il sole è calato dolcemente dietro i palazzoni di via Notarbartolo, lasciandosi dietro un azzurrino tenue che vira verso il blu senza alcuna fretta. Quasi a far credere che da queste parti le cose si possano fare con dolcezza; che esista, per dire, una certa clemenza. Le cose sono andate come dovevano andare, le carte del processo Spatola sono tutte a posto. Gli assegni, i verbali, i documenti della DEA, i racconti dell'infiltrato Frank Rolli. Le condanne per gli imputati saranno esemplari, non c'è nessun dubbio. L'impianto accusatorio è blindato. A tenuta stagna. Tramite gli Spatola si potrà risalire la catena, arrivare alla politica, ai pezzi da novanta, magari anche ai vertici della DC e al loro uomo in terra di Sicilia, Salvo Lima.

Eppure, Giovanni si sente ancora addosso un peso che non riesce a capire. Possibile che quel sogno così assurdo e strampalato porti ancora strascichi, ora che è quasi buio. C'era perfino una tenerezza, nel modo in cui papà Rocco teneva a bada i ragazzacci del padiglione. Niente da dire: se proprio uno deve trovarsi in gabbia – che si tratti di un sogno, o dell'ufficio in tribunale – molto meglio starci con uno come Chinnici. Di solito gli fa bene pensare a lui, lo rilassa. Pensa a quest'omone che coltiva rose per regalarle alle mogli degli amici, e si rasserena. Non scorderà mai l'immagine di Rocco chino sul cespuglio di rose con accanto la piccola Gaia. E poi, in cucina, quando le ha rivelato il segreto dei rigatoni alla Chinnici.

E allora perché adesso, se pensa a Rocco, sente montare quella stessa inquietudine che dovrebbe calare? Non è paura, ansia o che. Nulla di così forte. È piuttosto una tiepida desolazione, una piccola nausea sopra le sue mani, sulla punta delle sue dita. Fra poco, quando arriverà Francesca, si siederanno a tavola e se ne dimenticherà. Non se ne ricorderà neanche domattina, quando gli telefoneranno per dirgli che papà Rocco è stato ammazzato e che il suo corpo incenerito è sparso in brandelli sopra l'asfalto.

20.
NESSUN RIPARO

Palermo, 1983

Quello che Rocco non ha detto è che di paura ne aveva già tanta. Non abbastanza da inchiodarlo, certo, ma comunque tanta. Il fatto è che nessuno avrebbe mai compiuto l'azzardo di associare il sostantivo "paura" a quell'uomo grosso e duro come una quercia. Da quando il generale dalla Chiesa, il prefetto di Palermo, era stato preso a fucilate, Rocco sapeva benissimo che più nessuno lo avrebbe salvato. Ormai era chiaro che gli argini erano saltati, che i giusti camminavano con una croce nera disegnata sulla schiena, mentre i reietti, i bavosi, il grado zero dell'evoluzione umana, sventagliavano i mitra in alto verso il cielo cantando odi ai giudici malcreati che li assolvevano, ai poliziotti che si giravano dall'altra parte, ai politici che gli regalavano appalti e con cui andavano a braccetto. A Rocco Chinnici era già chiarissima la posizione geografica dell'inferno. Dopo dalla Chiesa, anche l'amico e collega Giangiacomo Ciaccio Montalto se n'era andato al Creatore. Giusto il tempo di chiedere il trasferimento a Firenze, dove sperava di prendere una boccata d'aria, lavorare finalmente come voleva, ed eccolo lì, ammazzato anche lui come un cane rognoso davanti al portone di casa con una mitraglietta Luger e due pistole. I sicari avevano sparato all'una e mezzo di notte. Il suo corpo, però, era stato ritrovato esanime alle sei e mezzo del mattino da un pastore. I vicini, pur avendo sentito gli spari, avevano detto di non aver avvertito la polizia credendo che si trattasse di cacciatori di frodo.

Ogni morto, un timbro in più sulla pratica per liquidare Chinnici e tutti quelli come lui.

Tutti sono esposti. Nessuno, ormai, può dirsi al riparo. Se i corleonesi vogliono, possono poggiare una scala sul duomo di Monreale, salire su, fino in paradiso, e prendere Dio a fucilate nel petto. Se Riina lo desidera, può squarciare la volta celeste con una palla di cannone. Se Liggio lo gradisce, può attizzare il fuoco nelle acquasantiere.

Quello che Rocco non ha detto è che le telefonate notturne a mezza voce gli avevano messo paura. La cartolina che aveva ricevuto: "Beato chi ti farà del male, beato chi parlerà sempre male di te, beato chi ti distruggerà..." e via di seguito, elencando le sette beatitudini, pure quella lo aveva spaventato. Perché il punto non è tanto chi ha paura e chi no, ma chi se ne accolla il peso, delle proprie paure, e chi preferisce delegare. E quante volte, Rocco, si è fatto scudo del segreto professionale per non raccontare ai suoi quale forma avessero le sue paure, quali volti, quali nomi e cognomi. Quanti cadaveri si fossero lasciati dietro.

Quante volte ha detto che era stanco, quante volte ha trascurato le sue rose, o rimandato le gite in campagna per restare barricato in casa nella solitudine delle sue carte. Rocco non ha detto che oramai era un bersaglio ambulante, che neanche un assicuratore malato di mente gli avrebbe concesso una polizza sulla vita. Una risata in faccia gli avrebbero fatto. "Anche se cammino con la scorta," ha detto in un'intervista, "so benissimo che possono colpirmi in ogni momento. Spero che, se dovesse accadere, non succeda nulla agli uomini della mia scorta."

Quello che Rocco non ha detto è che se salutava tutti nell'androne, adesso, e non più davanti al portone di casa, era perché temeva che, ammazzando lui, colpissero anche qualcun altro.

Voleva essere solo di fronte all'ira degli dèi mafiosi. Espiare la sua pena, scontare la sua condanna. Lo Stato, dopotutto, in questo senso l'ha aiutato molto, rimuovendo il presidio che poco tempo prima aveva fatto installare sotto casa sua. Il tempismo è una virtù ben radicata, in certi palazzi italiani. La domenica ha continuato a cucinare i rigatoni alla Chinnici, chiuso nella sua cucina, mentre i pensieri gli vorticavano nella testa.

Quello che Rocco non ha detto è che il giorno dopo il matrimonio di sua figlia Caterina, un uomo della famiglia Madonia – una di quelle coinvolte nel processo contro "Greco Michele + 161" istruito l'anno passato – è stato visto aggirarsi per le scale del palazzo. Quando il portinaio gli ha chiesto chi fosse, l'uomo è sparito senza dire una parola. Caterina non ne ha saputo nulla. Il suo abito da sposa era troppo bello, la sua felicità troppo importante.

Quello che Rocco non ha detto, perché non ne ha avuto il tempo, è che rifarebbe tutto da capo. E forse ancora di più, se solo potesse. Se solo potesse rinchiuderne una in più, di quelle carogne. Se solo potesse sequestrarne un chilo in più, di quella roba. Anche un grammo in più. Magari qualcuno si salverebbe. La figlia dei vicini, o chiunque altro. Perché i ragazzi, ora che Rocco non c'è più, continuano a morire con un ago piantato nel braccio. Chili di eroina continuano a riversarsi su Palermo, una parte resta qui e un'altra viaggia verso gli Stati Uniti. Il danaro arriva a fiumi, spuntano nuovi palazzi, nuove auto corrono per le strade in una parata di costoso squallore, orologi di lusso ornano i polsi dei capibastone della DC. La politica continua a banchettare, gli ingegneri a costruire. Sembra che non sia cambiato nulla. Ma in realtà Rocco ha piantato un seme. "Quest'anno ne abbiamo avuti tredici," aveva detto a un convegno parlando dei giovani morti di overdose. "Tredici sono quelli che si sanno: e quei ragazzi che pietosamente vengono indicati come morti per epatite, morti per altre cause, ma che noi sappiamo essere tutti pure vittime della droga? E di questi ragazzi non ci sentiamo noi tutti responsabili? Ecco, a questo punto io devo dire: veramente mi sento responsabile di queste morti."

E va bene il seme che ha piantato, va bene anche l'esempio, il coraggio e tutto il resto. Ma chi darà acqua, adesso, alle sue belle rose?

21.
CRATERE

Palermo, 1983

Non c'è più nulla da bruciare in via Pipitone Federico. Un boato ha scosso i palazzi dai basamenti fino alle terrazze. Un'esplosione di una violenza oscena, innecessaria per la pudica ristrettezza di questa stradina a pochi passi da via Libertà. Defilata, modesta, tranquilla. E adesso, dopo che un urlo ha attraversato il cielo alle otto del mattino bruciando, polverizzando, spaccando, sventrando, dilaniando tutto e lasciando un cratere nel terreno, carcasse d'auto fumanti, serrande divelte e polvere di cose che prima avevano un senso mentre ora non ne hanno più alcuno; adesso si sente solo un brusio. Sono le frasi di chi si è affrettato in strada, centinaia di piccoli umani imbarazzati a parlare, incerti e tremolanti, che popolano questa specie di colonia marziana.

Le finestre delle case sono spaccate fino a quattrocento metri dal luogo dell'esplosione. C'erano settantacinque chili di tritolo nell'auto che è saltata in aria davanti al portone del palazzo dove abitava Rocco Chinnici. Una Fiat 126 parcheggiata proprio lì, a pochi metri dall'androne, piccola e verde come un innocuo baccello. I corpi sparsi sul selciato, di cui è faticoso riconoscere i connotati, sono quelli del giudice istruttore Rocco Chinnici, dei carabinieri Mario Trapassi e Salvatore Bartolotta, componenti della sua scorta, e del portinaio dello stabile, Stefano Li Sacchi. Perfino lui hanno ammazzato. L'unico sopravvissuto fra quelli della scorta è il giovane autista Giovanni Paparcuri, gravemente ferito.

I primi a correre in strada, dopo il boato, sono stati Elvira e Giovanni Chinnici. Ventiquattro e diciannove anni. Carne della sua carne, che adesso non esiste più.

L'incubo di Rocco, che qualcuno della sua scorta venisse via con lui, si è avverato. È precisamente ciò che questo attentato voleva essere: un incubo. Oltre che un'inaugurazione. È arrivata la stagione delle bombe. Non c'è bisogno che un telegiornale dia la notizia dei morti ammazzati: si fanno pubblicità da sé. Il terrore, adesso, annuncia se stesso. Si fa largo come un titano comandato a distanza schiacciando i palazzi, rovesciando le auto; neanche si accorge delle "vittime collaterali", di quelli che restano schiacciati sotto le sue enormi suole. Anzi, più sono e meglio è.

Vediamo se così funziona, sta dicendo ora qualcuno nel buio della sua tana. Vediamo se così capite. Nel rione del Capo c'è gente che brinda, in questo momento. Gente che festeggia, che se la ride, che grida di una gioia malata sputacchiando goccioline di vino e banchettando rumorosamente. Così rumorosamente che è necessaria un'ordinanza della polizia per farli stare zitti. Perché recitino un minimo di falso contegno. Perché restino accucciati almeno un istante. Come farà Billy, il cane di Rocco, che però se ne starà una settimana senza mangiare e senza bere davanti alla porta del suo studio.

Elvira e Giovanni vengono portati via dalla polizia ancora in pigiama. Caterina sta correndo lì da Caltanissetta; sua madre Agata, che faceva da commissario per gli esami in una scuola pubblica, sta arrivando da Trapani. Il panificio sotto casa è completamente sventrato. Diciassette persone, fra cui due bambini, sono rimaste ferite nell'esplosione. Perfino gli alberi sono rimasti inceneriti. I corpi delle vittime, pietosamente nascosti dai teli bianchi della polizia, sono straziati, sfigurati, mutilati.

Ma il vero dramma non sono queste rovine fumanti. Non sta in queste macerie il segno della sconfitta. C'è il dramma di una famiglia martoriata, di un uomo buono, onesto e premuroso spazzato via dalla terra, ridotto in pezzi. Ci sono due carabinieri che gli facevano da scorta portandosi a casa uno stipendio statale, anche loro ammazzati a sangue freddo. C'è un portinaio – il custode della casa, si dice, colui che dovrebbe proteggerla – morto in una frazione di secondo, abbattuto dal tuono feroce del tritolo. C'è l'autista Paparcuri, ci sono tutti gli altri feriti, i due bambini. Ci sono i negozi sfasciati, i vetri infranti, il cratere nell'asfalto e gli alberi sradicati. Ma il vero dramma, o meglio, la vera tragedia, non è solo di una famiglia, di una strada intera, di una città e nemmeno di una regione. Il vero dramma è che mentre il fumo si alza da queste rovine, mentre il tempio avvolto dalle fiamme frana con dentro tutti i suoi fedeli e il tanfo dei corpi bruciati si spande in una nube nera sopra le teste di un popolo disgraziato, ancora adesso c'è chi crede che in questa Babilonia si possa stare comodi, in fondo in fondo, che ci si possa ricavare un angolino quieto per farsi i fatti propri, un cantuccio riparato dove le fiamme non arriveranno mai. E se proprio un giorno dovessero arrivare, pazienza, basterà voltarsi dall'altra parte.

È questo il vero dramma, questo agnosticismo della coscienza. Il vero dramma è che esiste gente talmente stupida da non credere in niente.

Il mormorio continua, in via Pipitone Federico. È un mormorio contenuto e dignitoso. La gente affolla la strada e sembrerebbe un corteo funebre, se la fiumana di persone non fosse interrotta qua e là dai rottami delle auto e dai cumuli di detriti.

Nessuno ha paura che esploda un'altra bomba. Quello che doveva succedere è successo. Missione compiuta. Rocco Chinnici è un capitolo chiuso.

22.
IL MONACO

Palermo, 1983

È notte, e lui indossa un cappotto nero. Un uomo in divisa da finanziere apre lo sportello posteriore dell'auto con i finestrini scuri, lui poggia un piede per terra, lentamente, poi l'altro.

"Possiamo comprarle qualcosa per cena?" chiede il giovane finanziere, ma lui fa un gesto con la mano. Non vuole niente. Per oggi la cena è saltata. Si mette in piedi, sempre con grande lentezza. Un cappello di feltro gli copre la testa calva. È il 9 novembre. A Palermo inizia a fare fresco.

Un altro finanziere in divisa, quello che era alla guida, esce dalla vettura e si mette di fianco all'altro.

"Sicuro? Non ci mettiamo niente." Ma l'uomo agita nuovamente la mano. Tiene la testa bassa. C'è qualcosa, nel suo aspetto, che lo fa assomigliare a un monaco.

"Facciamo strada," dice uno dei due uomini in divisa. Si avviano verso il portone della caserma Cangialosi.

Il cortile interno è circondato da un ampio colonnato, gli archi si rincorrono lungo tutto il perimetro. Il cielo è nero e stellato. L'uomo con il cappotto si ferma, i due finanzieri se ne accorgono solo dopo averlo staccato di qualche metro. Si voltano. Tiene la testa all'insù, come se annusasse l'aria, e guarda verso l'alto. Lo raggiungono. Anche loro, adesso, camminano piano, misurando i passi per non far rumore.

"Era un convento, vero?" domanda lui guardando con un certo fascino il colonnato della caserma.

"Sì, un convento domenicano. Qua a fianco c'è la chiesa di Santa Cita," indica col braccio uno dei due.

"Poi è stato un ospedale militare," aggiunge l'altro. L'uomo che somiglia a un monaco si toglie il cappello, quindi fa cenno ai finanzieri di proseguire. Non è più giovane, ma neanche vecchio come sembra. Sono il suo atteggiamento, le sue movenze compassate, a dargli molti anni in più di quelli che ha. Anche il suo accento è particolare. Toscano, ma non del tutto. In qualche piega della sua scarna parlata si annidano frammenti di sicilianità.

"Questa è la sua camera." Ai due uomini in divisa se n'è aggiunto un terzo, più grande sia d'età che di stazza, e con i gradi di generale. "Noi ci rendiamo perfettamente conto che è una sistemazione semplice, ma è provvisoria, giusto il tempo di..."

"Semplice," lo interrompe lui. "È la parola giusta. È una parola che mi piace," sorride nella luce fioca che arriva sull'uscio. Ha uno strano sorriso, molto dolce, che riesce però a trasmettere una certa decisione.

Accostato alla parete destra c'è un piccolo letto senza testiera, con candide lenzuola bianche ben stirate e un plaid grigio che arriva a metà lunghezza. A sinistra c'è un armadio di legno. Accanto all'armadio c'è un tavolino con una sedia, anch'essa di legno. Fra la parete destra, dove c'è il letto, e quella sinistra, dove c'è l'armadio, una piccola finestra, sottile e alta, dà sull'esterno della caserma. Da una parete all'altra ci sono al massimo due metri e mezzo.

"Già da domani, se vuole..."

"Starò benissimo qui," sorride di nuovo. "Vi ringrazio molto."

I due finanzieri che l'hanno portato in caserma lanciano un'occhiata discreta al generale.

"Bene, allora. Se non ha bisogno d'altro, le auguro una buonanotte," gli porge la mano, lui gliela stringe. Il generale fa qualche passo, poi si ferma e si volta verso l'ospite, che nel frattempo si è messo a guardare dalla piccola finestra.

"Siamo molto onorati di averla qui," gli dice per completare il rituale, come se prima si fosse scordato di questa formalità tutto sommato non indispensabile. Annuisce da solo, batte un tacco contro l'altro ed esce dalla stanza seguito dai suoi uomini.

Si chiama Antonino Caponnetto ed è nato sessantatré anni fa a Caltanissetta, ma ha trascorso quasi la sua intera vita tra Pistoia e Firenze. È per questo che la sua parlata, adesso, sa di forestiero.

Non hanno fatto molte storie, quando ha chiesto di prendere il posto di Rocco Chinnici. Nessuna resistenza particolare. Se Caponnetto vuole farsi ammazzare, vada pure. Con la nostra benedizione. E non sembra neanche che possa far danni particolari, per il tempo che comanderà l'Ufficio istruzione del Tribunale di Palermo. Il CSM è stato compatto come mai prima: ventotto voti favorevoli, tre astensioni, nessun contrario. Così Caponnetto, sostituto procuratore di Firenze, ha salutato la moglie, i figli e gli animali che pascolavano e razzolavano nel pezzetto di terra intorno a casa sua, è salito su un'auto di servizio e si è messo in viaggio verso Palermo. Delle sue cose, a parte lo stretto indispensabile, ha portato soltanto due libri. Adesso apre la valigia di pelle che i finanzieri gli hanno portato su in camera, li prende e li poggia sul comodino. Uno è *Alla ricerca del tempo perduto*, di Proust; l'altro racchiude le *Confessioni* di sant'Agostino.

Cappello e cappotto sono appesi all'attaccapanni dietro la porta. Caponnetto si sfila le scarpe e le ripone ordinatamente sotto il tavolino, poi si siede sul materasso. Per qualche attimo rimane così, con le mani in grembo a fissare l'anta dell'armadio. Ha la pelle chiarissima, di un pallore antico. Forse è questo a mettergli addosso molti più anni di quelli che ha.

A un tratto fa un lieve sospiro, prende dal comodino le *Confessioni* e le apre a una pagina che come moltissime altre è segnata in un angolo. Inizia a sussurrare. Solo tenendo l'orecchio accostato alle sue pallide labbra si capirebbe ciò che sta dicendo, le parole che sta pronunciando. Somiglia a una cantilena. Deve averle lette così tante volte che la pagina scritta rappresenta per lui, adesso, solamente un feticcio. E infatti ogni tanto alza lo sguardo dal libro e continua a leggere come se lo avesse ancora davanti agli occhi.

Legato alla carne inferma da una mortifera dolcezza, trascinavo la mia catena, paventando di esserne sciolto, e respingevo come da una piaga stuzzicata le parole del buon consiglio come la mano del liberatore...

La caserma è immersa in un silenzio irreale. La stanza del giudice non dev'essere diversa da quelle in cui un tempo dimoravano i frati. Anzi, è più che probabile che il suo perimetro e le sue stesse mura non siano affatto cambiate, intonacatura a parte. Solo una goccia, adesso, come un ticchettio lontano, accompagna il sussurro del giudice segnandone il passo. La camera è rischiarata dalla luce tenue di una lampada da tavolo collegata alla presa nel muro, verniciata anch'essa di bianco come la parete.

E allora dove sta il male, donde e per dove si è strisciato fin qui? Quale la sua radice, quale il suo seme? O forse non esiste nemmeno?

Quando sua moglie, in collera con lui per averlo saputo all'ultimo momento, gli ha domandato per quale ragione avesse fatto domanda per andare a Palermo, per quale dannato motivo avesse ritenuto di farsi trasferire proprio lì, nella città dove avevano appena ammazzato il capo dell'Ufficio istruzione e tanti altri fra poliziotti, carabinieri e rappresentanti delle istituzioni prima di lui, Nino le ha detto che dopo aver appreso della morte di Rocco Chinnici non era riuscito a trattenere "un impulso". Questo impulso, le ha detto, è stato preceduto da alcuni giorni di "sofferta meditazione" e di angosce che ha preferito risparmiarle.

Molti altri, invece, quell'impulso sono riusciti a trattenerlo. Tutte le domande inoltrate in precedenza sono state ritirate, e Nino è rimasto l'unico a presentarsi con il presidente del Tribunale dei minori. Alla fine l'ha spuntata lui.

La notte avvolge l'ex convento di Santa Cita. Nel silenzio, solo il ticchettio lontano e regolare di una goccia e un sussurro. Una voce flebile ma ostinata che senza saperlo rinnova un rituale. Domande e risposte che si fondono fra loro e che si alzano su, anche loro timide, ma anche loro ostinate, verso il cielo nero.

E quando volevamo indagare la ragione delle nostre sofferenze per l'amarezza che teneva dietro ad ogni nostra attività di vita mondana, per tua misericordia, non trovavamo che tenebre...

Ora anche la goccia ha smesso di cadere. C'è solo un sussurro, e un uomo seduto su un letto, la schiena curva e un libro fra le mani.

Ed allora volgendoci altrove tra i lamenti si diceva: "Fino a quando sarà così?"

23.
POCHI AMICI

Palermo, 1983

Anche Rocco Chinnici ha provveduto, a modo suo, a sistemare un piccolo ordigno prima di andarsene. Il capo dell'Ufficio istruzione aveva l'abitudine di appuntare in un diario – un'agenda succinta, di poche pagine – gli eventi che riteneva più significativi.

Il diario di Rocco svela la vita interiore di un uomo braccato da ogni lato. Dai mafiosi, da molti colleghi, dalla politica, dall'imprenditoria. Un uomo il cui carattere ferreo e altruista riusciva ad arginare, fintanto che era in vita, i suoi moti interiori. Ma ora che Rocco non c'è più, la scompostezza talvolta irrazionale di alcuni suoi pensieri, di alcuni suoi sospetti, non conosce argine. E anzi c'è chi lo tira per la giacchetta, quel diario, da un lato e dall'altro, usandolo come un'arma sfuggita al controllo del suo stesso creatore.

Ce n'è per tutti nel diario di Rocco. Perfino per Giovanni Falcone, reo di aver emesso dei provvedimenti senza prima averlo consultato, di aver portato alcuni fascicoli a casa sia in copia che in originale, di non aver condiviso alcune riflessioni. Il fatto è che Rocco, a quanto pare, annotava i dubbi, i contrasti, i sospetti ma non i momenti di chiarimento, che il più delle volte c'era e appianava ogni frizione. Questo, ora, fa del suo diario un generatore di attriti formidabile in mano a chi vuole creare scompiglio. Addirittura c'è chi lo usa per colpire questo o quell'altro magistrato, creando dissapori e inasprendo le tensioni che già abbondano, peraltro, in quello che la stampa ha iniziato a chiamare "il Palazzo dei veleni".

È questo il clima che accoglie Caponnetto al suo arrivo in tribunale, nel giorno del suo insediamento.

La cerimonia è pomposa e ridondante. Contrasta con la sobrietà dei tribunali toscani a cui il giudice è abituato. Così, ai numerosissimi presenti, dopo l'ennesimo discorso l'avvocato generale Carmelo Conti introduce Caponnetto dicendo che "su di lui è già stato detto molto".

"Forse troppo," lo interrompe Caponnetto. Qualcuno ride, ma quella del nuovo capo dell'Ufficio istruzione non voleva essere una battuta. È stanco e prostrato, Caponnetto. Dopo un lungo viaggio durante il quale l'auto blindata è andata in panne ed è stata fortunosamente sostituita, ha dormito poco e male nella sua stanza dentro la caserma Cangialosi, che fra l'altro gli è stata assegnata dalla guardia di finanza come sistemazione di riserva, visto che i carabinieri si sono rifiutati di ospitarlo se non per un breve periodo. Lui, d'altronde, si è "dimenticato" di un invito a pranzo ricevuto da alcuni ufficiali dei carabinieri, preferendo una tavolata allestita in suo onore dai colleghi magistrati in una villa privata.

Non solo. Appena prima che la cerimonia iniziasse, il consigliere aggiunto Marcantonio Motisi, incrociando Caponnetto nel corridoio, gli ha annunciato che avrebbe fatto ricorso contro la sua nomina. "Sai, con tutto il rispetto," ha detto, "non posso farne a meno. Per me è una questione di principio." Lui gli ha risposto con tutta calma che non si costituirà neanche in giudizio. Non gli metterà i bastoni fra le ruote, insomma. Se Motisi ritiene di avere più titoli, si accomodi pure.

Tutto si può dire, insomma, tranne che l'arrivo di Nino Caponnetto sia stato tranquillo. Ma lui, questo è certo, non si aspettava di venire a Palermo per riposare o per fare la bella vita.

Ora che finalmente le acque si sono un po' calmate, e la folla di toghe è sciamata lentamente verso gli uffici del tribunale, il giudice istruttore si avvia verso la propria stanza. Un giovane magistrato con i capelli a spazzola sgomita e cerca di stare sempre un passo davanti alla segretaria per accompagnarlo nella stanza del piano ammezzato.

"Allora..." esordisce la segretaria alzando un braccio verso la porta.

"Questo è l'ufficio che..." tenta ancora di sovrastarla, con eccesso di solerzia, il giovane con i capelli corti. Ma Caponnetto alza entrambe le mani.

"Grazie di tutto. Ora però vorrei restare un po' da solo."

"Ah," fa la segretaria. "Be'... d'accordo." Lei e l'altro si lanciano un'occhiata odiosa, poi si allontanano in direzioni opposte. Caponnetto gira la maniglia ed entra nell'ufficio che era di Rocco Chinnici.

Chiude la porta alle sue spalle senza voltarsi, tenendo gli occhi fissi sulla grossa scrivania in radica e sulla poltrona nera. Cammina fino al centro della stanza. Ruota lentamente, si guarda intorno. Vede i calendari celebrativi delle forze dell'ordine, trionfali e vagamente sciovinisti, appesi alla parete. Storce il naso, poi sorride, bonario. Si avvicina alla scrivania, tende una mano per toccarla, ma appena prima che i polpastrelli si posino sul ripiano di legno la ritrae. Rimane così, in piedi, a guardarsi intorno, per una manciata di minuti. Dall'ammezzato si vede la strada, e dalla strada si vede l'ufficio. L'ampio vetro sulla parete esterna dovrebbe essere antiproiettile, ma con un'autobomba parcheggiata lì sotto non servirebbe a molto.

Caponnetto sospira e si volta nuovamente verso la scrivania. I capelli bianchi, radi ai lati della testa, brillano come neve al sole. Ha il volto stanco. Vorrebbe riposarsi, ma sa che né adesso né per molto tempo a venire potrà concederselo. L'accoglienza che ha ricevuto è un manifesto programmatico di ciò che accadrà.

Sopra la scrivania c'è un mucchio di carte e telegrammi che la segretaria ha messo lì per lui. Afferra un bracciolo della poltrona, ed è la prima cosa che – non senza aver dovuto vincere un'iniziale resistenza – tocca all'interno dell'ufficio.

"Rocco," dice così, senza alcun motivo. Prende alcuni telegrammi, li sfoglia senza aprirli. Sono tutti messaggi di felicitazioni per l'insediamento. Ne trova uno dell'alto commissario per la lotta alla mafia, Emanuele De Francesco. Lo apre.

Il commissario, con poche frasi stringate, si congratula per la nomina, poi scrive: "Le auguro successo." Qui, però, c'è qualcosa che non va. A Caponnetto salta il cuore in gola. Un brivido lo scuote dalla testa ai piedi. Sopra la parola "successo" è stata applicata una strisciolina di carta gommata con la parola "occiso". Il telegramma di De Francesco si conclude quindi con la frase: "Le auguro occiso." Il giudice deglutisce un paio di volte. Si alza per consegnarlo alla segretaria e chiederle di trasmetterlo al procuratore capo, ma poi torna a sedersi. Forse è meglio dare un'occhiata anche alle altre lettere. E fa bene, perché avrebbe dovuto tornarci almeno due volte, dalla segretaria. Antonino Faro, Vincenzo Andraus e Cesare Chiti, i "killer delle carceri" che hanno ammazzato diversi detenuti nella prigione sarda di Badu 'e Carros, minacciano di fare lo stesso con lui al più presto.

"Non ci dare peso, sono abituati a scrivere lettere di questo tipo." Il procuratore Vincenzo Pajno è un uomo smilzo con i capelli pettinati all'indietro, il volto felino, un po' scavato, e le orecchie grandi. È seduto di fronte a Caponnetto nell'ufficio che era di Chinnici. Il nuovo capo dell'Ufficio istruzione ha uno sguardo mesto. Chi dovesse vederlo adesso lo definirebbe triste, al massimo in apprensione, ma non preoccupato. Ha gli occhi che avrebbe un nonno se la sua nipotina fosse appena caduta sbucciandosi un ginocchio. Si rigira fra le mani il telegramma manomesso e la lettera dei tre killer delle carceri.

"Fra l'altro queste lettere hanno uno scopo preciso: far cominciare un procedimento a carico degli autori per farli trasferire in altre carceri, dove magari vogliono ammazzare qualcun altro. Questi detenuti seguono piani tortuosi. Se vuoi un mio consiglio: non assecondarli."

Caponnetto solleva un sopracciglio. Annuisce, muto, e posa le lettere sulla scrivania. Poi però le riprende. Le osserva e sospira.

"Ignorala completamente, quella lettera."

"Va bene."

"E riguardo all'altra... Ho fatto fare dei controlli. È tutto chiarito, non vale neanche la pena di mandare gli atti a Caltanissetta. Stai tranquillo. È tutto normale. Tutto regolare."

"È tutto... regolare?" Caponnetto aggrotta la fronte. Non riesce a capire come possa essere "regolare" che un giudice appena insediatosi riceva lettere di minacce da tre delinquenti che vengono definiti i "boia delle carceri" e che qualcuno, probabilmente, si sia introdotto in tribunale modificando un telegramma dell'alto commissario per la lotta alla mafia destinato a lui. Il punto è che Pajno, purtroppo, ha assolutamente ragione.

È tutto normale: cioè, rientra nella norma.

È tutto regolare: cioè, rientra nella regola.

È sera, quando il giudice torna nella sua stanza dentro la caserma Cangialosi. Il cielo è di un nero limpido. Dalla piccola finestra si riescono a vedere alcuni raggruppamenti di stelle che, pur non conoscendole, Caponnetto intuisce essere costellazioni. Sul comodino, di fianco al cuscino con la federa rossa e bianca, lo attendono ancora le *Confessioni* di sant'Agostino, aperte a metà e poggiate alla rovescia, e la *Recherche* di Proust con diversi ritagli di carta che fanno da segnalibro. Il giudice ha sistemato le poche cose che tiene sul tavolo accostato al muro e si è messo alla finestra. Aspetta un amico. Si conoscono poco, non si sono mai visti, e non si può dire che l'altro nutra una spiccata fede nella religione, ma c'è qualcosa che li lega. Così Nino lo aspetta come si aspettano le persone speciali: sgombrando la mente. Popolandola con il silenzio.

Falcone arriva trafelato e sorridente. È esattamente come appare nelle foto sui giornali. Nino non saprebbe descrivere bene cos'è, ma c'è un'ombra che lo accompagna, o forse una barriera, una sottile paratia fra lui e il mondo esterno che impedisce ai suoi pensieri di debordare inondando tutto. Il primo aggettivo a cui pensa, mentre gli stringe la mano, è "contenuto". Giovanni, in giro per interrogatori, non ha partecipato alla cerimonia d'insediamento e neppure al pranzo in villa. È adesso che si vedono per la prima volta.

"Perdona la sistemazione frugale," dice Nino.

"La frugalità non va mica perdonata."

È anche sicuro di sé, Falcone. L'esposizione mediatica che sta avendo grazie ai processi per mafia gli dà una consapevolezza diversa rispetto alla gran parte dei suoi colleghi, più timorosi e dimessi.

"Le *Confessioni*," dice guardando il comodino.

"È il mio libro preferito. Il tuo qual è?"

"Abbiamo gusti diversi," sorride scostando dal tavolo una delle due sedie. Nino prende l'altra.

"Vale a dire?"

"*Raccolto rosso*, Dashiell Hammett."

"Non conosco."

"Un poliziesco. L'hanno pubblicato come *Piombo e sangue*."

"No, non conosco. Purtroppo non posso offrirti molto... vuoi..."

"Sono a posto, no problem. Com'è andato l'insediamento?"

"Be'... direi che possiamo passare ad altro," ride. "Ti ringrazio ancora per oggi, sei stato gentile."

Non si sono mai visti, ma si sono sentiti al telefono. Giovanni l'ha chiamato, appena saputo della nomina, per congratularsi e per dirgli di sbrigarsi. "'Greco Michele + 161' deve andare avanti," gli ha detto. "Dalla morte di Rocco si è tutto arenato, e non ce lo possiamo permettere." Caponnetto lo sa bene, che non possono permetterselo, e ha avuto un'idea: perché non replicare il sistema del pool, che ha già funzionato nelle indagini antiterrorismo, applicandolo ai processi per mafia?

Nino e Giovanni parlano senza guardarsi, entrambi seduti al tavolo, perché nel frattempo stanno appuntando nomi e informazioni su due grossi quaderni a righe.

"Voglio Di Lello. L'ho ascoltato in un paio di convegni e sono rimasto affascinato. Chinnici era molto saggio. Ci aveva visto lungo."

"Già," sospira Falcone.

"Anche per gli altri. Guarnotta è il più anziano, ha più esperienza di tutti. E poi ha una preparazione giuridica incredibile."

"Sono d'accordo."

"Poi ci sei tu, che... Insomma, prendiamo la squadra di Chinnici, grosso modo, e ne facciamo un pool. Ora bisogna fare il provvedimento, però." Giovanni sospira, prende il sigaro che ha poggiato nel portacenere di fianco al quaderno e tira una boccata. "Non sarà semplice. Qui niente è semplice."

"Mi aiuteranno Caselli e Imposimato. Mi faccio mandare i provvedimenti che hanno usato loro per i processi antiterrorismo e ne faccio uno uguale."

"C'è la storia dell'ufficio monocratico..."

"Sì, sì..." Nino fa un gesto con le sue mani bianche e sottili. Le dita nodose si agitano nell'aria come fuscelli scossi dal vento. "Ascolta, funziona così," gli afferra un polso. Giovanni, istintivamente, si irrigidisce, pentendosi subito per questa piccola e involontaria dimostrazione di diffidenza. Nino percepisce la sua ritrosia e con la stessa mano torna ad afferrare la penna picchiettandola sul tavolo.

"Io assegno il procedimento a me stesso, d'accordo? Così rispetto la monocraticità del giudice istruttore, l'ufficio giudiziario resta composto da una sola persona che decide. Continuo ad avere la guida, insomma. Solo, vista la complessità del procedimento, gli innumerevoli atti che bisognerà scrivere, eccetera eccetera, delego la responsabilità dei singoli atti a quattro magistrati miei collaboratori di cui ho piena fiducia." Nino accompagna ogni frase con un movimento della penna. La punta picchietta sul foglio come a voler mettere un punto fermo a ogni considerazione. Ce n'è bisogno, di punti fermi. Ce n'è così tanto bisogno che adesso sopra la pagina c'è una costellazione simile a quelle che risplendono su nel cielo, dietro la piccola finestra.

"So già che qualcuno farà storie, è più che probabile."

"Sì, è molto probabile."

"Ma alla fine terrà."

"Nino, c'è un'altra cosa che volevo dirti. Per il pool. Credo che dovresti recuperare anche Paolo Borsellino."

Caponnetto stringe gli occhi. Si toglie gli occhiali e li poggia sul tavolo.

"*Recuperare?* In che senso?"

"Sai, dopo le indagini sull'omicidio del capitano Emanuele Basile è stato un po', come dire: messo da parte. Sta facendo solo roba di routine."

"E come mai?"

"Ah..." Giovanni alza le mani. "Si sente avvilito. Di fatto è stato escluso da tutti i processi di mafia. Ma il punto non è neanche che si sente avvilito, l'ingiustizia o che. Il punto è che stiamo parlando di un magistrato di primo piano."

"Lo so."

"Siamo cresciuti assieme, è un uomo di grande valore. Potrebbe svolgere un ruolo di rilievo, non credi?"

Nino si gratta una tempia. "In effetti ci avevo pensato. E ora che me lo dici anche tu..."

"Sì, te lo dico anche io. Assolutamente."

"D'accordo. Allora: Falcone, Di Lello, Guarnotta e Borsellino." Segnano l'ultimo nome nell'elenco sui loro quaderni, quindi posano le penne e si stringono la mano.

Poi restano in silenzio per diverso tempo, sfogliando ognuno i propri appunti. Quando il sigaro, dopo aver sparso nella cameretta il suo serpentello di fumo grigio, arriva a essere solo un tocchetto, Giovanni lo spegne. Si alza, raccoglie la sua borsa dal pavimento e senza un motivo sussurra a mezza voce, quasi come una confessione: "Guarda, Nino, io lo so cosa volevi dire prima."

"Quando?"

"Prima, prima..." agita una mano, "quando hai detto dell'arrivo, dell'insediamento."

"Non ho detto niente."

"Lo so. Però ho capito quello che volevi dire. Io ormai posso contare solo su pochi amici. Paolo, per esempio, è uno di questi. E sarà lo stesso per te. Potremo contare solo su pochi amici."

Caponnetto non risponde nulla. Lo guarda uscire, gli chiude piano la porta alle spalle e va a sedersi sul materasso.

Che posto strano, riflette. A Firenze, a un saluto d'insediamento partecipano cinque o sei persone. Qui si organizzano grandi cerimonie, sontuose tavolate. Poi, però, devi guardarti le spalle da quello della porta accanto.

24.
AVANTI

Palermo, 1983

È stato ingenuo, da parte sua, credere che il vespaio dentro cui si è cacciato gli portasse via soltanto la gioia; che gli tappasse gli occhi sui piccoli interstizi di felicità garantiti a ognuno, perfino ai più disgraziati. Il punto è che adesso il discorso è cambiato. Ora Giovanni si rende conto che perfino il dolore non è quello che dovrebbe essere. Perfino le ferite non sono più vere ferite, profonde, sanguinanti, che squarciano la pelle e che poi, però, un poco alla volta si rimarginano. Sono piuttosto piccole e fastidiose piaghe purulente appena sotto la pelle, lesioni non mortali ma che durano e si perpetuano per l'eternità.

Avrebbe voluto piangere quando Rocco è morto. Esplodere in un pianto torrenziale di fronte al suo corpo martoriato, o nella camera ardente allestita dentro il tribunale. E invece no. Non c'era. In quel momento, quand'è arrivata la telefonata che annunciava la morte di Rocco, Giovanni era a Bangkok per interrogare Koh Bak Kin, un pezzo grosso del narcotraffico cinese venuto in soccorso delle cosche siciliane una volta scoperte e chiuse le raffinerie di Palermo. Il dolore gli si è fermato in gola. L'ha investito, senza trapassarlo. Come una pallottola che ti entra in corpo: sul suo corpo, però, c'è solo un foro d'entrata. Quel piombo è destinato a rimanergli dentro.

È questo che sta diventando la sua vita: assenza. Mentre la sua immagine compare sempre più spesso sui giornali, scompare da lui. È assente a se stessa. È assente dai luoghi, è assente alla gioia, ed è assente anche al dolore. Soffrire in contumacia, soffrire a metà. Soffrire per sempre.

Dov'è finito il giudice che faceva baldoria nei locali e che brillava nelle notti trapanesi come un astro nascente? Forse quell'astro, una volta nato, una volta cresciuto, segue anche lui il ciclo che si comanda alle stelle? Sarebbe logico, dopotutto. Se è vero che il grosso della luce giunge all'occhio umano quando una stella è già esplosa da tempo, allora tutto quadra. Ciò che la gente vede sui giornali, il protagonismo di cui molti lo accusano, l'immagine fiera di un magistrato nel pieno della sua carriera, di un paladino antimafia, non sono altro che il bagliore di una stella scomparsa.

"Ho beccato qua sotto Ciccio La Licata." Giovanni si batte una mano sulla fronte e sibila una mezza bestemmia.

"Tranquillo, gli ho detto 'no comment'. Gli ho detto pure che se ne doveva andare perché né io né tu abbiamo tempo. Però sapeva già tutto, sicuro al cento per cento. Ma come minchia fa?"

"Lo vorrei sapere anch'io. Sai quante volte gliel'ho chiesto? Uuuh!"

"Vabbè, fa il suo mestiere."

"Lo fa bene, purtroppo. Ogni volta che pubblica una notizia sul *Giornale di Sicilia* gli chiedo le sue fonti, ogni volta mi dice 'segreto professionale'. Ho interrogato più lui dei mafiosi di Villagrazia. Che devo fare?"

"E che vuoi fare? Niente." Ninni Cassarà indossa una giacca di velluto a coste. Ha lo sguardo vivace e i capelli neri, luccicanti, ordinati con la brillantina in una piega verso destra. Prende una delle due tazzine di caffè che stanno sulla scrivania e la alza come se volesse brindare. Giovanni prende la sua. Bevono il caffè, poi si accendono entrambi una sigaretta.

"Allora," fa Ninni a bassa voce, "questo Caponnetto?"

Giovanni sorride.

"È più duro di quello che sembra."

"Questo vuol dire che andiamo avanti?"

"Certo che andiamo avanti. *Dobbiamo* andare avanti." Prende la tazzina e la capovolge completamente, guardando verso il soffitto, per l'ultimo sorso di caffè. Resta in silenzio per qualche attimo. Fra loro due si spande una densa nebbia di fumo grigio.

"Io..." si ferma. Guarda la finestra, fa un altro tiro di sigaretta. "Io non lo so se Rocco ha avuto il tempo di pensare qualcosa, prima di..."

"Sì," lo interrompe Ninni.

"Per certi versi spero di no, che se ne sia andato senza neanche accorgersene. Senza dolore."

"È possibile."

"Per altri però spero di sì. Perché se così è stato, se ha avuto ancora un attimo di lucidità, se ha avuto il tempo di pensare a qualcosa, oltre che ad Agata, a Caterina, Giovanni, Elvira... Se ha avuto il tempo di pensare alla sua vita, che era il suo lavoro, no? La sua vita era il suo lavoro..."

"Certo."

"Se ha pensato al suo lavoro, al *nostro* lavoro, allora ha anche pensato che tutto quello che ha fatto, il tempo che ha speso, il sacrificio... Avrà pensato che tutto questo sarebbe andato avanti grazie a noi, e magari che la sua morte ci avrebbe dato un motivo in più per andare avanti. Forse per lui è stata una consolazione, cioè forse non proprio una consolazione, però..."

"Minchia..." Ninni guarda anche lui la finestra. Adesso parlano senza guardarsi. I loro volti sono investiti in pieno dalla luce di mezzogiorno, ma nonostante ciò sono scuri. "Giova', qua è diventata una staffetta. Ognuno fa un po' di strada, passa le carte al prossimo e se ne va al Creatore. Capisci la follia?"

Falcone apre una cartellina che ha davanti a sé, ci infila un paio di fogli timbrati e firmati, la richiude. Spegne la sigaretta nel portacenere.

"No."

Ninni spegne anche lui la cicca.

"E allora fuoco alle polveri. Come ti senti, Giova'?"

"Be'... Come ti senti tu? 'Greco Michele + 161' è roba tua. Tua e di Lillo."

Non è modestia, quella di Falcone. Il lavoro investigativo che sta dietro al faldone poggiato adesso sopra uno sgabello accostato alla scrivania è impressionante. Ci sono giornate e nottate di pedinamenti, informazioni confidenziali, verbali e fotografie. E c'è la vita di Lillo, l'agente di polizia Calogero Zucchetto, che ha battuto le borgate di Palermo in lungo e in largo con il suo motorino, o con la Vespa di Cassarà, a caccia di latitanti. È stato proprio Lillo a ottenere il primo contatto con Totuccio Contorno, poi trasformatosi nella fonte confidenziale Prima luce. Ed è stato sempre Lillo, esperto di ogni strada e di ogni vicolo – Lillo che conosceva killer, picciotti e latitanti uno per uno, 'nciuria pè 'nciuria, volto per volto, ed era capace di stanarli ovunque; Lillo che passava nottate intere nelle discoteche e nelle paninerie, dentro le sale da biliardo, con l'orecchio teso e le antenne drizzate; Lillo che aveva informatori nel giro della prostituzione, delle scommesse, perfino nel mercato ortofrutticolo –, a cadere sotto i colpi dei sicari il 14 novembre scorso in via Notarbartolo, la stessa strada in cui abita Giovanni. All'età di ventisette anni, Lillo è stato abbattuto davanti al bar Collica con cinque colpi di pistola alla testa.

Ninni abbassa lo sguardo sulle proprie ginocchia. Giovanni si pente di aver tirato in ballo il giovane collega. La ferita è ancora troppo fresca. Ma in fondo lo sarà sempre, come per lui quella lasciata da Rocco. Ninni e Giovanni potrebbero allestire un piccolo cimitero personale solo con le tombe di amici e colleghi.

Il rapporto "Greco Michele + 161" è un'enciclopedia della mafia siciliana, e non soltanto. Al suo interno c'è tutto: l'organigramma delle famiglie palermitane, l'ascesa dei corleonesi durante la guerra di mafia iniziata due anni fa, gli omicidi, le alleanze.

Nel dossier – della cui esistenza i mafiosi, grazie ad alcune soffiate partite dal tribunale, sono già al corrente – compare per la prima volta la figura di Michele Greco, il Papa, come elemento cardine intorno a cui ruotano le cosche. Ci sono i nomi di Liggio, Riina e Provenzano. Soprattutto, dal rapporto di Cassarà e Zucchetto, su cui stava lavorando Rocco Chinnici prima di essere ammazzato, emerge un quadro mafioso del tutto inedito che è la riprova di ciò che Chinnici sosteneva con fermezza: la mafia non è un'accozzaglia di cellule slegate fra loro. La sua composizione non è frammentaria. I fatti e le dinamiche che ne condizionano l'evoluzione non sono casuali. Esiste uno schema, c'è una regia. Ed esistono obiettivi ben precisi.

"Non lo so," Ninni si batte le mani sulle cosce. "Ci stiamo preparando a questo da quanto?"

"Da sempre. Hai detto bene: è una staffetta."

"Da sempre. Esatto. Ho solo paura che qualcosa non funzioni."

"Io sono fiducioso. Tutte le staffette prima o poi finiscono."

"Eh, sì. Bisogna vedere come."

"Be'... Se non procediamo non lo sapremo mai."

"E allora sfondiamo quella porta."

"Sfondiamo quella porta." Giovanni prende la cornetta del telefono e compone un numero.

25.
DON MASINO

San Paolo (Brasile), 1983

Si sente un vigliacco, don Masino Buscetta, a starsene qui mentre il Corto si lascia dietro una scia di morti scannati, sciolti nell'acido, bruciati vivi, che si chiamano Inzerillo, Bontate, e pure Buscetta, come lui. Si sente un vigliacco, ma almeno è un vigliacco che ha il sedere poggiato su una sdraio e i piedi sul bordo di una balconata sotto la quale si spalanca il panorama di San Paolo del Brasile.

Non lo ammetterebbe mai, ma se sei l'ultimo di diciassette fratelli ci fai un po' l'abitudine a vederne cadere qualcuno. Diventa un po' più tollerabile. Soltanto un po', ma è *un po'* che ti permette di fare le valigie, dire una preghiera a santa Rosalia per tutti quelli che saranno abbastanza coraggiosi o abbastanza scemi da mettersi contro il Corto, e sparire.

L'ha guardato negli occhi, lui, 'u zu Totò. E ha capito che non valeva neanche la pena di caricare la pistola e infilarsi in un'auto blindata, nascondersi in una masseria, cambiare città. Niente.

Magari, se di cognome non fai Inzerillo, Contorno, Bontate o Buscetta, puoi giurargli eterna fedeltà e sperare che non colga mai nei tuoi occhi qualcosa di sbagliato, qualcosa che non gli piace o che gli suggerisca strane associazioni, che non ti inviti mai nella sua villa a saziarti di pasta con le sarde e di arancine per poi strangolarti con le sue mani nude. Ma se hai il cognome sbagliato, allora non c'è storia.

Il Corto ha ordinato di ammazzarli tutti, fino al ventesimo grado di parentela, perché "di loro neppure il seme deve restare". Vuole prendersi tutto, a ogni costo e senza compromessi. E di seme col marchio Buscetta, in giro ce n'è parecchio. Quindi Tommaso, ultimo di diciassette figli, ha fatto solo il necessario perché l'ultimo cadavere sfigurato dai proiettili in una strada di Palermo non fosse il suo. Nulla di più e nulla di meno. Mentre i suoi figli vengono rapiti, torturati, uccisi, bruciati; mentre suo genero Giuseppe viene preso a pistolettate dentro una pizzeria insieme ai cugini Antonio e Orazio, mentre suo fratello Vincenzo e suo nipote Benny sono massacrati dai picciotti del Corto, Roberto – o meglio, Paolo Roberto Felici – se ne sta nella casa di San Paolo con la sua terza moglie, Cristina De Almeida Guimarães, e i tre figli a sorseggiare caipirinha fra un ricevimento e l'altro, circondato da politici e uomini d'affari, muovendo grossi capitali d'investimento ed enormi carichi di droga.

Sedici suoi parenti sono caduti sotto i colpi di Totò Riina. Sedici. Ma lui è ancora vivo.

Se solo il Corto avesse una vaga idea di dove si trova, Masino ne è sicuro, per le strade di San Paolo sfilerebbero carri armati e uomini armati di bazooka. Nessuno sarebbe in grado di proteggerlo.

Finora, però, non l'ha saputo. Hanno voglia di insistere, i cugini Salvo, per farlo ritornare a Palermo.

"Meu amor..." Cristina lo dice ogni volta che gli giunge alle spalle, come adesso. È una piccola cautela che lui le ha chiesto di adottare. Il tempo scorre dolcemente, a San Paolo, le belle giornate rischiano di ubriacarti, e un uomo ubriaco è un uomo distratto. Cristina gli poggia una mano sulla spalla e guarda anche lei il panorama. Tommaso poggia la propria mano su quella della sua terza moglie, la accarezza e poi la stringe.

"Papà domani dà una festa."

"Un'altra?"

"Piccolina," sorride lei unendo il pollice e l'indice, "per pochi amici." Ha un sorriso che starebbe bene sulla copertina di *Vogue*, Cristina. Il viso grazioso come quello di una bambolina. Solo l'espressione, ogni tanto, ricorda altre e più severe latitudini: in certi momenti, quando nessuno – o quasi nessuno – la vede, le labbra le si stirano in una posa più aspra, da nordeuropea. Adesso però sono dolci come un brigadeiro al cioccolato.

Il padre di Cristina è un avvocato, ma non uno qualsiasi. Assiste i pezzi da novanta. Così, oltre a incassare laute parcelle, gode anche del loro rispetto. Lei e Tommaso fanno la spola fra un salotto e l'altro – quando non sono loro a ospitare cene e cocktail in terrazza – e questo, soprattutto nel primo periodo, ha fatto comodo a don Masino. C'è tanta gente interessata a investire capitali per avere in cambio una fetta di torta. Gente che magari non ha mai visto un grammo di polverina in tutta la sua vita, ma che possiede il danaro per spostarla da un angolo all'altro del pianeta ricavandone ottimi profitti. Sono veri e propri azionisti, portano sempre la cravatta, e qualche volta addirittura il papillon.

"Perché sei preoccupato?"

"Io?"

Cristina finge di guardarsi intorno, poi sorride. Non c'è nessun altro nei paraggi.

"Io non sono preoccupato." Masino fa un gesto con la mano, liquidando come una sciocchezza la domanda di sua moglie.

"Sì," insiste lei. Gli accarezza la nuca e inclina la testa, poggiando una guancia sopra la sua folta capigliatura corvina.

"Leo dove sta?"

"Non cambiare discorso. Leo si è steso, gli ho chiesto se voleva un caffè ma ha detto di no. Está cansado, ieri avete fatto tardi. Ora però dimmi: perché sei preoccupato?"

"Uff... E va bene," spalanca le braccia. "Sono un po' preoccupato."

"Hai visto? Chi ti conosce meglio di me?" Lui le sorride.

"Allora? Chi?"

"Nessuno."

"Esatto."

Masino prende il grosso sigaro fumato a metà che sta sopra il tavolino basso alla destra della sdraio, lo accende e tira un paio di boccate.

"A casa, amor," dice sbuffando una nuvola di fumo denso e pungente. "A casa sta succedendo l'inferno."

"E tu non puoi sistemarlo? Tu sistemi sempre tutto."

"Eh... Stavolta no, minha querida. Stavolta no."

"Non ci credo."

"Stavolta no."

"Ti posso aiutare io?"

Masino esplode in una risata, poi tossisce per il fumo del sigaro che gli è andato di traverso. Ha gli occhi lucidi e due lacrime che gli rigano il volto. Cristina s'irrigidisce e lo guarda in cagnesco.

"Ma no, amor, non volevo dire che... Tu sei fantastica," le accarezza una guancia, "maravilhosa, però... Nessuno può."

"E allora spiegami."

Masino guarda davanti a sé. A San Paolo i grattacieli spuntano come funghi e svettano più alti delle favelas, molto più alti. San Paolo è una città che prova a raccontare ciò che non è, mostra i suoi grattacieli, li ostenta, mentre i canti disperati di una legione di reietti si levano da terra e ammorbano l'aria alle basse quote. È difficile ascoltarli, per chi sta ai piani alti. I palazzi moderni e slanciati, le costruzioni nuove di zecca, segno del progresso, fanno più rumore. Ecco, San Paolo copre i lamenti della propria gente con la voce grossa dei suoi guardiani di cemento, tutori dell'apparenza; il Mirante do Vale, centosettanta metri d'altezza, l'Edifício Itália, centosessantacinque, l'Altino Arantes, centosessantuno. È in questo modo che prova a raccontare ciò che non è. Un po' come fa Masino.

"Sai che significava nel 1943, a Corleone, avere tre ettari di terreno? Significava avere *qualcosa*. Poca roba, pochissima, ma comunque *qualcosa*. Significava che per una vita ti eri scorticato le gambe in mezzo ai campi, ti eri cotto la faccia sotto al sole, ti eri spezzato la schiena... E ora che avevi questi tre ettari di terreno, la tua famiglia poteva mangiare una volta al giorno. È poco, o no? Uma coisinha de nada. Però... però è qualcosa. Io lo so quanto vale la sicurezza di un piatto a tavola una volta al giorno. Anzi, io so che cosa vuol dire non averlo, quel piatto a tavola una volta al giorno. Io sono l'ultimo di diciassette figli, mio padre vendeva il vetro... Lo stomaco mi brontolava così spesso che quando non lo sentivo fare *glu glu glu* mi preoccupavo. Noi la fame ce la siamo dimenticata, per noi oggi mangiare è automatico come respirare. Ma se qualcuno ti dicesse che respirare non è automatico, che te lo devi guadagnare? Come ti sentiresti? Te lo dico io: avresti paura. La fame ti spaventa. Ti fa tremare le gambe. E quindi vale molto, quel piatto a tavola una volta al giorno, quella sicurezza. Vale moltissimo. Per uno che è cresciuto con due tumuli di terra a Marabino, con le mosche che gli facevano *bzzz* nelle orecchie tutta la giornata e due cani bastardi più magri di Gesù Cristo che almeno loro – almeno loro! – potevano mangiarsi le carogne in mezzo ai campi, vale tutto. Vale proprio tutto.

"Giovanni Riina era questo, era uno che stava sempre piegato in mezzo ai campi e che aveva messo da parte con la fatica, il sudore, e pure ogni tanto qualche prepotenza, tre ettari di terreno. Sua moglie e i suoi figli, Totò, Gaetano e Francesco, dipendevano da lui. Come me e mia madre e i miei fratelli, uguale, solo che noi almeno stavamo a Palermo, non in mezzo a quel cazzo di niente che è Corleone.

"E comunque, un giorno che era l'11 settembre del 1943, che a Corleone se lo ricordano tutti, Giovanni Riina aveva trovato nella terra una bomba degli americani e un proiettile di cannone. Totò, che pure se era corto era il più grande e il più robusto, si fece aiutare da Gaetano e Francesco per caricare tutto sul carretto.

Il padre guidò il carretto col mulo fino a casa e disinnescò facile facile, in mezzo alla strada, la bomba degli americani. Si prese la polvere da sparo che gli serviva per la scupetta, o rifle, e il ferro che voleva usare per aggiustare gli attrezzi, visto che in giro se ne trovava poco e costava molto. Poi, quando prese il proiettile di cannone e tutti credevano che era vuoto, gli diede una botta con una grossa pietra e quello esplose. Dicono che gli intestini di Giovanni li trovarono fuori dalla porta di casa. Francesco, il figlio più piccolo, fece pure lui una brutta fine. Gaetano rimase sfregiato sul collo e sulla faccia, e le schegge del proiettile gli entrarono anche nella gamba. Neanche il mulo che portava il carretto si salvò. Pure lui morto. Soltanto uno non si fece neanche un graffio: Totò. Però, vedi, era successa una cosa. Totò 'u Curtu aveva visto saltare tutto in aria in... in quanto? Un decimo? Un millesimo di secondo? Tutto. Il padre, il fratello, il mulo, il piatto a tavola una volta al giorno. A dodici anni Totò aveva imparato che tutto può saltare in aria da un momento all'altro, così, *puff*... e boa noite. E uno che impara questa cosa così presto... uno come lui, che già ha una certa predisposizione, diciamo... cosa può pensare? Che se tutto può fare *puff* da un momento all'altro, allora bisogna prendersi tutto quello che si può prendere, e senza aspettare, senza parlare troppo, senza perdere tempo. Che gli vuoi insegnare, la diplomazia, a uno che gli è saltata in aria la famiglia davanti agli occhi?

"Però Totò era anche intelligente. *Molto* intelligente, Totò. Prima si è messo a fare il cagnolino di Michele Navarra, 'u dutturi. Lo chiamavano così perché faceva il dottore. Entende? Il medico del paese era pure il capo mafioso. Totò faceva il suo cagnolino, stavano sempre con la testa bassa, lui e i suoi amici Binnu Provenzano e Lucianeddu, gente che strappava le erbacce dai campi, ladri di bestiame... Ed è questo che l'ha sempre salvato, al Corto, che la gente di Palermo l'ha sempre visto come un viddanu, un contadino mezzo scemo e alto come una pecora.

Pure quando lui e i suoi amici hanno ammazzato il loro 'padre', 'u dutturi, e pure quando si è capito che si stava allargando un poco alla volta fuori da Corleone, con le sue aziende e tutto quanto, a Palermo dicevano: 'Ma sì, ma lascialo stare, quando vediamo che ci dà troppo fastidio l'astutamu facile facile.' E lui ci giocava, su questo. Se doveva chiedere una cosa ai pezzi grossi, il Corto lo faceva como um cachorro, un cagnolino bastardo. Abbassava la testa e diceva: 'Non lo chiedo per me, ma per tutti i picciotti che sunnu 'ncarcerati, per le loro famiglie che devono tanto patire per questa Cosa nostra...' E così gli davano due uomini da un mandamento, uno da un altro, un altro da un altro ancora... E pure quando si era canziato, quando era finito latitante perché aveva scannato un po' troppi cristiani con quelle sue mani da contadino, che si era già fatto la galera e non ci voleva ritornare, pure quando era latitante, ti dicevo, a 'u zu Totò le famiglie di Palermo gli davano gli uomini di protezione. E lui... vuoi sapere che faceva? Ringraziava, ringraziava sempre tantissimo, con la testa abbassata. Poi se li chiamava in disparte, gli uomini che gli avevano dato, se li chiamava zittu zittu e gli diceva: 'Senti, io voglio fare questo e quell'altro, un giorno io sarò il capo e se tu stai con me avrai questo e quest'altro.' E così, un poco alla volta, come una serpe, mettendoli uno contro l'altro, mettendo i servi contro i loro padroni, facendo il comunista della malavita, è diventato sempre più forte. Ma era una parte, era solo una parte! Succedeva che ammazzava a uno senza chiedere il permesso, di testa sua, perché la testa gli aveva detto che forse era un infame o che l'aveva guardato male, e quelli di Palermo dicevano: 'Ma lascialo stare, non ce li mettiamo contro 'sti quattro viddani, che sempre comodo ci possono fare...' E quando è diventato abbastanza forte, quando i viddani hanno avuto abbastanza uomini, e questi uomini gli erano abbastanza fedeli, pieni di piccioli e di paura del Corto, sono stati loro a mettersi contro i palermitani.

"Totò 'u Curtu, Binnu Provenzano e Luciano Liggio. Stanno facendo l'inferno in terra, meu amor. E non li ferma più nessuno. Il Corto farà saltare in aria tutto e tutti, mafiosi, sbirri, magistrati... com'è successo alla sua famiglia. Il mondo per quello lì è uma piñata da spaccare per fare uscire fuori tutti i soldi."

"E tu non lo puoi fermare?"

"Ah ah ah... No, querida, no. Nessuno può, è quello che stavo provando a spiegare anche a Leo. E nessuno vuole."

"Eh?! Nessuno vuole fermare uno che sta facendo tutto quest..."

"Che è successo?!"

"No... não sei..."

"La porta!"

L'elegante ingresso della villa di Buscetta sembra il foyer di un teatro, con una larga scala di marmo che si arrampica sulla parete di fondo e una serie di personaggi in uniforme sparsi qua e là, vestiti di tutto punto per la pièce. Che però non è una pièce. Tutt'altro. La porta è ancora spalancata, uno dei cardini è rotto, dall'esterno entra un sole accecante. Una quarantina di agenti circondano la villa. È incredibile come siano arrivati fin lì senza fare il minimo rumore.

"*Buschetta Tomaso*, mi faccia vedere i documenti. Quelli veri. Non perdiamo tempo."

"Ve l'ho detto, mi chiamo Paolo Roberto Felici e i miei documenti sono quelli che avete in mano, deve esserci un errore."

"Nessun errore, signor *Buschetta*, questo è un mandato per perquisire la sua casa..."

Cristina stringe a sé i due figli, un maschio e una femmina, che la guardano terrorizzati. Non capiscono cosa stia accadendo. Non ne hanno la più pallida idea. Lei gli accarezza distrattamente la testa, ma fissa Masino e gli agenti. A un tratto si ricorda di qualcosa e il terrore le si dipinge sul volto. Fa un mezzo passo, poi si ferma.

Leo.

Starà ancora dormendo in camera da letto. Anzi, no. Sarà stato svegliato dal fracasso della porta sfondata e adesso... Adesso dov'è?

"La signora ci vuole accompagnare o facciamo da soli?"

"Non c'è nessun problema," dice Cristina. Del suo sorriso non c'è più traccia. Ora il suo volto è duro e spigoloso. "Vi accompagno io, pre..."

"Capitão, aqui!" Il grido arriva dall'interno della casa. Quello che il capitano non ha ancora detto ai signori Buscetta è che la perquisizione della villa è cominciata un paio di minuti fa. "Aqui!"

Gli agenti si avviano verso lo scalone di marmo. In cima, un poliziotto tiene il mitra puntato dietro la schiena di un uomo con le braccia alzate.

"E questo?" chiede il capitano. "Chi è?"

"Badalamenti Leonardo," dice l'uomo con il massimo della tranquillità, "per gli amici Leo. Quindi per voi Leonardo." Ha una camicia hawaiana mezza sbottonata sul petto peloso, dei bermuda bianchi e ai piedi un paio di infradito. Sembra che si sia appena svegliato.

Il capitano lo scruta. Sta riflettendo. Questo non se lo aspettava.

"Signor *Buschetta*," dice voltandosi verso Masino. "Ahi ahi ahi, signor *Buschetta*," scuote la testa, "ora lei deve venire con..."

"Buscetta, cazzo! Buscetta! Lo sa dire Bu-scet-ta? Buscetta, non *Buschetta*!"

Uscendo dalla villa con i polsi ammanettati, mentre si lascia alle spalle la porta divelta, don Masino si sente sollevato.

Poteva andare peggio. Molto peggio.

Poteva essere il Corto.

E invece no. È solo l'ennesimo, inutile arresto.

26.
CONSONANZE

Brasilia, 1984

"Se questo parla abbiamo fatto tombola."

"Tentare non nuoce. Ma non facciamoci illusioni."

Il sostituto procuratore Vincenzo Geraci ha un'età indefinita. Intorno ai quaranta, si direbbe; occhietti tondi e naso a patata. Indossa una giacca color cenere e una cravatta regimental che ogni tanto prova nervosamente ad allentarsi. Sia lui che Giovanni Falcone sono storditi dal jet lag. Il viaggio fino a Brasilia è stato lungo e teso, non tanto per il volo in sé, ma perché nutrono entrambi la speranza che questo sia un passo decisivo. Hanno preso un volo di Stato per evitare che qualcuno si facesse domande sulla loro presenza in un volo di linea per il Brasile. I contatti con Buscetta, qualunque sia l'esito del colloquio, devono rimanere segreti. C'è troppo in ballo: oltre all'esito delle indagini stesse, al pericolo di una fuga di notizie – e di mafiosi –, le vite di molte persone sono a rischio. Tommaso Buscetta non è un mafioso di alto rango, ma è senz'altro quello che le cosche definiscono un "uomo d'onore", da sempre organico alle famiglie palermitane e abbastanza rispettato da conoscerne molti dei misteri ancora non svelati. È evaso dal carcere piemontese delle Nuove nel 1980, durante un periodo di semilibertà, dopodiché non se n'è saputo più nulla. Si dice che si sia sottoposto alla chirurgia plastica e che abbia perfino modificato la propria voce con un intervento alle corde vocali. Sulla sua testa pendeva un mandato di cattura emesso dalla Procura di Palermo. Ora, finalmente, è stato eseguito.

Geraci e Falcone procedono a passo spedito verso l'entrata della Corte federale. Fa caldo, ed è probabile che all'interno ne farà ancora di più. Qui il clima è ben diverso da quello che i mafiosi respirano nel "Grand Hotel Ucciardone", dove possono godere di infiniti privilegi, girare in vestaglie di raso e farsi portare il pranzo e la cena dai ristoranti gourmet.

"Grazie che mi hai accompagnato, Vince'."

"Eh. Dovere. Siamo una squadra. Si vince o si perde insieme."

"Speramu ca vincemu, amico mio. Speramu ca vincemu." Gli dà una pacca sulla schiena.

Passano i documenti attraverso una feritoia alla guardia che sta dietro l'ingresso laterale. La guardia torna un minuto dopo e li lascia entrare. Si fermano in un vestibolo con un gabbiotto di vetro e un altro secondino di guardia. Quello che li ha accompagnati fa segno con la mano di aspettare lì. Rumore di chiavi, di ferro che sbatte, di passi pesanti e ben ritmati. Sembra di stare in una vecchia fabbrica. Al muro sono appese due immagini: una del presidente João Figueiredo e l'altra del Cristo di Rio. Accostata alla parete opposta c'è una fila di sedie. Si scambiano un'occhiata e stanno giusto pensando se utilizzarle o meno, quando sul fondo del locale si apre una porta ed entra un uomo in divisa che gli tende la mano.

"Che siete venuto a fare, dottore Falcone? Io non sono un infame."

Buscetta è un personaggio strano. I suoi contorni lo sono, la sua voce, il suo aspetto. Sembra che interpreti il ruolo di se stesso. Sarà che avere il Brasile come seconda patria gli ha cambiato la cadenza – già nei primi anni settanta fu estradato in Italia, dopo che la polizia locale aveva scoperto nel suo laboratorio eroina per un valore di venticinque miliardi di lire –, sarà che vuole atteggiarsi a uomo diverso da quello che è, saranno le sue frequentazioni nei salotti e sulle terrazze di Rio, oggi Buscetta sembra una caricatura. La sua chioma scura mostra i segni di una tinta malandata, mezzo scolorita; un grosso paio di baffi sulla bocca carnosa gli dona un look che sarebbe andato bene forse dieci o quindici anni fa, complice anche il doppiopetto bianco e la cravatta blu scuro in tinta con la camicia.

Sembra molto rilassato, il che contrasta con il suo aspetto malconcio. Ha dei segni sul volto e – Giovanni l'ha notato mentre entrava nella sala del colloquio – fatica a camminare, come se il pavimento scottasse e lui fosse a piedi nudi. Anche sulle braccia e sui polsi ha diversi segni e lividi.

"Posso vedere i suoi piedi, signor Buscetta?"

"I miei piedi? Dottore, mica ci piacciono... certe cose?" sorride.

"La prego, Buscetta, non faccia lo spiritoso. Posso vedere i suoi piedi?"

"No."

Falcone guarda Geraci che scuote la testa, sconsolato. Davanti alla porticina che dà sul parlatorio c'è un secondino armato che chiacchiera con un poliziotto brasiliano arrivato lì per presenziare al colloquio. Conosce molto poco l'italiano, ma qualche parola la mastica.

"Buscetta, forse ha..." Giovanni si sporge sul tavolo e abbassa la voce. "Le hanno fatto qualcosa? Qui in carcere? Forse..."

"No. Niente."

"È sicuro? Chiaramente se non vuole..."

"È tutto a posto, dottore Falcone. Sono caduto."

"Vabbè." Giovanni sbuffa e batte una mano sul tavolo. Fissa Buscetta negli occhi. Conosce il valore di certi gesti e di certi atteggiamenti mafiosi, che hanno un significato ben più importante delle parole stesse. Pur non essendo lui un mafioso, è con un mafioso che sta parlando. E quindi, se spera di ottenere qualcosa, dev'essere lui a cambiare terreno di gioco, perché il contrario non avverrà mai. La polizia brasiliana l'avrà certamente torturato per tentare di strappargli qualche confessione. A ora, però, le uniche cose che don Masino ha dichiarato ai poliziotti sono state il suo nome e il suo cognome, la data di nascita e il nome dei suoi genitori. Non dev'essere molto ben disposto nei confronti degli investigatori. Se già prima camminava sulla riva opposta del fiume, ora si può dire che da quel fiume ha tutta l'intenzione di tenersi alla larga. Nel bene, e soprattutto nel male, quest'uomo ha visto più vita, miseria, sangue e champagne scorrergli tra le dita di tutti gli sbirri che potranno mai interrogarlo. E anche di lui e di Geraci.

È nato cinquantasei anni fa in una famiglia di disgraziati, Tommaso Buscetta, figlio di un vetraio e di una casalinga, ultimo di diciassette figli. Si è sposato per la prima volta quando aveva sedici anni e ha iniziato la sua lunga carriera di ingravidatore generando quattro figli, due dei quali sono poi "spariti nel nulla" – quello che i giornalisti palermitani chiamano il sistema della "lupara bianca". Poi, senza divorziare, ha sposato in Messico una donna conosciuta al tavolo da gioco, con la quale ha avuto due figlie. Infine con Cristina, la sua attuale compagna, ne ha avuti altri quattro. Cominciarono presto a chiamarlo "don Masino". Già quando rubava alimenti e falsificava le tessere fasciste per il razionamento della farina. Un criminale di basso rango, ma comunque assai rispettato. L'Argentina, il Brasile, le attività avviate e fallite tutte miseramente. Tranne una: quella del narcotrafficante. In questo non lo batte nessuno. E anche nell'ammazzare i cristiani è un esperto. Ne ha fatti fuori parecchi, anche se questa sezione del suo curriculum è meno nota rispetto alle altre. È un talento che tiene ben nascosto e per il quale, finora, non è mai stato condannato dalla giustizia. Un altro suo talento, gli si legge negli occhi e lo sanno anche le pietre, è quello di bruciare la vita dai due lati, tra feste, donne, completi costosi e cene ancora più costose. All'interno della cosca, tra le fila di quelli che giorno dopo giorno vengono falcidiati dagli uomini di Riina, Provenzano e Liggio, si è fermato al grado di "soldato". E non avrebbe potuto essere diversamente, visto che questa sua attitudine a sposarsi e risposarsi, lasciando figli in giro per il mondo, è mal vista dai capi della Cupola. È il segno di un degrado morale, di un oltraggio ai valori tradizionali della mafia che un vero boss deve sposare, incarnare e tramandare.

Ciò non toglie che adesso Giovanni, guardandolo mentre con aria di sufficienza sbuffa fumo da una sigaretta ammaccata, scorga nel fondo delle sue pupille qualcosa che gli è familiare. Non certo un'anima affine. Ma alcune consonanze – poche e remote, ma tutt'altro che spente – deve comunque ammetterle. Anche se gli costa fatica. Perché si tratta di una parte di sé legata ad altri tempi e ad altri luoghi – quando nelle notti trapanesi i calici tintinnavano e la vita aveva il gusto salato di un margarita, il passo tellurico di una pista da ballo –, ad altre traiettorie. Ad altre vite possibili.

Se solo Buscetta si decidesse a parlare...

"Guardi che lo Stato sta sempre al fianco di chi decide di collaborare," interviene Geraci, in piedi con una spalla poggiata al muro.

"Lo Stato!" ride Buscetta. "Mi hanno ammazzato più parenti a me che a tutti quelli che conoscete."

"Ma non per la sua collaborazione."

"No, no..." Scuote la testa e soffia un filo di fumo verso l'alto perché non finisca in faccia a Falcone, seduto di fronte a lui. "Nessuna collaborazione. Altrimenti il cognome Buscetta non esisteva proprio più," ride di nuovo.

"Che può fare lo Stato? Mi può ridare i miei figli, lo Stato? Mi può ridare la mia donna, lo Stato? Lo sapete da quanto tempo non vedo la mia donna? Dite una cosa, avanti."

"E lei lo sa da quanto io non vedo la mia?" dice Giovanni. Buscetta lo scruta in silenzio. Per qualche attimo restano così, a fissarsi soffiando fumo di sigaretta verso la parete oppure verso l'alto, perché l'uno non si senta offeso dall'altro. Anche Buscetta legge qualcosa negli occhi di Falcone. Sa che non sta mentendo. Giovanni non è l'unico, costretto dalla vita e dal lavoro, a saper distinguere chi dice il vero e chi racconta fesserie. Un mezzo sorriso compare di sguincio sul volto del mafioso. È un piccolo cenno d'intesa?

A essere sincero, se Giovanni dovesse dire adesso dove si trova Francesca, non lo saprebbe. È assente da tutto, ormai. Da Palermo, dalla sua famiglia – sarà passato un mese da che ha visto l'ultima volta le sue sorelle Maria e Anna –, dalla vita della sua donna. Perfino da casa sua. Fra i voli negli Stati Uniti, i viaggi a Roma, le trasferte quotidiane nelle carceri di mezzo mondo per interrogare sospetti e collaboratori di giustizia, la parola "assenza" è quella che più potrebbe dipingere la sua figura eterea, evanescente, nella cornice della sua sfera privata. Se almeno il futuro con Francesca, fino a qualche tempo fa, rappresentava una piccola certezza in mezzo a questa graduale e inevitabile deriva dei continenti, adesso anche quello comincia a sbiadire. Francesca non è più una ragazzina. Ha diritto a un uomo con cui spartire le gioie e le angosce quotidiane. E lui, seppure di angosce ne abbia parecchie, è sempre meno abile nel condividerle. O ad ascoltare quelle di lei, che certamente non mancano. Quando gli capita di lavorare assieme – magari per un minore implicato in faccende di mafia – è più la tristezza di dover accettare il tavolo da lavoro come unico territorio da condividere, che la felicità da cogliere.

"Signor Buscetta, al momento non posso prendere alcun impegno con lei, non posso farle promesse sul suo futuro giudiziario. In Parlamento, però, potrebbe essere approvata una legge che concede benefici ai collaboratori di giustizia. Se lei volesse valutare..."

"Ah, è per questo che dovrei collaborare, secondo voi? Per i... *benefici*?"

Se davvero quest'uomo si decidesse a cantare, sarebbe la volta buona che il pool antimafia riesce a mettere le mani sull'ex sindaco di Palermo, Salvo Lima. Il nome di Lima è comparso già spesso nelle informative e negli atti giudiziari dei processi alle cosche. È uomo di fiducia del presidente Andreotti, ras della DC e anello di congiunzione, pare, tra le famiglie siciliane e la politica nazionale. Sotto di lui, i cugini Nino e Ignazio Salvo, poi gli imprenditori mafiosi come Lo Presti e Francesco Vassallo, e poi quelli che girano con il fucile in spalla. La catena di comando sarebbe ricostruita in molti dei suoi anelli. Solo che Lima sembra intoccabile, come e più dei cugini Salvo. Risalgono almeno al 1963 i primi rapporti che lo mettono in relazione con le cosche mafiose. Ne hanno scritto Cesare Terranova e Pio La Torre in atti giudiziari e resoconti politici. Nel 1974, l'economista Paolo Sylos Labini rassegnò personalmente a Giulio Andreotti le sue dimissioni dal comitato tecnico-scientifico del ministero del Bilancio, quando il presidente nominò Lima sottosegretario. Per lui c'erano già quattro richieste di autorizzazione a procedere per peculato continuato, interesse privato in atti d'ufficio e falso ideologico. Andreotti lo liquidò senza neanche lasciarlo terminare. Sylos Labini parlò anche con il presidente del Consiglio Aldo Moro, il quale candidamente gli rispose che Lima era "troppo forte e troppo pericoloso" per essere fatto fuori.

"Buscetta, le ragioni le saprebbe solamente lei, a noi interesserebbe solo avviare con lei un ragionamento, un modo per..."

"Io non sono un pentito, dottore Falcone. Io ho sempre rispettato la famiglia, sono sempre stato leale. Casomai è la famiglia che è stata..." Agita le mani, non sa come proseguire. "Vabbè, lasciamo stare, va'."

"La prego, continui."

"No, dottore Falcone. È meglio di no, dia retta a me. Questo è tutto quello che potevo dire. E poi..." sbuffa una risata amara, "ci vorrebbe una nottata intera. Adesso, se permettete, sono molto stanco. Ho riposato male."

"Un buco nell'acqua, Giova'." Fuori dalla Corte federale il sole ha cominciato a picchiare duro. Geraci e Falcone camminano riparandosi gli occhi con la mano a visiera verso l'auto che li aspetta.

"Abbiamo fatto benissimo a venire, su questo non si discute. Però non è che c'è solo Buscetta." Un poliziotto apre lo sportello di Geraci, l'altro fa salire Falcone. Si sistemano sui sedili, l'auto riparte immettendosi nel traffico rumoroso di Rio de Janeiro.

"Lo rivedremo, senti a me."

Geraci aggrotta la fronte. "Dici?"

Giovanni fissa la catenina con il crocifisso che penzola dallo specchietto retrovisore. Si domanda cosa starà guardando adesso Francesca. Probabilmente un'ordinanza. O magari un piatto di spaghetti coi ricci, che sarebbe assai meglio. Giovanni lo spera vivamente.

"Hai fame, Vince'? Ci mangiamo un boccone?"

27.
NINNI

Asinara, 1985

"Guarda! La vedi la forma?!"

Le pale dell'elicottero mandano un frastuono diabolico. Falcone e Borsellino guardano verso il basso, uno da un lato e uno dall'altro, e parlano nei microfoni ad archetto che sporgono dalle grosse cuffie nere.

"La vedi?!" ripete Giovanni. Paolo annuisce.

"Sai perché c'ha 'sta forma qua?" Paolo scuote la testa.

"Perché Ercole prese la punta della Sardegna in una mano, la strinse fortissimo, e strincennu strincennu ce 'nni scippò un pezzu. Le vedi le tre insenature?" Paolo annuisce. L'effetto scenico è sbalorditivo: l'isola dell'Asinara è sagomata proprio come se una mano gigantesca avesse afferrato la punta nord ovest della Sardegna e l'avesse stretta fino a staccarne un pezzo.

"Quella è la forma delle dita di Ercole."

Dietro di loro ci sono i tre giovani figli di Paolo: Manfredi, Lucia e la piccola Fiammetta. Ancora dietro, sono sedute Francesca, sua madre, e Agnese, la moglie di Paolo. Lo spettacolo è incantevole, l'acqua è cristallina. Sulle creste dell'isola si vedono sfilare animali selvatici, asinelli bianchi, mufloni dalle corna lunghe e attorcigliate, mentre il mare intorno è calmo, soltanto graffiato qua e là dalle piccole increspature dovute alla brezzolina.

"Forse non era il caso di mettersi già in costume!" grida Giovanni voltandosi solo a metà verso l'ultima fila di sedili.

“Fa caldo!” gli risponde Francesca. “Siamo ad agosto!”

“Mischinu ri mia!” scuote la testa Giovanni. “Vuoi fare un tuffo? Ah? Ti vuoi tuffare da qua?” I ragazzi ridono.

“Papà, andiamo ai go-kart?” chiede Manfredi, che si è messo un paio di grossi Ray-Ban a goccia per atteggiarsi a pilota di elicottero.

“Sì!” urla Paolo. Giovanni aggrotta le sopracciglia. Forse gli è sfuggito qualcosa, perché fino a prova contraria all’Asinara non ci sono go-kart. È uno strano modello di elicottero, questo. Giovanni non l’ha mai visto prima. Sembra un incrocio fra un mezzo turistico e uno militare. Le sedute sono simili a quelle di un furgone o di un minibus.

L’aria è deliziosa. Il profumo del mare arriva fin dentro l’abitacolo. La camicia bianca si gonfia e sventola come una bandiera sul petto di Giovanni. Proprio sotto l’elicottero c’è una casetta bianca con una grossa veranda. Appena finisce la veranda inizia la sabbia. Fra la casetta e l’acqua non ci saranno più di trenta metri.

“Ce l’hai il costume?!” grida da dietro Francesca. Giovanni non se lo ricorda. Ha bisogno di infilare una mano nella cintola per controllare. Non ce l’ha. Fa segno di no.

“Mettitelo!”

“E come?!”

“Mettitelo!” grida anche Agnese. “Noi ci buttiamo!”

“Sììì!” urla pure Fiammetta. I suoi capelli biondi accecano, colpiti dalla luce solare.

“Ma come faccio?!”

“Io ce l’ho!” dice Paolo. E in effetti anche lui, chissà come, si è tolto i vestiti e adesso è in costume da bagno.

“Ma che fate?!” grida Giovanni.

“Unooo! Dueee! Tre!” Si lanciano tutti dall’elicottero. Soltanto lui rimane a bordo, mentre vede gli altri tuffarsi da un’altezza di almeno trecento metri. Alza gli occhi verso la cabina di pilotaggio e vede che anche i due piloti sono scomparsi. Ora sull’elicottero c’è soltanto lui. Per qualche strana ragione, però, il mezzo continua a volare con lui come unico passeggero.

Poi Giovanni apre gli occhi poco alla volta. Fissa i pallini di luce che si formano nei fori della tapparella. Francesca è stesa accanto a lui e dorme ancora. Gli torna in mente il volto di Ninni Cassarà, come accade più volte al giorno, da una settimana a questa parte. Sente un sapore amaro sulla lingua e lo stomaco gli si stringe in una morsa.

Si è addormentato in camicia, ieri notte. Il viaggio per l'isola dell'Asinara è stato molto diverso da quello del sogno: un incubo a occhi aperti. Il piano onirico e quello della realtà si sono invertiti. Una squadra di uomini in passamontagna ha fatto praticamente irruzione, con i mitra spianati, nelle case di Falcone e di Borsellino. Se quelli che gli sono entrati in casa non avessero avuto addosso le divise della polizia, entrambi avrebbero pensato a un rapimento. Strappati alla rara quiete di una giornata di metà agosto, i due magistrati sono stati portati di corsa e senza spiegazioni, a bordo di furgoni blindati, al Tribunale di Palermo. E lì, Caponnetto ha spiegato loro cos'era accaduto.

Un collaboratore fidato di Nino ha avuto notizia che nel carcere dell'Ucciardone è stata rintracciata una cartolina con l'ordine di far fuori Falcone e Borsellino. Al capo dell'Ufficio istruzione è sembrata da subito una faccenda della massima importanza, non una delle "solite minacce" cui gli inquirenti palermitani hanno fatto l'abitudine. L'indagine scaturita dal rapporto "Greco Michele + 161", che ha portato all'esecuzione di centinaia di fermi e che sta evolvendo in qualcosa di molto più grosso e articolato. Le cosche hanno paura. Temono per la propria vita, così, per salvarsi e perpetuarsi, prendono quelle degli altri.

Ne hanno prese tre, negli ultimi giorni: quelle dei poliziotti Beppe Montana, Roberto Antiochia, e anche quella di Ninni Cassarà, che dell'indagine è il pilastro fondante. Sono tre cadaveri legati fra loro da un unico filo rosso, una scia di sangue che connette l'uno all'altro con diabolica precisione.

Il primo è stato il commissario Montana. Beppe stava lavorando alla cattura del killer Scarpuzzedda, alias Pino Greco, e di molti altri uomini di Michele Greco. Pare che fosse sulla buona strada per convincere Mimma Miceli, l'amante di Scarpuzzedda, a tradirlo e svelare agli inquirenti dove si nascondesse. Era già riuscito, in ogni caso, ad arrestare diversi uomini del boss. Il cerchio intorno al Papa e ai suoi mastini più fidati si stringeva giorno dopo giorno. E forse ce l'avrebbe anche fatta a prendere Scarpuzzedda se poco più di due settimane fa, dopo una gita al mare con la fidanzata, davanti all'ormeggio del suo motoscafo a Porticello, una 357 Magnum e una calibro 38 con proiettili a espansione non l'avessero spento per sempre.

Un uomo che si trovava sul posto ha raccontato che i killer si sono serviti di un'auto parcheggiata lì vicino, fornendo anche i primi numeri della targa. L'auto era registrata a nome di Salvatore Marino, un calciatore di venticinque anni figlio di una famiglia di pescatori di Romagnolo. Portato in questura, Marino ha cianciato di alibi e scuse che si sono rivelate tutte false, è stato smentito dagli stessi testimoni che aveva citato e, soprattutto, non è riuscito a spiegare come mai in casa sua ci fossero trentaquattro milioni di lire in banconote fruscianti. Inizialmente ha detto di averli ricevuti dalla società calcistica, che però, ancora una volta, l'ha sconfessato. Non è riuscito a spiegare neanche per quale motivo, sempre in casa sua, ci fosse una maglietta sporca di sangue. Così i poliziotti della mobile, accecati dall'odio e dalla rabbia per la perdita di Beppe, l'hanno messo sotto torchio. Solo che si sono lasciati scappare la mano.

Quando Ninni ha saputo tutto, si è trovato di fronte a un bivio: chi bisognava salvare? La verità, oppure i suoi uomini?

Giovanni toglie la moka dal fornello e si riempie la tazzina. Il profumo del caffè fumante riempie la cucina. Ma ha ancora la nausea. Non riesce a liberarsene. Anche lui si è trovato di fronte a un bivio. Ce l'ha messo Ninni Cassarà.

Beve il caffè e fissa la parete grigia. La tapparella è alzata a metà, ma per il momento vuole lasciarla così. Sa che pensarci e ripensarci non migliorerà le cose, ma non può farne a meno.

Era da poco passata la mezzanotte quando Ninni ha suonato al citofono di casa sua. Lui l'ha fatto entrare, l'ha fatto sedere, gli ha preparato da bere. Ha provato a tranquillizzarlo, ma Ninni si alzava, camminava, in cerchio, poi tornava a sedersi, poi si alzava di nuovo...

"Oh, ma ti calmi? Calmati. Fatti un altro bicchiere, amunì."

"Tu sei mio amico, Giova'?"

"E certo." Gli si è seduto accanto e gli ha messo una mano sulla spalla. "Mi vedi come sto?" Era in pigiama, scalzo, e con un paio di occhiaie grosse come uova. "Se non ti ero amico non ti avevo già ammazzato?"

"Non scherzare, Giova'. Non scherzare."

"Che successe, Ninni? Forza, parla. O ti devo pregare?"

E Ninni gliel'ha raccontato, cos'era successo. Gli ha raccontato che Salvatore Marino era stato picchiato, massacrato di botte dai suoi uomini. E che poi, dopo essersi resi conto che era morto, l'avevano gettato in mare. Gli ha raccontato che in un primo momento l'intenzione era quella di fingerne l'annegamento. Poi che avevano deciso di "ritrovarne" il corpo di lì a qualche giorno e di ipotizzare che si trattasse di un pescatore tunisino. Ha parlato come un treno in corsa, Ninni. Quando ha cominciato, non si è fermato più. Per tutto il racconto Giovanni si è grattato nervosamente il mento, fissando il pavimento fra le proprie ginocchia. Quando Ninni ha finito, Giovanni aveva sul volto un'espressione diversa.

"Perché sei venuto qua, Ninni?"

"Perché sei mio amico, volevo un consiglio, non lo so..."

"Un consiglio?"

"Un consiglio, Giova', non so che fare..."

"Mi pare che invece lo sai benissimo che fare. Me l'hai appena detto, quello che vuoi – quello che *volete* – fare."

"E secondo te cosa dovrei fare, invece? Sputtanare i miei uomini? Mandarli in galera perché hanno ucciso un killer della mafia? Andarci pure io?" Ninni ha ripreso a camminare avanti e indietro nel salotto.

"Hanno ucciso un uomo, Ninni. A un cristianu ammazzarono. Poi forse era pure un killer, ma prima era un uomo. Sempre omicidio si chiama. Te lo scordasti?" Ninni scuote la testa senza rispondere. Si passa una mano nei capelli.

"E ora te lo ripeto: perché sei venuto?"

"Perché sei mio amico, o no?"

"Sì, sono tuo amico."

"E quindi mi devi aiutare." Si è voltato, lo ha fissato con rabbia, come per accusarlo di qualcosa.

Giovanni si è alzato anche lui, gli si è piazzato di fronte. "E in che modo ti dovrei aiutare? Qua la scelta non è se salvare i tuoi uomini o mandarli in galera, ti stai sbagliando, te lo garantisco. La scelta è se in galera ci vanno i tuoi uomini, che hanno ammazzato Marino, o ci andiamo pure tu e io. È chiaro, Ninni?" Gli ha poggiato una mano sulla nuca. Ninni aveva il collo sudato e la faccia bianca come quella di un cadavere.

Non è passato molto perché lo diventasse.

Con gli assassini di Salvatore Marino, il procuratore Pajno ha scelto la linea dura. Nessuna clemenza. Nessun trattamento di favore. La stampa locale ha dato enorme visibilità alla notizia degli sbirri che hanno ammazzato il giovane calciatore e del loro capo che ha tentato di proteggerli. Ci sono state proteste, l'indignazione si è sollevata da ogni vicolo di Palermo, da ogni partito politico, da ogni editoriale giornalistico. C'è chi ha messo in giro la voce che la squadra mobile faccia fuori deliberatamente i mafiosi arrestati. Chi, invece, ha affermato che la lotta contro la mafia metta a repentaglio la vita dei cittadini. La bara bianca di Salvatore Marino ha sfilato per la città con al seguito il leader dei Radicali, Marco

Pannella, al grido di "Poliziotti assassini". Il ministro dell'Interno Oscar Luigi Scalfaro ha rimosso dall'incarico il capo della squadra mobile, un dirigente della sezione antirapine e un capitano dei carabinieri, tutti arrestati con l'accusa di omicidio colposo.

Il pomeriggio dopo, sulle strade di Palermo c'erano due nuovi cadaveri. Quelli di Ninni Cassarà e dell'agente Roberto Antiochia, che era appena uscito dall'auto di servizio per aprirgli lo sportello. Più di duecento colpi di kalashnikov esplosi di fronte al suo condominio. Tutto intorno, finestre chiuse, porte serrate, balconi deserti.

E poi è arrivata la soffiata dall'Ucciardone: bisogna far fuori Borsellino e Falcone, prima Paolo e poi Giovanni, in quest'ordine preciso. Che non c'entrano nulla con la faccenda di Marino, ma vogliono prendere il Papa, stanno mettendo a ferro e fuoco le case dei boss, arrestando i picciotti, rovistando nei conti. Stanno preparando qualcosa di grosso. Qualcosa di enorme.

28.
BRUCIARE I SANTI

Roma, 1984

"Per diventare uomo d'onore si deve prestare giuramento davanti a cinque o sei membri della famiglia: il... candidato, diciamo, viene portato in un posto isolato, spesso a casa di qualcuno. A quel punto il più anziano fra quelli presenti gli dice una serie di cose: che lo scopo di Cosa nostra è di proteggere i più deboli e di eliminare gli oppressori..."

Falcone trattiene un sorriso. Aggrotta la fronte, ed è l'unica espressione che Buscetta riesca a cogliere sul suo volto. Al boss dei due mondi il giudice Falcone piace. Strano ma vero. Gli ricorda il protagonista di un film di Pietro Germi sulla mafia visto tanti anni fa, *In nome della legge*: un giovane pretore palermitano, Guido Schiavi, che indaga su una catena di omicidi mafiosi riuscendo a far prevalere la legge dello Stato su quella degli uomini d'onore. A Buscetta, Falcone ispira un impensato senso di sicurezza: la sua aria timida, il carattere un pochino schivo, mai esuberante, mai sconfinante nella mancanza di rispetto, lo fanno pensare alla forza tranquilla della giustizia. Ecco, questo è il concetto su cui riflette mentre fissa negli occhi Falcone, la *forza tranquilla della giustizia.* Nella Sicilia da far west di Germi, il capomafia locale, Turi Passalacqua, veniva convinto dal giovane magistrato a sottomettersi alla giustizia. Che è proprio ciò che sta succedendo con lui.

Che don Masino non sia un santo, nonostante ciò, è chiaro a tutti. Si nota perfino dai suoi movimenti, da come si mette a sedere, da come si guarda intorno. La sua non è goffaggine: è lentezza. Una lentezza ponderata, studiata nel dettaglio. Gli dà l'occasione di valutare. Buscetta è uno che riflette e che valuta bene, prima di parlare. Quando Falcone l'ha visto entrare nella stanza degli interrogatori con quel suo passo calmo – l'aria di chi non aveva alcuna urgenza, perché era lui ad avere in mano lo scettro – sapeva di trovarsi di fronte un mercante. Di droga o d'informazioni, non cambia nulla. Non che questo faccia di lui un uomo sleale. Ogni commercio ha le sue leggi, perfino il mercato nero, dove tutto si basa sulla fiducia. Non ci sono tutele, nessuna rete di protezione per chi infrange le regole. Nessuna seconda chance. La fiducia è tutto. Anche adesso, Buscetta sta applicando le regole del mercato nero, le uniche che conosca. Se Falcone lo vuole tenere dalla propria parte, deve scendere sul suo terreno.

"E poi cosa succede?"

"Gli viene punto un dito con uno spillo. Il sangue viene fatto cadere su un'immagine sacra, poi l'immagine viene tenuta in mano e bruciata, in questo modo." Buscetta mima un uomo che tiene in mano qualcosa di rovente. "Il candidato deve sopportare il fuoco passandosi l'immagine sacra da una mano all'altra fino a che il fuoco non si spegne."

"E viene detto qualcosa durante questo giuramento?"

"Sì, certo. Il nuovo affiliato giura di rimanere fedele ai principi di Cosa nostra dichiarando solennemente: 'Possa la mia carne bruciare come questa sacra effigie se io non sono fedele a questo giuramento.' Una volta finito il giuramento, soltanto dopo, l'uomo d'onore viene presentato al capo della famiglia. Anche perché c'è questa regola che un uomo d'onore può parlare a un altro solo dopo che gli è stato presentato da un terzo uomo d'onore conosciuto da entrambi, una specie di garante... uno che deve garantire a entrambi sullo status dell'altro, è chiaro? Cioè, la fiducia è sempre rischiosa in certe situazioni. Servono garanzie." La fiducia, sempre la fiducia.

Falcone annota tutto con la sua grafia tonda e ordinata. Muove lo sguardo tra il blocco degli appunti e Buscetta, che parla con solennità. Cerca di dare il maggior peso possibile alle proprie parole, di vendere la merce più pesante che ha. A patto che questa compravendita non lo danneggi più del necessario. A patto che le sue frecce non prendano una curva sbagliata e gli si ritorcano contro.

"Cosa viene richiesto a un uomo d'onore? Ci sono delle prove, delle..."

"La cosa più importante che l'uomo d'onore deve fare è diventare assassino." Si lanciano un'occhiata. Anche Buscetta è stato uomo d'onore, quindi anche lui ha osservato le regole imposte agli affiliati. Tutte, nessuna esclusa. Ma questa è una merce esclusa dalla compravendita.

"Ogni uomo d'onore, prima di diventare membro, deve aver ucciso almeno una volta per conto di Cosa nostra. Potrebbe pure non sapere di farlo per conto della famiglia, magari crede di averlo fatto per conto di un amico..."

"L'affiliazione è a tempo indefinito? Può finire o dura per sempre?"

"Una volta che una persona è diventata un uomo d'onore, lo è a vita. Io non ho mai conosciuto un caso in cui un uomo d'onore è andato dal suo capofamiglia e ha detto: 'Non voglio più fare parte di Cosa nostra.' Se un uomo d'onore viene arrestato, questo non cambia niente, fa ancora parte della famiglia: anche dentro la prigione è sempre un uomo d'onore, la sua autorità è sempre quella. Poi può succedere che la vita personale... può succedere qualcosa che gli impedisce di essere attivo, di partecipare alle cose della famiglia, questo può succedere. Ma comunque, in qualsiasi momento c'è bisogno di lui, in qualsiasi posto si trova, gli si può chiedere di fare qualcosa. E lui non può mai rifiutarsi. Se mi state chiedendo se spontaneamente un uomo d'onore può abbandonare la famiglia... No, questo non può mai succedere."

Falcone scrive, scrive, scrive. Ha qualcosa dell'entomologo, del botanico, del naturalista mentre mette in fila un nome dopo l'altro. "Se non conosci il nome," diceva Carlo Linneo, il padre dei generi e delle specie, "muore anche la conoscenza delle cose." E allora Giovanni non può perderne neanche uno. Scrive dei riti, dell'"iniziazione", degli "affiliati", dei "rappresentanti", dell'obbligo assoluto al "silenzio" e alla "segretezza". Scrive dell'organizzazione, dei "soldati" suddivisi in "decine", dei "capidecine". Scrive delle bande locali, dei "mandamenti" in cui sono strutturate le "famiglie", dei boss affiancati da "sottocapi" e "consiglieri". Vorrebbe che Buscetta non sapesse l'importanza di ciò che sta dicendo, del libro che sta squadernando, ma don Masino lo sa perfettamente. Da oggi la mafia non si chiama più mafia, quella è una parola che usano i giornalisti. Da oggi si chiama *Cosa nostra*. Questo è il suo vero nome. E questo – il ritratto che Buscetta sta disegnando linea dopo linea, parola dopo parola – è il suo vero volto. Da oggi, chiunque ne abbia il coraggio può guardarla negli occhi.

29.
SOLI

Asinara, 1985

“Te lo dico io, le carte non arriveranno mai.”

“Ma vaaa’!” Paolo gli dà un pugno sulla spalla. “E che fine fanno, scompaiono? Evaporano?”

Giovanni lo guarda serissimo: “E perché, ti meraviglieresti?”

Stanno fumando entrambi. Qui all’Asinara, a parte fumare, guardare il mare dalla terrazza, o da uno spuntone di roccia gli asini che se ne vanno in giro accompagnati dai pastori, giocare a carte con i bambini o fare qualche tiro di pallone, non c’è molto altro per riempire le giornate.

“Stiamo perdendo tempo, Paolo. Vogliono fotterci. È per questo che ci hanno mandati qua. Ogni minuto che rimaniamo qui a non fare niente è un minuto in più che quelli ci fottono.”

“E come? Con il materiale che abbiamo non ci scappano più. Abbiamo l’intera storia delle famiglie palermitane firmata da Tommaso Buscetta.” Giovanni non risponde.

“A proposito... dove sta adesso Buscetta? È già arrivato in America?”

“Sì, sì. Arrivò.”

Giovanni ci aveva visto bene. Per Buscetta le autorità italiane hanno chiesto l’estradizione. Una volta ottenuta, don Masino si è aperto a Falcone come un libro. Pagine e pagine che descrivono minuziosamente i riti di affiliazione, gli omicidi, le parentele, le vendette trasversali tra un clan e l’altro, poi il materiale raccolto da

Ninni Cassarà e Calogero Zucchetto, quello accumulato da Rocco Chinnici, i dossier d'indagine del processo Spatola, le confessioni del trafficante di eroina Koh Bak Kin, quelle dei collaboratori Gasparini, Totta, Calzetta, Sinagra, le intercettazioni telefoniche, gli interrogatori dei cugini Salvo e della moglie di Lo Presti: tutto questo mare magnum d'informazioni puntuali e circostanziate che l'ex autista di Rocco Chinnici, Giovanni Paparcuri, con un lavoro immane ha interamente trasposto in formato digitale, ha dato corpo e anima a quello che si prefigura come il più grande processo di mafia della storia.

Per Giovanni, Paolo e gli altri, è semplicemente "il mostro". È a questo che stanno lavorando, ed è per questo che dall'Ucciardone è partito l'ordine di farli fuori. Ed è sempre per questo che un manipolo di poliziotti in passamontagna li ha strappati dalle proprie case per trasferirli in un luogo sicuro. Intorno al Maxi gira tutto, ormai. Non ci si può permettere imprevisti né intoppi. Il primo, però, è già arrivato. Senza tutte le carte, senza quella mole immensa di faldoni pieni di ordinanze e documenti istruttori, i giudici Falcone e Borsellino stanno lì a grattarsi la pancia.

"Questo processo salterà, Paolo. I cugini Salvo, Salvo Lima... Andreotti! Non è che la politica è cambiata da un giorno all'altro. Sempre quelli sono."

"Ora come sindaco però c'è Leoluca Orlando. Cioè..." Paolo si fa una risata. "Devo essere io a dirtelo? Manco l'avessi votato! Però è chiaro che Leoluca è una persona diversa. Vuole pure costituirsi parte civile contro Cosa nostra! Mai vista una cosa del genere.

"E poi c'è Caponnetto. Nino non lo permetterebbe mai. Non ti fidi di Nino?"

"Ma certo che mi fido. Nino è il meglio che ci poteva capitare, dopo Rocco." Per qualche secondo restano in silenzio a guardare il mare.

"Solo che Nino non è il Padreterno. È Nino. Possono mettere all'angolo pure lui."

“Nino è duro come una roccia.”

“Vi siete pigliati subito tu e Nino, ah? Sant’Agostino, le domeniche a messa...”

“Ma vai, va’. Farebbe bene pure a te.”

“Andare a messa la domenica?”

“Esattamente.”

Il sole inizia a calare, dalla casa arriva un rumore di sedie che strisciano, poi parte la sigla dell’*A-Team*. Fiammetta grida qualcosa ai suoi fratelli, ma non si capisce bene cosa.

“Farei contente le mie sorelle, questo sicuramente.”

“Come sta Maria?”

Giovanni sospira. È possibile che ogni argomento, ogni volto, gli riporti in mente la parola “assenza”? Che la sua vita, man mano che il suo volto popola le pagine dei quotidiani, che le sue indagini finiscono nelle edizioni principali dei telegiornali, si giochi sempre di più su un progressivo e inarrestabile meccanismo di sottrazione?

Neanche a farlo apposta, Francesca arriva anche lei in terrazza. Ora che c’è, ora che è presente, sembra che sia caduta anche lei nel vortice della sottrazione. Da quando sono arrivati all’Asinara, anche lei non può fare altro che guardare il paesaggio. Quando le va bene riesce a farsi un bagno al mare. Si è portata del lavoro da casa ma, vale anche per Giovanni, il suo è un mestiere che richiede la presenza in tribunale. Bisogna consultare ordinanze, sfogliare documenti, squadernare faldoni, parlare con i colleghi. Mentre lì è proibito anche l’uso del telefono. Sono completamente isolati da tutto, assenti a tutto. Non possono neanche raggiungere il paese più vicino, perché pure i contatti con la gente del posto sono vietati. Per non parlare dei gruppi di detenuti che svolgono lavori in giro per l’isola. Il carcere ospita, fra gli altri, il boss della camorra Raffaele Cutolo. Incontri del genere sarebbero poco auspicabili nella situazione in cui si trovano.

Francesca si siede in mezzo a Paolo e Giovanni.

"Stasera, carbonara."

"Wow," fa Paolo. "Che emozione." La mensa del carcere dell'Asinara fornisce loro il vitto quotidiano. Un paio di volte è arrivata la proposta dal direttore di fare un giro in barca con le guardie carcerarie, ma Giovanni ha declinato l'invito. Non è dell'animo adatto.

Come se gli avesse letto nel pensiero, Paolo commenta: "Almeno qui non ci sono i giornalisti. Ti manca La Licata, di' la verità." Giovanni lo guarda aggrottando la fronte.

"Ti ha denunciato poi?" gli chiede Francesca.

"Macché, macché. Scherzava."

Subito dopo le prime confessioni di Buscetta, il pool ha organizzato una grossa retata per eseguire centinaia di mandati di cattura. Era tutto a un passo dal saltare per l'intraprendenza di Francesco La Licata, corrispondente del settimanale *L'Espresso* che un pomeriggio è arrivato fresco fresco nell'ufficio di Giovanni – ormai diventato un bunker, con un sistema di telecamere a sorvegliare gli ingressi e casseforti per custodire i faldoni – facendogli domande strane, scivolose, che presupponevano una conoscenza almeno parziale di ciò che stava per accadere. In un primo momento, Falcone ha provato a negare, ma poi non ha retto: è andato su tutte le furie. "Adesso tu stai qui con me fin quando non ho fatto un paio di cose," gli ha detto, e si è chiuso con lui dentro la stanza.

"Qui scappano tutti, lo capisci o no?" gli ha urlato contro. "Rischi di sputtanare l'operazione!" Anche se il blitz era previsto per la metà di ottobre, Giovanni ha messo al corrente gli altri del pool e La Licata è rimasto chiuso in ufficio fino a un attimo prima che Di Lello venisse tirato giù dal letto, quella notte stessa, per correre in tribunale a firmare tutti i documenti necessari. Quando la porta dell'ufficio si è aperta e il giornalista è potuto uscire, gli ha detto: "Ti denuncerò per sequestro di persona." Giovanni, guardando la punta delle proprie scarpe, gli ha risposto semplicemente: "Scusa." Alla fine, la gran parte dei mandati di cattura è stata eseguita, e ora le patrie galere ospitano circa duecento mafiosi in più.

"Ah, scherzava?" fa Paolo. "A me pareva piuttosto serio."

"Siamo amici con Ciccio."

Il sole è ormai calato, il buio viene rischiarato in lontananza dai fari della pilotina che pattuglia lo specchio d'acqua intorno alla foresteria del carcere, dove dimorano Giovanni, Francesca e la famiglia Borsellino. Intorno all'edificio ci sono altre guardie che perlustrano la zona, e anche alcuni poliziotti della DIGOS. Comunque, è quasi impossibile che qualcuno riesca ad approdare all'Asinara senza essere notato. Ma il *quasi* è sempre d'obbligo. Lo spazio aereo sopra l'Asinara è stato chiuso. Insomma, se un sicario riesce a sbarcare e si presenta lì da loro, o è un mago, oppure qualcuno ce l'ha fatto arrivare.

Lucia, la figlia più grande di Paolo, scosta gli spaghetti con la forchetta come se stesse cercando qualcosa sul fondo del piatto. Il telegiornale manda le notizie della sera.

"Tesoro, non ti piace?" le chiede sua madre Agnese. Ha una lunga chioma di capelli bruni, il volto affilato, dalle linee severe, eppure molto dolce mentre guarda sua figlia dubitare davanti al proprio piatto. Lucia ha i capelli chiari e il naso lievemente aquilino. La lampada al centro del soffitto proietta la sagoma del suo volto sul piatto di spaghetti ormai freddi. Ci pensa un po', poi scuote la testa.

"Come mai?" Agnese si sporge dall'altro lato del tavolo per accarezzarle la testa. Lei si scansa. Agnese ritira lentamente la mano. "Che c'è che non va?"

"Niente. Va tutto bene. Benissimo, proprio." Fa un piccolo grugnito. Paolo si passa una mano nei capelli e lancia uno sguardo a Giovanni.

"È ammalata?" domanda Fiammetta.

"No, non è ammalata," le risponde sua madre.

"Ha la febbre?"

"No, no, no. Non ha nulla." Fiammetta annuisce vigorosamente e continua a mangiare i suoi spaghetti. Ha il muso tutto impiastricciato di uova.

"Ma c'è il pepe anche per lei?" chiede Paolo.

"Eh... e che potevo chiedergli di toglierlo?" fa Agnese. Paolo alza gli occhi verso il soffitto e dà un colpetto sul tavolo.

"Be'..." Manfredi sta per dire qualcosa, ma si blocca. Però dopo qualche attimo riprende. "Non è che va proprio tutto bene, eh."

"È chiaro, Manfredi, è chiaro," gli fa suo padre. "Grazie per la tua precisazione."

"Prego."

"Io vado di là." Lucia si alza e s'incammina verso la sua camera.

"Lucia," la chiama Paolo.

"Lasciala stare," fa Agnese. "Dopo ci parlo io." Manfredi prende il piatto della sorella e ne rovescia il contenuto dentro il suo. Mangiano in silenzio. Per diversi minuti si sente solo il tintinnare delle forchette contro la porcellana. Poi, voltandosi verso la finestra, Francesca vede una luce fendere l'oscurità. Si alza e va a guardare. Gli altri, uno alla volta, la seguono. Una nave militare si sta avvicinando al porticciolo.

* * *

"Guardali... Gli hanno portato i regali di Natale." Francesca e Agnese guardano i compagni salire e scendere dalla nave insieme al direttore del carcere, un uomo bassino con i capelli scuri e le spalle larghe.

"Hai visto?" Paolo fa finta di tirare un calcio nel posteriore a Giovanni. Due uomini in divisa fanno anche loro avanti e indietro dalla nave alla banchina trasportando grosse scatole.

"Sono ancora molte?" chiede il direttore del carcere.

"Moltissime!" grida Giovanni con un'espressione di gioia dipinta sul volto.

"Ah," ansima il direttore, "molto bene." Per terra ci sono già diverse pile con almeno due dozzine di faldoni. Anche Paolo è sorridente, ma il suo sorriso è screziato da un'ombra di preoccupazione. È il secondo giorno di fila che Lucia non tocca cibo. In questo momento, la madre di Francesca sarà in camera con lei. Ammesso che l'abbia lasciata entrare.

Mezz'ora più tardi, illuminati dalla luce artificiale, Paolo e Giovanni sono avvolti da una nube di fumo di sigarette dentro una stanzetta con due tavoli e due sedioline e una marea di faldoni sparsi sul pavimento. In sala da pranzo, Agnese e Francesca stanno giocando a nomi, cose e città con Manfredi e Fiammetta, che pare inventi nuove capitali provocando lunghi scrosci di risate.

"Quanta roba, Giovanni. È veramente un mare di roba."

"A volte ti chiedi se non sia troppa."

"Uhm." Paolo annuisce e spegne l'ennesima sigaretta nel portacenere ormai pieno fino all'orlo. "È quella che ci serve. Questo non sarà solo un processo, sarà un quadro. Un quadro completo."

"Un panorama! Perché tutti i processi e processetti naufragano sempre con le assoluzioni per mancanza di prove, o perché un avvocato..."

"Lo sappiamo bene perché."

"Sì, va bene, ho capito quello che vuoi dire, però il punto è un altro. La regola è sempre stata quella di mostrare i dettagli: un albero, una collina, una stradina... Noi qui abbiamo il panorama completo. Un albero da solo non significa niente: che città è? Che periodo è? Per quale motivo è stato..."

"Sì, sì, è chiaro."

"Tutto ha un senso, adesso: i dettagli, questi dettagli che da soli significano poco, che basta un avvocato con un po' di pelo sullo stomaco per dire che è una minchiata, tutti questi dettagli sono collegati l'uno all'altro. L'eroina, le faide, i fondi per gli appalti, la politica, l'organizzazione... Questi mettono ancora in dubbio che esista la mafia! Noi invece gli stiamo dicendo che esiste, che è una struttura verticistica organizzata con delle regole precise, e gli stiamo dicendo pure come si chiama. *Cosa nostra.* I corleonesi, i palermitani, l'ascesa di Riina, Provenzano, il ruolo di Liggio, quello di Michele Greco..." Giovanni fa ampi gesti con le braccia. Le sue mani mulinano nella nebbia grigia delle sigarette accese e spente una dopo l'altra. È agitato. Anzi, sembra proprio su di giri. A Paolo ricorda Frankenstein che ha appena creato il proprio mostro e non aspetta altro che vederlo uscire dal suo laboratorio, camminare sulle proprie gambe, sconvolgere tutte le conoscenze fino ad allora acquisite. Solo che stavolta i Frankenstein sono due. Anche lui sa che stanno per varcare una porta, che una volta oltrepassato l'uscio non si tornerà più indietro. Nessuno potrà farlo. Non potrà farlo lo Stato, con i suoi apparati. E non potranno farlo neanche loro. Come sarà il mondo, dietro quella porta? Sarà un mondo nuovo, un mondo più libero? O sarà forse un'isola più piccola e sperduta di quella in cui si trovano adesso, espunta dal corpo dell'umanità, relegata ai margini, esiliata, bandita, circondata dalla solitudine e dallo scherno?

"Tutto è collegato, adesso," continua Giovanni. "Tutto ha un senso. Se cade un dettaglio cade anche tutto il resto, ma se invece il materiale è buono – ed è buono, Paolo, perché Buscetta dice la verità, Contorno dice la verità –, allora questo quadro ha una forza devastante. Nessuno potrà demolirlo. È blindato. Spero."

"Spero anch'io."

"Spera anche Nino. E Leonardo, Giuseppe, Peppino Ayala... Tutti speriamo. Pure i morti sperano, Paolo. Pure Rocco, Cesare, e pure Ninni, Boris, Gaetano... Tutti speriamo. Speriamo tutti insieme." Giovanni si abbandona sullo schienale della sedia e guarda le volute di fumo che quasi nascondono il soffitto.

"Che possiamo fare più di quello che stiamo facendo? Il segno della croce, questo possiamo fare."

"Tu non puoi."

"E allora fattelo tu due volte, anche per me."

30.
MAXI

Palermo, 1986

"Can we go there? Is it dangerous?" I giornalisti americani che ronzano intorno al carcere dell'Ucciardone sono abbigliati come corrispondenti di guerra. Indossano tutti il giubbotto antiproiettile, si muovono guardinghi, e ogni volta che sentono passare una Vespa o che un rumore dalla strada li coglie alla sprovvista, sospirano "Oh!", "God!", "Jeez!" voltandosi di scatto. Francesco La Licata gironzola anche lui, con il collega dell'*Unità* Saverio Lodato e il corrispondente della *Repubblica* Attilio Bolzoni, per le strade vicine alla prigione. Stringono in mano, come scettri, tre grossi panini avvolti nella stagnola e già mezzi mangiucchiati. Sono arrivati qui appena ha iniziato ad albeggiare.

"Go, go," fa Ciccio La Licata.

"Really?" chiede uno di loro, un tizio alto e biondo che sembra la versione spaventata di Patrick Swayze. "Are you sure?"

"Go!" ripete La Licata indicando la strada.

"This is not Saigon. Relax," dice Bolzoni, poi dà un morso al suo panino.

"Uhm..." Lodato fa un'espressione preoccupata. "Not dangerous?" guarda il collega. "Are you sure? I don't know..."

"E dai!" Bolzoni gli dà un colpo sulla spalla. "Lasciali stare! Non li vedi come stanno?"

"Go, go..." ride Lodato. "It's ok, I'm joking. Want some?" porge il proprio panino.

Intorno al carcere è tutto un brulicare di auto e furgoni blindati, troupe televisive, gente di passaggio che si ferma a guardare e che in molti casi, non avendo altro da fare, si mette in coda davanti all'ingresso dell'aula bunker. La RAI ha allestito una redazione dedicata nella palazzina di fronte al carcere. È tutto un fioccare di antenne paraboliche installate sui furgoni, ce n'è uno ogni pochi metri, a dimostrazione del clamore internazionale intorno al Maxiprocesso, a Palermo semplicemente 'u Maxi.

Gli operai, guidati dai tecnici e dagli ingegneri, hanno lavorato tutti i giorni, domenica compresa, dalle 6 alle 22, per costruire una struttura gigantesca, costata 36 miliardi di lire, che ha richiesto l'installazione di 850 metri quadrati di vetri blindati e che adesso i giornalisti chiamano "l'astronave verde". Sorge di fianco al carcere ed è l'unica soluzione possibile, a quanto pare, per ospitare un evento giudiziario con 475 imputati – con accuse che vanno dall'omicidio al traffico di stupefacenti all'estorsione e all'associazione mafiosa – e 200 avvocati difensori. Per la prima volta nella storia, il solo fatto di appartenere alla mafia, anche senza altre imputazioni, è considerato un reato. E di gente che frequenta quei lidi, nel Bel Paese ce n'è tanta.

Tutto è difficile, quando si parla del Maxiprocesso. Tutto è elefantiaco. Tutto diventa un'impresa.

Anche trovare un giudice che presieda la Corte. Nessuno se la sentiva. Per trovare un uomo abbastanza coraggioso o abbastanza folle c'è stato bisogno di pescarne uno, Alfonso Giordano, tra le fila del Tribunale civile. La giuria popolare, poi. Anche per comporre quella c'è voluto uno sforzo enorme. Se i giudici togati, bene o male, godono di qualche dispositivo di protezione, i cittadini qualunque no. Ma alla fine, in un modo o nell'altro, ci si è riusciti. La giuria popolare è stata formata. Al suo interno ci sono tre donne. La presidente di giuria è anche lei una donna. Il giudice a latere è Pietro Grasso, mentre la pubblica accusa è rappresentata da Giuseppe Ayala e Domenico Signorino.

Oggi, 10 febbraio 1986, sta per cominciare la prima udienza del Maxiprocesso.

Ma per Giovanni Falcone, almeno in apparenza, è un giorno come un altro. Il cielo è grigio, uno sciame di nuvoloni minaccia l'imminente arrivo della pioggia. Giovanni è seduto sulla sua poltrona nell'ufficio. Ogni tanto scarabocchia con la matita sopra un foglio pieno di appunti, ma poi lascia la matita sul tavolo e si volta verso la finestra. In questo piccolo e nevrotico rituale – che si è ripetuto decine e decine di volte da quando è entrato nella stanza – ha già spezzato due punte. Il portacenere, come ogni giorno, è pieno di cicche spente.

"Emozionato?" Nino apre la porta entrando senza bussare, un piccolo privilegio concesso soltanto a lui, a Borsellino e agli altri del pool.

"Salterà tutto."

"Madonna mia! E dai... Un po' di positività."

"Giordano si spaventerà, lascerà, o lascerà qualcun altro. Lo sanno tutti che quelli arrivano dove vogliono. Sono arrivati a Rocco, a Terranova, a Ninni... Non ci mettono niente ad arrivare a un giudice, a un giurato."

"Sono già pronti i supplenti, lo sai." Nino si siede di fronte a lui. Grazie a un decreto dell'ultima ora è stato istituzionalizzato l'uso dei "supplenti": in caso di defezione, o in altre sciagurate ipotesi, il presidente della Corte, il giudice a latere, i cancellieri, e perfino i giudici popolari, possono essere rimpiazzati senza che questo dia adito a complicazioni. Perché gli avvocati difensori non aspettano altro. Alcuni di loro hanno preso in carico veri e propri "pacchetti" di detenuti, assistendone venti o più, e sono tutti sul piede di guerra, annusano il terreno, come cani da tartufo, alla ricerca di un minimo dettaglio, di un minimo pretesto per invalidare il processo o quantomeno per rallentarlo. Sanno bene che l'apparato giuridico su cui si regge il Maxi è estremamente fragile, proprio in ragione della sua mole mastodontica.

"Stanno facendo i matti," sospira Giovanni. "Peppino Ayala mi ha detto che stanno facendo i matti."

"In che senso?" Oggi Nino ha una strana coppola grigia e nera che gli pende da un lato della testa. Sembra un ragazzino d'altri tempi.

"Eh... Dalle gabbie. Chiedono bottiglie d'acqua, panini. Tirano fuori un problema ogni due secondi."

"E vabbè, devono pur bere."

"Seh." Giovanni sfila una sigaretta dal pacchetto e ne consuma una buona parte con cinque o sei tiri uno dietro l'altro.

"Fumi come un turco, Giovanni. Tu e Paolo siete due ciminiere."

"In qualche modo bisogna morire."

"Vai di fretta?"

"Non saranno le sigarette ad ammazzarmi. Nino... sto qua solo come un cane, che devo fare?"

"Lo sai che puoi andarci quando vuoi." Lo sguardo di Caponnetto cade su un foglio che sta in un angolo della scrivania. Nino grugnisce una risata beffarda. È la ricevuta del soggiorno obbligato all'Asinara che un funzionario troppo solerte ha fatto recapitare a Falcone e Borsellino per le spese di vitto e alloggio. Quando Giovanni gliel'ha raccontato non voleva crederci.

"Non posso andarci. Lo sai anche tu. Non aspettano altro. Sarebbe un..." Fa un tiro, soffia una nuvola di fumo che va a finire dritto in faccia al suo capo.

"Scusami. Sarebbe un sabotaggio. Significherebbe sabotarsi."

La presenza in aula del giudice istruttore non è prevista. Non rientra nei suoi compiti. Un giudice istruttore deve istruire il processo, appunto, e poi lasciare che cammini sulle proprie gambe. Deve raccogliere prove, coordinare il lavoro investigativo della polizia, dei carabinieri, della guardia di finanza, ma non ha alcuna parte nello svolgimento dibattimentale. Ci sono tutti, in aula. I salumieri, gli insegnanti di scuola, i pensionati, i familiari dei detenuti e perfino i loro amici, quelli che sono scampati per qualche miracolo alle maglie della giustizia. E lui, invece, che di questa enorme creatura chiamata Maxiprocesso detiene la paternità, deve restarne fisicamente lontano. È il suo mastodontico monumento antimafia: bisogna che sia inattaccabile. Di beghe burocratiche ce ne sono già troppe. Ma c'è anche dell'altro: il volto di Giovanni Falcone è comparso sui giornali di mezzo mondo, negli ultimi mesi. Basta un niente perché qualcuno dica che si vuole strumentalizzare il processo, che lo si vuole a tutti i costi sotto i riflettori, che lo si vuole spettacolarizzare. E invece no. Così come si è negato, e continua a negarsi, a centinaia di richieste d'interviste, ora Giovanni se ne sta qui zitto e buono in un angolo.

"Hai letto?" gli porge una mazzetta di quotidiani.

"Qualcuno."

"Questi," gliene passa uno, "scrivono che costa troppo. Cioè, secondo loro fare processi alla mafia 'costa troppo'. Perché spendere i soldi in questo modo, no? Hanno ragione."

"Ma lasciali stare..."

"Questi altri," gli passa un altro quotidiano, "scrivono che vogliamo fare le 'star', cioè che *io* voglio fare la star con il danaro pubblico. Guarda..." Allarga le braccia per mostrare l'ufficio pieno di fumo, faldoni sparsi, carte scarabocchiate, e un mucchio di papere poggiate un po' dappertutto.

"Be', sulle papere hanno ragione." Da qualche tempo, Giovanni ha iniziato a collezionare soprammobili a forma di papera. Ne ha già diverse decine, di ogni colore, dimensione, materiale. Le sue preferite sono quelle con il collo all'ingiù.

"Me le compro coi soldi miei, me le regalano..."

"Sto scherzando!"

"Questi altri..." gli passa ancora un altro quotidiano, "mi spiegano come si fa il magistrato. Vincenzo Vitale, *Giornale di Sicilia.* E questo è un magistrato, eh. Una giovane promessa della magistratura."

"Ma sì, ma sì..."

"Ma sì una minchia, Nino. Scusa, eh. Se pure i colleghi – cioè, *colleghi*, vabbè... –, se pure i colleghi si mettono a scriverci contro... È la fine. Mi sembra follia. Follia pura." Spegne la cicca nel portacenere schiacciando tutte le altre che già lo riempiono. "A te no?"

Nino si sistema meglio sulla poltrona. Lo guarda con tono paterno.

"Giovanni, Giovanni..." scuote le mani, "ma che ti aspettavi?"

"Dignità. Questo mi aspettavo. Decenza. To', *il Giornale* di Montanelli pure c'ha da ridire. Che novità. Guarda." Gli passa l'ennesimo quotidiano. Nino lo poggia sopra gli altri, in un angolo della scrivania.

"Tutti avranno da ridire, Giovanni. Però credimi: molti fra loro non lo faranno in cattiva fede. Non devi credere che siano per forza disonesti o che abbiano qualche interesse particolare. Molti... non sanno ancora cos'è la mafia!" Nino si fa una risata. "È così. È proprio così." Sfoglia un paio dei quotidiani che gli ha passato Giovanni scuotendo la testa, sempre con quel sorriso sulle labbra. Li lascia cadere sulla scrivania in un gesto d'inutilità.

"Noi stiamo chiusi qui dentro giorno e notte con quelle carte... quei verbali... E questa città... quest'isola... Ci siamo cresciuti qui. Tu e Paolo più di me, a onor del vero, e anche gli altri. Non voglio dire che questa ignoranza sia scusabile, non sto dicendo questo. Però, ecco, molto spesso dovresti prenderla per quello che è, e non per altro. Molto spesso si chiama ignoranza. *I-gno-ran-za*," conta le sillabe con le sue dita ossute.

"Non conta chi lo scrive. Montanelli? Non sa una minchia di mafia. Non capisce il problema. Di conseguenza, non capisce neanche come dev'essere trattato. Chi altro ha scritto, fammi vedere...

"E Vincenzo Vitale? Fa il magistrato."

"Be', in quel caso, forse..." sorride Nino. Poi si alza e a piccoli passi, con enorme lentezza, raggiunge Giovanni dietro la scrivania. Gli dà uno scappellotto dietro la nuca, poi gli scompiglia i capelli. Per un secondo, nella testa di Giovanni si susseguono alla velocità della luce immagini di suo padre, poi di Rocco Chinnici, e all'improvviso vorrebbe piangere, piangere e basta. Non sa bene il motivo, o è forse che i motivi sono troppi, tutti insieme; sente solo che vorrebbe piangere senza ritegno, piangere tutto il giorno, piangere fino a domattina e svegliarsi sul pavimento freddo senza nessuno accanto, soltanto lui, sfinito da questa lunga ed estenuante concessione alla sua fragilità, pronto per lavarsi il volto e ricominciare da zero. In un altro posto, magari. In un'altra città. Con un nuovo nome e una nuova faccia. Come Buscetta.

Nino avverte qualcosa, ma è un uomo troppo esperto della vita per commettere l'errore di fare domande, o addirittura di consolarlo. Si allontana, affacciandosi alla finestra.

"Fatti una cena con Francesca. Portala a Mondello, mangiatevi un piatto di spaghetti coi ricci."

* * *

"Te l'ha detto Nino, sono sicura. Altrimenti staresti ancora chiuso in ufficio."

"Ma quando mai!"

"Sì, vabbè. Mangiamo, va'."

Francesca ha messo un tailleur scuro e indossa una collana di corallo e pietre nere che contrasta bene con la sua pelle chiara. Davanti a loro c'è una mezza dozzina di grossi piatti pieni di bruschette e di frutti di mare. Al centro del tavolo c'è una paperella di ceramica grande quanto un pugno, appena scartocciata.

"Guarda che ti capisco benissimo. Anch'io al posto tuo sarei lì. Garantito. Dico solo..."

"Uhm?" Giovanni sta masticando una forchettata di spaghetti con le sarde.

"Dico solo che potresti prenderla diversamente. Sembra che stiano facendo un processo a te, non alla mafia. Se ti avessero arrestato per traffico internazionale di stupefacenti avresti la stessa faccia."

"Salterà tutto," fa Giovanni con la bocca piena. "Vuoi scommettere?"

"*Salterà tutto, salterà tutto...*" lo imita biascicando le parole che ha appena detto. "Ma per piacere. Anche Paolo dice che ti dovresti calmare. Eppure lui non è che ci ha investito meno di te."

"Lui crede in Dio."

"E tu no?"

"Sì!" risponde Giovanni tossendo. "Certo che ci credo. Esiste, solo che è cattivo."

"Anche Dio vuole sabotare il Maxi, quindi."

"Esatto. Hai visto cos'ha fatto Di Marco?"

"Chi?"

"Di Marco, quello della rapina al treno."

"Ah, sì. E vabbè... Ti sembra grave?"

"Lo è. Prima aveva deciso di collaborare, l'avevano sistemato in una gabbia separata dalle altre da nove gabbie vuote."

"Che brutta 'sta parola, non puoi chiamarle *celle* invece di *gabbie*?"

"Eh... Ma in aula le chiamano così. Comunque," continua Giovanni, "ora ha chiesto di essere riammesso a vita comune e di essere riportato all'Ucciardone. È un segnale chiaro: vuole ritrattare."

"È uno su tanti."

"È il primo di tanti."

"È uno su tanti."

"Peppino mi ha detto che gli avvocati avevano la faccia come se avessero appena vinto al bancolotto. Pare che un gruppo di loro sia andato a festeggiare."

"E tu ignorali. Il mondo è pieno di codardi, ma Buscetta, Contorno... Quelli non sono codardi. Si può dire tutto il male del mondo tranne che sono codardi. Contorno se potesse li ammazzerebbe tutti con le sue mani."

"E ne sarebbe pure capace."

"Mio fratello mi ha chiesto perché non ci siamo ancora sposati."

"*Ggh!*" A Giovanni è andato il boccone di traverso. "Alfredino lo sa benissimo che io ti sposerei domani."

"Ma non sto dicendo questo!" fa lei, offesa. "Era solo per dire che è curioso. Ha espresso una curiosità, tutto qui."

"E tu che gli hai detto?"

"Che non abbiamo ancora avuto il tempo."

"Corretto."

Ci pensa almeno una volta al giorno, Giovanni, a chiederle di sposarlo. Il punto è che non le ha detto tutta la verità, ma soltanto una parte. Così come le ha detto che *non si mettono al mondo orfani*, dovrebbe dirle la frase che gli si accende nella testa come una lampadina rossa ogni volta che pensa a quanto sarebbe bello, a quanto sarebbe anche *giusto*, sposarsi: non si sposano vedove. Sa che Francesca lo troverebbe fatalista, drammatico. Pesante. Ma Giovanni è convinto che quando lascerà questa terra non sarà per vecchiaia; se n'è convinto così tanto da stabilire con quest'idea un rapporto che, se non è di serenità, è quantomeno di franchezza e di disillusione. I suoi piani, i suoi programmi, sono affetti da un senso di provvisorietà a cui non c'è rimedio: si sente come se avesse preso casa in affitto, con un contratto da rinnovare di anno in anno, e ora si trovasse a dover scegliere i mobili su misura, la tinta delle pareti e tutto il resto. Come se la vita fosse un guscio da abitare con moderazione, da non sporcare, un luogo di cui non prendere mai veramente possesso, perché le condizioni di utilizzo hanno scadenza breve. Così facendo – a Giovanni non sfugge – la natura stessa di alcuni piaceri logicamente connessi all'eternità, o perlomeno a un'idea di durata, si corrompe, e molte gioie cessano di esistere. E come vale per lui, così anche per chi gli sta accanto, costretto a contagiarsi di questo morbo.

Lei gli poggia una mano sopra la sua e gli dà un bacio sulla fronte. Per qualche minuto masticano in silenzio e guardano il mare di Mondello.

Francesca gli lancia qualche occhiata di sguincio, senza che lui se ne accorga. Ha gli occhi puntati sul mare, ma spalancati altrove. Su un'aula di tribunale, per l'esattezza. Non è un vizio e non è una *pruderie*, Francesca lo sa. È un'ossessione, magari. Dopotutto, la storia l'hanno sempre fatta individui consumati dall'ossessione, e Francesca è convinta, assolutamente convinta, che il Maxiprocesso segnerà la storia. Che Giovanni, Paolo, tutti i colleghi del pool segneranno la storia. È un magistrato di grande esperienza: non le sfugge alcun dettaglio tecnico, e neppure l'importanza mediatica. Non c'è molto altro di cui si possa parlare con Giovanni, in questi ultimi mesi.

"Bisognerebbe prendere Michele Greco," gli dice arrotolando l'ultima forchettata di spaghetti.

Lui si volta a guardarla di scatto, come se avesse detto qualcosa di folle. Come se non avesse sentito, letto, pronunciato, scritto quel nome, il nome del Papa, migliaia di volte. Come se non lo sapesse anche lui che bisognerebbe prenderlo, una benedetta volta, il padrino di Ciaculli. Eppure, per un attimo ha avvertito qualcosa, una piccola scossa, come se qualcuno l'avesse punto con uno spillo.

Si tocca l'avambraccio. Gli è venuta la pelle d'oca.

31.
IL PORTABORSE

Palermo, 1986

Il mercato di Ballarò può insegnare i colori all'arcobaleno. Col tempo ci si abitua a questa esplosione cromatica di giallo, arancio e verde degli agrumi, al grigio iridescente dei pesci di ogni forma e dimensione, alle tonalità rosse dei pomodori, della carne, all'intero campionario di sfumature dei frutti nei vari gradi di maturazione. E infatti Maria Falcone non ci fa tanto caso. Cammina sovrappensiero fra una bancarella e l'altra, e quasi non si accorge del viavai di gente e di motorini che ogni tanto le mancano i piedi per una manciata di centimetri. È una donna dall'aspetto austero, Maria. Ha una folta permanente di capelli castani che sfumano verso il biondo, il volto regolare, gli occhi tondi come quelli di suo fratello Giovanni e di sua sorella Anna. Ha trascorso la mattinata proprio a casa di lei, stranamente libera dagli impegni scolastici. Hanno parlato di Giovanni, dell'ultima volta che l'hanno visto e di come a entrambe è apparso stanco; stanco e con una strana serenità addosso, una triste serenità, come se avesse fatto pace con qualcosa. Con qualche rinuncia, forse.

Poi Maria ne ha approfittato per fare un giro al mercato a comprare qualcosa per sé e per la sua famiglia.

"Professoressa," la saluta un macellaio battendo tre volte il manico del coltello sul bancone, come per suonare un campanello. La saluta sempre così. Lei ricambia il saluto con un cenno.

Maria ha tre anni più di Giovanni e due meno di Anna, la maggiore dei tre. Insegna diritto alla scuola superiore ed è attenta alla vita politica palermitana. Non fa fatica, quindi, a riconoscere quello che lei e Anna hanno sempre chiamato "il portaborse", una vecchia volpe della DC locale di cui non hanno mai saputo il nome – o comunque l'hanno dimenticato –, infinite volte candidato nelle liste circoscrizionali ma mai realmente interessato a farsi eleggere. Il suo è più che altro un ruolo di faccendiere. Quello che alla larga si potrebbe definire senza peccare di approssimazione, appunto, un portaborse.

L'uomo sta chiacchierando con un ambulante che vende oggetti per la casa. Lei ne vede il volto sbucare ogni tanto tra la folla e ha l'impressione che la stia osservando con la coda dell'occhio. È proprio la sua pretesa indifferenza, un pochino impacciata, a incuriosirla. A ogni modo, non si conoscono così bene da essere costretti al saluto, quindi Maria continua a camminare guardando dritto davanti a sé.

"Prof," fa un cenno con la mano una donna che vende calzini e mutande sotto un ombrellone a strisce. Maria ricambia. Il portaborse adesso ha finito di parlare con l'ambulante e si è messo al centro della strada. Guarda l'orologio, si gratta la testa, ostenta indecisione. Maria gli passa accanto fingendo di non vederlo.

"Maria!" È lui a chiamarla.

"Ah, caro," si volta lei con un sorriso di circostanza, usando una formula passe-partout.

"Come stai?"

"Bene, bene..."

"Da quanto tempo che non ci vediamo!"

"Molto." In effetti Maria non ricorda l'ultima volta che si sono visti. Sarà stato due o tre anni prima, quando l'ha incrociato davanti al seggio che distribuiva alle vecchiette consigli non richiesti – e, soprattutto, non autorizzati – su chi votare in cabina elettorale.

"Che fai?" Ha gli incisivi molto grandi, il portaborse. Sembrano due blocchi di marmo. Anche il naso si fa notare: ha la punta rossa e arrotondata come quella di un clown, i pori della pelle grossi e dilatati. Sul taschino della giacca porta una spilla scudocrociata con il bordino dorato.

"La spesa," gli mostra le buste.

"Ti posso aiutare?" È stranamente disponibile. Stranamente perché le elezioni sono passate da un pezzo, e comunque, anche in periodo di elezioni, non le ha mai dato troppa attenzione. Oggi invece le si propone come facchino personale.

"Ma no..." gli sorride, un po' imbarazzata. "Non c'è bisogno, ho finito."

"Ah... magari ti posso accompagnare?"

"Va bene. Volevi dirmi qualcosa?"

"Sì e no, era un po' per salutarti, non ci vediamo da un sacco di tempo..." ripete. Un motorino sfreccia compiendo uno zig zag tra le gambe dei passanti, l'uomo fa il gesto di tirare un ceffone al conducente, quello si volta e gli fa una pernacchia. Lui si morde la mano.

"'Sti imbecilli... I tuoi ragazzi a scuola sono così? Spero proprio di no."

"In classe no."

"In classe non possono entrare col motore. Anche se..." ride da solo. Camminano per una cinquantina di metri senza dirsi nulla. Il portaborse saluta ogni tanto qualcuno con la mano. Qui a Ballarò tutti sembrano conoscerlo.

"Caro, io..."

"Sì, sì, niente, volevo chiederti: come va il lavoro, e la famiglia?"

"Tutto bene, non mi posso lamentare."

"Quello lì tiene certe stigghiole..." Indica un negozietto sulla destra. Un giovane maghrebino sta versando dell'acqua sul pavé con un grosso secchio azzurro. Maria non risponde, ma fa un'espressione come per dire che non le ha mai provate.

"Le devi provare! Obbligatorio!"

"Io adesso devo andare di là..."

"Hai visto quello che sta succedendo in questa città?" Si ferma al centro della strada affollata. Le grida degli ambulanti si mischiano fra loro in una variopinta litania. "Le cose, Maria, le cose non vanno bene." Scuote la testa. "Non vanno bene per niente. La politica fa schifo, io sono il primo a dirlo."

"Ah, be'..."

"La criminalità... Li vedi a 'sti disgraziati, non vanno neanche più a scuola, stanno tutto il giorno buttati per strada. E lo Stato che fa? Niente. Una minchia, scusami la parola. Lo Stato non fa assolutamente niente."

"È abbastanza scoraggiante."

"Scoraggiante! Esatto! È per questo che io ammiro le persone come tuo fratello. Tuo fratello è un eroe, Maria."

"Fa il suo lavoro. Lo fa bene, forse pure meglio di come..."

"È un eroe. Senti a me. Un eroe. Non sei d'accordo?"

"Sì, non lo so... Forse è proprio lui a non essere d'accordo." Maria è stanca e non lo nasconde, le braccia cominciano a dolerle per il peso delle borse. Le poggia per terra con uno sbuffo.

"È un eroe. Sai che cosa si dice di Giovanni Falcone?"

"Che è un eroe?" sorride Maria con una punta di fastidio e un'altra di sarcasmo.

"A parte quello. Si dice che qua è sprecato. Che starebbe meglio in un'altra città, che magari in un altro posto avrebbe pure più soddisfazioni." Maria adesso lo guarda incuriosita. La sua espressione è cambiata.

"In che senso?"

"Nel senso che è meglio lasciarla, questa città. Che è meglio andarsene, per uno come lui."

"Stai dicendo in generale o proprio per lui?"

"In generale. E anche per lui. Però lui a differenza di molti altri non farebbe fatica a trovare un posto fuori, un posto in un'altra città, magari a Roma, chi lo può sapere. Io se fossi in lui me ne andrei, perché altrimenti qui gli fanno la pelle." Maria resta in silenzio. Il cuore le batte più forte.

"Scappare, deve. Altrimenti qui gli fanno la pelle."

Maria raccoglie le borse e s'incammina verso la fine del mercato. "Io vado a casa," dice brusca. Pensa a Giovanni e cammina senza voltarsi indietro.

"Gli fanno la pelle, garantito," ripete il tizio in un sussurro che però lei riesce a sentire.

32.
DI FRESCO GIUSEPPE

Palermo, 1986

“Cos’è questo, signor colonnello?”
“Ce lo manda Falcone.”
“... Falcone?”
“Giovanni Falcone.”
“E per lui, mi scusi se lo domando, è una cosa... seria?”
“Evidentemente sì. Può occuparsene lei?”

Il capitano dei carabinieri di Termini Imerese, Sergio Pascali, si gratta la fronte. È arrivato in auto al Comando provinciale di Palermo su richiesta del comandante, il colonnello Giuseppe De Gregorio, che non ha voluto dare spiegazioni sul motivo della convocazione. Ora il motivo è lì, davanti ai loro occhi, poggiato sulla grossa scrivania di ciliegio del colonnello.

“Deve pensarci, capitano?”

“No, no, assolutamente. Me ne occupo subito, signor colonnello. È solo che...”

“Cosa?” Il comandante provinciale è un uomo di poche parole, ma ciò non esclude una certa gentilezza nei suoi modi. Certo, ha da fare – ne ha avuto per tutta la mattinata e ne avrà subito dopo la ripartenza di Pascali – ma nonostante ciò, pur avendo reso chiaro il concetto, non si può dire che il suo tono sia brusco. Sbrigativo, forse, ma non brusco.

Si somigliano, lui e il capitano Pascali. Hanno entrambi il volto grosso e geometrico, ma De Gregorio ha un profilo greco, il naso più grande e una corporatura più robusta, anche se non di tanto. Il loro aspetto incontra perfettamente l'estetica del ruolo che ricoprono. Danno entrambi un'idea di solidità.

"È che... Nulla, signor colonnello. Procediamo nel modo indicato?" Lancia un'occhiata al biglietto scritto a penna con una grafia incerta.

"Sì. Facciamo come dice."

"D'accordo, signor colonnello." Pascali si alza e si avvia verso la porta. Prima di uscire si volta e porta la mano alla fronte nel saluto militare.

"Comandi."

Se volete prendere Michele Greco dovete fare come vi dico io pubblicate un annuncio sul Giornale di Sicilia *dove dite che volete comprare un trattore usato in buone condizioni e dovete dare un numero di telefono che io vi chiamerò*

Il testo del biglietto è stringato e non sembra scritto da un uomo di lettere, ma contiene tutte le informazioni necessarie. Il capitano Pascali ha dato ordine di non disturbarlo se non in caso di estrema necessità, quindi si è chiuso nel proprio ufficio e si è messo al telefono con la segreteria di redazione del quotidiano. È da una decina di minuti che aspetta il redattore responsabile della pagina degli annunci. Rivelando la propria identità se la sarebbe sbrigata in una manciata di secondi, ma il giudice Falcone è stato categorico: occorre la massima riservatezza. E quindi bisogna fare la fila, come tutti i normali cittadini che non hanno mostrine sulle spalle.

L'Italia è piena di mitomani: non è la prima volta che i carabinieri, la polizia, e qualche volta perfino i vigili, ricevono segnalazioni di fantomatiche talpe che vogliono far catturare questo o quell'altro latitante. Stavolta, però, Falcone deve aver visto qualcosa. Già il fatto che il biglietto sia arrivato a lui, che l'autore si sia preso la briga di spedirlo al Tribunale di Palermo, e non direttamente ai carabinieri, significa qualcosa. Probabilmente sarà anche stavolta un buco nell'acqua. Oppure, chissà, è la volta buona. Al momento il Papa potrebbe trovarsi ovunque. Non c'è di meglio da fare che seguire l'unica pista esistente, per quanto fantasiosa possa apparire.

Dopo un'eternità, il redattore risponde e Pascali inizia a dettare l'annuncio.

Cercansi due trattori per uso forestale, usati in buone condizioni. Per offerte contattare il numero...

Pascali detta un numero di telefono che ha le cifre iniziali diverse da quelle della stazione di Termini Imerese e che è stato usato un paio di volte per operazioni simili. Conclusa la telefonata, si alza, gira la chiave della porta dell'ufficio e la lascia socchiusa. Ora c'è tempo per le operazioni ordinarie. Ora c'è solo da aspettare e incrociare le dita.

* * *

Aspettare sì, ma neanche tanto.

La prima telefonata del ragazzo arriva da una cabina pubblica il giorno stesso della pubblicazione dell'annuncio. Pascali dubita di lui, ma la cosa interessante, che per certi versi spiazza il capitano, è che il ragazzo è ben più diffidente. Parla poco, le sue frasi sono brevi e quasi sempre esprimono un rifiuto. Rifiuta di dire chi è, rifiuta di rivelare come fa a conoscere il nascondiglio del Papa, rifiuta perfino di incontrare Pascali per accordarsi in qualche modo. Vuole prima parlarci. È lui a voler capire se può fidarsi dei carabinieri, non il contrario. È lui che comanda, e lo sa.

La seconda telefonata arriva il giorno successivo, sempre da una cabina pubblica, ma diversa da quella precedente. È chiaro che *il ragazzo* – così lo stanno chiamando, in attesa di conoscerne l'identità – vuole garantirsi un certo margine per ritornare sui propri passi ed eventualmente sparire senza che vi sia alcuna possibilità di risalire a lui. E questo non perché abbia paura di incriminazioni e denunce, ma perché ha paura del Papa. Lo teme come il diavolo, il boss di Ciaculli. Sa che una volta imboccata quella strada non si torna più indietro; sa che se quel carabiniere con cui sta parlando, di cui sta valutando l'onestà, dovesse mostrare una sola incrinatura, se anche un minimo presentimento di ambiguità dovesse venire a galla, sarebbe la fine. E sarebbe una fine orrenda. La fine che si meritano gli infami.

Ma è proprio questa paura, questa continua ritrosia, questo mostrarsi sempre sull'orlo del ripensamento a spingere il capitano Pascali a dedicare al *ragazzo* le sue intere giornate. Ormai è tutto un dirgli che della questione si occuperanno soltanto lui e il dottore Falcone, che nessun altro potrà conoscere la sua identità, che le sue confidenze verranno attribuite a un informatore anonimo; anzi, gli chiede anche di scegliersi da sé un nome di fantasia. Ma il *ragazzo* non vuole averne nessuno. Anche i percorsi dell'immaginazione possono dire tanto di una persona. Preferisce essere il ragazzo, e in questo sembra non esserci alcuna finzione, perché dalla sua voce sembra davvero molto giovane. Come fa un ragazzo a conoscere i segreti di un *papa*? Com'è riuscito ad avvicinarglisi così tanto? E soprattutto, è possibile che un ragazzo, da solo, possa decidere di vendersi Michele Greco ai carabinieri senza che la Cupola ne abbia discusso, senza che ci sia quantomeno un tacito assenso da parte dei pezzi da novanta?

Ormai è chiaro che la leadership di Greco viene intaccata giorno dopo giorno dall'ascesa di Riina e dei suoi, che i corleonesi hanno avuto la meglio sulla mafia palermitana e che Greco – il cui soprannome pare derivi proprio dalle sue capacità diplomatiche, dalla sua attitudine alla mediazione – ha fatto molte concessioni al Corto pur di conservare la propria poltrona di capo. Ma che capo è quello che cede terreno, che abbozza, che chiude un occhio su tutto, che si volta altrove quando il Corto ammazza senza il permesso della Cupola, a patto di conservare i benefici di capo? È un capo che non ha più il prestigio di una volta. È un capo solo sulla carta. È un capo che non è più capo.

* * *

Le radici del *Ficus macrophylla* vengono giù dal tronco come colate laviche. Sono serpenti lignei che si snodano, sinuosi, fino al terreno, come se un tempo quel legno si fosse sciolto colando lentamente dalla somma dell'albero fino a infossarsi. Si dice che quest'albero sia stato portato qui, nell'orto botanico di Palermo, circa due secoli fa. Due bambini si rincorrono intorno al suo strano tronco; uno di loro stringe il manubrio di un rumoroso triciclo, che sventola come una bandiera. La sorellina corre libera, ogni tanto inciampa, ma suo fratello non la prenderà mai. Il triciclo è un impaccio e lui non ha alcuna intenzione di lasciarlo per terra. Il padre, un giovane con gli occhiali di tartaruga e una lunga barba nera, scruta il cielo limpido come se aspettasse, chissà perché, che all'improvviso si scateni un diluvio.

Ma il clima è mite stamattina a Palermo, nonostante sia il mese di febbraio. Gli uccelli cinguettano e dal mare soffia un venticello salmastro. Un turista qualunque penserebbe, a ragione, che questo posto, in questo momento, sia fra i più bei posti al mondo in cui trovarsi. Ma il capitano Pascali, come tutti quelli che gironzolano per il parco – pochi, in realtà: neanche una mezza dozzina –, è troppo abituato a queste quotidiane amenità. Ed è troppo concentrato sul giovane con il giornale in mano.

Indossa un grosso paio di occhiali da sole e ha un berretto con la visiera. La camicia di jeans che gli scende dritta fino alle cosce ricorda un po' le radici del ficus. Gli starà grande di almeno due taglie. Pascali ha messo un giaccone scuro con la cerniera chiusa fino al mento. Sotto, ha la pistola d'ordinanza infilata in una fondina ascellare. Se le cose dovessero mettersi male, vuole conservare qualche chance di cavarsela. Gli uomini più vicini, per un eventuale intervento, si aggirano in borghese all'interno del parco botanico. Ma i tempi e le modalità di reazione, in situazioni del genere, sono sempre un'incognita, a maggior ragione in un luogo pubblico frequentato da civili. L'auto dei carabinieri più vicina è a cento metri di distanza, fuori dal parco.

Il giovane con il berretto sta leggendo da almeno cinque minuti la stessa pagina. Non sembra molto interessato agli alberi e alle piante del parco, e neanche al quotidiano in realtà, perché lascia e riprende l'articolo guardandosi intorno e passeggiando a casaccio. Ha posato lo sguardo su ogni cosa e persona si trovi nelle vicinanze, tranne che sul capitano Pascali. Lui l'ha evitato con cura.

Pascali è lì a osservare i tronchi degli alberi da troppo tempo. È arrivato mezz'ora prima dell'appuntamento concordato. Anche quel tizio è lì da un bel po', e c'è da scommettere che si sia presentato ancora prima del capitano e che l'abbia sbirciato magari da lontano, prima di avvicinarsi al vecchio ficus. Si sono studiati abbastanza. È il momento di fare qualcosa. Ogni minuto che passa aumenta il rischio che sfumi tutto, che magari il giovane ci ripensi e scompaia per sempre.

Pascali fa qualche passo nella sua direzione, con le mani infilate nelle tasche del giaccone. Il tizio sta leggendo il quotidiano *la Repubblica*, proprio come concordato nell'ultima telefonata. Ora che il capitano è più vicino, solleva il giornale fin quasi a coprirsi gli occhi, in un goffo tentativo di mostrarne bene il nome.

"Buongiorno."

Il giovane risponde con un cenno della testa.

"Sono Pascali." Il tizio ripiega il giornale e lo usa per darsi qualche colpetto sulla coscia. Iniziano a passeggiare lentamente.

* * *

"Voi già mi conoscete."
"Hai precedenti penali?"
"No, io no. Però..."
"Qualche tuo familiare?"
"Mettiamoci là, che qua stiamo proprio in mezzo alla gente." Il ragazzo indica una panchina un po' defilata sotto la chioma cascante di un grosso albero che le fa ombra. Vanno a sedersi. Pascali ci era andato vicino: immaginava che fosse ancora più giovane, a onor del vero, ma in ogni caso non avrà più di venticinque o ventisei anni, per quel che si può capire vedendolo così, con gli occhiali da sole e il berretto.

"Io vorrei capire che idea vi siete fatti voi di me. Se lo faccio per soldi o per... Secondo voi lo faccio per soldi?"

"Non mi sono fatto nessuna idea." Il capitano, che aveva anche lui gli occhiali da sole, li toglie.

"No, no, rimetteteveli, per piacere." Se li rimette.

"Tu hai un interesse a dirmi certe cose e io ho un interesse a usarle. Questo è tutto. Non faccio il prete, non condanno e non do le assoluzioni."

"Eh, ma questo mio interesse, voglio dirvi che non è per i soldi. I soldi mi servono, quelli servono a tutti, ma se fosse per i soldi non starei qui, perché poi lo so quello che mi succede."

"Io posso darti tutte le garanzie di cui abbiamo già parlato."

Il ragazzo sorride. "Le garanzie?" Pascali resta zitto. Lo sa anche lui che il camposanto è pieno di tombe che straripano di garanzie. "Comunque, vi stavo dicendo che non mi interessano i soldi, cioè che quelli me li prendo perché servono a tutti e servono pure a me, però non è quello il motivo che mi ha fatto... che mi ha spinto..."

"È chiaro, è chiaro."

"Però comunque, visto che ne stiamo parlando, voi pensate che..." Si sfila il berretto, si gratta la testa, quindi se lo rimette.

"Facciamo così: dimmi chi sei e per quale motivo dovresti sapere cose che non sappiamo già, e poi eventualmente ti spiego i risvolti economici. Va bene?"

“Io sono sicuro che voi avete interesse a sapere quello che so io.”

“E da dove ti viene questa sicurezza, se posso?”

Il giovane sospira, si dà qualche altro colpo sulla coscia con il giornale piegato, si guarda intorno. Ostenta indecisione. Forse la sua è una parte, forse sta solo cercando di ricavare il più possibile da questa specie di trattativa, o forse è veramente indeciso. Se rivela la propria identità, per lui è fatta. Avrà varcato la soglia. Da quel momento, che le sue informazioni siano valide oppure no, la differenza non sarà poi tanta. Nel caso in cui il suo nome dovesse uscire fuori dalla caserma dei carabinieri o dall’ufficio di Giovanni Falcone, il suo destino sarebbe segnato.

“Vi dico questo perché il dottore Falcone mi sembra persona onesta e perché...”

“Lo sono anch’io.”

“... e perché in questo momento le persone oneste mi vengono a mancare, non ce ne stanno tante, non so come vi devo dire...”

“Fammi capire chi sei e se ha senso che parliamo. Cominciamo da questo. Per il resto: ti puoi fidare, ti do la mia parola e pure quella del dottore Falcone.”

Il giovane sospira un’altra volta. Stavolta sembra più un rantolo.

“Io sono incensurato, ma voi sicuramente mi conoscete, oppure sapete almeno il mio nome, perché mio padre è il fattore della tenuta del signor Greco Michele.”

Pascali deglutisce. Non vuole mostrare segni di eccessivo interesse né tantomeno di emozione, quindi si volta dall’altra parte, finge un colpo di tosse.

“Cognome?” chiede.

“Galati.” Pascali non ha bisogno di sapere altro. Il *ragazzo* aveva ragione.

* * *

"Pare che questa è la volta..."

"Non lo dica. Non lo dica." Giovanni alza entrambe le mani. Borsellino, che sta seduto a un angolo della stessa scrivania, sorride. Ma anche lui è teso come tutti i presenti.

"Fin quando non è fatta, non diciamo niente. Però le premesse sono buone."

"Il capitano finora ha fatto un ottimo lavoro," dice il comandante De Gregorio guardando Pascali.

"Dovere, signor colonnello," dice Pascali, senza che gli sfuggano le implicazioni del "finora".

Michele Greco è l'uomo più ricercato d'Italia. Quello da prendere. Quello che conosce così bene il territorio e può contare su una quantità tale di appoggi, timori e reverenze, da rendersi invisibile. Per uomini come lui la tecnica del mimetismo risulta molto facile da praticare. Ci avevano provato Ninni Cassarà, Beppe Montana, e molti altri fra poliziotti, carabinieri, magistrati, a prendere Greco, che dal giugno del 1982 è uccel di bosco. Qualcuno è riuscito ad avvicinarglisi, a fargli sentire il proprio fiato sul collo, e per questo motivo è finito sottoterra. Da anni ormai la battaglia per l'ordine e per la sicurezza segue le stesse brutali regole di quella per la giustizia, le catture dei grossi latitanti funzionano anch'esse col sistema della staffetta: non basta un uomo per sbatterli in galera; ne occorrono diversi, in fila uno dietro l'altro, e il risultato finale comporta una serie di sacrifici umani.

"Se riuscissimo a prenderlo a dieci giorni dall'inizio del Maxi sarebbe..." inizia Paolo stringendo il braccio a Giovanni.

"Sarebbe perfetto," conclude il comandante De Gregorio al posto suo, lanciando un'occhiata a Pascali.

"Dottore Falcone, la... disponibilità allora è confermata?" domanda il capitano.

"Confermata. Quand'è il prossimo incontro?"

"Dovrebbe essere domani."

E domani è.

Benedetto – così si chiama il *ragazzo* – indossa sempre il suo berretto e gli occhiali da sole. Stavolta lui e Pascali s'incontrano davanti a un chiosco e salgono entrambi nell'auto civetta guidata dal capitano. Benedetto è ancora più timoroso della volta precedente. Tiene la testa bassa, ogni due per tre si schiaccia il berretto sulla testa, come se questo potesse ripararlo meglio dalla vista di occhi indiscreti, e si spinge sul naso i grossi occhiali da sole. Pascali prende una strada che porta fuori Palermo e inizia a marciare lentamente. Dietro di loro, in lontananza, c'è un'altra auto che si muove sullo stesso tragitto.

"Io sono una nullità, sono una cosa inutile," esordisce Galati. "Io lo so quello che pensate di me, che sono un infame..."

"Non pensiamo niente, te l'ho detto. Se ci aiuti, possiamo pensare solo bene."

"... che sputo nel piatto dove mangio, dove mangia mio padre. Che siamo degli infami," ripete ancora una volta.

"Qua gli unici infami sono quelli che rovinano questa città e che ammazzano i cristiani."

"Ma io non sono un pentito. Non sono un infame. Però mi hanno fatto diventare una cosa inutile, mi hanno umiliato e continuano a umiliarmi."

"In che senso?"

"Tutti sulla testa mi passano!" salta su Benedetto. "Tutti fanno carriera, tutti c'hanno le macchine, i soldi, e io senza una minchia sto. A piedi sto, vedete? Sto in macchina con voi, altrimenti stavo a piedi. Non c'ho una lira, io. Io che ho sempre fatto tutto quello che..." Benedetto capisce forse che non gli conviene dire cosa ha fatto, quando e come, quindi s'interrompe.

"Mio padre..." riprende dopo qualche attimo, "ci manca poco che gli cambia pure le mutande, a don Michele. E io sto qua a fare il pezzente!" Scuote la testa, fissa le proprie ginocchia.

L'auto procede con lentezza, i due restano in silenzio. Pascali vorrebbe dirgli che se uno cerca la giustizia non è ai mafiosi che deve andare a chiederla, che non ci si può aspettare un riconoscimento, uno scatto di carriera, una trasparenza da chi fa della mancanza di trasparenza e dell'ingiustizia la propria ragione d'essere. Ma non lo fa. Sta zitto. Non vuole che Benedetto interpreti la sua come un'accusa o una condanna. Dopo qualche minuto, è Benedetto a parlare.

"Volevo sapere poi se avete parlato dell'aspetto... dei piccioli, capitano. Volevo sapere qual è la ricompensa."

Pascali gli lancia un'occhiata, aggrotta la fronte. Benedetto gli restituisce lo sguardo. Ritiene giusto essere pagato per l'aiuto che gli sta offrendo. E poi, l'ha già spiegata la sua situazione economica.

"*Se* le informazioni sono buone..." fa il capitano accompagnandosi con i gesti della mano, "*se* sono verificabili, *se* sono effettivamente utili per la cattura, *se* ci permettono di..."

"Se, se, se... ve lo dissi che sono buone, che è tutta roba di serie A!" Pascali lo sa, ci sono ottime probabilità che le sue informazioni siano cruciali, il ragazzo ha il coltello dalla parte del manico. Tutto è non fargliello troppo capire, perché non provi a trattare sul prezzo. Perché non si prenda il dito con tutta la mano.

"Se tutte queste condizioni vengono soddisfatte, ti possiamo dare cento milioni."

"Cento mi-lio-ni..." balbetta Galati. Vorrebbe nascondere la propria emozione ma ci riesce molto male.

"Questo è quello che possiamo darti. È uno sforzo straordinario da parte dello Stato, visto il personaggio..."

"Sì, sì, è chiaro." Ci riflette per qualche istante, o perlomeno finge di farlo. Poi porge la mano al capitano Pascali.

"Va bene, capitano," dice fissando la strada davanti a sé. Il mare, sulla sinistra, è agitato. Il vento soffia forte, uno sciame di nuvole grigie copre il cielo come un presagio funesto. "Adesso possiamo parlare davvero," e si toglie le lenti scure. Ora il suo sguardo si è incattivito. Sta per prendersi la sua vendetta, e anche i suoi cento milioni.

* * *

È l'alba del 20 febbraio quando un centinaio di uomini del gruppo Palermo 2 circonda alcuni casolari tra Caccamo e Trabia, sulle colline di Termini Imerese. Il capitano Pascali ha due borse sotto gli occhi talmente grandi che sembra l'abbiano preso a pugni in faccia. Ha trascorso tutte le notti fino a oggi a sorvegliare con un visore notturno le sette costruzioni indicate da Benedetto, appostandosi nella gelida campagna con le ossa che scricchiolavano per il freddo. Il Papa, ha detto il ragazzo, si sposta ogni giorno da un'abitazione all'altra. A fargli da autista è un allevatore, Salvatore Colletti, che lo carica a bordo di una Fiat 131 blu e percorre vie asfaltate e trazzere scarrozzandolo da una fattoria all'altra. Per avere la certezza di trovarlo, gli uomini di Pascali hanno accerchiato tutte e sette le casupole. Una, quella in cui vive lo stesso allevatore, è la principale candidata. Ma non è detto che Greco si trovi proprio lì.

Pascali avanza lentamente, acquattato nell'erba umida. Ai suoi lati, i carabinieri del gruppo si fanno strada di pari passo, i volti incappucciati e i mitra spianati. La casa è una bassa struttura di tufo giallo. Di fianco ci sono alcuni piccoli recinti e qualche animale che riposa placido puntando un occhio, di tanto in tanto, sulla squadra che avanza. Bisogna far presto, prima che qualcuno di loro decida di mettersi a grugnire o a belare, o che spunti fuori qualche cane. Ma bisogna anche essere cauti, perché da queste parti l'orecchio dei fattori è più delicato di quello delle bestie.

Quando sono a pochi metri dal casolare, Pascali fa cenno di fermarsi. Si mettono in ascolto. Dall'abitazione non arriva alcun rumore. Sul retro è parcheggiata la Fiat 131 blu di Colletti. Probabilmente staranno dormendo. È quello che farebbe normalmente una famiglia a quest'ora. Ma questa non è una situazione normale, e quella che stanno accerchiando non è una famiglia. Almeno non nel senso tradizionale del termine.

"Capitano, dica lei." Gli uomini di Pascali sono in contatto via radio con le altre squadre disposte davanti alle altre sei abitazioni. Tutte le squadre, nello stesso istante, faranno irruzione. Nessuna deve entrare prima delle altre. Nessuno dei controllati deve poter avvisare gli altri del blitz in corso.

"Avanti," dice il capitano. "Ora." Con un calcio, due di loro sfondano la porta del casolare. In un attimo, gli uomini della squadra sono dentro. Si voltano da un lato e dall'altro. Gli scuri sono tutti chiusi, l'unica luce è quella che entra dalla porta sfondata. Una alla volta, anche le altre squadre comunicano di essere entrate.

In casa dell'allevatore Colletti c'è silenzio. La cucina, arredata con vecchi mobili di legno, è appena dietro l'ingresso. Ai pomelli dei pensili sono appese alcune salsicce e un fascio di peperoncini rossi come il fuoco. Su un tagliere al centro del tavolo c'è un pezzo di pane lasciato lì dalla sera prima.

I carabinieri hanno appena iniziato a perlustrare la casa, quando dall'ala ovest uno di loro lancia un grido.

"Qui! Qui!" Pascali corre verso la voce che arriva dalla camera da letto. Un uomo con i capelli grigi arruffati sulla testa, si direbbe sulla sessantina, si guarda intorno tutto frastornato. Se ne sta seduto sul letto con indosso dei vestiti sgualciti. Sembra non capire cosa sta accadendo.

"E voi..." biascica con la bocca impastata dal sonno. "E voi chi siete?" Pascali lo scruta per qualche secondo.

"Greco Michele?"

"Chi?" chiede l'uomo, con gli occhi mezzo socchiusi.

"Greco Michele? Lei è Greco Michele?"

"Ma chi, io?" Si stropiccia gli occhi.

"Documenti, per piacere. E tenga le mani in vista. È armato?"

"Io?" ripete quello, con aria da ebete.

"Perquisitelo," comanda il capitano ai suoi. Due uomini si avvicinano al letto, afferrano l'uomo per le braccia, lo sollevano lentamente e lo perquisiscono.

"Niente," dice poi uno di loro. "È pulito."

"Pulito sono," ribadisce lui. "Le armi cercavate? Io non..."

"Qual è il suo nome? Ha un documento?" chiede Pascali avvicinandosi anche lui.

"Di Fresco Giuseppe mi chiamo."

"Di Fresco?"

"Di Fresco Giuseppe."

"Ha un documento, signor Di Fresco?"

"Certamente." Indica un mobiletto mezzo sbilenco che sta accostato al letto, dall'altro lato. "Posso andare?"

"Facciamo noi," dice il capitano. Uno dei suoi va ad aprire il mobile. Dentro c'è una mezza stecca di sigarette, una Bibbia, alcuni oggetti d'oro e una mazzetta d'immagini sacre. In fondo a un cassetto, in un angolo, c'è un piccolo borsello nero. Lo aprono. Dentro c'è una carta d'identità e qualche banconota stropicciata. Il carabiniere prende il documento, lo apre e lo porge al capitano.

"Di Fresco Giuseppe," sussurra Pascali.

"Esattamente."

"Signor Di Fresco, le devo chiedere di venire con noi in caserma."

"Io?"

"Lei."

"Ma io... così... Non capisco..." Si guarda intorno, cerca sostegno nello sguardo degli altri carabinieri, ma non ne trova. "Perché devo venire con voi in caserma? Io persona onesta sono..."

"Le devo chiedere di venire con noi," ripete Pascali. "Deve prendere qualche oggetto? Qualche medicina? O può venire così?"

L'ha visto troppe volte quel volto, per ingannarsi. Sergio Pascali è seduto di fronte all'uomo che hanno appena prelevato e portato con loro in una stanzetta della caserma palermitana di corso Calatafimi. Di fianco al capitano c'è il comandante Giuseppe De Gregorio.

"Lo vuole ripetere anche al comandante come si chiama?"

"Di Fresco Giuseppe. Sta scritto sul documento." L'uomo indica la carta d'identità aperta sul tavolo davanti a lui. Nella foto porta la mosca e due baffi nerissimi.

"Di Fresco Giuseppe," ripete Pascali con un lieve sorriso sulle labbra.

"Vi fa ridere?"

"No, guardi," fa il comandante, "noi non abbiamo proprio niente da ridere."

"E nemmeno io. Mi avete buttato giù dal letto. Proprio niente da ridere."

"Io la conosco bene la sua faccia," dice Pascali. "Le sembra strano? Crede davvero che..."

"Eh sì, strano mi sembra. Perché dovete conoscere la mia faccia? Io guai con la giustizia... mai avuti."

"Uno potrebbe averlo oggi, però." L'uomo stringe le palpebre, guarda prima il capitano e poi il comandante.

"Che intendete? Io non capisco."

"Nel senso che sta dicendo di chiamarsi come una persona che è morta due anni fa."

"Vi sembro morto?"

"E questo significa dichiarare una falsa identità."

"*Falsa identità*," ripete l'uomo con disgusto, come se quelle parole posate così, dentro la sua bocca, gli facessero schifo.

"E poi, signor... *Di Fresco*," fa il capitano, "posso dirle una cosa fra uomini?" L'uomo fa cenno di sì. "Detto proprio sinceramente," lancia un'occhiata anche al comandante, che sta lì ad ascoltare mentre sfoglia con finta attenzione le pagine di un verbale, "mi sorprende che un uomo della sua *levatura*, diciamo, possa negare la sua paternità. E pure la sua famiglia." Lo sguardo dell'uomo cambia. Non in maniera netta: soltanto un po'. Ma c'è stato un cambiamento. Dentro la sua testa è scattato qualcosa. Pascali capisce di aver fatto centro, di aver pizzicato la corda giusta. *Di*

Fresco rimane zitto per un'eternità. Anche Pascali e De Gregorio non dicono nulla. Poi, dopo una rapida ispezione delle proprie unghie, fa una richiesta.

"Vorrei parlare solo con voi, capitano."

"E perché mai? Il signor comandante..."

"Solo con voi. Se volete che parliamo."

Pascali si volta verso De Gregorio. Il comandante poggia sulle proprie cosce i fogli a cui fingeva di prestare attenzione.

"Solo io e voi," ripete l'uomo. I due carabinieri si fissano. Si stanno dicendo qualcosa. Pascali ha il collo duro come un blocco di marmo, si nota dalle vene gonfie e dal rossore che inizia ad affiorargli in volto. Dopotutto, il tizio è disarmato. Non si può avere paura di un vecchio disarmato, qualunque sia il suo nome, il suo passato, la storia che si porta dietro. Così il capitano ricaccia dentro la fogna da cui era sbucato quel guizzo di timore, quella punta di umana e volgare indecisione. Però, resta sempre il fatto che le gerarchie vanno rispettate, e un comandante provinciale è sempre un superiore.

"Non è una richiesta che si può..."

"Io posso uscire. Se questo può aiutare il signore a parlare, posso uscire per il tempo che serve. Lei..." Sta per chiedere a Pascali se lui se la sente. Il capitano annuisce rapidamente per non farlo finire. De Gregorio si alza, lancia un'ultima occhiata all'uomo con i capelli grigi e i vestiti sgualciti ed esce dalla stanza. Una volta che è uscito, lui si sistema bene sulla sedia, si avvicina al tavolo, su cui poggia entrambi i gomiti, e fissa il capitano Pascali dritto nelle pupille.

"Capitano, capitano..." picchietta con il dito sul tavolo. "Mai nessuno si è permesso di dirmi queste cose che voi mi avete detto." Pascali regge lo sguardo, ma non risponde. Passa un'altra eternità. L'uomo riprende a picchiettare sul tavolo, poi si decide. "Bene. Voi adesso diventerete famoso, perché avete preso il Papa." Accompagna l'ultima parola con un ampio gesto, scandendone bene le lettere per sottolinearne la sacralità. Pascali continua a fissarlo senza parlare. Deglutisce un paio di volte.

"Adesso, capitano, mangiamoci qualcosa, che sto morendo di fame." Si rilassa, abbandonandosi sullo schienale della sedia. "Vorrei un brodo caldo. È possibile?"

Il cuore del capitano Pascali batte all'impazzata.

C'è riuscito. L'ha preso. Un'era mafiosa è terminata. Il Papa è fuori dai giochi.

Ma quando muore un papa, si sa cosa succede.

E stavolta l'avvicendamento c'è stato con largo anticipo. Forse neanche don Michele ne è del tutto cosciente.

33.
SIAMO TUTTI SICILIANI

Palermo, 1986

"Il turbo, ha messo. Parlava come una mitraglietta, tutto in dialetto. Il presidente gli ha chiesto di parlare in italiano e lui sai che ha risposto?"

"Che ha detto?"

"*U 'nni sacciu. Sugnu zero r'italianu! E, comu mi fici matri natura, parru.*"

"Ah ah ah... Gli avvocati avranno fatto il diavolo a quattro."

"E che te lo dico a fare. Un altro po' volevano fare invalidare il processo. Hanno chiesto un interprete. Poi il presidente si è messo a tradurre lui."

"Me lo immagino."

Giovanni ride, ma Peppino Ayala lo sa che non è il suo solito sorriso. Si chiede addirittura se stia facendo bene a raccontargli per filo e per segno quello che è successo stamattina in aula, se questo non gli provochi soltanto una tristezza supplementare, un ulteriore rammarico per il fatto di non esserci stato. Dev'essere un po' come sapere che tuo figlio va a scuola, cresce, diventa più grande ogni giorno mentre tu non puoi vederlo. Solo chi ha passato intere nottate sulle carte di questo processo può capire cosa provi Giovanni Falcone in questo momento. Ma se non ci fosse neanche Ayala a fargli da narratore, se dovesse limitarsi alle sole cronache ufficiali, allora Giovanni piomberebbe nello sconforto più totale.

Quindi la risposta è sì: Peppino sta facendo la cosa giusta. Il suo resoconto nella peggiore delle ipotesi ridurrà il danno.

"*Tanto siamo tutti siciliani. 'Nni capemu, no?* Così ha detto." Ayala prende il bicchiere dal tavolino e manda giù un bel sorso di rosso. È rientrato in ufficio con due bottiglie di Nero d'Avola. Giovanni gli ha detto che non era opportuno bere sul lavoro, lui ha risposto che non avrebbe bevuto *sul* lavoro, indicando i faldoni che in effetti erano di fianco alla bottiglia, non sotto.

"E poi," ha detto, "lo sanno pure i morti che lì dietro c'è una bottiglia di Laphroaig." Ha indicato uno sportello della libreria sulla parete dell'ufficio.

A ogni modo, l'orario di lavoro è abbondantemente terminato. Per una volta, a Giovanni converrà mettere da parte i suoi eccessi di zelo. Difatti, accanto alla bottiglia di rosso c'è quella di Laphroaig, e Giovanni sta bevendo anche lui. Sono seduti su un paio di divanetti al centro dell'ufficio, illuminati dalla luce del lampadario e annebbiati dalla consueta cappa di fumo.

"Coriolano della Floresta," ripete Giovanni. È il soprannome che gli "uomini d'onore" hanno dato a Totuccio Contorno. Deriva da un libro dello scrittore William Galt, pseudonimo del palermitano Luigi Natoli, intitolato *I Beati Paoli*, pubblicato in 239 puntate dal *Giornale di Sicilia* tra il 1909 e il 1910, romanzo che i mafiosi hanno largamente letto e che a livello popolare ha incontrato un enorme successo. Nei *Beati Paoli* – il cui seguito si intitola, appunto, *Coriolano della Floresta* – il personaggio apparentato a Contorno è descritto come un uomo dai molteplici volti, una figura proteiforme e rocambolesca. Soprattutto, Coriolano della Floresta è abilissimo a nascondersi.

Interrogato dal presidente della Corte sul perché lo chiamassero in quel modo, Contorno ha spiegato di essere soprannominato Curiano della Foresta – storpiando quindi il nome dell'eroe del libro e dimostrando di non aver mai letto i libri di Natoli – perché, nei suoi lunghi e frequenti periodi di latitanza, si nascondeva abitualmente in campagna. C'è invece chi dice sia noto così tra i suoi ex colleghi per le sue capacità di eludere non tanto le manette, ma gli attacchi sferrati dalla fazione uscita vincitrice dalla guerra di mafia, ossia le pallottole dei corleonesi. Gli hanno scavato un fossato intorno – gli hanno ammazzato un cugino, Pietro Mandalà, il fratello della suocera, Gaetano Mandalà, lo zio di sua moglie, Salvatore Corsino, il garzone che gli riordinava la stalla, Emanuele Mazzola, un conoscente che lo aiutava a nascondersi, Giovanni Costanzo, un uomo che si era rifiutato di rivelare dove abitasse, Antonino Rugnetta, e perfino un medico che lo aveva ricoverato e curato nella propria clinica, Sebastiano Bosio –, ma lui è ancora vivo e anzi, se è sbucato dall'ombra è stato solo per sferrare lui un colpo ai propri avversari. I suoi, di fendenti, insieme a quelli di Tommaso Buscetta, rischiano di essere assai più pericolosi delle pallottole di Riina, Liggio, Provenzano e Greco.

"Tu e Domenico state andando alla grande." Giovanni si riferisce a Domenico Signorino, che insieme ad Ayala rappresenta la pubblica accusa.

"E chi ci ammazza."

"Uhm..."

"Battuta infelice fu."

Giovanni stappa con un *plop* la bottiglia di whisky.

"E per il resto? Hai finito di fare Charles Bronson?"

"E baaasta..."

"Che qua solo il PM giustiziere della strada ci manca."

"Basta con 'sta storia, pure a Pajno ho dovuto spiegare. Che volete da me? Giustiziere nato, sono. Uomo di legge in tutto e per tutto, ventiquattro ore su..."

"Seh. Almeno la signorina te l'ha dato il numero?" Giovanni alza il bicchiere e brinda da solo.

Peppino, come gli altri magistrati del pool, è da tempo che ha la scorta. Solo che lui ha pensato bene, domenica mattina, di farsi un giro con la sua Honda 900-Bol d'or senza dire nulla agli agenti.

Sarebbe potuta rimanere una semplice "disattenzione" se non fosse che il magistrato, mentre scorrazzava sul suo bolide, è capitato nel posto sbagliato al momento sbagliato. Sulla via del ritorno verso casa, ha notato una donna che urlava indicando un uomo in fuga. Altre donne affacciate ai balconi gridavano con lei. Non ci ha messo molto, Peppino, a capire che era appena avvenuto uno scippo. Allora ha pensato bene di inseguire il ladro in motocicletta. Poi, quando ha capito che il delinquente era abbastanza affaticato, è sceso dalla moto e l'ha afferrato per riportarlo sul luogo in cui aveva strappato la borsa alla malcapitata. Nel frattempo, alcune persone si erano radunate intorno alla vittima e non aspettavano altro che di lanciarsi in un pubblico linciaggio. Ayala, senza troppe cerimonie, l'ha rinchiuso nell'androne di un palazzo, poi l'ha consegnato a una pattuglia della polizia, andandosene via nel giubilo generale. Salvo poi trovare, la mattina dopo, la notizia in prima pagina sul *Giornale di Sicilia*. Quelli della sua scorta non l'hanno presa molto bene. E neanche il procuratore Pajno, che a ogni modo, dopo avergliene cantate di cotte e di crude, l'ha congedato dicendogli: "Comunque sei stato coraggioso."

"Voglio dirti questo: io non ho mai pensato che questo processo fosse 'il mio processo'. Leggo i giornali e non so come ne esco... come uno che..."

"Giovanni, ma c'è bisogno che me lo dici?"

"Sì, c'è bisogno. Io ho sempre pensato di essere una parte, un ingranaggio della macchina, insieme a te, a Paolo Borsellino, Guarnotta, Di Lello, Caponnetto, a tutti quelli che si stanno rovinando la vita, la famiglia. E anche a quelli che sono caduti per strada." Sollevano entrambi i bicchieri in un brindisi muto.

"E a quelli di noi che cadranno." Giovanni beve un sorso di whisky e tira due lunghe boccate dalla sigaretta.

"Se sta andando come sta andando, se posso dire di avere una minima speranza, ma proprio minima, che questa storia si concluda bene, che ci dia un risultato, è solo perché voi state facendo un lavoro eccezionale."

"Si fa quel che si può."

"Io ormai sono inutile, quello che dovevo fare l'ho fatto. Anzi, se io schiattassi adesso sarebbe una manna dal cielo, per questo processo. Mi farebbero santo. Un santo non può mica perdere un processo."

"Ma che dici..."

"La verità. Se non mi hanno ancora scaricato addosso un kalashnikov è solo perché sanno benissimo che significherebbe gettare via le chiavi delle loro celle."

Durante la sua deposizione, oggi in aula, Salvatore Contorno ha raccontato della sua iniziazione come "uomo d'onore", avvenuta nel 1975, degli esordi nel contrabbando di sigarette e poi nel traffico della droga con i suoi cugini, i Grado, che importavano morfina-base dalla Turchia da trasformare in eroina nei laboratori palermitani. Ha squadernato i dettagli della sua amicizia con Stefano Bontate e ha spiegato com'è composta la "commissione", il collegio di capimandamento che prende decisioni per l'intera cosca, concede oppure nega la propria autorizzazione per omicidi e azioni volte a modificare l'assetto organizzativo. Prima luce ha rivelato che a capo della commissione c'è Michele Greco e che senza la sua autorizzazione nessun omicidio sarebbe mai potuto avvenire. Ne ha elencati uno per uno i componenti – Stefano Bontate, Bernardo Brusca, Totò Riina, Pino Scarpuzzedda Greco, Bernardo Provenzano e Pippo Calò, trasferitosi stabilmente a Roma e soprannominato dai giornali "il cassiere di Cosa nostra", ma che in realtà, come viene fuori dai racconti dei collaboratori, non ha mai fatto nulla senza che ci fosse per lui un tornaconto personale. Tutto ciò è avvenuto mentre dalle celle intorno all'aula giungevano le urla e gli insulti degli altri imputati, inferociti al punto che, se avessero potuto mettere le proprie mani addosso a

Totuccio Contorno, gli avrebbero strappato il cuore dal petto e se lo sarebbero mangiato.

"Pensa che l'avvocato Crisafulli, quando ha letto la costituzione come parte civile ha chiesto i danni a 'Casa nostra'. Pure il presidente Giordano si stava mettendo a ridere, non so come ha fatto a trattenersi." Crisafulli assiste la famiglia Pisciotta, gli eredi di quel Gaspare che tradì il bandito Giuliano e che adesso, come molti altri e per varie ragioni – talvolta ardite, talvolta legittime –, fiutano l'opportunità e vogliono anche loro rivalersi contro i mafiosi palermitani.

"Questo per dire il livello di conoscenza della mafia che c'è anche fra i 'tecnici', diciamo. Gli addetti ai lavori."

"Già."

"E anche per dirti che hai una grafia di merda. Nei tuoi documenti tutte le 'o' sembrano 'a'."

"Ma per piacere..."

"Eh, per piacere! Vaglielo a dire al povero Crisafulli. Mischino, tutte le risate dell'aula si tirò addosso! 'Casa nostra'..."

È notte fonda quando Peppino e Giovanni escono dal tribunale. La luna getta su Palermo una luce sinistra. Giovanni entra in auto, l'agente accende il motore e insieme marciano in direzione di via Notarbartolo.

Il Maxi va avanti ed è come restaurare un quadro antico: i dettagli diventano sempre più chiari, i contorni più netti. Ma chi è realmente interessato a svelarlo, questo quadro? In quanti temono che rimuovendo la materia estranea, riaffiorando le tinte originali, delineandosi le sagome dei suoi protagonisti, possa venir fuori, con enorme imbarazzo, anche la propria figura?

Giovanni si toglie gli occhiali e li mette sul sedile. Poggia la fronte al vetro freddo dell'auto blindata e guarda la luna.

Puoi sentirmi, Rocco? Riesci a vederci, lì dove sei adesso? Forse riusciremo a vincere la malafede, Rocco, ma l'indifferenza, la stu-

pidità, potremo spuntarla anche contro di loro? Se devo dirti cosa mi spaventa di più, è proprio...

"Dottore, l'avete visto questo?" L'agente di fianco a quello che sta guidando gli porge una copia dell'*Observer*. Giovanni la prende, si rimette gli occhiali e legge il titolo dell'articolo.

Che bella Palermo! Ma fate attenzione... Il pezzo è un monito ai turisti stranieri, cui viene raccomandata la massima attenzione quando si mangia nei ristoranti locali, dove potrebbero servire la carne umana delle vittime di mafia.

Giovanni si dà uno schiaffo sulla fronte. Restituisce il giornale al poliziotto.

"Ma che minchiate... Santo Dio."

34.
GRAND GUIGNOL

Palermo, 1986

Ha ragione, Giovanni, ad aspettarsi il peggio. Il Maxiprocesso è un circo, e come in ogni circo ci sono le tigri e i leoni, i domatori, i pagliacci, e un discreto numero di fenomeni da baraccone.

I lavori erano appena iniziati, che gli avvocati difensori hanno subito provato con un escamotage a intralciarne lo svolgimento. Con un atto quasi senza precedenti, hanno chiesto la ricusazione del presidente della Corte d'assise Alfonso Giordano, lamentando che avrebbe suggerito una risposta a uno dei testi interrogati. La Corte d'appello però l'ha immediatamente respinta.

Poi ci si è attaccati a un altro appiglio. Nella prassi giudiziaria, su accordo delle parti, viene evitata la lettura in aula di tutti gli atti processuali perché comporterebbe un'inutile perdita di tempo. Questa volta, però, i legali dei mafiosi si sono impuntati, richiedendo espressamente che la Corte leggesse ad alta voce tutte le pagine relative al Maxiprocesso. Che sono quasi settecentomila: il presidente Giordano avrebbe dovuto trascorrere più di due anni a leggere ininterrottamente. È stato necessario che il Parlamento emanasse a tempo di record un'apposita legge perché si evitasse la disfatta.

Ma i tentativi di sgambetto non sono arrivati soltanto dagli avvocati difensori. Ognuno, tra quelli che hanno da perdere qualcosa, sta tentando a modo suo di mettersi di traverso. Turi Ercolano, cugino del boss Nitto Santapaola, al momento di essere interrogato si è esibito in una singolare protesta: sostenendo che qualunque cosa avrebbe detto, la Corte non gli avrebbe comunque creduto, si è presentato con la bocca cucita a colpi di spillatrice, rendendo necessario un rapido intervento degli infermieri. Vincenzo Sinagra, cugino dell'omonimo collaboratore di giustizia, ha fatto scattare il metal detector posto al varco delle celle che danno sull'aula. Al carabiniere che l'ha bloccato, ha confessato in tutta franchezza: "Ho ingoiato due chiodi." Il detenuto è stato portato d'urgenza in ospedale. Giordano ha dovuto comunicare ai presenti che l'udienza era rimandata.

Ma un circo che si rispetti deve avere anche un discreto corpo di ballo. Un gruppo di sette donne – la moglie, la figlia e cinque sorelle del boss di Brancaccio Vincenzo Buffa – ha fatto irruzione in aula urlando frasi che il presidente Giordano ha chiesto di trascrivere come "incomprensibili". Anche se molti le hanno comprese, soprattutto i detenuti, cui di fatto erano destinate. Le donne gridavano: "Dov'è finito Vincenzo?! Che fine ha fatto?! Dove lo avete portato?!" Vincenzo Buffa è scomparso da qualche giorno, ma solo in apparenza: gira voce, e qualche giornale ne ha già dato conto, che si sia deciso a collaborare con la giustizia. E allora le parole di sua moglie Caterina La Mantia, che urlava: "Mio marito non è Contorno!", sono apparse molto più comprensibili. Proteggere l'"onore" della famiglia Buffa, e magari anche le proprie vite. Il raid è terminato solo con l'intervento massiccio delle forze dell'ordine. Ancora una volta, Giordano è stato costretto a sospendere la seduta.

Fossero solo i criminali e i loro parenti a dare di matto, la situazione sarebbe gestibile. Ma non è così. Dalla zona destinata al pubblico, un poliziotto si è aggrappato alla balaustra e, con la ricetrasmittente attaccata all'orecchio, come se stesse ascoltando una formidabile rivelazione, si è messo a gridare: "Oh mio Dio! Mio Dio! Vi uccideranno! Vi uccideranno tutti! Fatemi parlare con il procuratore della Repubblica!" Anche in questo caso, l'udienza è stata sospesa. Sembra che l'agente soffrisse di turbe nervose e che non sia riuscito a sopportare la grande tensione.

I nervi di tutti sono messi a dura prova. Non solo quelli dei detenuti, degli avvocati, dei magistrati e dei poliziotti. Perfino il presidente della Corte, Alfonso Giordano, per mantenerli saldi non ha trovato altro rimedio che lo yoga. Si è portato la tuta nella sua stanza nell'aula bunker – stanza dentro la quale vive in pianta stabile – e passa il poco tempo libero che gli resta prima o dopo le udienze a fare esercizi di respirazione. Dalla cucina, una piccola porta dà su un altrettanto piccolo cortile, dove il giudice fa quotidianamente qualche minuto di corsa per poi dedicarsi al rilassamento del corpo e dello spirito. È da molti anni, ormai, che pratica il pranayama. Non avrebbe mai pensato che gli sarebbe tornato utile fino a questo punto, se non addirittura indispensabile.

Ma è anche un circo degli orrori, il Maxiprocesso. Un museo delle torture che sbalordisce anch'esso, ma senza far ridere nessuno. Non c'è nulla da ridere nel racconto di Vincenzo Sinagra su quella che i giornali hanno ribattezzato la "camera della morte". Ne hanno già parlato in aula Buscetta e Contorno, ma la differenza è che i primi due hanno fornito una descrizione di crimini commessi da altri, mentre Sinagra ha descritto delitti atroci a cui era presente o aveva fatto da complice. Le sue dichiarazioni riguardano soprattutto Filippo Marchese, boss della famiglia di Corso dei Mille, fra i killer più sanguinari che l'Italia abbia conosciuto fino a oggi. Sadico a livelli inimmaginabili, dipendente dalla cocaina, Marchese è stato ammazzato su ordine dello stesso Totò Riina da Pino Scarpuzzedda per la sua pericolosa instabilità. Ma è Sinagra a chiarire a tutti i presenti in aula la portata del suo sadismo.

La camera della morte si trova in piazza Sant'Erasmo, nella zona sud est di Palermo, vicino a Villa Giulia e a pochissimi metri dal mare. È un edificio basso e anonimo, una sorta di deposito abbandonato, ma solo in apparenza. Attorno poche barche, pronte per essere calate in mare, e qualche altra vecchia costruzione. Qui dentro, Marchese e i suoi hanno portato decine di persone, delinquenti che non avevano chiesto il permesso prima di commettere furti e rapine nei territori controllati dal boss, ma anche chi, semplicemente, sapeva cose che la famiglia di Corso dei Mille voleva sapere anche lei, e che era disposta a pagare con un bagno nell'acido. Così venivano fatti scomparire i corpi: prima strangolati, talvolta dallo stesso Marchese, mentre piangevano e imploravano per la propria salvezza, poi gettati in una vasca piena d'acido e lasciati lì a squagliarsi. "Diventavano liquidi," ha spiegato Sinagra. Oppure venivano fatti a pezzi, buttati in mare, nascosti nel bagagliaio di un'auto. Prima, però, le vittime venivano private di ogni cosa: orologi, catenine, portafogli. Tutto finiva nelle tasche del cugino e omonimo di Sinagra, soprannominato Tempesta. La parte del pentito, per ogni uomo che veniva spogliato dei propri beni, era di cinquantamila lire.

Non c'era verso di uscirne vivi quando si entrava nella camera della morte. Chi ne varcava la soglia, alla sola vista delle corde macchiate di sangue, della vasca con l'acido e degli strumenti di tortura, inevitabilmente iniziava a singhiozzare. Sapeva di essere condannato.

Una condanna a cui, ironia della sorte, era riuscito a sfuggire lo stesso Sinagra, reo di aver rapinato un uomo vicino a Cosa nostra. Seppure la pena, in casi del genere, fosse la morte certa, a lui, che poteva contare sull'appoggio del cugino mafioso con il suo stesso nome, venne offerta la possibilità di scegliere: morire, lasciare per sempre la Sicilia, o diventare un tuttofare della famiglia di Corso dei Mille. Scelse un salario di duecentocinquantamila lire al mese per tenere fermi i piedi di uomini singhiozzanti mentre Filippo Marchese, con i suoi occhietti neri, piccoli e spiritati, li strangolava con un pezzo di corda.

35.
ONOREVOLE

Palermo, 1986

Il filetto è al sangue, ma non troppo. È incredibile come in questo posto riescano sempre ad azzeccare il grado di cottura della carne. Gli leggono nel pensiero. Non gli hanno mai chiesto come lo preferisse e non l'hanno mai sbagliato, neanche la prima volta che ci è venuto. Vuol dire proprio che ci sanno fare.

Il divano di pelle, anche quello è soffice al punto giusto, né troppo floscio né troppo rigido. Chi non si sentirebbe a proprio agio, qui dentro? Questo posto accontenta un po' tutti, sta qua il suo segreto. Per *tutti* s'intende tutti quelli che se lo possono permettere, ovviamente.

"Onorevole, qualcos'altro? Vuole provare il nostro medaglione di *foie gras* con scaglie di tartufo e granella di noci?"

"No, no, sto bene così..."

"Ma sì, facciamoglielo provare all'onorevole il *foie gras.*" Salvatore, il proprietario del ristorante, si avvicina al tavolo in completo blu elettrico e cravatta rossa. "È uno spettacolo. Dico male, Tonino?"

"Se posso permettermi, è veramente ottimo," concorda appieno il cameriere. Che però non ha mai avuto modo di provarlo, ma questo non può dirlo.

"Modestamente," si inorgoglisce Salvatore.

"E vabbè, proviamolo questo *foie gras,*" dice l'onorevole Salvo Lima, come se gli venisse chiesto un ulteriore sforzo. "Se è buono come la carne..."

"Meglio è," dice Salvatore. "La carne è la migliore della Sicilia, ma il *foie gras* è ancora meglio." Tutto è meglio di tutto, da Salvatore. Non ne sbaglia una. Accontenta tutti come solo la Democrazia cristiana. Tutti quelli che se lo possono permettere.

Il cameriere accenna un inchino, quindi si allontana. Lima è poggiato allo schienale del grosso divano di pelle. Piega la testa da un lato e dall'altro per rilassare il collo. I suoi capelli sono bianchi come il manto di una pecora da lana. Salvatore gli sta di fronte, lo osserva per qualche istante.

"Oggi siamo pensierosi, onorevole?"

"Eh?" Lima si ridesta dai suoi pensieri.

"Siamo pensierosi? Vi vedo un poco pensieroso."

"No, no, va tutto bene."

"Allora vi posso chiedere una cortesia, onorevole? Sempre la solita..." Salvo Lima fa un sorriso forzato e spalanca le braccia.

"Nino! Nino!" chiama Salvatore. "Facci una fotografia, amunì. A me e all'onorevole."

È pensieroso davvero, l'onorevole Lima. Più del solito, evidentemente, se n'è accorto anche un tizio che lo vede sì e no due volte al mese. Il suo pensiero fisso ha un nome e un cognome: Ignazio Salvo.

Ma no, ma no... Devi stare tranquillo, è uomo perbene, Ignazio. Andrà tutto bene, com'è sempre stato. Il *foie gras* gli fa schifo. L'ha preso per dargli un'altra possibilità e perché, comunque, non voleva non prenderlo. È l'uomo della doppia negazione, Lima, il tipo di persona che, quando il proprietario del ristorante gli propone il *foie gras*, non può non acconsentire. E infatti adesso glielo servono. Ne stacca un pezzettino con la punta della forchetta e se lo porta alla bocca, riluttante.

La sala del ristorante è animata da un brusio sommesso. La clientela è composta, parlano tutti a voce bassa. Di tanto in tanto arrivano le lagne di un bambino seduto con i genitori qualche tavolo più in là, accanto alla parete color crema tappezzata di stampe di Guttuso. Regna al centro la *Crocifissione*, sobriamente illuminata.

Si sente inquieto l'onorevole. Non è tanto l'idea di avere le manette ai polsi. Non ci sono prove su di lui: sono tutte chiacchiere. E valle a dimostrare, le chiacchiere. Le chiacchiere non bastano per chiudere in galera l'uomo di fiducia di Giulio Andreotti in Sicilia, il suo riferimento personale. La sua garanzia. Ma è proprio questo il punto, o meglio il suo timore: la reputazione. Cosa avrà detto Ignazio Salvo in aula? Avrà retto alla pressione? Già quando lo avevano arrestato un paio d'anni fa aveva fatto delle mezze ammissioni. Si sarà spinto oltre? E se sì, fino a che punto? La reputazione è tutto, in politica. Non vuole rischiare di perdere la sua nei confronti del presidente del Consiglio. Il presidente tiene molto, e da molto tempo, alla Sicilia, ai rapporti con lui – nel '72 l'ha nominato anche sottosegretario alle Finanze – e con i cugini Salvo. Teneva molto anche ai rapporti con Stefano Bontate, prima che lo facessero fuori. Bontate aveva aiutato, insieme alla buonanima di Totuccio Inzerillo, Rosario Spatola, John Gambino e altri bravi ragazzi, il banchiere Sindona a inscenare il suo finto rapimento quando, nel 1979, si nascose in Sicilia dopo la bancarotta dei suoi istituti di credito. Quel Sindona che per Andreotti era il "salvatore della lira". Insomma, sono un po' una *famiglia*, l'onorevole Lima, Andreotti, Ignazio Salvo, i Gambino, gli Spatola e compagnia bella. Sarebbe una disgrazia se adesso uno di loro, uno di famiglia, vuotasse il sacco. Sarebbe una disgrazia se i nervi di Ignazio Salvo cedessero proprio adesso, rovinando la fatica di decenni, di incarichi e di successi politici. Già da quand'era sindaco, a partire dal 1959, Lima e l'allora assessore ai Lavori pubblici Vito Ciancimino hanno costruito mezza città. Si può dire che la Palermo "nuova", quella degli anni sessanta e settanta, quella di cemento che ha spazzato via i giardini di limoni, i palmeti e le vecchie ville liberty in nome dei palazzoni e della speculazione immobiliare, sia sorta grazie a loro. Quattromila licenze edilizie rilasciate, di cui milleseicento intestate a solo tre persone, e una serie di ritocchi al piano regolatore così che l'amico Nicolò Di Trapani, pregiudicato per associazione a delinquere, potesse vendere aree edificabili a suo piacimento, e che i fratelli Moncada, vicini al boss Michele Cavataio, ottenessero permessi per tirar su fabbricati a tempo record. Perfino Francesco Vassallo, genero di Giuseppe Messina, capomafia della borgata Tommaso Natale, è riuscito a far spuntare un pugno di palazzi, in spregio dello stesso PRG. Adesso tutto questo rischia di finire per colpa di un manipolo di scalmanati, un pool di giudici presenzialisti che vogliono vedere la propria foto sul giornale e che non capiscono, non capiscono. Non capiscono una minchia.

Tranquillo, devi stare. Ignazio è un uomo d'altri tempi. Come Stefano Bontate. È uno che non si sbottona. Ha fatto la gavetta, viene dal nulla pure lui, è uno che sa campare.

Viene davvero dal nulla, Ignazio Salvo. Anzi, "dalla spazzatura", come ha detto lo stesso Ignazio in aula. Lui e suo cugino Nino, morto pochi mesi fa, sono nati entrambi a Salemi, in provincia di Trapani. Ignazio aveva una ditta per la pulizia delle strade nei paesini dell'hinterland e, come suo cugino, un gran fiuto per gli affari. Nel '55 Nino sposò la figlia di Luigi Corleo, che aveva una piccola società per la riscossione delle imposte. Grazie ai Salvo e alle loro conoscenze divenne un impero. Il quaranta per cento delle imposte di tutta la regione passava da loro. Sui loro enormi guadagni e sui collegamenti con la cosca iniziò a indagare Rocco Chinnici, ma non fece in tempo a chiudere l'indagine. La palla passò a Ninni Cassarà. A spalancare la cella ai Salvo, però, è stato il "fuoco amico", la stoccata decisiva l'ha data Buscetta: i Salvo sono "uomini d'onore" figli di "uomini d'onore". Erano amici fidati di Stefano Bontate e del boss Salvatore Greco. A lui, a don Masino, hanno perfino coperto la latitanza nell'estate dell'82, ospitandolo nella lussuosa villa di Nino nella baia di Santa Flavia. Ma la potenza dei cugini Salvo sta nella molteplicità delle loro entrature: oltre che con la cosca, flirtano con i pezzi da novanta della DC come l'ex governatore siciliano Mario D'Acquisto. Andreotti ha regalato un vassoio d'argento alla figlia di Nino per le sue nozze. Quando doveva sostenere l'onorevole Lima nella campagna elettorale, Andreotti girava la Sicilia a bordo di un'auto intestata a Nino Salvo. I Salvo sono "l'anello di congiunzione tra il braccio operativo per il riciclaggio del danaro e il potere politico", ha detto don Masino già molto prima che cominciasse il Maxiprocesso. Difatti non sono nuovi alle attenzioni dei giudici, e neanche alle manette. Già due anni fa sono stati arrestati per associazione mafiosa e favoreggiamento personale nei confronti di Buscetta. E adesso Ignazio, l'unico dei due ancora in vita, viene ascoltato nel Maxiprocesso.

"Onorevole, ce lo prendiamo un bel caffè?"

"Uhm?" Lima alza la testa. Non si era reso conto neanche lui di essersi piegato in avanti, le mani serrate tra i capelli ben pettinati.

"Lo volete un bel caffè?"

"Mmm... No, no, lasciamo stare." Si sente già abbastanza teso, forse è meglio non gettare altra benzina sul fuoco.

"Ma come, non vi posso offrire un caffè?" Salvatore unisce le mani in preghiera. Lima lo guarda, sospira. Salvatore sorride, sornione, e inclina la testa.

"E va bene. Però fammi portare il conto perché vado un po' di fretta."

"Ma sììì, non vi preoccupate, per quello non andiamo di fretta," rotea la mano destra come per lasciar andare. Scosta una sedia e si siede di fronte all'onorevole. Quindi l'offerta era vincolata alla sua presenza, capisce adesso l'onorevole.

"Posso fare qualcosa per voi? Voi lo sapete, sempre a disposizione. È che vi vedo un poco pensieroso."

"Tutto bene, Salvatore. Solo un po' di mal di testa. Tu stai bene?" domanda giusto come gesto di cortesia.

"Eh be', che vi devo dire... Quasi tutto bene. Vi direi tutto bene, però..." Scuote il capo, fissa il tavolo in una posa malinconica. "Che vi devo dire, onorevole? C'ho sempre quel mio genero che non riesce a inserirsi, diciamo. È un bravo ragazzo, ci prova pure a fare qualcosa, però niente. Ha fatto pure il concorso all'AMIA, la società dei rifiuti."

"Ah."

"Eh, sì. Ha fatto tutto, la domandina, il concorso," Salvatore gesticola come se stesse scrivendo, per mimare la scrupolosità del genero. "Ha risposto alle domande... Però voi lo sapete come vanno queste cose, senza santi in paradiso non è facile. Io sto in pena, voi capite, perché comunque si tratta del marito di mia figlia, e io di figlia ce ne ho una sola." Ride e annuisce. Nel frattempo arriva anche il cameriere con un vassoio su cui ci sono due tazzine di caffè, una zuccheriera e due cucchiaini dorati.

"Quindi mi stavo chiedendo se..." Salvatore prende la sua tazzina e fa cenno all'onorevole di prendere la sua.

"Ma il conto non ce l'ha portato?" chiede Lima.

"Eeeh, non vi preoccupate, oggi siete ospite mio. Vi offendete?" L'onorevole ci riflette. Scrolla le spalle.

"Vi ringrazio, ma non c'era bisogno."

"Lo so, lo so, ma io agli amici ci tengo. Dunque, vi stavo dicendo..."

36.
LA SCARPA

Palermo, 1986

Bisogna allora chiedersi se è stato opportuno seguire la strada dei maxiprocessi, estremamente utili ai fini spettacolari, ma dannosi... ai fini di giustizia. Bisogna allora chiedersi se è utile trasformare l'imputato pentito in un collaboratore della giustizia, di fatto introducendo nel processo penale italiano una terziarietà di funzioni giurisdizionali, in contrasto sia col rito che con la Costituzione... C'è chi, al cospetto di tale lacrimevole quadro, assume atteggiamenti censori, magari dall'alto di una carica ministeriale, rivendicando allo Stato meriti difficilmente ascrivibili all'attuale situazione; chi, spinto da nostalgie togali, dimentica che la toga appartiene ai difensori oltre che ai giudici; chi, nelle difficoltà del momento, tenta di superarle a colpi di decreto...

Giovanni si toglie gli occhiali e li poggia sulle gambe. Passa il giornale a Paolo Borsellino, seduto accanto a lui.

"Questo è Guido Lo Porto, commissione parlamentare antimafia. Quota MSI. Gli amici tuoi."

"Ah, be'... Allora se tutti i comunisti sono amici tuoi, stai un poco inguaiato pure tu." Paolo dà una guardata al *Giornale di Sicilia*, ma ci rinuncia subito e lo passa a Caponnetto, seduto alla sua destra. La macchina sfreccia verso il raccordo anulare, lasciandosi alle spalle il traffico capitolino e imbattendosi in quello della bretella. I lampeggianti sul tetto dell'auto iniziano a suonare, come quelli delle macchine che stanno davanti e dietro.

"Diglielo, Nino. Diglielo, a questo senzadio."

"Ha ragione, Giovanni," dice Nino sfogliando la copia del giornale. "Gli attacchi arrivano da ogni lato, non solo dalla destra."

"Su questo vi devo dare ragione. Quelli sono i più innocui. Il problema sono gli altri. Gli *amici miei*, come dice Paolo."

"Oh! Guarda che sei stato tu a..."

"E poi gli avvocati. Se si inventano qualche altra cosa come quella dell'altra volta, la lettura integrale di tutti i documenti del processo, stiamo freschi. Voglio proprio vedere se ci salviamo con un altro decreto."

"Li devi anche capire." Paolo si accende una sigaretta.

"No, Paolo, ti prego," lo supplica Caponnetto. "Io sono anziano, i polmoni pure, se mi metto a..."

"Sì, sì, va bene..." Paolo alza le mani e spegne la sigaretta nel portacenere che sta fra i due sedili anteriori. "Rispetto l'anzianità."

"E pure l'autorità, che tu e i tuoi *amici* sapete bene che cos'è..." gli fa Giovanni.

"E pure l'autorità, sissignore."

"Li devi capire, Paolo ha ragione," li interrompe Nino.

"Di nuovo?"

"Specie dopo la storia di Nino D'Uva. Sono spaventati. Hanno tutti famiglia, mogli, figli. Hanno una casa, e la sera ci vogliono ritornare."

Restano in silenzio mentre l'auto si fa largo fra quelle dei civili che si aprono come le acque del mar Rosso. Quello che è accaduto a Nino D'Uva ha scosso tutti. Soprattutto i suoi colleghi, da un lato all'altro della Sicilia, da Messina a Palermo. E sì, Paolo e Nino hanno ragione. Gli avvocati difensori hanno tutto il diritto di predisporre la difesa più agguerrita possibile; perfino scorretta, se il codice lo permette. Perfino imperniata sui meccanismi dell'intralcio, del ritardo, dell'eccezione pretestuosa. Ne hanno il diritto, se non altro, per salvarsi la pelle.

L'umiliazione di Nino D'Uva è iniziata in aula, sotto gli occhi di tutti. È stato durante il Maxiprocesso di Messina – un altro procedimento contro la mafia che conta 283 imputati delle cosche locali, tra Messina e Barcellona Pozzo di Gotto. Incaricato della difesa di tredici mafiosi, D'Uva mentre parlava ha avuto solo il tempo di sentire il grido dell'uomo, il boss noto come Facci 'i sola. Poi una scarpa l'ha preso in piena faccia. Gliel'hanno tirata da una delle gabbie dell'aula bunker: la difesa predisposta dal penalista, come quella degli altri suoi colleghi, era stata giudicata dai detenuti non abbastanza efficace. Forse poco *agguerrita*, appunto. Pochi giorni dopo, un uomo è entrato nello studio dell'avvocato e gli ha sparato un unico colpo, coprendo la pistola calibro 7,65 con un cuscino a mo' di silenziatore. Il cadavere di Nino D'Uva è stato ritrovato sul pavimento dello studio in un lago di sangue. Stringeva ancora la cornetta del telefono fra le mani.

La notizia ha fatto subito il giro dell'isola e di tutto il Paese. Quello che è nato come un tentativo d'intimidazione agli avvocati del Maxiprocesso messinese non solo è riuscito nel proprio intento – ben settantotto avvocati sono stati denunciati per abbandono della difesa –, ma ha fatto di più: anche i colleghi palermitani camminano adesso con due piedi in una scarpa. E se c'è da fare un'azione eclatante, un "trucco", un magheggio qualsiasi, per ingraziarsi i propri clienti, per tenerseli buoni, non ci pensano due volte.

"Questa cosa che ha detto Liggio è enorme." La voce di Nino arriva tenue, come sempre, mentre sia Paolo che Giovanni sono immersi nei propri pensieri. Adesso l'auto blindata, insieme alle altre di scorta, sta sfrecciando sull'autostrada in direzione Palermo.

"Già," fa Paolo, "confermerebbe quello che ha già detto Buscetta." Si gratta il mento. "Secondo te vanno presi sul serio?"

"Finora l'abbiamo fatto." Giovanni apre uno spiraglio di finestrino per prendersi un po' d'aria sulla faccia. Era già tanto il materiale raccolto dalle dichiarazioni di don Masino. Un'immensità. Lo stesso Maxiprocesso non esisterebbe senza le confessioni del boss dei due mondi. Ma le ultime rivelazioni di Liggio, che ricalcano un racconto già fatto da Buscetta, mettono altra carne a cuocere. Ed è tanta carne, tantissima.

Buscetta aveva detto di essere stato presente, nel 1970, a una riunione nella casa catanese del boss Giuseppe Calderone, che ai tempi ospitava il boss latitante Luciano Liggio. L'incontro era stato organizzato per discutere di una proposta del principe Valerio Borghese, fondatore del Fronte nazionale e componente di Avanguardia nazionale: un tentativo di colpo di Stato da attuarsi di lì a breve, che avrebbe richiesto anche l'aiuto armato della mafia. Il piano, che contava già sulla collaborazione dei vertici delle forze armate italiane, prevedeva l'occupazione militare dei ministeri dell'Interno e della Difesa, dei canali di comunicazione, come le sedi RAI, e la deportazione di tutti gli oppositori in Parlamento. Sempre da piano, era previsto di rapire il presidente della Repubblica, Giuseppe Saragat, e togliere di mezzo il capo della polizia, Angelo Vicari. Da una delle sedi RAI occupate, il principe Borghese avrebbe letto un proclama nazionale:

Italiani, l'auspicata svolta politica, il lungamente atteso colpo di Stato ha avuto luogo. La formula politica che per un venticinquennio ci ha governato, e ha portato l'Italia sull'orlo dello sfacelo economico e morale, ha cessato di esistere. Nelle prossime ore, con successivi bollettini, vi saranno indicati i provvedimenti più importanti ed idonei a fronteggiare gli attuali squilibri della Nazione. Le forze armate, le forze dell'ordine, gli uomini più competenti e rappresentativi della nazione sono con noi; mentre, d'altro canto, possiamo assicurarvi che gli avversari più pericolosi, quelli che, per intendersi, volevano asservire la patria allo straniero, sono stati resi inoffensivi. Italiani, lo Stato che creeremo sarà un'Italia senza aggettivi né colori politici. Essa avrà una sola bandiera. Il nostro glorioso TRICOLORE. *Soldati di terra, di mare e dell'aria, forze dell'ordine, a voi affidiamo la difesa della patria e il ristabilimento dell'ordine interno. Non saranno promulgate leggi speciali né verranno istituiti tribunali speciali, vi chiediamo solo di far rispettare le leggi vigenti. Da questo momento nessuno potrà impunemente deridervi, offendervi, ferirvi nello spirito e nel corpo, uccidervi. Nel riconsegnare nelle vostre mani il glorioso tricolore, vi invitiamo a gridare il nostro prorompente inno all'amore:* ITALIA! ITALIA! VIVA L'ITALIA!

Fra gli "uomini più competenti e rappresentativi della nazione", il fondatore del Fronte nazionale voleva includere i capi di Cosa nostra, a patto di ribaltare alcune pesanti condanne inflitte ai boss negli anni precedenti e di condizionare l'esito dei processi in corso. A Tommaso Buscetta fu offerto il compito di gestire le aree di competenza delle singole famiglie mafiose, per "calmare e far vedere al popolo siciliano che noi eravamo d'accordo, ognuno per la sua sfera di influenza che avevamo nelle nostre terre", ha raccontato don Masino. A ogni modo, la cosca si espresse in maniera quasi unanime: sia il padrino Gaetano Badalamenti che gli stessi Liggio e Riina si dissero contrari. Pare che a scoraggiarli fu la richiesta del principe di avere un elenco di tutti gli "uomini d'onore" – in modo da poterli favorire nei processi e nelle altre questioni cruciali – o perlomeno di rendersi riconoscibili durante l'insurrezione armata, programmata fra il 7 e l'8 dicembre, allacciandosi al braccio una fascia verde. Non è ben chiaro per quale motivo, poco prima di lanciare l'ordine, Borghese abbia deciso di annullare tutto. Fatto sta che il racconto di Buscetta si incastra alla perfezione con gli elementi già emersi in passato riguardo al golpe Borghese; i suoi dettagli sono utilissimi per dare ulteriore centralità, ulteriore importanza, al ruolo dei capi di Cosa nostra nel determinare non solo la vita criminale, ma anche quella politica, di tutta la nazione.

"Te lo immagini Buscetta ministro degli Esteri?" Paolo mima la posa un po' impostata di don Masino.

"Un ponte d'acciaio dall'Italia al Brasile, farebbe." Giovanni sorride alla propria battuta sbuffando una nuvoletta di fumo. Nino si è addormentato con la testa poggiata al finestrino. Lui e Paolo hanno deciso di fumare uno alla volta, così forse non se ne accorge. L'agente alla guida è silenzioso come non mai, fissa la strada con espressione accigliata, come se ce l'avesse con l'asfalto della Roma-Napoli. L'altro si è appisolato anche lui e tiene la propria radio fra le cosce. Quando l'apparecchio suona, sia lui che Nino Caponnetto sobbalzano.

"Tutto bene, ah? Vuoi un caffè?" chiede Paolo.

"Ragazzi, ragazzi... Sempre a scherzare, state." Nino si stropiccia gli occhi. "Vi voglio vedere quando avrete la mia..."

"Dottore," fa l'agente seduto al lato passeggero, senza che si capisca bene a chi si stia rivolgendo dei tre. "Una brutta notizia." Giovanni, Paolo e Nino restano pietrificati, i volti dipinti di grigio. Si aspettano che sia successo qualcosa di grave, di veramente grave. Cioè che qualcosa – o meglio, qualcuno – abbia fatto saltare il processo. Eppure, per quanto strano possa apparire, esistono tragedie umane che non riguardano la collettività, ma coinvolgono i singoli, e sono tanto più amare. Le tragedie sociali scandalizzano, ammorbano, infestano. Quelle dei singoli, invece, sono un pugno scagliato con violenza sulla punta dello sterno: mozzano il fiato nel petto e fanno lacrimare.

Claudio Domino aveva undici anni. Sua madre ha una cartoleria in via Fattori, nella parte nord di Palermo, a pochi minuti da Villa Niscemi. Suo padre è un impiegato della SIP, sindacalista, e con sua moglie ha messo su due società di pulizie. Una, la Splendente, è quella che ha in appalto le pulizie all'interno dell'aula bunker. Ed è per questo che adesso gli investigatori ipotizzano qualche collegamento fra il Maxiprocesso e ciò che è accaduto a Palermo, anche se appare strano, troppo strano: i boss hanno dato ai picciotti l'ordine preciso di non sparare, di rimettere a posto fucili e pistole e aspettare la fine del Maxi. Questo la polizia lo sa bene. Così il collegamento fra il processo e la notizia del piccolo Claudio sembra ancora più labile. Solo che è una possibilità, e nessuna possibilità va trascurata.

Claudio stava giocando con due amici poco distante dalla cartoleria di sua madre. Un uomo su una motocicletta, una Kawasaki, si è avvicinato al gruppo, ha chiesto a Claudio di farsi più vicino a lui perché doveva parlargli. E Claudio, undici anni, con i suoi occhi grandi color nocciola, le sue sopracciglia lunghe e delicate, con tutta la legittima innocenza di chi ha sempre saputo che gli adulti sanno quel che dicono, che bisogna starli a sentire, è stato a sentire. Ha visto la canna di una pistola levarsi all'altezza della fronte, fermarsi in mezzo ai suoi occhi. Poi non ha visto né udito più niente.

37.
VUOI TU

Palermo, 1986

Vuoi tu prendere in sposa questa donna, fulgido esempio di talento e di grazia, dolce nel fare e nell'apparire, tenera e luminosa come le albe a Favignana e accudente come un baccello di carruba; vuoi tu prendere in sposa questa ragazza, questo splendido frutto maturo ma non troppo, acerbo ma non troppo, questa crisalide pronta per librarsi in volo, possibile madre di possibili figli, possibile gioia per sé e per chissà chi; vuoi tu prenderla in sposa e ammorbarle la vita? Vuoi tu prenderla in sposa e trasformare le sue notti in una vuota assenza, in un incerto barcollio, in un eterno ricamare scialli che ricopriranno le spalle di un morto? Vuoi tu incatenarla e, grazie al sottile ricatto dell'amore, tenere fermo il suo polso mentre una penna bagnata d'inchiostro rosso traccia la sua firma, scrive il suo nome, Francesca*, su quel contratto fra te e il catafalco che hai scritto da solo punto per punto, clausola per clausola, quando lei ancora non sapeva chi fossi? Credi che la giustizia, questa parola che tanto brandisci, sia in questo caso applicata oppure offesa? Credi che...*

"Stai per sposarti, Giova'."

Leoluca Orlando è un uomo posato, capelli nerissimi ordinati in una riga a destra, occhi scuri e sottili. Sta in piedi di fronte a Giovanni e a Francesca in una piccola stanza del palazzo comunale. Sempre in piedi, ma ai due lati, ci sono Nino Caponnetto e Rosangela Maira, un'amica di Francesca. In fondo alla sala, su una piccola sedia, come in castigo, c'è la madre di Francesca. È stata dura convincere Giovanni a fare uno strappo alla riservatezza, ma se qualcuno poteva riuscirci...

"Pure in presenza di testimoni."

"E che testimoni," aggiunge Francesca con una risata. Oggi è un incanto. Ha un bel vestito rosso, lungo, che le lascia scoperte le braccia. Non si scompone mai troppo, quando ride. Quel tanto che basta per mandare in confusione Giovanni, per interrompere il corso dei suoi pensieri e trascinarlo di nuovo sulla terra.

È un assolato pomeriggio di maggio. Giovanni e Francesca sono corsi in Comune senza dir niente a nessuno. Sono arrivati, cosa rarissima, senza scorta, perché Giovanni voleva che il rito, questo breve ma densissimo intermezzo di umana gioia, conservasse tutta la propria intimità.

"Allora, iniziamo?" chiede Orlando.

"Sennò te la rubano," fa Nino.

"Sissignore." Giovanni accarezza il braccio di Francesca, morbido e vellutato, e quasi sente una scossa. È senza dubbio uno dei più bei giorni della sua vita, se non il più bello. Eppure...

Ma chi ti credi di essere, Giova'? È Rocco, adesso, che parla, con il suo volto severo e categorico. Con le sue manone grosse che gli poggia sulle spalle con un tonfo sordo. *Credi davvero di poter inchiodare un dubbio, un dubbio che è soltanto tuo, dentro ai pensieri di questa donna? Credi che lei non sappia a cosa va incontro? Che non sappia tutto quello che sai tu, e da prima di te? Sa già tutto, Francesca. Conosce il contratto che sta per firmare, con tutte le clausole e tutte le rinunce. Ha già visto il nero all'orizzonte e l'ha già superato. Sei tu, ancora incagliato. Sei tu a zoppicare. Sposala e amala ancora di più, proprio perché pur sapendo già tutto, pur sapendolo meglio, e da prima di te, sta stringendo la corda che vi lega insieme.*

"Bene, allora. Fate un passo, per piacere." Giovanni e Francesca si avvicinano al sindaco.

"Con il matrimonio il marito e la moglie acquistano gli stessi diritti e assumono i medesimi doveri. Dal matrimonio deriva l'obbligo reciproco alla fedeltà, all'assistenza morale e materiale, alla collaborazione nell'interesse della famiglia e alla coabitazione. Entrambi i coniugi sono tenuti..." Orlando legge una sfilza di articoli dal codice civile. Giovanni e Francesca si fissano negli occhi. Lui adesso le sfiora anche l'altro braccio. Poggia la fronte sulla sua. Può sentire il suo respiro.

E può sentire il proprio corpo spaccato in due. Un taglio netto fra la testa e il cuore.

Il cuore danza sulle note scomposte della felicità, se ne va in giro per la stanza, rotola e salta e fa le giravolte.

Ma la testa è immobile. È inchiodata a terra. Sta lì a fissarlo quasi con sdegno. *Forse che lui non vede quello che vedo anch'io? Vedo due vite sciupate al posto di una. Vedo l'angoscia che questa donna non si merita. Ed è irresponsabile, irresponsabile, che tu adesso te ne stia lì tutto garrulo e pimpante a fare festa e a gongolare in giro per la stanza. È irresponsabile ed è da idioti.*

Ma è così bella questa idiozia. Non trovi, Giovanni? È così schifosamente bella.

Posso toccarla anch'io, per un attimo, questa bellezza a cui non ero destinata?

Anche la testa, ora, sta danzando.

Neanche in ufficio sapevano nulla. Stamattina Giovanni è andato in tribunale come ogni mattina. Solo che, una volta uscito, non è più rientrato. Ora Francesca è ai fornelli, sta preparando la cena per gli invitati. Il profumo dell'aglio e del pomodoro invade la casa, si disperde nell'aria mite di questo maggio palermitano. Lo stomaco di Giovanni brontola ogni volta che le passa dietro sua moglie.

“Non puoi fare meno profumo, ah?” Scippa una bruschetta dal lungo vassoio bianco sopra la cucina.

“Vuota è! Non l’ho ancora condita. È pane e basta.”

“Mmm...” Lui sta già masticando.

“Ma vedi tu se deve riempirsi di pane e poi non ha più fame, Dio mi...” Non fa in tempo a finire, perché lui le stampa un bacio sulla faccia con la bocca ancora piena di pane.

“Che schifo!”

“Che schifo? Mmm...” Sta ancora masticando. “Ti pare una cosa da dire al tuo sposo?” Le dà un altro bacio, stavolta sulla bocca.

“Dai, basta!”

“Basta?! Ma come... Ai doveri coniugali dovresti pensare.” La abbraccia. “Chi ci pensa ai doveri coniugali, eh?”

“E chi ci pensa a cucinare? Vuoi cucinare tu? Quelli fra poco arrivano.”

Quelli sono sua madre, la sua amica Cetta, suo fratello Alfredo, Nino Caponnetto e le due sorelle di Giovanni, Maria e Anna, con le rispettive famiglie. In totale, non più di una decina di persone.

“Dammi una mano, va’. La sai apparecchiare la tavola, almeno?”

“La tavola? Il più grande apparecchiatore di tavola di via Notarbartolo, sono!” Apre il cassetto delle posate e inizia a piazzarle davanti a ogni sedia facendo un mezzo passetto in avanti, poi uno indietro, poi uno avanti, in quello che vorrebbe essere un ballo latino.

“Madonna...” Francesca si batte una mano sulla fronte. “I coltelli! La lama va verso l’interno. Neanche questo sai?”

“E i tuoi colleghi? Leonardo, Giuseppe... Paolo... Non ci resteranno male?” Maria ha preso una sedia e l’ha portata sul balcone, come Giovanni. Gli altri sono seduti intorno al tavolo, Francesca sta sistemando della frutta in un vassoio d’argento che Nino si è fatto mandare da sua moglie a Firenze come regalo di nozze. I ragazzi stanno giocando a un gioco di carte sul pavimento.

"Li ho invitati per un bicchiere oggi pomeriggio. Una cosa rapida. Capiscono tutto, loro. Sono persone intelligenti." Giovanni si accende una sigaretta e lancia lo sguardo verso il monte Cuccio. "E poi... che ti devo dire? Le persone se la prendono per le stesse cose per cui me la prendo io. Mi odiano per le stesse cose che odio io."

"Nessuno ti odia."

"Ah no?" Tossicchia una nuvola di fumo. "Lo sai che hai detto una minchiata." Maria alza le mani. Lo sa.

"Tu non hai mai pensato che mi faccio vedere poco? Che sono un fratello assente?"

"Qualche volta. Però..."

"Però sai che ogni volta devo portarti una scorta sotto casa, devo portarti attenzioni, sguardi, commenti che non vuoi. A te, a tuo marito, ai tuoi figli... E se succede qualcosa?"

"Ma che deve succedere, Giova', che deve succedere..."

"Ti sei spaventata quando quello lì ti ha fermata al mercato. O no?"

"Un po' sì." Giovanni annuisce, soffia il fumo della sigaretta fra le labbra strette e lo osserva mentre si alza verso il cielo scuro. Maria gli poggia una mano sulla testa scompigliandogli dolcemente i capelli.

Rimangono così, a scrutare il cielo e la cima del monte per qualche minuto, mentre dall'interno arrivano i rumori della cena.

"Ti meriti di essere felice," dice a un tratto Maria. "Te lo meriti perfino tu." Gli sorride, ma senza guardarlo, tenendo lo sguardo dritto verso la montagna.

"Se lo merita anche lei, però." Con un piccolo cenno del capo indica l'interno della casa.

"Che vuoi dire?" Giovanni ci riflette per qualche attimo.

"Niente. Niente."

"Avete deciso dove andate in viaggio?"

"Abbiamo deciso che non ci andiamo."

"Eh?!"

"Eh."

"Ma che dici?"

"Deve arrivare l'ordinanza di rinvio a giudizio per il Maxiprocesso. Ci andiamo dopo."

"Dio santo..."

"Eh, lo so." Maria scuote la testa.

"Poverina."

Giovanni spalanca le braccia e guarda sua sorella con un sorriso sarcastico.

"No, non volevo dire..." prova a rimediare.

"Tranquilla," le stringe la spalla, poi le dà un bacio sulla guancia. "Tranquilla."

38.
VISTI GLI ARTICOLI DI LEGGE

Palermo, 1987

Non c'è riuscito neanche il disastro nucleare di Černobyl', a rallentare il Maxiprocesso. Una nube tossica di polvere e radiazioni che si è allargata sull'Europa come il mantello nero di un demonio.

Non ci sono riusciti gli avvocati difensori, fra sgambetti, colpi bassi, bastoni fra le ruote, come la richiesta di ricusazione del presidente Giordano, respinta, o quella pretestuosa e grossolana di far leggere integralmente in aula le centinaia di migliaia di pagine relative al processo. Non ci sono riuscite le grida che ogni volta partivano dalle gabbie per inondare l'aula giudiziaria. Non ci sono riuscite le sceneggiate, le battute ironiche, le risatine per ridicolizzare il lavoro dei giudici.

Non ci sono riusciti i detenuti fachiri, ingoiatori di chiodi; gli svitati, che si sono cuciti la bocca con l'ago e col filo o si sono scagliati per terra in preda alle convulsioni; gli smemorati, che non ricordavano di aver mai conosciuto il signor Buscetta e gli altri sodali che chiamavano don Masino un "personaggio simpatico", uno strano "signore coi capelli lunghi"; gli imbestialiti, che ringhiavano insulti e minacce dalle celle dell'aula bunker come animali rabbiosi. E non ci sono riusciti nemmeno i ristoratori che nelle trattorie hanno esposto cartelli con su scritto: "Qui non si serve Contorno", macchiette tristi di un teatrino tanto squallido quanto duro a morire.

Non ci sono riuscite le pallottole, che hanno spento le vite degli avvocati, dei familiari dei collaboratori di giustizia, e perfino quella di un ragazzino di undici anni.

Non c'è riuscita la stampa, largamente avversa, sulle cui pagine si sono alternati gli articoli pungenti di magistrati velenosi e di intellettuali dalle penne affilate.

Non c'è riuscita la politica, con le incursioni dei suoi mastini, sia a destra che a sinistra, che abbaiavano e schiumavano bava in Parlamento e nelle occasioni pubbliche; gli intrallazzi dei suoi galoppini, aggrappati al clientelismo, alla corruzione, alla delinquenza, come all'unica mammella che conoscessero.

Non c'è riuscita Cosa nostra, che ha costretto Falcone e Borsellino a ritirarsi su un'isola scordata da Dio, senza strumenti per lavorare, le famiglie penanti e malinconiche, e la figlia di Paolo che dimagriva giorno dopo giorno e ha avuto bisogno di curarsi in ospedale per non sparire del tutto.

L'ufficio nell'ala sud dell'aula bunker è una stanzetta di dieci metri per dieci con un lungo divano di cuoio un pochino spelacchiato, forse recuperato da qualche altra stanza del tribunale dove la sua presenza era diventata superflua. Davanti al divano c'è un tavolo più o meno della stessa lunghezza, ma molto più alto, ragion per cui chi si siede sul divano non potrà mai poggiare i gomiti su di esso, a meno che non sia alto come Ayala. Che però in questo momento non è nella stanzetta, ma dentro l'aula, dove il presidente Giordano e il giudice a latere Pietro Grasso sono attesi per la lettura della sentenza di primo grado di quello che è ufficialmente il più grande processo di mafia della storia. Più di ventuno mesi di dibattimento, 349 udienze, 1829 ore totali di svolgimento, 475 imputati, di cui 208 alla sbarra, 102 a piede libero, 44 agli arresti domiciliari e 121 latitanti, oltre 900 fra testimoni ascoltati e parti lese. Gli interrogatori sono stati 1314, le arringhe difensive 635, i fascicoli processuali 1265. La requisitoria con la quale i pubblici ministeri Giuseppe Ayala e Domenico Signorino hanno chiesto la condanna di tutti i vertici di Cosa nostra, indicata come diretta responsabile dei più efferati crimini commessi fra il 1977 e il 1984, è durata dodici giorni. La decisione della Corte è arrivata dopo più di un mese di camera di Consiglio. E oggi, 16 dicembre 1987, sarà letta in aula. Dove adesso regna un silenzio tombale.

Giovanni è con Paolo e Nino sul divano di cuoio, Guarnotta e Di Lello sono seduti ai due capi del tavolo e fissano entrambi il muro. Qui ci si gioca tutto. Non c'è bisogno di dirlo. Anzi, ognuno si guarda bene dal farlo. Ma ognuno lo pensa, ognuno lo sa. Soprattutto Giovanni.

Su una mensola un po' sghemba appesa alla parete di fronte al divano c'è una piccola TV collegata al circuito interno. Giovanni la fissa, ma più che guardare ascolta. Il silenzio che i detenuti non hanno mai osservato durante tutto lo svolgimento del processo, lo stanno osservando ora. Hanno paura. Sono anche loro sulle spine. Il che non è affatto scontato, abituati come sono alle sentenze aggiustate, accomodate e alle assoluzioni per insufficienza di prove. Fiutano che oggi non è come ieri. E se c'è qualcosa che questi individui, spesso brutali come le bestie più feroci, hanno conservato, è il fiuto. Mentre ascolta con attenzione il loro silenzio, Giovanni scuote la sigaretta. La cenere cade come neve sulla montagna di cicche accumulate nel portacenere.

"Se c'è una frase che riassume tutto," dice a un tratto Di Lello, continuando a fissare la parete, "che dà il senso di tutto, è quella di Ines."

Ines Leotta, la vedova di Boris Giuliano, si è costituita parte civile nel processo con suo figlio Alessandro e i fratelli del marito, così come il Comune di Palermo nella persona del sindaco Leoluca Orlando. Come i figli del generale dalla Chiesa, la madre e il fratello di Emanuela Setti Carraro. Come i familiari di Giuseppe Di Lavore, l'autista che nell'82 doveva trasportare il boss catanese Alfio Ferlito dal carcere di Enna a quello di Trapani:

per ucciderlo, il clan Santapaola fece un massacro, ammazzando, oltre al boss e a Di Lavore, anche tre carabinieri della scorta. E come la vedova del medico legale Paolo Giaccone, il cui unico torto è stato quello di rilevare un'impronta digitale appartenente a Giuseppe Marchese, nipote del boss Filippo Marchese, sulla scena di un omicidio, rifiutandosi poi ostinatamente, nonostante le pressioni e le minacce ricevute dalla cosca, di "aggiustare" la propria perizia. Una manciata di persone a cui è stato strappato il cuore dal petto, vittime anche loro di Cosa nostra, separate dai propri affetti e, in molti casi, dal proprio futuro. Da ogni futura speranza di serenità.

Durante il dibattimento, Ines ha detto che Boris Giuliano era stato lasciato solo: "Mio marito appariva come l'unico persecutore di Cosa nostra. Per questo è stato ucciso." Gli avevano scavato un fossato intorno. Così come l'hanno scavato intorno a Falcone, Borsellino, Guarnotta, Di Lello, Ayala. Ed è strano, pensa adesso Giovanni, che pur trovandosi nell'occhio del ciclone, in apertura di tutti i TG nazionali, lui si senta terribilmente solo.

"Eccolo," sussurra Paolo con voce atona. Poggia una mano sulla spalla di Giovanni, alla sua sinistra, e su quella di Nino, alla sua destra. Nino si fa il segno della croce. Un movimento impercettibile che non nota nessuno, tranne Paolo. Vorrebbe farlo anche lui, e infatti lancia uno sguardo al grande crocifisso attaccato al muro dietro la Corte, attorniato dalle telecamere, ma poi desiste. Per qualche motivo, non riesce a credere che Dio c'entri in tutto ciò, che sia mai entrato in quell'aula, fra quegli uomini dallo sguardo torvo aggrappati alle sbarre delle proprie celle. Gli sembrano luoghi, questi, dai quali Dio è stato estromesso, e che esistono solo in ragione della sua lontananza.

Alfonso Giordano e Pietro Grasso hanno la barba, diversamente da quando la camera di Consiglio è iniziata, un mese fa. Si avvicinano al banco con aria dimessa, come se qualcosa li preoccupasse. Arrivano anche i sei giudici popolari Francesca Agnello, Maria Nunzia Catanese, Luigi Mancuso, Lidia Mangione, Renato Mazzeo e Francesca Vitale. Di Lello e Guarnotta iniziano soltanto adesso a guardare lo schermo della TV, come per scaramanzia.

"In nome del popolo italiano, la Corte d'assise prima di Palermo, visti gli articoli di legge, dichiara..."

Alle 18.07, davanti all'aula gremitissima, inizia un fiume inarrestabile di nomi e di articoli di legge. I volti degli avvocati difensori sono tesi e contemplativi. Qualcuno di loro stringe i pugni. Se gli imputati hanno paura, loro ne hanno ancora di più. I detenuti sanno che nella peggiore delle ipotesi torneranno in prigione, mentre loro non vogliono nemmeno immaginare cosa potrà succedere.

Nessuno sa che il presidente Giordano, conscio di dover leggere per diverse ore, si è preparato a questo momento con lunghi esercizi di respirazione. Per questo riesce a snocciolare nomi, cognomi e condanne a una velocità impressionante, quasi in apnea.

Greco Michele, Riina Salvatore, Provenzano Bernardo e Madonia Francesco: ergastolo. Il cassiere di Cosa nostra Pippo Calò viene condannato a ventitré anni di carcere, il finanziere Ignazio Salvo a sei. Luciano Liggio viene assolto: perfino i magistrati si sono presi gioco di lui, sancendo la sua definitiva estromissione dagli affari importanti di Cosa nostra. Dovrà comunque trascorrere la sua vita in galera. I collaboratori Tommaso Buscetta e Salvatore Contorno, in ragione del loro contributo, ricevono sconti di pena: il primo è condannato a tre anni e mezzo di detenzione, il secondo a sei. In totale, gli anni di carcere inflitti sono 2665, le assoluzioni 114. Le condanne all'ergastolo sono 19, gli imputati colpevoli 346.

Non aspettano che Giordano legga tutte le condanne, Giovanni, Nino, Paolo, Leonardo. Sono già in piedi, fra il divano spelacchiato e il tavolo, stretti in un abbraccio di silenziosa commozione. Senza strepiti, senza clamori.

Si conclude così questa corsa, questa maratona, questa lunga staffetta in cui molti sono rimasti accasciati al suolo. Si conclude con la consapevolezza, sobria e dignitosa, che nessuno ha mai chiesto vendetta e che nessuno ha mai chiesto vittorie.

Perché tutto funzioni, perché si possa camminare per strada a testa alta, con la schiena dritta e una manciata di speranze in tasca, è sufficiente che la giustizia non perda.

Finalmente, oggi, la giustizia non ha perso.

39.
NOTTURNO

Palermo, 1987

È per paura di bagnare gli occhi
a una vedova che finisci solo?

Francesca sta con la schiena appoggiata alla testiera del letto e pensa ai versi di un sonetto shakespeariano. Se avesse immaginato se stessa vent'anni dopo, ai tempi dell'università – e l'ha fatto spesso, spessissimo –, non sarebbe mai riuscita a comporre un quadro come quello in cui si trova adesso.

La luce lunare che filtra dal vetro della finestra le illumina una parte del viso, mentre l'altra è nascosta dalla semioscurità della camera da letto. Giovanni è steso accanto a lei, le dà le spalle, ma riesce comunque a vederne il volto: conosce i pensieri che si agitano nella sua testa, li conosce tutti. Sa che lo stanno facendo anche adesso, che gli si stanno aggrovigliando lungo le sinapsi come vermi. Sa che dipende da loro quell'ombra, quella sinistra oscurità che sta sul fondo dei suoi occhi e che non lo abbandona neanche quand'è in stato di grazia, neanche il giorno del loro matrimonio; quel triste rammarico per una sciagura già compiuta, piuttosto che di là da venire, che lei e pochi altri riescono a scorgere. Dipende da loro, da quei pensieri cupi che gli si attorcigliano nella testa come vermi. Vorrebbe prenderseli lei. Vorrebbe scavarsi un buco in mezzo agli occhi e prenderseli tutti, quei vermi, cacciarli via da lui per sempre. Sa che l'amore, anche se è tutto quello possibile, anche se è tutto quello che un umano può dare, non gli basterà. Che l'infestazione non avrà mai fine, i parassiti non saranno mai debellati, se non sarà lui stesso a farlo.

Morire senza figli non ti tocchi,
pianto come da moglie senza sposo.
Il mondo in lutto vorrà lamentare
che tu non hai lasciato il tuo stampiglio,
mentre ogni vedova può ritrovare
il marito negli occhi di suo figlio.

È questo che vede, un piccolo orrore celato dietro lo scudo della sua calotta cranica, che lavora senza posa anche mentre lui dorme. Ma lui non sta dormendo. Ha gli occhi chiusi, ma è sveglio. Sta pensando a cosa gli ha detto Rocco mentre stava per sposarsi. *Lei ha già visto il nero all'orizzonte e l'ha già superato. Sei tu, ancora incagliato. Amala ancora di più, perché pur sapendo già tutto, pur sapendolo meglio, e da prima di te, sta stringendo la corda che vi lega insieme.*

Ma non è facile non sentirsi in colpa, non lo è per niente. Perché, pur sapendo di avere ottenuto una rara vittoria, di aver rimesso in moto un ingranaggio sociale che da decenni era arrugginito e fermo, sente di star perdendo qualcosa? Come si scacciano i vermi dalla propria testa? Come si chiude per sempre una botola? Come si scacciano le ombre? Forse la risposta è lei. Forse c'è un ordine, uno strano ordine, nelle cose. Una qualche forma di compensazione. E forse lei è in se stessa un atto di misericordia. Ma lui, cos'è lui per lei? Cosa è stato e, soprattutto, cosa sarà lui per lei?

Francesca volge lo sguardo oltre la finestra. Ora il suo volto è tutto rischiarato dalla luce pallida della luna alta nel cielo. Si compone così, questo teatro: di luci e di ombre. A noi gli occhi per vederle, ma non i fili per manovrarle. Possiamo al massimo scegliere le strade più assolate. O quelle più buie.

Tutto ciò che scialacqui in una vita
cambia di posto e c'è chi ne godrà;
la bellezza sprecata poi è finita,
e, non usata, si distruggerà.
Non c'è amore per altri nel tuo cuore,
se commetterai un tale disonore.

Sarà bellissima l'alba, domattina. Verrà il sole e scaccerà via le ombre con ostinata e feroce strafottenza.

Gli uomini, in questo, non hanno parte. Non contano niente. Nemmeno lei.

E nemmeno Giovanni.

40.
CORRENTI

Palermo, 1987

"E adesso?"

Eh be', adesso. Sembra facile rispondere. Come se qualcosa fosse finito e occorresse tirare le somme, fare un bilancio. Come se, appena laureati, bisognasse capire quale strada prendere. Ma qui, altro che laurearsi. Forse c'è stato un primo, generico esame; superato con lode, d'accordo. Ma nessuno, all'interno di questo palazzo, e di molti altri, è così ingenuo da credere che si possa davvero festeggiare qualcosa. Certamente non lo è il giornalista che sta seduto con le gambe accavallate dentro l'ufficio di Giovanni Falcone. Saverio Lodato ne ha viste troppe – di faide, di morti ammazzati, di fascicoli giudiziari, di cosche date per sconfitte e poi risorte dalle proprie ceneri come fenici fetide e putrescenti – per credere che la guerra sia vicina a una conclusione. Forse, piuttosto, la sua domanda è una provocazione.

"E adesso..." Giovanni si sfrega le mani. "Adesso andiamo avanti. Le indagini stanno conoscendo una rapida espansione. Come sai bene, anche dal punto di vista territoriale, ora che Borsellino... Ma stai scrivendo?"

"Non devo?"

"Sì, sì, però io ti sto rispondendo così, all'impronta. Posso dare un'occhiata prima che lo pubblichi?"

"No problem. Anzi, visto che siamo a un livello informale, ecco... Hai parlato di Borsellino. Lo sappiamo tutti come gli sta andando. È uscito sui giornali."

Sente il vuoto, Giovanni, ogni volta che si parla di Paolo Borsellino o di Nino Caponnetto. Vede per terra la polvere caduta dalle loro armature prima che andassero via. Con Paolo si vedono e si sentono spesso, ma non vederlo lì, in ufficio, gli crea un senso di enorme vuoto e di solitudine. Anche Nino è andato via. Finita la sua missione, è tornato a Firenze dalla sua famiglia. Paolo, invece, già prima che arrivasse la sentenza di primo grado del Maxiprocesso, arrivato con Giovanni alla conclusione che bisognasse esportare modelli e conoscenze maturate durante l'esperienza palermitana negli altri territori dove le famiglie sono più forti e poco contrastate, aveva fatto domanda come procuratore capo a Marsala. E ce l'ha fatta, è a Marsala ora. Quasi per miracolo, fra l'altro, perché l'assegnazione dell'incarico è arrivata dopo una lunga e aspra battaglia interna al CSM, visto che a contendergli il posto c'era un altro magistrato con più anni di anzianità alle spalle. Alla fine l'ha spuntata, ma non senza strascichi, e con un fiume di polemiche che ancora gli scorre intorno alle caviglie e fino alle ginocchia. Lo scrittore Leonardo Sciascia, in un lungo articolo pubblicato dal *Corriere della Sera* con il titolo *I professionisti dell'antimafia*, ha scritto che "nulla vale più, in Sicilia, per far carriera nella magistratura, del prender parte a processi di stampo mafioso". Come se in pratica i magistrati del pool, e Borsellino nella fattispecie, andassero a infilarsi in quei cespugli di rovi che sono i processi alla mafia, uscendone spesso feriti o come cadaveri scarnificati, per prevalere nelle questioni di carriera; o come se, quantomeno, ne ricevessero un beneficio. Solo che né a Paolo né a Giovanni né a tutti gli altri magistrati del pool, pensando alle proprie vite, verrebbe mai in mente la parola "beneficio".

"Borsellino parla di 'smobilitazione dell'antimafia', dice che tutti i sostituti sono stati trasferiti. Si sta occupando di assegni a vuoto, abusi edilizi, furti di motorini. Pare che stia lavorando al processo a un panettiere che faceva il pane con un tasso di umidità troppo elevato, non si capisce bene cosa può..."

"Sì, sì," alza le mani Giovanni, "lo so bene di cosa si sta occupando Paolo. Però di questo bisognerebbe parlare con lui."

"E con te, Giovanni? Di che vogliamo parlare?"

"Tu di che vuoi parlare? Mi hai chiesto tu di..."

"Della tua nomina a consigliere istruttore. Sembra che le cose si stiano complicando."

"Sono sempre state complicate, le cose. Mai facili."

Ora che Nino è tornato a Firenze, il posto di capo dell'Ufficio istruzione è vacante. È stato proprio lui, prima di andar via, a indicare il nome di Giovanni come suo successore. Negli ultimi giorni a Palermo, Nino si è fatto in quattro per assicurarsi i voti dei consiglieri della sua stessa corrente: chi, meglio di Giovanni, potrebbe coordinare le indagini antimafia della Procura di Palermo?

Eppure è saltato fuori un concorrente. Antonino Meli, un magistrato più anziano che aveva già presentato domanda per ricoprire il ruolo di presidente del tribunale, e che di punto in bianco l'ha ritirata per poter concorrere al posto di consigliere istruttore insieme con Falcone.

"Vogliamo parlare di Geraci?"

"E che ti devo dire su Vincenzo Geraci? È un amico e un collega. Con lui ho condiviso tanto. La prima volta che ho incontrato Buscetta, Vincenzo era con me. È anche grazie a lui se nell'assegnazione dell'incarico a procuratore di Marsala i meriti di Paolo hanno prevalso sull'anzianità dell'altro collega. Geraci ha molto sostenuto la candidatura di Paolo."

"A Marsala."

"A Marsala, certo."

"Cioè in un altro posto."

"Sì."

"Lontano da Palermo."

"... sì."

"Dicono che a convincere Meli a ritirare la domanda come presidente per poter concorrere come consigliere sia stato proprio..."

"Oh, no, Saverio. Basta chiacchiere, basta polemiche, non ce la faccio più. I processi dobbiamo fare, non le polemiche."

"Eppure contro di te di polemiche ne fanno tante."

"È proprio questo il punto: io non voglio rispondere nello stesso modo. Tu lo sai bene, di me hanno detto che faccio panna montata, che affogherò nelle mie stesse carte, che non caverò un ragno dal buco, che mi atteggio a sceriffo o a ministro della Giustizia, che sono un accentratore. Ma io ho la coscienza a posto. Già la formazione di un pool di magistrati all'Ufficio istruzione mi sembra la negazione evidente di questo addebito... Nel ruolo di accusatore non ho mai prevaricato i diritti della difesa, né mi pare di aver mai fatto ricorso a strumenti che non fossero quelli propri del giudice. E poi, poi..." Giovanni gli si avvicina sporgendosi sul tavolo. Abbassa il tono di voce, che adesso è ancora più confidenziale.

"Vogliamo parlare del mio protagonismo? Proprio io che, lo sai benissimo, ho sempre avuto rapporti difficili coi giornali? Ora ho imparato a conoscervi, d'accordo, ma semplicemente per prevedere quello che può accadere nel pianeta mafia. Cioè, secondo te pecca di personalismo chi è costretto a subire i titoli in prima pagina? Chi è costretto a vivere scortato. È vero, all'inizio provi un piacere e un orgoglio, diciamo, innaturali, però ti accorgi presto che sei tu a pagare un prezzo altissimo. Te ne accorgi molto presto." Prende una sigaretta dal pacchetto e la porge a Lodato. Ne prende una anche lui. Entrambi fanno qualche tiro in silenzio, scrutandosi e soppesandosi.

"Tempo fa feci una profezia a una mia cara amica."

"Una profezia?"

"Sì, le dissi quello che sarebbe successo, il clima che si sarebbe creato in questo Palazzo di giustizia. Le dissi: all'inizio mi ignoreranno, poi mi tratteranno come un animale raro, poi sarà la volta delle bordate, delle frecciate velenose, dei commenti sarcastici. Infine si stabiliranno molti rapporti formali, senza slanci, privi di simpatia. Quindi, Saverio... io non mi meraviglio affatto di quello che sta succedendo, delle polemiche intorno al mio nome, del fatto che Meli abbia deciso di ritirare la candidatura come presidente del tribunale per concorrere a consigliere istruttore, e non mi meraviglio neanche di vedere certi componenti del CSM che entrano ed escono dalla stanza di Geraci in questi giorni, persone a cui non sto proprio simpatico, se vogliamo dirlo."

"Quelli di Magistratura indipendente."

"Mica solo quelli. Anche alcuni di Unità per la Costituzione, la mia stessa corrente. Si è creata una spaccatura, come dite voi giornalisti. O si è creato un asse, una collaborazione trasversale alle diverse correnti."

"Con quale scopo?"

"Ah, questo lo potremo sapere solo dopo la votazione."

41.
IL CONSIGLIO APPROVA

Roma, 1988

La sala del Palazzo dei marescialli in cui si riuniscono i componenti del Consiglio superiore della magistratura ospita un enorme tavolo ad anello. Sopra di esso, un imponente lampadario circolare di vetro ancorato al soffitto ricorda per forma e colore il corpo fluttuante di una medusa. Nel punto centrale dell'aula, attorniata dal tavolo di legno, c'è una pianta verde e rigogliosa le cui lunghe foglie scendono a cascata adagiandosi sul pavimento di marmo chiaro. Alcuni parlottano fra loro, altri sono silenziosi: scarabocchiano con la stilo i fogli che hanno davanti, guardano di tanto in tanto l'orologio aspettando che la seduta consiliare abbia inizio. Nessuno si aspetta grossi sconvolgimenti. I giochi sono stati già fatti. Si sono decisi all'interno degli uffici capitolini, al telefono, oppure, in qualche caso, nel corso di un'informale cena al ristorante. I componenti delle correnti principali, Magistratura indipendente – la più conservatrice –, Magistratura democratica – la più progressista – e Unità per la Costituzione – la più moderata –, hanno cercato, chi più e chi meno, di far convenire i colleghi dello schieramento rivale sulle proprie posizioni perché si giungesse a una decisione il più possibile unitaria. Non è mai bello quando il Consiglio si spacca. Non lo sarebbe soprattutto su una decisione come quella da prendere oggi: a chi assegnare il ruolo di capo dell'Ufficio istruzione di Palermo? Chi, fra i vari concorrenti, e in particolare fra i due principali, Giovanni Falcone e Antonino Meli, è il più adatto a dirigere un ufficio cruciale, in una città cruciale, che combatte una lotta cruciale come quella alla mafia?

Una volta, tra il serio e il faceto, Giuseppe Ayala ha detto a Giovanni che le battaglie di mafia si combattono a Palermo ma si vincono a Roma. Gli uomini e le donne seduti intorno a questo tavolo – si capisce dai loro sguardi, dalla loro postura, dalla dirittura delle loro schiene e dalle loro espressioni – sono ben consapevoli di questo.

Quando il presidente dichiara aperta la seduta, i consiglieri si alzano uno alla volta e prendono a leggere i propri interventi. Non c'è alcun fermento, la riunione è composta. Ormai non c'è più nulla su cui discutere davvero. Lo spartito è già stato scritto, non resta che suonarlo.

Massimo Brutti: "È doveroso ricordare che negli ultimi dieci anni due consiglieri istruttori del Tribunale di Palermo sono stati uccisi: il dottor Terranova, nel 1979, e il dottor Chinnici, nel 1983, e che questa strategia intimidatoria messa in atto dalla mafia non è stata certamente ancora sconfitta. La mafia, che a Palermo ha il suo quartier generale, continua a mostrare la propria pretesa di impunità e dunque ha bisogno di una giurisdizione timida, lenta e inefficiente. Il Consiglio deve rispondere a questa sfida usando giudiziosamente la propria discrezionalità con la scelta di un uomo giusto al posto giusto. La scelta compiuta nel 1983 a favore del dottor Caponnetto è stata una decisione meditata.

"Ciò premesso, ricordo come la nuova circolare in materia di conferimento di incarichi direttivi preveda la possibilità di superare un divario di anzianità, anche considerevole, in virtù del possesso, da parte del candidato meno anziano, di specifiche doti attitudinali o di merito di spiccato rilievo. Ritengo doveroso, oltreché opportuno, sottolineare il carattere eccezionale dell'impegno specifico del dottor Falcone, per cui preannuncio il mio dissenso rispetto alla nomina del dottor Meli, ritenendo senz'altro più idonea quella del dottor Falcone. La proposta di nominare il dottor Meli non tiene conto delle doti, dei meriti particolari e dell'esperienza prolungata nel tempo del dottor Falcone e, al contempo, attribuisce un'importanza esorbitante al requisito dell'anzianità. Ma anche a voler dedicare una particolare attenzione ai meriti trascorsi del dottor Meli, emerge come la sua esperienza sia maturata nel settore della magistratura giudicante e come non abbia mai svolto nella sua lunga carriera le funzioni di giudice istruttore. Il dottor Meli ha esercitato funzioni requirenti, ma in tempi molto lontani (intorno al 1949) e per un periodo di circa nove mesi.

"Né si può tralasciare di soffermarsi su alcuni comportamenti tenuti dal dottor Meli alla luce dei quali l'elemento a suo favore, quello dell'anzianità, potrebbe addirittura rivelarsi controproducente. Cito una discutibile intervista rilasciata dal dottor Meli nel 1984 all'indomani della pubblicazione di un'intervista della vedova Terranova. Non si trattò di un episodio isolato, infatti questa instabilità caratteriale ha avuto modo di manifestarsi in modo ancora più vistoso nel corso della vicenda in cui il dottor Meli si è contrapposto al dottor Patanè producendo affermazioni troppo leggere e non meditate.

"Voglio infine ricordare l'atteggiamento oscillante del dottor Meli nelle more del conferimento dell'ufficio direttivo di presidente del Tribunale di Palermo. Non solo il dottor Meli ha revocato la domanda inizialmente presentata, ma è addirittura arrivato a revocare la revoca della domanda, alimentando il sospetto di una caratteriale instabilità di cui il Consiglio deve in questo momento tenere conto.

"In conclusione, sulla base di questi elementi, preannuncio il mio voto contrario alla proposta della commissione di conferire l'incarico al dottor Meli ed esprimo il mio favore verso la figura del dottor Falcone."

Vito D'Ambrosio: "Sarebbe certamente una sciocchezza considerare Falcone un Superman capace da solo di battere la mafia, ma è altrettanto sicuro che Falcone non ha soltanto la capacità di lavorare al meglio, ma anche di organizzare e di far lavorare al meglio l'Ufficio istruzione. Egli non è soltanto un bravo giudice istruttore, ma è anche un bravo organizzatore del pool che gode di prestigio a livello nazionale e internazionale.

"Il dottor Falcone ha però anche un altro merito: operando in una situazione estremamente difficile non è diventato un nuovo prefetto Mori, ha dimostrato di saper rispettare le regole del processo penale e di avere le capacità di aggregare un gruppo di giudici che non sono certo le sue marionette, ma sono riuniti intorno a uno o due punti di riferimento. Falcone non può quindi considerarsi eccezionale, ma certamente e propriamente può definirsi un punto di riferimento unico, perché unica è la situazione operativa in cui agisce e perché unico è il patrimonio conoscitivo, operativo e tecnico che è riuscito ad accumulare in un contesto come quello palermitano. Io voto contro la proposta di conferire l'incarico al dottor Meli, auspicando che sia il dottor Falcone a dirigere l'Ufficio istruzione del Tribunale di Palermo."

Franco Tatozzi: "Esprimo le mie perplessità sul fatto che l'assegnazione del posto di consigliere istruttore del dottor Falcone, al quale peraltro mi legano non solo sentimenti di stima e amicizia ma anche l'appartenenza allo stesso gruppo, costituirebbe un effettivo rafforzamento della risposta giudiziaria all'attacco portato alla mafia. Come consigliere istruttore, infatti, Falcone sarebbe obbligato a far fronte a esigenze di organizzazione generale di un ufficio senz'altro oneroso, mentre, proprio al fine di non depotenziare la sua capacità di incidenza nella lotta alla mafia, appare preferibile che il dottor Falcone possa continuare a occuparsi di tale fenomeno in una posizione di prima linea. Annuncio quindi il voto favorevole alla proposta della commissione di conferire l'incarico al dottor Meli."

Sergio Letizia: "La legge individua due criteri fondamentali per la scelta dei dirigenti degli uffici giudiziari: l'anzianità e il merito. Esprimere un voto a favore del dottor Falcone significherebbe contravvenire alla legge in ordine a uno di quei due criteri. Nonostante, infatti, gli indiscussi meriti del dottor Falcone, ben sei altri candidati, tutti meritevoli, possono vantare una anzianità maggiore, in particolare il dottor Meli, primo nella graduatoria di anzianità, ed entrato in servizio addirittura sedici anni prima del dottor Falcone.

"Ribadendo che non intendo affatto disconoscere l'impegno e la professionalità di Falcone, non credo comunque ai geni o ai superuomini e che, al posto di Falcone, io, come del resto ho fatto in diverse occasioni, non avrei nemmeno presentato la domanda in presenza di candidati molto più anziani. Non si deve del resto dimenticare che tanti altri magistrati in tutta Italia, con la stessa anzianità di Falcone, possono vantare gli stessi meriti nella lotta contro la mafia. Né si deve dimenticare che della professionalità fa parte anche la modestia.

"Il miglior segnale che il Consiglio può dare per la lotta contro la mafia non è assegnare l'ufficio in esame al dottor Falcone, ma mostrare che in Italia non è soltanto Falcone a essere capace di lottare contro il fenomeno mafioso. Esprimo il mio voto per l'assegnazione del ruolo al dottor Meli."

Stefano Racheli: "Signor presidente, io affermo qui che non possiamo sottrarci all'obbligo di leggere la legge e le nostre circolari. Non intendo assolutamente premiare i rischi che qualcuno tra i candidati deve subire per effetto del suo lavoro. Voglio solo mettere a capo dell'Ufficio istruzione di Palermo la persona che meglio di tutti può condurre questo ufficio. Questo è il nostro dovere in questo momento. Mi limiterò a due dati telegrafici: il magistrato proposto dalla commissione, il dottor Antonino Meli, è alle soglie della pensione, e non ha mai – dico mai – fatto il giudice istruttore.

"Signor presidente, l'anzianità senza demerito è criterio che non può bastare per l'Ufficio istruzione di Palermo. Ognuno deve prendere una responsabilità che è personale e forte, al di là di gruppi e schieramenti, perché troppa storia del nostro Paese è legata a decisioni come questa. Preannunzio perciò voto contrario alla proposta di assegnare l'incarico al dottor Meli."

Fernanda Contri: "Il mio netto orientamento è a favore del dottor Falcone, la cui specializzazione nella lotta contro la mafia è unica, non soltanto in Italia, e tale da far superare ogni perplessità.

"Se in passato è stato sufficiente prendere in considerazione la specifica professionalità di un candidato per consentirgli di superare una barriera di due o di quattro anni di minore anzianità, ebbene io non ho alcun dubbio nell'affermare che la professionalità del dottor Falcone è talmente eccezionale da consentirgli di superare un divario di anzianità anche maggiore rispetto a quello attuale. Egli ha dimostrato il massimo di professionalità, di coraggio, di impegno, di vitalità; e di fronte alla dimostrazione di tali doti è auspicabile che almeno una delle amministrazioni dello Stato, quella giudiziaria, dia un concreto segno di voler cominciare a funzionare in Sicilia. Io credo che il ruolo di capo dell'Ufficio istruzione debba essere conferito al dottor Falcone."

Gian Carlo Caselli: "La soluzione del caso in esame deve puntare su un uomo del pool antimafia. Il pool di giudici istruttori del Tribunale di Palermo ha ottenuto risultati di grande rilievo, basati sull'individuazione dei caratteri della nuova mafia. I primi risultati dopo anni, decenni e decenni di sostanziale impunità.

"Alcuni hanno parlato di 'premio al protagonismo'. La storia del protagonismo è un po' come la storia di quando le donne portavano il velo. A quel tempo le donne erano tutte belle, ma quando il velo cadde si cominciarono a constatare delle differenze. La stessa cosa è successa con la magistratura. Quando i giudici non davano 'fastidio', quando non erano scomodi, erano tutti bravi e belli. Ma quando hanno cominciato ad assumere un ruolo preciso, a dare segni di vitalità, a pretendere di esercitare il controllo di legalità anche verso obiettivi prima impensati, ecco che è cominciata l'accusa di protagonismo, mentre quei giudici che si tirano indietro – ed è successo sia a Torino, in occasione del processo d'assise ai capi storici delle BR, sia a Palermo, in occasione del processo d'assise alla mafia da poco concluso – non rischiano proprio nulla e nessuno si leva a protestare o levar critiche nei loro confronti. Qualcuno ha perfino parlato di premio nel senso di carriera che correrebbe lungo corsie 'privilegiate' per quei giudici che abbiano fatto determinate esperienze professionali. Ma è inconcepibile, perfino un po' scandaloso, che si parli di privilegio riferendosi ai giudici di Palermo che vivono nelle condizioni a tutti noi note, che semmai rappresentano una pesante penalizzazione. Per questi motivi esprimo avviso contrario alla proposta della commissione di assegnare l'incarico al dottor Meli."

Elena Paciotti: "Mi preoccupa che da qualche parte si voglia rappresentare la scelta che dobbiamo compiere come leggibile in termini di maggiore o minore impegno antimafia del Consiglio e della magistratura. Mi preoccupa che questo suggestivo messaggio venga raccolto da chi onestamente si batte per un corretto intervento di tutte le istituzioni pubbliche contro il potere mafioso.

"È con tranquilla coscienza che indico il mio voto per il dottor Meli, nella speranza che – quale che sia la scelta del Consiglio – l'eccellente lavoro dell'Ufficio istruzione di Palermo possa proseguire con la collaborazione di tutti pur nella gravissima situazione che i tragici avvenimenti cui siamo purtroppo abituati non mancano mai di sottolineare."

Vincenzo Geraci: "È proprio dal ricordo, per me ancora bruciante, della copertura dell'ufficio di Marsala che voglio prendere le mosse per ripassare la tetragona, compatta e irriducibile opposizione espressa proprio in quest'aula soprattutto dal maggioritario gruppo togato del Consiglio, il quale, pur col buon gusto di non contestare le indiscusse doti di professionalità, abnegazione e coraggio del collega Borsellino, aspirante al posto, ritenne in quell'occasione che le stesse non potessero fare aggio sul dato della maggiore anzianità dell'altro concorrente.

"Ricordo, in particolare, le parole pronunciate dal collega D'Ambrosio e puntualmente riportate nel notiziario straordinario numero 17 del 10 settembre 1986 di questo Consiglio che si volle appositamente pubblicare, su iniziativa del collega Abbate, per informare i colleghi magistrati della scelta compiuta dal Consiglio. Ebbene, nell'occasione D'Ambrosio dichiarò che il Consiglio non poteva lasciarsi influenzare dalla notorietà dei magistrati interessati, perché ciò avrebbe significato incentivare il protagonismo dei giudici che, tra i suoi effetti deleteri, avrebbe avuto anche quello del ritorno a un deprecabile carrierismo già alimentato dalle infelici sentenze della Corte costituzionale e del Consiglio di Stato.

"Pur con il disagio di dover ripercorrere momenti autobiografici rimasti indelebilmente impressi nel vissuto di quella sparuta pattuglia di 'samurai' che si buttò generosamente a corpo morto, con immani sacrifici e rischi personali, nel contrasto giudiziario alla barbarie mafiosa in un momento in cui le strade di Palermo erano letteralmente lastricate di morti e i vertici istituzionali dell'isola venivano impietosamente decapitati uno dopo l'altro, sento di dover adempiere a un obbligo morale di testimonianza personale nel rappresentare che Giovanni Falcone è stato il migliore di tutti noi, e che io ascrivo a mio esaltante e irripetibile privilegio quello di aver lavorato assieme a lui che ha scritto pagine di riscatto civile nel libro della storia, non solo giudiziaria, del nostro Paese.

"Ricordo, in particolare, l'emozione che ci prese quando, per primi, verbalizzammo le rivelazioni di un boss di primaria grandezza come Tommaso Buscetta che finalmente squarciava la cortina d'omertà che aveva fin lì protetto la mafia, sottoscrivendosi egli stesso mafioso e consentendoci approdi processuali impensabili solo due anni prima, allorquando era stato presentato il famoso rapporto 'Michele Greco + 161', e fin lì lambiti soltanto dalle più intelligenti e audaci intuizioni politiche e sociologiche. Così come ricordo la commozione purtroppo tante volte provata nel ritrovarci davanti ai cadaveri sfigurati di tanti amici e collaboratori, fedeli servitori dello Stato, solo più sfortunati di noi nello sfuggire alla barbara vendetta mafiosa.

"Consentirete che io esprima il mio personale, indicibile tormento per l'intera vicenda e per l'inestricabile dilemma in cui rimango avviluppato. Se da un lato, infatti, le notorie doti di Falcone e i rapporti personali e professionali che coltivo con lui mi indurrebbero a preferirlo nella scelta, a ciò mi è però di ostacolo la personalità di Meli, cui l'altissimo e silenzioso senso del dovere, poi sempre manifestato, costò in tempi drammatici la deportazione nei campi di concentramento nazisti della Polonia e della Germania, dove egli rimase prigioniero per due anni dal settembre 1943 al settembre 1945, sopravvivendo a stento. Credo, anzi, che nonostante il *revirement* dell'ultim'ora, proprio il riconoscimento di questa altissima tempra morale e dignità d'uomo, in uno alle incontestate doti professionali, abbia mosso il collega Brutti nel formulare, nella seduta antimeridiana del 15 luglio 1987, l'auspicio che lo stesso collega Meli potesse quanto prima conseguire quell'ufficio direttivo – di cui oggi finalmente gli si presenta l'occasione – ove continuare a profondere il suo indiscusso impegno professionale.

"In tali condizioni, pertanto, vi chiedo di comprendere con quanta sofferenza e umiltà mi sento portato a esprimere il mio voto a favore verso la nomina del dottor Antonino Meli."

Votano a favore dell'assegnazione al dottor Antonino Meli i consiglieri: Agnoli, Borrè, Buonajuto, Cariti, Di Persia, Geraci,

Lapenta, Letizia, Maddalena, Marconi, Morozzo della Rocca, Paciotti, Suraci, Tatozzi.

Votano contro l'assegnazione al dottor Antonino Meli i consiglieri: Abbate, Brutti, Calogero, Caselli, Contri, D'Ambrosio, Gomez d'Ayala, Racheli, Smuraglia, Ziccone.

Si astengono dal voto i consiglieri: Lombardi, Mirabelli, Papa, Pennacchini, Sgroi.

Il Consiglio approva con quattordici voti favorevoli, dieci contrari, cinque astensioni, l'assegnazione dell'incarico direttivo per l'Ufficio istruzione del Tribunale di Palermo al dottor Antonino Meli.

42.
BERSAGLIO

Palermo, 1988

Quando il telefono del suo ufficio inizia a squillare, Giovanni tiene fra le mani un panino al prosciutto intonso. L'ha scartocciato dieci minuti fa, ma non è ancora riuscito a dargli un morso.

Solleva la cornetta. È il consigliere Vito D'Ambrosio che lo informa della decisione presa dal CSM. Giovanni lo ascolta, resta in silenzio per qualche secondo, poi gli risponde con voce atona e asciutta.

"Con questa decisione mi avete esposto come un bersaglio al baraccone del luna park."

Ora, finalmente, può dare un morso al suo panino.

43.
VISIONARI

Palermo, 1988

Caponnetto ci aveva visto lungo. Folgorato dalla luce intensa di un'intuizione, anzi, di una vera e propria premonizione, di quelle che possono venire solo con l'età e con l'allungarsi dell'esperienza umana, aveva pensato di ritirare la richiesta di trasferimento a Firenze.

"Mi sembra che il quadro non sia più molto chiaro," aveva detto una mattina dopo aver sbirciato il biglietto che Giovanni teneva sulla sua scrivania. "Credo che farei meglio a restare qui, almeno fin quando non si capisce cosa accadrà."

Giovanni aveva scritto su un pezzo di carta i nomi dei consiglieri che gli avevano garantito il proprio sostegno o dai quali si aspettava comunque un voto favorevole, e di quelli contrari alla sua nomina. Fra quelli a favore c'era anche il nome di Vincenzo Geraci. Solo che il nome, adesso, era cancellato e trasferito nell'altra colonna, quella dei consiglieri contrari.

Nino non aveva chiesto oltre. Geraci aveva redatto alcuni articoli poco amichevoli sul *Giornale di Sicilia*, e a mano a mano che il dibattimento andava avanti, a mano a mano che il pool e i suoi magistrati – e Falcone, in particolare – ottenevano riconoscimenti, le sue strette di mano si diradavano, i silenzi si prolungavano, i caffè al bar sparivano del tutto. Non era un mistero che fra loro si fosse passati dall'amicizia a un disincantato rapporto professionale. Solo che poi, di notte, Giovanni aveva ricevuto alcune telefonate. Diversi consiglieri mettevano a disposizione il proprio voto. Così, la mattina stessa in cui Nino si apprestava a inviare al CSM il telegramma con cui ritirava la richiesta di ritorno a Firenze, Giovanni era entrato nel suo ufficio col volto sorridente e irradiato da un'inedita luce, e con in mano il suo biglietto pieno di cognomi scritti, riscritti e cancellati.

"Nino, strappa quel telegramma."

"Sei proprio sicuro che lo devo strappare, Giovanni?"

"Strappalo. Ho avuto una serie di colloqui e ho motivo di credere che andrà tutto bene. Non è più necessario chiederti questo sacrificio. Torna dalla tua famiglia."

"Ti ho già detto, e te lo ripeto, che resto volentieri. Non voglio che il nostro lavoro vada disperso: sennò che sono rimasto a fare qui quattro anni e mezzo? Hai ragione, è stato un sacrificio, lontano dalla mia famiglia, dalla mia città, accampato dentro una stanzetta in una caserma della guardia di finanza... E quindi? Mi sarei sacrificato per nulla? Non voglio che vada tutto a rotoli, Giovanni. Non voglio assolutamente."

"Ti capisco bene, Nino, ma ti dico che questa notte ho avuto rassicurazioni fondate da diverse parti, andrà tutto bene, penserò io alla baracca, nulla del tuo e del nostro lavoro verrà disperso. Adesso strappa quel telegramma." E Nino, con molte perplessità, tutte chiarissime nell'espressione del suo volto, aveva lentamente strappato il telegramma con cui chiedeva la revoca del trasferimento a Firenze.

"Tieni, te lo regalo," gli aveva detto Giovanni consegnandogli il biglietto con l'elenco dei consiglieri votanti.

"Bene, non voglio dimenticarmeli quei nomi." Giovanni gli aveva sorriso bonariamente, quasi con condiscendenza.

Si può essere fra i magistrati più astuti del pianeta e conservare tuttavia una forte dose d'ingenuità. O di fiducia nei rapporti umani, a seconda di come la si vuol vedere. Il risultato è che adesso Nino è a Firenze, con un bigliettino come souvenir, e Giovanni è seduto nel salotto di casa sua con la testa fra le mani e con Giuseppe Ayala che lo guarda preoccupato.

"Proprio nel giorno del compleanno di Paolo," dice Peppino.

"Qui tutto ha un significato," mugugna Giovanni. Francesca arriva con il vassoio d'argento regalato loro da Caponnetto. Sopra ci sono tre tazzine di caffè e una zuccheriera. Si siede accanto a suo marito e gli dà un bacio sulla testa.

"Vabbè, magari..."

"Magari niente, Peppino, magari proprio niente." Giovanni alza la testa e lo fissa. "Secondo me ho rischiato che perfino Mirabelli mi votasse contro."

"Questo era impossibile," esclude categoricamente Ayala con un gesto della mano. Era impossibile perché Cesare Mirabelli, vicepresidente del CSM, è noto a tutti per aver votato soltanto una volta, durante i quattro anni del suo incarico, e solo per eleggere se stesso. In tutte le altre occasioni si è astenuto.

"Lo sai bene che cosa ha detto Meli quando ha parlato al CSM. Ha detto che del 'metodo Falcone' non sa che farsene, chiaro e tondo."

"In effetti..."

"Eh."

"Non so cos'è successo, non lo so..." Ayala scuote la testa. "Anzi, lo so benissimo." È vero: lo sa benissimo. Il consigliere Stefano Racheli ha lasciato all'ultimo momento Magistratura indipendente, così Geraci, che contava di astenersi dalla votazione, per ottenere la nomina di Meli ha dovuto invece scoprire le sue carte.

"Lo sappiamo tutti," sospira Francesca. "Lo sanno anche i giornalisti. Lo sa tutto il Paese. Io, veramente, non credevo che la tragedia della deportazione in un campo di concentramento nazista potesse fare curriculum per un posto da consigliere istruttore, che potesse servire nei processi di mafia. Con tutto il rispetto per..."

"Ma sì, ma sì, qui nessuno vuole dire niente, ci mancherebbe. Il punto è proprio come dici tu: che c'entra quella storia con i meriti acquisiti nei processi alla mafia?"

"Dice che ha irrobustito la sua tempra umana."

"Io non ci posso credere," dice Francesca, "Geraci è stato qui, siete stati tutti qui a giocare insieme a ping-pong..."

"Non giocavamo a ping-pong, usavamo il tavolo per lavorare alle ordinanze."

"Vabbè, qualche partita ve la siete fatta."

Peppino scrolla le spalle. Vorrebbe dire qualcosa di sensato, entrare nel merito, ma la verità è che si sente in colpa. Anche lui, nelle ultime settimane, è stato ore e ore con il telefono incollato all'orecchio. Gian Carlo Caselli del CSM gli ha telefonato più volte, rammaricato per non essere riuscito a muovere dalla sua parte neanche gli altri due voti della sua stessa corrente, così come hanno fatto Vito D'Ambrosio e Fernanda Contri. Era chiaro a tutti come la situazione stesse scivolando di mano e come ci fosse una convergenza d'interessi, nel far fuori Falcone. Si sente in colpa anche per essere stato quello che più di tutti, fra il pool antimafia dell'Ufficio istruzione e quello della Procura, ha tentato di conservare con Geraci un rapporto d'amicizia. Anche quando Vincenzo sosteneva che la Procura dovesse rivendicare una maggiore autonomia nel Maxiprocesso, senza pendere dalle labbra di Falcone come fossero quelle di Gesù. Anche quando, nei faccia a faccia che c'erano fra loro due, Peppino gli diceva senza peli sulla lingua: "Guarda, Vincenzo, che c'è gloria per tutti, se questo è il tuo problema."

"Te l'ha raccontato Nino cosa ha detto Giovanni Borrè quando gli ha caldeggiato la tua nomina?"

"No."

"Non te l'ha detto?"

"No."

"Si vede che non voleva farti intossicare. Gli ha detto: 'Ma se noi nominiamo Falcone a Palermo, fra dieci anni ce lo ritroviamo presidente della Cassazione.'" Giovanni grugnisce una specie di risata.

Da via Notarbartolo, stranamente, non arriva alcun rumore. È un pomeriggio quieto, e questo rende l'atmosfera ancora più mortifera. Sanno tutti, anche fuori da casa Falcone, e anche fuori dagli uffici del Tribunale di Palermo, cosa significherà per l'attività dell'Ufficio istruzione quello che è appena accaduto. Meli non ha mai fatto mistero di avere una visione del fenomeno mafioso molto diversa da quella di Giovanni, di Nino e degli altri magistrati del pool. Crede nella competenza territoriale, che i processi vadano smembrati in tronconi e assegnati a vari magistrati, ognuno per la propria zona; crede che Cosa nostra non sia una vera struttura verticistica, ma un organismo utile a dirimere le questioni tra le varie famiglie, indipendenti e autonome l'una dall'altra. Ha una visione che contraddice, in pratica, le linee seguite dal pool in anni e anni di processi antimafia pagati a caro prezzo e con enormi risultati. Ha la visione che potrebbe avere chi, nella propria vita da magistrato, non si è mai occupato di mafia. La visione di chi era indeciso se candidarsi come presidente del tribunale o come capo dell'Ufficio istruzione, senza considerare che il primo incarico è molto più prestigioso del secondo e che, al di là di tutto, agli Uffici istruzione rimane su per giù un anno di vita, visto che c'è già una legge pronta per abolirli a partire dall'anno prossimo. Strana decisione quella di Meli, tutto considerato. Piuttosto che appuntarsi una medaglia al petto e ricoprire un incarico di grande prestigio, relativamente tranquillo da affrontare, ha preferito lanciarsi di petto in un ufficio di frontiera dove non si risparmiano colpi a nessuno, e che comunque sta per abbassare la saracinesca.

"Basta piagnistei, amunì," Giovanni si alza con un balzo. Peppino e Francesca lo guardano perplessi. "Non è un funerale. Mi hanno trombato, stop. Si va avanti. Magari..." comincia a passeggiare in cerchio, "magari, con i risultati che abbiamo già ottenuto,

Meli decide di continuare sulla linea Caponnetto, se non altro per non fare brutta figura..."

"Mmm..." Peppino si massaggia il mento. "Sì, può darsi... In effetti dopo la sentenza del Maxiprocesso, perché mai dovrebbe smantellare il pool? Anzi, secondo me potrebbe convocarvi subito per chiedervi di cosa avete bisogno. Guarda che ti dico: se lo fa... io sono pure disposto a perdonare quelli del CSM."

Francesca beve il suo caffè, poggia la tazzina nel vassoio d'argento e si pulisce le labbra con un tovagliolo lasciandoci sopra un'impronta di rossetto.

"Visionari," dice a mezza voce. Si sistema il vestito e si prepara a uscire per andare al Tribunale dei minori.

"Uhm?" fa Peppino.

"Visionari. Siete dei visionari."

"In che sen..."

"Peppi', ci sta dicendo che siamo due minchioni."

44.
CALDERONE

Palermo, 1988

Gli imprenditori Costanzo, Rendo, Finocchiaro e Graci non sono cosa nuova in Sicilia. Sono catanesi, la loro azienda – la Fratelli Costanzo S.p.a., che si occupa di edilizia, industria e agricoltura – è catanese, ma anche a Palermo sono sulla bocca di tutti.

Quando Pippo Fava scrisse di loro sul mensile *I Siciliani*, li chiamò "i quattro cavalieri dell'apocalisse mafiosa". Nell'editoriale del mensile da lui diretto, Fava ne descrisse anche l'aspetto: "Profondamente dissimili l'uno dall'altro... Costanzo massiccio e sprezzante, Rendo improvvisamente amabile e improvvisamente collerico, Finocchiaro soave, silenzioso e apparentemente timido, Graci piccolino e indefettibilmente gentile con qualsiasi interlocutore, vestono però tutti alla stessa maniera, almeno nelle apparizioni ufficiali, abito grigio o blu anni cinquanta, cravatta, polsini, di quella eleganza senza moda propria dell'industriale self-made-man." Il giornalista raccontò, fra le altre cose, che a margine di un convegno sull'imprenditoria in Sicilia, Carmelo Costanzo, nominato cavaliere del lavoro dal presidente della Repubblica Giuseppe Saragat, fece un annuncio alla platea: "Abbiamo deciso di aggiudicarci tutte le operazioni e gli appalti più importanti, quelli per decine o centinaia di miliardi, lasciando agli altri solo i piccoli affari da due o tre miliardi, tanto perché possano campare anche loro!" Sono accusati di evasione fiscale per decine di miliardi, i Costanzo. Sono accusati anche d'intrattenere, o di avere intrattenuto, solidi rapporti con i boss Nitto Santapaola, Stefano Bontate, Totò Minore e Giuseppe Di Cristina.

Anche il prefetto dalla Chiesa s'interessò a loro. Poche settimane dopo aver richiesto al suo omologo di Catania informazioni dettagliate sui nuclei familiari, gli interessi, le società e le proprietà di Graci e Costanzo, il generale fu ammazzato. Come fu ammazzato Pippo Fava, dopo aver rifiutato più volte le proposte di Costanzo di acquistare il suo mensile. Rocco Chinnici pure si era interessato a loro, ipotizzando che l'omicidio del segretario regionale PCI Pio La Torre fosse legato in qualche modo all'opposizione fra il politico e Carmelo Costanzo. E anche Paolo Borsellino ha indagato su di loro, sempre per lo stesso motivo. Incaricarono la guardia di finanza di eseguire il suo arresto, ma Costanzo scappò, rendendosi latitante, per ricomparire solo qualche settimana dopo in una clinica privata.

Ora, nuove accuse agli imprenditori catanesi arrivano dal pentito Antonino Calderone, che insieme a suo fratello Giuseppe si occupava della sicurezza dei Costanzo, che, come segno di gratitudine per il lavoro ben svolto, gli comprarono una riserva di caccia in cui tenere le riunioni della cosca. È per proteggere i Costanzo che i fratelli Calderone fecero votare nel 1974 la prima "legge regionale" di Cosa nostra: consapevoli del fatto che proteggere i figli degli imprenditori da possibili rapimenti – un metodo ancora molto praticato, soprattutto dai corleonesi – sarebbe stato difficile, se non impossibile, Giuseppe Calderone fece votare il divieto per tutti i mafiosi, a partire da quel giorno stesso, di rapire persone in territorio siciliano.

È proprio grazie alle rivelazioni di suo fratello Antonino che oggi le braci, da tempo un po' sopite, del "fascicolo Costanzo" hanno ripreso a scaldarsi. Ma non sono ancora abbastanza calde. Ancora non bruciano del tutto.

Falcone, i colleghi del pool, e anche quelli della Procura, come Giuseppe Ayala, stanno aspettando che tutti i tasselli siano al proprio posto, che per gli imprenditori mafiosi catanesi non ci sia alcun margine di salvezza, alcuna scappatoia legale, alcun appiglio processuale. Con i Costanzo non vogliono sbagliare.

"Vogliono ripartire l'indagine Costanzo su base territoriale."

Giovanni è nel suo ufficio quando arriva la telefonata di Ayala.

"Eh?!"

"Sissignore, hai capito bene. Giammanco e Spallitta sono di quest'avviso: su Catania indaga Catania."

"Scusa ma... Curti Giardina che ha detto? Giammanco e Spallitta sono due aggiunti, il capo è lui."

"Eh, si vede che era troppo impegnato nel perseguire quei due pericolosi criminali di Lodato e Bolzoni."

Sono stati Saverio Lodato e Attilio Bolzoni a pubblicare sulla *Repubblica* e *l'Unità*, in anteprima, le pagine con le dichiarazioni di Antonino Calderone su Cosa nostra e gli intrecci che, dalla Sicilia occidentale a quella orientale, legano imprenditoria, mafia e politica. Il procuratore capo, Salvatore Curti Giardina, non ha gradito. Soltanto che, non avendo altro modo per richiederne l'arresto, li ha fatti incarcerare con l'accusa di peculato: oggetto del reato, i quattro fogli che hanno "sottratto" al Tribunale di Palermo per fotocopiare le pagine con le dichiarazioni di Calderone. Dopodiché, come al solito, si è eclissato nelle proprie stanze.

"E voi? A voialtri non hanno chiesto la firma?"

"C'è stato un casino, Giova'. Questo rischiava di essere un problema serio per l'immagine della Procura all'esterno: che succedeva se alcuni firmavano la richiesta e altri no?"

"Mi stai dicendo che hai firmato pure tu?"

"Stiamo parlando di senso dello Stato, a volte le posizioni individuali contano poco, lo sai perfettamente che..."

"Peppino, hai firmato anche tu la richiesta?" Dall'altro capo del filo c'è silenzio per qualche secondo. Poi, dopo un sospiro, arriva la risposta di Ayala.

"No, Giovanni, non ho firmato. Però devo essere onesto con te: ho detto che se fosse mancata solo la mia firma, gliel'avrei data. Questo perché tu non lo venga a sapere dopo e..."

"Grazie, Peppino, grazie. Tu sei proprio un amico, sei uno su cui si può sempre..."

"Lascia stare, Giovanni, sai benissimo di cosa sto parlando. Comunque alla fine non ho firmato. Non ha firmato nessuno a parte i due aggiunti che hanno fatto la richiesta, Giammanco e Spallitta. Non abbiamo firmato perché, sempre per essere onesto, Alfredo si è impuntato."

"Morvillo?"

"Sì, tuo cognato. Non ce ne sono altri qui in Procura. Ha detto: 'Io non firmo, succeda quel che succeda.' E quindi, sempre per non dare a vedere che c'era una frattura, anche quelli che erano d'accordo non hanno più firmato. Adesso sulla richiesta c'è solo la firma di Giammanco e Spallitta. Ora la palla spetta a voi, Giovanni."

"A *noi* nel senso di Antonino Meli?" Ancora silenzio dall'altra parte.

"Grazie, Peppino, ancora grazie." Giovanni mette giù il telefono, si alza ed esce dalla stanza, diretto verso quella del nuovo capo dell'Ufficio istruzione.

"Dottore, con tutto il rispetto, questo segnerà la fine dell'indagine."

Antonino Meli è seduto sulla poltrona che una volta era di Rocco Chinnici, poi è stata di Nino Caponnetto, e che adesso, dopo l'ultima votazione del CSM, spetta a lui. È un uomo di media statura, prossimo ai settant'anni e piuttosto magro, con i capelli bianchi che hanno iniziato a cadergli già molti anni fa. La sua espressione è severa, le sue labbra disegnano sempre un arco discendente, come una "u" capovolta. Ora giochicchia con una graffetta che pochi secondi prima teneva legati alcuni fascicoli.

"Stiamo parlando dell'indagine su degli imprenditori *catanesi* che hanno la loro azienda a *Catania*?" chiede guardando la graffetta che tiene fra le dita.

"Sì, e che hanno appalti anche a Palermo, sono legati alle famiglie di Palermo..."

"Chiunque può avere uno zio o un cugino a Palermo, Falcone, questo non significa che possiamo scippare le indagini alle altre Procure o che possiamo sobbarcarci anche del lavoro che tocca a loro."

"Ma non si tratta di scippare o di sobbarcarsi niente, dottore... Davvero, con tutto il rispetto, questi fascicoli sono il frutto di anni e anni di lavoro e di conoscenze che prima Rocco Chinnici, poi Borsellino, io e gli altri colleghi del pool..."

"Il *pool*! Il *pool*! Il *pool*! Basta con questo *pool*, Falcone." Meli lascia cadere la graffetta sul tavolo battendo la mano. "Non siete gli unici esperti di mafia. Qui siamo una squadra, tutti devono fare tutto. E anche a Catania, non sono meno bravi di voi."

"Non l'ho mai pensato."

"E poi..." Meli riprende la graffetta, se la rigira fra le dita, "se siete così bravi, Falcone, come mai non avete ancora iniziato un procedimento per associazione mafiosa? O anche per associazione semplice..."

"Perché il fiancheggiamento non è ancora punito dal 416 bis, come il sostegno alle organizzazioni criminali, perché quello che sappiamo finora sui Costanzo, purtroppo, non ha ancora un rilievo penale abbastanza evidente da metterli in galera, perché così facendo rischieremmo di nuovo di..."

"Sì, sì, perché questo e perché quello... Basta, andiamo al punto: io ho la sensazione che qui ci stiamo ostinando a tenerci i fascicoli con le unghie, sottraendoli alla Procura di Catania senza una reale giustificazione. E per converso non vedo risultati apprezzabili sul fronte processuale."

"Mi scusi, dottore, ma lei sta forse insinuando qualcosa rispetto all'integrità mia e dei colleghi?"

"Io non insinuo niente, Falcone, la prego di parlarmi con rispetto."

"Io lo sto facendo, ma mi sembra che da parte sua l'atteggiamento sia diverso, dottor Meli."

"Falcone, Falcone..." Meli lascia cadere di nuovo la graffetta sulla scrivania, sistema con tutta calma nei vari angoli della scrivania i fascicoli che prima erano legati insieme. Poi, dopo un silenzio durato un'eternità, guarda Giovanni dritto negli occhi.

"C'è altro? O possiamo tornare a lavorare?"

Fai del tuo meglio. Fai del tuo meglio. Fai del tuo meglio.

Se lo ripete come un mantra, Giovanni, da quasi un'ora. Chino sulle proprie carte, con il portacenere eternamente stracolmo e una collezione di papere a fargli compagnia, testimoni mute del suo scoramento, si ripete ciò che suo padre gli diceva fino alla nausea: che bisogna essere così bravi, in quel che si fa, da poterlo fare anche nei peggiori frangenti. Che nel proprio lavoro, come nella propria vita, non bisogna mai scendere sotto il livello della decenza: essere così bravi, così esperti, che anche su una barca sfondata, in mezzo a una tempesta, bisogna fare ciò che ci è richiesto. Ciò che ci si aspetta da noi. Quantomeno, ottenere la sufficienza. E così Giovanni ci prova comunque, a lavorare, pur sapendo che il pavimento su cui poggia i piedi sta franando, che il tetto sopra la sua testa sta crollando a pezzi, proprio come le indagini di cui si è occupato negli ultimi anni. Aveva ragione Francesca, sono stati dei visionari – per non dire dei minchioni – lui e Peppino a credere che potesse funzionare. Francesca parla poco, ma parla bene.

Ma non bisogna neanche essere catastrofici. Forse serve del tempo, al nuovo capo, per ambientarsi in questi uffici, per capire l'importanza del lavoro del pool. Forse col tempo anche lui capirà che in questo luogo, in queste stanze che ancora ospitano le anime in pena di chi ci ha lavorato, di chi si è sacrificato, di chi è finito sottoterra prima del tempo, bisogna muoversi con cura, con rispetto e con delicatezza, perché altrimenti si rischia di rompere qualcosa, di creare fratture, e di rimanere tutti con un pugno di cocci.

Forse è soltanto questione di tempo, prima che...

"Dottore, da parte del dottore Meli." La segretaria entra guardandosi la punta delle scarpe, come se fosse in imbarazzo, senza sapere bene per cosa. "È protocollata." Giovanni apre la busta e prende la lettera.

Ill.mo dottor Giovanni Falcone,

più volte ho portato alla sua attenzione, a seguito della conoscenza via via datami dalle acquisizioni istruttorie nei loro confronti, la molteplicità e gravità degli elementi che sempre più indicavano gli imprenditori Costanzo come gravitanti nel gotha dell'intera mafia siciliana ed ella, pur convenendone, e non poteva essere diversamente, ha mostrato tuttavia, in relazione alla loro persecuzione penale, una certa perplessità per le conseguenze negative che avrebbero potuto discenderne per l'economia siciliana, onde la opportunità di riunirci per discuterne approfonditamente.

Giovanni poggia la lettera sul tavolo. Getta la testa all'indietro e guarda il soffitto. Vorrebbe piangere. Sente solo che vorrebbe piangere. E forse lo farà.

45.
NON È PIÙ STAGIONE

Palermo, 1988

"Quello vi darà per disertori, a questo punto. *Ci* darà per disertori."

"È bello che la prendi a scherzare. Beato te."

"Non la prendo a scherzare. Però che devo fare? L'alternativa qual è?"

Giovanni rotea la tazzina per raccogliere dai bordi la crema del caffè e poi lo manda giù con l'ultimo sorso. Con lui, al tavolino del bar ci sono Giuseppe Di Lello e Giacomo Conte, anche lui magistrato dell'Ufficio istruzione aggregatosi al pool durante il mandato Caponnetto. Si lanciano occhiatine, lui e Di Lello, come se sapessero qualcosa che Giovanni non sa. E forse è così. Giovanni l'ha capito, ma non vuol essere lui a domandare. L'hanno invitato al bar, conoscono bene il clima che si è creato nelle ultime settimane, anche loro vanno almeno una volta al giorno nell'ufficio di Meli – o perché convocati, o di propria iniziativa – e anche a loro, come a Giovanni, stanno arrivando un mare di carte su cui lavorare: furti, rapine, una valanga di processetti che con la mafia hanno a che fare come il sale dentro al caffè. E sanno anche che in un clima del genere, con le schermaglie che si giocano a suon di lettere protocollate che viaggiano da un ufficio all'altro, anche uscire a prendere il caffè potrebbe metterli nei guai. È poco probabile, quindi, che l'abbiano invitato per parlare del più e del meno. Però, siamo sempre lì, devono essere loro a parlare.

"L'alternativa non c'è, Giovanni," fa Di Lello. "Non c'è," scuote la testa, sconsolato. Giovanni dà uno sguardo alle loro tazzine, che sono vuote come la sua.

"Bene, picciotti. Che facciamo, andiamo?" Prova a forzare la mano.

"Un minuto, sto finendo," dice Conte roteando anche lui la tazzina, che però è praticamente asciutta.

"A me questo clima non piace, Giovanni," si fa avanti Giuseppe. Non è necessario rispondergli. A chi piacerebbe?

"Neanche a me," concorda il collega.

"E neanche a me," concorda pure Giovanni. Poi spalanca le braccia per dire: e quindi?

"Io non sono uomo per tutte le stagioni. La stagione è diventata un'altra. E non mi piace."

"Stai parlando del parente di Meli? Perché se stai pensando a quello..."

"No, non c'entra niente. Io proprio su quello gli credo, paradossalmente."

Il figlio di Antonino Meli, Giuseppe, ha sposato la figlia di un imprenditore di Collesano. Il padre della ragazza, Giuseppe Ferraro, è finito in manette durante una retata antimafia passata alle cronache come il "blitz delle Madonie". Dall'indagine sui legami fra l'imprenditoria locale e la cosca delle Madonie, che la fa da padrona nel giro degli appalti edilizi sulla costa tirrenica e di cui si è sempre occupato il pool palermitano, scaturiscono diciannove mandati di cattura firmati dall'Ufficio istruzione di Termini Imerese. Scatta la retata, gli arresti vengono eseguiti. Subito dopo, però, i giudici di Termini Imerese dichiarano la propria incompetenza e inviano il fascicolo alla Procura di Palermo. Le carte finiscono sulla scrivania del consigliere Antonino Meli, il quale, però, rifiuta di girarle a Falcone e al pool antimafia perché, dice, la questione spetta ai magistrati di Termini Imerese.

Il quadro si complica ulteriormente quando salta fuori, da una delle conversazioni fra gli imputati intercettate dai carabinieri, che il figlio di Meli, Giuseppe, avrebbe riferito mesi prima ad alcuni personaggi coinvolti nell'indagine di un telefono tenuto sotto controllo. Una volta saputo di questa cosa, il telefono in questione non è più stato utilizzato dagli indagati. Il consigliere Meli si è difeso sostenendo di non avere alcun rapporto con il padre di sua nuora, e che nemmeno suo figlio Giuseppe, unitosi alla moglie in un matrimonio "necessitato dalle circostanze" – la ragazza era incinta –, avesse alcun rapporto con il suocero. Sulla questione del telefono sotto controllo, ha detto Meli, suo figlio si stava evidentemente riferendo a una sua impressione, non certo a una conoscenza derivante dal lavoro del padre.

A ogni modo, qualunque sia la conclusione che ogni consigliere ne ha tratto, resta il fatto che il clima già teso si è ulteriormente inasprito. Il "Palazzo dei veleni" ha iniziato, questo veleno, a farlo colare dalle finestre.

"Sì, infatti. Non è che possiamo sapere la fedina penale di tutti i parenti vicini e lontani. E poi, da quello che so, Meli veramente non l'ha mai visto in faccia a quel tizio."

"No, ma non intendevo quello," fa Di Lello. "Però non possiamo negare che questo fatto abbia gettato benzina sul fuoco."

"Che non ci ha assegnato l'indagine, quello sì."

"E che nelle ultime settimane la benzina sul fuoco è stata tanta. Troppa."

"Giuseppe..." Giovanni ha capito dove vuole arrivare. Dapprima era un sospetto, ora è una certezza. Non vuole crederci; ma tra un attimo, lo sa, dovrà farlo per forza.

"Giacomo... Parliamo chiaro, almeno fra noi. Cosa volete dirmi?"

"Io me ne vado, Giovanni." Ecco, Giovanni sente una voragine allargarsi nello stomaco e le viscere che gli cadono fra i piedi. "Mi dispiace. Mi dispiace veramente molto, non immagini quanto. Abbiamo fatto tantissima strada insieme."

"Anch'io," si unisce Giacomo. "Mi dispiace."

"Giovanni..." Giuseppe gli mette una mano sulla spalla.

"Mi state lasciando solo." Lo dice a entrambi, ma Giuseppe lo sa: è soprattutto con lui che sta parlando. Con lui che ha visto nascere il pool, che c'era quando c'era Rocco, poi quand'è arrivato Nino. E adesso, che c'è Antonino Meli. Li ha visti cadere uno dopo l'altro, Giuseppe Di Lello: Boris Giuliano, il generale dalla Chiesa, "papà" Rocco, Ninni Cassarà, Calogero Zucchetto. Li ha visti al fianco di Giovanni, di Paolo Borsellino e di Leonardo Guarnotta. Erano insieme mentre il mondo franava. E siccome alle feste ci si diverte sempre, ma è sotto le armi che ci si lega davvero l'uno all'altro, adesso loro sono una cosa soltanto. È per questo che hanno vinto, perché hanno combattuto schiena contro schiena mentre Cosa nostra li circondava e il mondo attorno non voleva vedere, non gli credeva.

Giacomo è un validissimo collega, come anche Gioacchino Natoli e Ignazio De Francisci, che si sono aggregati al pool in un secondo momento, ma Di Lello è una delle prime pietre su cui la casa di Rocco Chinnici è stata fondata. Come Paolo Borsellino. Ed entrambi, a quanto pare, sono acqua passata.

"No, Giovanni, noi non ti lasceremo mai solo. Ma stiamo lasciando solo Antonino Meli, perché questo, secondo noi, non è modo di lavorare. Le indagini non portano a niente, stiamo perdendo occasioni decisive... I Costanzo, lo sai benissimo, se la caveranno un'altra volta, e probabilmente anche con le Madonie andrà nello stesso modo. Le liti con Meli finiscono regolarmente sui giornali, quella che arriva all'esterno è l'immagine di un Ufficio istruzione disgregato, sempre in lotta, con i magistrati che passano più tempo a scannarsi fra di loro che a lavorare seriamente."

Quello che dice Giuseppe è incontestabile. Le cronache giornalistiche del pool sembrano ormai una brutta rubrica di gossip: raccontano di schermaglie e di audizioni davanti al CSM per risolvere beghe interne, anche semplicemente per capire a chi compete un'indagine. Ed è innegabile che, anche a causa di questo, Bolzoni e Lodato si siano fatti una settimana di galera con una ridicola accusa di peculato per aver fotocopiato le dichiarazioni di un collaboratore su quattro fogli del tribunale. Tutto è veleno, e tutto, comunque, si trasforma in veleno. In una situazione del genere, neanche i migliori riescono a cavare un ragno dal buco.

"Che vi devo dire. Avete ragione. Su tutto."

"Io..." Giuseppe è affranto come chi sa di stare infrangendo una promessa di sangue. E questa – quella che si sono fatti tra loro diversi anni fa – è proprio una promessa di sangue. Letteralmente.

"Lascia stare, Giuseppe. Avete ragione. E quando credi di..."

"Io ho già pronta la richiesta di trasferimento ad altro ufficio."

"Io la sto scrivendo," dice Giacomo.

"Va bene." Giovanni sospira. Guarda la strada attraverso la vetrina del bar. I poliziotti della scorta sorvegliano l'ingresso voltandosi da un lato e dall'altro, facendo finta di niente. Le persone camminano distratte, ognuna con il proprio mondo nella propria testa, chiuso fra una tempia e l'altra. Spesso anche loro sono distratte. D'altronde, nessuno ha obbligato né Giovanni, né nessun altro, a lanciarsi a petto nudo contro un esercito di squilibrati con i kalashnikov dentro il bagagliaio. È stata una scelta consapevole, una follia del tutto razionale.

"Va bene, Giuseppe." Giovanni si alza, si aggiusta la cravatta.

"Giovanni..."

"Va bene. Va bene." Si abbracciano. Poi Giovanni abbraccia anche Giacomo.

Si avviano all'uscita del bar. Quando sono sulla soglia, Giuseppe si ferma.

"E tu?"

"E io... Io mi fumo una sigaretta." Giuseppe e Giacomo si allontanano in silenzio.

Neanche Giovanni è uomo per tutte le stagioni. Forse si illude ancora di poterle cambiare, le stagioni.

C'è qualcuno, lì fuori, che vede questa come una pretesa di divinità. Ma è soltanto una fatica di Sisifo. L'illusione ingenua, eterna e ostinata di poter sorreggere su spalle umane un peso che umano non è.

Giovanni s'incammina da solo verso il tribunale. Il cielo è grigio. Fra poco pioverà.

Qualcuno, se ne ha il coraggio, dica a Sisifo che è un privilegiato. Che vuole far carriera. Che è un protagonista.

Sisifo non guadagnerà mai la cima del monte. Lo sa benissimo. E nonostante ciò cammina, cammina, cammina, s'inerpica sul fianco della montagna con le spalle curve, la schiena schiacciata dal peso di quel macigno.

Questo non fa di lui un Dio, tutt'altro. Ne fa un grande uomo.

46.
SMANTELLAMENTO

Marsala, 1988

La Procura di Marsala è un palazzo basso a pianta larga, giallino, sempre illuminato dal sole. Davanti all'ingresso c'è una fila di palme che tendono i rami verso le finestre fin quasi a carezzarle.

Paolo Borsellino è seduto nel suo nuovo ufficio, ampio e disadorno, con un tavolo basso al centro circondato da quattro poltroncine e una grossa scrivania con due poltrone da un lato e dall'altro. Oggi è il 19 luglio, il sole batte sulla facciata frontale del palazzo, le finestre dell'ufficio sono spalancate perché una tiepida, clemente brezza estiva possa rinfrescare la stanza o quantomeno smuovere un po' l'aria.

Di fronte a lui, all'altro lato della scrivania, ci sono i giornalisti Attilio Bolzoni e Saverio Lodato. Attilio è in giacca scura e camicia bianca sbottonata sotto il collo, senza cravatta. Neanche Saverio porta la cravatta. Col caldo che fa, giacca e camicia possono bastare a salvare l'etichetta.

Gli piacciono quei due. Per questo ha accettato di vederli anche senza preavviso. Sono piombati lì così, di punto in bianco, e gli hanno chiesto conto di una sua frase pronunciata tre giorni prima durante la presentazione di un libro: Borsellino ha parlato di "smobilitazione dell'antimafia" e nessuno, a parte il quotidiano *L'Ora*, è stato a sentirlo. Ma Bolzoni e Lodato hanno le orecchie aguzze e il cervello fino. È un rapporto complicato, quello fra magistrati e giornalisti. Riesce a tenersi in equilibrio solo in condizioni particolari, in presenza di uomini particolari. E loro, in qualche modo, lo sono. Sono rispettosi ma non ossequiosi. Rispetto e paura sono due cose diverse. Rispetto e servilismo, ancora di più. Bisogna stare attenti, questo è tutto. I giornali non sono l'ufficio stampa della Procura, e certamente non sono il suo megafono. Non sono neanche il suo nemico, il suo fustigatore, come sembra che accada da qualche anno a questa parte in Sicilia. È un equilibrio sottile, appunto, e solo gli acrobati ben addestrati, col giusto talento e con il sangue freddo, sono capaci di camminare sopra quel filo.

"Nella lotta alla mafia i segnali non sono incoraggianti," dice Borsellino. "Niente affatto." Scuote la testa. Bolzoni e Lodato sanno che sta per sganciare una bomba. Paolo Borsellino è un uomo posato, che con la stampa non si sbilancia mai e anzi, se proprio gli si vuol muovere una critica, si può dire che ecceda nel senso opposto. Ma oggi è diverso. È successo qualcosa. È agitato, si vede. Brucia le sue MS quasi con furore, un tiro dietro l'altro. La brace della sigaretta è rossa e appuntita.

"Non lo sono per almeno tre ragioni: il giudice Falcone non è più titolare delle grandi inchieste che iniziarono con il Maxiprocesso, la polizia non sa più nulla dei movimenti dentro Cosa nostra, e poi..." Spegne la cicca nel portacenere e lancia un'occhiata al pacchetto sulla scrivania. Vorrebbe già sfilarne un'altra, ma proprio per questa sua ben nota compostezza, che contrasta con ciò che sta per dire, decide di attendere.

"... poi ci sono seri tentativi per smantellare definitivamente il pool antimafia dell'Ufficio istruzione e della Procura della Repubblica di Palermo. Stiamo rischiando di creare un pericoloso vuoto, stiamo tornando indietro come dieci, venti anni fa."

I due giornalisti appuntano le frasi sui propri taccuini. Mentre scrivono, raramente sollevano lo sguardo. Non vogliono che Borsellino abbia la misura precisa di quanto sono eclatanti le cose che sta dicendo. Anche perché lo sa già benissimo. Non vogliono che venga colto da ripensamenti, che decida di ritornare sui propri passi, perché questa intervista, è chiaro a tutti i presenti, farà più volte il giro della nazione, se non del pianeta.

"Sì, la situazione è davvero pericolosa. Basti pensare a cosa sta accadendo nel bunker dell'Ufficio istruzione. A Falcone, dopo tanti anni, hanno tolto la titolarità di quelle inchieste che gli vennero affidate dal consigliere istruttore Rocco Chinnici."

"Il giudice Falcone quindi non è più il punto di riferimento delle inchieste antimafia?"

"Fino a qualche mese fa tutto quello che riguardava Cosa nostra passava sulla sua scrivania e su quella di altri tre o quattro giudici istruttori. Adesso la filosofia è un'altra: tutti si devono occupare di tutto e il consigliere Antonino Meli, dopo un tira e molla di qualche mese, è diventato il titolare dello stralcio del Maxiprocesso. C'è stato un taglio netto con il passato. Certo, anche Caponnetto era il titolare delle inchieste sui boss ma lui, quel processo, l'aveva costruito. Adesso dubito, senza mettere in discussione la bravura, l'onestà e la competenza di Antonino Meli, che il nuovo consigliere possa, in un paio di mesi, avere acquisito una tale conoscenza del fenomeno."

"Questo è un problema che molti si erano posti prima della nomina del nuovo consigliere istruttore..." Si alternano nelle domande. Suonano come un duo ben rodato. Si conoscono bene.

"Si è arrivati a delle scelte sbagliate. Non intendo riaprire le polemiche sulla nomina del consigliere Meli, ma il problema era un altro: si doveva nominare Falcone consigliere istruttore non per 'premiarlo', ma per garantire una continuità dell'ufficio. E invece..." Paolo si volta verso la finestra, ma in realtà non sta guardando nulla. Neanche il cielo, che oggi è di un azzurro intenso e non si vede una nuvola neanche a pagarla.

"E invece?" lo incalza Bolzoni.

"E invece succedono cose molto strane." D'accordo, è arrivato il momento di accendersi l'altra sigaretta. "Per esempio, io sono il titolare di un'inchiesta sulla mafia di Mazara del Vallo. Un pezzo dell'indagine è a Palermo e un pezzo ce l'ho io. Ho scritto all'Ufficio istruzione di Palermo per avere indicazioni su chi dovrebbe occuparsi dell'intera inchiesta. Non mi hanno risposto. Prima tutte le indagini antimafia venivano centralizzate a Palermo. Solo così si è potuto creare il Maxiprocesso, solo così si è potuto capire Cosa nostra ed entrare nei suoi misteri. Adesso si tende a dividere la stessa inchiesta in tanti tronconi, e così si perde inevitabilmente la visione del fenomeno. Come vent'anni fa."

"Perché questa inversione di rotta?" chiede Lodato.

"Tutto questo, senza fare dietrologie, si sta verificando in un momento di grande stanchezza, in un momento dove si credeva a torto che la mafia era stata sconfitta, che tutto si doveva risolvere nell'aula bunker. E così si è lasciato perdere tutto il resto."

Bolzoni graffia il taccuino spingendo sul foglio con la punta della penna. Che però si è scaricata. Solleva gli occhi verso il procuratore, che aveva già pronta fra le dita – e già da qualche minuto – una nuova penna da dargli.

"D'altronde, la situazione delle forze investigative è molto chiara: non esiste una sola struttura di polizia in grado di consegnare ai giudici un rapporto sulla mafia degno di questo nome. L'ultimo dossier di un certo peso l'abbiamo ricevuto sei anni fa, esattamente il 31 luglio del 1982. Ed è il rapporto su Michele Greco più centosessantuno boss della nuova mafia. Da allora, se si escludono alcuni lavori investigativi del reparto anticrimine dei carabinieri, c'è stato il vuoto. Il vuoto assoluto."

"La squadra mobile di Palermo è investita da una bufera di polemiche, il suo poliziotto più rappresentativo, Accordino, è stato trasferito a Bressanone e poi alla polizia postale di Reggio Calabria. Cosa è accaduto in questa struttura investigativa?"

"Dopo l'uccisione dei commissari Cassarà e Montana la situazione è andata deteriorandosi rapidamente. Non capisco proprio cosa voglia dire il capo della squadra mobile di Palermo,

Nicchi, quando sostiene pubblicamente che sta lavorando per la normalizzazione."

"Cosa sta succedendo, invece, nel pianeta mafioso?"

"Io posso solo avanzare ipotesi, perché non abbiamo notizie sicure. Oggi siamo nella fase della eliminazione degli alleati. Quando i corleonesi presero la decisione di eliminare i vecchi capi della mafia siciliana, si allearono con una serie di clan. Adesso c'è un vero e proprio regolamento di conti interno."

Bolzoni alza gli occhi dal taccuino. Lui e il collega si scrutano per qualche momento. C'è qualcosa che Borsellino non ha ancora detto, e che probabilmente non dirà mai. Però Bolzoni gliela chiede lo stesso. Quando la terra trema, c'è bisogno di stare ben piantati con i piedi sul pavimento. C'è bisogno di chiarezza, anche a rischio di sembrare ingenui.

"Signor procuratore, perché questo sfogo? Perché ha deciso di... di uscire allo scoperto su un tema così scottante?"

"Be'," Paolo sorride, ma il suo è un sorriso triste, di scoramento. "Perché dopo tanti anni di lavoro, prigioniero nel bunker di Palermo, sento il dovere di denunciare certe cose. E anche perché non sono venuto qui a Marsala per isolarmi. Io sono venuto a fare il procuratore della Repubblica a Marsala per continuare a occuparmi di mafia, per lavorare qui ma lavorare contemporaneamente anche con Falcone a Palermo, con il giudice Salamone ad Agrigento, con altri magistrati a Catania o a Trapani. E invece tutto questo non sembra più possibile. Le indagini si disperdono in mille canali e intanto Cosa nostra si è riorganizzata, come prima, più di prima."

47.
FENOMENO

Palermo-Roma, 1988

"Falcone si è trasformato nel simbolo per eccellenza della lotta alle cosche. Lo hanno soprannominato 'Mito', 'Fenomeno', 'Falconcrest'. La sua scorta è leggendaria..."

"Ora pure i ragazzi della scorta hanno qualche colpa?"

"Così pare. Questo è Marco Ventura, dal *Giornale*. Sempre di stamattina, eh. *La stampa lo ha 'speso' come personaggio, lo ha intervistato a più riprese e osannato. Intorno a lui si è stretto il cordone del pool antimafia. Una rosa di giudici 'di frontiera' in una terra 'di frontiera', detentori fra l'altro di un potere che fa gola ai politici. I comunisti, in particolare, mirano a controllare l'antimafia e appoggiano a spada tratta i magistrati-personaggio della cordata Falcone. Magistrati come il sostituto procuratore Giuseppe Ayala, il giudice istruttore Giuseppe Di Lello e il presidente del Maxiprocesso Alfonso Giordano..."*

"Ma perché, Giordano è diventato comunista?"

"Ma figurati... *Magistrati che prediligono la tribuna dell'*Unità*, il quotidiano del Partito comunista, come luogo appropriato (invece del* CSM*) per lanciare accuse gravissime contro i colleghi impegnati sullo stesso fronte. Il 'controllo' dell'antimafia dovrebbe dare ai comunisti un doppio vantaggio: colpire gli avversari e proteggere i propri uomini. Per le stesse ragioni anche gli altri partiti hanno tutto l'interesse a scendere in campo al fianco dei giudici antipiovra. E non è un caso che la candidatura di Falcone all'Ufficio istru-*

zione di Palermo sia stata sostenuta soprattutto dai 'laici', mentre i componenti 'togati' si sono divisi assicurando la vittoria finale ad Antonino Meli. Se Falcone avesse prevalso lo scorso gennaio, avrebbe superato non soltanto Meli (che può vantare una maggiore anzianità di ben sedici anni) ma anche il diretto superiore Marcantonio Motisi, vice dell'Ufficio istruzione fin dai tempi di Rocco Chinnici e primo giudice siciliano a istruire il Maxiprocesso. Negli ambienti giudiziari siciliani i maligni assicurano che la 'stoccata' di Borsellino sia stata favorita dalle circostanze. Sembra, infatti, che Borsellino sia coinvolto come testimone in un'indagine condotta dall'Ufficio istruzione di Palermo. Contro il monopolio giurisdizionale dei 'giudici speciali', vietato dalla Costituzione, si è schierato il componente 'laico' del CSM *Enzo Palumbo, già senatore liberale, mentre Enzo Geraci, esponente di Magistratura indipendente nel* CSM, *ha invitato tutti all'unità perché le polemiche fanno soltanto il gioco della mafia.*"

Falcone poggia il giornale sul divano. Si sfila gli occhiali e li mette sul giornale. È una serata silenziosa, una pioggerella sottile picchietta delicatamente sui vetri del salotto. Dentro le sue orecchie, però, c'è un ronzio fisso, una specie d'interferenza. La sua testa è una radio mal sintonizzata. Non c'è più un luogo in cui voltarsi da cui non si sollevino i suoni di una battaglia. L'ufficio, i giornali, la TV. Le lettere tra un ufficio e l'altro. Le telefonate dei colleghi. Le convocazioni dal CSM. È difficile rimanere concentrati, quando si è nel bel mezzo di un campo di battaglia. È difficile perfino non perdere il senno. Figurarsi lavorare.

"Quindi sei convinto?" Francesca tiene poggiati sulle gambe alcuni fascicoli. Anche a lei, durante il Maxiprocesso, è stato chiesto di lavorare con i magistrati del pool, così ha accumulato lavoro arretrato al tribunale minorile che non è ancora riuscita a smaltire.

"No."

Francesca mette da parte i fascicoli e si volta verso suo marito.

"Non c'è bisogno che te lo dica, Giovanni, però te lo dico lo stesso." Adesso lo guarda negli occhi, si fa ancora più seria. "Io sarò con te in qualsiasi caso. Sempre."

"Lo so." La bacia. "Anch'io."

"Cosa vuoi fare?"

"Lo faccio."

"Anche se non sei convinto?"

"Il fatto è che non c'è alternativa." Francesca annuisce. Lo sa anche lei che non c'è alternativa. Non vuole influenzarlo. Non vuole che lui la consideri come una delle tante – troppe – variabili in gioco, che la avverta come un ulteriore peso, come un condizionamento in più. È strano che la guerra più aspra si combatta non contro le cosche, ma fra quegli stessi uomini che frequentavano il salotto di casa loro, quegli stessi colleghi che si sono giurati fedeltà davanti a "papà" Rocco e che, rischiando la propria vita, hanno stretto fra loro un patto di sangue. L'unica cosa certa, in questa enorme Babele, è che i mafiosi, loro sì, possono essere contenti. Possono stappare una bottiglia di champagne per ogni querelle che si consuma in tribunale, per ogni spaccatura, per ognuno di questi scontri fratricidi. Sono loro i veri vincitori. Gli unici, soprattutto.

"Quando?"

"Domani."

E domani è oggi.

Falcone sembra muto, stamattina. Ha preso un aereo ed è arrivato a Roma, poi di filato a Palazzo dei marescialli, nella sede del CSM. Ha scambiato un saluto con Vito D'Ambrosio, Fernanda Contri e un altro paio di consiglieri, e basta. Non vuole dilungarsi in chiacchiere. Non vuole alimentare quell'impressione di "cordata" che si è fatta largo sulle colonne dei giornali. La "cordata", se così la si vuol chiamare, era mossa dall'unico scopo di garantire continuità nel lavoro di Chinnici e di Caponnetto affidando l'ufficio a un magistrato che ne fosse il naturale erede e, soprattutto, che fosse un esperto di processi contro la mafia. Se così non è stato, se un numero sufficiente di persone si è riunito e si è alacremente adoperato per ottenere la nomina di un altro consigliere; se il fatto che con l'arrivo di Meli i processi abbiano preso mille direzioni diverse, smembrandosi in rivoli sottili fra i canali di scolo di una Procura o di un'altra; se le tensioni interne all'ufficio, i rimpalli di lettere protocollate fra i magistrati e il consigliere istruttore, non bastano a chiarire l'immagine di un ufficio allo stremo, la cui frammentarietà è diventata imbarazzante agli occhi del Paese, be', allora è proprio come dice Francesca: non c'è altra soluzione.

Sono tutti seduti intorno al tavolo circolare. Falcone tiene la testa alta ma ha lo sguardo basso. Non vuole incrociare gli occhi di nessuno.

È il presidente della seduta, Cesare Mirabelli, a prendere la parola.

"Egregi colleghi consiglieri, come annunciato, il dottor Falcone si appresta adesso a dare comunicazione di quanto ha scritto in seguito agli ultimi, incresciosi accadimenti che hanno riguardato l'Ufficio istruzione del Tribunale di Palermo, le cui frizioni sono ormai purtroppo note al Paese intero. Tale situazione, è evidente a tutti, non può ragionevolmente perdurare, se non a patto di precipitare il Palazzo di giustizia, se non l'intero operato della magistratura italiana, in un baratro ancora più profondo, fatto di liti, di contrasti e di una conseguente, inevitabile inoperosità. Questo è un momento in cui il nostro Paese non può permettersi inefficienze su un tema così cruciale com'è quello della lotta alla mafia, quindi inviterei il dottor Falcone a procedere col dare lettura delle riflessioni che ha maturato dopo gli ultimi eventi e che è venuto qui a illustrare, con la speranza che possano fornirci gli elementi di chiarezza di cui necessitiamo. Prego, dottor Falcone."

"Illustri consiglieri." Giovanni si alza, si sistema la cravatta. Tiene il foglio alto, davanti agli occhi, e legge con voce atona.

"Ho tollerato in silenzio, in questi ultimi anni in cui mi sono occupato di istruttorie sulla criminalità mafiosa, le inevitabili accuse di protagonismo o di scorrettezze nel mio lavoro. Ritenendo di compiere un servizio utile alla società, ero pago del dovere compiuto e consapevole che si trattava di uno dei tanti inconvenienti connessi alle funzioni affidatemi. Ero inoltre sicuro che la pubblicità dei relativi dibattimenti avrebbe dimostrato, come in effetti è avvenuto, che le istruttorie cui io ho collaborato erano state condotte nel più assoluto rispetto della legalità. Quando poi si è prospettato il problema della sostituzione del consigliere istruttore di Palermo, dottor Caponnetto, ho avanzato la mia candidatura, ritenendo che questa fosse l'unica maniera per evitare la dispersione di un patrimonio prezioso di conoscenze e di professionalità che l'Ufficio a cui appartengo aveva globalmente acquisito. Forse peccavo di presunzione e forse altri potevano assolvere egregiamente all'esigenza di assicurare la continuità dell'Ufficio. È certo però che esulava completamente dalla mia mente l'idea di chiedere premi o riconoscimenti di alcun genere per lo svolgimento della mia attività. Il ben noto esito di questa vicenda non mi riguarda sotto l'aspetto personale e non ha per nulla influito, come i fatti hanno dimostrato, sul mio impegno professionale.

"Anche in quella occasione però ho dovuto registrare infami calunnie e una campagna denigratoria di inaudita bassezza cui non ho reagito solo perché ritenevo, forse a torto, che il mio ruolo mi imponesse il silenzio. Ma adesso la situazione è profondamente cambiata e il mio riserbo non ha più ragione di essere.

"Quello che paventavo è purtroppo avvenuto: le istruttorie nei processi di mafia si sono inceppate e quel delicatissimo congegno che è costituito dal gruppo cosiddetto antimafia dell'Ufficio istruzione di Palermo, per cause che in questa sede non intendo analizzare, è ormai in stato di stallo. Paolo Borsellino, della cui amicizia mi onoro, ha dimostrato ancora una volta il suo senso dello Stato e il suo coraggio denunciando pubblicamente omissioni e inerzie nella repressione del fenomeno mafioso che sono sotto gli occhi di tutti.

"Come risposta è stata innescata un'indegna manovra per tentare di stravolgere il profondo valore morale del suo gesto, riducendo tutto a una bega tra 'cordate' di magistrati, a una 'reazione', cioè, tra magistrati 'protagonisti', 'oscurati' da altri magistrati che, con diversa serietà professionale e con maggiore incisività, condurrebbero le indagini in tema di mafia. Tuttavia essendo prevedibile che mi saranno chiesti chiarimenti sulle questioni poste sul tappeto dal procuratore di Marsala, ritengo di non poterlo fare se non a condizione che non vi sia nemmeno il sospetto di tentativi da parte mia di sostenere pretese situazioni di privilegio (ciò, inevitabilmente, si dice spesso a proposito dei titolari di indagini in tema di mafia).

"E allora, dopo una lunga riflessione, mi sono reso conto che l'unica via praticabile a tal fine è quella di cambiare immediatamente ufficio. E questa scelta, a mio avviso, è resa ancora più opportuna dal fatto che i miei convincimenti sui criteri di gestione delle istruttorie divergono radicalmente da quelli del consigliere istruttore divenuto titolare, per sua precisa scelta, di tutte le istruttorie in tema di mafia.

"Mi rivolgo pertanto alla sensibilità del presidente del tribunale affinché, nel modo che riterrà più opportuno, mi assegni ad altro ufficio nel più breve tempo possibile; per intanto chiedo di poter iniziare a usufruire delle ferie con decorrenza immediata. Prego vivamente, inoltre, l'onorevole Consiglio superiore della magistratura di voler rinviare la mia eventuale audizione a epoca successiva alla mia assegnazione ad altro ufficio.

"Mi auguro che queste mie istanze, profondamente sentite, non vengano interpretate come un gesto di iattanza, ma per quello che riflettono: il profondo disagio di chi è costretto a svolgere un lavoro delicato in condizioni tanto sfavorevoli e l'esigenza di poter esprimere compiutamente il proprio pensiero senza condizionamenti di sorta."

48.
PACIATA

Palermo, 1988

Non sono cadute nel vuoto, le parole di Paolo Borsellino.

Certo, l'intervista rilasciata a Bolzoni gli ha provocato più rogne, accuse, audizioni al CSM e rinculi tali da stendere un bisonte, che soddisfazioni. Ma a queste latitudini non si campa per le soddisfazioni. È ironico come, pur separati da centotrenta chilometri di strada, lui e Falcone si ritrovino entrambi immersi nel veleno fino sopra le orecchie, un veleno talvolta dissimile per colore, intensità dell'olezzo, grado di nocività, ma comunque uniforme nella sostanza. Ricacciati nella stessa palude che si estende da Palermo fino a Marsala. Nelle stesse sabbie mobili.

In questa palude, però, sembra esserci ogni tanto qualche zolla di terreno solido.

Dopo l'intervista concessa all'*Unità* e a *Repubblica* da Borsellino, e dopo la richiesta di trasferimento di Falcone, il presidente della Repubblica, Francesco Cossiga, ha inteso vederci più chiaro incalzando prima il ministro degli Interni, poi quello di Grazia e giustizia; quest'ultimo ha inviato in Sicilia il capo degli ispettori del ministero, Vincenzo Rovello, il quale, nelle sue conclusioni, ha scritto che, senza tener conto del lavoro svolto precedentemente dal pool antimafia, Antonino Meli "ha inteso privilegiare esclusivamente le proprie scelte" anche tramite "l'assegnazione di processi di mafia a magistrati che non facevano parte del pool", imputando al nuovo consigliere istruttore "la teorizzazione che nessun obbligo gli imponeva di chiarire o di spiegare le proprie scelte". Meli, secondo l'ispettore inviato da Cossiga, si sta muovendo nella direzione di una graduale soppressione del pool antimafia e, circa le proprie scelte, non ha "inteso preventivamente confrontarsi con gli altri giudici e in particolare con quelli che accudivano, da anni, ai processi di mafia, per tutto ciò che concerneva una tale complessa materia". Meli agisce e si organizza in contrasto a quelle che sono le direttive dello stesso CSM, dice Rovello nella sua relazione, auspicando un intervento concreto del Consiglio superiore della magistratura per dirimere le questioni palermitane, e anche un intervento legislativo che possa regolare tali questioni, impedendo che ne sorgano di nuove.

Bisogna vedere, adesso, se tutto ciò condurrà a qualcosa. Perché non è detto. D'altronde, il CSM che dovrebbe intervenire è lo stesso che ha preferito Meli a Falcone.

"Qualcosa si muove."

"Qualcosa si muove sempre, il punto è che si muove male."

"Io sono la persona meno adatta a dirti di essere un po' meno pessimista, però minchia, Giovanni... Minchia!"

"Cin." Giovanni solleva il bicchiere di Laphroaig.

"Cin. Al futuro, che forse tanto buio non è." Paolo solleva anche il suo.

"Al futuro. Che però non sarà a Palermo."

"Ah?" Giovanni manda giù il whisky, Paolo no. Si è bloccato con il bicchiere sulle labbra.

"Paolo, tua figlia ha ingoiato un pezzo di stuzzicadenti. Era in un tramezzino." Agnese, che è entrata in salotto, lo dice quasi con noncuranza. Evidentemente la figlia non è in pericolo, altrimenti il tono sarebbe diverso. Infatti Fiammetta adesso è in giardino, e sta leggendo un libro.

"Ha una carriera assicurata," fa Giovanni. "Da fachiro."

"O da mafiosa. Chi era quello che ingoiò i chiodi da carpentiere al Maxi?"

"Vincenzo Sinagra."

"Ah! Il mitico Sinagra. Ma non cambiamo discorso. Che vuol dire che 'non sarà a Palermo'?"

"Alto commissariato antimafia. Mi voglio candidare. Avrò i poteri che il povero dalla Chiesa stava aspettando prima di..."

"Eh già, poi sono arrivati, i poteri. Con qualche anno di ritardo. Non so... Ti sembra la scelta giusta?"

"E che ti devo dire? Ti sembra che 'sta paciata è servita a qualcosa?"

Dopo le ultime audizioni al CSM, il presidente della Corte d'appello, Carmelo Conti, ha convocato Falcone e Meli nel proprio ufficio con l'idea di una riconciliazione – per spingere Giovanni a ritirare la richiesta di trasferimento, più che altro – subito ribattezzata dai colleghi del tribunale "la paciata". Giovanni, turandosi il naso, ha fatto un mezzo passo indietro, scusandosi per alcune sue uscite un po' troppo energiche, e così anche Meli, che si è impegnato ad avere un atteggiamento diverso nei confronti dei giudici del pool, e anche di Giovanni, ormai sommerso dai processi per furti e rapine. Ma già la mattina dopo, di questa "paciata" non c'era più alcuna traccia, e il tran tran dell'ufficio è ripreso com'era sempre stato, con le solite lettere, le solite divergenze, le solite accuse.

"In effetti... Quindi te ne vuoi andare a Roma?" Giovanni scrolla le spalle.

"E Francesca?"

"Ci organizziamo."

"Chi ti sostiene?"

"Il PCI, forse qualche demitiano."

"E ce la fai?"

"Chi lo sa."

"Uhm," Paolo si gratta il mento. "Non so se..."

"Paolo, il punto è: forse da Roma riesco a fare qualcosa. È questo il punto. Perché da Palermo non riesco a fare più niente. Questo è chiaro, o no?"

Borsellino sospira. "Sì."

"Ecco."

"Bisogna cercare altri posti, altre trincee, altri battaglioni, se vogliamo continuare a combattere... Perché qui abbiamo alzato bandiera bianca."

"Giova'..."

"Che."

"Niente." Paolo manda giù anche lui il suo whisky. Vorrebbe dire a Giovanni che troveranno il modo di farlo fuori anche stavolta, che il pesce, come si dice, puzza dalla testa, che a Palermo non sarebbe successo quello che è successo se le mele marce non stessero ai piani più alti, se qualcuno, qualcuno di più importante, non lo avesse quantomeno permesso. Vorrebbe dirgli che esistono due problemi, nel suo caso, due grossi problemi: visibilità e incontrollabilità, che questi due *problemi* fanno di lui una persona indesiderabile per le istituzioni, una persona scomoda. Non possono gestirlo, e non possono zittirlo. È il guerriero perfetto. Come lui stesso, d'altronde. Ma a che imprese è destinato un soldato se, mentre lui si lancia all'assalto col fucile spianato, i suoi generali firmano armistizi e si spartiscono regni fra una trincea e l'altra?

"Be', dai, non è tutto perso. Una piccola soddisfazione ce l'avrai a breve."

"Badalamenti?"

"Ti pare poco?"

"No, no. Assolutamente."

Il boss di Cinisi Tano Badalamenti è stato arrestato qualche anno fa a Madrid. Ed è lì che Falcone l'ha incontrato. All'interrogatorio il boss si ostinava a dire che c'era stato un equivoco, che lui era un'altra persona, non il mafioso che stavano cercando. Continuò perfino quando Giovanni andò lì appositamente per interrogarlo, solo che a un certo punto, di fronte a un Falcone assai poco incline a credere alla sua presunta identità brasiliana, schiacciato dalla pressione, sbottò in un dialetto tutt'altro che brasiliano: "Dottore Falcone, sugnu brasileru!" A quel punto non gli rimase che capitolare. Badalamenti, condannato a quarantacinque anni di carcere come *deus ex machina* del Pizza Connection – il traffico di droga fra Italia e USA che usava come punti di smistamento le pizzerie e i ristoranti italiani a New York –, è stato estradato e processato in America. Il processo si è concluso solo l'anno scorso. Adesso pare che il boss si sia deciso a collaborare, il che condurrebbe a una rivoluzione nei processi antimafia paragonabile a quella del caso Buscetta, se non superiore. Badalamenti dispone di agganci tra le più alte sfere della politica, sembra che intrattenga rapporti con Andreotti grazie alla mediazione di Salvo Lima e dei cugini Salvo, e che abbia avuto un ruolo decisivo nell'omicidio del giornalista Mino Pecorelli. Se davvero si decidesse a parlare, scoperchierebbe un vaso di Pandora di dimensioni inaudite. Ma non bisogna affrettarsi: Falcone sa fin troppo bene che questi rapporti vanno coltivati, vanno lasciati maturare, e che, al contrario, forzare la mano porta immancabilmente alla chiusura di ogni possibilità. Il boss deve sentirsi protetto. La sua intenzione di collaborare dev'essere tenuta nascosta fino al momento in cui le sue prime dichiarazioni porteranno a qualche risultato. Altrimenti, se anche una sola voce, una minima soffiata circa la possibilità che lui collabori con la giustizia dovesse arrivare all'orecchio di un giornalista, sarebbe la fine. Potrebbero dire addio a ogni speranza. Per questo, sia i magistrati italiani che quelli americani si muovono con la massima prudenza.

"Sta maturando, Tano." Giovanni sorride. Un secondo Maxiprocesso sarebbe massacrante. Nessuno riuscirebbe a sostenerne il peso. Ma in qualche modo si arriverebbe alla fine, com'è già successo.

“Se succederà, sarà un altro giro di boa. Ci sarà un *prima* e un *dopo* Badalamenti, come ora c’è un *prima* e un *dopo* Buscetta.”

“Andrà bene. Per ora vediamo come va con l’alto commissariato. Per te sarebbe un bel colpo.”

“Il più bel colpo sarebbe quello di restare qui e lavorare come ho – come *abbiamo* – sempre fatto...”

49.
PERDENTI

Palermo, 1988-1989

"La mafia? Be', sono qui per capire cos'è. Nei primi tempi ascolterò molto."

Il nuovo capo dell'alto commissariato antimafia è Domenico Sica. Che non può essere accusato di poca sincerità, questo è evidente. Sembra impacciato, l'alto commissario, di fronte ai cronisti palermitani seduti ad ascoltare la conferenza stampa. Indossa un completo di lino beige, e sta sudando. Forse pensa anche lui che prima di esporlo così, prima di mandarlo al macello, avrebbero dovuto dargli un po' più di tempo per capire cosa fosse questa famosa mafia. Anche perché il candidato rivale, Giovanni Falcone, il cui nome è rimbalzato di bocca in bocca prima che si arrivasse alla sua elezione, pare invece essere molto bene informato in tema di mafia. La sua elezione è stata esclusa in zona Cesarini perché, sfortunatamente, c'è una querelle in corso al CSM che vede protagonisti lui e il consigliere istruttore Antonino Meli. Qualche malalingua, fra i corridoi del Palazzaccio, insinua che il polverone al Consiglio superiore della magistratura sia montato proprio per questo. Falcone non è stato eletto come alto commissario antimafia per via del pasticcio al CSM, o il pasticcio al CSM è stato alimentato perché Falcone non potesse aspirare all'incarico? È un po' come chiedersi se sia nato prima l'uovo o la gallina. Sta di fatto che adesso su quella poltrona c'è seduto Domenico Sica, il quale accende e spegne una Lucky Strike dietro l'altra, stretto nel suo completo di lino beige dentro il salone della Prefettura di Palermo.

Il ministro dell'Interno Antonio Gava ha avuto qualche rogna giudiziaria. È stato interrogato dal giudice Alemi su alcune promesse di appalti per la ricostruzione del post terremoto in Irpinia fatte al boss della camorra Raffaele Cutolo, ed è stato indicato, dallo stesso Alemi, come uno dei registi della trattativa fra la DC e i clan di camorra per la liberazione di Ciro Cirillo, rapito dalle Brigate rosse. Ma ha trovato il tempo, fra un interrogatorio e l'altro, di garantire agli italiani che adesso, con Sica, le cose cambieranno sul serio. E lui, Sica, mentre giocherella con un accendino, e scarabocchia un bloc-notes, sta cercando di capire come farle cambiare, queste cose.

I giornalisti lo incalzano. Lui risponde a spizzichi e bocconi, tenendosi sul vago e conservando, malgrado tutto, una certa dignità. La sincerità premia sempre. E anche la buona volontà. Ai cronisti, accalcati in prefettura due giorni prima di ferragosto, in questa giornata calda come le braci dell'inferno, sembra chiaro che il nuovo alto commissario ce l'abbia tutta, la buona volontà.

Bisogna capire se basterà, da sola, a cambiare le cose, come il ministro Gava ha assicurato.

Bisogna capire anche *come* queste cose cambieranno.

* * *

È da un po' che la mafia non spara. Le strade di Palermo sono stranamente libere dai cadaveri dei picciotti e dei boss, le pagine locali non parlano più di omicidi e di regolamenti di conti. I giornali parlano di criminalità, ma il più delle volte lo sguardo è diretto altrove: il piccolo Marco Fiora, rapito a Torino, è stato liberato dopo cinquecentoquindici giorni di sequestro trascorsi in un nascondiglio sull'Aspromonte. Il mese scorso, a luglio, è arrivata la sentenza di primo grado per la strage di Bologna: a otto anni dall'accaduto, il terrorista nero Valerio Fioravanti dei Nuclei armati rivoluzionari è stato condannato all'ergastolo, come sua moglie Francesca Mambro e i complici Massimiliano Fachini e Sandro Picciafuoco. Licio Gelli e Francesco Pazienza se la sono cavata con dieci anni per il reato di calunnia aggravata. Non si sa chi abbia ordinato la strage. Ma è un anno importante anche per la cultura, il 1988: a maggio è nato il Salone del libro di Torino che promette di dar lustro alle realtà editoriali italiane favorendo la circolazione del sapere. Insomma, sono tante le occasioni per dirigere lo sguardo altrove.

Ai politici questo piace. Piace anche ai magistrati che vogliono appuntarsi qualche medaglia al petto. L'ordine sembra ristabilito, in quest'anno che volge al termine. Molta parte, certo, dev'essere considerata come un risultato del Maxiprocesso, ma un'altra parte è senz'altro merito del nuovo Ufficio istruzione palermitano guidato da Antonino Meli.

"Come fanno a essere così ingenui?" Falcone si rigira fra le mani una delle sue papere. Questa è di ceramica. Ayala lo osserva e non gli sfugge il contrasto prodotto da un'affermazione del genere per bocca di un uomo che gioca con le paperelle. Ma in fondo non c'è nulla di cui sorprendersi: è questo, in buona sostanza, il fascino di Giovanni. Questo è Giovanni. Peppino sa bene che è impossibile, per un uomo, esprimere onestà totale nei pensieri e nelle azioni senza che il suo corpo abbia trattenuto una cifra d'infantilismo. D'ingenuità, appunto. E forse anche d'incoscienza.

Spalanca le braccia, accavalla le gambe. Continua a sfogliare il giornale che tiene aperto davanti a sé. Neanche di questo c'è da sorprendersi. In molti, da queste parti, hanno confuso – o fatto finta di confondere – segnali ben più eclatanti di un'apparente *pax* mafiosa.

"Con Meli? La paciata non è servita a niente?" chiede Peppino leggendo distrattamente il quotidiano.

"Macché. Questa macchina sta perdendo pezzi per strada. Le ruote, gli sportelli..."

"Senti a me, meglio che non ti hanno preso come alto commissario, sennò pure il motore perdeva."

"Senza benzina, puoi avere tutti i motori che vuoi..."

"E pure questo è vero. Pensa se domani," posa il giornale, "questi tornassero ad ammazzare. Falcone tornerebbe a essere un eroe nazionale. Fino a quando non smettono. Se le pistole non fanno *pam*, questi credono che la mafia non esista. Se riprendessero a sparare, tu verresti tirato per la giacchetta a destra e a manca, giornali, TV, forse ti rimetterebbero pure a lavorare sul serio, per paura di fare brutta figura davanti al Paese. È il tuo calendario a essere gestito da Cosa nostra, non il contrario. Tutte le polemiche sul 'calo di tensione' nella lotta alla mafia sarebbero tenute più in considerazione se si prendesse atto che questo 'calo' lo determina la mafia, semplicemente non ammazzando, e non lo Stato, che sa giocare solo di rimessa. Non abbiamo sempre detto che è a Roma che si vince o si perde?"

"Sì."

"E noi abbiamo perso," mostra i palmi delle mani. "Abbiamo perso, anche se non siamo ancora stati sconfitti. Ma questo lo sappiamo in pochi." Giovanni mette la papera di fianco alle altre e prende anche lui un giornale dalla mazzetta sulla scrivania. Prima di aprirlo, si ferma per un istante e sorride.

"Mi piaci quando dici che non siamo stati sconfitti. La verità è che noi, il nostro, dobbiamo continuare a farlo in ogni caso. Senza piegare la schiena. Magari un giorno..." riprende a sfogliare.

"Visionari, ci ha chiamati tua moglie," ride Peppino annuendo. Poi scruta Giovanni e aggrotta la fronte.

"Che c'è?" Falcone si è bloccato con in mano l'unico giornale che Ayala non aveva ancora letto. Da qualche tempo, alcuni li evita per principio: preferisce leggerli solo al pomeriggio, così almeno non gli rovinano la giornata. Giovanni capovolge il quotidiano e lo mette aperto, nella direzione di Peppino, sul tavolo. Il titolo a tutta pagina è: *Sica vola negli USA a colloquio da Badalamenti.*

"Mmm... minchia," balbetta Ayala. "Minchia."

Non si tratta più di combattere nell'indifferenza dei propri generali, o fra lo scherno dei commilitoni. Ora si tratta proprio di scendere in trincea con i graduati che ti sparano addosso. È chiaro che il fuoco amico non è sempre intenzionale. Ma ferisce lo stesso.

"Mi dispiace, Giovanni..." Falcone si alza di scatto, va verso la porta dell'ufficio, la afferra per aprirla, ma poi resta lì.

Dove può andare? Con chi può parlare? A quale porta può mai bussare?

50.
IL CORVO

Palermo, 1989

La collaborazione di Tano Badalamenti è un capitolo chiuso. Stop. Il padrino di Cinisi non ha più alcuna voglia di parlare coi giudici, se mai ne avesse avuta prima. Trent'anni di dopoguerra mafioso resteranno chiusi nella testa del boss.

Ci ha provato, Sica, armato della sua proverbiale buona volontà. È stato sincero, dopotutto, quando ha detto che la mafia non sapeva cosa fosse. Un po' meno, forse, quando ha detto che sarebbe rimasto ad ascoltare.

E quindi è tutto un ricominciare daccapo, reinventare processi, rielaborare strategie. Il tempo è poco, e una buona fetta viene rosicchiata dalle diatribe interne, recuperando i pezzi delle indagini che ora sono sparsi in giro fra Procure, difendendosi dalle accuse e dalle polemiche che arrivano da un lato e dall'altro; dalla politica, dai giornali, dai colleghi, dai superiori, dal CSM. Falcone si sente come una bambola voodoo su cui ognuno, anche solo per sfizio, appunta con nonchalance il proprio spillo.

Adesso c'è altra carne sul fuoco.

Sarebbe stato troppo chiedere al signor Coriolano della Floresta, alias Totuccio Contorno, di starsene buono godendosi la sua nuova identità negli USA, come stava facendo Tommaso Buscetta. Certo non navigava nell'oro, Prima luce: con uno stipendio mensile di 1300 dollari e un impiego in un mattatoio di Boston, doveva pagarne 550 per l'affitto di un appartamento. La sua poca familiarità con le lingue straniere – o, comunque, con tutte le lingue che non siano il dialetto siciliano – l'aveva reso di fatto un emarginato, se già non lo era in precedenza e per questioni di legge. Pare che in tutti questi anni non abbia imparato a dire neanche "buongiorno" e "buonasera". Così ha pensato bene di tornarsene in Italia. Ha incontrato l'alto commissario Sica, a cui ha chiesto una mano perché le sue finanze non gli permettevano più di mantenere la famiglia e il figlio quattordicenne, e gli ha chiesto una casa in cui stare, ricevendo in risposta un: "Vediamo." Poi è stato interrogato, sempre a Roma, da Leonardo Guarnotta; si è fatto un giro a Venezia e in un altro paio di città continuando a fornire le proprie soffiate alla Criminalpol sui più recenti sviluppi interni alla mafia, sempre con l'obbligo di telefonare due volte alla settimana, il martedì e il venerdì, per comunicare la propria posizione al nucleo anticrimine della Criminalpol. Solo che da un momento all'altro è scomparso. Si è volatilizzato nel nulla. Proprio nei giorni in cui un commando di killer mafiosi ha deciso di fare qualche morto tra i nemici corleonesi.

Coriolano della Floresta è ricomparso neanche una settimana dopo, durante un blitz di polizia in un villino di San Nicola l'Arena. Era con suo cugino, Gaetano Grado, e con un discreto arsenale di fucili, pistole, divise dei carabinieri e ricetrasmittenti.

Al di là del fatto se Contorno sia coinvolto negli omicidi oppure no, non si capisce bene di chi sia la colpa, chi se lo sia fatto scappare; come sia potuto accadere che, nonostante avesse i servizi e la polizia alle calcagna, sia riuscito a diventare uccel di bosco da un momento all'altro ricomparendo in una villa piena di armi. Ma è facile trovare una soluzione. C'è una soluzione a tutto, di questi tempi. Un uomo che si espone così tanto, che scopre la sua pelle così tanto da essere un perfetto parafulmine.

La lettera anonima è stata spedita al procuratore della Repubblica, all'alto commissario antimafia Domenico Sica e al colonnello

Mori, comandante dei carabinieri di Palermo. Inizia senza troppi fronzoli, con nomi e cognomi – primo fra tutti quello di Gianni De Gennaro, capo della Criminalpol – e circostanze. Per ora, il fatto che le circostanze siano il frutto della fantasia personale dell'autore non conta molto.

De Gennaro, e con lui i vertici della Criminalpol romana, era perfettamente a conoscenza del fatto che Contorno si recava a Palermo per colpire i corleonesi e per uccidere Totò Riina. Lo stesso De Gennaro si era interessato presso il presidente della Corte di assise per fare sostituire l'obbligo di Contorno di presentarsi ogni settimana alla Criminalpol con quello di una semplice telefonata. Ciò per rendere più facili i movimenti. Tutto ciò era stato peraltro concordato anche con i giudici Falcone, Ayala e Giammanco con i quali De Gennaro si incontrava regolarmente a Palermo, basta verificare le date dei viaggi di De Gennaro in questi ultimi mesi.

La lettera anonima prosegue con una serie di accuse lanciate a gamba tesa dall'autore delle missive, che dev'essere un uomo ben informato su date e circostanze, un "corvo" in toga nera, non un semplice usciere.

Sono fatti gravissimi. Si tratta di veri e propri omicidi di Stato – dice il Corvo, che parla di un piano studiato nei minimi dettagli – *per inviare Contorno in Sicilia ove dovrebbe prendere contatto con il cugino Grado e con altri appartenenti ai clan perdenti per cercare di stanare i corleonesi e in particolare Totò Riina e Bernardo Provenzano.*

L'anonimo procede raccontando quella che, secondo lui, è stata la fase ideativa del piano studiato evidentemente dal capo della Criminalpol con l'aiuto di Falcone e Ayala per liquidare i corleonesi senza troppe cerimonie.

De Gennaro vola a Palermo e contatta dei magistrati e in particolare Falcone, Ayala e Giammanco, ai quali espone il suo progetto e dai quali riceve il nullaosta. L'eventuale conclusione positiva dell'operazione interessa poi particolarmente a Falcone dal momento in cui si discute della sua nomina a procuratore aggiunto della Repubblica a Palermo e anche per dare uno scacco all'alto commissario Sica nei cui confronti non nutre eccessive simpatie, facendo in tal modo, al tempo stesso, un favore ai suoi amici comunisti che in questi ultimi tempi non hanno lesinato, così come Ayala, attacchi all'alto commissario.

È vero, Falcone ha commesso il peccato mortale di aspirare a un incarico da procuratore aggiunto. In mancanza di altri incarichi, orfano tra gli orfani, privo di ogni mezzo necessario per continuare a tenere la barra dritta, si accontenterebbe di questo scatto che perfino definire "premio di consolazione" sarebbe un'iperbole. E come al solito, gli esiti della sua richiesta sono tutt'altro che scontati.

Si tratta di omicidi che non potevano non essere previsti dagli organi dello Stato che hanno mandato Contorno in Sicilia e da quelli che hanno certamente avallato: il capo della polizia, De Gennaro, Ayala, Falcone e Giammanco, artefici dell'operazione, avevano il preciso dovere giudiziario di impedire che Contorno venisse a Palermo ove non potevano ignorare che avrebbe commesso degli omicidi.

La missiva del Corvo, secondo il quale Falcone, pur di racimolare un posto da aggiunto, avrebbe usato Totuccio Contorno come suo killer personale, con l'appoggio di altri magistrati e della Criminalpol, continua con la ripetizione ossessiva della frase: *sono fatti gravissimi*. L'aggettivo *gravissimo* sembra particolarmente caro all'autore delle lettere. L'auspicio del Corvo è che *facendo chiarezza, qualunque siano le eventuali responsabilità, si potrà riaffermare la credibilità dello Stato che deve essere fondata sul diritto e non sulla violenza.*

Tutto corretto, in linea di principio. Senza considerare che la violenza – quella che sì, negli ultimi anni ha contribuito a intaccare in maniera fenomenale la credibilità dello Stato – viaggia proprio sulle ali degli intrighi, delle trame segrete, degli accordi stretti per fini personali sotto la luce fioca di una cripta.

Senza nomi, senza responsabili. Ma con conseguenze i cui riverberi sono destinati a echeggiare negli anni.

51.
IO PENSO SEMPRE A TE

Caltanissetta, 1988

"Professore, perché la morte è la prima notte di quiete?"
"Dai, pa'..."
"Professore, perché la morte è la prima notte di quiete?"
"E dai, papà! La so."
"Rispondi, allora. Professore, perché la..."
"Perché finalmente si dorme senza sognare."
"Bravo."
"*La prima notte di quiete*, Valerio Zurlini, 1972. A posto?"
"Bravo, bravo," Antonino alza le mani, "la prossima la scelgo più difficile." Stefano scuote la testa. A guardarli da dietro sembra che Stefano, un omone alto, spalle e testa grandi, stia rimproverando il figlio che gli sta accanto, certo non piccolo di statura, ma comunque molto più di lui. In realtà è il contrario: quello grosso è il figlio, quello piccolo (o comunque non troppo grande) è il padre. È difficile che qualcuno si sbagli, fintanto che passeggiano intorno a casa: li conoscono tutti, anche solo di vista. E li vedono sempre insieme: Antonino, quello più piccolo, e Stefano, quello più grosso.

Sembra che stia bene, Stefano, ultimamente. È da cinque anni, suppergiù, che non ha una crisi. Gira sempre con la sua tessera d'invalidità in tasca, ma solo per un motivo: gli dà diritto a un forte sconto sul biglietto del cinema. Ci vanno spesso, lui e suo padre. Lui e Nino sono una cosa sola. Quando si siedono sulle poltroncine rosse e Stefano solleva il braccio per allungarlo sullo schienale della sedia accanto, chi gli sta seduto dietro crede davvero che abbia portato il figlioletto a guardare un film.

Antonino Saetta ha sessantacinque anni. Di lui si sanno molte cose, molte altre si raccontano. Si sa che è nato a Canicattì e che ha fatto il magistrato in Piemonte, che poi è tornato in Sicilia, a Caltanissetta, e poi a Palermo, dove si è occupato per diversi anni di cause civili, passando poi al penale. Poi è tornato su, stavolta a Genova, dov'è stato consigliere della Corte d'appello, ha lavorato ai processi alle BR, al naufragio della nave *Seagull*, e poi, ancora una volta, è tornato in Sicilia per lavorare ai processi di mafia. È questo, quello che si sa di Antonino Saetta.

Quello che si racconta, invece, è che dopo aver interrotto l'università per il servizio militare, e dopo essere stato assegnato nel '40 al corso per allievo ufficiale a Campobasso, una volta caduto il regime sia tornato a casa, dalla Puglia a Canicattì, a piedi. Solo per arrivare da una sponda all'altra dello Stretto pare che abbia chiesto un passaggio a un pescatore sulla sua piccola barchetta.

"Metti i Beatles."

"Ste, li abbiamo già ascoltati tre volte."

"Allora metti Mina."

"E mettiamo Mina... Fallo tu," indica lo sportellino del cruscotto con le cassette.

Le strade piene,
la folla intorno a me,
mi parla e ride
e nulla sa di te...

Le strade sono tutt'altro che piene. La Lancia Prisma sfreccia sulla statale sottile e malconcia verso Canicattì, dove Gabriella, la seconda figlia di Nino – sorella di Stefano e del più giovane Roberto –, farà battezzare Giovanni, nato due mesi fa.

È contento, Nino, quando tutta la famiglia si riunisce. Ultimamente non è stato molto presente. A parte per Stefano, è chiaro. Ma lui e il figlio sono pappa e ciccia. E comunque, in qualche modo, sa che restando legato a lui rimane legato anche a tutti gli altri. È un po' il suo ambasciatore in famiglia, Stefano, nei periodi più campali.

Solo pochi giorni fa, Nino ha depositato la motivazione della sentenza che condanna all'ergastolo gli assassini del capitano dei carabinieri Emanuele Basile: Vincenzo Puccio, Armando Bonanno e Giuseppe Madonia. Un verdetto che aspettavano in molti. Soprattutto i signori che senza troppi complimenti l'avevano avvicinato a più riprese, un paio di volte mentre passeggiava a Palermo, in via Libertà, oppure la sera, quando tornava dal lavoro, per raccomandargli di "vederci bene" nel processo sull'omicidio Basile. E lui ci ha visto benissimo. Anche nel processo per la strage di via Pipitone Federico, in cui fu ammazzato Rocco Chinnici, ci ha visto benissimo, inasprendo le condanne proposte dalla pubblica accusa. E anche lì gli era stata caldamente suggerita la clemenza nei confronti dei poveri accusati.

Ma non bisogna credere che il giudice Saetta sia un invasato o un giustizialista, un forcaiolo. Al processo per la strage di piazza Scaffa, in cui i sicari della cosca ammazzarono otto persone, Saetta ha chiesto l'assoluzione degli imputati per insufficienza di prove. Insomma, si fa quel che si deve fare, in piena legge e in piena coscienza. È proprio per questo suo fenomenale equilibrio, per questa sua cristallina equidistanza fra accusa e difesa, che fra poco andrà a presiedere l'appello del Maxiprocesso di Palermo.

Io vedo intorno a me
chi passa e va,
ma so che la città
vuota mi sembrerà
se non torni tu...

"Andiamo a nuotare?" chiede Stefano come colto da un'improvvisa illuminazione. Trentacinque anni d'uomo e l'entusiasmo di un ragazzino.

"Sissignore," risponde suo padre, un po' a malincuore. Settembre sta per finire, inizia a fare freschetto, e poi già sa cosa farà Stefano appena l'acqua gli arriverà alle ginocchia: sparirà al largo, mentre lui, modesto nuotatore, si accontenterà di fare due bracciate vicino alla riva. E ancora una volta sembreranno padre e figlio al contrario. È stato un po' meno fortunato di suo figlio, Nino. Lui ha imparato a nuotare mentre era in servizio in Piemonte. Ai suoi tempi, quasi nessuno di quelli che vivevano nei paesi più interni della Sicilia sapeva nuotare. Non erano molte le occasioni per andare al mare.

L'abitacolo della macchina inizia a ondeggiare. Stefano si è messo a ballare. Forse è contento perché andrà a nuotare con suo padre, o forse si sarebbe messo a ballare in ogni caso. Lo fa spesso; non c'è bisogno di un motivo.

Io penso sempre a te,
soltanto a te,
e so che la città
vuota mi sembrerà
se non torni tu...

"Hai paura, papà?"

"Chi?"

"Tu."

"Paura?"

"Sì. Per il Maxiprocesso. Quelli ti hanno già..."

"Sì, mi hanno già, mi hanno già. E che dobbiamo fare?" Lancia un'occhiataccia a Stefano che si sta accendendo una sigaretta. Fuma troppo, ultimamente.

"Ti ricordi la frase dell'altro giorno?"

"Sì."

"Ma se non sai nemmeno a quale sto pensando."

"Sì che lo so."

"E dimmela."

"No."

"Dimmela, avanti."

"No." Stefano sbuffa una nuvola di fumo che si ferma come un banco di nebbia davanti al parabrezza.

"E dai, che facciamo un incidente. Comunque la frase che volevo dire è: *Le azioni ispirate da una vera passione...*"

"*... mancano raramente di produrre il loro effetto*," conclude Stefano con la voce a cantilena.

"Bravo."

"L'avrai detta trenta volte." In effetti è così. È una citazione dalla *Certosa di Parma*, il libro preferito di Nino.

"Mettiamo i Beatles?"

Nino si dà uno schiaffo sulla fronte. Sta per dirgli "Ok, maledizione, mettiamo questi benedetti Beatles", ma Stefano ha già la mano sulla maniglia del cruscotto e sorride sotto i suoi grossi baffi neri. Non ha bisogno che suo padre glielo dica. Lo sa benissimo che adesso può mettere il nastro di *A Hard Day's Night.*

It's been a hard day's night,
and I have been working like a dog
It's been a hard day's night,
I should be sleeping like a log

L'auto ondeggia molto più di prima. Adesso anche la testa di Nino va avanti e indietro. Un poco, però, non troppo. Bisogna sempre capire chi è il padre e chi è il figlio.

Sembra una discoteca, con tutto quel fumo e con Stefano che balla come un dannato, una piccola discoteca di metallo che viaggia sopra la statale. E sarebbe bello, pensa Nino, se questa scatoletta di felicità formato famiglia viaggiasse ancora per un po', se il viaggio non dovesse terminare fra poco. Qualche chilometro in più per vedere Stefano ballare, per fargli un paio di altri quiz... Niente di che.

* * *

"Va bene, pa', ora dimmelo tu cosa vuoi sentire."

"Mah..." La verità è che Nino non vorrebbe ascoltare niente, solo guardare la macchina che va, e che ripercorre la statale 640 nel senso opposto, sulla Agrigento-Caltanissetta, alla volta di Palermo. La giornata è stata lunga. Gabriella e il marito erano una pasqua. Non c'è molto altro che si possa chiedere alla felicità. Il piccolo Giovanni crescerà in un mondo diverso, probabilmente. Ma in fondo il mondo non è mai diverso, per quanto possa cambiare. L'illusione di una varietà è data solo dall'alternarsi di schemi pressappoco identici. Ci crede davvero, Antonino Saetta? Forse sì. Ma più probabilmente no, altrimenti non farebbe il lavoro che fa, con la cocciutaggine con cui lo fa. D'altronde, *le azioni ispirate da una vera passione mancano raramente di produrre il loro effetto.*

Ecco. Perfetto. Un'altra frase per il quizzone fa capolino nella sua testa.

"Ah, Stefano, Stefano..." inizia camuffando le sue vere intenzioni. "*Il tempo umano non ruota in cerchio ma avanza veloce in linea retta. È per questo che l'uomo...*"

"*È per questo che l'uomo non può essere felice, perché la felicità è desiderio di ripetizione.*"

"Ma sei un mostro!"

Stefano scrolla le spalle. Hanno visto da poco il film *L'insostenibile leggerezza dell'essere*, e hanno letto anche il libro. Non gli sfugge, in ogni caso, la grossolanità con cui il padre ha eluso la sua ultima richiesta musicale. Però è una citazione sensata. La strada scorre dritta, monotona, ogni tanto qualche tiepida curva condisce d'imprevisto il paesaggio buio e brullo.

"Tu ci credi che l'uomo non può essere felice? Cioè, ci credi nel senso... sei d'accordo?"

"Sono d'accordo, e non ci credo."

"Com'è possibile? O l'una o l'altra."

"Sono d'accordo sul fatto che la felicità è desiderio di ripetizione. Non sono d'accordo sul fatto che non posso essere felice: io sono felice desiderando la ripetizione." Per qualche motivo non conclude il suo pensiero. Il suo pensiero è che è felice adesso. È adesso che sta desiderando la ripetizione, il reiterarsi di queste dolci irrilevanze, di questi momenti inutili e perfetti. Era felice poco fa, quando guardava gli occhietti piccoli del suo nipotino, e in questo c'era dello straordinario: è innegabile. Ma è felice anche adesso, con Stefano che non sta un attimo zitto, con i quiz sul cinema e i pezzi dei Beatles che inevitabilmente ritorneranno. Vorrebbe dirglielo: la ripetizione che desidero sei tu, questo mi basta, ed è per questo che sono felice.

Ma non lo fa.

"Guarda."

"Uhm." Nino si volta appena. Una macchina è parcheggiata a motore spento sul ciglio della strada. Piccoli imprevisti per spezzare la monotonia del paesaggio.

"Allora domani a che ora andiamo?"

"Eh, devo capire un attimo col lavoro..."

"Che c'è, pa'?" Nino tiene gli occhi fissi sul retrovisore. L'auto che prima era ferma sul ciglio della statale ha acceso le luci e ha iniziato a marciare.

"Niente."

"Non è vero, pa'. Che c'è?"

"Niente. Forse niente." Ma forse no. Non ha molto tempo per ragionare su cosa fare, Nino. La BMW accelera e gli si affianca, si voltano entrambi, lui e Stefano. Ma vedono soltanto guizzi di luce intermittente. Sono raffiche di mitra. A bordo dell'auto ci sono tre uomini che sparano, e continuano a sparare fin quando l'auto non sbanda e va a schiantarsi contro il guardrail.

La BMW si ferma. Nel buio, uno dei killer scende dall'auto e va a controllare di aver fatto un buon lavoro. Nino tenta di proteggere Stefano, avvinghiato a lui in un ultimo abbraccio.

Chi è il padre e chi è il figlio?

Riescono a scambiarsi un ultimo sguardo muto. Nino muove appena le labbra, ma non dice nulla. A che serve, dopotutto? Stefano lo sa benissimo cosa vorrebbe dire. Vorrebbe dire: "Professore, perché la morte è la prima notte di quiete?"

Poi arriva l'ultima raffica, un ultimo bagliore in questa notte senza più sogni.

52.
BORSONE BLU

Palermo, 1989

L'acqua lambisce la roccia chiara e frastagliata disegnando una cinta più scura, un orlo grigio alto forse mezzo metro che segnala il punto di contatto fra il mare e la scogliera. Poi sale su, la roccia, diventando chiara, di un colore simile a quello di alcune spiagge caraibiche. Aspra e intransigente, non concede spazio a nulla fuorché a se stessa. Finché non arrivano le case, i villini, affacciati uno accanto all'altro come vecchie signore sporte sul balcone. Quando le poche abitazioni, raggruppate in questa striscia sottile, finiscono, inizia la montagna; la roccia torna a reclamare spazio innalzandosi verso il cielo. È dal Paleolitico che gli uomini calcano le pietre dell'Addaura. Sotto la grotta che sta sul fianco nordorientale della costa cercarono riparo i primi abitanti della Conca d'oro. Sono passati milioni di anni, ma è ancora un luogo di tranquillità.

Giovanni spalanca la finestra, lo sguardo vaga rapito lungo i declivi, si aggrappa alle pendici del colle – di questa terra che Tomasi di Lampedusa descriveva *nell'identico stato di intrico aromatico nel quale la avevano trovata Fenici, Dori e Ioni quando sbarcavano in Sicilia* –, si lascia acquietare e sedurre da questa *America dell'antichità* così orgogliosa della sua polvere e dei suoi legnosi scricchiolii da cedere a un'idea posticcia, impermeabile, di eternità. Ma il confine è sottile fra seduzione e sedazione: dovrà svegliarsi questa terra, pensa Falcone, e dovrà svegliarsi tutta, fin dentro i grovigli di Brancaccio, nelle campagne di Alcamo, nella borgata di Ciaculli e nella conca di Corleone, perché non si sgretoli, perché non crepi della propria eternità.

Una lieve brezza gli solletica il naso, quello stesso *indifferente vento senza soste, marino*, che *muoveva i mirti e le ginestre* e che *spandeva l'odore del timo*, lo riempie di aspettative. È miracoloso, a modo suo: riesce a rigenerare.

Si sente fortunato, Giovanni Falcone, ad avere a disposizione una casetta abbarbicata su questi scogli. L'ha affittata per il periodo estivo. Pochi metri sugli scogli, in ciabatte, e può tuffarsi in mare con Francesca. Per lui è una camera di decompressione, nonostante gli uomini della scorta in perenne perlustrazione intorno alla villa gli ricordino che il suo nome è segnato su qualche biglietto nelle tasche dei picciotti. Qui può distendere i nervi, e Dio solo sa se non ne ha bisogno, con il putiferio che si è alzato a Palermo e che sembra non voler scemare. Qui è Palermo, ma non è Palermo.

I magistrati svizzeri Carla Del Ponte e Claudio Lehmann sono arrivati a Palermo per lavorare a un troncone dell'indagine Pizza Connection: un giro di soldi riciclati fra l'Italia e la Svizzera che ha già fornito più collegamenti tra le cosche mafiose e i prestanome di politici siciliani; un intreccio di interessi criminali e istituzionali pieno di numeri, verbali, assegni ed elenchi di transazioni bancarie. Occorre lavorarci con calma. La speranza – molto remota – è che rimanga il tempo per farsi un bagno insieme.

"Quest'indagine non finisce mai," dice Lehmann. Giovanni ha la cornetta del telefono fra la spalla e l'orecchio. Sente il rumore che fanno gli occhiali del collega quando li poggia sul tavolo.

"Perché tratta di cose che non finiscono mai," fa la collega Del Ponte, "puoi scavare quanto vuoi, quello che ottieni è..." Ieri sera sono stati al Charleston, dalle parti di Mondello, per una cena informale dopo che Claudio e Carla erano stati impegnati in una serie di interrogatori. Giovanni ha insistito perché lo raggiungessero oggi all'Addaura: un tuffo a mare, un bicchiere di grappa e qualche chiacchiera. Ma i colleghi hanno preferito trattenersi a Palermo per visitare la città, quindi niente bagno. Faranno una chiacchierata al telefono per dirsi le ultime cose e poi liberi tutti.

"È che arrivi sempre più in fondo," dice Falcone. "Scendi sempre più giù. O entri sempre più in profondità, se la vuoi vedere come una caverna."

"O come una miniera," ironizza la collega.

"Sai che forse il bagno..." mugugna Lehmann.

"Ti sei pentito?" fa Giovanni.

"La prossima volta veniamo sicuramente," interviene Carla. Lei e Claudio lo stanno ascoltando in vivavoce dall'albergo. L'idea del giro cittadino è stata di Carla, quindi adesso la difende.

"Questa città è meravigliosa. Non possiamo perdercela. E comunque... credo che dovrai sopportarci ancora."

"È un piacere," dice Giovanni lanciando uno sguardo fuori dalla finestra. Uno dei poliziotti della scorta cammina sugli scogli, si guarda intorno, dice qualcosa alla radio.

Da qualche tempo, sono poche le ore in cui riesce a dormire davvero. Trascorre la gran parte della notte, che comunque è breve, in dormiveglia. Questo lo rende irrequieto, perché sa che Francesca, stesa accanto a lui, se ne accorge benissimo, e dorme male anche lei. È un cane che si morde la coda. Per questo hanno deciso di passare qualche giorno all'Addaura. Giovanni non ricorda l'ultima volta che è andato a nuotare in una piscina pubblica. Il nuoto è – o meglio, era – una delle poche cose che gli infondessero tranquillità.

"A proposito delle transazioni," dice Lehmann. "Ma come avete fatto? Complimenti, davvero." Si riferisce ai fogli che ha davanti agli occhi: elenchi di versamenti su carta intestata di alcune banche elvetiche. Gli svizzeri conoscono bene il segreto bancario dietro cui i direttori si trincerano abitualmente. Se si aggiunge anche la diffidenza, le "dimenticanze", i dribbling con cui gli istituti di credito italiani e stranieri hanno tentato di proteggere l'identità dei propri danarosi clienti fin dagli albori dell'indagine, si capisce la difficoltà nell'ottenere quei documenti.

"Abbiamo fatto un bel po' di pressing."

"Immagino."

"Sai quante volte sono dovuto andare io a bussare agli uffici dei direttori? Uff..."

"Siete testardi, voi," dice Carla.

"In senso buono e in senso negativo."

"Questo è il senso buono."

"È più spesso buono, diciamo così."

"Uhm..." La voce di Francesca arriva come un mormorio. È seduta sul divano a due metri dal marito con un libro fra le mani.

"Qualcuno qui non è d'accordo," fa Giovanni.

È vero che l'Addaura è Palermo ma non è Palermo. È anche vero che certe ombre si allungano ben oltre Palermo, come Falcone ben sa, anche se a volte cerca di dimenticarselo. Anche se fosse a Cinisello Balsamo, dal punto di vista pratico non cambierebbe molto. Nessuno glielo dice, perché è bello vederlo così, con questa mezza illusione di una minima quiete. Certamente non glielo dice Francesca.

Glielo dice un poliziotto, però. E nel modo più brusco.

Entra come una furia, col fiatone, mentre Giovanni e Francesca sono sul divano con le palpebre mezzo calate.

"Dottore, ce ne dobbiamo andare."

"Che è successo?"

"Avete tutto? Dovete prendere qualcosa?"

"Be', no, devo prendere... Ma che è successo?"

"Vi prego, dottore, subito. Dobbiamo andare. Vi stiamo aspettando in macchina." Mentre l'agente parla, Giovanni butta l'occhio oltre la finestra e vede altre tre auto arrivare con i lampeggianti accesi. Si fermano davanti alla villa. Gli agenti aprono gli sportelli e scendono. Indossano tutti i giubbotti antiproiettile.

"Dottoressa..." dice il poliziotto rivolto a Francesca.

"Ma che è successo?" chiede ancora Giovanni, in calzoni corti e ciabatte, raccattando frettolosamente le sue cose.

È successo che perlustrando la scogliera davanti alla villa, tre agenti hanno trovato una muta subacquea, un paio di pinne, una maschera da sub e un borsone blu con su scritto "Velerìa S. Giorgio". Dentro il borsone c'erano un contenitore di plastica per alimenti e una cassetta metallica. All'interno della cassetta era posizionato un congegno esplosivo composto da cinquantotto candelotti di esplosivo Brixia B5, innescato da due detonatori collegati a un dispositivo elettromeccanico, protetto dalla scatola di plastica e comandato da un ricevitore radio Expert Series Sanwa operante sulla frequenza VHF di 35 megahertz.

"Dobbiamo andare, dottore. Devono far brillare l'ordigno."

"Francesca..." Guarda sua moglie e non sa cosa dire. Era così bella, sul divano. Così tranquilla.

"Mi..." Gli dispiace, gli dispiace sempre, gli dispiace per tutto. Ormai non ha neanche più senso dirlo. Suonerebbe ridicolo. Eppure è la verità. Gli dispiace. Si sente mortificato: costringere sua moglie a saltare via dal divano e scappare come una ladra. La capacità di sopportazione di Francesca sembra non conoscere limiti. Ma è un bene che il dispiacere, la mortificazione, superino per adesso la paura. Perché quando capirà che il suo nome non è soltanto segnato su un pizzino, ma che la sua uccisione rappresenta una priorità, allora dentro la sua testa non ci sarà più spazio neanche per il dispiacere. La paura, a quel punto, lo divorerà. Mentre il contegno, quella dignità aristocratica che gli impedisce ogni volta di scoppiare in lacrime, di gridare aiuto, di dire semplicemente: "Ho paura. Ho paura e, benedetto Iddio, vorrei non averne più," lo farà impazzire. Gli brucerà nel cervello come una meningite.

* * *

"Voglio che Francesca torni a dormire a Palermo, Liliana. Devi aiutarmi a convincerla. Se qualcuno crede che abbiamo litigato o addirittura che ci stiamo separando, è meglio ancora. Meglio per lei." Liliana Ferraro è seduta di fianco a Giuseppe Ayala nella stanza di Falcone. Ha un viso gentile che contraddice il suo piglio deciso, i movimenti netti, precisi. Collabora alle indagini di Giovanni ormai da tempo, sa leggere le espressioni sul suo volto. Come sa leggerle Ayala. Quindi capiscono entrambi che fa sul serio quando dice che vuole sua moglie fuori da quella casa, perlomeno di notte, e da subito. Ha scavalcato una linea segnata sul terreno. Ha oltrepassato un confine. E vuole essere solo, dall'altra parte.

"Francesca non capisce che quei signori adesso fanno sul serio." *Lo capisce benissimo, invece,* si dicono Liliana e Peppino lanciandosi un'occhiata. *È solo che non vuole metterti anche lei un carico sulle spalle. Vuole essere con te, anche in questo inferno. Soprattutto in questo inferno.*

"Va bene," dice Liliana, "ci provo."

"Può dormire da sua madre, magari. Io invece dormirò lì."

"Ma sei sicuro?" chiede Ayala. Falcone annuisce.

"Adesso arriva la domanda stupida: come ti senti?" Giovanni forza un sorriso, poi spalanca le braccia. Per qualche attimo non dice nulla. Sfila una sigaretta dal pacchetto, ne porge una a Peppino e iniziano entrambi a fumare.

"La cosa che più mi inquieta," dice a un tratto, come riemergendo da un flusso di coscienza, "è che possono contare su una talpa. Qualcuno li ha informati sul mio programma giornaliero. Sono all'opera menti raffinatissime."

"Chi?" chiede Peppino. "Lo so che i candidati sono parecchi, però... hai qualche idea?"

"Tante e nessuna. Osservo i fatti. E i fatti, diciamo... sono particolari."

"In che senso?" chiede la collega.

"Ieri ho ricevuto una telefonata da Andreotti."

"Ah."

"Sì. Mi ha fatto le sue 'congratulazioni per lo scampato pericolo', così ha detto. È stato strano. Non ci eravamo mai sentiti prima."

"E credi che..."

"Non credo niente," sospira con aria sconsolata. Dopo una breve pausa, come se avesse riacquistato le forze, si alza e invita gli altri a fare lo stesso. "Adesso usciamo, che sono appena venuti a fare la *bonifica*," dice sottolineando l'ultima parola e facendo l'occhiolino a entrambi. Alcuni agenti sono entrati nel suo ufficio per scovare eventuali cimici nascoste dietro le prese, dentro il telefono o chissà dove. Solo che lui non si meraviglierebbe se, delusi per non averne trovate, ne avessero piazzata una loro. Non è più dato sapere chi sta con chi, e pure sorreggersi su quelle poche certezze che poteva avere fino a ieri oggi la vede come un'imprudenza.

* * *

"Me lo immaginavo che saresti rimasto qui. Non sono d'accordo, ma me lo immaginavo." Maria e suo fratello Giovanni stanno cenando. Al centro dei rispettivi piatti sono adagiate due fettine di carne e qualche zucchina sott'olio. Ai bordi del tavolo sono ancora ammonticchiati i fascicoli con i documenti dell'indagine a cui lavora con i colleghi svizzeri; ogni tanto, per farsi un po' di spazio, sono costretti a spostarne qualcuno.

"Solo che... chiedere a Francesca di andarsene ogni sera a dormire dalla madre." Così si sono organizzati: Francesca va a trovarlo durante la giornata, o dopo il lavoro, e poi se ne torna a Palermo a casa di sua madre.

"E che devo fare?"

"Niente, niente..." fa Maria con aria sconsolata. "Però, non lo so," si ridesta d'un colpo, "magari potresti dormire anche tu a Palermo, no? Sarebbe..."

"Tu non capisci, Maria. Non capisci."

"No, non capisco," alza le mani. "Solo tu capisci." Non vuole contraddirlo, ma non l'ha mai visto così. Anche Anna, la maggiore, è in pena per suo fratello e passa le giornate a camminare avanti e indietro per casa. Giovanni ha trascorso le ultime notti in poltrona o sdraiato sul pavimento, riesce a fumare perfino più di prima, e ha il volto gonfio e cinereo. Prima che Maria raggiungesse il centro del salotto, sopra il tavolo c'era una pistola. Giovanni l'ha messa via con un gesto rapido, ma era lì.

"Non capisci," insiste. "Io devo essere lucido," si picchietta la tempia con l'indice. "Devo essere sempre presente a me stesso, sempre sveglio; non posso pensare a Francesca. La notte, se posso, se riesco... non dormo. Resto in poltrona," allunga il braccio verso la poltrona con i cuscini in disordine, "perché loro devono sapere che io non mi muovo da qui, che io non ho paura."

"Va bene, Giovanni, però mettiti nei miei panni. Francesca mi ha chiamata, mi ha detto anche lei che..."

"Cosa?"

"Che sta soffrendo molto, che vorrebbe restare qui con te..."

Giovanni scuote la testa. Ha due grosse occhiaie, gli occhi arrossati e lucidi.

"Cosa, Giovanni? Che cosa non posso capire?"

Lui abbassa la testa e guarda il tavolo, la fetta di carne si è raffreddata. Punzecchia una zucchina con la forchetta, ma poi la lascia cadere nel piatto.

"Che io ormai sono un cadavere ambulante."

53.
LO SCANNACRISTIANI

Palermo, 1989

"Un peccato, fu," dice l'ometto seduto in poltrona, i piedi scalzi poggiati sopra uno sgabello. Accostato alla parete c'è un treppiedi con una piccola TV che passa le immagini del giudice Falcone e dell'Addaura. L'ometto in poltrona è Totò Riina, ed è ironico come quello che viene dato per vincente nella guerra di mafia, uno che può decidere della vita o della morte di qualcuno con uno schiocco di dita, sia costretto a campare in situazioni che forse potrebbero andar bene a un contadino. La latitanza, dopotutto, impone il suo rigore.

"Ah, roba nostra è?" chiede l'altro, un tizio ricciolúto, capelli neri, che invece sta su una sediolina di legno, gomiti sulle ginocchia. I bottoni della sua camicia azzurra sono tesi sulla pancia che fatica a contenere. Il suo nome è Giovanni Brusca, ed è da tempo nelle grazie di 'u zu Totò.

"Era il momento giusto," annuisce l'ometto, rispondendo a metà alla domanda dell'altro. È assai basso di statura, lo si capisce anche da seduto.

"Minchia se era il momento giusto. Però..." spalanca le braccia e sorride, sarcastico: "Questo succede quando ti affidi a 'na pocu di picciutteddi."

"Se lo facevo io..."

"Eh, ma tu nun lu facisti. Lo volevi fare, ma nun lu facisti. E tra il dire e il fare..."

"Lo sapete come sono andate le cose. Comunque, pure stavolta, se mi dicevate 'vai'..." scrolla le spalle, "io andavo. Sempre a disposizione sono."

Brusca è stato a tanto così dal *farlo lui*, è vero. E sì, Riina lo sa benissimo: se non lo avessero arrestato lo avrebbe fatto. Invece è caduto anche lui sotto il fuoco delle dichiarazioni di Tommaso Buscetta: Falcone l'ha arrestato, si è fatto tre mesi di carcere e poi, con sommo sconforto del giudice, e nonostante le sue proteste, è stato rimesso in semilibertà. Dieci mesi di soggiorno obbligato sull'isola di Linosa ed è tutto finito. Adesso il killer Giovanni Brusca, figlio di Bernardo, erede di una lunga tradizione mafiosa, soprannominato lo "scannacristiani", è un uomo libero che ha pagato il proprio debito con lo Stato. Senza esserne al corrente, la polizia gli aveva stretto le manette ai polsi proprio mentre preparava, su richiesta del Corto, l'esecuzione del giudice antimafia.

Totò Riina si era affidato al migliore. E ora, piedi sullo sgabello e sedere sul divano, che il colpo dell'Addaura è sfumato, pensa che questo lavoro avrebbe dovuto organizzarlo meglio. Avrebbe dovuto dare a Brusca l'occasione di preparare un nuovo piano, dopo quello che è stato costretto ad abortire. Non affidarsi a 'na pocu di picciutteddi. Pare che il borsone con l'esplosivo fosse stato visto già il pomeriggio prima, che i suoi uomini fossero già stati beccati da alcuni agenti sotto copertura mentre bazzicavano intorno alla villa. Insomma, un casino completo.

Brusca forse è un po' esuberante, ma al Corto questo non dispiace. Lui ama gli uomini energici, le azioni eclatanti come quella che Brusca aveva iniziato a preparare, per completare il lavoro, due settimane dopo che Rocco Chinnici era saltato in aria. Riina si era incaponito nel voler ammazzare il giudice Falcone, nonostante Ignazio Salvo tentasse in tutti i modi di convincerlo che non era necessario lasciarsi dietro un altro cadavere eccellente. Tanto, diceva Salvo, gli amici romani, quelli che stanno nei palazzi della politica, solleveranno un polverone contro di lui per screditarlo. E poi, che senso aveva ammazzare Falcone? Dopo di lui ne sarebbero arrivati altri, e poi altri ancora. Ma la risposta del boss era stata che "i politici stanno pensando ai fatti loro, e a noi ci stanno lasciando col culo all'aria", e quindi Falcone andava ammazzato e basta. "Li devo ammazzare tutti," aveva detto il boss. Così Brusca, per non deluderlo, voleva prendere un furgoncino e renderlo identico in tutto e per tutto a quello che consegnava cornetti e caffè al Palazzo di giustizia. Parcheggiarlo lì, davanti al tribunale, e far saltare in aria sia il furgone sia il palazzo. In questo modo, oltre a Falcone si sarebbero tolti dalle scatole anche un altro po' di scassaminchia, che male non avrebbe fatto.

"Questo era il momento giusto," Riina indica la TV. "Questo." Un commentatore politico, senza attribuire la dichiarazione a nessuno in particolare, sta dicendo che negli ambienti della magistratura qualcuno – "qualcuno di attendibile" tiene a precisare – ha definito l'attentato dell'Addaura "poco credibile". Senza che espliciti del tutto il pensiero, l'insinuazione è chiara: Falcone si è preparato da solo il pacco bomba. Il commentatore non manca di ricordare, pur scollegando questa considerazione da quelle precedenti, che la nomina di Falcone a procuratore aggiunto si sta discutendo proprio in questi giorni. Il dibattito passa poi al "Palazzo dei veleni" e alle lettere anonime che stanno arrivando una dopo l'altra ai massimi vertici dello Stato, delle forze armate e della magistratura, con accuse infamanti rivolte a Falcone e ad alcuni suoi colleghi. Le ultime sono finite sul tavolo del giornalista Giampaolo Pansa e al segretario del PCI Achille Occhetto.

"Questo era il momento giusto," ripete ancora Riina, come a voler rinfacciare a Brusca di non essersene occupato lui, o forse a se stesso di non averglielo ordinato. La prossima volta il Corto ci penserà due volte prima di affidare un incarico così delicato a degli sprovveduti. D'altronde, non è la prima volta che Cosa nostra prova a far fuori Falcone senza riuscirci. Se il giudice sapesse tutte le volte che ha scansato il fosso...

Già diversi anni fa, quando aveva affittato una casa di villeggiatura dalle parti di Mondello, il cognato di un "uomo d'onore" che aveva un ristorante a pochi metri da lì si era fatto avanti: una delle finestre del locale dava proprio sul retro della casa affittata da Falcone. Un killer con un fucile di precisione gli avrebbe sparato quando si fosse avvicinato, al ritorno dal footing mattutino, alla scalinata dietro casa. Peccato che in questo modo non ci avrebbe messo nulla, la polizia, a capire l'angolo di tiro, la traiettoria e il punto preciso da cui fosse stata esplosa la fucilata. Sarebbe bastato un colpo d'occhio. Da lì avrebbero indagato sul proprietario del ristorante, risalendo tutta la catena.

Poi c'è stata la volta in cui volevano usare due bazooka per falciarlo insieme all'auto blindata mentre percorreva una strada alberata fuori città. I picciotti s'industriarono per testare i cannoni in collina, mirando agli speroni rocciosi di una montagna che però, contrariamente alle loro previsioni, vennero intaccati solo lievemente, sicché ritennero che le armi non fossero abbastanza potenti per garantire la certezza matematica di un successo e che, invece, avrebbero portato a una sparatoria con gli agenti della scorta.

Poi c'è stata l'idea di ammazzare Falcone com'era stato ammazzato Ninni Cassarà, nello stesso modo, preciso e identico: con i mitra, sotto casa. Però Falcone, proprio dopo l'assassinio dell'amico, aveva chiesto all'autista di parcheggiare sul marciapiedi, quasi attaccato al portone del palazzo di via Notarbartolo, senza lasciare spazio né visibilità ai killer per possibili manovre. E poi, ancora, nella piscina pubblica di via Belgio: l'avrebbero fatto fuori lì, se all'ultimo il piano non si fosse rivelato troppo complicato e l'individuazione del killer pressoché inevitabile.

Stavolta in verità hanno lavorato di fino, gli uomini di Riina. Ma non erano quelli giusti. I ragazzi si sono riuniti più volte, hanno comprato l'esplosivo, hanno fatto sopralluoghi intorno alla villa prima, dopo e durante la sistemazione dei candelotti per evitare che magari una barca di sbirri all'inseguimento di qualche contrabbandiere rovinasse tutto. Ma non avevano calcolato che la casa all'Addaura interessava a molti, oltre che a loro. Anche ai servizi segreti. E pare che siano stati, in effetti, due uomini vicini ai servizi a notare strani movimenti sopra la scogliera. Ma questo, al momento, non è dato saperlo con certezza. Si sa soltanto che gli uomini di Riina – appartenenti alle famiglie di San Lorenzo, Resuttana e Acquasanta – sono dovuti scappare con la coda fra le gambe.

Addio candelotti, addio telecomando, addio attentato.

"Questi gli stanno dicendo che se l'è messa da solo, la bomba. Mischinu!" ride il boss.

Brusca grugnisce una risata anche lui. "Le lettere anonime, gli mandano. Stanno travagghiannu pi nuantri."

Riina annuisce con ampi movimenti della testa.

D'accordo, l'attentato è andato male. Ma non tutto il male vien per nuocere. Questo male, anzi, soffia come un vento a favore, perché anche grazie ai veleni che si sta portando dietro, quando il Corto e i suoi torneranno saranno ancora più forti.

54.
L'UOMO CON LA PIPA

Roma, 1990

Mario Almerighi sembra appena uscito dalla camera dei lord. Sbuffa ampie boccate di fumo dalla sua pipa marrone. È seduto in poltrona con le gambe accavallate. Indossa un gilet bordeaux, una cravatta a strisce e una giacca chiara. Giovanni non l'ha mai visto in disordine. Neanche stavolta, che è piombato a casa sua senza avvertirlo. Il sospetto è che si vesta così indipendentemente da tutto, anche per stare in casa propria.

"Ormai questa è la tua seconda casa."

"Mi devi scusare se non ti ho avvertito, è successo tutto all'improvviso."

"Non parlavo di casa mia, ma di Roma. E in ogni caso non devi scusarti. Per me è sempre un piacere quando vieni a trovarmi."

"Magari potevo beccarti in un momento sbagliato."

"Uhm..." Almerighi agita la mano in cui tiene la pipa, il fumo disegna una specie di serpente nell'aria. "*Mi trovi sempre, ogni volta che vuoi. Non mi disturbi mai. Ho sempre tempo. Solo la gente priva di talento non ha mai tempo.* Questa non è mia, è di Joseph Roth."

Falcone è seduto anche lui in poltrona, di fronte al suo amico. Si vergogna quasi ad accendersi una sigaretta di fronte all'eleganza aristocratica di una bella pipa in radica. Forse sarebbe il caso che anche lui passasse alla pipa. È un rituale, la pipa, e i rituali sono piccole, indispensabili ancore di salvezza.

È almeno la quarta o quinta volta che deve venire a Roma su convocazione del CSM. La prima occasione è stata lo scontro con Antonino Meli, poi c'è stato l'attentato dell'Addaura, le lettere anonime del Corvo. Fa più udienze lui che gli imputati ai processi di mafia.

La questione Meli, almeno quella è risolta: con l'ultima riforma, gran parte dei compiti che prima spettavano al consigliere istruttore adesso è affidata al procuratore capo.

"E con Giammanco come procede?"

"Lo sai come procede." Procede in un modo abbastanza strano. Procede che le aspettative erano alte, ma sono rimaste deluse. Almeno su una cosa, il Corvo aveva ragione: fra il nuovo procuratore capo e Falcone c'era un rapporto particolare. Tanto che Giammanco non si è fatto scrupoli a chiedere il suo sostegno, quando si è trattato di raccogliere preferenze per le elezioni. E tanto che è stato lo stesso Falcone a presiedere la cerimonia d'insediamento di Giammanco, dicendosi "particolarmente lieto" ed elogiandone le doti in un discorso di quattro pagine che si è concluso con l'affermazione che il nuovo procuratore capo "sarà all'altezza del gravoso compito". Solo che poi, da un momento all'altro, è cambiato tutto. Giammanco ha preso possesso del nuovo ufficio e del nuovo ruolo, e ha inteso come "gravoso compito" quello di costringere il collega a interminabili anticamere davanti alla sua porta per ribadire chi sia al comando; ha iniziato anche lui a smembrare i fascicoli affidandoli a magistrati che di mafia ne capiscono poco o niente, e in un'occasione, addirittura, ha rimproverato pubblicamente Falcone perché si era permesso di alzarsi durante una riunione per fumare una sigaretta. Insomma, l'amico non è più amico. Adesso è soltanto "il capo". Ed è così che Giovanni lo chiama, "il capo" – cosa mai accaduta con Chinnici né tantomeno con Caponnetto, e neanche con Meli –, per ribadire la sua accettazione della nuova gerarchia e rendere chiaro il fatto che da parte sua, del procuratore aggiunto Giovanni Falcone, non c'è alcun dubbio su chi detenga il potere. Così, forse, Giammanco si calmerà e le indagini ne gioveranno. Però questo risultato, al momento, sembra parecchio lontano. La pace che tutti speravano tornasse sul "Palazzo dei veleni" con l'elezione di Giammanco sembra piuttosto fantascienza.

"Comunque, la buona notizia è che sei vivo per poterne parlare."

"Cin," fa Giovanni alzando il bicchiere che teneva poggiato sul bracciolo. Brindano a distanza.

"So che dopo l'Addaura ti ha chiamato Andreotti."

"Sì. Mi chiama la segretaria e mi fa: 'C'è qualcuno in linea per lei.' Prendo la cornetta... e dall'altra parte c'è Andreotti. Mai sentito prima. Mi chiedo perché mi abbia chiamato. Santiddio..." Sorride. "Sembro uno di quei mafiosi che dicono ai loro: 'Se mi ammazzano, per capire da dove viene la mano, cerca di capire da che parte arriva la prima corona di fiori.'" Giovanni dà un altro sorso, poi con gli occhi lucidi sorride: "Sono scampato alla mafia, ma vedrai che mi farò ammazzare da una cirrosi epatica."

Anche Almerighi sorride, e alza di nuovo il suo bicchiere. "Adesso, amico mio," dice, "abbiamo molte cose di cui parlare."

E riguarda proprio Roma, ciò di cui devono parlare. Palazzo dei marescialli, per la precisione. Anche se Falcone ancora non lo sa. Lentamente, ma con costanza, Mario gli fa tirare fuori tutto il veleno. Lo aiuta a sfogarsi. Si conoscono bene: sa cosa brucia in corpo all'amico, e con sottile perizia lo conduce lungo la via dell'esternazione. Non è così difficile, dopotutto.

La spaccatura di Unità per la Costituzione – la corrente a cui era iscritto Falcone – in occasione della sua mancata nomina a consigliere istruttore non è sfuggita a nessuno. Gli scontenti, come Giovanni, come Mario Almerighi e diversi altri, hanno dato vita a un nuovo raggruppamento. Hanno deciso di chiamarsi i "verdi", perché il loro atto di costituzione è stato scritto su un foglio di quel colore. Poi, però, hanno adottato il nome di Movimento per la giustizia. L'idea è quella di ottenere un'autonomia sufficiente dalle pretese, spesso irragionevoli, dei partiti politici. In poche parole, le decisioni del CSM devono avere una base idealistica che sia svincolata dalle mere questioni di opportunità politica, perché in questo modo, come si è visto, a farne le spese sono i processi, le indagini, il funzionamento stesso della macchina antimafia, e quindi il Paese. Ma c'è un ulteriore passo da fare, un ultimo gradino da scalare perché le cose cambino davvero, e cambino dall'interno.

"Scusa, ma per la questione Giammanco... non sarebbe giusto fare un esposto al CSM?"

"Ancora?" chiede Giovanni, avvilito. "Dopo la storia di Meli, poi l'Addaura, poi le lettere anonime... Ci manca solo l'esposto su Giammanco. Mi prendono per pazzo, mi prendono. Nella migliore delle ipotesi passerei per uno scassaminchia."

"In effetti..."

"Devo andarmene. L'unica soluzione è andarmene. Ma dove?" Ecco. Dove può andarsene? Certo non può essere Almerighi a dirglielo. O forse sì. Forse è proprio qui che voleva condurlo: l'ultimo gradino da salire perché le cose cambino davvero.

"Secondo me dovresti candidarti al CSM."

"Eh?"

"Sì. Al CSM."

"Ma sei pazzo? Quelli mi sbranano un giorno sì e l'altro pure, e io... dovrei candidarmi a fare il lupo?"

"Se ci pensi... ha senso."

"No, Mario, non ne ha." Invece ne ha, e Falcone lo capisce benissimo. Ma è un'idea che rifiuta. Infilarsi in un covo di vipere appare una follia a chi è stato morso così tante volte da avere il veleno che gli cola dalle orecchie. Ammesso che riesca a infilarcisi, in quel covo. Fatto, questo, tutt'altro che scontato, considerati gli esiti della candidatura a consigliere istruttore. E poi l'idea di fare a gara per diventare anche lui una vipera lo disgusta. Il punto, però, è che in un covo di vipere si può entrare anche per studiare un antidoto. Forse sarebbe la strategia più sottile. Sicuramente è la più rischiosa, e lui di rischi se ne accolla già parecchi.

"Avresti i nostri, dalla tua."

"È una frase che ho già sentito, Mario."

"Certo, la garanzia non può dartela nessuno."

"Appunto."

Come una furia, la figlioletta di Mario piomba nel salotto brandendo un orso di pezza.

"Sanpietrino è qui!" grida. "È quiii, è tornato!" Per qualche motivo ignoto perfino a suo padre, Valeria ha deciso di chiamare il suo orsacchiotto Sanpietrino.

"Amore, Giovanni e io abbiamo da fare."

"Ma non l'avevamo arrestato, l'ultima volta?" chiede Giovanni inginocchiandosi sul pavimento accanto a Valeria.

"Sì, ma è tornato."

"Ah, è evaso! Queste carceri, lo dico sempre..." Falcone si mette gattoni a giocare con Valeria. Ma non è solo il piacere di rivedere la figlia di Mario che ormai lo chiama "zio Giovanni". Almerighi lo guarda, mentre fuma la sua pipa. Giovanni sta riflettendo. È giusto che lo faccia, ed è giusto anche che, dopo aver riflettuto, si ostini a rifiutare. A quel punto arriverà l'affondo. In questo caso, pensa Almerighi, il fine giustifica i mezzi. È per il bene di tutti: anche per quello di Giovanni.

"Ci hai pensato?"

"Sì, ci ho riflettuto." Falcone torna a sedersi sulla poltrona. Valeria ormai è stanca, i genitori l'hanno messa a letto e ora Mario e Giovanni sono di nuovo uno di fronte all'altro. Sembra che Almerighi tenga molto a questa cosa. Sembra che non abbia alcuna intenzione di mollare.

"... e?"

"E no. Non me la sento."

Mario si stringe nelle spalle. "Va bene. Secondo me stai facendo un errore, ma va bene."

"Farei un errore a candidarmi, Mario. Sono sfinito. Non ne posso più di queste montagne russe. Basta."

"Stai facendo lo stesso errore di Giacomo."

"Giacomo chi?"

"Ciaccio Montalto."

Giovanni non risponde. Aggrotta la fronte e fissa l'amico negli occhi. Non è bello che tiri in mezzo il povero Ciaccio Montalto. Era amico di entrambi, d'accordo, ed entrambi hanno il diritto di serbarne il ricordo come meglio credono, ma evocarlo per una questione del genere...

"Cosa c'entra Giacomo?" gli chiede abbassando gli occhi e accendendo l'ennesima sigaretta.

"Be'... A Trapani Giacomo era in una situazione identica alla tua. Fui io a proporgli di trasferirsi. Non aveva senso che rimanesse lì. Il suo lavoro era diventato solo una fonte d'imbarazzo..." Almerighi parla con voce calma, le sue parole sono accompagnate dai movimenti lievi della mano, dal fumo della pipa che s'increspa e sale verso l'alto dotando i suoi argomenti di un proscenio perfetto. "Io sono convinto, ed è quello che dissi a Giacomo, che quando ti isolano, come fecero con lui, e come hanno fatto con te, l'unica via è quella istituzionale. Entrare nelle istituzioni. Sedersi alla scrivania accanto alla loro, guardarli in faccia e dirgli: 'Ok, e adesso che vogliamo fare?' Giacomo sarebbe potuto andare all'ufficio studi del CSM, lo sai?"

"No, non sapevo."

"C'era un posto per lui. Ma non accettò. Disse: 'A Trapani sono indispensabile.' Io te lo chiedo di nuovo, Giovanni." Lo punta con la pipa, come se fosse una bacchetta.

"Cosa?"

"Non rispondermi come mi rispose Giacomo. Perché se arrivi alla pensione pensando di essere indispensabile, allora vuol dire che la tua vita è stata un fallimento. Vuol dire che stai pensando più a te stesso che al tuo lavoro. Che sei diventato vanitoso. E i vanitosi non lasciano nulla, Giovanni." Mario gli mette una mano sull'avambraccio, lo stringe per un attimo. "Ti chiedo di pensarci. D'accordo?"

Giovanni si alza. Si è fatta notte. Deve rimettersi in viaggio.

"Ci penserò."

Sono da poco passate le due di notte. Mario e sua moglie vengono strappati alla quiete dei propri sogni quando il telefono di casa inizia a squillare. Sono abituati, loro malgrado, a questo genere di sveglie. E non è mai bello. Significa sempre "emergenza".

Stavolta, però, è diverso.

Mario poggia i piedi scalzi sul pavimento, solleva la cornetta.

"Pronto?"

"Va bene."

55.
BATTAGLIA

Palermo, 1990

La *Bambina con il pallone* ha fatto il giro del mondo. Sono passati quasi dieci anni da quando è stata immortalata con la sua palla a scacchi bianchi e neri – di quelli leggeri, che quando li calci volano via prendendo strane traiettorie – davanti a un portone di legno scheggiato, pieno di graffi e intaccature. Con la mano destra regge la palla; con l'altra, che tiene sopra la testa di capelli nerissimi, una banconota da mille lire. Ha lo sguardo accigliato e sognante che solo i bambini possono avere, le sopracciglia dritte e sagomate come l'apertura alare di un falco. La foto è stata scattata nel quartiere della Cala, un anfratto di mare con un porticciolo che è il più antico di Palermo. Da lì ha viaggiato ininterrottamente, macinando chilometri su chilometri, da un capo all'altro del mondo. La sua autrice, Letizia Battaglia, è stata la prima donna a vincere nel 1985 il premio newyorchese intitolato a William Eugene Smith, *ex aequo* con la collega statunitense Donna Ferrato.

"Che bella," dice Francesca guardando la *Bambina.* "Chissà dov'è adesso. Chissà che sta facendo."

Sua madre Carmela si avvicina alla foto.

"Che bella bambina." Lancia uno sguardo di sbieco a Francesca provando a ricordare quando anche lei era una bimba. Non le ci vuole molto. Ce l'ha ancora davanti agli occhi.

La mostra di Letizia Battaglia è un'occasione come un'altra per stare insieme. Ne hanno fatte di passeggiate in giro per Palermo.

Carmela è per sua figlia un'amica formidabile: riempie tutti gli spazi lasciati vuoti da Giovanni. Che sono tanti, evidentemente. Ma nonostante ciò non si è mai permessa di criticare la relazione fra loro. Al contrario, l'ha sempre incoraggiata.

Carmela è ferma davanti alla *Bambina con il pallone*. Qualcuno direbbe che è una foto "furba", se non fosse che è stata scattata molto tempo fa: coglie perfettamente lo spirito di queste settimane in cui ancora si respira aria di Mondiali. Palermo ha ospitato tre partite dei campionati di calcio, tre match arrivati dopo un'attesa estenuante, ritardi, polemiche, scontri e immancabili tragedie, con la morte di tre operai rimasti schiacciati dal crollo di una tribuna dello stadio. Ancora vibra, Palermo. Vibra di gioia e di malanni, scossa dai fremiti dell'esultanza e da quelli della febbre che non smette di divorarla. Vibra, oppure trema. A volte si fa fatica a capire la differenza.

Carmela ci mette un po' ad accorgersi che Francesca si è allontanata. Guarda da un lato e dall'altro attraverso la sala piena di gente ben vestita. Sul fondo c'è una lunga tavola con una tovaglia bianca per il rinfresco: dolci di pasta di mandorle di ogni forma e colore sono allineati in grossi vassoi d'argento. Una dozzina di caraffe piene d'acqua, succhi di frutta e latte di mandorla sono raggruppate ai due lati del tavolo. Un discreto gruppo di persone si accalca davanti a un paio di giovani camerieri che si affannano, con goffa delicatezza, a sistemare i dolci dentro i piatti di carta. Altri, in numero inferiore, sono radunati di fronte alle fotografie esposte. I vernissage sono meta di gente che, messa di fronte al concetto di gratuità, sente spalancarsi improvvisamente un buco nello stomaco. Non lo si scopre oggi.

La fotografa sta parlando con due donne in un angolo del locale, spiega loro chi sono le persone ritratte nello scatto. Carmela vede finalmente Francesca che si avvicina anche lei a Letizia Battaglia per ascoltare la spiegazione. Riesce a sentire solo la parola "Andreotti". Raggiunge sua figlia. Quando arriva, però, la fotografa si è già spostata per parlare con un altro gruppetto di persone.

"Guarda," dice Francesca indicando i personaggi della foto. "Li riconosci?"

"Andreotti." Il presidente del Consiglio si trova al centro di un gruppo di sette uomini sorridenti e ossequiosi.

"Sì, non intendo lui. Questo." Punta il dito su un uomo più a sinistra, ha il volto in primo piano ma leggermente tagliato dall'inquadratura.

"Mmm..." Carmela stringe le palpebre.

"Nino Salvo, il cugino di Ignazio Salvo. Uomini di Lima. O viceversa, direbbe qualcuno." La foto è stata scattata il 7 giugno del 1979 all'hotel Zagarella, di proprietà dei Salvo.

"E infatti eccolo lì," indica Salvo Lima alle spalle del capo del governo.

"Ma quello non è..." Carmela indica un uomo leggermente più indietro rispetto agli altri. I volti non sono tutti ben riconoscibili. Alcuni sono leggermente sfocati. È una di quelle foto in cui bisognava cogliere l'attimo, più che la nettezza dei contorni.

"Piersanti Mattarella. Credo che non avesse scelta: era il presidente della Regione. Che fai, viene in visita il presidente del Consiglio e non ci vai?"

"Ah, certo."

Ce n'è un'altra, di foto, che ritrae l'ex governatore Mattarella. Questa volta, però, il suo volto non si vede. Se ne vedono solamente le gambe. Il corpo è riverso sui sedili di un'auto. Accanto al cadavere ci sono due donne, una di loro si tiene una mano sul volto. Sullo sfondo si scorge il profilo di Sergio, suo fratello.

"Pare che lei sia stata la prima fotografa ad arrivare sul posto."

"Oh," fa Carmela, non più convinta che questo sia il luogo adatto in cui venire con sua figlia. Le foto sono bellissime. I temi, forse, non sono i più indicati per una donna che ha sposato uno come Giovanni. Ma è stata lei a volerci venire. Forse, chissà, per esorcizzare almeno una piccola parte dei suoi fantasmi.

"A che ora torna Giovanni?" chiede Carmela mentre si spostano lungo la parete per guardare le altre foto.

"Ah, boh. Doveva tornare ieri, lo sai. Siamo rimasti che torna stasera."

"Tu comunque cena da me, poi se torna davvero puoi sempre..."

"Sì, sì, certo."

"Vedrai che..." non sa come proseguire. "Le cose si sistemeranno. Magari con l'elezione al CSM..."

"La candidatura, mamma, non l'elezione. La candidatura."

"Sì, però..."

"Guarda questa." Una folla di bambini gioca con delle armi finte. Uno di loro si succhia il pollice. Un altro scatto ritrae un gruppo di giovani che lanciano in aria un ragazzo: il suo corpo svetta un metro sopra la calca come a un concerto rock, solo che lo scenario è una strada di Caltabellotta con i palazzi bassi che si susseguono su entrambi i lati. Poi ritorna la morte, l'oblio, il selciato lordato dal sangue. Un uomo è riverso al suolo, una chiazza scura e grumosa si spande alla sua destra. L'inquadratura è stretta, a mezzo busto. Il dorso dell'uomo è scoperto: sulla schiena ha un grosso tatuaggio con il volto di Cristo.

"Credi che ce la farà?"

Francesca sospira.

"Che ti devo dire? Giovanni è pieno di amici, fin quando non si vota."

"Già. E se viene eletto? Dovrà stare a Roma... Tu che farai?"

"Non lo so, mamma. È presto. Pensiamo al presente, poi si vedrà. E in ogni caso, come vedi, già adesso sta più a Roma che qui. Alla fine non cambierebbe molto."

Cambierebbe, invece. Francesca se la sta raccontando. Ma preferisce sdrammatizzare. Se il modo migliore, e più rapido, perché Giovanni esca dal pantano in cui l'hanno cacciato è sedere nelle file del CSM, infiltrarsi fra i suoi stessi inquisitori, allora ben venga. Il resto sarà un problema gestibile, tutto sommato, in confronto a quelli che ammorbano il presente. Giovanni è distante, e non soltanto in senso spaziale. I suoi pensieri lo portano altrove. Considerato quello che gli è successo, e che si è trovato un borsone pieno di esplosivo piazzato lì davanti casa; considerato che non è detto che non ci riprovino, anzi, e che non sa più bene neanche lui come coprirsi, perché i fendenti gli arrivano da ogni lato: è forse possibile condannarlo? Dopotutto, Francesca sapeva bene – o perlomeno aveva un'idea abbastanza chiara – di cosa le stesse offrendo il suo futuro marito quando le chiese di sposarla. Tutto se stesso. Luci e tenebre, sole e temporali. Ma il meteo cambia secondo strani piani: si può soltanto aspettare e vedere cosa accade.

"Povero ragazzo. Si è illuso. Anche tu ti sei illusa."

"In che senso?"

"Il nuovo capo. Mi hai detto tu che erano amici, che gli ha pure chiesto il voto..."

"Giammanco è sempre stato vicino a Mario D'Acquisto, e D'Acquisto è vicino a... Ad altra gente." Lancia un'occhiata alla foto scattata all'hotel Zagarella, quella con Lima e Andreotti.

"E Giovanni questo non lo sapeva?"

"Figurati! Giovanni sa tutto, ma è un garantista. Dice sempre che può capitare a tutti, per mille ragioni diverse, di avere un amico *particolare*, di capitare nella foto sbagliata, alla festa sbagliata..." Carmela la guarda, annuisce. "Solo che poi... Bah. Io spero solo che nel caso in cui, insomma... nel caso in cui le cose al CSM non dovessero andare come spera, riesca a reggere il colpo."

"Ne ha retti tanti."

"Forse troppi. E sono sempre più duri." Francesca lancia un'occhiata distratta all'autrice delle fotografie, che adesso beve un bicchiere di latte di mandorla da sola, sul fondo della stanza, e guarda i visitatori sovrappensiero.

"Che mito," sussurra Francesca. La Battaglia è un personaggio assai popolare perfino al di là dei suoi scatti. Negli anni passati la potevi incrociare in giro per la città, zoccoli ai piedi e macchina fotografica al collo, che faceva il diavolo a quattro per ottenere gli accrediti stampa. Si dice che una volta, davanti alla scena di un omicidio, i poliziotti le impedirono di fotografare un cadavere: si mise a gridare a squarciagola finché non arrivò Boris Giuliano a farle strada.

"Vuoi andare anche tu a Roma?" chiede a un tratto Carmela, senza troppi giri di parole. Ci ha provato, a sondare il terreno, ma adesso vuole sapere chiaramente se sua figlia vuole andare via da Palermo per seguire il marito. Se vuole andare via da lei.

"Mamma, te l'ho detto, è presto."

"Sì, ma nel caso..."

"Nel caso valutiamo." Carmela annuisce con gli occhi bassi e lo sguardo triste, come una bambina messa in castigo. Chi starà accanto a Francesca quando Giovanni non ci sarà, se sono lontani? Questa continua assenza di Giovanni è una sciagura, d'accordo, ma le sciagure offrono spesso delle opportunità. Per lei è l'opportunità di stare accanto a sua figlia ogni giorno, come non accadeva da vent'anni. Di guardarla ancora come se fosse la sua piccola "bambina con il pallone".

"La dottoressa Morvillo?" chiede un uomo bassino con un grosso paio di baffi che è appena arrivato alle sue spalle. Francesca si volta.

"Buonasera."

"Una telefonata per lei. L'attendono all'ingresso."

La schiena e il collo le si irrigidiscono. Francesca cerca di non tradire emozioni, ma lo stomaco le si sta rivoltando. Sua madre la segue, un passo dietro, verso l'ingresso del museo, dove una ragazza l'aspetta con la cornetta del telefono in mano.

"È suo marito," le sorride con uno sguardo complice. Il Signore sia lodato. I muscoli le si sciolgono come miele nel latte caldo.

"Giovanni. Ah..." La sua espressione cambia. "Mi... Tesoro, mi dispiace. Mi dispiace. Quando torni?"

Carmela la guarda con aria interrogativa. Si allontanano di qualche metro dal banco della biglietteria.

"Non l'hanno eletto."

56.
TESTIMONE DI NOZZE

Palermo, 1990

"Hai fatto un guaio, Giovanni. E non parlo della candidatura al CSM."

"Lo so."

"Ma hai fatto la cosa giusta. L'unica che potevi fare."

"Appunto."

Ormai vedere Giovanni a Palermo è una rarità. Francesco La Licata ne approfitta, quindi, appena può. Il rapporto fra loro due è delicato: dapprima è stato una sorta di corteggiamento, con Giovanni che si negava a oltranza; poi, un po' alla volta, si è ammorbidito. Ha capito che Ciccio conosce bene la linea del fallo, quella che separa la correttezza dalla slealtà. D'accordo, è pur sempre un giornalista, quindi deve stare attento. E lui, d'altronde, è pur sempre un magistrato, quindi anche La Licata deve essere cauto. La loro è un'amicizia guardinga, ma nessuno dei due ha dubbi sul fatto che sia reale.

"Quella puoi anche metterla via," dice il giornalista indicando la pistola poggiata sul tavolo e pentendosene subito dopo: vuoi vedere mai che in una situazione d'emergenza... Giovanni, però, si alza dal divano e con movimenti sciatti, strascicando le ciabatte sul pavimento, la infila in un cassetto della credenza.

"Ma forse non tutto il male viene per nuocere. Su Mattarella è bene che si faccia un po' di chiarezza."

"Sì. Sempre se di chiarezza si tratta," dice Falcone lasciandosi nuovamente cadere sul divano. Prende il telecomando e accende la TV del salotto. Stasera dormirà qui, nella villa dell'Addaura, ma già domattina ripartirà per Roma. Per l'ennesima audizione al Consiglio superiore della magistratura. Su RAI 3 stanno dando le notizie della sera. Il tavolo ospita gli avanzi della cena.

Falcone era da poco arrivato a Palermo, il 6 gennaio del 1980, quando il presidente della Regione Piersanti Mattarella venne ammazzato a colpi di revolver mentre era in auto con la moglie e con la suocera per andare a messa. Le piste, fin da subito, furono due: mafia ed eversione di estrema destra. Ma fu Buscetta, ancora una volta, a raccontare che l'omicidio di Mattarella, insieme a quelli di Boris Giuliano e Cesare Terranova, fu ordinato dalla Commissione di Cosa nostra.

Il quadro sembrava abbastanza chiaro, fino a pochi mesi fa. Fino a prima che il procuratore di Bologna Libero Mancuso interrogasse l'ex compagno di cella di Angelo Izzo, il "massacratore del Circeo". Il collaboratore si chiama Giuseppe Pellegriti, è catanese, e la sua confessione è stata sconvolgente. Sembra che a ordinare l'assassinio del governatore sia stato proprio l'uomo che, nella foto di Letizia Battaglia all'hotel Zagarella, gli era accanto. L'europarlamentare Salvo Lima, suo compagno di partito.

Pellegriti, detenuto nel carcere di Alessandria, nella sua confessione, durata diverse ore, non si è risparmiato, ribadendone i dettagli più volte: prima al procuratore Mancuso, poi all'alto commissario Domenico Sica. C'è il nome del mandante – che ha commissionato anche gli omicidi di Pio La Torre e del generale dalla Chiesa – e non solo: c'è anche quello di uno degli esecutori materiali. Si chiama Carlo Campanella, è un mafioso di piccolo calibro della cosca di Adrano appartenente alla famiglia Alleruzzo. Ma nell'omicidio sono coinvolti anche i gruppi di estrema destra, la banda della Magliana, il corleonese Pippo Calò. Le accuse di Pellegriti sono in grado di ribaltare gli assetti politici del Paese, o quantomeno di sconvolgerli dalle fondamenta. Le sue parole sono eclatanti. Troppo, per non sottoporle a chi sugli omicidi eccellenti e sulla mafia siciliana indaga da più di un decennio, e cioè a Giovanni Falcone. E Libero Mancuso ha fatto proprio così: ha passato le carte a Giovanni Falcone, centinaia di verbali con i nomi di mafiosi, di componenti dei NAR – i Nuclei armati rivoluzionari –, di gangster della Magliana e, primo su tutti, quello dell'onorevole Salvo Lima.

È un nuovo Buscetta, Giuseppe Pellegriti. Grazie alle sue dichiarazioni sono già stati emessi ottantasei ordini di cattura per la mafia catanese. E allora, se due più due fa quattro...

"Che storia assurda," borbotta il giornalista. "Non ci si capisce più niente. Noi della stampa, almeno. Tu non so..."

"Peggio di voi."

"Perfetto. Si narra che tu abbia dell'ottima grappa alle pere." Giovanni indica il mobile scuro in cui tiene le bottiglie. La Licata si alza e va a prendere la grappa.

"Almeno," dice tornando, "non ti hanno scippato l'indagine. Che è già tanto."

L'Ufficio istruzione di Palermo è finito inondato dai nuovi verbali con le dichiarazioni di Pellegriti, e nonostante Giovanni temesse che pure stavolta l'indagine gli venisse sottratta, il caso era troppo eclatante, e la richiesta di Mancuso troppo diretta perché il nuovo procuratore Giammanco insistesse col gioco delle tre carte.

Quindi c'è andato Falcone, a interrogare Pellegriti. Il quale ha ripetuto parola per parola ciò che aveva già detto. Il killer di Piersanti Mattarella si chiama Carlo Campanella. Giovanni gli ha chiesto se era proprio sicuro di quel nome, su quello e non su un altro. Pellegriti ha detto di sì. Ed è lì che Giovanni ha fatto il "guaio".

Ha scoperto che Pellegriti è un bugiardo. Gli ha detto che Campanella, il giorno dell'omicidio dell'ex governatore, risultava detenuto in carcere. Allora il pentito è tornato sui suoi passi, ha iniziato a balbettare, ha detto che ciò che sapeva gli era stato detto da Angelo Izzo, il suo compagno di cella, che bla bla bla...

Ma nel frattempo Falcone aveva già emesso nei suoi confronti un'incriminazione per calunnia.

"Ti faranno il culo per questa cosa, diranno che..."

"Sì, sì, dicano quello che vogliono. Ormai ci sono abituato. Nemmeno il diavolo si può calunniare. Nemmeno il diavolo. Sarebbe la fine della giustizia. Anzi, il suo suicidio, sarebbe."

"Sono d'accordo con te. Comunque, Giovanni, è di un'altra cosa che volevo parlarti. Forse non ti farà piacere... O forse sì!" ride Francesco.

"Cioè?"

"Me ne vado."

"Da dove?"

"Dal *Giornale di Sicilia*. Mi hanno licenziato."

"Minchia... Mi dispiace."

"A me no. Vado alla *Stampa*, qui non era più possibile andare avanti. Una guerra continua. La conosci la situazione, lo sai."

Giovanni si gratta la testa, manda giù un sorso di grappa.

"Lo so. Siamo noi siciliani i peggiori nemici di questa terra." Guardano scorrere le notizie sullo schermo per qualche minuto. La TV manda la sigla di chiusura del telegiornale.

"Posso parlare di te ai miei colleghi romani, così se vuoi sentire qualcuno..."

"Grazie."

"Ti prometto che non ti sequestreranno dentro il loro ufficio." Ci riflette un attimo, poi aggiunge: "Se farai il bravo. Se scriverai dei blitz prima che li facciamo, non posso garantire."

Giovanni e Francesco sono spaparanzati sul divano. La bottiglia di grappa è piena solo per un terzo, in TV sta iniziando il programma di Michele Santoro, *Samarcanda*. Ospite in studio è il sindaco di Palermo, Leoluca Orlando.

"Oh, oh," fa La Licata. "Il tuo testimone di nozze." Il conduttore e il politico iniziano a parlare della situazione palermitana, della lotta alla mafia, poi la conversazione cade sul tema dell'omicidio Mattarella. Orlando è ripreso in primo piano, un ciuffo di capelli neri gli scende sulla fronte. Il suo volto, che era disteso, s'irrigidisce. Nel salotto di casa Falcone il silenzio è totale. L'unico suono è quello della voce del sindaco, che parla attraverso la TV.

"*Vogliamo capirlo*," ringhia verso il conduttore, "*che esistono milioni di siciliani che vorrebbero finalmente vedere colpito il mandante di Mattarella? Finalmente vedere colpito il mandante di La Torre, finalmente vedere colpito il mandante di Insalaco e di Bonsignore...*"

"*Lo dice come se fosse possibile*," interviene Santoro, "*come se questa verità fosse a portata di mano, invece è una verità...*"

"*Io sono convinto*," lo interrompe Orlando, "*e mi assumo tutta la responsabilità, che dentro i cassetti del Palazzo di giustizia ce n'è abbastanza per fare giustizia su questi delitti.*"

"*Allora perché non la fa?*"

"*Lo chieda ai giudici.*"

"*Lo chiedo ai giudici...*"

"*Lo chieda ai responsabili.*"

Francesco guarda Giovanni, senza parlare. Lui evita lo sguardo. Ha gli occhi a mezz'aria, puntati nel vuoto. Si mette la testa fra le mani. Eccolo, il "guaio" che ha fatto. Non riesce a stare un attimo senza combinarne uno.

"Ma ce l'ha con te?" Giovanni non risponde. "È impazzito?"

Ma Falcone, ancora, non risponde. No, non è impazzito, il suo amico Leoluca Orlando, il suo testimone di nozze. Tutt'altro. È intelligente. Gli elettori vogliono un colpevole. Uno qualsiasi. Ne era saltato fuori uno perfetto: Salvo Lima, che è già colpevole di molte cose. Che differenza avrebbe fatto se fosse stato giudicato colpevole anche dell'omicidio Mattarella? E invece no. È arrivato quello scassaminchia di Falcone a denunciare per calunnia il pentito che lo accusava. E adesso gli elettori sono di nuovo all'asciutto, senza un colpevole. Ma ecco che ne è appena stato trovato uno.

Da oggi, Giovanni Falcone è "uomo di Salvo Lima". Cioè uomo di Andreotti.

57.
DUOMO CONNECTION

Milano, 1990

Le guglie del Duomo svettano altissime, bianche e sprezzanti sopra i tetti dei palazzi scuriti dalla fuliggine. Intorno alla cattedrale, le auto e i passanti formano un'unica, operosa fiumana, e la Madunina, sulla cima della guglia maggiore, sembra quasi un vigile del traffico.

Si sveglia presto, Milano. Si sveglia prima per arrivare prima. E lo è, prima. In tutto.

"Se tu fossi un orso dove ti metteresti a cacciare?" Falcone ha il panorama tutto per sé. È seduto in un bar al secondo piano di un edificio che dà sul Duomo. Alla sua destra, dalla grossa vetrata, si vede l'intera piazza. Ai suoi piedi, due borse imbottite di fascicoli che porta sempre con sé. Sono le sue copie personali delle indagini, e non vuole che, affidandole a qualcuno un po' "sbadato", vadano perse. Ci mettono un attimo certi documenti a sparire.

Di fronte a lui c'è una donna dai lunghi riccioli rossi.

"Ma tu *sei* un orso, la risposta ce l'hai. E comunque... che domanda è?"

"Dai, sul serio. Un orso che caccia salmoni. Sai come fanno? Si mettono lungo il fiume, immobili, e aspettano che i salmoni risalgano la corrente; poi quando li vedono passare... *zac*! Tirano una zampata e se ne mangiano uno."

"Interessante." La donna dai capelli rossi si chiama Ilda Boccassini, è una magistrata napoletana in servizio a Milano. Anche lei è un sostituto procuratore. Lavora con Falcone e con il tenente dei carabinieri Sergio De Caprio alla Duomo Connection, un'indagine partita un paio d'anni fa con una serie di appostamenti davanti al bar Nat & Johnny di via Fratelli Rosselli, a Cesano Boscone. Tra i frequentatori del bar c'è Gaetano La Rosa, detto Taninello, sospettato di aver ammazzato tre carabinieri. Tenendone sotto controllo i movimenti, il tenente De Caprio ha scoperto che intorno a lui gravitano personaggi della mafia e della 'ndrangheta. E ha rivelato un immenso giro di droga che inonda le strade della bella Milano. La Milano che si sveglia prima delle altre, e che ogni tanto, quindi, ha bisogno pure lei – soprattutto lei – di un rimedio sintetico alla frenesia della vita.

L'indagine Duomo Connection li ha condotti lontano, sia nel rapporto d'amicizia che li lega saldamente, sia in termini geografici: il ricordo del viaggio che hanno fatto insieme in Argentina è ancora fresco. Sono partiti da Roma – Falcone accompagnato dal capitano dei carabinieri Giuseppe De Donno, lei dal funzionario di polizia Massimo Mazza – alla volta di Buenos Aires. Per ragioni di sicurezza, a Giovanni e al carabiniere spettava un posto in top class, mentre alla collega avevano assegnato la business. De Donno si è accontentato di prendere il posto della magistrata perché lei potesse sedere accanto a Falcone, discutere di lavoro e godersi un po' di serenità: hanno condiviso un walkman con una cassetta di Gianna Nannini in un'area di prima classe deserta, a parte loro due. Quando Ilda si è svegliata, dopo la nottata trascorsa in volo, ha trovato Giovanni già al lavoro, con gli occhiali sul naso, immerso in un'informativa sull'indagine. A rompere la quiete in alta quota, solo una visita del comandante dell'aereo, che ha tenuto a complimentarsi con Falcone per il suo lavoro, dicendosi onorato di ospitarlo a bordo, e quelle successive degli altri membri dell'equipaggio, ugualmente emozionati per la sua presenza. Nonostante la ritrosia e una velata timidezza nel ricevere i complimenti, a Giovanni non è dispiaciuto ricevere sopra le nuvole il calore e l'affetto che talvolta sente mancare quando sta con i piedi per terra.

Arrivati a destinazione, le giornate sono state frenetiche, fra gli interrogatori e lo scambio d'informazioni con i colleghi locali, ma anche impreziosite da ottimi pranzi a base di carne. Tanto che Ilda ha deciso di trattenersi una giornata in più, quando lui era già ripartito per l'Italia.

"E se tu fossi un orso..."

"Ancora 'sto orso..."

"Sì. Se tu fossi un orso, quale fiume ti sceglieresti per andare a pescare? Un fiume dove ci sono sì e no quattro o cinque salmoni, o uno dove ti nuotano fra le zampe, si spostano in massa a ogni ora del giorno, senza mai fermarsi..." Giovanni lancia un'occhiata verso la piazza.

"Nel senso che i salmoni sono i cristiani?" chiede Ilda.

"No. Nel senso che i salmoni sono i soldi. Per me è chiaro che dove ci sono più soldi c'è più mafia, ma questi la prendono quasi come un'offesa personale. Per loro la mafia sono le pistole che sparano."

"Ogni tanto sparano pure qua."

"Sì, ma non come da noi. Qua vengono considerati degli episodi. Non si pensa a una presenza reale, come a un radicamento vero e persistente della mafia a Milano."

"Dottor Falcone, gradite altro?" Se non dovesse bastare la scorta ad annunciare la sua presenza, il suo volto ormai non ha bisogno di alcuna presentazione. Lo riconoscono a ogni latitudine.

"Un bicchierino di passito, grazie. Lo vuoi un poco di passito?" chiede a Ilda. Lei annuisce. Il cameriere accenna un mezzo inchino e si allontana.

"E poi, riguardasse solo i picciotti e gli uomini d'onore..." In effetti, ai piedi della Madunina sembra aver preso piede quello stesso intreccio fra criminalità organizzata, imprenditoria e politica che i siciliani conoscono bene. Le cosche mafiose da tempo hanno stabilito a Milano un traffico di eroina e cocaina, ma hanno bisogno di ripulire il danaro in aziende legali, così si servono di alcuni imprenditori meneghini molto attivi nel settore dell'edilizia i quali, a loro volta, usano i loro agganci nelle alte sfere della politica locale. È un modello vincente, replicabile dappertutto.

"Tutto il mondo è paese, Giovanni. A me sembra chiaro che più una società si ritiene immune da queste cose, più si ritiene, come dire, offesa da questa possibilità, più è vulnerabile. Senti, per la storia del CSM..."

Falcone scuote la testa: "Non ne voglio parlare."

"Lo so, ma io sì. Te l'avevo detto di non candidarti."

"Va bene, me l'avevi detto."

"Ora che farai?"

"Non lo so. Devo andarmene, questo è chiaro."

"E l'appello del Maxi? Ti preoccupa?"

"Be'," Giovanni si fa una risata. "Cosa non mi preoccupa, ultimamente?"

58.
SECONDO GRADO

Palermo, 1990

La camera di Consiglio si è riunita un mese fa, e a breve dovrebbe emettere la sentenza d'appello per il Maxiprocesso di Palermo. Il verdetto sarà cruciale. Il "teorema Buscetta" – la ricostruzione della Cupola mafiosa, la sua struttura gerarchica, il ruolo dei capi, le alleanze e le faide – può essere finalmente confermato. Ma anche, nella peggiore delle ipotesi, sconfessato. E questo, Falcone lo sa benissimo, non riguarda soltanto gli imputati. Riguarda anche la magistratura antimafia, il modo in cui ha lavorato negli ultimi anni, il suo operato, già messo pesantemente in discussione da Meli e, adesso, da Giammanco. E riguarda lui. Perché è chiaro che se l'impianto del processo di primo grado venisse sconfessato, per lui sarebbe un grave colpo. E se c'è una cosa di cui, in questo momento, non ha alcun bisogno, è un ulteriore attacco frontale sotto gli occhi del Paese intero. Ci stanno pensando la politica, gli ex amici, il CSM, e un discreto numero di colleghi.

Se n'erano rimasti buoni, i picciotti, con le pistole in tasca, tirandole fuori solo in casi sporadici – seppur eclatanti –, perché tra le sbarre delle prigioni in cui erano rinchiusi loro o i loro capi era filtrata una voce, e questa voce diceva: "Non fate casino, perché il castello crollerà. Sarete scarcerati. Tutto si sistemerà." Ora, non proprio tutto è stato sistemato. Ma una buona parte sì.

Ottantasei nuove assoluzioni: questo dice la sentenza pronunciata in aula dal presidente della Corte d'appello Palmegiano. A fronte dei diciannove ergastoli inflitti con la sentenza di primo grado, in secondo grado ne vengono riconosciuti soltanto dodici. Le condanne, inoltre, per chi rimarrà in carcere, vengono ridotte di un terzo. Degli omicidi del generale dalla Chiesa, di Boris Giuliano e Calogero Zucchetto, la Cupola non è responsabile. Certo, l'autorità dell'organo decisionale di Cosa nostra è stata riconosciuta, ma la tesi del collegio giudicante è che non fosse necessaria l'autorizzazione dei capi per uccidere un prefetto, un dirigente della polizia o un investigatore. Sembra che quest'autorità sia valsa, stranamente, solo negli omicidi di mafia, quelli che hanno contrapposto una famiglia all'altra, mentre gli altri siano stati il frutto di decisioni autonome, di singole cellule che potevano andarsene in giro a spargere sventagliate di kalashnikov senza chiedere il permesso dei capi. Sarebbe stato controproducente per i boss corleonesi, d'altronde, compiere delitti di tale portata attirando su di sé l'attenzione degli sbirri. Questo dice la sentenza. Dice che ad ammazzare dalla Chiesa, Giuliano e Zucchetto – come pure il boss Alfio Ferlito, i tre carabinieri della sua scorta, Salvatore Raiti, Silvano Franzolin e Luigi Di Barca, e l'autista Giuseppe Di Lavore – siano stati i mafiosi della cosca "perdente" per ragioni che hanno a che fare, probabilmente, con la droga, oppure per conquistare ulteriore terreno.

Nino Caponnetto è a casa sua, seduto su una soffice poltrona verde con una coperta di lana sulle gambe. È il 12 di dicembre, fra poco arriverà il Natale e potrà stare con la sua famiglia. Dovrebbe essere tranquillo. È quello che ha desiderato ogni maledetto giorno che ha passato a Palermo, con i proiettili che fischiavano agli angoli delle strade, i cadaveri stesi per terra e quelli spariti con la lupara bianca. Dovrebbe essere tranquillo, eppure non lo è. Non lo è mai stato, da quando è ritornato a Firenze. Ha assistito impotente, da spettatore, alla demolizione del castello che aveva costruito con Falcone, Borsellino, Di Lello, Guarnotta, Ayala, Signorino. E si è mangiato le mani. Solo questo poteva fare.

"Giovanni, che dobbiamo fare, Giovanni?"

"Niente, Nino. Quello che potevamo fare l'abbiamo fatto. Comunque non mi sembra un disastro, poteva andare peggio. L'impianto complessivo dell'istruttoria ha tenuto: non stiamo parlando di quello che è successo a Catanzaro vent'anni fa, la raffica di assoluzioni per i centoquattordici di Terranova. Ci sono comunque dodici ergastoli. Certo, ci sono delle stranezze..." Hanno entrambi la voce stanca, assonnata. Giovanni sta parlando dal letto sfatto della sua camera d'albergo. "Hai letto cos'ha detto ai giornali?"

"No, sono in campagna, qui non mi arriva tutto. Ringraziando Iddio."

"Ha detto," Giovanni raccoglie dal comodino una copia di *Repubblica*, *"Il giudice non può partecipare alla lotta, non può mai giudicare solo perché la folla chiede un certo tipo di sentenza. L'imparzialità per il giudice c'è o non c'è, se il giudice lotta, se sta da una parte o dall'altra, allora non è più giudice... come diceva Cicerone, sono servo della legge..."*

"Servo della legge? Dell'ignoranza, casomai. Totale impreparazione, Giovanni. Questo è il sintomo di una totale impreparazione culturale ad affrontare il fenomeno della mafia."

"Quello che mi chiedo è: com'è possibile che a Riina hanno dato l'ergastolo e a Provenzano dieci anni? Perché Michele Greco ha avuto l'ergastolo e Salvatore Greco, il Senatore, si è beccato solo sei anni? Perché l'ergastolo a Riina e non a Lucchese? Insomma, più che il fastidio è l'indecifrabilità di alcune scelte."

"È anche il fastidio, Giovanni. È anche il fastidio. Mio e tuo. Abbiamo tutte le ragioni. Anche il professor Paolo Giaccone è stato ammazzato senza che la Cupola ne sapesse niente, secondo questa sentenza. Giuseppe Di Cristina, Ignazio Gnoffo, Pietro Romano, Alfio Ferlito: praticamente i boss stavano là – per cosa? – per il prestigio dell'incarico? Per la gloria? Per cosa, se di fatto non sapevano niente?"

"Bah. Che ti devo dire... C'è ancora la Cassazione."

D'accordo, c'è ancora la Cassazione. Che è il futuro. Ma nel futuro Falcone sta imparando a riporre poche speranze. Che sono tenaci, sì, ma sempre meno. Ed è un problema, questo. Perché un uomo deve poter vivere almeno in una delle tre dimensioni temporali. Nel presente, che però è una guerra persa. Nel futuro, appunto, dove però trova soltanto muri e porte sbarrate. Nel passato, che però sta franando insieme a tutto il resto. Il punto, adesso, è proprio questo: in quale cassetto riporre le speranze? Ne esiste ancora uno che non sia stato occupato, distrutto, o svenduto all'asta?

59.
MA QUALE MAFIA

Palermo-Roma, 1991

"Io l'ho gridato per tutta una vita! In che cosa avrei mafiato? Ditemi in che cosa avrei mafiato."

Michele Greco è felice come una pasqua, dentro il suo agrumeto illuminato dal sole. Solca le zolle di terra con la levità pesante che solo i contadini conoscono. Di fronte a lui c'è il giornalista Lino Jannuzzi, mandato lì dal conduttore Giuliano Ferrara per conto di una rete di proprietà dell'imprenditore Silvio Berlusconi.

"Nei suoi confronti ci sono diverse accuse di mafia," fa il giornalista.

"Mafia, ma quale mafia? Io di mafia non ne capisco un bel niente. Nella mia vita ho fatto sempre e soltanto l'agricoltore," si volta e spalanca le braccia mostrando il suo podere: il fondo Favarella. Lo stesso dove si riunivano i boss delle nove province siciliane per una mangiata e una "parlata". Lo stesso dove, secondo le rivelazioni di Contorno, si raffinava l'eroina. "Questo," dice lanciando lo sguardo oltre i tronchi bassi e robusti, oltre i solchi arati, fino al recinto con le bestie. Sembrano le riprese della trasmissione *Linea verde*, ma non è così. È un'intervista al Papa Michele Greco, che fino a poche ore fa era nella cella 38 del settimo braccio dell'Ucciardone.

"E i pentiti che la accusano? Durante il processo ci sono state diverse dichiarazioni di collaboratori che la indicavano come il capo della Cupola."

"Eeeh, la Cupola? Io di cupole conosco solo quelle delle chiese. I pentiti... Quelli sono gli amici del diavolo. Se si prendono i criminali e gli garantiscono l'impunità, quelli sono capaci di dire qualsiasi cosa!"

In via Arenula, a Roma, c'è gran fermento. Al ministero di Grazia e giustizia è tutto un passare di carte. Sul tavolo di legno laccato che occupa la sala riunioni, i fogli passano di mano in mano senza posa, partono da un uomo seduto all'estremità destra, fanno il giro del tavolo e poi tornano a lui. Ognuno nella sala scribacchia qualcosa, forse la propria firma, sulle carte che arrivano da un lato e riprendono a camminare dall'altro. Ci sono Liliana Ferraro, Loris D'Ambrosio, Giannicola Sinisi, Giuseppe Di Federico. Un pugno di magistrati, politici, docenti universitari, tecnici dell'ufficio legislativo, tutti radunati per un unico scopo.

"Ci siamo?" chiede il vicepremier Claudio Martelli, delfino di Bettino Craxi, che è anche ministro di Grazia e giustizia *ad interim*. È lui a presiedere la riunione insieme al collega Vincenzo Scotti, ministro dell'Interno.

"Un attimo," dice uno di loro. Si fa ridare i fogli che ha appena passato al collega, ci mette un altro paio di segni e li restituisce. "Ok."

"Siamo pronti?"

"Pronti," dicono due o tre di loro all'unisono.

"D'accordo." Martelli firma le carte a una a una, poi le mette in una cartellina. C'è un uomo sulla soglia, è lì che aspetta da un po'. Martelli si alza, va alla porta e gliela consegna.

"Cosa ne pensa del giudice Corrado Carnevale?" chiede il giornalista a don Michele. Regge il microfono davanti alla bocca del "Papa". Vuole che neanche una delle sue parole vada persa. Sa già che questa intervista è oro. L'operatore li segue passo passo con la grossa telecamera a spalla.

"E che vi devo dire? Che penso di Carnevale? Siamo in quaresima, non fatemi parlare di carnevale," ride di gusto. Ha un volto amichevole. Come si fa a non volergli bene, a questo signore con un mandarino tardivo nella mano, questo vecchietto che chiede solo di poter passeggiare libero nel proprio agrumeto? Di farsi da solo un po' di vino. Qualche forma di pecorino. Niente di più.

"Lei però era in carcere per reati di mafia."

"La mafia? Uuuh, ancora con 'sta mafia? Io da quando sono nato ho sempre odiato il male, sono un cristiano. E tutto ciò che è contrario a questa morale religiosa per me è qualcosa di negativo. Poi se mi sapete dire in che cosa ho mafiato..."

È libero, Michele Greco. Libero come una farfalla. Una di quelle che si poggiano di tanto in tanto sopra le sue arance, che ora pendono belle mature dagli alberi della tenuta. Libero come i boss Giuseppe Madonia, Tommaso Spadaro e Pippo Calò. Libero come Salvatore Rotolo, detto Anatredda, che ha ammazzato Paolo Giaccone, il medico legale che si era rifiutato di coprire i mafiosi, a colpi di Beretta, e altre quattro persone con le proprie mani nella camera della morte di Filippo Marchese. Libero come Pietro Senapa che invece, oltre a scioglierle nell'acido, le sue vittime le gettava in mare con un blocco di cemento ai piedi. Libero come Pietro Alfano 'u Zappuni, così chiamato per i denti davanti a forma di zappa. Come Stefano Fidanzati, figlio di Gaetano, il padrino dei quartieri dell'Arenella e dell'Acquasanta. Come Giovan Battista Pullarà di Santa Maria del Gesù, Mariano Agate di Mazara del Vallo, Vincenzo Buffa, e poi altra gente dei Prestifilippo, dei Ciaculli, dei Marchese. Quarantatré uomini di Cosa nostra incarcerati con la prima sentenza del Maxiprocesso. Adesso tutti liberi.

"Scrivilo, che il giudice Carnevale è buono e giusto come papa Giovanni!" grida una donna ad Attilio Bolzoni che sta insieme ad altri colleghi giornalisti, tutti assiepati davanti al carcere dell'Ucciardone. "Scrivilo!"

Sembra una festa di paese, in via Enrico Albanese numero 3. Tutti inneggiano al giudice Carnevale: una star del firmamento giudiziario, paladino delle borgate palermitane e non soltanto. Ciò che la sentenza della Corte d'appello non è riuscita a fare, l'ha fatto lui. Non è stato il pronunciamento di secondo grado a rimettere in libertà tutti i galantuomini che adesso sciamano via dal carcere, chi con l'auto di qualche parente, chi sulla propria fuoriserie. Fosse stato per la sentenza, i devoti di "papa Carnevale" sarebbero ancora in carcere. È per un altro motivo che possono ritornare a casa loro, dalla loro gente.

Dopo la sentenza, gli avvocati difensori hanno cercato altre strade per tirare fuori di prigione i propri assistiti. E cioè: i termini della custodia cautelare. In buona sostanza, i legali hanno sostenuto che il periodo di carcerazione preventiva fosse scaduto poiché l'accusa non aveva provveduto, a suo tempo, a chiederne la sospensione durante i giorni del dibattimento. Che sono stati tanti. Tantissimi. La Corte d'appello aveva respinto il ricorso, così gli avvocati si sono rivolti alla prima sezione penale della Cassazione. E lì hanno incontrato il giudice Corrado Carnevale, che nell'ambiente è soprannominato l'Ammazzasentenze.

Ha annullato per ben tre volte la condanna all'ergastolo per il pregiudicato della Kalsa Santo Barranca, ritenuto l'assassino del maresciallo dei carabinieri Vito Ievolella.

Ha annullato gli ergastoli a Giuseppe Madonia, Vincenzo Puccio e Armando Bonanno, catturati mentre vagavano in aperta campagna, senza un alibi, subito dopo l'omicidio del capitano Emanuele Basile a poca distanza dal luogo dell'agguato. I tre si erano giustificati dicendo che erano in compagnia di alcune donne. Alla domanda su chi fossero, avevano detto di non poterlo rivelare perché si trattava di donne sposate.

Ha invalidato l'ordine di cattura per il boss camorrista Giuseppe Misso, imputato per la strage del rapido 904 Napoli-Milano.

Ha annullato gli ordini di cattura emessi contro il boss della 'ndrangheta Giuseppe Lo Giudice e tre dei suoi figli, accusati di associazione mafiosa.

È lunghissimo l'elenco di sentenze e di ordini di cattura "ammazzati" dal giudice Carnevale, che secondo i legali difensori – e perfino per qualche intellettuale, indifferentemente di destra o di sinistra – è un paladino del garantismo e un fine conoscitore del codice di procedura penale. Sicuramente, per le famiglie radunate adesso davanti all'Ucciardone è un santo.

"È in corso un coordinamento, non è stato approvato niente," dice il sottosegretario di Stato Nino Cristofori ai giornalisti che si affollano davanti a Palazzo Chigi.

"Ma come, onorevole? Si aspettava un decreto."

"Ripeto, c'è un coordinamento in corso. Non so a quale decreto vi stiate riferendo, non è stato approvato niente." Poi si imbuca nell'edificio lasciando i cronisti all'asciutto. Percorre di fretta un corridoio, poi un altro. Il rumore dei suoi tacchi rimbomba dagli alti soffitti. Apre una grossa porta, entra e se la richiude rapidamente alle spalle.

Alcuni uomini in giacca e cravatta, seduti intorno a un tavolo, si voltano subito verso di lui. "Allora?" gli chiedono.

"Qua fuori ci sono i giornali," sospira. "Bisogna fare presto." Ha il fiatone. "L'avete mandato?"

"È già partito. Appena Martelli ce l'ha sottoposto, l'abbiamo firmato e spedito."

"Come?"

"Con un fattorino."

"Un fatt..."

"Era il sistema più veloce."

"Don Michele, don Michele!" grida un uomo bassino, con un cappello sulla testa, dal fondo della tenuta. Ma il Papa non lo sente.

È troppo impegnato con il giornalista. Sta passeggiando nell'agrumeto con il mandarino in mano, come se fosse un piccolo teschio di Yorick, e risponde alle domande di Jannuzzi. Più o meno.

"Signor Greco, perché la chiamano 'il Papa'?"

"Ah, così mi chiamano? Io non posso paragonarmi ai papi, neanche a quello attuale, per intelligenza, cultura, dottrina. Ma per la mia coscienza serena, per la profondità della mia fede, diciamo, posso anche sentirmi pari, se non superiore a loro."

"L'hanno accusata di traffico di stupefacenti."

"La droga mi fa schifo solo a parlarne. I miei soldi sono puliti. Le mie terre sono frutto del mio lavoro e dell'eredità dei miei genitori."

"Don Michele!" L'uomo col cappello si è avvicinato.

"Ma che minch..." si volta don Michele.

"Una chiamata, vi stanno aspettando al telefono," dice quello col fiatone.

"E ho capito, ma non mi potevi aspettare che sto facendo l'intervista, ah?"

"No, don Michele, non potevo."

"Se dovete..." fa il giornalista.

"Devono aspettare!" tuona il Papa. "Devo finire l'intervista e poi..."

"È la polizia, è urgente."

Nel corridoio della questura c'è un summit mafioso. Anatredda, Zappuni e tutti gli altri si scambiano occhiate perplesse, mormorano qualcosa, qualcuno impreca.

"Commissario, commissario!" grida uno dei Marchese che è uscito, come tutti gli altri, con l'ultimo provvedimento del giudice "ammazzasentenze".

"Non sono commissario. Ditemi."

"Allora, ci volete dare qualche notizia? Noi stiamo aspettando. Stavamo mangiando a casa nostra. Adesso liberi, siamo. Non è che possiamo continuare con 'sta storia."

"Non vi dovete preoccupare," assicura l'agente, "è cosa di pochi minuti. Un controllo di routine."

"I ruttin'?" grida uno di loro che si alza bruscamente dalla panchina del corridoio. "I ruttin' li fa mio figlio, commissario, che mi sta aspettando a casa!"

"Calma. Due minuti e state a casa."

"Oh, oh! Pure a don Michele chiamarono," sussurra Anatredda. E infatti è proprio Michele Greco quello che lentamente percorre la strada fino a raggiungere il gruppetto.

"Rispetti, don Michele," si alzano uno alla volta e si mettono in coda per baciargli la mano, come in processione. "Ma voi sapete perché stiamo qua?"

"Qualche firma, sarà. Qualche scassamento di minchia."

"Tutto bene in che senso?" chiede il ministro Martelli col telefono incollato all'orecchio. "D'accordo, ma la prima copia è uscita? Ho capito che il fattorino è arrivato, che hanno firmato e tutto, ma se non è ancora uscita la prima copia non è ancora 'tutto bene'. D'accordo, d'accordo, aggiornatemi. Tempestivi, mi raccomando." Riaggancia la cornetta e fissa i colleghi. Ha gli occhi spiritati.

È stata una maratona. Una corsa contro il tempo. Il ministero, insieme ai tecnici dell'ufficio legislativo, ha scritto un decreto in materia di giustizia penale che contiene una nuova norma: la scadenza della carcerazione preventiva si interrompe durante i giorni del processo a prescindere dal fatto che la pubblica accusa l'abbia richiesta o meno. In questo modo, per i galantuomini appena scarcerati si riapriranno le patrie galere.

Hanno fatto un gran lavoro, i tecnici del ministero: quelli di lungo corso, e quelli appena assunti. Anche l'ultimo in ordine di arrivo ha dato il proprio aiuto nel concepirlo. Si dice addirittura che sia stato lui a suggerirne la scrittura. Arriva da Palermo e si chiama Giovanni Falcone.

“Va tutto bene,” dice l’agente ad Anatredda e compagni. Anche il boss di Ciaculli ormai è stufo. Si è seduto sulla panchina e sbuffa come un mulo.

“È andata,” dice qualcuno dall’interno dell’ufficio. L’agente dà un’occhiata alla porta sul fondo del corridoio. Vede un collega che la sta sbarrando e un’altra mezza dozzina che ci si stanno piazzando davanti.

La prima copia della *Gazzetta ufficiale* con il decreto approvato dal Consiglio dei ministri è uscita dalla tipografia. Adesso il decreto è legge. Le scarcerazioni sono annullate. Si ritorna tutti all’Ucciardone.

“Signori,” dice l’agente, “potete mettervi a sedere. Ci vorrà ancora un po’ di tempo.”

60.
ESERCIZI DI NORMALITÀ

Roma, 1991

Non si capisce bene dove vadano quei due, carichi di secchi, stracci e scope. Uno di loro, l'uomo, tiene sotto il braccio un'asse da stiro che sporge come una vela. L'altra si trascina goffamente sul pavé che ogni tanto rischia di farli inciampare. Forse qualcuno in via Santo Stefano del Cacco, non lontano dal Pantheon, ha assunto una ditta di pulizie. O forse sono soltanto due vecchi colleghi magistrati, uno palermitano, l'altra salernitana, che lavoravano spalla a spalla negli uffici siciliani e che adesso si ritrovano di nuovo insieme, ma a Roma.

"Speravo che il ministro avesse in mente qualcosa di meglio per me, quando mi ha chiamato," ansima Giovanni.

"Forza, che siamo quasi arrivati." Dal braccio destro di Liliana Ferraro penzola una grande busta piena di detersivi. "Anzi, questi potresti anche prenderli tu, se vogliamo proprio essere..."

"Ma ho l'asse da stiro!" Camminano per un'altra cinquantina di metri, poi si fermano davanti a un portone di legno.

"Ecco," fa Liliana. Sono davanti al piccolo palazzo dove si trova l'alloggio che il ministero ha assegnato a Falcone. C'è tutto, nell'appartamento. È completamente ammobiliato. Manca soltanto l'essenziale.

Entrano in casa, lasciano cadere le buste sul pavimento, si guardano intorno. Il loro compito è finito, per il momento. Giovanni ha assunto la stessa donna di servizio che aiuta Liliana a casa. È anche venuta un paio di volte. L'ultima ha visto la pistola poggiata sul tavolo e si è spaventata. C'è da augurarsi che torni, altrimenti sarebbe un bel guaio.

Giovanni va alla dispensa, prende il caffè e prepara la moka. Fra poco dovranno ritornare in ufficio.

È stanco e felice. Questo è il pensiero che lo attraversa mentre è seduto con Liliana al tavolo della sua nuova casa. A Roma la sua sicurezza personale è meno a rischio rispetto a Palermo, così può concedersi qualche ritaglio di normalità. Come passeggiare per strada senza la scorta, con un asse da stiro sotto il braccio. Il secondo pensiero che lo coglie mentre sorseggia il caffè è che stranamente, pur trovandosi in una città che conosce poco, che parla con una cadenza assai diversa dalla sua e ha abitudini diverse, ritmi diversi, strade diverse, qui si sente "a casa" più di quanto non gli capitasse negli ultimi tempi a Palermo. Lì, piuttosto, ogni giorno aveva l'impressione di essere stato messo fuori di casa, con le valigie già belle e impacchettate davanti alla porta e un invito a sloggiare in tempi rapidi. Casa, in fondo, è dove uno si sente accolto.

"Buona giornata, dottore."

"Siamo nati per soffrire," sorride Falcone scendendo dall'auto. L'agente di scorta che gli ha aperto lo sportello resta perplesso.

"È solo un periodo," prova ad abbozzare. Il dottore Falcone non è uomo da eccessive confidenze. Magari oggi è in vena di chiacchiere.

"Intendevo la vostra sofferenza, non la mia," dice raccogliendo la borsa poggiata sul sedile. Ride, gli dà una pacca sulla spalla. "Una cambiale sono. Lo so."

"Non scherzi neanche," fa il poliziotto. È imbarazzato, agitato, o entrambe le cose. Trattenersi in piedi di fianco all'auto è irrituale. Certamente è un'infrazione al protocollo. L'agente gli indica l'entrata del palazzo per suggerirgli con gentilezza di togliersi dalla strada, che lì è un bersaglio ambulante.

"E chi scherza," dice Giovanni incamminandosi verso l'ingresso. "Chi scherza," sussurra fra sé. Saluta con un cenno i poliziotti ed entra nell'edificio.

L'ufficio di Falcone, al quarto piano di via Arenula, a pochi minuti di cammino da casa, non è come tutti gli altri. Il suo ha le porte blindate. Gli agenti lo sorvegliano durante tutta la sua permanenza.

Spesso nella pausa pranzo va a mangiare a casa di Liliana, poco distante dal ministero. Perfino quando lei non c'è. Ormai il portinaio lo conosce così bene che quando lo vede gli dà le chiavi dell'appartamento. Se non ha niente da mangiare, la moglie del custode gli prepara qualcosa che Giovanni poi consuma in casa della collega.

È strano lavorare in un ufficio del governo. Sedersi su una poltrona di un governo presieduto da Giulio Andreotti, reclutato alla direzione degli Affari penali dal pupillo socialista di Bettino Craxi. Ci riflette ogni volta che attraversa il portone d'ingresso, le guardie lo salutano, entra in ufficio e si accomoda dietro la scrivania. Non si può dire che abbia accettato a cuor leggero, ma ha i suoi piani. Non sta certo scappando. Sa che qualcuno lo penserà, sa che qualcuno glielo rinfaccerà, che lo accuseranno di aver lasciato la trincea per mettere il sedere al caldo. Per farsi coccolare dai potenti. Però non è così. Non si tratta di disertare la trincea, ma di sceglierne un'altra ora che la prima non è più praticabile. Soprattutto, si tratta di scegliere nuove armi da imbracciare. Se proprio uno deve fare la guerra, allora è meglio farla con i cannoni piuttosto che con le fionde.

E infatti sta preparando qualcosa di gigantesco. Sta caricando la sua arma migliore, qualcosa che idealmente potrebbe vanificare gli ostruzionismi delle procure locali, i clientelismi, le connivenze, la pigrizia di molti. La sua nuova arma si chiama DNA: Direzione nazionale antimafia. Ne ha discusso col ministro Martelli, che ne è entusiasta. Il decreto legislativo che ne ufficializza la nascita è già pronto. Coordinerà le indagini sulla mafia a livello nazionale. Nella sede centrale, a Roma, ci sarà un superprocuratore affiancato da venti sostituti. Ci saranno ventisei procure distrettuali con il compito esclusivo di lavorare sulla criminalità organizzata. La Superprocura farà anche da collegamento col governo centrale, definirà le strategie investigative a livello generale, eviterà che le indagini vengano smembrate in tanti filoni inutili e inconcludenti. Ma non è tutto. Qualora le procure distrettuali dovessero mostrarsi incompetenti o inerti, la Superprocura potrà avocare a sé le indagini e condurle autonomamente. Una sorta di commissariamento delle procure indolenti, impreparate o "sbadate".

Falcone ha davanti a sé le carte sulla nuova DNA quando la segretaria bussa alla sua porta.

"Il dottore Borsellino è arrivato, gli dico di aspettare o..."

"No, no, lo faccia entrare subito." Si sfila gli occhiali, si alza dalla poltrona e sorride prima ancora di sentire nel corridoio i passi dell'amico che si avvicinano.

Ecco che cosa può farlo sentire ancora un po' più a casa: Paolo, che è venuto da Marsala apposta per vederlo. Sarebbe perfetto, se solo ci fosse anche Francesca. Ma Francesca non c'è.

"Ti mancano gli spaghetti coi ricci? Mi hanno detto che ti sei messo a dieta."

"Sì, ma solo quando mangio a casa mia."

"Cioè mai."

"Questo lo stai dicendo tu."

"Non lo sto dicendo solo io," lancia un'occhiata divertita alla pancia di Falcone, che in effetti è più sporgente rispetto al solito. Lo sport si è ridotto praticamente a zero. Con le misure di sicurezza a cui è sottoposto, ormai è diventato impossibile andare a nuotare in una piscina pubblica o allenarsi in una palestra. Si rende conto che la sua presenza nei luoghi troppo frequentati, quand'è accompagnato dagli agenti, è poco gradita. Non fa piacere a nessuno trovarsi fra i piedi un gruppo di uomini armati che scrutano chiunque e stanno attenti a ogni movimento. L'aria diventa pesante. Comincia a puzzare di pericolo, si contamina di presagi nefasti.

"Che devo fare? Liliana conosce certi ristoranti..." Paolo lo vede più rilassato rispetto ai giorni dell'Addaura. Si erano visti qualche volta, subito dopo l'attentato, e Giovanni aveva uno sguardo preoccupante. Paolo temeva che fosse sul punto di crollare. Adesso invece sembra che stia ritrovando una pace antica, l'entusiasmo genuino che gli era scivolato via di dosso. Ben venga, quindi, qualche chilo in più.

Sono seduti sui divanetti al centro dell'ufficio quando Borsellino glielo dice. Certo, Falcone se lo immaginava, ma sentirlo gli dispiace lo stesso.

"Io non sono d'accordo."

"Lo so, ma è perché non hai chiara la situazione."

"Ce l'ho chiarissima, invece."

"Tu pensi che..."

"Io penso che hai deciso di lavorare per Martelli, lo stesso che fino a poco tempo fa era 'contro i maxiprocessi'. Lo stesso che non perdeva un'occasione per attaccarci. Penso che ti sei messo a lavorare per Andreotti. E penso che su Andreotti, invece, il quadro ce l'abbiamo abbastanza chiaro tutti e due."

"Quindi secondo te sarei passato dalla parte del nemico?"

Borsellino ci riflette un attimo. Scuote la testa. "No, questo no, tu non potresti mai. È che... Non lo so, Giovanni. Non lo so. Dimmelo tu, perché a questo punto non ci capisco più niente."

"Allora," Giovanni si sporge verso Paolo, poggia i gomiti sulle ginocchia, abbassa la voce. "Esistevano certe *vicinanze*. Lo sappiamo benissimo. Sono provate. Sono pure fotografate."

"Perché dici che *esistevano*? Cosa è cambiato secondo te?"

"Che quegli uomini sono acqua passata. I Bontate, gli Inzerillo... sono un capitolo chiuso. E quelli che ci sono adesso, con loro non è la stessa cosa. *Lui* vuole liberarsene davvero. Vuole combatterli davvero. Per questioni di opportunità, è chiaro. O perché vuole togliersi qualche scheletro dall'armadio, o perché nell'armadio ce ne sono già troppi e non vuole aggiungerne altri. Non lo so. Posso solo fare delle supposizioni. Ma per me è evidente che questa volontà di combatterli oggi c'è. È reale. Sia da parte sua che da parte di Martelli. E io non posso non cogliere quest'occasione. Finita la guerra, ognuno a casa sua, ma per ora... ora che hanno preso i carri armati, me li hanno dati e mi hanno detto: 'Usali,' io non posso dire di no. Anche perché l'alternativa lo sai benissimo qual è. Sai bene cosa vuol dire vedersi assegnare i fascicoli sui furti di elettricità al quartiere Zen. Lo sai perfettamente."

"Ma tu credi sul serio ti lascerebbero mano libera?"

"Devono, Paolo. Devono. Guarda qua." Prende un plico di fogli tenuti insieme da una graffetta.

"Questi sono i compiti del procuratore nazionale antimafia," si inumidisce il polpastrello e scorre le pagine che ha in mano: "*Individua i temi di investigazione e orienta i piani di indagine sul territorio nazionale... Impartisce ai procuratori distrettuali specifiche direttive volte ad assicurare il miglior impiego dei magistrati delle direzioni distrettuali antimafia e delle forze di polizia... Impartisce ai procuratori distrettuali specifiche direttive alle quali attenersi per prevenire o risolvere contrasti riguardanti le modalità secondo le quali realizzare il coordinamento nell'attività di indagine...* Ma non solo, senti qua: *Riunisce i procuratori distrettuali interessati al fine di risolvere i contrasti che, malgrado le direttive specifiche impartite, sono insorti e hanno impedito di promuovere o di rendere effettivo il coordinamento... Dispone l'avocazione delle indagini preliminari relative a taluno dei delitti indicati nell'articolo 51, comma 3-bis in caso di: perdurante e ingiustificata inerzia nella attività di indagine, ingiustificata violazione dei doveri previsti dall'articolo 371 ai fini del coordinamento delle indagini...*"

"Sì, sì," gesticola Borsellino spazzando via la nuvola di fumo che si è alzata dalla sua sigaretta. "È tutto bellissimo."

"... ma?"

"Ma io non sono d'accordo. Mi dispiace. Non sono d'accordo."

61.
CENERENTOLA

Roma, 1991

"Secondo me non è un attentato, ma un avvertimento. Se avessero voluto colpirti, lo avrebbero fatto. Vogliono farti capire che un attentato possono fartelo quando vogliono."

"Grazie, Giovanni. Sei di grande consolazione."

"Prego. Io la verità devo dirti. D'altronde, non è che possiamo rimettere in galera un esercito di mafiosi appena scarcerati e aspettarci che ci mandino i cesti di Natale." Claudio Martelli aggrotta la fronte. Quello che dice Falcone ha senso.

Il ministro contempla i fori di proiettile nel muro del suo garage. Li fissa come se potessero rivelargli la trama di qualche disegno oscuro o dargli qualche dritta sulle prossime mosse dei picciotti e dei loro capi.

Nella tarda serata di ieri, mentre Martelli si trovava sulla terrazza della sua casa sull'Appia, insieme ad alcuni collaboratori, dabbasso si è udita una serie di spari. Appena gli agenti della scorta l'hanno permesso, tutti sono scesi giù a vedere cosa fosse accaduto. Alcuni uomini avevano esploso dei colpi di pistola dandosi immediatamente alla fuga. Gli agenti gli sono corsi dietro, sono riusciti a prenderli. Li hanno disarmati. Hanno subito controllato i loro documenti e la loro fedina penale. Erano due fratelli di Alcamo, nel trapanese, entrambi pregiudicati per mafia. Uno di loro, il più grande, anche per omicidio.

"Eravamo scesi a caccia," hanno detto per giustificarsi.

"Sotto la villa del ministro di Grazia e giustizia?"
"Eh. Uno stormo di uccelli vedemmo."
"Di notte. Alla faccia della vista." Stando ai proiettili confitti nel muro, lo "stormo d'uccelli" evidentemente volava ad altezza d'uomo. Sembra che i due fossero ospiti, poco distante da lì, nella villa La Cornacchiola dell'avvocato Ganci di Palermo. E sembra che l'avvocato – candidato alle ultime elezioni regionali in quota PSI, lo stesso partito del ministro, ma non eletto – li avesse assunti come sorveglianti della tenuta.
"Dobbiamo preoccuparci?" chiede il ministro.
Falcone ci riflette un po'. "Non ancora," risponde. Anche se non vuole ammetterlo, il suo è più un auspicio che una valutazione vera e propria. L'idea che un'ombra scura lo abbia seguito da Palermo, attraversando lo Stretto e salendo su, verso Roma, per stagliarsi sopra di lui allungandosi fino alle persone con cui lavora; ecco, quella è un'idea che vuole scacciare. Sta bene, qui a Roma. Ieri è stato con il collega Giannicola Sinisi da Giovanni Ar galletto, a Campo de' Fiori: una carbonara che usciva fuori dal piatto, una bottiglia di vino rosso. La normalità inizia ad apparirgli non più come una spericolatezza, ma una possibilità concreta dietro la porta. Può sentirne l'odore. È riuscito perfino a godersi un paio di concerti di musica classica all'Accademia di Santa Cecilia. Qualche sera fa, a casa di un collega ha conosciuto Renzo Arbore e un amico di lui, il cantante napoletano Vittorio Marsiglia, che gli ha dedicato un pezzo voce e chitarra. Poco importa se poi a mezzanotte è dovuto andar via come Cenerentola, con una Fiat 127 azzurrina tutta scassata a fargli da carrozza, perché alle cinque del mattino avrebbe ripreso a lavorare. Di fronte allo sguardo perplesso di Sinisi, che pure stavolta era con lui, ha detto: "È il mezzo più sicuro del mondo. Chi si aspetterebbe mai di vedermi su questo trabiccolo? Mi cercano nelle auto blindate, a me!"
Vorrebbe che continuasse, questa normalità. Che diventasse *normale.*

L'ufficio del giudice Carnevale, presidente della prima sezione penale, è al primo piano del palazzo della Cassazione. Anche lui, come il ministro Martelli, dalle finestre guarda il Tevere che scorre.

"Falcone è un cretino," dice al telefono con lo sguardo di là dal vetro, sul fiume, che oggi porta con sé una strana schiuma. Ha incrociato i polpacci sull'angolo della scrivania, il giudice "ammazzasentenze"; i piedi, con le scarpe nere lucidissime, penzolano quieti oltre lo spigolo. Dal tono e dalla posa si capisce che è una telefonata personale.

"Livello di professionalità prossimo allo zero. Sia lui che Borsellino. Sì, sì..." si passa una mano fra i capelli scuri. "Se il CSM desse un'occhiata alle istruttorie che hanno fatto i due Dioscuri... Come, chi? Falcone e Borsellino. Ma no, guarda, non dico questo, è normale avere delle ambizioni. È umano. Poi però ci sono i magistrati che portano avanti le battaglie anche per ottenere vantaggi in termini di carriera, no? Ecco, Falcone è uno di loro. Ma guarda... io posso anche avere rispetto di lui sul piano umano, però sul piano professionale è veramente di un livello molto modesto. Sì, un cretino, te lo ripeto. Di fronte a certe sue affermazioni è il minimo che si possa dire. E poi, vogliamo parlare del fatto che passa da uno sponsor all'altro? Dal PCI ad Andreotti, da Andreotti a Martelli..."

La segretaria apre cautamente la porta dell'ufficio, sporgendo un po' la testa.

"Dottore," sussurra, "c'è il professor..." ma Carnevale le fa cenno di uscire e di chiudere la porta. È una conversazione che va avanti da una ventina di minuti almeno, e pare destinata a durare ancora parecchio.

Si discute molto di Carnevale, da qualche settimana. Dalla scarcerazione dei quarantatré mafiosi poi rimessi in cella grazie all'intervento *in extremis* del Consiglio dei ministri. Se ne discute anche perché pare che sarà lui a presiedere il collegio giudicante per la sentenza di Cassazione del Maxiprocesso di Palermo.

"Quando il suo sponsor era Andreotti, il processo a Salvo Lima non si poteva fare. La verità, sai qual è? Che Falcone si è messo a fare campagna antimafia per motivi di rivalsa. Si è trasferito da Trapani a Palermo per una vicenda personale non del tutto chiara. Voleva riscattarsi, diciamo. Poi si è messo al seguito di Chinnici, e tutti e due hanno fatto l'occhiolino alla sinistra, che aveva bisogno di magistrati *militanti*, gente che facesse la guerra a Cosa nostra e di conseguenza alla DC e agli altri partiti di governo vicini alla mafia. Morto Chinnici, per sostituirlo arriva da Firenze Caponnetto, che quando va via lo designa come suo successore. Falcone cerca l'appoggio dei comunisti, che però non arriva, e infatti gli preferiscono Antonino Meli. A questo punto Falcone punta su Andreotti. Poi da Andreotti è passato a Martelli. Quadra, no?"

"Il Maxi andrà alla sezione di Carnevale. Non possiamo farci niente." Martelli è seduto nel suo ufficio con Liliana Ferraro, Giovanni Falcone e Livia Pomodoro, capo di gabinetto del ministero.

"Ma il collegio giudicante?" chiede Falcone.

"Non è ancora stato composto, né si sa ancora chi lo guiderà." Falcone si mette una mano sulla fronte. Liliana Ferraro e Livia Pomodoro si scambiano una lunga occhiata.

"Però ci sono anche notizie positive, non è vero?" chiede la Pomodoro a Martelli.

"Brancaccio ha detto che stava già pensando alla rotazione, quindi immagino che ci sarà."

Giovanni sospira. "Almeno questo."

La paura che il giudice Carnevale "ammazzi" l'ennesima sentenza, vanificando stavolta tutto il lavoro fatto dal pool per il Maxiprocesso di Palermo, non serpeggia solo negli uffici del ministero. Esce anche fuori, arrivando alla Cassazione e al suo presidente, Antonio Brancaccio. Alla sua porta hanno bussato la Ferraro, Falcone e lo stesso Martelli. Si cammina sulle uova, il rischio che un alto magistrato colga le preoccupazioni del ministero come una grave interferenza al proprio operato è reale. Com'è reale, d'altronde, il rischio che a dire l'ultima sul Maxiprocesso sia un giudice ormai celebre per le innumerevoli invalidazioni di condanne gravissime, e sul cui operato l'ufficio del guardasigilli ha appena stilato un rapporto: la proporzione fra sentenze e annullamenti è molto più alta rispetto alla media delle altre sezioni. La composizione dei collegi presieduti da Carnevale, poi, non cambia quasi mai, e le stesse sentenze più discusse sono state scritte da un gruppo di giudici ristretto e immutabile. Inoltre appare singolare che, nelle cause di criminalità organizzata su cui si esprime il collegio guidato da Carnevale, ricorrano i soliti avvocati difensori.

Per questo il ministro Martelli ha parlato a Brancaccio dell'idea di applicare un criterio di rotazione tra le diverse sezioni penali nell'assegnazione dei processi di mafia.

"Ce n'è un'altra però. Ed è ancora negativa," dice il ministro.

"Oggi ci vuoi tenere sulle carbonelle," gli fa Giovanni.

"Purtroppo la rotazione può entrare in vigore solo con il prossimo anno. Quindi, per il momento..."

"Nooo," fa la Ferraro.

"Non possiamo farci niente."

"Carnevale?" chiede Falcone.

"Carnevale."

"Credimi, rinuncerei già solo per togliermi di mezzo alle polemiche."

Il giudice Carnevale è al telefono da più di mezz'ora. Ha chiuso a chiave la porta dell'ufficio, così non può essere disturbato, e si è rimesso in poltrona con le gambe sulla scrivania.

La schiuma si è ammassata sulle rive del Tevere disegnando un orlo grigiastro sotto la banchina. I gabbiani ci volteggiano sopra mentre il giudice, dalla sua finestra, li guarda scendere svogliati, indolenti, sulla sponda opposta, dove più avanti, seguendo il corso del fiume, si trova il ministero di Grazia e giustizia. Li vede avventarsi sul pelo dell'acqua, forse su dei rifiuti galleggianti, forse su qualche pesce morto. Poi si rialzano in volo, migrando verso altri lidi.

"Con la storia delle ultime scarcerazioni mi stanno ammazzando. I giornalisti adesso sono anche professori di diritto. Tu hai ragione, la cosa migliore sarebbe rinunciare a presiedere il collegio e nominare un altro presidente, ma te li immagini i giornali? Mi accuserebbero di viltà, di codardia. Insomma, sarebbe come arrendersi, dare ragione a quelli là, no? Non lo so, non lo so. E come potrei poi... Ah, giusto. Potrebbe essere un'idea. Ci voglio pensare. Ora però ti devo salutare."

Il giudice toglie le gambe dalla scrivania, accosta la poltrona al tavolo e ci poggia i gomiti. Poi mette il mento sui due pugni chiusi e fissa il vuoto. Un modo per uscirne dignitosamente ci sarebbe, in effetti. Per togliere i piedi dai carboni ardenti senza che il Maxiprocesso gli sfugga totalmente di mano. Ne guadagnerebbe in serenità. E dimostrerebbe a Falcone e agli altri che lui non ha poi tutto questo interesse a dirigere la baracca. Che può farne tranquillamente a meno, facendo non un passo indietro, ma uno di lato. Con aristocratica indifferenza.

È da tempo che lo stuzzica l'idea di guidare la Corte d'appello romana. Se così fosse, se la richiesta venisse presa in considerazione, non potrebbe più presiedere il Maxiprocesso. E a quel punto non avrebbe nessun bisogno di giustificarsi. Sarebbe impossibilitato e basta. D'altronde, la nomina del presidente incaricato in sua vece spetterebbe a lui.

Prende la penna, inizia a picchiettare su un foglio bianco senza guardarlo, con gli occhi fissi nel vuoto davanti a sé. Rimane così per qualche minuto. Poi si alza, apre la porta e chiede alla sua segretaria: "Mi chiami per favore il dottore Molinari."

Adesso sono in due, nell'ufficio di Carnevale. Il presidente è seduto dietro la sua scrivania. Di fronte a lui c'è un uomo anziano, in un completo elegante, che si guarda intorno con aria un po' smarrita, come se gli arrivasse addosso qualche spiffero di aria gelida.

"Ma lei lo sa, presidente... Cioè, io..."

"Cosa, dottore? Non è convinto? Ci vuole riflettere?"

"Non è che ci voglio riflettere. Io lo accetto come un dovere, anzi."

"È giusto. Se non si trattasse di un processo importante non mi sarei rivolto a lei."

"Io la ringrazio... però..."

"Cosa?"

"Non so se facciamo in tempo a concludere. C'è il rischio che salti tutto."

"Prima di cosa?"

"Della mia pensione." Pasquale Vincenzo Molinari, stimato giudice della prima sezione penale, sta in effetti per andare in pensione. Gli rimangono pochi mesi di servizio. Mesi durante i quali dovrebbe esaminare tutte le carte di uno dei processi più grandi della storia della lotta alla mafia. E c'è il rischio che per una bega burocratica vada tutto all'aria. Come ha appena fatto presente al suo capo.

"Mmm," riflette Carnevale. "Dimmi un po', quand'è che vai in pensione?"

"Il 6 gennaio prossimo. Sette mesi."

"Non c'è nessun problema. Basta che fissiamo la discussione a novembre. È tutto a posto."

Solo che le motivazioni della sentenza d'appello non sono ancora state depositate, quindi il lavoro per la Cassazione non può iniziare. Senza calcolare i tempi dei ricorsi, che posticiperanno ulteriormente l'inizio della discussione. Prima della fine dell'autunno non ci sarà niente su cui lavorare.

"Quello è il materiale." Carnevale indica la libreria alle sue spalle. Sugli scaffali c'è una serie di grossi faldoni. "Puoi cominciare a leggertelo."

Molinari si alza sospirando. “Vorrà dire che me li porterò in vacanza.” Sta per partire per la Calabria, dov’è nato. “Li leggerò lì.”

“Grazie, dottore.” Carnevale si alza per stringergli la mano. Con gesti gentili lo accompagna alla porta, lo saluta un’ultima volta. Quindi torna alla sua poltrona, da dove si vede il Tevere.

Adesso la schiuma è andata via, trascinata dalla corrente. Un gruppetto di gabbiani si azzuffa intorno ai resti di una colazione.

62.
NON DIRLO MAI

Roma, 1991

Si nota abbastanza che se l'è sistemata da solo, la casetta. Ma nessuno glielo dice: un po' per tenerezza, un po' perché ne va fiero, di questo appartamento sistemato "a regola d'arte" senza l'aiuto di una donna (se si esclude quello di Liliana Ferraro, ma anche questo evitano di farglielo notare). Ha appeso perfino dei quadri alle pareti, e ogni tanto va a raddrizzarli con un colpetto di mano, come se bastasse a metterli a posto, col bordo inferiore parallelo al pavimento, perché l'appartamento sia perfettamente in ordine. "Voilà," dice raddrizzando un quadretto o due, e tutto – si suppone – è in perfetta armonia.

L'ha fatto un paio di volte con il collega Sinisi, un altro paio di volte con la Ferraro, e adesso lo fa di nuovo.

È appena entrato in casa. Lascia cadere la borsa di pelle sul pavimento, cammina fino alla parete dove ha appeso i quadri, ne raddrizza uno e dice: "Voilà," fiero di se stesso.

"Impressionante. Ma sei bravissimo," gli dice Francesca.

"Non mi prendere per il culo."

"Assolutamente. La tua casa da giovane single è incantevole."

"Colgo troppa ironia."

"Sul *giovane*? Ma no, a parte quella," gli indica la pancia, "sei in forma."

È andato a prenderla all'aeroporto – stavolta con l'auto blindata – e l'ha portata qui, nella nuova casa di via del Cacco. Il programma è: passare una mezza giornata insieme che sia un intermezzo curativo per entrambi, ma soprattutto per lui, visto com'è iniziata oggi.

Questa mattina, il ministro Martelli l'ha salutato prima che entrasse in ufficio, nel corridoio, mostrandogli una lettera appena arrivata in via Arenula. Quarantacinque righe di comunicato, partito da Torino e girato poi in ogni ufficio giudiziario d'Italia, con il quale sessantatré magistrati si schierano contro la creazione della Superprocura. C'è chi l'ha definita "inadeguata, pericolosa e controproducente", chi "stravagante", chi si è detto allarmato per i "tentativi d'ingerenza del potere politico in quello giudiziario" e chi infine ha parlato di "grave attacco alla democrazia". *Non c'è alcuna volontà di gratuita polemica* – dice la lettera – *ma solo l'intenzione e la speranza di contribuire a che le sacrosante attese del Paese abbiano risposte adeguate e non illusorie, obiettivo per il cui raggiungimento auspichiamo l'abbandono della via del decreto legislativo e l'immediata apertura di un dibattito parlamentare.*

In realtà il dibattito c'è già stato, anche se non in sede parlamentare, ma nell'aula della Corte di Cassazione. Qui, durante l'assemblea dell'Associazione nazionale magistrati, Raffaele Bertoni, che fino a pochi mesi prima ne era il presidente, ha detto davanti al pubblico di colleghi che la Direzione nazionale antimafia "sarà in magistratura quello che è la Cupola nella mafia, con una differenza in peggio: al di sopra della Cupola, stando a Falcone, non ci sono estranei che la dirigano, mentre la Superprocura sarà certamente diretta da organi esterni all'ordine giudiziario". Quella di Bertoni, insieme alle molte altre critiche arrivate, è stata una contestazione fisiologica, così come quella di Giacomo Caliendo, il vicepresidente dell'ANM, del segretario Cicala, della consigliera del CSM Elena Paciotti e di molti altri che più o meno apertamente hanno sempre visto Falcone come uno in cerca di ribalte mediatiche, di visibilità, di traguardi di carriera. Anche perché è chiaro che lui, insieme a pochi altri come Piero Luigi

Vigna, Paolo Borsellino, Francesco Saverio Borrelli, è il naturale candidato per il ruolo di superprocuratore.

Ma il motivo per cui Giovanni, stamattina, è rimasto imbambolato davanti a Martelli con in mano il secondo foglio, quello contenente l'elenco dei firmatari, è un altro. Non tanto il contenuto della lettera, e neanche il fatto che l'ANM abbia indetto uno sciopero motivandolo, fra le altre cose, con l'istituzione della Superprocura. A bloccarlo in mezzo al corridoio è stato l'elenco delle firme. Nella lista dei sessantatré magistrati che hanno sottoscritto l'appello indirizzato ad Andreotti e al presidente della Commissione interparlamentare per il codice di procedura penale, Marcello Gallo, oltre che allo stesso ministro Martelli, Giovanni ha trovato le firme di Paolo Borsellino, Giuseppe Di Lello, Gioacchino Natoli, Giacomo Conte. E anche quella di Antonino Caponnetto. E poi quelle di Mario Almerighi, Gian Carlo Caselli, Libero Mancuso. Oltre a quella, piuttosto scontata, di Vincenzo Geraci.

"È singolare che..." ha balbettato Falcone, "è singolare trovare Paolo, Nino, Mario... Giuseppe... in un elenco di firme contro di me in cui compare anche Geraci."

"Non sono firme contro di te," dice Martelli.

"No, per carità."

"No, invece. Sai benissimo che Borsellino, Caponnetto, Di Lello, Almerighi... Aspetta, andiamo in ufficio." Sono entrati nell'ufficio di Falcone e si sono seduti sulle poltroncine basse. "Lo sai che non firmerebbero mai qualcosa *contro* di te. Credo siano preoccupati perché, mentre di te si fidano moltissimo, non hanno alcuna certezza su chi potrebbe arrivare *dopo di te*. Con gli stessi poteri e con la stessa facoltà di... intervenire a gamba tesa, parliamoci chiaro. Sulla tua persona, su Giovanni Falcone, non hanno nessun dubbio. Piuttosto, è di me che non si fidano. Di me e del governo."

Giovanni ha sfilato una sigaretta dal pacchetto e ne ha fumato la prima metà senza pause fra un tiro e l'altro. Poi è rimasto in silenzio, mentre Martelli lo scrutava, perplesso. Quando è riemerso dai suoi pensieri, ha chiesto al ministro: "Claudio, tu sei sicuro che mi devo candidare per questo posto?"

"Sicurissimo."

"Io ho molte perplessità."

"Io non ne ho nessuna."

"Bene. Quindi, insomma... qui non ti servo," commenta Francesca guardandosi intorno. "Te la cavi benissimo."

"Sei l'unica cosa che manca."

"Seh. Dicono tutti così."

"I tuoi amanti?"

"I miei moltissimi amanti, esatto."

Si stendono sul divano, le teste una di fianco all'altra. Scrutano il soffitto. È chiaro che Giovanni sta provando a sdrammatizzare, ma che dentro gli si agita l'inferno. Anche lei, viaggiando verso casa, gli ha detto che non deve prenderlo come un attacco personale. E lui ha risposto: "Certo, lo so." L'ha detto così velocemente, così d'istinto, quasi prima che lei finisse di parlare, da rendere chiarissimo che pensa il contrario.

"Giovanni," lei non vorrebbe tornare sull'argomento, ma va fatto. Altrimenti si corre il rischio d'inciamparci, in questo fraintendimento.

"Non ho bisogno di nessuno, io," fa lui, come se già sapesse cosa sta per dire.

"Lo so."

"Solo di te."

"Giovanni, Paolo è tuo amico. Come Nino. Come Mario."

"Facciamo qualcosa d'irresponsabile: andiamo al cinema."

"Giovanni..."

"A piedi! Senza dire niente alla scorta."

"Non puoi prendere tutto come un attacco personale. Lo sai anche tu. Lo sai perché stimi Paolo, Nino e gli altri. Sai che non stanno protestando contro di te, ma stanno difendendo la loro idea."

"Che è contro di me."

"No! Ascoltami." Francesca si volta, adesso sono naso e naso, ma capovolti. Come se uno avesse i piedi in cielo e l'altra ben posati per terra. "Tu stimi questi uomini perché sono onesti. Perché sono incorruttibili. Se avessero voluto fare un ragionamento di cordata, se avessero fatto una scelta opportunistica, ti avrebbero appoggiato. Sono i tuoi migliori amici: se tu diventi superprocuratore possono ricavarne solo benefici, no? Ti avrebbero fatto contento e stop. Fine della storia. Avrebbero fatto quello che tu ti aspettavi, quello che anche tutti gli altri, anche quelli *contro*, si aspettavano, o no?" Giovanni non risponde.

"Ma questo si chiama corporativismo. Si chiamano... conventicole. E voi avete sempre lottato contro questo modo di ragionare. Si ragiona per le idee, non per gli *amici* che le esprimono, non per i propri interessi personali."

Non fa una grinza il ragionamento di Francesca. Non è colpa di Paolo Borsellino se il mondo gli si rivolta contro. E neanche di Caponnetto, o di Almerighi. Il fatto è che quando ti piovono frecce addosso da ogni direzione, fai fatica a capire quale arco le abbia scagliate. Fai fatica perfino a capire se sono dirette a te o a chi ti sta dietro.

"Adesso guardami in faccia e dimmi che non ce l'hai con Paolo."

"Ti sto già guardando in faccia."

"Ok. Vai."

"Non... Uff..."

"Dai!"

"Non ce l'ho con Paolo. Non potrei mai avercela con Paolo. Paolo è mio fratello. E se pure ce l'avessi con lui, rimarrebbe comunque mio fratello."

"Ma tu non ce l'hai con lui."

"No."

“Bene.” Lo bacia. “Molto bene.”

È vero. Giovanni non ce l’ha con Paolo, e neanche con Nino o con Mario. Ma con qualcuno ce l’ha. La verità è che quando ha visto le loro firme sotto la lettera indirizzata a Martelli, ha avuto un dubbio. E il dubbio riguardava se stesso. Non è più convinto di aver fatto la scelta giusta. È convinto che non ci fosse alternativa, che a Palermo non si potesse più restare, che il posto al ministero gli permetterà di...

Non lo sa più neanche lui di che cosa è convinto e di cosa no. Se deve candidarsi come superprocuratore o no. E alla fine, cosa gliene importa?

“Che poi, sai a me quanto me ne importa di fare il superprocuratore. Cosa vuoi che gliene freghi di fare il superprocuratore a uno come me, che sa già di dover essere...”

“Non lo dire.” Gli mette una mano sulla bocca. “Non lo devi dire.”

Lui non lo dice. Resta muto, invece. Poi la abbraccia.

“Ti va di trasferirti qui?” le chiede con il mento sopra la sua spalla. Non vogliono guardarsi in volto perché ciascuno sa che l’altro sta piangendo, e se questa piccola, improvvisa fragilità è un segreto confessabile, il motivo che sta dietro quelle lacrime, la ragione profonda, no, non lo è.

“Sì.”

La stringe più forte.

“Ottimo. Adesso andiamo al cinema.”

63.
IN ONDA

Roma, 1991

“Mi dai un’altra bustina?”

“Un’altra? Giovanni, ma è la terza.”

“Eh. La terza. Fino a dieci siamo a posto.”

“Te l’ha detto il medico?” Sinisi prende una bustina di Maalox dalla sua borsa e gliela porge.

“Ognuno è il miglior medico di se stesso.”

Intorno a loro, tra le quinte, è tutto buio. Solo davanti c’è una luce, parzialmente oscurata da una tenda nera. Sembra forte, sparata. E arrivano anche delle voci. Alla loro destra c’è un uomo con una felpa scura. Non hanno la più pallida idea di chi sia, ma lavora lì, e sarà abituato a vedere ogni giorno gente più emozionata di loro.

“Fra poco dovete entrare,” dice usando il “voi” ma rivolgendosi soltanto a Falcone. Lui annuisce. Ha la fronte lucida, ogni tanto se la tampona con un fazzoletto.

“Ma Claudio? Non viene proprio?” chiede a Sinisi. “Neanche a guardare?”

“Non credo. Ma ne sai più tu.” Il ministro Martelli doveva essere lì al posto suo, ma all’ultimo momento ha declinato l’invito. Così è toccato a Giovanni andarci. Sinisi aveva un impegno per cena, ma questo Giovanni non lo sa. Non sa che il collega l’ha visto così preso dal panico che si è offerto di accompagnarlo pur non potendo. Sono arrivati lì, davanti al Teatro Parioli, un’ora prima del dovuto. Hanno girato ininterrottamente con l'auto intorno al teatro, hanno parlato. Poi, alla fine, si sono decisi a parcheggiare e a entrare.

"Ma tu vieni con me, giusto?" gli domanda adesso. "Lui entra con me?" chiede anche al tizio con la felpa scura.

"No, sul palco è prevista solo la vostra presenza."

"Non esiste," si volta di nuovo verso Sinisi, "tu devi venire sul palco."

"E come faccio?" Guarda con aria interrogativa l'uomo lì di fianco, che scuote la testa. "Vedi? Non posso."

"Non esiste," ripete Falcone. "Io ti devo vedere. Come possiamo fare?" chiede al tizio con la felpa. "Lui deve stare con me."

"Dottore, ma non è possibile."

"E allora qui," indica la punta delle proprie scarpe. "Qui dietro. Così ci possiamo guardare. Può stare qui?" chiede all'incaricato. Quello ha un moto di sconcerto. Non lo sa. Deve chiedere a qualcuno. Si allontana per cercare un responsabile di redazione.

"Ti dispiace?" domanda Giovanni al collega Sinisi.

"No... no, per carità. Se si può fare..."

Maurizio Costanzo, il conduttore dello show, è in piedi davanti a lui, che sta seduto in prima fila, sul proscenio. Sul palco sono disposte tre file di poltroncine. Fra gli ospiti c'è Rita dalla Chiesa, figlia del generale, e poi altri magistrati e altri familiari di vittime della mafia. La puntata è dedicata a Libero Grassi, il proprietario dell'azienda Sigma che ha osato ribellarsi alle richieste di pizzo. A gennaio aveva addirittura pubblicato una lettera sul *Giornale di Sicilia*:

Volevo avvertire il nostro ignoto estortore di risparmiare le telefonate dal tono minaccioso e le spese per l'acquisto di micce, bombe e proiettili, in quanto non siamo disponibili a dare contributi e ci siamo messi sotto la protezione della polizia.

La punizione è stata esemplare: Grassi è stato freddato a colpi di pistola il 29 agosto scorso, mentre andava al lavoro di primo mattino.

Sul palco c'è anche Alfredo Galasso, che dall'81 all'86 è stato componente del CSM e fino a pochi mesi fa era deputato regionale per la Sicilia nelle liste del PCI. Su un maxischermo a destra delle file di poltroncine c'è il faccione di Leoluca Orlando, che si sistema il ciuffo di capelli scuri e riprende a parlare.

"La rabbia non è un modo di passare il tempo. La rabbia è conseguenza dell'impunità di troppi delitti. La rabbia è vedere esponenti politici che rappresentano questa nostra Sicilia, questo nostro Paese, che figurano negli atti parlamentari e giudiziari come collusi con la mafia e restano ai loro posti. La rabbia è sentire il giudice Falcone dire che è notorio che l'onorevole Salvo Lima utilizzava una macchina degli esattori Salvo di Salemi, e vedere gli esattori Salvo di Salemi al loro posto e Salvo Lima al Parlamento europeo a rappresentare l'Italia. Questa è la rabbia. Ho letto queste dichiarazioni sulla *Stampa* di Torino e credo che possa essere confermato dal giudice Falcone."

"Certamente. E allora?" fa lui. Un mezzo sorriso gli è comparso sul volto. Potrebbe sembrare un velo di alterigia, ma è soltanto tensione, tensione alle stelle. La TV non fa per lui, nonostante in molti lo accusino di amarla troppo. Nella fossa dei leoni c'è già stato più volte, ma non aveva messo in conto di doverci ritornare in diretta televisiva per via della defezione del guardasigilli.

"E allora, Salvo Lima è parlamentare europeo, gli esattori Salvo di Salemi sono potenti come non mai, e la gente..."

"Ma perché lo addebiti al giudice Falcone?" lo interrompe Giovanni, senza obiettare – sempre per via della tensione, della scarsa lucidità – che Nino Salvo è morto da anni e questo non fa di lui, oggi, un uomo molto potente. E senza contare che la riduzione della pena da sette a tre anni per Ignazio Salvo è stata decisa dalla Corte d'appello, non certo da lui. "C'era bisogno che lo dicessi io perché si sapesse dei rapporti fra i Salvo e Lima?"

"Ecco, benissimo!" spalanca le braccia Orlando. "L'ulteriore conferma! L'ulteriore conferma!" Si sistema la cravatta, soddisfatto. Dal pubblico arriva uno scroscio di applausi, non si capisce bene se motivati dall'ultima domanda di Falcone o dalla frase di Orlando. Ogni tanto, quando la telecamera non lo inquadra, Giovanni lancia un'occhiata dietro le quinte, dove Sinisi, che si è seduto in modo da rimanere visibile, gli fa cenno di tenere duro.

Poco dopo il sindaco di Palermo, a prendere la parola è l'avvocato Galasso.

"Voglio dire qui pubblicamente a Giovanni Falcone che secondo me farebbe bene ad andarsene più presto possibile dai palazzi ministeriali, perché mi pare che l'aria non gli fa bene, non gli fa bene proprio." Dal pubblico parte un altro applauso.

Galasso è seduto dietro Falcone, proprio dietro la sua schiena. Così, per rispondergli, Giovanni è costretto a voltarsi.

"Be', questa è una tua opinione soggettiva." Ora il sorriso, per nervoso che fosse, gli è scomparso dalla faccia. La sua espressione si è fatta più dura. Non riesce più a nascondere né a camuffare, neanche con pose di facciata, il suo disappunto.

"Sì, sì, è un'opinione mia..."

"E questo significa mancanza di senso dello Stato," gli dice seccamente Giovanni.

"No no, questo a me pare invece senso dell'indipendenza e autonomia della magistratura," altro applauso dal pubblico, "perché i politici che..."

Falcone si volta bruscamente, come se qualcuno gli avesse tirato un sasso. "Il posto che io ricopro è un posto *previsto per magistrati*. Non c'entra niente con l'autonomia e l'indipendenza..." lancia uno sguardo verso Sinisi, il suo angelo custode nascosto, che però in questo momento non può fare nulla per venire in suo soccorso.

"Sì, ma ci si va sempre con gradimento del ministro," lo incalza Galasso.

"Questo forse vale per te, scusa."

"Perché? Io non ci sono mai andato."

"Ma forse questi sono i *tuoi* problemi, certamente non sono i miei."

"No, questi non sono i miei problemi perché non sono stato al ministero di Grazia e giustizia." La telecamera stringe sul primo piano di Falcone, che adesso ha la faccia poggiata sul palmo della mano, lo sguardo ferito e assente, perso nel vuoto. "E dunque rispetto a una cosa di questo genere," prosegue Galasso, "io credo che sarebbe bene ripensarci, ma non solo per Giovanni Falcone: per tutti i giudici che hanno incarichi ministeriali di un certo rilievo..."

"Al ministero di Grazia e giustizia," lo interrompe Giovanni, "ci sono posti che sono espressamente previsti per magistrati. Come fate ancora a sostenere queste cose che non stanno né in cielo né in terra?"

"Sì, ma tu poco fa hai risposto che è la mia opinione. Certo, questa è la mia opinione, che voglio esprimere pubblicamente."

"E pubblicamente consentimi di dissentire."

"Non capisco perché ti arrabbi."

"Perché mi meraviglio che un giurista come te sostenga queste cose."

"Un giurista come me pensa che l'indipendenza e l'autonomia..."

"In qualsiasi Paese al mondo c'è un ministero di Grazia e giustizia." Falcone accompagna le sue frasi con ampi gesti delle braccia. La rabbia non gli si legge più soltanto in volto. Bluffare non ha più senso. "In qualsiasi Paese al mondo ci sono magistrati che stanno al ministero."

"Questo non è affatto vero. E specialmente in un Paese come il nostro in cui i rapporti tra mafia, affari, politica e governanti sono strettissimi, i magistrati non devono rispondere a nessuno oltre che al CSM."

"Tu confondi indipendenza con irresponsabilità, con arbitrio!"

"No, l'indipendenza per me è un fatto molto concreto: non dover rispondere a nessuno, né prima né durante né dopo."

"Chi è indipendente deve *sempre* rispondere."

"No, no, dico rispetto alle scelte da fare. I magistrati no. Acconsentirai che i magistrati no..."

"Ma come? C'è una bellissima legge sulla responsabilità civile..."

"I magistrati rispondono al popolo in nome del quale amministrano la giustizia..."

"Va bene."

"... E per questo c'è un organo sovrano come il Consiglio superiore della magistratura, che in nome del popolo deve garantire quest'indipendenza... E comunque, Giovanni, non mi piace che stai dentro il palazzo di governo. Non mi piace!"

Quella che arriva adesso è una vera cascata di applausi che fa vibrare il teatro. Note di pianoforte accompagnano il trionfo di Galasso. Sul volto di Falcone è tornato il sorriso, ma non è più quello nervoso di poco fa. È un sorriso rassegnato.

Lancia l'ultima occhiata a Sinisi, che scuote la testa avvilito.

Poco male. Fra poco sarà finita. Fra poco riprenderanno la macchina e se ne ritorneranno a casa.

Prima che la serata finisca, con un gesto simbolico Maurizio Costanzo dà fuoco a una maglietta su cui sta stampato "Mafia. Made in Italy". Mentre la puntata si chiude, la telecamera indugia sui volti degli ospiti che scompaiono dietro le fiamme.

64.
BOTTE DI FERRO

Roma-Palermo, 1991

L'auto ha già preso così tante curve che l'avvocato Enzo Gaito ha la nausea fino alle orecchie. Teme di vomitare da un momento all'altro, e non sarebbe un bello spettacolo, considerato anche dove sta andando e chi deve incontrare. L'autista, d'altronde, è di poche parole. Si chiama Francesco Messina, detto mastro Ciccio. È andato a prelevarlo all'hotel Villa Igiea, uno dei migliori di Palermo, e l'ha caricato in macchina. Prima fra loro c'è stata una breve conversazione telefonica.

"Buongiorno, avvocato, sono Messina."

"Buongiorno, Messina. Mi dica."

"Devo chiedervi un favore, se è possibile."

"Prego."

"C'è una persona che conosco, un mio caro amico, che ha bisogno di voi per una questione legale."

"Non c'è problema, gli dica pure di venire al mio studio, può prendere appunt..."

"No, no, avvocato. Questo purtroppo non è possibile."

"In che senso?"

"Il mio amico... ecco... è latitante. Vi dicevo 'un favore' proprio perché dovete venire voi giù."

"Giù dove?"

"In Sicilia."

E così è stato. Hanno fatto diversi girotondi per le strade di Palermo con un'auto davanti a loro, a protezione. I girotondi sembrano non finire mai. Ma l'avvocato non vuole fare domande a mastro Ciccio, perché le domande non sono mai ben accette in queste occasioni. La curiosità, con alcuni clienti, non premia mai. Meglio farne poche, di domande, calibrandole bene e mantenendosi sugli argomenti indispensabili per costruire una buona difesa. Se di questo si tratta, perché non è neanche detto.

Finalmente, arrivati davanti a un palazzo, la macchina si ferma.

"Siamo arrivati," dice l'autista. "L'ufficio sta là dentro." Indica un seminterrato. "Però non possiamo entrare subito, dobbiamo aspettare."

"Non c'è problema," fa l'avvocato. "Magari, se posso solo uscire dalla macchina..."

"Prego," dice Messina. "Prego, ci mancherebbe, avvocato." Gaito scende, l'aria fresca sulla faccia è l'unico rimedio possibile contro la nausea che monta.

Entrano nel seminterrato, ma anche lì c'è da aspettare. Cosa o chi, non si sa. Ma basta attendere qualche minuto per scoprirlo. Nella stanza, da una porta sul fondo, entra un uomo.

L'avvocato non fa fatica a riconoscerlo: l'ha già difeso in appello al Maxiprocesso. La sua sagoma, d'altronde, è inconfondibile. È Totò Riina, 'u Curtu.

"Mi dovete scusare per la sistemazione non tanto adatta," dice Riina. "La situazione è quella che è."

"Non c'è problema, signor Riina."

Sembra tranquillo il Corto. Anche se la situazione "è quella che è", pare aver conservato un ottimo aplomb. È perfino gentile nei modi, se non addirittura ossequioso. I convenevoli durano poco. Il Corto vuole sapere chi presiederà la corte per la sentenza di Cassazione del Maxiprocesso.

"Non posso darvi nessuna notizia, perché non ne ho. Non hanno nemmeno ancora depositato le motivazioni della sentenza d'appello..."

"Sì, ma voi non avete un'idea... Non lo so, non avete annusato niente?"

"Niente. Sarebbero solo fantasticherie."

"E vanno bene pure le fantasticherie, avvocato. Se sono fantasticherie non troppo fantastiche."

"Ma stiamo parlando di mie idee personali che non hanno nessun fondamento. Non ho avuto notizie, posso solo dire cosa penso io, ma è una mia personale interpretazione."

"Benissimo. Io voglio solo sapere se il presidente sarà Carnevale."

"Be', se devo fare una previsione, io credo di no." Riina sospira, si volta dall'altra parte. Poi torna a guardare l'avvocato. "C'è stata una bufera dopo le ultime scarcerazioni che ha disposto. Il governo ha emesso un decreto per annullarle, praticamente. L'attenzione sul Maxiprocesso è altissima. È difficile che si riesca a smontare, è proprio difficile," scuote la testa Gaito.

"E poi, se posso," interviene mastro Ciccio, "ho sentito da un mio amico al palazzo che pensano di cambiare la legge." Il "palazzo" di cui parla Messina è quello della Cassazione: lui riesce spesso ad avere notizie di prima mano da un amico cancelliere, anche lui siciliano, in servizio al Tribunale di Roma.

"Pare che vogliono fare una rotazione per assegnare i processi ogni volta a un collegio diverso, se non mi sbaglio." Riina guarda l'avvocato per chiedere conferma.

"Potrebbe essere corretto," scrolla le spalle Gaito. "L'ho sentito anch'io."

Riina si batte una mano sulla fronte. "'Sto Martelli ha proprio scassato la minchia."

* * *

All'inizio credono che sia un matto, il tizio in costume da bagno che grida come un ossesso sulla spiaggia del lido Il Gabbiano. Poi, però, quando vedono di chi si tratta, capiscono che non è così.

Non è un matto. È il giudice Antonino Scopelliti quello che corre fra i bagnanti urlando: "Via! Scappate! Scappate tutti!"

Molti si alzano dai teli su cui erano stesi a prendere il sole, altri restano inebetiti. Famigliole che si scambiano sguardi interdetti, giovani e vecchi che si interrogano su cosa fare. Scopelliti, che da queste parti è un volto noto – una specie di santo a cui rivolgersi quando non si hanno i mezzi per ottenere un consiglio legale –, corre da un ombrellone all'altro, agita le braccia, e continua a gridare.

"Tutti via, c'è una bomba! È per me, c'è una bomba! Andate via!"

Sugli scogli che cingono la spiaggia c'è un sacchetto di plastica bianca. All'interno, però, non c'è nessuna bomba. Solo spazzatura lasciata lì, probabilmente, da una barca passata poco prima nello specchio d'acqua che sta davanti alla villa affittata per l'estate dal giudice a Campo Calabro.

Da un po', Scopelliti non è più l'uomo calmo e sereno che i suoi familiari, i suoi amici, e i suoi concittadini conoscono. Sembra che cammini sui carboni ardenti. Qualcosa è cambiato in lui, da quando ha saputo che dovrà rappresentare l'accusa nell'ultimo round del Maxiprocesso, quello decisivo. A qualche amico, in tutta confidenza, e a bassa voce, ha ripetuto più volte che questo processo "è un'apocalisse. Un'apocalisse".

Due giorni fa, mentre ritornava dal mare, si è convinto di essere seguito. Guardando nello specchietto retrovisore della sua BMW 318 blu notte nuova fiammante, ha visto che un'auto gli stava dietro e non lo mollava. Ha iniziato una serie di manovre goffe: ha rallentato, ha accelerato, poi ha rallentato di nuovo. Poi si è messo ad andare a zigzag, e quell'auto, lentamente ma con tenacia, continuava a seguirlo. Lui continuava a fissarla dal retrovisore, serpeggiando, accelerando e prendendo strane traiettorie.

A un certo punto, il conducente dell'auto ha sporto il braccio fuori dal finestrino e l'ha salutato. Era Angelo Calveri, un suo conoscente.

“Tutto a posto, Antonino? Ho visto che guidavi come un ubriaco, mi sono detto: vuoi vedere che si è sentito male?” La sera, tornato a casa pieno d’imbarazzo, Scopelliti non aveva esaurito tuttavia il suo campionario di stranezze. Ha chiamato al telefono sua figlia Rosanna, in vacanza insieme alla madre e ai nonni, dicendo che era urgente. Quando Rosanna ha impugnato la cornetta, suo padre le ha fatto delle raccomandazioni singolari: “Mangia tanto tanto cioccolato,” le ha detto. Poi le ha detto: “Fatti crescere i capelli, mi raccomando.” E poi, infine: “Promettimi che farai la brava. Promettilo al tuo papà.” Sua moglie Anna Maria, che aveva ascoltato la conversazione restandone un po’ allarmata, si è fatta passare il telefono.

“Che c’è che non va? Ti sento proprio strano...”

“Cose grosse,” le ha risposto Antonino, “grossissime,” senza dare ulteriori spiegazioni.

E adesso si è messo a fare il matto sulla spiaggia del lido Il Gabbiano.

Con il volto scuro, capito che il sacchetto bianco contiene solo immondizia, Scopelliti rimette insieme le sue cose, arrotola il telo da mare, indossa i jeans e la sua camicia rosa intenso. I vicini di spiaggia si lanciano ancora sguardi e risolini mentre il giudice chiude l’ombrellone, lo infila sotto il braccio e risale la scaletta malconcia che porta alla strada. Lì, finalmente libero dagli sguardi, ripone le cose nel bagagliaio, entra in macchina e si mette in marcia verso casa. Il sole d’agosto gioca brutti scherzi.

La paura, invece, non gioca per niente. Monta come l’alta marea, inonda il cervello di un liquido scuro e corrosivo. Consuma le cellule, erode i gangli, logora l’ospite fino a neutralizzarlo. Si ciba di attimi di felicità, come una giornata al mare in costume e ciabatte.

Ma non è ingorda, la paura. Sa come fare. Sa come sconfiggere avversari più forti di lei: si lascia schernire da ampi gesti di esuberanza, aspetta che quelli se ne vadano in giro con la guardia abbassata, fieri e vittoriosi, per menare fendenti alle gambe. Fa così, la paura, quando si vede sconfitta: si finge morta. Se ne sta stesa per terra come un cadavere. Poi, nel baccano dei gran festeggiamenti per la sua morte, sfila in silenzio il suo piccolo e affilato temperino e *zac*, punta dritto al tendine d'Achille.

È sfuggente la paura. La sua natura è vigliacca. Sa camuffarsi in mille modi: da gioia, da spavalderia, da eccentricità, da strafottenza. E così camuffata, nessuno la vede.

Da queste parti la chiamano "la Nazionale", la statale 18 che collega Reggio Calabria a Napoli. Per arrivarci, Scopelliti deve prendere una stradina all'altezza di Ferrito, una frazione di Villa San Giovanni: la stessa che percorre ogni volta, di rientro dal mare. È una scorciatoia che quelli del posto usano per schivare il traffico, lui la prende ormai da anni. Un'abitudine che non ha alcuna intenzione di cambiare, nonostante i nervi tesissimi, nonostante le precauzioni che in molti, ultimamente, gli consigliano di prendere. Dopotutto, da queste parti è "in una botte di ferro", come ripete spesso a chi lo conosce.

La verità è che non ci crede neanche lui, altrimenti non salterebbe come una molla davanti a un sacchetto di spazzatura lasciato sugli scogli. Altrimenti non si metterebbe a fare lo zigzag con la macchina facendosi scambiare per un ubriaco. Altrimenti non farebbe molte delle cose che fa. Non ci crede, ma non gliene frega niente. Lui *deve* sentirsi in una botte di ferro. *Deve* essere così. Un uomo onesto non può avere paura perché gli hanno chiesto di fare il pubblico ministero in un processo. È per questo che rifiuta di girare con la scorta. I vetri scuri, le auto blindate, il seguito di agenti in giubbotto antiproiettile... "È uno status symbol. Per me non lo voglio," ha detto a un collega romano.

Mentre torna verso casa dei suoi anziani genitori, mette su un nastro di Ornella Vanoni. Inizia a canticchiare, cerca d'imporsi una certa rilassatezza, vuole smaltire il nervoso che gli è preso in spiaggia. Deve smetterla di vedere fantasmi ovunque. Oppure farsi assegnare la scorta. L'una o l'altra.

Ci credi ai fantasmi, Nino?

Ci crede, ai fantasmi. Ma crede anche che vivere nella paura sia una sconfitta, e una sconfitta per qualcuno è sempre una vittoria per qualcun altro, giusto?

Quindi da oggi basta paranoie. Il sole della Calabria gli bacia la fronte, mentre canticchia la Vanoni con la camicia color fragola aperta sul petto. È difficile, in una giornata come questa, credere che esistano i fantasmi.

Eppure esistono. Sono appostati di fianco al piccolo cimitero di Cannitello. Quando vedono passare la sua BMW accendono la moto e gli si mettono alle calcagna. Stavolta, però, il giudice non sbanda, non fa lo zigzag come un ubriaco. Va dritto. Si è scocciato di temere i fantasmi.

L'auto prende un sottopassaggio, la moto le sta dietro. Svolta una curva, ed è a questo punto che la moto la affianca. Il primo colpo sfonda il vetro dell'auto e lo colpisce alla testa. È un fucile a canne mozze caricato a pallettoni. Scopelliti è già morto. Non c'è alcun bisogno di sparare anche il secondo. Ma su queste cose è richiesta efficienza. Ne va dei rapporti coi cugini siciliani. Con 'u zu' Totò.

Arriva anche il secondo colpo, un boato che spacca i timpani. Ma Antonino non può sentirlo. Almeno questo gli viene risparmiato. L'auto continua a correre per una ventina di metri, si schianta su un cancello di legno, lo sfonda e sradica due paletti di cemento. Poi precipita giù per un dirupo, su sterpaglie secche e filari di vigne.

L'unica "botte di ferro" adesso è la sua auto: i vigili del fuoco sono costretti a tagliarla in due per recuperare il suo cadavere. Non se ne vedono molte altre di botti di ferro, da queste parti. Tanto che tutti hanno smesso di crederci, tranne lui.

65.
SUPERCOSA

Palermo, 1991

Mala tempora currunt per il Corto. Non l'ha studiato a scuola, ma sa benissimo cosa significa. Pur non essendo un esperto latinista, le questioni essenziali, quelle sì, le capisce benissimo ed è in grado di sintetizzarle. E quindi capisce che per 'u Maxi si sta mettendo male.

Da Roma arrivano pessime notizie. Sembra che ormai l'uscita del giudice Carnevale sia certa e definitiva. Ci ha provato, Carnevale, a rimettersi in pista per la sentenza di Cassazione sul Maxiprocesso. Quando il presidente della Cassazione, Antonio Brancaccio, è andato da lui a ricordargli che il tempo scorreva, che non si poteva correre il rischio di mandare tutto all'aria, che se il suo sostituto Molinari fosse andato in pensione avrebbero dovuto ricominciare tutto da capo e i mafiosi sarebbero stati scarcerati per decorrenza dei termini, Carnevale l'ha rassicurato. Non c'era da preoccuparsi. Molinari è un uomo responsabile, farà tutto quello che deve fare, e lo farà in tempo.

"Sì, ma gli avvocati difensori opporranno sicuramente qualche ostacolo per allungare i tempi e ottenere le scarcerazioni."

"Non lo faranno. Li conosco, quegli avvocati. Possiamo stare tranquilli." Ma Brancaccio non stava tranquillo, e infatti ha incalzato Carnevale in diverse occasioni, l'ha convocato e ci ha parlato, e ha poi ribadito il concetto con una lettera protocollata. Così, per lasciare una qualche traccia. Gli ha messo addosso una pressione non indifferente, al giudice. Tanto che Carnevale ha pensato che fosse meglio tornare sui propri passi e riprenderselo lui, il Maxi. Solo che poi ci ha ripensato: da una parte sarebbe apparsa come una grossa mancanza di rispetto verso il collega Molinari, quasi a tacciarlo d'incompetenza riprendendosi le carte che lui stesso gli aveva dato; dall'altra, la bufera intorno al suo nome si sarebbe sollevata nuovamente, un fiume in piena di polemiche e accuse l'avrebbe travolto sfondando tutti gli argini della decenza. Quindi, alla fine, Carnevale ha ceduto. A presiedere il terzo e ultimo grado del Maxiprocesso sarà Arnaldo Valente, da poco approdato al penale. Proprio come quel giudice Alfonso Giordano che presiedette il primo grado. Un'analogia che adesso non sfugge alle sinapsi del Corto.

Falcone c'è riuscito: è colpa sua. Ormai zu' Totò non ha più dubbi. Falcone è riuscito ad ammaestrare il suo cagnolino, il ministro Martelli, prima facendogli scrivere un decreto per rimettere in carcere i mafiosi appena scarcerati, poi addirittura per influenzare la composizione del collegio giudicante nel Maxiprocesso.

Senza contare che tutto è iniziato da lui. Falcone è arrivato dove non doveva assolutamente arrivare. Lì, in quell'ufficio di via Arenula, è in grado di fare più danni di quanti non ne abbia fatti fino a ieri.

"Basta," dice il Corto ai capimandamento che stanno seduti con lui attorno al tavolo in una casa di campagna.

"Basta. Ci dobbiamo rompere le corna. La Superprocura vogliono fare? E noi facciamo la 'Supercosa'."

Le riunioni si susseguono una dopo l'altra, in una casa dopo l'altra. Con prudenza, ma neanche troppa, visto che la caccia al superlatitante non sembra preoccupare troppo gli investigatori siciliani. Stavolta con il Corto ci sono i fedelissimi del trapanese e del quartiere Brancaccio: Matteo Messina Denaro, Mariano Agate, i fratelli Filippo e Giuseppe Graviano, Vincenzo Sinacori.

"Questa storia deve finire," dice il corleonese. "Di cercare Falcone a destra e a sinistra, a Palermo, all'Addaura, a Roma... e questo che ci scassa la minchia ogni passo che fa. Basta. Una reazione, ci vuole. Una reazione forte. Chiddu chi veni ni pigghiamu. Va bene Falcone ma va bene pure Martelli. Va bene ddu curnutu 'e Maurizio Costanzo, pure." Il conduttore ha bruciato in TV la maglietta con su scritto "Mafia. Made in Italy" e ha augurato "mali incurabili" ai boss che troppo facilmente ottengono ricoveri in ospedale. Si è permesso pure di invitare in trasmissione Carla Cottone, nuora di un boss dei Madonia, che ha attaccato platealmente i familiari di suo marito. Troppo, per non finire nel mirino delle cosche. "E va bene pure quell'altro, Andrea Barbato, quello del TG2." Barbato non è più direttore del TG2, ma lo è stato, come è stato direttore di *Paese Sera* e deputato della sinistra indipendente. La sua colpa è quella di aver sostenuto in TV l'iniziativa di Costanzo.

"E poi ci dobbiamo togliere davanti i rami secchi, pure quelli."

"L'onorevole?" chiede Messina Denaro.

"Iddu." Parlano di Salvo Lima, che aveva garantito personalmente che fra l'appello e la Cassazione le cose si sarebbero "aggiustate", che qualche anno di galera ci sarebbe stato ma alla fine tutto sarebbe andato per il meglio. E invece niente sembra andare per il meglio, adesso. Proprio niente. Galera a parte, ergastoli a parte, il boss ha garantito in prima persona, ai picciotti e agli altri capi, che ci avrebbe pensato lui. Ha dato la sua parola d'onore.

"'ni pigghiau p'u culu, lui e pure quella minchia di Ignazio Salvo. Si nega, non si fa trovare, e quando lo trovi dice che la situazione è brutta, che non ci sono più le cose di una volta, che pure l'onorevole *è in difficoltà*... Ce la faccio vedere io la difficoltà, a 'sti minchioni." I ragazzi si guardano fra loro. Non c'è nessun problema. Sono pronti.

"Se 'u Maxi va male," Riina comincia la frase senza finirla, ma non ce n'è bisogno. Poi si batte una mano sulla coscia.

"Cominciate a organizzarvi. Amunì." Stridore di sedie sul pavimento, gli ospiti si alzano. E cominciano a organizzarsi.

66.
UN BEL PROBLEMA

Roma, 1992

Nell'ufficio di Giovanni Falcone, al quarto piano di via Arenula, sono tutti incollati allo schermo del televisore. Mai un discorso di Giulio Andreotti aveva destato tutto questo interesse. Se si considera, poi, che è un discorso di fine mandato per sé e per il suo esecutivo, si capisce che non è questo il motivo per cui tanti occhi sono puntati sullo schermo.

In questo 30 gennaio 1992 le notizie che interessano davvero non arrivano dal palazzo di governo, ma da quello di giustizia. Una settimana fa, i sostituti procuratori Vito D'Ambrosio, Giovanni Tranfo e Vittorio Martusciello, componenti della pubblica accusa, hanno chiesto in aula che vengano ripristinate le condanne ai boss annullate con la sentenza d'appello del Maxiprocesso. Dopodiché, i giudici si sono riuniti in camera di Consiglio. Ormai è passata già una settimana, e ora ci si aspetta che da un momento all'altro la TV dia notizia di cos'è accaduto in aula. Di come si conclude il più grande processo alla mafia della storia italiana.

Falcone fissa il televisore, dove Giulio Andreotti parla con insolita calma di convergenza sulle riforme, di auspici, di risultati. Il discorso del presidente è lunghissimo. A un certo punto diventa una litania.

Giovanni scivola lentamente verso i ricordi. Paolo Borsellino, Leonardo Guarnotta, Giuseppe Di Lello. Rocco Chinnici. E poi Giuseppe Ayala, Nino Caponnetto. Sa che anche loro stanno pensando a lui, i vivi, e che pure "papà Rocco", bene o male, si aspetta qualcosa. Come Antonino Scopelliti. Sono tutti legati da un filo che parte dalla Sicilia e arriva a Roma. Non si aspetta, Falcone, che qualcuno lo capisca, e neanche che a qualcuno importi. Subito dopo l'assassinio di Scopelliti, ha telefonato al magistrato che era andato sul posto. Ha chiesto notizie, ha dato qualche consiglio. E forse è questo che l'ha disturbato, non tanto le notizie, ma i consigli. Tanto che Giovanni si è sentito rispondere: "Lasciami stare, collega, qui abbiamo da fare. Rischi solo di rallentare tutto. Di peggiorare la situazione." Poi la comunicazione è caduta. Il sostituto procuratore gli ha chiuso il telefono in faccia. È inspiegabile come la vicinanza alla morte, questa sinistra parentela che mette i brividi e che lega fra loro un pugno di diseredati, di espulsi, provochi invidie e fomenti rancori. Quasi che fosse uno "status". E allora aveva ragione, Antonino Scopelliti, quando si ostinava a rifiutarlo, il marchio del condannato. Quando rifiutava la scorta, i vetri scuri e l'auto blindata. Meglio crepare quando ancora sei amato, dopotutto.

E quindi adesso sono tutti a guardare il volto del presidente, aspettando che da un momento all'altro succeda qualcosa, che il telegiornale vada in onda per svelare il finale di questo lungo romanzo che è stato il Maxiprocesso. Ma non è dalla TV che arrivano le novità.

Il telefono sulla scrivania inizia a squillare. Falcone fa un gesto di stizza, sta quasi per chiedere a qualcuno di staccarlo, quel maledetto telefono. Ma poi afferra la cornetta e dice: "Sì."

"Abbiamo vinto." È Vito D'Ambrosio. Giovanni sente il cuore battere più forte.

Senza che se ne accorga, sul suo volto si dipinge un sorriso. Gli altri lo notano. Hanno capito.

"Che bella notizia," dice, provando a trattenere l'emozione. "Che... che grande notizia!"

“Dobbiamo brindare,” gli dice D’Ambrosio.

“Certo. Ora... Grazie, Vito. Grazie mille per la notizia.” Riaggancia.

Le condanne inflitte con la sentenza di primo grado sono state tutte confermate. Le assoluzioni per gli omicidi eccellenti, come quello di dalla Chiesa, di Boris Giuliano, di Paolo Giaccone, sono state tutte annullate. Si terrà un nuovo processo per stabilire le colpe dei boss. Il “teorema Buscetta” ha retto alla prova della Cassazione, mentre le tesi che hanno portato, in appello, all’alleggerimento delle posizioni, alle assoluzioni, alle scarcerazioni, sono state tutte smantellate.

Adesso Cosa nostra ha un bel problema. Il Corto, soprattutto, ha un bel problema.

67.
LA DOLCE VITA

Roma, 1992

I sette componenti della Supercosa sono già a Roma. Come il Parlamento. Come il governo. Come la TV pubblica. Anche loro sono espressione di un potere. Anche loro, senza dubbio, sono un organo di rappresentanza. Hanno il potere di decidere le sorti del Paese. Sono ambasciatori armati di richieste che partono più a sud ma che spesso mettono d'accordo un po' tutti. Garantiscono interessi trasversali.

Il commando del Corto è partito dalla Sicilia dandosi appuntamento di lì a due giorni alla Fontana di Trevi. Qualcuno ha preso l'aereo sotto falso nome, qualcuno ha viaggiato su una Uno diesel e qualcun altro su un'Audi 80.

Matteo Messina Denaro, 'u Siccu, è un astro nascente di Cosa nostra. Un *enfant prodige.* Fedelissimo di Riina, a meno di trent'anni vanta già diversi omicidi – il primo lo ha commesso a vent'anni – e la fama di un boss su cui la Cupola può fare affidamento. Ha ucciso, strangolato, bruciato persone. L'ha fatto dalla parte dei corleonesi, perché vincessero la guerra contro la vecchia mafia palermitana; ma l'ha fatto anche per un capriccio personale. Come quando ha ammazzato il proprietario di un albergo di Castelvetrano perché si era permesso di dire a una cameriera che lavorava lì, e con la quale 'u Siccu aveva una relazione, che era stufo di ritrovarsi sempre quei "mafiosetti fra i piedi".

Francesco Geraci ufficialmente fa il gioielliere. E in effetti sono molti i preziosi che gli passano per le mani. In casa sua custodisce diversi lingotti d'oro del Corto e gli orecchini, i collier e i braccialetti di sua moglie e delle sue figlie. Nel caveau del negozio, invece, conserva il danaro in contanti che gli viene consegnato regolarmente da Messina Denaro. In segno di riconoscenza per la fiducia concessagli da zu' Totò, ha regalato a suo figlio Salvo un orologio Rolex Daytona. L'hanno coinvolto, anche se non è un killer, perché c'è bisogno di qualcuno con un lavoro vero, qualcuno che possa noleggiare auto, firmare documenti e svolgere tutte le operazioni ufficiali.

Antonio Scarano è calabrese, vive a Roma, e ha conosciuto Matteo Messina Denaro grazie a un ex compagno di cella siciliano che gliel'ha presentato una volta usciti di prigione. 'U Siccu ha capito subito che di lui ci si poteva fidare, tanto che, quando si sono conosciuti in Sicilia, non l'ha lasciato ripartire per Roma senza regalargli prima cinque litri di vino paesano. Se c'è un uomo che conosce la capitale e che può fornire supporto logistico, è lui.

Vincenzo Sinacori è un uomo d'onore molto rispettato nel trapanese. È molto amico di Mariano Agate, capomandamento di Mazara Del Vallo, che non può partecipare alla trasferta romana perché con la sentenza di Cassazione del Maxiprocesso ha avuto un residuo di pena da scontare e preferisce scontarla, visto che si tratta di roba da poco, piuttosto che "buttarsi latitante". È stato Agate a presentarlo al Corto. È un uomo affidabile.

Fifetto Cannella e Lorenzo Tinnirello sono due uomini d'onore del mandamento di Brancaccio. A introdurli è stato il capomandamento Giuseppe Graviano, anche lui componente della Supercosa – e anche lui a Roma –, durante una riunione a casa del boss Salvatore Biondino. Anche loro sono persone fidate e intraprendenti.

"Ma quando arrivano i surgelati?" chiede Sinacori lanciando una moneta nella fontana alle sue spalle. Di fianco a lui c'è Messina Denaro: jeans attillati, Ray-Ban a goccia, un piede poggiato sul bordo della vasca e un altro per terra.

"Arrivano."

"Non è che poi si scongelano?" chiede Fifetto, ma nessuno ride alla battuta. Sono troppo occupati a guardare le turiste che passeggiano e si scattano fotografie davanti alla fontana.

Il coraggio ha le ossa fragili e un cuore svelto, in perenne affanno. Lo sai bene, Giovanni. Ha paura, il coraggio, come un criceto in gabbia. Sta accoccolato nel petto dell'uomo qualunque, della donna qualunque, e teme gli attacchi. Ma li fronteggia, perché questo soltanto gli si richiede: di avanzare, di tirare dritto, con la paura a un passo da lui. Quanto è distante da te la paura, Giovanni? Puoi sentirla, mentre passeggi per Roma sfidando la sorte? Ti parla all'orecchio, mentre fai finta che sia tutto normale, che sulla tua vita non gravi un'ipoteca?

Alza lo sguardo, adesso. Lascia che questa bella giornata di sole sia una traversata senza conseguenze. Lascia che la tua ombra grigia ti abbandoni per un attimo, o che assomigli solo a quello che è: un'ombra, mero riflesso di un oggetto fisico. Non più presagio, non più allegoria, non più imminenza di una catastrofe. Fingi che il coraggio non costi nulla.

"Madame... Madame..." chiama Sinacori facendo con la mano il gesto di chiamare un gattino. Due ragazze alte e bionde gli lanciano un'occhiataccia e tirano dritto.

"Miss, magari," lo corregge Fifetto.

"*Magari* una minchia. Tranquilli, dovete stare," fa il Secco senza scomporsi, con una sigaretta che gli penzola dalle labbra. "Niente casini, pigliamoci 'sti surgelati e amunì."

Li chiamano "i surgelati" perché devono arrivare su un furgone frigorifero. A trasportarli è un tizio che si chiama Battista: si è messo in viaggio anche lui dalla Sicilia con suo figlio alla volta di Roma. In un'intercapedine del furgoncino, tra i sedili anteriori e il vano posteriore, ci sono pistole, kalashnikov, esplosivo e detonatori. Un arsenale perfettamente assortito che basterebbe per un assalto. Le armi funzionano a regola d'arte. Quelli del commando le hanno provate in un casolare di campagna vicino Mazara prima di partire in missione. Sono state pulite con la benzina, controllate, oliate e messe dentro un paio di borsoni che Battista ha caricato nel suo furgone per surgelati.

"Ma tu se proprio devi scegliere a uno... a chi ti vuoi ammuccari?" domanda Tinnirello. "Il primo della lista."

"Mmm..." Sinacori li elenca uno alla volta contandoli con le dita della mano: "Maurizio Costanzo, Pippo Baudo, Barbato, chiddu curnutu di Falcone... Poi chi c'era?"

"Enzo Biagi," lo aiuta Graviano, "Michele Santoro."

"Minchia. Tutti, sono buoni. E quindi a chi ti sceglieresti?"

"Tutti quanti!" s'intromette Scarano.

"Tutti quanti dentro alla stessa macchina," aggiunge Fifetto. Stavolta la battuta provoca una risata generale. Solo Messina Denaro non ride. Schiaccia la sigaretta sotto la scarpa e dice: "Non è importante. L'importante è il segnale. Una reazione allo Stato dobbiamo dare. Una reazione forte."

"E cchiu forte di così!" commenta Fifetto, "tutti dentro a una macchina!" Ridono di nuovo.

Senza paura non c'è coraggio. Viaggiano insieme. Come adesso, Giovanni. Questa zavorra che ti porti addosso, questo chiodo nel piede, questa tua cara menomazione. Ti sentiresti più leggero se ne avessi un po' meno: dell'una e dell'altro, paura e coraggio. Pensa se adesso potessi stenderti sul praticello di Villa Borghese, sporgerti sulla terrazza del Pincio senza guardarti tre volte la schiena. Se solo l'estasi non degradasse in vertigine, l'ebbrezza in nausea. Se questo, se quello, se solo il coraggio...

Se non la smetti di arrovellarti, ti scorderai anche di respirare. Stai accelerando. Non sembra più una passeggiata per Roma. Le perso-

ne libere non fanno così. Te lo sei scordato, come fanno le persone libere? Guardati intorno. Vediamo se ce n'è qualcuna. Quando la trovi, copiala.

Gli stomaci gorgogliano. Da stamattina hanno mangiato solo i cornetti che ha portato Scarano. Devono ancora pranzare, ma il furgone è atteso per il pomeriggio a uno svincolo del raccordo anulare ed è meglio mettere a posto le cose urgenti, poi pensare al resto: il pranzo, le ragazze, i locali. Il Secco ha avvisato tutti di portarsi bei vestiti.

Si sono sistemati in diversi appartamenti. Francesco Geraci e Vincenzo Sinacori sono andati in una casa di viale Alessandrino messa a disposizione da un odontotecnico, un contatto romano di Mariano Agate. Appena entrati si sono resi conto che dai rubinetti non scendeva una goccia d'acqua e che anche la corrente elettrica era staccata. Allora si sono spostati con gli altri in via Martorelli. Solo che c'erano pochi letti, quindi Scarano ne ha recuperato un altro paio sistemandoli in due diverse stanze. Fifetto Cannella e Giuseppe Graviano sono andati a stare fuori città da una famiglia di siciliani che il boss di Brancaccio conosce bene.

Il furgone frigorifero arriva come previsto. Ma non è lì, in mezzo a una strada, che avviene il trasbordo. Il commando lo scorta fino a un vecchio capannone, dove trasferiscono le armi su una Y10 noleggiata da Geraci. Poi vanno sotto casa di Scarano, aprono il bagagliaio dell'auto e portano i borsoni giù in cantina. Ci mettono dentro anche un fucile a pompa e qualche giubbotto antiproiettile che si sono portati in auto dalla Sicilia nascondendoli all'interno degli sportelli.

La vetrina di un bar, un semaforo rosso, un tassista parcheggia sopra il marciapiede. Roma che fa la stupida, ma pure Milano, Palermo, Napoli. Non si capisce più chi combatte per cosa. Ci si fa le linguacce da un palazzo all'altro, tutti nemici e tutti affratellati. Il palazzo brucia e nessuno se n'è accorto. Il coraggio brucia, ma non è affar loro. Giovanni il fenomeno, il guitto, la star. Occhio che ti hanno riconosciuto, forse è meglio che svolti, coraggio.

Ancora un altro po' e l'ufficio sarà quello giusto. Coraggio.
Da lì potrai combattere con l'artiglieria pesante. Coraggio.
Francesca prima o poi starà qui anche lei. Coraggio.
Finirà la bufera, non avrai più la scorta. Coraggio.

I gusti estetici del Secco e quelli degli altri non concordavano, così i ragazzi sono stati portati in un negozio di via dei Condotti, dove hanno comprato abiti firmati usando la carta di credito del gioielliere Ciccio Geraci.

Geraci e Sinacori sono quindi molto eleganti mentre sbirciano l'entrata del palazzo di via Arenula dove ha sede il ministero di Grazia e giustizia. E dove c'è, al quarto piano, l'ufficio di Giovanni Falcone.

È la terza volta che ci vengono, e anche oggi senza aver concluso nulla. Ci sono guardie ovunque, in divisa e in borghese. Il portone è sorvegliatissimo. Fra l'altro, l'auto va parcheggiata a una distanza tale che sarebbe impossibile per loro allontanarsi dopo aver sparato a Falcone o al ministro Martelli, se non a patto di scatenare un conflitto a fuoco che in ogni caso li vedrebbe sconfitti.

Un basista romano ha riferito che Falcone pranza spesso al ristorante Il Matriciano. Quelli del commando ci sono stati più volte, ma gli appostamenti si sono rivelati buchi nell'acqua. Alla fine hanno capito anche il perché: il nome del ristorante era La Carbonara. L'ambiguità gastronomica è costata ai siciliani diverse lunghe camminate, visto che i due locali si trovano ai lati opposti della città.

Far fuori Giovanni Falcone è una faccenda meno semplice di quanto il Corto credesse. Sarà pur vero, come si dice in giro, che cammina a piedi per le strade del centro senza troppe cautele. Ma non così spesso, evidentemente.

Idem per Claudio Martelli: anche lui troppo difficile da raggiungere senza scatenare il far west. Si potrebbe farlo saltare in aria, certo, ma Riina è stato chiaro: se c'è da sparare, fate pure. Ma se dovete piazzare una bomba, prima tornate alla base, ne parliamo, e dopo procedete.

Quanto costa il coraggio? Quanto al grammo?
Di cosa è fatto, per bruciare così tanto?
Che vanità il coraggio! Quanta esibizione!
Ti ci riempi il petto, o almeno il cuscino?
È abbastanza morbido da dormirci sopra?
Lo rivendi bene o è un affare a perdere?
Quando l'hai scelto? Te lo ricordi?
Lo maledici ogni tanto? Certo che lo fai. È chiaro.
Quanto l'hai pagato, questo tuo bel coraggio?
Non lo sai ancora. Credi, ma non sai.
Che rumore fa
il coraggio
quando cade per terra?

Vista la serie di lunghe e costose inconcludenze di Sinacori e Geraci, che se la sono spassata per locali e ristoranti senza cavare un ragno dal buco, Matteo Messina Denaro prende una decisione: si passa agli altri nomi della lista. Primo fra tutti, il giornalista Maurizio Costanzo. Si è schierato più volte, platealmente, contro la mafia, e in più è famosissimo. Ogni santo giorno parla agli italiani dallo schermo della TV. Ammazzarlo darebbe un segnale potente. Se con la dinamite – dopo l'approvazione del Corto – ancora meglio. Ancora più eclatante. Il corleonese vuole che la gente abbia paura, che gli italiani capiscano una cosa e che se la ficchino bene in mente: lo Stato è debole. Lo Stato non può proteggervi.

"Vai, vai," incalza il Secco, "amunì!" Sono davanti al Teatro Parioli e Costanzo è appena salito su un'auto che è ripartita, guidata da un autista. Anche la loro macchina si mette in marcia.

“Stavota ’nni l’ammuccamu.” Le prime tre volte l’hanno seguito fino a un certo punto e poi, per non destare troppi sospetti, sono andati via. Ora, invece, sono decisi a seguirlo fin sotto casa. È buio, le strade di Roma sono illuminate dai lampioni e dalle luci delle auto che ogni tanto si mettono fra loro e l’auto che stanno pedinando. Rischiano di perdersela più volte. Meglio questa eventualità, rispetto a quella di farsi scoprire, perché in quel caso salterebbe non solo l’attentato, ma il piano intero. Per un bel po’, Cosa nostra a Roma dovrebbe starsene zitta e buona in un angolo. E questo al boss non piacerebbe.

“Sta girando, ha messo la freccia.”

“Tranquillo.”

Gli stanno dietro mantenendosi a una cinquantina di metri di distanza.

“Sicuro è blindata,” dice Sinacori. “Sicuro come la morte.”

L’auto con a bordo Costanzo arriva fino al quartiere Prati. Lì si ferma davanti a un portone. L’autista fa scendere il giornalista e lo accompagna fino al portone senza scollarglisi un attimo di dosso.

“Sempre attaccati stanno,” dice Sinacori. Messina Denaro sospira, si toglie le lenti da vista, che indossa la sera al posto dei Ray-Ban, e le poggia sul cruscotto. A nessuno di loro è sfuggito che lì vicino c’è un commissariato della polizia, e che la zona non è certo una di quelle dove si può commettere un omicidio sperando di passare inosservati.

“Amunì,” dice.

“Che?” chiedono dal sedile posteriore.

“Ce ne andiamo,” ripete il capo. “Non si può fare. Troppo rischioso. Ci dobbiamo fare aiutare.”

E si allontanano anche stavolta.

Ciro Nuvoletta è l’unico boss della camorra che possa sedere al tavolo della Cupola di Cosa nostra. Conosce personalmente zu’ Totò, ed è stato proprio Vincenzo Sinacori a presentarglielo. Ma i rapporti fra il boss di Marano e i corleonesi erano comunque già forti: il clan Nuvoletta fa parte di una società di Mazara del Vallo gestita da un prestanome per conto di Riina. Prima della spedizione romana, il Corto era stato chiaro con don Ciro: "Se questo signore si presenta da voi," gli aveva detto indicando Sinacori, "dovete mettervi a disposizione."

I Nuvoletta sono pratici di Roma. Qui hanno molti interessi. La loro disponibilità, fra l'altro, era già stata messa in conto.

Don Ciro arriva alla stazione Termini accompagnato da un tale di cui pronuncia soltanto il nome di battesimo: Armando. A Messina Denaro dicono che già stasera andranno al Parioli per guardare con i propri occhi e dare un parere.

"Stasera no," gli dice il capo.

"E perché?" chiede Nuvoletta.

"Perché oggi è giovedì. La trasmissione non la fanno, il giovedì."

Bisogna aspettare il giorno dopo. Ma ci mette un attimo, il boss partenopeo, a capire che "nunn'è cosa". Gli uomini che sorvegliano la casa di Costanzo non sono solo quelli visti dai componenti della Supercosa. Ce ne sono molti altri. Diverse macchine vanno avanti e indietro, fanno il girotondo intorno al palazzo che sta alle spalle di piazza Cavour, camminano piano, perlustrano la zona. La sorveglianza davanti alla casa di Maurizio Costanzo è a prova di sparatoria. Ma, soprattutto, quella non è la casa di Maurizio Costanzo, ma del ministro dell'interno Vincenzo Scotti, dal quale il giornalista viene ricevuto ogni sera perché stanno preparando insieme un nuovo format televisivo contro la mafia.

"Nunn'è cosa," ripete, affranto, Ciro Nuvoletta. "Accussì nun se pò fa'. Ce vo' 'na bomba."

"Esatto," concorda Sinacori. "Ci vuole una bomba. La strada che fa è sempre la stessa."

"La possiamo mettere dentro a un cassonetto," dice il Secco. "Ci mettiamo là, guardiamo quando la macchina svolta, e appena svolta... bum! Oppure," si gratta il mento, "oppure possiamo mettere il tritolo in una macchina. La lasciamo là parcheggiata..."

"Come Chinnici," dice Scarano.

"Come Chinnici."

Ma per mettere una bomba serve l'autorizzazione del Corto. "Vai tu," dice il capo a Sinacori. "Vai a chiedere a 'u zu' Totò."

Lui fa il saluto militare, come dire: "Agli ordini." È già in piedi che si sta preparando.

"Ma lo sapete," dice Geraci, "che dentro a un bar di via Veneto ho incontrato a Renzo Arbore?"

Gli altri lo fissano.

"Renzo Arbore," ripete Geraci. "Il cantante. Il presentatore, quello che è. Stava dentro al bar Doney, dove sta l'hotel Excelsior. Ho pensato: mannaggia, si c'era puru iddu 'nna lista, tutto a posto era."

Vincenzo Sinacori è appena arrivato all'aeroporto di Punta Raisi, che già si è messo in contatto col boss Salvatore Biondino. Senza dare troppe spiegazioni, gli ha detto che deve parlare col capo di una cosa urgente. Adesso sono in macchina. L'auto percorre qualche strada di campagna con i finestrini mezzo aperti. L'aria tiepida e profumata si sparge timidamente nell'abitacolo, rivaleggiando col fumo di sigaretta. È marzo, la primavera sta per arrivare. Ma lui, Vincenzo, dovrà godersela a Roma, la primavera, se il Corto darà l'ok per procedere con l'operazione. Sarà una primavera da ricordare, quella del 1992.

Arrivano davanti a una villetta. Biondino fa strada. Percorrono il vialetto sterrato che conduce all'ingresso. La porta si apre prima che possano bussare. I due entrano. Ad aspettarli ci sono due uomini fidati. Uno di loro è Salvatore Cancemi: Sinacori lo riconosce subito. Dopo l'arresto nel 1985 di Pippo Calò, il cassiere di Cosa nostra, Cancemi, affiliato da un tale Vittorio Mangano, è stato nominato da Riina capomandamento di Porta Nuova.

"Allora?" gli chiede Cancemi, "come vanno le vacanze romane?"

"Eeeh, la vacanza? Ma quale vacanza?" risponde lui, che ha ancora la pancia piena di vino dei colli romani, la bocca sporca di carbonara e le scarpe firmate ai piedi.

"Pigghiati 'na cosa, amunì," fa il boss togliendo il tappo di sughero da una bottiglia di vino paesano.

"A posto, sto. Grazie."

"E allora, parlaci un poco di..." non fa in tempo a finire, che dal piano superiore arriva Giovanni Brusca. Scende le scale in silenzio, guardandoli con un'espressione gelida. Biondino si volta verso Sinacori e gli dice: "Vai. Puoi andare." E lui va. Sale le scale fino al piano superiore.

Dentro una stanza, ad aspettarlo, c'è il Corto.

"E quindi... niente, zu' Totò," spalanca le braccia, "la situazione questa è. Davanti al ministero non si può fare, Falcone è troppo complicato. Troppi poliziotti. E lo stesso pure Martelli. Costanzo, possiamo fare. Però ci dobbiamo mettere una bomba, perché pure quello è complicato."

"Mmm," mugugna il Corto.

"Che dite, zu' Totò? Possiamo fare?" Riina ci riflette ancora un po', poi scuote la testa.

"Niente. Non fate niente. Tornate qua."

"Cioè, dobbiamo..."

"Tornate qua. Abbiamo trovato cose più grosse qua."

Sinacori saluta il boss, scende al piano di sotto e si rimette in macchina con Biondino verso l'aeroporto di Punta Raisi. Deve dare ai ragazzi la buona notizia, o cattiva, a seconda dei punti di vista. Peccato. Non gli sarebbe dispiaciuto starsene a Roma ancora per un po'.

Non appena lui è uscito dalla villa, è Giovanni Brusca a salire al piano di sopra. Prende una sedia e si mette di fianco al Corto. Restano così, senza parlare, per qualche minuto. Fissano il vuoto. Sentono il motore dell'auto che si allontana.

"Una minchia, hanno combinato," fa il Corto. "Una minchia. Stanno a divertirsi."

Brusca ascolta senza dire una parola.

"A Falcone voglio. Basta minchiate: Costanzo, Martelli... Qua stanno tutti a perdere tempo con le minchiate. Solo Falcone."

"Io sono a disposizione." Il boss lo fissa. Prima l'Addaura, adesso questi fessi che se ne vanno in giro per locali. E Brusca se ne sta lì, paziente. Si è fatto avanti più e più volte ma, per un motivo o l'altro, la sua occasione non è ancora arrivata. Una ragione in più per non sciuparla, quando dovesse arrivare.

"Ne riparliamo," il Corto gli dà una pacca sulla spalla. "Ne riparliamo."

68.
PRONOSTICI

il Giornale, 26 febbraio 1992
"Vinca l'indipendenza"
di Vincenzo Geraci

Smentendo molte previsioni della vigilia, la Commissione per il conferimento degli uffici direttivi del Consiglio superiore della magistratura ha deciso di sottoporre al concerto del ministro guardasigilli il nome del procuratore di Palmi, Cordova, per la carica di procuratore nazionale antimafia. Giovanni Falcone, che veniva accreditato come il più probabile designato, ha ottenuto infatti soltanto due dei sei voti disponibili in commissione. Il pronostico in suo favore nasceva dal fatto che la legge istitutiva della Superprocura conteneva dei criteri di nomina che erano apparsi quasi ritagliati "a misura" su di lui.

Modificando infatti i tradizionali criteri prescritti per la nomina agli uffici direttivi (basati sul contemperamento dell'anzianità, delle attitudini e del merito), la nuova legge valorizzava in maniera marcata le attitudini e le capacità organizzative maturate nella trattazione dei procedimenti contro la criminalità organizzata. Essa inoltre richiedeva l'espletamento (anche non continuativo) per almeno dieci anni delle funzioni di pubblico ministero o di giudice istruttore, ciò che, in particolare, era parso fotografare la condizione di Falcone, specie dopo la scarsa fortuna riservata, in sede di conversione del decreto legge, a un emendamento riduttivo di tale periodo.

Che cosa è valso dunque a sovvertire le più accreditate previsioni della vigilia, spingendo la competente commissione del CSM a proporre il nome di Agostino Cordova? Premesso che anche costui è un magistrato di grande esperienza e comprovata capacità sul versante dell'attività antimafia (tanto da aver ricevuto uno sperticato elogio proprio dall'attuale ministro Martelli), riteniamo che a giocare un ruolo decisivo in suo favore sia stata insieme alla maggiore anzianità, la condizione di assoluta indipendenza dimostrata nelle innumerevoli e gravi inchieste giudiziarie da lui condotte.

Sia chiaro che con ciò non intendiamo mettere in dubbio l'altrettanto sicura indipendenza di Giovanni Falcone; solo che quest'ultima ha forse sofferto del ruolo da lui ultimamente assunto come direttore generale degli Affari penali presso il ministero di Grazia e giustizia e perciò dell'inevitabile coinvolgimento nelle scelte di politica giudiziaria di Martelli, del quale si ritiene il più autorevole e assiduo consigliere...

69.
SCHERMAGLIE

Roma, 1992

"È contro di me, Giovanni. Questa è una cosa contro di me e contro il partito. Tu non c'entri niente. Se al posto tuo avessi sostenuto come candidato, che so..."

"No, Claudio. Invece il problema si chiama proprio Giovanni Falcone."

"Macché."

"Fra l'altro non si rende conto, il collega, che così mi espone. Mi fa apparire come l'uomo che sta dietro le scelte del ministero, come l'unico colpevole. Non mi mollano, Claudio. Non mi mollano."

Chissà chi dei due, fra il ministro Martelli e Giovanni Falcone, ha ragione. Sarebbe interessante saperlo, ma non troppo utile, perché le cose stanno comunque come stanno. Il CSM si è riunito per esaminare le candidature al posto di procuratore nazionale antimafia, cioè a capo della struttura che i giornali hanno ribattezzato Superprocura.

Due giorni fa, il 24 febbraio, a Palazzo dei marescialli sono stati convocati i nove aspiranti: Francesco Amato, Luigi Lombardini, Italo Ormanni, Domenico Signorino, Giancarlo Armati, Antonio Marini, Antonino Loiacono, Agostino Cordova. E Giovanni Falcone. I favoriti, comunque, erano tre: oltre a Falcone, il procuratore di Civitavecchia, Antonino Loiacono, e quello di Palmi, Agostino Cordova. Al di là di tutto, a prescindere dall'autorevolezza delle candidature e dall'esperienza maturata sul campo, è apparso subito chiaro come uno di loro, Falcone, fosse "il candidato del ministro", mentre gli altri due rappresentassero un'alternativa al potere governativo, sospettato di voler pilotare la vita giudiziaria del Paese attraverso un magistrato "amico", un magistrato che, come ha detto in TV l'avvocato Galasso, adesso siede "dentro il palazzo di governo".

Che ci sia finito perché vittima di un gioco delle sedie in cui ognuno, senza troppi complimenti, gliene ha sfilata una da sotto al sedere, poco importa. Una gran parte del Paese è convinta che Falcone avrebbe fatto meglio a starsene zitto e buono, con le mani legate, a occuparsi di furti di elettricità, piuttosto che mischiarsi con la politica. Una politica lorda, infiltrata da connessioni sinistre, amica dei potenti e aguzzina verso i più deboli. Una politica che non ha fatto nulla, dal canto suo, perché questa immagine venisse ripulita. Anzi.

Intanto il 17 febbraio i carabinieri hanno arrestato a Milano l'ingegnere Mario Chiesa, politico in quota PSI – il partito di Martelli e di Bettino Craxi –, con le tasche ancora gonfie per i sette milioni di lire incassati come tangente. Li aveva ricevuti dal proprietario di una ditta di pulizie che voleva aggiudicarsi un appalto per il Pio Albergo Trivulzio, di cui Chiesa è presidente. Chiesa non sapeva che l'imprenditore aveva contattato un magistrato, Antonio Di Pietro, e che tutto era pronto per fargli scattare le manette ai polsi appena si fosse messo i soldi in tasca. Così è stato. Ma non è finita. L'arresto di Chiesa sembra essere l'inizio di un'indagine molto più profonda, che ambisce a scavare nel marciume della politica italiana, trasversalmente ai vari partiti di governo e sfiorando anche quelli di opposizione, per disseppellire un bel po' di scheletri. I giudici l'hanno chiamata Mani pulite. Inoltre, pochi giorni prima dell'arresto di Chiesa, il presidente della Repubblica Francesco Cossiga – altro nemico del CSM, che negli ultimi anni non gli ha mai risparmiato attacchi frontali – ha sciolto le Camere: la campagna elettorale è aperta. Il tandem formato da PSI e DC è un vecchio arnese a cui va messo un bastone fra le ruote. Bisogna che crolli, che se ne ritorni in garage. E con lui, tutti quelli che ci siano saliti anche solo per una pedalata occasionale.

"Te lo ripeto: il problema sono io. Ma i giochi non sono ancora chiusi."

"Cioè?"

"Cioè la nomina dev'essere fatta *di concerto* con il ministro, altrimenti non se ne fa niente."

"Che vuoi dire?"

"Che fra due giorni arriverà su questo tavolo il fascicolo del CSM con le relazioni sui tre candidati prescelti. Io lo devo firmare e rispedire al CSM, che a quel punto può procedere con la nomina."

"Sì, questo lo so, ma non capisco il resto."

"Il resto è che voglio vederci chiaro. Al CSM non rispedirò il fascicolo firmato, ma una lettera per richiedere tutta la documentazione che mi serve per valutare. È una situazione delicata: voglio decidere con la massima scrupolosità. Voglio sapere quali sono stati i criteri di valutazione. Voglio conoscere tutta la documentazione prodotta dai candidati a supporto delle domande. Voglio la trascrizione integrale di tutte le audizioni. E voglio anche i nastri registrati. A quel punto, allora sì, la nomina potrà essere fatta *di concerto* col ministro."

"Così però scateni una guerra..." dice Giovanni.

"No, così faccio solo il mio dovere. E comunque, se c'è una guerra, non sono stato certo io a scatenarla. Se c'è una guerra – e ti ripeto, non c'è nessuna guerra –, sarebbe da idioti restare fermi mentre ti sparano addosso. Questo *se* c'è una guerra. Ma non c'è."

70.
SENZA ASSOLUZIONE

Palermo, 1992

Giovan Battista Ferrante ha un faccione tondo, il naso all'insù e un soffice doppio mento che ne ingentilisce la figura. Se lo si dovesse paragonare a un animale, sarebbe un simpatico maialino.

Anche quand'è imbronciato, come adesso, che se ne sta con un binocolo in mano, a sbuffare, con una dozzina di mozziconi spenti in mezzo ai piedi. Sta guardando una casa dall'intonaco rosa a pochi passi dal mare, in via Danae, a Mondello. E il mare, appunto, può vederlo soltanto con il binocolo, visto che lui sta su un pizzo del monte Pellegrino, parecchio lontano.

Non succede niente, nella casa in riva al mare. Nessuno entra, nessuno esce. Calma piatta. Ed è così da diversi giorni. Il suo è un lavoro che richiede pazienza. Pazienza e dedizione. Ogni piccola variazione è ben accetta. Ogni piccolo imprevisto. Come un telefono che squilla, per esempio. Il suo.

"Oh." Getta la cicca per terra e la spegne con il piede. Intorno a lui c'è qualche albero, un po' di verde, e molte zolle di terra brulla.

"Si sente?"

"Sì, sì. Tutto a posto."

"Tutto a posto pure qua." La linea non è sempre perfetta, con questi primi cellulari. A volte salta proprio quando non dovrebbe, lasciandoti a piedi sul più bello.

"Parliamo un poco, ah. Così vediamo se funziona bene."

"Funziona, funziona."

"Ma funziona bene?"

"Funziona."

"Funziona bene o funziona benissimo?"

"Ma vafanculu, va'." Giannino Ferrante si fa una risata e si rimette il telefono in tasca. Quei due minchioni si staranno annoiando pure loro. Francesco Onorato e Giovanni D'Angelo stanno guardando pure loro la casa in riva al mare, pure loro col binocolo. Ma sono molto più vicini. Di fronte all'edificio c'è un cantiere, ed è lì che si sono sistemati. Almeno possono uscire ogni tanto a farsi un panino, a prendersi una birra. Insomma, non stanno sopra un pizzo di montagna.

Eppure, nei giorni scorsi sembrava che le cose si stessero muovendo. Intorno alla villa c'era movimento, e *lui* si muoveva senza problemi, senza scorta né niente. Sembrava che si potesse procedere, anche perché gli ordini sono stati chiari. Salvatore Biondino ha detto: "Stiamo facendo una figura di merda. 'U zu' Totò sta aspettando a noi." E allora Onorato, che adesso sta nel cantiere insieme a D'Angelo, si è sbilanciato. "Pure domani!" ha detto. L'ha fatta facile, Ciccio Onorato. E adesso bisogna muoversi.

Può vederli, Giannino, i compari che stanno nel cantiere. Può vedere loro, la villa, le strade intorno, e il mare, che compone col cielo un unico lenzuolo azzurro. Vede anche l'incrocio dov'è previsto l'appuntamento con *lui*. Solo che *lui* ancora non lo sa.

L'onorevole Salvo Lima si è svegliato presto, come ogni mattina, e ha iniziato a fare "studio". Nel salotto della sua villa in via Danae, ben arredato, dove si è tolto lo sfizio di appendere un disegno preparatorio della *Vucciria* di Renato Guttuso e le chiavi della città di San Francisco donategli dal sindaco statunitense, i camerieri filippini gli portano il caffè e fanno accomodare gli ospiti che arrivano uno dopo l'altro. Il primo a bussare, stamattina di buonora, è stato l'ex presidente della Regione ed ex vicepresidente della Camera Mario D'Acquisto, dopodiché è arrivato il democristiano Calogero Pumilia, e poi il professore Alfredo Li Vecchi, che insegna alla facoltà di Economia e commercio ed è nel consiglio di amministrazione delle Ferrovie dello Stato. Per ultimo, dopo il professore, è arrivato l'assessore provinciale al Patrimonio, Leonardo Liggio.

Liggio entra in salotto, preceduto da un domestico, e si avvicina al lungo divano di pelle. D'Acquisto e Pumilia sono già andati via. L'onorevole è in compagnia del professore, suo amico di vecchia data.

"Professore," saluta Liggio. Poi si rivolge a Lima. "Come andiamo?"

"Eh," fa l'onorevole, "a piedi o con la macchina, indifferentemente."

"Fa il simpatico, fa. Lo voglio vedere fra due settimane." Fra poco meno di due settimane, cioè il 23 marzo prossimo, Giulio Andreotti parteciperà a una cena all'hotel Palace per sostenere le candidature scudocrociate alle prossime elezioni. L'onorevole ha il compito di accoglierlo e, soprattutto, di assicurarsi che sia tutto a posto: l'organizzazione, gli invitati, l'atmosfera. Ogni volta che Andreotti si fa vivo a Palermo è una mano santa che si poggia sulla testa dell'onorevole; una cucchiaiata di malta sulle alleanze fra politica, imprenditoria e amici a vario titolo. Vivono di prestigio, le alleanze. Di prestigio e di affidabilità. E chi è più affidabile di uno che cammina a braccetto con Andreotti?

"Vieni pure tu," propone l'onorevole. "Stiamo andando proprio là, al Palace."

"Al Palace? Ma io," sospira l'assessore Liggio, "non avevo programmato..."

"Eeeh, programmare, programmare... Sempre a programmare, stai. Goditi la vita. Accetta l'imprevisto." Liggio guarda Lima e Li Vecchi, aggrotta la fronte, poi scrolla le spalle.

"E va bene. Amunì."

"E sorridi, madonna mia, che qua la situazione è pessima."

"Perché?"

"Perché?!" chiede scandalizzato Lima. "Il Palermo ha perso in casa col Lecce, un altro poco grattiamo il fondo della Serie B, e tu chiedi perché?"

"Il camion è partito con tre sacchi di sabbia," dice Giannino al cellulare. Sente una scarica di adrenalina. Se ne starà sul monte a guardare, lontano dalla strada, ma è emozionato lo stesso.

"Ok," gli rispondono dall'altra parte. Poi Giannino sente il rombo di una moto che si accende, schiaccia la cornetta rossa e si ricaccia il telefono nella tasca dei pantaloni. Giovanni D'Angelo, alla guida, e Ciccio Onorato, seduto dietro, hanno messo in moto la Honda 600 che marcia lentamente verso la villa di Salvo Lima. I volti di entrambi sono nascosti dal casco integrale. L'onorevole è salito con Leonardo Liggio e Alfredo Li Vecchi sulla Opel Vectra del professore, che si mette al volante. Ma c'è un contrattempo, il primo.

Quando la moto arriva davanti alla villa, D'Angelo e Onorato vedono che accanto alla macchina su cui è salito Lima ce n'è un'altra. Qualcuno si è fermato a salutare l'onorevole, che, come al solito, non si è negato. La moto tira dritto, per non dare nell'occhio. Onorato digrigna i denti e sibila un'imprecazione. Si fermano poco più avanti, dove quelli della Vectra non possono vederli.

"E ora?" chiede Onorato. Le sue parole arrivano sorde, soffocate dal casco integrale.

"Aspettiamo," dice l'altro, da sotto la calotta scura.

Non devono aspettare molto. Passato qualche minuto, il telefono suona. È Ferrante, che dal monte Pellegrino ha il quadro completo della situazione.

"Il camion è ripartito."

La macchina, con Li Vecchi alla guida, Lima seduto di fianco e Liggio dietro, si muove verso viale Principessa Maria. Adesso, stando alle osservazioni dei giorni precedenti, dovrebbe svoltare a sinistra. Ed è lì che Onorato la aspetta, con le dita strette intorno all'impugnatura della calibro 38. Ma c'è un secondo imprevisto.

L'Opel Vectra svolta a destra, prendendo viale delle Palme. D'Angelo la vede dal retrovisore, mentre gli sfugge sotto il naso.

"Cazzo!" ringhia.

"Vai!" gli fa Onorato colpendolo dietro la schiena come se fosse un cavallo, "vai!" La moto fa un'inversione di centottanta gradi e corre verso il viale.

"Vai!" lo incalza Onorato. Ma lo incalza troppo, perché con la foga di raggiungere la macchina il più presto possibile, D'Angelo non riesce a rallentare, sorpassandola. Onorato, però, ha i nervi tirati, gli occhi sgranati dietro la visiera scura. Fa in tempo a puntare l'auto e a sparare due colpi. Una pallottola sfonda il finestrino, un'altra va a infilarsi in una ruota.

"Indietro!" grida Onorato dando un altro pugno sulla schiena del guidatore, "torna indietro! Amunì!"

Intanto, l'Opel Vectra di Li Vecchi si è fermata. Lui e l'assessore, seduto dietro, non hanno ancora ben capito cosa sia successo. Ma Lima sì. Lui ha capito tutto.

"Madonna!" si mette a gridare. "Stanno tornando!" Afferra la maniglia della portiera, riesce ad aprirla. Il cappotto verde che si era poggiato sulle spalle uscendo di casa s'impiglia nello sportello.

"Ah!" rantola come un disperato. Lo tira, prova a disincastrarlo, ma non ce la fa. Le sue mani tremano, le sue braccia sembrano scosse da convulsioni. "Aaah!" grida ancora, come se qualcuno potesse o volesse sentirlo. In un attimo di lucidità decide di lasciare lì il cappotto e si mette a correre. Corre verso il mare. Se riesce a tuffarsi in acqua, nessuno potrà più fargli nulla. C'è sempre il mare, per salvarsi. Il mare salva tutti. Oppure li illude, ma questo è un altro discorso.

Lima corre, i piedi slittano sul vialetto deserto. Cade un paio di volte, si rialza. La moto, nel frattempo, si è fermata. Onorato è sceso e lo sta inseguendo. Corre anche lui. Deve prenderlo prima che raggiunga il mare, prima che esca dal perimetro dei condannati. Gli sta alle calcagna. Lima corre, ma il suo killer è più veloce. E spara, spara, spara. Sono i rintocchi delle campane a morto che arrivano prima del tempo. La morte chiede poco, per fare il suo lavoro. Le basta arrivare a una distanza ragionevole. Proiettare la sua ombra.

Arrivato a tre metri dall'onorevole, Onorato spara un colpo che lo prende alla schiena. Lima cade sull'asfalto davanti a un cancello chiuso, il suo petto si gonfia e si sgonfia alla velocità di una danza tribale.

Guarda in alto, verso il cielo. Ma non può raggiungerlo. Non potrà mai. Per lui non ci sarà alcuna assoluzione. La testa del boia è sopra di lui. Ecco l'ultimo colpo.

Liggio e Li Vecchi si sono nascosti dietro un cassonetto della spazzatura. Tremano anche loro come foglie. Se scappano, faranno la fine dell'amico. Se restano lì, il killer li troverà. Non ci vuole niente, a trovarli. Non sono uomini d'azione.

E infatti gli basta voltarsi, a Onorato. Cammina verso il cassonetto, lo raggiunge, si ferma lì davanti. Quei due zampettano dietro il cassone di ferro, ne può vedere i piedi. Si muovono come criceti in gabbia, non sanno che fare. Hanno il mare poco dietro le spalle, e non sanno che fare.

Anche i loro cuori battono come quello di un criceto. Onorato guarda la sua calibro 38: non sa che farsene. Ormai è scarica. Se la mette in tasca. Ma ha un'altra pistola, dentro l'altra tasca. La impugna, solleva il braccio, lo tende verso il cassonetto. Fa qualche passo per girarci intorno.

Ma poi si ferma. Succede qualcosa, dentro la sua testa. Rimette a posto anche la seconda pistola, sale sulla moto che lo sta aspettando a bordo strada e fugge via con uno stridio di gomme.

71.
BASTA MEDIATORI

Roma, 1992

"Accendi il televideo." Falcone piomba nella stanza del collega Giannicola Sinisi senza bussare. Quello salta sulla sedia, si mette una mano sul petto.

"Madonna mia, Giovanni... Ma che..."

"Accendi, forza! Accendi la TV."

Sinisi prende il telecomando e accende il televisore senza smettere di fissare Falcone, che ha un'espressione sconvolta. Si aggiusta i capelli nervosamente, muovendosi per la stanza a passi piccoli e nervosi.

"Mi vuoi dire che sta succedendo?"

"Hanno ammazzato Lima." Il collega continua a fissarlo, non capisce il perché di tanta eccitazione. Certo, è un fatto importante. Salvo Lima, non sfugge a nessuno, era l'uomo di Andreotti in Sicilia. Era vicino ai cugini Salvo, e a molte altre persone che saranno andate a chiedergli il conto dopo la sentenza di Cassazione del Maxiprocesso. Ma perché Falcone sembra un'anima in pena? Perché sembra che la fossa che stanno scavando sia la sua, e non quella di un altro?

Il televideo non dice nulla di più di quello che Giovanni già sapeva. E neanche a Palermo, da dove gli hanno telefonato per avvertirlo, sanno dire molto altro. Bisogna aspettare. Ma non è facile, quando si cammina fra le mine.

"Andiamo di là, vieni con me," dice a Sinisi.

"Ma veramente sto facendo..."

"Dai, andiamo." Non è un ordine, ma una richiesta. Sinisi ha capito che Giovanni trova conforto in lui, che per qualche motivo lo usa, nel senso buono, per distendersi i nervi. È un rapporto simbiotico, quello fra loro due, che è nato da poco ma si è sviluppato rapidamente. Si alza dalla poltrona e segue Falcone nel suo ufficio.

Una volta entrati, Giannicola si siede sul divanetto al centro della stanza, Giovanni rimane in piedi. Si tocca il mento, cammina avanti e indietro, ogni tanto sussurra parole che l'amico fa fatica a capire.

"Devo chiamare Liliana," dice a un tratto. Va alla scrivania e afferra la cornetta. Con l'altra mano apre l'agenda, cerca il numero dell'albergo americano, nello stato del Kentucky, in cui si trova la collega, che è andata con il sottosegretario Franco Castiglione ad aggiornarsi su alcune tecniche di registrazione in uso nel tribunale locale che potrebbero tornare utili anche in Italia. Il telefono squilla diverse volte, poi gli risponde una voce assonnata.

"Ciao, Liliana, scusa l'orario... Lo so, lo so... però dovevo dirtelo. Hanno ammazzato Salvo Lima. Dovresti tornare a Roma. Subito, appena puoi. Sì, appena puoi prendi la valigia e torna qui... Be', perché adesso può succedere di tutto. Ti spiego meglio quando torni, ci vediamo in ufficio."

Poco dopo, è il ministro Martelli ad aprire la porta dell'ufficio di Falcone.

"Giovanni..." lancia un'occhiata anche a Sinisi, seduto al centro della stanza, e gli fa un cenno di saluto. "Mi spieghi che succede?"

"Hanno ammazzato Lima."

"Sì, questo lo so, però..."

"Hanno rotto un meccanismo delicatissimo, Claudio. Le conseguenze possono essere molto gravi. È saltato tutto. Ora non c'è più..." Martelli va a sedersi accanto a Sinisi. Poggia i gomiti sulle ginocchia e si mette ad ascoltare. La sua espressione è grave, ma non allarmata come quella di Falcone.

"Non vogliono più un mediatore. Si è spezzato un equilibrio che può far crollare l'intero edificio. Ci stanno dicendo che adesso il confronto è diretto, fra Cosa nostra e lo Stato. E questo vuol dire che punteranno sempre più in alto, se non facciamo quello che vogliono. Sempre più in alto."

"Cioè?"

"Cioè a te, Claudio. Scusa la franchezza, ma ora quelli... Se devo pensare a cosa faranno adesso, credo che prenderanno di mira un politico. Un politico molto più importante di Lima. Non un mediatore, ma una figura politica, una figura dello Stato. E se qualcuno è responsabile ai loro occhi di questo cambio di rotta, di tutte le loro disgrazie recenti, quello sei tu."

"E tu non pensi che..." non finisce la frase, ma è chiaro quello che vuole dire.

"No, no, prima uccideranno un politico. Dopo toccherà a me."

Martelli lo guarda. Non ha neanche più senso smorzare questo suo fatalismo. Ormai è diventato un chiodo.

Al di là di tutto, potrebbe essere corretta, l'analisi di Falcone. O potrebbe essere sbagliata. Se c'è qualcuno che s'intende di queste cose, è lui. Forse è *troppo* corretta. Forse neanche lui si accorge di quanto sia precisa, la sua analisi. Il punto è proprio questo: che tutti gli uomini invalidati da un eccesso di onestà, tutti gli animi puri e in certo senso fanciulleschi, quando si tratta di se stessi, del proprio rapporto con il mondo, o meglio, del rapporto che il mondo ha con loro, peccano d'ingenuità.

Così a Giovanni Falcone sfugge un dettaglio: che fuori dalla sua testa, fuori da quell'ufficio, da quel palazzo, fuori dal concetto stesso di Stato, sono in molti a vederlo non più come un magistrato, ma come un politico.

* * *

Due uomini sono appena usciti dall'ufficio di Falcone. Non è un bel momento per parlare di certe cose, ma va fatto. Sono questi gli argomenti all'ordine del giorno, nell'agenda del Paese. Le giornate sono schizofreniche, si passa da una cosa all'altra con la stessa disinvoltura dei conduttori di telegiornale che, dopo aver parlato di una strage, dicono "adesso cambiamo decisamente argomento" e vanno avanti a parlare della sagra della castagna. Serve la stessa freddezza. I nervi bisogna lasciarli a casa.

Ci sta provando, Giovanni. Ci ha provato fino a pochi minuti fa e, per quanto possibile, c'è anche riuscito.

"Allora? Che ne dici?" chiede a Sinisi, che è rimasto con lui durante tutto l'incontro.

"Bah, non so."

"A me sembravano abbastanza convinti." Erano due componenti del CSM, quelli che sono venuti a trovarlo. Hanno preso un blocco dalla borsa di uno di loro e hanno cominciato a scriverci sopra numeri, nomi, collegando gli uni agli altri con delle frecce, tracciando cerchi, disegnando punti interrogativi. L'argomento era, ancora una volta, l'elezione a capo della Direzione nazionale antimafia. Il parere finale dei due consiglieri era che alla fine, in qualche modo, con una ristretta maggioranza, Giovanni Falcone dovrebbe essere eletto capo della Superprocura.

"Non è niente facile, oggi. Lo sai benissimo." Sinisi non si riferisce solo al CSM e ai suoi precari equilibri interni, ma a tutto quello che sta accadendo intorno al ministero, a Palazzo dei marescialli, al Palazzo di giustizia e, soprattutto, intorno a quelli del governo e del Quirinale.

Fra poco si terranno le prime elezioni politiche dopo la caduta del Muro di Berlino. L'asse DC-PSI è ormai logoro, il Partito comunista non esiste più, diviso in Partito democratico della sinistra e Rifondazione comunista. Anche le prospettive per l'elezione del nuovo presidente della Repubblica sono tutt'altro che chiare. Andreotti sembra reclamare spazio, ma ognuno fra DC, PDS, PSI, Lega Nord, Rifondazione comunista e MSI, porterà avanti il proprio candidato. E le intese sono ancora molto lontane.

Se l'organizzazione interna del Consiglio superiore della magistratura riflette quella politica del Paese, ed è così, allora è chiaro che anche al tavolo di Palazzo dei marescialli regna il caos; ed è chiaro pure che alcune alleanze, alcuni accordi siglati adesso, talvolta con molta titubanza, possono disfarsi al minimo cenno di cambiamento politico. In più, l'Associazione nazionale magistrati ha dichiarato guerra al ministro Martelli, e non si tratta soltanto di una guerra politica: il ministro non ha mai fatto mistero di gradire la figura di Falcone a capo della Superprocura, per meriti professionali che nessun altro candidato può eguagliare. Una buona parte dei magistrati, però, lungi dall'esprimere un giudizio di valore, vede Giovanni Falcone come una creatura bicefala sulle cui spalle ci sono i volti del ministro Martelli e quello di Cossiga, accusati di voler ridimensionare l'indipendenza della magistratura e autori di innumerevoli attacchi al CSM. Tutto questo a Giannicola Sinisi è molto chiaro. Gli è chiaro anche come Falcone sia stato sacrificato sull'altare del compromesso politico, quando non apertamente osteggiato, prima per il posto di consigliere istruttore a Palermo, poi come componente del Consiglio superiore della magistratura. Gli è chiaro anche che uno dei candidati rivali, Agostino Cordova, ha da poco concluso in Calabria un'indagine che vede coinvolta una buona fetta del PSI, il partito di Martelli.

"Per loro sembrava fatta," dice Giovanni soffiando una nuvola di fumo dal sigaro che tiene stretto fra i denti.

"Non so," gli ripete il collega. Non vorrebbe smorzare il suo ottimismo, anche perché è cosa abbastanza rara, ma non vuole neanche illuderlo. "La battaglia è ancora lunga, Giovanni."

"Be'," Falcone si abbandona sullo schienale della poltrona. Osserva il fumo salire verso l'alto. La sua scrivania è stranamente in ordine. L'hanno notato in molti, ultimamente. Da qualche giorno risistema le sue carte con inedita solerzia: mette i fascicoli uno sopra l'altro, tritura i vecchi documenti e li getta nel cestino, fa spazio sul tavolo e riordina perfino la collezione di papere che si è portato dietro da Palermo e che nel frattempo si è molto ampliata grazie ai regali di amici e colleghi. "Si è trasformato nella donna di servizio," ha detto malignamente un collega pochi giorni fa. A chi, memore della precedente, cronica confusione, gli ha domandato la ragione di questa smania per l'ordine, ha risposto semplicemente che vuole "lasciare le cose a posto".

"Be'," riprende Giovanni, scuotendo un po' la testa. "In fondo, a uno come me, che sa di dover essere ammazzato da un momento all'altro, cosa gliene frega di fare il superprocuratore?"

"Giovanni, ma perché devi dire sempre..."

"Io non ho niente," guarda Sinisi con un sorriso triste, lo stesso che aveva durante la trasmissione con Maurizio Costanzo, mentre lo attaccavano da ogni lato. "Non ho neanche una casa mia. Ho soltanto il mio lavoro. Il mio lavoro e la mia dignità. E quella... Mi dispiace per loro, ma quella non me la possono togliere."

72.
NATO DUE VOLTE

Palermo, 1992

La libertà si è nascosta dietro il monte Cuccio, stanotte. È passata in silenzio, sfrecciando nel buio sulle sue zampe da ghepardo, sotto le balconate di via Notarbartolo. Correndo nella calura insipida di metà maggio si è allontanata, mentre nessuna la vedeva, fino a diventare un puntino. Poi è sgattaiolata dietro la montagna. È lì che deve trovarsi adesso, pensa Giovanni.

Il lenzuolo bianco è ammonticchiato ai piedi del letto. Francesca dorme di fianco a lui, i capelli sciolti sul cuscino le lasciano scoperto il collo, quel fiordo rosa di profumi e speranze. Si sono messi a letto ascoltando il *Rinaldo* di Händel. Il volume è al minimo. La voce della soprano è un rasoio. Incide ferite da cui sgorgano lacrime salate e meravigliose.

Lascia ch'io pianga
mia cruda sorte
e che sospiri la libertà...

Ma la libertà si è nascosta dietro il monte, stanotte. Doveva essere qui, a portata di mano: sul collo di Francesca, fra i suoi capelli morbidi e scompigliati. Eppure non c'è. È scappata via con balzi felini – nessuno se n'è accorto, nessuno l'ha vista, mentre si allontanava. Può stendere il braccio per toccare il collo di sua moglie, Giovanni, ma non la libertà.

È un gioco amaro quello che sta facendo. Ora che vivono insieme a Roma, potrà sfiorarla, la libertà, ma toccarla è un altro discorso. La libertà si esprime per lui in un concetto di tangenza. È tutto uno sfiorare, annusare, desiderare.

Il duolo infranga queste ritorte
de' miei martìri sol per pietà
de' miei martìri sol per pietà...

Se lei si svegliasse adesso gli chiederebbe perché sta piangendo. Glielo chiederebbe una prima volta, poi una seconda, poi non glielo chiederebbe più. Si conoscono troppo bene. Basterebbero queste note che uncinano la pelle, e questo vuoto, questa piccola idea di assenza che formicola nell'aria rivelandone la trama segreta.

Lei lo capirebbe perché sta piangendo. Il buio è abbagliante, in notti come questa. Bisogna accendere la luce per non vederci più, oppure attendere la clemenza del sole.

Francesca sussurra qualcosa nel sonno, ma sono parole incomprensibili. Volta la testa verso Giovanni. Le sue labbra sono leggermente schiuse. Lui le sorride con i suoi occhi bagnati. Si sporge dal letto allungando il braccio per spegnere la musica. Poi però ci ripensa. Meglio che finisca da sé. Arrivati fin qui, sarebbe una sciocchezza. Le note affievoliscono, poi guizzano in alto come cascate al contrario, sgorgano verso il cielo nero. Quando tornano giù, è impossibile ripararsi.

... e che sospiri
e che sospiri
la libertà...

Giovanni fa per accarezzarla, ma ferma la mano appena sopra la sua nuca e la lascia così, sospesa nell'aria. Non vuole svegliarla, non in questa notte. Si chiede dove sia adesso la libertà, se è sempre nascosta dietro la montagna o se qualcuno è riuscito a ghermirla.

Ma no, ma no. Sarà ancora dietro il monte Cuccio che si lecca le zampe, acquattata lì con le sue molte facce, i suoi innumerevoli ghigni: la libertà di fingersi eterni, la libertà di possedere il proprio spazio, di farsene padroni; o quantomeno di averne uno. La libertà di non avere un bersaglio cucito sulla schiena.

Giovanni guarda ancora sua moglie. Un lieve tremolio muove le sue palpebre.

Valla a scovare tu per me la libertà, amore mio. Afferrala per le orecchie. Portami la sua testa.

* * *

"Forse dovremmo comprarci una casa," sta dicendo a Francesca, sottovoce, mentre gli altri intorno al tavolo del Charleston fanno baccano. In questo 18 maggio, a Giovanni sembra di essere tornato ai vecchi tempi. Ci sono molti dei suoi amici palermitani a festeggiare il suo compleanno. C'è Antonio Ingroia, giovane magistrato, e ci sono molti altri colleghi, fra vecchia e nuova guardia. C'è anche Paolo Borsellino, oggi a Palermo. Giovanni non lo confesserebbe mai, perché qualcuno – magari non Paolo, che alla fine si è schierato dalla sua parte per la candidatura a superprocuratore, e con cui ha già avuto diverse occasioni per chiarirsi – potrebbe rimproverargli il fatto di essersene andato, ma quella che prova adesso è nostalgia. Pura, autentica nostalgia. Forse è per questo, per scacciare quest'idea, per dare un colpo di forbice definitivo al filo che lo lega alla città in cui è nato, che ripete a sua moglie: "Una casa nostra. A Roma. Potremmo prendercene una più grande, magari."

"Sì," annuisce Francesca. L'idea le piace. "Potremmo." Grazie a Ernesto Stajano, consigliere di Magistratura indipendente, uno dei pochi amici di Giovanni dentro il CSM, Francesca è riuscita a ottenere il trasferimento nella commissione esaminatrice degli uditori giudiziari. Stajano, nella consueta spartizione dei posti riservati alle varie correnti, ha fatto l'impossibile per rivendicarne uno per la sua, di corrente. E ora spetta a Francesca, che finalmente può vivere a Roma con suo marito.

Adesso, in questa meravigliosa giornata di primavera, in questo ristorante palermitano arredato in stile liberty, le posate tintinnano sui piatti, si parla delle prossime elezioni, dei possibili candidati alla presidenza della Repubblica dopo Cossiga, dei giochi di potere fra l'uno e l'altro partito. Si parla anche di Lima, di quello che succederà adesso, di come ognuno, in questo momento, debba guardarsi le spalle, perché nessuno, fra quelli che lavorano alle indagini antimafia, è più al sicuro.

La conversazione è interrotta dall'arrivo del dessert. Il volto di Giovanni si illumina: torta alle fragole, la sua preferita. Tutti intonano una cantilena di auguri, sorridono, battono le mani. Mentre il cameriere serve il dolce, Giovanni incrocia lo sguardo di Paolo Borsellino, vede l'amico trafitto da un attimo di malinconia. Suo nonno, che si chiamava come lui, morì abbastanza giovane, a cinquantadue anni. Il padre, Diego, è nato nel 1910 ed è morto nel 1962, anche lui a cinquantadue anni. Paolo adesso ne ha cinquantadue, e questo lo porta a essere ironicamente fatalista.

"Caro Giovanni," gli dice battendogli una mano sulla spalla, "mi hai fregato."

"In che senso?"

"Tu sei riuscito a superare i cinquantadue anni. Complimenti. Ti invidio molto. Non so se io ci riuscirò." Ingroia e gli altri si lanciano occhiate perplesse. Qualcuno fra loro abbozza un sorriso, ma nessuno riesce a ridere davvero alla battuta di Borsellino.

"Pare che diventi conduttore!" dice un collega dall'altra parte del tavolo, per cambiare argomento. La RAI ha proposto a Falcone di lavorare a un programma TV su Cosa nostra. L'idea è quella di raccontare sul piccolo schermo le logiche mafiose, illustrando quelli che per molti sono ancora dei misteri e ribadendo, a chi già quei misteri li conosce, che il Paese è attento e vigile. Più persone sanno, meglio è. Per questo Giovanni ha accettato, anche se, pure stavolta, c'è chi non si è fatto sfuggire l'occasione per attaccarlo.

"Si parla dove si può," ironizza Falcone. "Dove ce lo lasciano fare. Nei tribunali, quando è possibile. Sennò sui giornali, in TV..." Anche sul quotidiano *La Stampa*, da qualche tempo, Falcone scrive degli editoriali dove analizza il fenomeno mafioso o replica, talvolta, alle tante accuse che gli vengono mosse. Ma è un'impresa ciclopica, è come arrestare la corsa di un fiume solo con le proprie mani. Ultimamente si è preso del tempo anche per scrivere un libro, *Cose di Cosa Nostra*, con la giornalista francese Marcelle Padovani, che lo intervista sulle questioni cruciali della mafia.

Per fortuna, al tavolo si torna a parlare dell'elezione del capo dello Stato. I primi tre scrutini sono andati a vuoto, come ci si aspettava in assenza di un accordo fra i vari partiti, che al momento sembra piuttosto difficile da raggiungersi. Ma dal quarto scrutinio, che si è aperto con un quorum più basso, le cose iniziano a essere più chiare. I partiti cominciano ad alzare il velo sui candidati veri. Quello dei democristiani è Arnaldo Forlani, che del partito scudocrociato è il segretario: nonostante le frecciate dei "franchi tiratori" e degli andreottiani, che sono riusciti a non farlo eleggere nei primi tre scrutini, la sua candidatura viene portata avanti a oltranza. Ma è stato lui stesso, dopo l'ultimo tentativo fallito, a ritirarla. Così hanno cominciato a fioccare nomi da una parte e dall'altra. Giovanni Conso, ex vicepresidente del CSM. Giuliano Vassalli, che ha preceduto Martelli alla guida del ministero della Giustizia. Francesco De Martino, che guidava il PSI prima di Bettino Craxi. Leo Valiani, senatore a vita, condannato al carcere durante la Resistenza antifascista. Alla fine, Forlani, abbastanza contrariato, per tagliare corto si è dimesso da segretario della DC.

Tra i nomi che sono spuntati un po' per gioco, un po' per dispetto, ma anche un po' per fare sul serio, c'è quello del signore seduto in questo momento alla sinistra di Giovanni Falcone: Paolo Borsellino. Ha ricevuto quarantasette voti, che se non sono sufficienti per essere eletto, non sono comunque uno scherzo. Gli amici dell'MSI, a cui aveva aderito da ragazzo, hanno espresso il proprio gradimento per un magistrato "simbolo delle istituzioni e della società civile che lotta contro la mafia". È stato il segretario del partito, Gianfranco Fini, a caldeggiare ai suoi il voto per Borsellino.

"Paolo, piuttosto," Giovanni ricambia la pacca sulla spalla, "ora per sentirlo dovremo chiamare al Quirinale!" Stavolta ridono, i colleghi. Anche perché non c'è nessun pericolo che Borsellino – il quale nel frattempo è stato nominato procuratore aggiunto a Palermo e vi ha fatto ritorno da Marsala – sia realmente in corsa per la presidenza. Ai giornalisti che l'hanno intervistato ha risposto seccamente che "bisognerebbe procedere sollecitamente alla nomina del presidente della Repubblica" e che si dovrebbe "votare per candidati seri, e non per dare voti soltanto dimostrativi."

"E Peppino? Come fa il magico Ayala a resistere senza panelle?"

"Sta bene, sta bene. Pure lui è un altro che si è *venduto alla politica*."

"È colpa sua se non abbiamo ancora il presidente della Repubblica!" lo sfotte uno dei colleghi. Ayala e Falcone si sono rivisti nei giorni scorsi. Peppino è stato nominato consulente della Commissione parlamentare antimafia, poi si è candidato con il PRI ed è stato eletto deputato. E quindi, come tutti gli altri, in questi giorni è impegnato anche lui nell'elezione del capo di Stato.

"Lo vediamo dopodomani, a Peppino. A Roma," dice Giovanni. "Festeggiamo il compleanno."

"Di nuovo?" fa Ingroia.

"Di nuovo, di nuovo. Io due volte sono nato. È vero, Francesca?" Lei annuisce solennemente.

"Due volte," fa segno con le dita della mano.

All'anagrafe, Giovanni Falcone risulta nato il 20 maggio, ma in realtà è nato il 18, cioè oggi. Come Ayala, d'altronde, solo che Peppino è nato sei anni dopo. Hanno già in programma una cena al ristorante La Carbonara, in Campo de' Fiori.

73.
VIAGGIO D'AMORE

Roma, 1992

Verso l'inizio di maggio, i tonni lasciano le acque dell'Atlantico e attraversano lo Stretto di Gibilterra. Da lì si spostano verso la Liguria e percorrono tutto il Tirreno, fino ad arrivare alle coste siciliane. Questo lunghissimo viaggio, un'interminabile rotta migratoria che spinge enormi banchi di tonni, grandi pelagici obbedienti alle leggi naturali, ad accarezzare la sagoma dello Stivale dall'orlo fino alla punta, da molti è chiamato "viaggio d'amore". Perché alla base di tutto c'è il richiamo alla riproduzione. Le acque miti delle Egadi sono il posto ideale per far schiudere le uova.

È dagli albori dell'umanità, nei primi insediamenti lungo la costa, che l'uomo per sopravvivere ha imparato a pescare. Di giorno e di notte, da solo e in gruppo, con l'amo e la lenza. E, soprattutto, con l'arpione e la rete. Ha imparato a intercettare, per quanto rudimentale fosse la tecnica, i pesci che nuotano in grossi banchi, come i tonni rossi, bottino prezioso. È così da millenni, in Sicilia: l'uomo sa che il tonno è una preda facile, e che il mare ne offre in abbondanza. Il viaggio d'amore si è trasformato in una corsa verso la "mattanza". È il gioco della vita, e della morte.

I tonnaroti, gli addetti alla pesca del tonno, iniziano a prepararsi già ad aprile. Sistemano in mare le reti, che possono essere lunghe anche diversi chilometri, formando un intricato corridoio di stanze comunicanti. Quando il *rais* dà l'ordine, verso maggio, dalle tonnare partono le barche: lasciano la costa e arrivano al largo, dove si dispongono in cerchio, intorno alle reti, e le tirano su intonando le cialome, tutti insieme, un po' alla volta, con la sola forza delle proprie braccia. Poi sui tonni calano gli arpioni. La promessa di nuova vita diventa una danza di morte. Una danza che era preludio di sazietà, per quelli che non avevano di che sfamarsi e che con quei tonni pesanti più di un quintale avrebbero campato per i mesi a venire.

Ogni primavera il rito si rinnova. Quando il mare si tinge di rosso, la mattanza è compiuta.

"Scendiamo per la mattanza?" Giovanni è un po' in bilico fra due mondi. Vuole lasciarsi alle spalle i veleni, ma non vuole lasciarsi alle spalle Palermo, Trapani, la Sicilia. Sa che anche a Francesca fa piacere tornare a casa, perché può stare con sua madre. E lui può vedere le sorelle, i nipoti. Incontrare Paolo e gli altri colleghi che gli sono rimasti amici.

Quest'anno la mattanza di Favignana, la più famosa, sarà il 23 maggio, fra due giorni, ma per arrivare in tempo bisogna essere a Palermo la sera prima, di venerdì. Negli ultimi tempi, le trasferte di Giovanni da Roma a Palermo e viceversa sono settimanali. Il ministero gli mette a disposizione, per ragioni di sicurezza, un trimotore Falcon 50 grazie al quale può almeno evitare di prendere i voli di linea, sarebbe una missione impossibile con tutte le cautele a cui è sottoposto.

"Sì, dai. Cioè, in realtà non lo so." Francesca è dubbiosa. Beve l'ultimo sorso di vino che ha nel bicchiere. Sono seduti a tavola, lui con la camicia aperta, la cravatta appesa allo schienale di una sedia, lei senza scarpe, con le gambe allungate sotto il tavolo e i piedi scalzi sopra uno sgabello. La finestra è aperta sul balcone. La brezza primaverile entra nella casa di via del Cacco. La musica di Verdi, però, stasera suona troppo grave.

In quel momento che potrò dire io, misero,
chi chiamerò a difendermi,
quando a malapena il giusto potrà dirsi al sicuro?

Giovanni si alza, anche lui scalzo, e va ad abbassare il volume.

"Devo vedere se riesco," dice Francesca. "Direi di sì, però vediamo come va domani."

"Ok." Giovanni è in piedi, quando squilla il telefono. È il collega Pietro Grasso, che era già stato giudice a latere nel primo grado del Maxiprocesso, affiancando Alfonso Giordano, e che poi negli ultimi mesi ha ritrovato al ministero della Giustizia.

"Ce l'hai ancora?" gli domanda Giovanni a bruciapelo.

"Ce l'ho, ce l'ho. Tranquillo devi stare, te lo tratto bene. Stasera gli canto pure la ninna nanna." Durante un volo da Roma a Palermo gli ha affidato il suo accendino Dunhill sfilandolo di punto in bianco dalla tasca dei pantaloni. "Non è un regalo," gli ha detto, "è che ho deciso di smettere di fumare. Me lo ridarai se dovessi cambiare idea."

"Tu quando scendi a Palermo?" gli chiede il collega. Anche Grasso è palermitano. È nato in provincia di Agrigento, ma già quand'era piccolissimo la sua famiglia si trasferì a Palermo. Era alla Pretura di Barrafranca, quando ammazzarono il giudice Pietro Scaglione senza che il presidente del Consiglio, già in Sicilia per altri motivi, si presentasse al funerale, così come i ministri dell'Interno e della Giustizia. Grasso decise di farsi trasferire a Palermo. E da lì a Roma, come Giovanni.

"Domani. Scendiamo domani, appena Francesca si libera."

"Mi date un passaggio?"

"Certo, però ci dobbiamo risentire perché dipende tutto da Francesca." Lei sventola il braccio dalla cucina, per rimproverarlo che le sta scaricando tutta la responsabilità. Lui spalanca le braccia per dire che in fondo è la verità, la colpa è sua. Lei gli fa il gesto delle corna.

Neanche il tempo di poggiare la cornetta e fare qualche passo verso il tavolo della cucina, che il telefono squilla di nuovo. Giovanni si blocca, fa una mezza rotazione, rigido come un manichino, e allunga il braccio per rispondere.

"Ciccio!"

Francesca, in cucina, si batte una mano sulla fronte. È Francesco La Licata. Da quando ha convinto Giovanni a collaborare con lui come editorialista alla *Stampa* si sentono spesso. La cosa andrà per le lunghe.

"Io ti sconsiglio vivamente, Giovanni, di fare il mestiere del conduttore televisivo."

"Ma vafanculu, va'," si mette a ridere.

"Cos'è 'sta novità delle *Lezioni di mafia*?"

"Un casino, avete combinato."

"Ma chi, io?"

"Magari tu no, ma i tuoi colleghi sì."

"E che c'entro io?"

"Sei colpevole per proprietà transitiva."

"Dai, fammi capire. Quando inizia questa trasmissione?"

"Fra poco. Comunque, sul serio, io non riesco a capire se alcuni tuoi colleghi sono in buona fede o se ci marciano. Un poco *ingenui*, diciamo."

"Di minchioni ce ne sono dappertutto."

"Io ho semplicemente accettato una proposta di consulenza, me l'ha fatta il giornalista Alberto La Volpe. Stop. Da qui i tuoi colleghi hanno scritto 'Falcone diventa Mike Bongiorno'. Io non so più in che lingua devo parlare, con voi."

"Ancora *noi*?"

"Con *loro*, amunì."

"Come vanno le cose per la Superprocura?"

"Mah. Sarà eletto Cordova, sicuro al cento per cento."

"E come lo sai?"

“Lo so, lo so. Io una cosa sola devo fare: chiedere di farmi trasferire in una bella Procura tranquilla, sperduta da Dio, uno di quei posti dove c’è una buona *qualità della vita*, e addio.” Francesca, dalla cucina, si batte l’indice sulla tempia e scuote la testa.

“Ma per piacere,” ridacchia La Licata, “non ti ci vedo proprio.”

“Scendiamo giù per la mattanza, Francesca e io. Quando torno, la settimana prossima, ci dobbiamo vedere.”

“Assolutamente. Bella la mattanza, fai le foto!”

“Sissignore.”

74.
LA CARNE È ARRIVATA

Palermo, 1992

Quante volte hanno dovuto abbassare la voce, Raffaele Ganci e i suoi, dentro la macelleria di famiglia in via Lo Jacono, a due passi da via Notarbartolo, dove abita il giudice e dove fa ritorno una volta alla settimana. Quante volte, mentre l'autista del giudice passava davanti alla macelleria per andare a prendere la macchina che l'avrebbe scortato dall'aeroporto di Punta Raisi, il boss Raffaele Ganci e i suoi figli, Mimmo e Calogero, hanno dovuto ricacciarsi in gola gli insulti e le imprecazioni per quel curnutu di Giovanni Falcone. Quante volte hanno dovuto mugugnare. Sussurrare. Digrignare i denti, come i cani rabbiosi. Sibilare, come i serpenti. Squittire, come i sorci. Troppe, considerato che la Croma blindata è parcheggiata lì vicino, che il suo autista passa sempre lì davanti e che dalla macelleria possono vederla ogni volta che parte e che ritorna.

Non se la perdono una sola volta, da quando zu' Totò ha dato l'ordine: “Dopo Lima, viene Falcone.”

Ogni volta che l'autista viene a prendere la Croma, parte la staffetta dei motorini: il primo la segue per un certo tratto di strada, poi molla la presa, per non farsi notare. Ma non prima di aver telefonato al compare, che sta su un altro motorino e che ricomincia a pedinare l'auto dal punto esatto in cui l'altro l'ha lasciata. E poi ancora, per due o tre volte, fino al varco d'accesso per l'aeroporto. L'hanno pedinata così tante volte, la Croma bianca, da ricavarne alcuni dati fondamentali. La prima: quando si dirige all'aeroporto, vuol dire che Falcone sta arrivando in città; quando prende altre strade, vuol dire che Falcone se ne starà a Roma, o comunque lontano da Palermo. La seconda: l'autista di Falcone è sempre lo stesso, e guida sempre la stessa auto. La terza: solitamente il giudice fa ritorno a Palermo per il fine settimana, arriva il venerdì, altre volte il sabato. La quarta: di norma preferisce arrivare al pomeriggio, più raramente capita che l'aereo atterri di mattina.

Sono informazioni preziose. Saranno utilissime quando arriverà il momento, il giorno in cui dentro la carnezzeria potranno parlare liberamente. Il giorno in cui potranno smetterla di squittire come i sorci.

Pietro Rampulla lo chiamano "l'artificiere", tanto è bravo a maneggiare gli esplosivi. Ha fatto saltare in aria la sede della DC di Monreale, ha sfasciato mezza università di Messina con i gruppi neofascisti per favorire l'assegnazione della mensa alle imprese di 'ndrangheta, ha militato in Ordine nuovo ed è il figlio di un importante mafioso di Mistretta legatissimo a Nitto Santapaola.

Ha già lavorato con Giovanni Brusca, conosce le bombe, i detonatori, sa come usarli e dove recuperarli. Brusca non ha dubbi: Rampulla è il migliore. Ne è convinto al punto da averlo portato davanti al Corto in un incontro che si è tenuto a Palermo con i boss Salvatore Biondino, Raffaele Ganci e Salvatore Cancemi. Sono tutti d'accordo: è un lavoro complicato, bisognerà lavorare di fino, recuperare il tritolo, sistemarlo nel posto giusto. Soprattutto, bisognerà costruire apparecchi, collegare i detonatori a un radiocomando, assicurarsi che tutto funzioni. Perché non ci si può permettere di fallire. E allora serve un artificiere come Rampulla.

Brusca ha già una buona quantità di esplosivo. Se l'è procurato grazie a una coincidenza fortunata: un suo parente lavora in una cava di Roccamena, nel palermitano, e ha una licenza che gli permette di usare la dinamite per far saltare le rocce. Duecento chili di esplosivo da cava, diviso in quattro sacchi da cinquanta chili ognuno, sono già pronti nel casolare di Mezzanasca, uomo d'onore al servizio di Brusca. È già stato macinato con un'impastatrice per la calce e travasato in due bidoni da un quintale l'uno. Adesso vanno trasportati ad Altofonte e da lì a Capaci, a due passi dall'autostrada che collega l'aeroporto di Punta Raisi con Palermo. Una volta lì, sarà il capozona Antonio Troia a prendersene cura.

"Centocinquanta, centosettanta. A tanto va."

"Pure io ho visto così. Centosessanta, centocinquanta, centosettanta." Mimmo e Calogero Ganci, i figli di don Raffaele, sono dietro il banco della macelleria. Uno ha il grembiule bianco imbrattato di sangue, la mannaia nella mano destra, l'altro sta poggiato col gomito sul bancone e si gratta il mento.

"Corre abbastanza," fa Mimmo staccando le costolette dal pezzo di carne che ha davanti, una dopo l'altra, con colpi decisi di mannaia.

"Abbastanza," concorda suo fratello. Stavolta, hanno lasciato da parte i motorini e preso un'auto. Hanno seguito la scorta correndo parallelamente all'autostrada, su un tratto da cui la Croma con a bordo Falcone e le altre due macchine – una davanti, l'altra dietro – si vedevano benissimo. E ne hanno registrato la velocità di marcia in base al proprio tachimetro.

"Dovete guardare i giornali," dice don Raffaele, anche lui in grembiule da macellaio, sbattendo sul banco una copia del *Giornale di Sicilia*. "Qua, dovete guardare." Poggia l'indice tozzo e screpolato su una pagina, lasciandoci una chiazza rossa. Nell'elenco degli appuntamenti c'è scritto che Falcone terrà nei prossimi giorni una conferenza all'istituto Gonzaga.

"Ma non è ancora pronto niente," dice Nino Galliano. C'è anche lui nella macelleria dei Ganci, è il nipote di don Raffaele. Ufficialmente fa il portiere alla Sicilcassa di via Cordova, ma è un soldato della cosca della Noce, ed è stato reclutato per aiutare i fratelli Ganci nelle attività di pedinamento.

"Non è pronto niente," concorda don Raffaele. "Dico in generale, per sapere quando scende. E dovete continuare a tenere d'occhio la macchina." Fa un cenno con gli occhi alla strada lì davanti, dove la Croma blindata è parcheggiata quando non è fuori per trasportare Falcone.

Madre natura gli ha detto che deve aspettare. Glielo dice da anni, ormai. E lui si fida. Per lui, Giuseppe Graviano è protezione, è Dio, è tutto. Per questo l'ha soprannominato Madre natura. I suoi ordini sono leggi naturali a cui bisogna soltanto assoggettarsi.

Gaspare Spatuzza ha una venerazione assoluta per Giuseppe Graviano. Non farebbe nulla senza un suo assenso. Neanche realizzare la missione della propria vita: vendicarsi contro Totuccio Contorno, che gli ha ammazzato un fratello su mandato di Stefano Bontate. È per questo che è diventato un uomo d'onore: per avere licenza di ammazzare Contorno. Per avere i mezzi e le alleanze necessarie. Ma deve aspettare. Non è ancora il momento.

Però, pensa adesso Gasparino, Madre natura l'ha messo comunque sulla buona strada. In fondo, se Totuccio Contorno ha smesso di essere un bersaglio ambulante, se gode della protezione di cui godono gli infami, è anche grazie a Giovanni Falcone. Per questo non gli dispiace troppo fare quello che Madre natura gli ha chiesto. Va comunque nella direzione giusta. Segue la sua vendetta parallelamente, come i fratelli Ganci seguono quelle auto blindate lungo l'autostrada.

Gaspare Spatuzza è andato al molo di Porticello ed è salito su un peschereccio, accompagnato da un uomo d'onore della famiglia di Corso dei Mille, Cosimo Lo Nigro. Legati all'imbarcazione con delle funi, due grossi bidoni, e all'interno di questi due bombe. Le stesse bombe che furono seminate durante il conflitto mondiale, grosse uova di drago piovute dal cielo, quelle che Giovanni Riina cercava nei campi, chino tra i frutteti. Le stesse che caricò sul suo carretto, che si portò dentro casa; le stesse che lo spedirono al Creatore davanti agli occhi del piccolo Totò, scampato per miracolo all'apocalisse che gli sterminò la famiglia, gli sventrò la casa e gli lasciò un inferno di fuoco nella testa. Solo che stavolta le bombe vengono dal mare, non dalla terra. Si sono tuffate a grappoli, scaricate nel 1943 dai quadrimotori Boeing, le fortezze volanti che arrivavano da Malta e solcavano il cielo sopra Isola delle Femmine, Sferracavallo, Mondello, fino ad attaccare il porto. Si sono inabissate, inghiottite dalla sabbia, ed è stata sempre la sabbia a restituirle, accumulandosi sul fondale e spingendole verso l'alto, là dove i pescatori ignari talvolta le tirano su col resto del pescato. Amiche e nemiche di chi questi mari li naviga da sempre, vengono usate per la pesca di frodo, dopo che ne è stata estratta la polvere pirica per fabbricare ordigni più piccoli. Ma altre volte no. Altre volte, non sono i pesci quelli che vengono fatti saltare in aria. Gli uomini del corleonese, che queste acque le hanno solcate più volte, lo sanno bene.

Cosimo D'Amato, un cugino di Lo Nigro, prima era un pescatore. Adesso non più, ma quelli che recuperano i residuati bellici per la pesca di frodo li conosce ancora. Così, quando una rete un po' più pesante del solito ha riportato in superficie un paio di bombe, l'ha avvisato: "C'è una cassetta di pesce."

L'esplosivo recuperato da Giovanni Brusca sarà pure tanto, ma non è sufficiente per fare quello che zu' Totò ha in mente. Duecento chili di tritolo non bastano per far saltare in aria un'autostrada, e in città non si può usarlo perché le vittime sarebbero troppe. O magari sì, magari basterebbero pure, ma questa volta il corleonese non vuole margini d'incertezza. Se Falcone si salva, diventerà irraggiungibile. Lo manderanno in Alaska, piuttosto. Lo chiuderanno in una fortezza militare. O gli daranno il posto di procuratore nazionale antimafia, che è quasi la stessa cosa. Bisogna colpirlo adesso che è vulnerabile: vulnerabile e osteggiato da mezza Italia. Ora che è solo. Quindi duecento chili non bastano.

Spatuzza ha recuperato le bombe che i pescatori hanno raccolto dal mare e le ha portate, con Lo Nigro, in un magazzino del quartiere Brancaccio. Adesso i due stanno tagliando il metallo dei vecchi ordigni per estrarne il contenuto, stanno battendo la polvere col martello per ridurne la grana, stanno passando la polvere dentro un setaccio, la stanno travasando nelle federe di cuscino, stanno mettendo le federe piene di esplosivo dentro sacchi della spazzatura chiusi con corde e nastro adesivo. Li porteranno in casa di una zia di Spatuzza, dove un altro amico della cricca, Fifetto Cannella, verrà a prenderli per caricarli sulla sua Volkswagen. Poi Cannella porterà i sacchi a Giuseppe Graviano. Madre natura, a sua volta, li porterà a Capaci.

"Troppo bello, troppo bello!" dice eccitato Giovanni Brusca. Hanno trovato il posto giusto, finalmente. Una piccola galleria che si allunga sotto l'asfalto fino al centro della strada. Canali, cunicoli, passaggi. Ne avevano provati già diversi, lui, Salvatore Biondino, Giovan Battista Ferrante, Raffaele Ganci e Pietro Rampulla, ma nessuno andava bene. Alcuni non fornivano una visuale giusta, alcuni erano troppo larghi – non adatti a una deflagrazione potente –, altri erano poco profondi. Le auto della scorta di Falcone viaggiano quasi sempre sulla corsia di sorpasso: data la velocità, serve che l'esplosivo si trovi precisamente al centro della carreggiata, sotto l'asfalto. Giusto sotto la Croma. La soluzione è arrivata da uno che queste campagne le conosce bene: il capozona Antonio Troia.

Fanno una passeggiata lungo la montagna, poi Brusca dice: "Da qui si vede bene." Dopo aver tagliato qualche ramo con una sega, l'autostrada si vede ancora meglio. Ora bisogna fare le prove.

Rampulla, l'artificiere, ha portato due apparecchi da cui spunta un'antenna e la levetta di un interruttore. Riceveranno il segnale dal radiocomando e innescheranno i detonatori. Adesso, però, per testarli, all'apparecchio ricevente ha collegato non i detonatori, ma alcuni flash, di quelli a cubetto che si montano sulle macchine fotografiche. Ce li hanno in mano Nino Gioè e Gino La Barbera, che stanno acquattati davanti all'entrata della piccola galleria, sotto la strada. Brusca, dalla sua postazione più in alto, sulla collina, attiverà il comando. Se le luci si accendono, funziona.

Salvatore Biondino e Giovan Battista Ferrante salgono su una Mercedes e imboccano l'autostrada poco distante, dove c'è l'insegna del bar Johnnie Walker. Ferrante è alla guida. La strada è praticamente libera. Schiaccia l'acceleratore, la lancetta del tachimetro sale fino ai centocinquanta chilometri orari. Brusca, dall'alto, vede la Mercedes avvicinarsi. Quando ce l'ha davanti, al centro della visuale, aziona il comando.

Giù, chino davanti all'antro buio che arriva fino al centro dell'autostrada, Gino La Barbera sente un piccolo *puff* sordo, ovattato, e vede accendersi i flash.

"Allora?" È Ferrante, al telefono.

"A posto," dice Brusca. "Riproviamo. Più veloce."

La Barbera rimpiazza il flash bruciato con uno nuovo. Ne hanno diverse scatole. Ferrante e Biondino prendono l'uscita di Isola delle Femmine e tornano indietro, passano di nuovo davanti al bar per rimettersi in autostrada. Ora la Mercedes arriva fino a centosessanta chilometri orari.

"Adesso?"

"A posto. Ancora."

La Mercedes esce di nuovo dall'autostrada, ripercorre il tratto all'indietro e la riprende, ora a centosettanta.

"Di nuovo." E poi ancora: "Di nuovo." "Di nuovo." "Di nuovo." Avanti così per mezza mattinata.

Quando è chiaro che il congegno preparato da Rampulla funziona, e che risponde all'azionamento in tempo reale, dipingono di rosso un tratto del guardrail. È il punto esatto in cui dovrà trovarsi la Croma di Falcone quando Giovanni Brusca azionerà il radiocomando.

"Più in fondo, più in fondo," fa Giovanni Brusca.

"Oh, ma lo vuoi fare tu, ah?" La voce di Nino Gioè esce dal tunnel con un'eco soffocata dalle pareti strette.

"Più in fondo," insiste Brusca. Gioè è steso di pancia su un carrello simile a uno skateboard e ha una fune legata sotto le ascelle. Con le mani fa leva sul pavimento, coi i piedi spinge i bidoni con l'esplosivo, che è stato ridistribuito in tubi più piccoli, più facili da sistemare. Striscia fino al centro del tunnel, cioè al centro della carreggiata stradale: è notte ma riesce a capirlo grazie alla luce fioca che entra dall'altra parte della galleria e alle torce che si sono portati dietro. Strattona la corda: è il segnale che devono tirare la fune per riportarlo indietro.

Si danno il cambio, lui, Brusca, La Barbera, Rampulla e Leoluca Bagarella, il cognato di Totò Riina. Vanno avanti così per un bel pezzo, a prendere i fusti di tritolo dalla campagna disseminata di ulivi, e a spingerli nella galleria scivolando sulla tavola da skate. Non soffia un alito, tutto intorno, e seppure di moscerini ne volino parecchi, quelli non sono un problema.

Però, a un tratto, il cognato del Corto si mette a sussurrare: "Fermi. Fermi!"

"Che minchia..." fa uno di loro sporgendosi dal tunnel. Ma subito capisce. Spengono le luci. Solo le cicale, adesso, nel buio della campagna. E i *clic* delle sicure che vengono tolte dai mitra. Tutti ne hanno uno, tranne Bagarella, che ha un kalashnikov. Più in là, a un centinaio di metri di distanza, si è fermata un'auto dei carabinieri.

"Non ci voleva," fa Brusca accarezzando la canna della pistola. "Minchia. Non ci voleva."

"Ssh," fa Bagarella.

Lo sportello dell'auto si apre, un carabiniere scende. Si guarda intorno. Sembra disorientato. Loro si acquattano sul terreno, immobili come statue, e con le armi pronte a fare fuoco.

Il carabiniere muove qualche passo in mezzo ai tronchi d'ulivo. Si ferma dietro un albero. Resta lì per qualche attimo, poi torna verso l'auto, sale e riparte.

"Una pisciata si è fatto," dice La Barbera, che può di nuovo respirare. "Solo una pisciata."

"Curnutu."

Spingono dentro il tunnel il fusto a cui hanno attaccato il detonatore. Da lì parte un filo lungo diversi metri che è incollato col mastice alla parete della galleria e arriva fino all'uscita, dove va collegato all'apparecchio ricevente costruito da Rampulla. Quando l'ultimo bidoncino con l'esplosivo è stato sistemato, sono le quattro del mattino. Prendono rami, erbacce, rifiuti, un materasso, tutto quello che trovano per coprire l'entrata della galleria. Portano via tutti gli attrezzi, tranne un tubetto di colla e una pila elettrica, che dimenticano lì.

Mimmo Ganci sta fissando la giumenta che pascola sull'erba da un paio di minuti buoni. La osserva dalla finestra della cascina di Antonio Troia, dove si sono riuniti tutti.

"Oh," gli fa alle spalle La Barbera. "T'a vòi futtiri? Perché se è così, lo zu' Antonio..."

"No, no, secondo me se la vuole portare! Carnizziere, è."

"Ma pigghiatillu 'ntu culu," replica il figlio di don Raffaele.

"'U capisti o no chiddu ch'hai a fari?" domanda Brusca.

"Tutto a posto. Quando la Croma si muove davanti alla carnezzeria, chiamo a te e a Giannino." Giovan Battista Ferrante annuisce. "Io vado a Punta Raisi," dice, "a vedere quando arriva l'aereo cu 'u curnutu."

"E io all'entrata dell'autostrada," dice La Barbera, "che vado a fianco alle macchine." Dovrà correre sulla strada parallela all'autostrada, procedendo con la stessa andatura delle auto di scorta, così da comunicare la velocità di marcia a quelli appostati nelle campagne. Durante le ultime prove si sono accorti che bisogna attivare il radiocomando qualche frazione di secondo prima che la Croma si trovi nel punto esatto dell'esplosione, perché dal momento in cui viene schiacciato il bottone a quello in cui si accende la lampadina si determina un lievissimo ritardo. Per rendere tutto ancora più preciso, dopo aver colorato di rosso il guardrail hanno messo anche un vecchio frigorifero di fianco alla strada: sarà un ulteriore segnale del punto in cui dovrà trovarsi l'auto del giudice quando verrà azionato il comando a distanza.

"Io sto al tunnel," dice Rampulla.

"Devi tirare fuori l'antenna," gli dice Brusca.

Pietro annuisce. Dovrà prendere la ricevente che si trova nella galleria, tirarla fuori e attivarla.

"Io e lui," Brusca indica Nino Gioè, "stiamo sopra. E aspettiamo a voi." Quando il telefono squillerà, dovranno schiacciare il bottone. Nel frattempo, faranno base a Capaci, nella cascina di Troia. La stessa in cui si trovano adesso, con la cavalla che pascola sull'erba.

"Io però lo posso fare fino a sabato," dice Ferrante. Gli altri lo fissano, perplessi.

"Ah?" fa Brusca.

"Lo posso fare fino a sabato. Fino al 23. Dopo non ci sono."

"Ma che minchia..." Brusca si passa una mano sulla faccia. "Che minchia devi fare, dopo il 23?"

"Domenica c'è la comunione di mio figlio, come faccio? Non posso."

"Ma che..." Brusca è diventato paonazzo.

"Tranquillo, tranquillo..." lo smorza Biondino. "Domenica comunque non possiamo fare niente. Sai quanta gente c'è che cammina su quella strada, domenica?"

Nella carnezzeria dei Ganci, quelli fidati hanno ricevuto l'ordine di non prendere l'autostrada vicino allo svincolo di Capaci. È rischioso, in questi giorni, passare da quelle parti. Lo sanno loro, e l'ha saputo pure il Corto.

Si parla a voce ancora più bassa, dentro il negozio. Si mormora, e si sta con gli occhi aperti. Sembrano soffrire il caldo Mimmo e

Calogero, i ragazzi di don Raffaele, che stanno sempre seduti su una Vespa fuori dalla macelleria, a guardare la strada. Ci sono stati diversi falsi allarmi. Ogni volta che la Croma bianca si sposta, dai telefoni dei Ganci parte una telefonata: Brusca e gli altri si muovono per raggiungere le postazioni, ma poi la macchina prende altre strade, non quella che porta all'aeroporto. Ogni fine settimana che salta è una settimana intera che salta, perché nei giorni lavorativi Falcone resta a Roma. Eccezion fatta per lunedì scorso, quando il giudice è arrivato a Palermo per festeggiare il compleanno e nessuno lo sapeva. Tranne i giornali, da cui i mafiosi hanno appreso la notizia.

In un eccesso di solerzia, Ferrante – forse preoccupato che, nel caso in cui si dovesse sciupare un'occasione, poi sarà costretto ad abbandonare il commando per la comunione del figlio – è andato a sistemarsi in pianta stabile davanti all'aeroporto di Punta Raisi. Là tiene d'occhio gli aerei che arrivano da Roma.

La giornata di lavoro dura dalla mattina fino all'ultimo atterraggio, dopodiché se ne riparla l'indomani. Sono molte le ore che i fratelli Ganci trascorrono col sedere sulla sella della Vespa posteggiata, a chiacchierare, buttando l'occhio sulla strada. Sono molte anche le ore che Giovanni Brusca trascorre in casa di Antonio Troia, in mezzo agli ulivi e a poco altro. Sono molte le ore che Giovan Battista Ferrante trascorre davanti all'aeroporto di Punta Raisi, con un occhio alla pagina del *Giornale di Sicilia* che riporta gli orari degli arrivi e l'altro ai cancelli, ché non si può mai sapere. E sono molte le ore che Totò Riina trascorre chiuso in casa, davanti alla TV, guardando con suo figlio Salvuccio le regate dell'America's Cup, perché c'è il *Moro di Venezia* in finale, appisolandosi di tanto in tanto.

Ore di inutili aspettative, di attese frustrate, ore in cui però tutti loro hanno una compagna fedele, una compagna che resta sempre sveglia e arzilla: la speranza.

Che se ne fa di tre auto blindate, quel curnutu di Giovanni Falcone, quando ha un Paese contro?

Finché un pomeriggio Mimmo e Calogero Ganci, appostati davanti alla macelleria, vedono il padre, don Raffaele, che torna correndo dal bar Ciro's accompagnato dal boss di Porta Nuova Salvatore Cancemi. Un po' camminano, un po' corrono. Vanno spediti, ma senza esagerare. Non vogliono che qualcuno li noti.

"Forza, forza," dicono ai ragazzi. "Amunì."

Dalla vetrina del bar, hanno visto muoversi la Croma bianca. E allora è tutto un fuggi fuggi. Mimmo e Calogero fanno appena in tempo a salire, il primo sul motorino, il secondo sulla macchina, che la Croma gli passa davanti. Uno riesce a starle dietro, l'altro no: andrà direttamente all'aeroporto. Perché è lì che l'auto si sta dirigendo, a Punta Raisi. Mimmo, che ha preso il motorino e le sta alle calcagna, ha appena telefonato a Ferrante per dirglielo. Vengono avvisati pure quelli che stanno a casa di Troia.

A Capaci, in un anonimo fazzoletto di terra puntellato di ulivi, le cicale non hanno ancora cominciato a frinire. Sono da poco passate le cinque del pomeriggio. È primavera. Il sole illumina teneramente i campi, qualche libellula fa la spola fra un cespuglio e l'altro. Un paio di uomini si dirigono verso una collinetta. Qualcun altro sta armeggiando davanti a un cumulo di rifiuti ed erbacce.

Calogero ha parcheggiato la sua Alfa 155 a Punta Raisi, è sceso dall'auto e si è messo a guardare la strada. La Croma con l'autista di Falcone è arrivata, ha fatto un cenno alla guardia e ha proseguito verso le piste d'atterraggio.

Il telefono di Mimmo Ganci, che ha lasciato la Croma poco prima che arrivasse all'aeroporto, si mette a suonare. È Calogero, suo fratello macellaio.

"La carne è arrivata."

75.
SOLO È IL CORAGGIO

Palermo, 1992

Maria lo sta aspettando a casa, mentre il destino gli corre di fianco, nel viale rasente all'autostrada, a poco più di cento chilometri orari. La Lancia Delta di La Barbera regola l'andatura in base a quella del giudice e della sua scorta, la Quarto Savona 15, che oggi, stranamente, oscilla fra i cento e i centoventi. Falcone ha chiesto di guidare. Adesso davanti ci sono lui e Francesca, mentre dietro è seduto l'autista, Giuseppe Costanza. Il giudice procede lento, troppo lento rispetto al solito, al punto che La Barbera si domanda se questo non sarà un problema.

È come se avesse qualche remora, la Fiat Croma, a compiere il percorso che deve. A tracciare tutta la parabola fino alla sua scontata conclusione.

Giovanni ha detto alla sorella che lui e Francesca non andranno più a Favignana. La mattanza è stata all'alba e loro sono riusciti a liberarsi solo per il pomeriggio. Francesca ha chiesto a sua madre di comprare qualcosa di buono per il pranzo di domani, che è domenica. Sarà bello stare tutti insieme intorno a un tavolo.

L'altro Giovanni – Brusca, che dai suoi sodali, quando lui non può sentirli, è soprannominato 'u Verru, il porco – sta sopra la collina e osserva l'autostrada. In mano ha un radiocomando. Accanto a lui c'è Nino Gioè, stringe un binocolo: lo tiene puntato sul viadotto dove le tre auto si muovono in processione, al centro quella bianca del giudice e di sua moglie.

Ogni tanto sbadigliano. Non ne possono più. Vogliono finire questo travagghiu e tornarsene a casa. Lo scassaminchia l'ha tirata troppo per le lunghe. Non vedono l'ora di rompergli le corna, scendere dalla collina e dire a zu' Totò che è tutto a posto. E poi, magari, prendersi qualche giorno di ferie, che è primavera. Vogliono godersi la campagna in fiore e l'aria buona.

Il telefono di Gioè squilla.

"Ah, ok. E come... Ah, benissimo. Va bene, va bene. Sì, bella giornata. Ti saluto, eh. Porta i saluti pure alla famiglia. I picciriddi, tutto a posto? Menomale. Ciao, ciao." Si volta verso Brusca: "Dice che stanno andando piano, assai più piano che le altre volte." Brusca annuisce, fa un tiro di sigaretta e la getta sul terreno, davanti ai piedi.

"Amunì," dice sbrigativo, con la voce roca. Ha le ossa rotte. Non ne può proprio più di starsene appostato sulla collina.

"Allora andiamo sotto casa, lasciamo Francesca e poi vado a comprare due cose."

"Va bene, dottore." Davanti a loro c'è la Croma marrone con a bordo gli agenti Antonio Montinaro, Vito Schifani e Rocco Dicillo. Dietro, nella terza auto, la Croma azzurra, Paolo Capuzza, Gaspare Cervello e Angelo Corbo.

"E quando ripartite?" chiede dal sedile posteriore Giuseppe Costanza.

"Lunedì. Ripartiamo lunedì." Troverà l'ufficio ordinato come non mai, lunedì, perché ha passato tutta la giornata di ieri a mettere in ordine. Liliana Ferraro gli ha detto che stava rompendo i timpani a tutti nelle stanze accanto, con il baccano delle cose spostate e il rumore del tritadocumenti in azione per disfarsi delle carte inutili. Ma lui si era incaponito, voleva "lasciare le cose a posto," e ha proseguito a oltranza. Così adesso è stanco, stanco e distratto.

"Allora dopo cortesemente mi lascia le chiavi, così lunedì posso prendere la macchina," prosegue il ragionamento Costanza. Giovanni, sovrappensiero, sfila le chiavi dal cruscotto e fa il gesto di passargliele.

"Ma che fa?" grida Costanza. L'auto rallenta bruscamente, ma continua a camminare. "Così ci ammazziamo!"

"Scusate," fa Giovanni, "scusate." Reinserisce la chiave nell'accensione.

"Ma che minchia..." sbotta Nino Gioè, con il binocolo in mano. L'auto ha decelerato bruscamente, sembra quasi che si stia fermando. Cosa vuole fare, mettersi a prendere un caffè sull'autostrada?

Però, nonostante tutto, procede. Si muove un po' alla volta verso il frigorifero che sta coricato a bordo strada. Si avvicina lentamente.

"Vai," dice Gioè. 'U Verru, però, non si muove.

"Amunì," ripete Gioè. "Vai!" Ma il Porco ancora non si muove. Si è reso conto che l'auto ha rallentato. Ha capito che così, se segue il piano alla lettera, la Croma bianca rischia di salvarsi. E lui non ne può più. Vuole farla finita. Vuole tornarsene a casa.

"Vai!" grida ancora una volta Gioè. Adesso può. Brusca sposta la levetta verso il basso.

Alle 17, 56 minuti e 48 secondi, sull'autostrada Palermo-Mazara del Vallo si apre uno squarcio che sembra un cratere lunare. L'Osservatorio geofisico del monte Cammarata, a più di cento chilometri di distanza, registra l'esplosione. I sismografi disegnano il tracciato di quello che potrebbe essere un terremoto, sono tutti pronti a inviare un allarme alla Protezione civile.

Giuseppe Costanza, seduto dietro, vede dal finestrino una pioggia di pietre che si rovescia sull'auto e la inghiotte. Crede che sia un'eruzione vulcanica, ma si sbaglia.

Giovanni e Francesca vedono il mondo che si capovolge. E loro no, loro non si sbagliano.

Il mondo si è capovolto, si è girato sulla schiena, come una tartaruga in agonia.

L'impatto li scuote come foglioline, piccole foglie di carne in una bufera di fuoco e schegge affilate. Tutto va in frantumi. I vetri, il ferro, le loro ossa. I loro corpi. La prepotenza dell'esplosione non ammette repliche. Nulla è risparmiato, in questa trappola di lamiera.

Il cofano dell'auto si apre come una lattina; grovigli di tubi, ferro e cavi elettrici si mischiano all'asfalto. È il cielo stesso che si mischia alla terra. La bara di metallo bianco precipita verso il suolo, così com'è schizzata in alto. Quando arriva a toccarlo, è già sepolta da una valanga di terreno.

* * *

Antonio Vassallo ha venticinque anni. Abita con la famiglia in una casa di campagna che sta fra la collina e la striscia d'asfalto che collega Punta Raisi a Palermo. Di professione fa il fotografo, ha una licenza che gli è stata rilasciata dalla Questura di Palermo, e ha fondato un'associazione dedita alla difesa del territorio, per sensibilizzare la gente del posto contro la speculazione edilizia mafiosa. Non è facile, il lavoro del fotografo, ma quello con l'associazione è ancora più impegnativo. A pochi metri da casa sua vive Giovanni Battaglia, amico e sodale di Giovanni Brusca il quale l'ha soprannominato 'u Pazzu, perché è un tipo assai nervoso. Eppure, nonostante il nervosismo, 'u Pazzu ha scoperto di avere un hobby. È questo che crede Antonio Vassallo, che oltre a scattare fotografie ha anche uno studio. Battaglia, che lui ha sempre tenuto a distanza, riservandogli quei minimi cenni di saluto che non si possono negare ai vicini di casa, è andato da lui a chiedergli dei flash per macchine fotografiche. Una richiesta strana, non solo perché Antonio non l'ha mai visto scattare fotografie, ma anche perché quelle lampadine monouso sono passate di moda da un bel po'.

“Ti consiglio di comprarti una macchina con il flash integrato,” gli ha detto. Ma quello ha insistito: “No, mi servono proprio quei flash lì.” Gliene ha chieste diverse scatole e Antonio, per procurargliele, le ha dovute ordinare.

Alle 17, 56 minuti e 48 secondi, Antonio sente un enorme boato e crede che sia esplosa una cava che da quelle parti conoscono come “la cementeria”. Esce di casa correndo, la macchina fotografica al collo, e si mette in sella al suo motorino. Corre nella direzione in cui vede alzarsi verso il cielo una colonna di fumo nero. Ci mette poco ad arrivare.

Antonio Vassallo scende dal motorino un centinaio di metri più in là. Ormai ha capito che la cementeria non c’entra nulla, ma non può arrivare fin dove vorrebbe, perché la strada è coperta dai detriti. Si avvia a piedi verso quello che gli sembra un cratere vulcanico, sulla cui cima c’è una Croma bianca. Poco dietro ce n’è un’altra azzurra.

Sono arrivati anche due uomini, due contadini che lavoravano nei paraggi. Non si conoscono fra loro, sono diffidenti. Nessuno dei tre rivolge la parola agli altri. Antonio è giovane e imprudente. Si arrampica sulla montagnola di terra, asfalto e detriti, su cui c’è la Croma fumante. Accosta il viso al finestrino del guidatore. C’è un uomo, all’interno. Muove debolmente il busto, e ha gli occhi semiaperti. Lo fissa. I loro sguardi s’incrociano. L’uomo ha il volto coperto di sangue e di ferite. Nessuno potrebbe riconoscerlo.

Così si fissano, lui e Antonio, a cui sembra di cogliere nella sua espressione un sorriso triste. Il busto dell’uomo oscilla da un lato e dall’altro, e così la sua testa. Non può parlare, o comunque Antonio non lo sente. Ma i suoi occhi gli dicono: *Ce l’avete fatta. Bravi. Finalmente ci siete riusciti.* L’uomo nell’auto non sa chi sia Antonio. Deve averlo scambiato per qualcun altro. Uno di quelli che hanno già lasciato la collina.

Se avesse un telefono cellulare lo userebbe per chiamare i soccorsi, ma non ce l’ha. E così, sentendo in lontananza le sirene che si avvicinano, fa quello che sa fare: si mette a scattare fotografie.

È a questo punto che dall'altra macchina arriva un tonfo. Uno di quelli che erano a bordo con un calcio ha aperto lo sportello ed è uscito. Antonio lo vede avvicinarsi, ha una folta chioma di capelli ricci su cui, quando ha aperto l'auto, è piovuto del terriccio. Ne ha fra i capelli, sugli occhi, come se fosse appena uscito dalla propria tomba. Stringe fra le mani un mitra e lo punta verso il fotografo. Cammina zoppicando come uno zombie, inciampa nei detriti. È l'agente Angelo Corbo, che col terreno negli occhi non vede quasi nulla. Crede che la macchina fotografica di Antonio sia una pistola e che lui si sia avvicinato per finire le vittime con un colpo di grazia. Spinge il dito sul grilletto, che ormai ha già fatto mezza corsa. Antonio non sa quanto la morte gli sia vicina, in questo istante. Gli è talmente vicina che può alitargli sul collo. Fra lui e lei c'è forse mezzo millimetro, l'ultimo tratto che il grilletto deve compiere sotto il polpastrello del poliziotto perché parta la raffica. Antonio fugge via. La morte, stranamente, non gli corre dietro. Resta lì, sospesa sulla Croma bianca.

La prima macchina, quella che era in testa al corteo, non si vede. Sarà scampata all'esplosione, pensa Corbo. I colleghi saranno già in città, avranno chiamato i soccorsi. Nel frattempo anche gli altri due agenti, Paolo Capuzza e il caposcorta Gaspare Cervello, sono usciti dall'auto, feriti e sanguinanti, hanno circondato la macchina di Falcone con le mitragliette spianate. Uno di loro ha puntato l'arma anche contro il contadino che si era avvicinato all'auto insieme al fotografo e adesso grida: "Voglio aiutare! Sono venuto ad aiutare!"

"Lontano!" gli gridano. "Stai lontano!" Chi ha fatto saltare l'autostrada, pensano, è venuto qui per terminare il lavoro.

Ma quello si avvicina lo stesso, mostra le mani aperte, insiste che vuole dare aiuto. Si chiama Salvatore Gambino: è lui ad aprire la Croma bianca. L'uomo seduto dietro è ferito, ma sembra cosciente. Gambino, con gli uomini della scorta, tira fuori dalle lamiere il corpo di Francesca. La prende in braccio. Ha una gamba spezzata.

Stanno arrivando le ambulanze, le sirene si avvicinano. Per l'uomo al volante della Croma, che ha il volto coperto di sangue, non c'è nulla che possano fare: il volante gli blocca il petto. Bisogna aspettare che i pompieri taglino le lamiere con una sega a scoppio per tirarlo fuori. Anche nell'altra corsia di marcia ci sono feriti, ma non sembrano gravi.

La Croma marrone degli altri agenti di scorta, però, non è arrivata in città. Non sono stati loro a chiamare i soccorsi, che nel frattempo stanno arrivando accompagnati da poliziotti, carabinieri, frotte di giornalisti. L'esplosione ha sbalzato l'auto una decina di metri più in là, in mezzo agli ulivi, dove giace capovolta. Il tetto si è schiacciato. Per i tre occupanti, Antonio Montinaro, Vito Schifani e Rocco Dicillo, non c'è stato scampo.

Antonio Vassallo si è messo a fotografare anche quella, protetto dagli ulivi. È tornato non appena ha visto arrivare i primi soccorsi. Sta ancora scattando fotografie quando vede arrivare due uomini in abiti civili. Gli vanno incontro a passo deciso, agitano un tesserino che lui non riesce a leggere.

"Ci consegni il rullino, prego," gli dicono seccamente.

"Ho una licenza..." Antonio si affretta a prendere dalla tasca la licenza per fotografare rilasciata dalla questura. Ma uno di loro gli afferra un braccio e glielo torce dietro la schiena.

"Il rullino!"

Antonio non sa se siano carabinieri, poliziotti o cosa. Ma è spaventato. Con molta cautela riavvolge la pellicola, la sfila dalla macchina fotografica e gliela consegna. I due uomini scompaiono. E, con loro, per sempre, le sue fotografie.

* * *

"Presidente della Repubblica la voglio vedere, dottore Borsellino!"

"Ma per piacere. Ci mancherebbe solo quello, ci mancherebbe."

È da ventidue anni che il barbiere Paolo Biondo mette le mani sulla testa di Borsellino, da quando ancora faceva il pretore a Piana degli Albanesi. Li conosce a memoria, quei capelli, centimetro per centimetro. Ogni vertigine. Come conosce le pieghe del suo volto, il mento, gli zigomi, le guance su cui ha spalmato litri di crema da barba.

Gli ha lanciato un'occhiata complice, quando il magistrato è entrato nel salone da barbiere. Era per dirgli: se vuole, può passare avanti. Anche gli altri clienti lo conoscono, sanno che con la scorta, le corse che deve fare avanti e indietro, potrebbe avere fretta. Nessuno avrebbe da ridire se saltasse la fila. Ma lui no, ha ringraziato e ha scosso la testa. E ha aspettato due ore, prima di sedersi sulla poltrona da cui, attraverso il vetro a riquadri del negozio, può vedere la strada, le macchine che passano, i motorini, le persone che camminano sul marciapiede gettando uno sguardo all'interno della bottega.

Paolo il barbiere ha appena finito di tagliargli i capelli e glieli sta asciugando, quando il cellulare di Borsellino poggiato sul piano di lavoro si mette a suonare. Lui lo prende e risponde. Resta in silenzio per qualche secondo, immobile. Pietrificato. Il barbiere vede il suo volto, quel volto che conosce così bene, perdere colore.

"Mi puoi..." dice Borsellino con la voce rotta, "toglimi la mantellina, per favore."

"Che è successo, dottore?" Il barbiere spegne l'asciugacapelli.

"Per favore... toglimi la mantellina." Cerca con le dita il gancetto che gliela chiude dietro il collo. Il barbiere lo accontenta, aprendola lui.

"Dottore, ma cosa..." Borsellino si alza, fa qualche passo verso l'uscita. Poi si ricorda di non aver ancora pagato. Dalla tasca posteriore dei pantaloni sfila il portafoglio e poggia una banconota da ventimila lire sul banco di marmo.

"Ma me lo vuole dire che è successo?" insiste il barbiere.

"Hanno fatto un attentato a Giovanni." Non occorre che ne pronunci il cognome. Paolo il barbiere sa benissimo che per lui l'unico Giovanni è Giovanni Falcone, il ragazzo della Kalsa che viveva a un tiro di schioppo da casa sua.

"Dov'è Giovanni?" chiede con un filo di voce Francesca, dentro il suo letto nel reparto di neurochirurgia dell'Ospedale civico di Palermo. I medici non sanno che dirle. Qualcuno azzarda: "Sta bene." Ma lei continua a domandare: "Dov'è Giovanni?" Non riesce a dire null'altro. Le lesioni interne sono gravissime. L'unica frase che le rimane in corpo, l'unica che riesce ancora a pronunciare, è una domanda.

"Dov'è Giovanni?"

Angelo Corbo, Paolo Capuzza e Gaspare Cervello sono feriti, ma vivi, come Giuseppe Costanza. Sono gli unici che hanno visto il mondo capovolgersi davanti ai loro occhi e che potranno raccontarlo. Potranno raccontare che la terra ha tremato, prima di aprirsi sotto i loro piedi, mentre la Croma bianca con Giovanni Falcone e Francesca Morvillo volava in alto e poi precipitava. Potranno raccontare che con quel giudice non voleva lavorarci nessuno, e che il capo della squadra mobile, quando si è trattato di assegnare qualcuno alla sua scorta, ha dovuto scorrere fino alla fine l'elenco degli agenti reclutabili. Che hanno dovuto improvvisarsi agenti di scorta, perché nessuno di loro conosceva il mestiere, e in quattro e quattr'otto l'hanno imparato benissimo, hanno fatto squadra, si sono chiusi come un guscio intorno al giudice Falcone. Solo che non puoi farci niente, quando ti si apre il mondo sotto i piedi. Potranno raccontare di aver visto l'auto con i colleghi Antonio Montinaro, Vito Schifani e Rocco Dicillo ribaltata fra gli ulivi, e di un fumo nero che saliva verso l'alto come un tornado di sciagura.

Nel corridoio davanti al reparto di pronto soccorso ci sono alcuni colleghi. E c'è Paolo Borsellino con la schiena poggiata al muro e lo sguardo spento, gli occhi sul pavimento, la testa che gli penzola dal collo come un frutto che sta per staccarsi dal ramo.

Anche Alfredo Morvillo è arrivato in ospedale. Fra poco sua sorella Francesca verrà sottoposta a un intervento chirurgico.

Paolo non parla. Lo ha appena chiamato da Firenze Nino Caponnetto. Gli ha chiesto come sta Giovanni, e lui non è riuscito a rispondere. Nino sentiva solo il suo pianto, e più lo sentiva, più si allarmava, perché in TV hanno detto soltanto che c'è stato un attentato a Falcone e alla moglie, e che entrambi sono gravemente feriti.

"Mi rispondi, Paolo?" insisteva. "Rispondimi. Come sta Giovanni?" E allora Paolo gliel'ha detto.

"È morto un minuto fa. Tra le mie braccia." Nino non ha risposto nulla. C'è stato un tonfo, poi è caduta la linea.

* * *

L'ufficio di Giovanni Falcone è in ordine. Ha lasciato le cose a posto. E si sbagliavano i colleghi a vedere in questo un saluto finale. Se avesse saputo che l'ora era arrivata, non avrebbe portato con sé la donna della sua vita. Era convinto di avere ancora qualche scampolo di vita da godersi, e qualche altro da rovinarsi. E allora resta un segreto per tutti, questa sua frenesia, questo suo ultimo affaccendarsi.

Per tutti tranne che per Paolo Borsellino.

Lui lo sa bene cosa intendeva Giovanni, quando parlava di lasciare le cose a posto. Era convinto che di lì a poco avrebbe cambiato ufficio. Che sarebbe diventato procuratore nazionale antimafia. Non ha mai smesso di sperarci, che le cose si sistemassero. Che gli dessero la possibilità di fare luce. Ma sul serio, stavolta. Una luce vera che disperdesse le tenebre e che permettesse a tutti di vederci chiaro. Ci aveva sperato molte volte, e ogni volta era rimasto sconfitto, tradito, umiliato. E allora ha continuato a sperare, più forte di prima. Non una sola volta, ma ripetutamente, senza sosta, nella sua formidabile ed eterna ossessione. Quello di un mondo senza più mafia era un pensiero che gli bruciava nel petto, e quando un pensiero abita i corpi, popola le menti, un giorno o l'altro popola anche la terra.

Tutto questo, Paolo Borsellino lo sa. Anche lui è così. Ed è per questo che adesso prende a pugni il muro, dentro il salotto di casa sua, e grida: "Giovanni! Giovanni!", mentre le lacrime gli rigano le guance, si fanno strada sulla pelle rasata precipitando fra le sue scarpe nere. Nemmeno lui ha mai smesso di crederci.

Soltanto che adesso si sente solo. Ed è inevitabile che sia così, perché solo è il coraggio.

© Angelo Palma / A3 / Contrasto

BIBLIOGRAFIA

Avvertenza

Per raccontare la storia di Giovanni Falcone ho dovuto studiare, consultare, vagliare fonti il cui numero si è spesso rivelato vertiginoso. Su alcuni aspetti, invece, anche per via della estrema sobrietà di Giovanni Falcone e Francesca Morvillo riguardo alla loro vita privata, mancano documenti e testimonianze. Ma se il verbo *ricordare* contiene la radice latina *cor*, cuore, allora ogni atto della memoria è un "riportare al cuore": per questo ho pensato fosse più che mai necessario spingere lo sguardo sulla soglia di quelle zone di silenzio, lasciandomi guidare dai materiali disponibili. Lo spazio intimo, dove ci si muove al riparo dai pubblici sguardi, è quello dove maturano le scelte cruciali, si prova il dolore più profondo, si gioisce dell'ebbrezza più piena. Provare a raccontarlo è seguire il percorso delle scelte, delle ragioni, fino a dove sono maturate prima di accadere. È ciò che la letteratura può fare per testimoniare la solitudine e il coraggio.

Questa è la bibliografia che rende conto del lavoro di preparazione della scrittura e dell'intrico di testi, riferimenti, materiali audiovisivi su cui poggia ogni scena.

Tutti i link presenti nelle note ai testi sono aggiornati alla fine di marzo 2022.

1. FUOCO

Per raccontare la morte del padre e del fratello di Totò Riina ho seguito le ricostruzioni di Attilio Bolzoni e Giuseppe D'Avanzo, *Il capo dei capi. Vita e carriera criminale di Totò Riina*, BUR, Milano 1993 e di John Follain, *Gli ultimi boss. Ascesa e caduta della più importante famiglia mafiosa*, trad. it. di Elisabetta Valdré, Mondadori, Milano 2012.

Per i bombardamenti che, durante lo sbarco degli Alleati, si abbatterono su Palermo e i dintorni, vedi Enrico Deaglio, *Il raccolto rosso 1982-2010.*

Cronaca di una guerra di mafia e delle sue tristissime conseguenze, il Saggiatore, Milano 2010.

Il riferimento a Giovanni Riina, schedato dai Reali Carabinieri come "soggetto capace di procurare danno alle persone e al patrimonio altrui", si trova in Attilio Bolzoni e Giuseppe D'Avanzo, *Il capo dei capi.*, cit. e in Attilio Bolzoni, "Quell'erede feroce ma troppo sfacciato per piacere al padre", *la Repubblica*, 6 dicembre 1996. Il riferimento alle terre possedute dai baroni senza soluzione di continuità si trova in Enrico Deaglio, *Il raccolto rosso 1982-2010*, cit.

2. IL GUASTAFESTE

Per le lettere di accertamento a firma Giovanni Falcone che a inizio anni ottanta si riversarono sulle scrivanie dei direttori di banca siciliani, si vedano Francesco La Licata, *Storia di Giovanni Falcone*, Feltrinelli, Milano 2002; Giuseppe Ayala, *Chi ha paura muore ogni giorno. I miei anni con Falcone e Borsellino*, Mondadori, Milano 2008; e la raccolta di interviste di Marcelle Padovani a Giovanni Falcone, *Cose di Cosa Nostra*, BUR, Milano 1991. È l'atto fondativo di quello che sarà poi chiamato "metodo Falcone", l'inseguire i movimenti del danaro per tracciare i capitali di provenienza mafiosa.

L'importanza delle tecniche di indagine patrimoniale per combattere il fenomeno mafioso sarà esposto in quegli stessi mesi del 1982 da Giovanni Falcone e Giuliano Turone, allora giudice istruttore di Milano, nella relazione *Tecniche di indagine in materia di mafia* presentata a Castel Gandolfo durante l'incontro della Commissione per la riforma giudiziaria e l'amministrazione della giustizia. "Il vero 'tallone d'Achille' delle organizzazioni mafiose," si legge nella relazione dei due giudici, "è costituito dalle tracce che lasciano dietro di sé i grandi movimenti di danaro connessi alle attività criminali più lucrose." Il testo della relazione è reperibile in *Riflessioni ed esperienze sul fenomeno mafioso*, Quaderni del Consiglio superiore della magistratura, Roma 1983 e in Giovanni Falcone, *La posta in gioco*, BUR, Milano 2010.

I nomi delle banche riportate nel capitolo sono presi dagli atti giudiziari relativi al processo Spatola, qui consultabili: https://archiviopiolatorre.camera.it/img-repo/fondo_zupo/Sez._I_serie_0001_Vol_025.pdf.

Il dialogo fra Rocco Chinnici e il procuratore capo Giovanni Pizzillo è scritto a partire da un appunto del diario personale di Chinnici, datato 18 maggio 1982. Lo si può leggere qui integralmente: https://www.archivioantimafia.org/libri/diario_chinnici.pdf. Per l'accusa di "rovinare l'economia palermitana" e il "consiglio" di "caricare di processi Falcone in maniera che 'cerchi di scoprire nulla, perché i giudici istruttori non hanno mai scoperto nulla'", si veda anche Francesco La Licata, *Storia di Giovanni Falcone*, cit.

Per un inquadramento della sua biografia, sull'importanza che Rocco Chinnici ha avuto nella lotta alla criminalità organizzata e sulla sua nomina dopo la morte del giudice Terranova, si vedano Francesco La Licata, *Storia di Giovanni Falcone*, cit. e Fabio De Pasquale ed Eleonora Iannelli, *Così non si può vivere. Rocco Chinnici: la storia mai raccontata del giudice che sfidò gli intoccabili*, Castelvecchi, Roma 2013. Vedi anche https://www.csm.it/web/csm-internet/aree-tematiche/per-non-dimenticare/rocco-chinnici.

Per la descrizione dell'ufficio di Giovanni Falcone mi sono ispirato all'arredamento della stanza che oggi fa parte del Museo Falcone e Borsellino, ricostruita e conservata dentro al Palazzo di giustizia di Palermo: https://www.giustizia.palermo.it/MuseoFalconeBorsellino_galleria.aspx?idg=348.

Il nome affettuoso "plasmoniani", dato da Chinnici ai giovani colleghi che in lui vedevano un modello e un punto di riferimento, è citato da Pietro Grasso in *Storie di sangue, amici e fantasmi. Ricordi di mafia*, Feltrinelli, Milano 2017.

3. IL BIGLIETTO

Per la storia dell'omicidio di Cesare Terranova e di Lenin Mancuso ho consultato i pezzi di cronaca nera del periodo: Francesco Santini, "Terranova ucciso con il suo autista. Confidò: 'Liggio mi vuole morto'", *La Stampa*, 26 settembre 1979; i due articoli dell'*Unità* del 26 settembre 1979, "L'atroce scalata mafiosa: 49 morti in 3 mesi" e "Lenin Mancuso, da anni scorta e amico fedele" e Ulderico Munzi, "Killer della mafia uccidono il giudice Terranova a Palermo", *Corriere della Sera*, 26 settembre 1979.

Per le reazioni dei magistrati di Palermo all'assassinio si vedano anche Giuseppe Ayala, *Chi ha paura muore ogni giorno. I miei anni con Falcone e Borsellino*, Mondadori, Milano 2008 e Francesco La Licata, *Storia di Giovanni Falcone*, Feltrinelli, Milano 2002.

Sull'operato di Cesare Terranova, precursore di un'antimafia allora quasi inesistente e il primo a comprendere le trasformazioni avvenute in quegli anni dentro alla criminalità organizzata siciliana, vedi:

https://www.csm.it/web/csm-internet/aree-tematiche/per-non-dimenticare/cesare-terranova; https://centrostudicesareterranova.blogspot.com/2016/; l'articolo della *Repubblica* "40 anni fa il delitto del giudice Terranova", 25 settembre 2019, e quello sul *Blog Mafie* di *Domani* a cura dell'Associazione Cosa vostra "Era il nemico numero uno di Luciano Liggio, il boss di Corleone", 27 settembre 2021, https://www.editorialedomani.it/fatti/blog-mafie-cesare-terranova-nemico-luciano-liggio-boss-corleone-w7zkmy98.

L'episodio sul giovane Borsellino finito di fronte al giudice Cesare Terranova per una rissa tra studenti "rossi" e "neri", e poi prosciolto, è tratto da Umberto Lucentini, con Agnese, Lucia, Manfredi e Fiammetta Borsellino, *Paolo Borsellino. Il valore di una vita*, Mondadori, Milano 1994.

La relazione di minoranza del 1976 della Commissione parlamentare antimafia, che vide tra i firmatari Pio La Torre e il giudice Cesare Terranova, e che mise in evidenza i rapporti tra la mafia e la politica italiana, è disponibile a questo link: https://archiviopiolatorre.camera.it/img-repo/DOCUMENTAZIONE/Antimafia/03_rel.pdf.

L'immagine del disegno firmato da Bruno Caruso è disponibile in questo articolo su blog *Mafie* della *Repubblica*, a cura di Attilio Bolzoni, https://mafie.blogautore.repubblica.it/2019/09/30/3577/, che riporta, tra l'altro, l'ultima intervista a Terranova della giornalista palermitana Anna Pomar.

Infine, la lettera-testamento di Cesare Terranova si può leggere integralmente sul blog *Mafie* della *Repubblica*: https://mafie.blogautore.repubblica.it/2019/10/04/3589/.

4. UNA LUNGA STAFFETTA

Il dialogo dove Rocco spiega a Giovanni l'importanza per i magistrati del lavoro di squadra nella lotta alla mafia l'ho scritto dopo aver consultato i libri di Fabio De Pasquale ed Eleonora Iannelli, *Così non si può vivere. Rocco Chinnici: la storia mai raccontata del giudice che sfidò gli intoccabili*, Castelvecchi, Roma 2013 e di Caterina Chinnici, *È così lieve il bacio sulla tua fronte*, Mondadori, Milano 2013. Senza il lavoro di Rocco Chinnici – basato sulla condivisione di notizie e informazioni, il reciproco tenersi aggiornati sulle scelte di ciascun giudice e la coordinazione dell'attività della polizia – il pool antimafia non avrebbe mai visto la luce.

Per costruire le scene nei corridoi del Tribunale di Palermo ho consultato le memorie di Giuseppe Ayala, *Chi ha paura muore ogni giorno. I miei anni con Falcone e Borsellino*, Mondadori, Milano 2008; il libro di Giuseppe Di Lello, *Giudici. Cinquant'anni di processi di mafia*, Sellerio, Palermo 1994; il saggio biografico di Francesco La Licata, *Storia di Giovanni Falcone*, Feltrinelli, Milano 2002; il libro di Pietro Grasso, *Storie di sangue, amici e fantasmi. Ricordi di mafia*, Feltrinelli, Milano 2017; quello di Leonardo Guarnotta, *C'era una volta il pool antimafia. I miei anni nel bunker*, Zolfo, Milano 2020, e la sua intervista alla *Voce di New York*, "I ricordi di Leonardo Guarnotta, magistrato antimafia nel Pool con Falcone e Borsellino", 22 gennaio 2019, qui disponibile: https://www.lavocedinewyork.com/news/primo-piano/2019/01/22/i-ricordi-di-leonardo-guarnotta-magistrato-antimafia-nel-pool-con-falcone-e-borsellino/.

5. OSTAGGIO

Per la scena di Falcone tenuto in ostaggio da Vincenzo Oliva nel carcere di Favignana sono partito dagli articoli del 9 ottobre 1976 sull'*Unità*, "Coltello alla gola. Detenuto sequestra un giudice per un giorno", e sulla *Stampa*, "Detenuto sequestra il giudice Giovanni Falcone sette ore e minaccia d'ucciderlo". Si vedano anche le testimonianze riportate da Francesco La Licata in *Storia di Giovanni Falcone*, Feltrinelli, Milano 2002.

6. TRIBUNALE DEI MORTI

Le coordinate fondamentali del processo Spatola, inchiesta affidata da Rocco Chinnici al giudice Giovanni Falcone, sono contenute in Francesco La Licata, *Storia di Giovanni Falcone*, Feltrinelli, Milano 2002 e in Giuseppe Ayala, *Chi ha paura muore ogni giorno. I miei anni con Falcone e Borsellino*, Mondadori, Milano 2008.

Per i nomi fatti nel testo, si vedano gli atti relativi al processo, consultabili nell'Archivio digitale dedicato alla memoria dell'onorevole Pio La Torre: https://archiviopiolatorre.camera.it/img-repo/fondo_zupo/Sez._I_serie_0001_Vol_025.pdf.

Sui rapporti tra Rosario Spatola e Michele Sindona, il finto sequestro di quest'ultimo, la morte del commissario liquidatore Giorgio Ambrosoli, vedi "Quando organizzò il finto sequestro di Michele Sindona", *la Repubblica*, 5 gennaio 1990; Vincenzo Vasile, "Torna Spatola, il boss amico di Sindona", *l'Unità*, 31 marzo 1991; "Arrestato a New York il boss amico di Sindona", *la Repubblica*, 21 gennaio 1999; Enrico Deaglio, *Il raccolto rosso 1982-2010. Cronaca di una guerra di mafia e delle sue tristissime conseguenze*, il Saggiatore, Milano 2010; dal blog *Mafie* della *Repubblica*, "Il finto rapimento di Michele Sindona", 21 gennaio 2021, https://mafie.blogautore.repubblica.it/2020/01/21/3976/.

L'amore per i libri di avventura, e in particolare per Conrad, è raccontato da Falcone a Francesco La Licata in *Rapporto sulla Mafia degli anni '80. Gli atti dell'Ufficio istruzione del Tribunale di Palermo: Giovanni Falcone intervista-racconto*, a cura di Lucio Galluzzo, Francesco La Licata e Saverio Lodato, Flaccovio, Palermo 1986.

7. LO SBIRRO AMERICANO

La stesura del capitolo sulle indagini di Boris Giuliano è frutto di una ricognizione compiuta su più testi, i cui lacerti, brani, dettagli mi sono serviti da preziosissimi tasselli per comporre il mosaico della scena, tra i quali: Giovanni Falcone e Marcelle Padovani, *Cose di Cosa Nostra*, BUR, Milano 1991; Attilio Bolzoni e Giuseppe D'Avanzo, *Il capo dei capi. Vita e carriera criminale di Totò Riina*, BUR, Milano 1993; Francesco La Licata, *Storia di Giovanni Falcone*, Feltrinelli, Milano 2002 e Giuseppe Ayala, *Chi ha paura muore ogni giorno. I miei anni con Falcone e Borsellino*, Mondadori, Milano 2008.

Per la parte con Thomas Tripodi e Boris Giuliano mi sono ispirato a quanto raccontato da Ennio Caretto, "'Ecco l'Italia di mafia e P2.' Confessioni di uno 007 USA", *la Repubblica*, 23 aprile 1993; vedi anche Attilio Bolzoni e Giuseppe D'Avanzo, *Il capo dei capi*, cit. I dialoghi sono di mia invenzione.

Come per gli altri capitoli, i dati riguardanti i traffici della droga tra Sicilia e USA e il riciclaggio di danaro sporco sono stati ripresi dagli atti giudiziari relativi al processo Spatola, qui consultabili: https://archiviopiolatorre.camera.it/img-repo/fondo_zupo/Sez._I_serie_0001_Vol_025.pdf.

La battuta sul "muro sottile del segreto bancario… una pentola che nessuno vuole aperta" strizza l'occhio a una frase di Falcone in un'intervista con Francesco La Licata, contenuta in *Rapporto sulla Mafia degli anni '80. Gli atti dell'Ufficio istruzione del Tribunale di Palermo: Giovanni Falcone intervista-racconto*, a cura di Lucio Galluzzo, Francesco La Licata e Saverio Lodato, Flaccovio, Palermo 1986.

L'aneddoto che vede Boris Giuliano ospitare in casa i ragazzi finiti in questura è ricavato da un'intervista di Fabio Tonacci al figlio di Boris, Alessandro, "Mio padre Boris Giuliano, il nemico dei boss che apriva la nostra casa ai bambini poveri", *la Repubblica*, 19 maggio 2019.

La dinamica dell'omicidio è documentata in articoli di giornale di quegli anni, come in Bruno Tucci, "Stava indagando su mafia e droga: ucciso il vice questore di Palermo", *Corriere della Sera*, 22 luglio 1979 e in Francesco Fornari, "Il capo della Mobile di Palermo assassinato da un killer al bar", *La Stampa*, 22 luglio 1979. Si veda anche il ricordo di Giuliano nelle parole di Attilio Bolzoni, "Quel killer dalle mani tremanti", *la Repubblica*, 9 agosto 2002.

8. VERMINAIO

Sul processo Spatola, partito da un rapporto di polizia giudiziaria presentato al procuratore della Repubblica Gaetano Costa, e dove poi erano confluite le indagini di Bruno Contrada, Ferdinando Imposimato e Giuliano Turone, e per le impressioni di Falcone su quel "mondo enorme, smisurato, inesplorato", vedi il *Rapporto sulla Mafia degli anni '80. Gli atti dell'Ufficio istruzione del Tribunale di Palermo: Giovanni Falcone intervista-racconto*, a cura di Lucio Galluzzo, Francesco La Licata e Saverio Lodato, Flaccovio, Palermo 1986.

Per gli omicidi di Gaetano Costa, Emanuele Basile e di Pio La Torre ho usato le informazioni contenute in Francesco La Licata, *Storia di Giovanni Falcone*, Feltrinelli, Milano 2002; Giuseppe Ayala, *Chi ha paura muore ogni giorno. I miei anni con Falcone e Borsellino*, Mondadori, Milano 2008 e John Follain, *Gli ultimi boss. Ascesa e caduta della più importante famiglia mafiosa*, trad. it. di Elisabetta Valdré, Mondadori, Milano 2012.

Sulla foto, ormai iconica di quel periodo, che vede Rocco Chinnici, Giovanni Falcone e Ninni Cassarà sul luogo della morte di Pio La Torre, Attilio Bolzoni, "Falcone, Chinnici e Cassarà un presagio nella scena del delitto", *la Repubblica*, 29 aprile 2015.

Le intimidazioni ricevute nel suo periodo di Marsala sono raccontate da Falcone a Marcelle Padovani in *Cose di Cosa Nostra*, BUR, Milano 1991.

Per la separazione di Falcone dalla sua prima moglie Rita Bonnici, e il successivo matrimonio di lei con il presidente del tribunale trapanese Cristoforo Genna, vedi Francesco La Licata, *Storia di Giovanni Falcone*, cit.

9. L'animale sociale

Per descrivere la vita a Trapani di Falcone e Rita Bonnici sono partito da Francesco La Licata, *Storia di Giovanni Falcone*, Feltrinelli, Milano 2002 e da Salvatore Mugno, *Quando Falcone incontrò la mafia. I primi processi del magistrato a Cosa Nostra nel Palazzo di giustizia di Trapani ed altre singolari vicende (1967-1978)*, Di Girolamo, Trapani 2014.

I riferimenti a Saverio Malizia sono ricavati dai verbali della seduta alla Camera del 21 giugno 2005 qui consultabili: https://www.camera.it/_dati/leg14/lavori/stenbic/57/2005/0621/s030.htm.

Per i ricordi di Falcone del processo a Mariano Licari ho consultato il *Rapporto sulla Mafia degli anni '80. Gli atti dell'Ufficio istruzione del Tribunale di Palermo: Giovanni Falcone intervista-racconto*, a cura di Lucio Galluzzo, Francesco La Licata e Saverio Lodato, Flaccovio, Palermo 1986 e Francesco La Licata, *Storia di Giovanni Falcone*, cit.

Vedi anche l'inchiesta del quotidiano trapanese *Tp24*, "Mafia a Marsala: la storia di Mariano Licari. Affari, crimini, condanne e proscioglimenti", 13 dicembre 2019, qui disponibile: https://www.tp24.it/2019/12/13/inchieste/mafia-marsala-storia-mariano-licari-affari-crimini-condanne-proscioglimenti/142904.

10. Sfida tra galantuomini

Nel dialogo le battute sono riprese dall'ultima intervista rilasciata dal prefetto Carlo Alberto dalla Chiesa al giornalista Giorgio Bocca il 10 agosto 1982. La si può leggere integralmente in Giorgio Bocca, *È la stampa, bellezza! La mia avventura nel giornalismo*, Feltrinelli, Milano 2010.

11. Chi chiamerò a difendermi

Per gli interventi di Rocco Chinnici nelle scuole a parlare ai giovani di mafia e di droga, vedi Fabio De Pasquale ed Eleonora Iannelli, *Così non si può vivere. Rocco Chinnici: la storia mai raccontata del giudice che sfidò gli intoccabili*, Castelvecchi, Roma 2013.

La citazione del discorso di Chinnici è ripresa da Rocco Chinnici, *L'illegalità protetta. Le parole e le intuizioni del magistrato che credeva nei giovani*, Glifo, Palermo 2017.

Per la ricostruzione degli intrecci interni al processo Spatola (Nino e Ignazio Salvo, gli "esattori di Salemi", Totuccio Contorno, John Gambino, la morte di Inzerillo) ho consultato Attilio Bolzoni e Giuseppe D'Avanzo, *Il capo dei capi. Vita e carriera criminale di Totò Riina*, BUR, Milano 1993; Francesco La Licata, *Storia di Giovanni Falcone*, Feltrinelli, Milano 2002; Giuseppe Ayala, *Chi ha paura muore ogni giorno. I miei anni con Falcone e Borsellino*, Mondadori, Milano 2008; Enrico Deaglio, *Il raccolto rosso 1982-2010. Cronaca di una guerra di mafia e delle sue tristissime conseguenze*, il Saggiatore, Milano 2010 e Giovanni Bianconi, *L'assedio. Troppi nemici per Giovanni Falcone*, Einaudi, Torino 2017.

Il rapporto giudiziario "Michele Greco + 161" stilato, tra gli altri, dal commissario della squadra mobile Ninni Cassarà, dal comandante della sezione anticrimine di Palermo Angiolo Pellegrini e dal poliziotto Calogero Zucchetto, è disponibile a questo link: http://www.prefettura.it/FILES/AllegatiPag/1203/Stralcio_del_Rapporto_dei_161.pdf.

Per l'incontro tra Falcone e Francesca Morvillo mi sono ispirato a quanto scritto da Francesco La Licata in *Storia di Giovanni Falcone*, cit.

La predilezione di Falcone per Mozart e Verdi è testimoniata, tra gli altri, da Maria Falcone, *Giovanni Falcone. Un eroe solo* (intervista con F. Barra), Rizzoli, Milano 2012. In *Chi ha paura muore ogni giorno*, cit., Giuseppe Ayala riporta di aver sentito spesso Giovanni mettere come sottofondo di lavoro la *Messa da requiem* del compositore di Parma.

12. SVENTURATA È LA TERRA CHE HA BISOGNO DI EROI

Sulla storia d'amore tra Giovanni Falcone e Francesca Morvillo, sul ritorno a Palermo e sulla casa in via Notarbartolo, sulle lamentele dei vicini di casa, vedi Francesco La Licata, *Storia di Giovanni Falcone*, Feltrinelli, Milano 2002.

Per necessità narrativa ho retrodatato la lettera della vicina di casa al *Giornale di Sicilia* (14 aprile 1985) al 1982: resta il fatto che, sin dal suo trasferimento a Palermo nel 1978, Falcone fu oggetto di sgradevoli episodi di insofferenza nei suoi confronti da parte di condomini e abitanti del quartiere, come si può leggere in Giovanni Falcone e Marcelle Padovani, *Cose di Cosa Nostra*, BUR, Milano 1991.

I riferimenti al passato trapanese di Falcone sono tratti dal già citato Salvatore Mugno, *Quando Falcone incontrò la mafia. I primi processi del magistrato a Cosa Nostra nel Palazzo di giustizia di Trapani ed altre singolari vicende (1967-1978)*, Di Girolamo, Trapani 2014.

La vicenda dell'intercettazione delle telefonate di Roberto, nome di copertura di Tommaso Buscetta, al commercialista milanese è ispirata a quanto raccontato da Giuseppe Ayala in *Chi ha paura muore ogni giorno. I miei anni con Falcone e Borsellino*, Mondadori, Milano 2008.

13. COME IN UN MOSAICO

Per necessità narrativa, nel capitolo si immagina che la sera dell'attentato a dalla Chiesa, il 3 settembre 1982, Falcone e Chinnici si siano trattenuti in ufficio per lavoro – avevo bisogno che la notizia dell'assassinio giungesse tra capo e collo a due predestinati che si trovano nella stessa stanza. In realtà, secondo quanto raccontato da Giuseppe Ayala in *Chi ha paura muore ogni giorno. I miei anni con Falcone e Borsellino*, Mondadori, Milano 2008, Falcone era a cena con la compagna Francesca Morvillo, Giuseppe Ayala e la moglie di lui.

Nel capitolo, per i riferimenti alla guerra di mafia e alla figura di Salvatore Totuccio Contorno mi sono servito di Attilio Bolzoni e Giuseppe D'Avanzo, *Il capo dei capi. Vita e carriera criminale di Totò Riina*, BUR, Milano 1993 ed Enrico Deaglio, *Il raccolto rosso 1982-2010. Cronaca di una guerra di mafia e delle sue tristissime conseguenze*, il Saggiatore, Milano 2010. La descrizione della cattura di Contorno si può trovare in Massimo Luglio, "'Il cavallo scalciò a terra e trovammo le armi del boss'", *la Repubblica*, 6 agosto 2002.

In merito alle esequie di Pietro Scaglione nell'assenza delle cariche statali, si vedano Attilio Bolzoni e Giuseppe D'Avanzo, *Il capo dei capi*, cit. e Vittorio Nisticò, *Accadeva in Sicilia. Gli anni ruggenti dell'«Ora» di Palermo*, Sellerio, Palermo 2001.

Sull'intreccio tra mafia, politica e massoneria a Trapani vedi *Tp24*, "I trent'anni della Loggia Scontrino di Trapani. Affari e protezione per i mafiosi", 14 aprile 2016, e l'inchiesta di Attilio Bolzoni "L'ultima frontiera di Cosa Nostra", disponibile sul sito della *Repubblica*, 4 marzo 2016, https://inchieste.repubblica.it/it/repubblica/rep-it/2016/03/04/news/inchiesta_mafia-134782402/#danaro.

Sull'amicizia e collaborazione tra Falcone e Ninni Cassarà, Luca Rossi, *I disarmati. Falcone, Cassarà e gli altri*, Mondadori, Milano 1992; Francesco La Licata, *Storia di Giovanni Falcone*, Feltrinelli, Milano 2002; Giuseppe Ayala, *Chi ha paura muore ogni giorno*, cit.

14. POTERI SPECIALI

Il capitolo sulla strage di via Carini è stato scritto consultando i libri di Nando dalla Chiesa, *Delitto imperfetto. Il generale, la mafia, la società italiana*, Mondadori, Milano 1984; di Enrico Deaglio, *Il raccolto rosso 1982-2010. Cronaca di una guerra di mafia e delle sue tristissime conseguenze*, il Saggiatore, Milano 2010; di Antonio Calabro, *I mille morti di Palermo. Uomini, denaro e vittime nella guerra di mafia che ha cambiato l'Italia*, Mondadori, Milano 2016 e di Andrea Galli, *Dalla Chiesa. Storia del generale dei carabinieri che sconfisse il terrorismo e morì a Palermo ucciso dalla mafia*, Mondadori, Milano 2017.

15. COGLIERE LE ROSE

Nella scrittura del capitolo mi sono ispirato ai soggiorni estivi della famiglia Chinnici nella casa di San Ciro raccontati da Caterina Chinnici in *È così lieve il bacio sulla tua fronte*, Mondadori, Milano 2013. Sempre nel libro di Caterina si parla delle abitudini di Rocco, del giardino di rose e dei rigatoni "alla Chinnici".

La passione di Giuseppe Ayala per le motociclette era nota all'epoca a tutti i suoi colleghi. La menziona lui stesso in *Chi ha paura muore ogni giorno. I miei anni con Falcone e Borsellino*, Mondadori, Milano 2008.

16. VITA PRIVATA

L'episodio della convocazione di Giovani Falcone e Francesca Morvillo da parte del procuratore capo Pizzillo, perché a sua detta la loro relazione "dava scandalo", è accaduto veramente, come si può leggere in Francesco La Licata, *Storia di Giovanni Falcone*, Feltrinelli, Milano 2002. Sempre nel libro di La Licata è presente la descrizione della prassi seguita dalla scorta di Falcone.

17. ERO

Rocco Chinnici spesso si recava nelle scuole e nelle università per sensibilizzare i giovani sui temi della mafia e della droga, come si può leggere in Fabio De Pasquale ed Eleonora Iannelli, *Così non si può vivere. Rocco Chinnici: la storia mai raccontata del giudice che sfidò gli intoccabili*, Castelvecchi, Roma 2013.

Il testo del discorso, invece, è rielaborato a partire da quello che tenne a un convivio del Rotary di Palermo del 29 luglio 1981. Vedi Rocco Chinnici,

L'illegalità protetta. Le parole e le intuizioni del magistrato che credeva nei giovani, Glifo, Palermo 2017.

L'intervento del medico nell'aula magna universitaria è idealmente uno dei tanti che si tenevano all'epoca per sensibilizzare i giovani rispetto al problema dell'eroina. Qui mi è servito per tracciare un quadro storico e geografico sull'oppio, sulla nascita dell'eroina e della morfina, sulla loro diffusione nel secondo dopoguerra negli Stati Uniti, sui clan di Cosa nostra che subentrarono a quelli dei marsigliesi, sulla Palermo al centro del traffico internazionale di eroina, e sugli effetti di quest'ultima sull'organismo. Per scriverlo ho consultato i testi di Salvatore Lupo, *Quando la mafia trovò l'America, Storia di un intreccio intercontinentale 1888-2008*, Einaudi, Torino 2008; John Dickie, *Cosa Nostra. Storia della mafia siciliana*, trad. it. di Giovanni Ferrara degli Uberti, Laterza, Roma-Bari 2009; Id. *Mafia Republic. Cosa Nostra, camorra e 'ndrangheta dal 1946 a oggi*, trad. it di Fabio Galimberti, Laterza, Roma-Bari 2016 e Ugo Leonzio, *Il volo magico. Storia generale delle droghe*, il Saggiatore, Milano 2020. Un utile prospetto, scritto da chi con la tossicodipendenza combatte tutti i giorni, è consultabile sul sito della Comunità di San Patrignano, https://www.sanpatrignano.org/hai-bisogno-aiuto/info-droghe/eroina-e-oppiacei/.

Sul sito di Geoverdose.it è possibile visualizzare le statistiche nel tempo dei decessi per overdose e degli altri eventi acuti mortali correlati alla dipendenza da eroina.

18. L'INFILTRATO

La storia di Rosaria, di Frank Rolli, dei Gambino, dei fratelli Adamita ha preso forma dopo la lettura di diversi materiali, tra cui le carte del processo Spatola, qui consultabili: http://archiviopiolatorre.camera.it/img-repo/fondo_zupo/Sez._I_serie_0001_Vol_025.pdf; gli articoli dell'*Unità* di Saverio Lodato, "Anche a Roma indagini per l'omicidio Costa: c'è una cantante, forse 'corriere' della droga", 12 agosto 1980 e di Vincenzo Vasile, "Ha parlato un 'pentito' del racket della droga", 5 febbraio 1982; del *Corriere della Sera* di Sandro Acciari, "Sullo sfondo dell'omicidio Costa una cantante in carcere per eroina e un oscuro traffico di miliardi", 12 agosto 1980 e della *Stampa*, "L'inchiesta a Palermo sull'uccisione del giudice Costa: forse in un documento segreto USA i nomi dei 'killers' del magistrato", 12 agosto 1980; Franco Nicastro, "Voleva diventare una star del rock. Incontrò invece il clan della droga", *Giornale di Sicilia*, 23 dicembre 1982; infine, il libro di Maria

Pino, *Le signore della droga. Storie scellerate di casalinghe palermitane*, La Luna, Palermo 1988. Quello di Rosaria è un nome di fantasia: l'ho sostituito a quello trovato negli atti giudiziari per rispetto nei confronti di una donna sfruttata e ingannata, uscita pulita dall'intera vicenda che l'ha vista coinvolta. Nei fatti realmente accaduti "Rosaria" è una cantante di musica leggera, non di jazz come invece mi è piaciuto immaginare. La giovane, dopo essere finita a processo, fu assolta in appello con formula piena.

19. SOGNI

Le abitudini di Falcone in quegli anni sono descritte in Francesco La Licata, *Storia di Giovanni Falcone*, Feltrinelli, Milano 2002.

Su Palermo come hub del traffico di droga internazionale, sulla scalata mafiosa grazie ai profitti di questo business transatlantico e sull'inchiesta Pizza Connection, vedi John Dickie, *Cosa Nostra. Storia della mafia siciliana*, Laterza, Roma-Bari 2009 e Id., *Mafia Republic. Cosa Nostra, camorra e 'ndrangheta dal 1946 a oggi*, Laterza, Roma-Bari 2016.

La morte per overdose della figlia dei vicini di Rocco Chinnici è riportata in Caterina Chinnici, *È così lieve il bacio sulla tua fronte*, Mondadori, Milano 2013.

20. NESSUN RIPARO

Per le minacce e le intimidazioni che anticiparono l'omicidio del capo dell'Ufficio istruzione di Palermo Rocco Chinnici, vedi Fabio De Pasquale ed Eleonora Iannelli, *Così non si può vivere. Rocco Chinnici: la storia mai raccontata del giudice che sfidò gli intoccabili*, Castelvecchi, Roma 2013 e Caterina Chinnici, *È così lieve il bacio sulla tua fronte*, Mondadori, Milano 2013.

I particolari di cronaca sull'assassinio del magistrato Giangiacomo Ciaccio Montalto si trovano in Enrico Deaglio, *Il raccolto rosso 1982-2010. Cronaca di una guerra di mafia e delle sue tristissime conseguenze*, il Saggiatore, Milano 2010 e in Giuseppe Ayala, *Chi ha paura muore ogni giorno. I miei anni con Falcone e Borsellino*, Mondadori, Milano 2008. Si veda anche l'articolo di Rino Giacalone, "Un omicidio antico, ma i fatti sembrano di oggi", riportato sul sito del Comune di Trapani, https://www.comune.trapani.it/montalto/un-omicidio-antico-ma-i-fatti-sembrano-di-oggi/.

Il discorso di Chinnici citato a fine capitolo fu tenuto il 17 dicembre 1981 al convegno "Cristiani e uomini di buona volontà di fronte alla mafia" presso la facoltà di Magistero di Palermo. Il testo si può leggere in Rocco Chinnici, *L'illegalità protetta. Le parole e le intuizioni del magistrato che credeva nei giovani*, Glifo, Palermo 2017.

21. CRATERE

Per il capitolo sull'omicidio di Rocco Chinnici sono partito dagli articoli di giornale di Vincenzo Vasile, "Terrore mafioso: Palermo come Beirut. Strage per uccidere il giudice Chinnici", *l'Unità*, 30 luglio 1983 e Andrea Purgatori, "Strage della mafia, ucciso un giudice. Esplode a Palermo un'autobomba radiocomandata, quattro morti e 14 feriti", *Corriere della Sera*, 30 luglio 1983. Ho consultato inoltre i libri di Francesco La Licata, *Storia di Giovanni Falcone*, Feltrinelli, Milano 2002 e Giuseppe Ayala, *Chi ha paura muore ogni giorno. I miei anni con Falcone e Borsellino*, Mondadori, Milano 2008; di Caterina Chinnici, *È così lieve il bacio sulla tua fronte*, Mondadori, Milano 2013 e di Fabio De Pasquale ed Eleonora Iannell, *Così non si può vivere. Rocco Chinnici: la storia mai raccontata del giudice che sfidò gli intoccabili*, Castelvecchi, Roma 2013; e di Angiolo Pellegrini e Francesco Condoluci, *Noi, gli uomini di Falcone. La guerra che ci impedirono di vincere*, Sperling & Kupfer, Milano 2015.

L'autista di Chinnici, Giovanni Paparcuri, sopravvissuto all'attentato, poi diventato collaboratore di Falcone e Borsellino e oggi gestore del museo a loro dedicato all'interno del Tribunale di Palermo, racconta quel che successe il giorno dell'omicidio in questa intervista al programma *Siamo noi* di TV2000, qui disponibile: https://www.youtube.com/watch?v=I09RoEmj9js.

Vedi anche Attilio Bolzoni, "L'autista di Falcone che visse due volte", *la Repubblica*, 9 maggio 2017.

Per i documenti sulla vicenda processuale relativa all'omicidio di Rocco Chinnici e della sua scorta, e una retrospettiva sulla sua vita professionale, vedi https://www.csm.it/web/csm-internet/aree-tematiche/per-non-dimenticare/rocco-chinnici.

22. IL MONACO

Antonino Caponnetto racconta l'arrivo a Palermo nel suo libro *I miei giorni a Palermo. Storie di mafia e di giustizia raccontate a Saverio Lodato*, Garzanti,

Milano 1993. Per costruire la scena ho consultato anche Antonino Caponnetto, *Io non tacerò. La lunga battaglia per la giustizia*, Melampo, Milano 2011.

I brani dalle *Confessioni* di sant'Agostino sono tratti dall'edizione BUR del 1997 tradotta da Carlo Vitali.

23. POCHI AMICI

Alla vicenda del diario di Rocco Chinnici, reso pubblico dopo la sua morte, è dedicato un intero capitolo nel libro di Fabio De Pasquale ed Eleonora Iannelli, *Così non si può vivere. Rocco Chinnici: la storia mai raccontata del giudice che sfidò gli intoccabili*, Castelvecchi, Roma 2013. Vedi anche Bruno Miserendino, "Il caso Chinnici investe il CSM. Sfilano i colleghi del giudice ucciso", *l'Unità*, 7 settembre 1983.

Sui riferimenti nel "diario" agli attriti con Falcone, Fabio De Pasquale ed Eleonora Iannelli in *Così non si può vivere*, cit. riportano questo: "l'impressione è che la mafia, con interferenze meno dirette, stesse mettendo alla prova anche la fiducia e l'amicizia tra Chinnici e il collega." Caterina Chinnici, nel suo libro *È così lieve il bacio sulla tua fronte*, Mondadori, Milano 2013, parla di "sensazioni affidate alla carta, per non impazzire". Vedi anche Francesco La Licata, *Storia di Giovanni Falcone*, Feltrinelli, Milano 2002.

La trascrizione del diario di Chinnici – poche pagine di appunti scritti dal consigliere istruttore su un'agenda della Banca sicula di Trapani – fu pubblicata nel resoconto stenografico della seduta del 28 settembre 1983 della Commissione parlamentare sul fenomeno della mafia, qui consultabile: http://legislature.camera.it/_dati/leg09/lavori/stencomm/0002/Leg/Serie130/1983/0928P/stenografico.pdf.

Il testo del manoscritto originale è disponibile sul sito del Consiglio superiore della magistratura: https://www.csm.it/documents/21768/2450973/diarioper+web.pdf/27bfb75c-44c5-b7dc-9e36-c076756d447d.

L'insediamento di Antonino Caponnetto, il primo incontro con Giovanni Falcone, l'episodio del telegramma con la minaccia, la formazione del pool sono raccontati in Antonino Caponnetto, *I miei giorni a Palermo. Storie di mafia e di giustizia raccontate a Saverio Lodato*, Garzanti, Milano 1993.

Per costruire la scena ho consultato anche Antonino Caponnetto, *Io non tacerò. La lunga battaglia per la giustizia*, Melampo, Milano 2011. Vedi anche il libro a cura del presidente della Fondazione Caponnetto Salvatore

Calleri, *Antonino Caponnetto. Eroe contromano in difesa della legalità*, con una presentazione di Andrea Camilleri, Diple Edizioni, Firenze 2003.

Come riportato da Enrico Deaglio in *Il raccolto rosso 1982-2010. Cronaca di una guerra di mafia e delle sue tristissime conseguenze*, il Saggiatore, Milano 2010, il libro di Dashiell Hammett *Raccolto rosso*, tradotto all'epoca con il titolo *Piombo e sangue*, era presente nella libreria sia di Falcone che di Leonardo Sciascia. Falcone stesso lo cita in un passo di *Cose di Cosa Nostra*, BUR, Milano, 1991.

24. AVANTI

Il capitolo, incentrato sulla stretta collaborazione tra Ninni Cassarà e Giovanni Falcone, sulle indagini che portarono alla stesura del rapporto "Greco Michele + 161" e sull'omicidio di Calogero Zucchetto, è stato scritto a partire da Giuseppe Ayala, *Chi ha paura muore ogni giorno. I miei anni con Falcone e Borsellino*, Mondadori, Milano, 2008; Enrico Deaglio, *Il raccolto rosso 1982-2010. Cronaca di una guerra di mafia e delle sue tristissime conseguenze*, il Saggiatore, Milano 2010; Giovanni Bianconi, *L'assedio. Troppi nemici per Giovanni Falcone*, Einaudi, Torino 2017; *Morire di mafia. La memoria non si cancella*, a cura di Associazione Cosa Vostra, vol. I, Sperling & Kupfer, Milano 2020. Vedi anche l'articolo di Roberto Greco sul periodico online *Antimafia Duemila*, "Si chiamava Calogero Zucchetto ed è stato ucciso dalla mafia il 14 novembre 1982", 14 novembre 2019, https://www.antimafiaduemila.com/home/di-la-tua/239-parla/76556-si-chiamava-calogero-zucchetto-ed-e-stato-ucciso-dalla-mafia-il-14-novembre-1982.html.

Lo stralcio del rapporto "Greco Michele + 161" è qui consultabile: http://www.prefettura.it/FILES/AllegatiPag/1203/Stralcio_del_Rapporto_dei_161.pdf.

Il verbale dell'interrogatorio a Tommaso Buscetta a opera di Giovanni Falcone assistito da Vincenzo Pajno in data 25 luglio 1984 si trova qui: https://archiviopiolatorre.camera.it/img-repo/fondo_zupo/Sez._I_serie_0001_Vol_021.pdf.

25. DON MASINO

Il dialogo immaginato tra Tommaso Buscetta e la moglie Cristina De Almeida Guimarães trova la sua giustificazione in una fitta trama di testimonianze, articoli di giornale, interviste. Sulle modalità con cui si svolse concretamente la cattura in Brasile di Tommaso Buscetta esistono differenti versioni che spesso non collimano fra loro. Io ho ritenuto di fornirne una che si prestasse a preservare il flusso narrativo senza tradire gli aspetti fondamentali della vicenda.

Tra le fonti che ho utilizzato per ricostruire il dialogo e la scena: Saverio Lodato, *La mafia ha vinto. Intervista con Tommaso Buscetta*, Mondadori, Milano 2007; Pino Arlacchi, *Addio Cosa nostra. La vita di Tommaso Buscetta*, Rizzoli, Milano 1994; Enzo Mignosi, *«Cose loro». Storia di boss che le sparano grosse*, prefazione di Pietro Grasso, Novantacento, Palermo 2008 e Saverio Lodato, *Quarant'anni di mafia. Storia di una guerra infinita*, Rizzoli, Milano 2012. Vedi anche l'articolo di G.C., "Don Masino, boss dei due mondi. Così lo chiamava la malavita", *la Repubblica*, 30 settembre 1984.

La digressione di don Masino sulla scalata di Totò Riina all'interno della mafia siciliana è stata scritta seguendo Attilio Bolzoni e Giuseppe D'Avanzo, *Il capo dei capi. Vita e carriera criminale di Totò Riina*, BUR, Milano 1993; Enrico Deaglio, *Il raccolto rosso 1982-2010. Cronaca di una guerra di mafia e delle sue tristissime conseguenze*, il Saggiatore, Milano 2010 e John Follain, *Gli ultimi boss. Ascesa e caduta della più importante famiglia mafiosa*, trad. it. di Elisabetta Valdré, Mondadori, Milano 2012.

Sull'equivoco Buscetta/Buschetta vedi Franco Recanatesi, "Conclusa la missione in Brasile", *la Repubblica*, 23 novembre 1984 e Saverio Lodato, *La mafia ha vinto. Intervista con Tommaso Buscetta*, cit.

26. CONSONANZE

Per scrivere la scena del primo faccia a faccia tra Giovanni Falcone, Vincenzo Geraci e Tommaso Buscetta alla Corte federale di Brasilia sono partito da Pino Arlacchi, *Addio Cosa nostra. La vita di Tommaso Buscetta*, Rizzoli, Milano 1994; Saverio Lodato, *La mafia ha vinto. Intervista con Tommaso Buscetta*, Mondadori, Milano 2007 e Id., *Quarant'anni di mafia. Storia di una guerra infinita*, Rizzoli, Milano 2012. Vedi anche l'articolo di Franco Recanatesi, "Buscetta ci disse: 'Non sono un nemico'", *la Repubblica*, 2 ottobre 1984 ed Enzo Mignosi, *«Cose loro». Storia di boss che le sparano grosse*, prefazione di Pietro Grasso, Novantacento, Palermo 2008.

L'incontro di Buscetta con la seconda moglie Vera Girotti è raccontato in Pino Arlacchi, *Addio Cosa nostra*, cit. Vedi anche Franco Recanatesi, "Scomparsa prima di deporre l'ex compagna di Buscetta", *la Repubblica*, 24 agosto 1989.

27. NINNI

Per la descrizione dell'estate all'Asinara trascorsa con le rispettive famiglie mentre Falcone e Borsellino preparavano il Maxiprocesso ho consultato: Antonino Caponnetto, *I miei giorni a Palermo. Storie di mafia e di giustizia raccontate a Saverio Lodato*, Garzanti, Milano 1993; Francesco La Licata, *Storia di Giovanni Falcone*, Feltrinelli, Milano 2002; Giuseppe Ayala, *Chi ha paura muore ogni giorno. I miei anni con Falcone e Borsellino*, Mondadori, Milano 2008; Alessandra Ziniti e Francesco Viviano, *Visti da vicino. Falcone e Borsellino: gli uomini e gli eroi*, Aliberti, Reggio Emilia 2012; Cetta Brancato, *Canto per Francesca*, Melampo, Milano 2017; Attilio Bolzoni, *Uomini soli. Pio La Torre e Carlo Alberto dalla Chiesa, Giovanni Falcone e Paolo Borsellino*, Milano, Melampo 2017.

Sugli omicidi di Beppe Montana, di Ninni Cassarà e di Roberto Antiochia, vedi Antonino Caponnetto, *I miei giorni a Palermo*, cit.; Francesco La Licata, *Storia di Giovanni Falcone*, cit., Enrico Deaglio, *Il raccolto rosso 1982-2010. Cronaca di una guerra di mafia e delle sue tristissime conseguenze*, il Saggiatore, Milano 2010; Angiolo Pellegrini e Francesco Condoluci, *Noi, gli uomini di Falcone. La guerra che ci impedirono di vincere*, Sperling & Kupfer, Milano 2015; Giovanni Bianconi, *L'assedio. Troppi nemici per Giovanni Falcone*, Einaudi, Torino 2017.

La parte del capitolo sul caso Salvatore Marino è stato scritto a partire da Leonardo Coen, "'Salvatore massacrato di botte'", *la Repubblica*, 6 agosto 1985; da Alexander Stille, *Nella terra degli infedeli. Mafia e politica nella Prima Repubblica*, trad. it. di Paola Mazzarelli, Mondadori, Milano 1995; da Enrico Deaglio, *Patria 1978-2010*, il Saggiatore, Milano 2010; da Francesco La Licata, *Storia di Giovanni Falcone*, cit. e da John Dickie, *Mafia Republic. Cosa Nostra, camorra e 'ndrangheta dal 1946 a oggi*, tr. it. di Fabio Galimberti, Laterza, Roma-Bari 2016.

L'aneddoto di Falcone che chiude La Licata nel suo ufficio per non mandare a monte l'importante blitz antimafia è raccontato in Francesco La Licata, *Storia di Giovanni Falcone*, cit.

28. BRUCIARE I SANTI

Le confessioni di Tommaso Buscetta costituiscono uno spartiacque nella storia della lotta contro la mafia. Fu lui a far scendere gli inquirenti nei recessi più profondi di Cosa nostra, mappandone la struttura, le famiglie, la prassi, e svelando il linguaggio detto e non detto della criminalità organizzata siciliana: per usare le parole di Falcone, Buscetta fu "come un professore di lingue che ti permette di andare dai turchi senza parlare con i gesti".

Come scrive John Dickie in *Cosa Nostra. Storia della mafia siciliana:* "oggi è difficile rendersi conto di quanto non si sapesse della mafia prima che Tommaso Buscetta si sedesse davanti a Giovanni Falcone. La prima rivelazione fu il nome dato all'organizzazione dai suoi membri: Cosa nostra. Fino allora, perfino quei pochi magistrati inquirenti e poliziotti che avevano preso sul serio quest'etichetta erano convinti che si applicasse soltanto alla criminalità organizzata americana. Buscetta illustrò inoltre a Falcone la struttura di comando piramidale." Per chi fosse interessato a leggere gli appunti presi da Falcone, assistito da Vincenzo Pajno, nel corso dei numerosi incontri con il boss dei due mondi, può consultare il verbale di interrogatorio a questo link:

https://archiviopiolatorre.camera.it/img-repo/fondo_zupo/Sez._I_serie_0001_Vol_021.pdf.

In nome della legge (1949) di Pietro Germi, tratto dal romanzo *Piccola pretura* di Giuseppe Guido LoSchiavo, è stato "il primo film di mafia del cinema italiano". All'epoca fu un successo di incassi, e la sua uscita, come testimonia Maria Falcone in Francesco La Licata, *Storia di Giovanni Falcone*, Feltrinelli, Milano 2002, fu la prima occasione in cui Anna, Maria e Giovanni parlarono di mafia in famiglia. Il paragone di Buscetta tra Falcone e il protagonista del film *In nome della legge* di Pietro Germi, come anche il riferimento alla "forza tranquilla" del giudice, è ripreso da Pino Arlacchi, *Addio Cosa nostra. La vita di Tommaso Buscetta*, Rizzoli, Milano 1994.

John Dickie fa un'interessante disamina del film in *Mafia Republic. Cosa Nostra, camorra e 'ndrangheta dal 1946 a oggi*, trad. it. di Fabio Galimberti, Laterza, Roma-Bari 2016, mettendo in luce la novità e l'ambiguità della pellicola.

29. SOLI

Su Falcone e Borsellino e le loro famiglie all'Asinara, vedi i testi già riportati nella prima voce bibliografica del capitolo Ninni.

30. MAXI

L'attacco di capitolo è un omaggio a tre giornalisti che in quegli anni seguirono con coraggio e abnegazione tutti gli attentati e le stragi mafiose, le vicende del pool antimafia, del Maxiprocesso, diventando dei veri e propri punti di riferimento per chi si occupa di criminalità organizzata e non solo: mi riferisco ad Attilio Bolzoni, Francesco La Licata e Saverio Lodato. Senza le loro testimonianze, raccolte sempre a distanza ravvicinata, talvolta con grande rischio personale, molte informazioni oggi non sarebbero disponibili.

Il Maxiprocesso è stato il più grande procedimento contro la mafia della storia occidentale. Per raccontarlo sono partito dalle fonti, consultando atti, verbali, documenti. Da questo lavoro è nato, tra le altre cose, il podcast *Maxi. Il processo che ha sconfitto la mafia*, dieci puntate prodotte da Audible Original, scritto da me in collaborazione con Massimiliano Coccia, per la regia di Niccolò Martìn.

Per la cronaca e la ricostruzione dei fatti salienti del Maxiprocesso, per le impressioni, le testimonianze le dichiarazioni del periodo mi sono servito dei seguenti testi: Giuseppe Ayala con Felice Cavallaro, *La guerra dei giusti: i giudici, la mafia, la politica*, Mondadori, Milano 1993; Giuseppe Di Lello, *Giudici. Cinquant'anni di processi di mafia*, Sellerio, Palermo 1994; Giuseppe Ayala, *Chi ha paura muore ogni giorno. I miei anni con Falcone e Borsellino*, Mondadori, Milano 2008; Alfonso Giordano, *Il Maxiprocesso venticinque anni dopo. Memoriale del Presidente*, Bonanno, Acireale 2011; Salvatore Lupo, *1986. Il Maxiprocesso*, in *Novecento Italiano*, Laterza, Roma-Bari 2011; Lirio Abbate, "Cos'è rimasto del primo Maxiprocesso alla mafia", *L'Espresso*, 28 gennaio 2016; Pietro Grasso, *Storie di sangue, amici e fantasmi. Ricordi di mafia*, Feltrinelli, Milano 2017; Leonardo Guarnotta, *C'era una volta il pool antimafia. I miei anni nel bunker*, Zolfo, Milano 2020.

Fondamentali per la stesura dei capitoli sono state le immagini di repertorio contenute nel docufilm a puntate *Maxi. Il grande processo alla mafia*, regia di Graziano Conversano, e il documentario *Maxi + 25. Anatomia di un processo*, regia di Alessandro Chiappetta e Graziano Conversano, entrambi visionabili su RAIPlay, rispettivamente ai link https://www.raiplay.it/programmi/maxi-ilgrandeprocessoallamafia e https://www.raicultura.it/storia/articoli/2019/01/Maxi25-c7e1b707-e269-4fdc-8d37-2958ee7571a8.html.

Tra i quotidiani che portarono avanti una campagna stampa acerrima nei confronti del Maxiprocesso e dei giudici ci furono *il Giornale* di Indro Montanelli e il *Giornale di Sicilia* di Antonio Ardizzone, come riportato da Giuseppe Ayala con Felice Cavallaro, *La guerra dei giusti*, cit.; da Maria

Falcone, *Giovanni Falcone un eroe solo* (intervista con F. Barra), Rizzoli, Milano 2012 e da Antonino Caponnetto, *I miei giorni a Palermo. Storie di mafia e di giustizia raccontate a Saverio Lodato*, Garzanti, Milano 1993. Gli articoli contro il Maxiprocesso del magistrato Vincenzo Vitale sono citati in Antonino Caponnetto, *I miei giorni a Palermo*, cit.

La passione di Giovanni Falcone per le papere, di cui aveva una sterminata collezione, è testimoniata in Maria e Anna Falcone con Leone Zingales, *Giovanni Falcone. Un uomo normale*, Aliberti, Reggio Emilia 2007; in Maria Falcone, *Giovanni Falcone un eroe solo*, cit. e in Alessandra Ziniti e Francesco Viviano, *Visti da vicino. Falcone e Borsellino: gli uomini e gli eroi*, Aliberti, Reggio Emilia 2012.

31. IL PORTABORSE

Il capitolo è ispirato a un episodio riportato in Francesco La Licata, *Storia di Giovanni Falcone*, Feltrinelli, Milano 2002: durante il periodo del Maxiprocesso un conoscente democristiano fece visita a Maria Falcone, e usando un tono tra l'insinuazione, la raccomandazione e la minaccia, le suggerì che Giovanni avrebbe fatto bene a lasciare la città, per poi concludere con un: "Altrimenti qui gli fanno la pelle."

32. DI FRESCO GIUSEPPE

Per il capitolo sull'arresto di Michele Greco sono partito da diversi articoli, tra cui: Adriano Baglivo, "Preso in Sicilia il boss dei boss", *Corriere della Sera*, 21 febbraio 1986; Felice Cavallaro, "Con la cattura di Greco più vicini al 'terzo livello'", *Corriere della Sera*, 21 febbraio 1986; Saverio Lodato, "Preso il più potente dei mafiosi", *l'Unità*, 21 febbraio 1986; Attilio Bolzoni, "La vendetta della mafia", *la Repubblica*, 29 novembre 1986; e Lirio Abbate, "'Così arrestai Michele Greco, il «papa» di Cosa nostra che riceveva a casa la «Palermo bene»'", *L'Espresso*, 22 gennaio 2019. Vedi anche Francesco Viviano, *Michele Greco. Il memoriale*, Aliberti, Reggio Emilia 2008.

Il testo del biglietto, quello dell'annuncio, la scelta del giornale, l'incontro all'orto botanico di Palermo sono elementi da me ipotizzati per dare corpo al racconto in mancanza di dati precisi al riguardo.

33. SIAMO TUTTI SICILIANI

Nella stesura del capitolo, incentrato sulla deposizione decisiva di Salvatore Contorno al Maxiprocesso, ho consultato Alfonso Giordano, *Il Maxiprocesso venticinque anni dopo. Memoriale del Presidente*, Bonanno, Acireale 2011. Per le immagini e gli audio di repertorio, vedi la puntata 3 del docufilm *Maxi. Il grande processo alla mafia*, regia di Graziano Conversano, qui visionabile: https://www.raiplay.it/programmi/maxi-ilgrandeprocessoallamafia.

Sull'utilizzo da parte della mafia dei *Beati Paoli* di Luigi Natoli "come una sorta di fondamento letterario mitico", vedi Enrico Deaglio, *Il raccolto rosso 1982-2010. Cronaca di una guerra di mafia e delle sue tristissime conseguenze*, il Saggiatore, Milano 2010; Francesco Benigno, *La mala setta. Alle origini di mafia e camorra (1859-1878)*, Einaudi, Torino 2015 ed Emiliano Morreale, *La mafia immaginaria. Settant'anni di Cosa Nostra al cinema (1949-2019)*, Donzelli, Roma 2020.

Gli aneddoti sul Laphroaig, il whisky preferito da Falcone, e su Giuseppe Ayala che sventa uno scippo sono tratti da Giuseppe Ayala, *Chi ha paura muore ogni giorno. I miei anni con Falcone e Borsellino*, Mondadori, Milano 2008.

L'articolo dell'*Observer* sulla carne umana servita nei ristoranti a Palermo si trova citato in Alfonso Giordano, *Il Maxiprocesso venticinque anni dopo*, cit.

34. GRAND GUIGNOL

La maggior parte degli eventi, degli episodi e dei riferimenti citati nel capitolo sono tratti da Alfonso Giordano, *Il Maxiprocesso venticinque anni dopo. Memoriale del Presidente*, Bonanno, Acireale 2011 e dalle puntate 3, 4 e 5 del docufilm *Maxi. Il grande processo alla mafia*, regia di Graziano Conversano, qui visionabile: https://www.raiplay.it/programmi/maxi-ilgrandeprocessoallamafia.

Gli ostacoli approntati dagli avvocati difensori per intralciare lo svolgimento del Maxiprocesso, come la ricusazione del presidente della Corte d'assise, la richiesta di lettura in aula delle settecentomila pagine e passa degli atti processuali, come anche le difficoltà trovate nel corso dei lavori, le iniziative omertose se non addirittura a sostegno della mafia sono citate in Antonino Caponnetto, *I miei giorni a Palermo. Storie di mafia e di giustizia raccontate a Saverio Lodato*, Garzanti, Milano 1993; in Francesco La Licata, *Storia di*

Giovanni Falcone, Feltrinelli, Milano 2002; in Giuseppe Ayala, *Chi ha paura muore ogni giorno. I miei anni con Falcone e Borsellino*, Mondadori, Milano 2008; in Leonardo Guarnotta, *C'era una volta il pool antimafia. I miei anni nel bunker*, Zolfo, Milano 2020 e in Lirio Abbate, "Cos'è rimasto del primo Maxiprocesso alla mafia", *L'Espresso*, 4 febbraio 2016.

La storia di Salvatore Ercolano, detto Turi, l'imputato del Maxiprocesso che si presentò in aula con la bocca cucita a colpi di spillatrice, è vera: la riporta Alfonso Giordano in *Il Maxiprocesso venticinque anni dopo*, cit.

Per la vicenda di Vincenzo Sinagra che ingoia due chiodi, e fa scattare il metal detector costringendo i giudici a interrompere i lavori, vedi Corrado De Rosa e Laura Galesi, *Mafia da legare. Pazzi sanguinari, matti per convenienza, finte perizie, vere malattie: come Cosa Nostra usa la follia*, Sperling & Kupfer, Milano 2013 e l'articolo della *Repubblica* "Ingoia due chiodi, l'udienza è rinviata" del 6 marzo 1986.

L'irruzione della moglie, la figlia e le cinque sorelle di Vincenzo Buffa in aula è ricordata da Alfonso Giordano in *Il Maxiprocesso venticinque anni dopo*, cit.; vedi anche l'articolo di Attilio Bolzoni, "Sette donne urlano: 'Il nostro uomo non è un traditore'", *la Repubblica*, 18 marzo 1987.

Per la vicenda del poliziotto che ebbe un crollo nervoso in aula, vedi Alfonso Giordano, *Il Maxiprocesso venticinque anni dopo*, cit.

L'aneddoto su Giordano, lo yoga e gli esercizi di respirazione è testimoniato dallo stesso Giordano in *Il Maxiprocesso venticinque anni dopo*, cit., ma si trova anche in Saverio Lodato, *Quarant'anni di mafia. Storia di una guerra infinita*, BUR, Milano 2012 e in un articolo di quegli anni, sempre di Saverio Lodato, "'Lo Stato è tiepido, i boss rialzano la testa'", *l'Unità*, 29 luglio 1988.

Per raccontare la vicenda della "camera della morte" di Filippo Marchese sono partito da Giuseppe Spadaro, "Un mafioso pentito rivela: 'Così i Marchese uccidevano nella camera della morte'", *la Repubblica*, 23 ottobre 1984; Alfonso Giordano, *Il Maxiprocesso venticinque anni dopo*, cit., e il già citato docufilm. Per la storia di Vincenzo Sinagra, poi divenuto collaboratore di giustizia, ho seguito, oltre ai sopra citati, Alexander Stille, *Nella terra degli infedeli. Mafia e politica nella Prima Repubblica*, trad. it. di Paola Mazzarelli, Mondadori, Milano 1995.

35. ONOREVOLE

Sui rapporti tra i cugini Nino e Ignazio Salvo, Salvo Lima e Giulio Andreotti, vedi Giovanni Falcone e Marcelle Padovani, *Cose di Cosa Nostra*, BUR, Milano 1991; Attilio Bolzoni e Giuseppe D'Avanzo, *Il capo dei capi. Vita e carriera criminale di Totò Riina*, BUR, Milano 1993; Giuseppe Ayala, *Chi ha paura muore ogni giorno. I miei anni con Falcone e Borsellino*, Mondadori, Milano 2008; Francesco La Licata, *Storia di Giovanni Falcone*, Feltrinelli, Milano 2002; Giovanni Bianconi, *L'assedio. Troppi nemici per Giovanni Falcone*, Einaudi, Torino 2017.

Per il particolare del vassoio d'argento vedi Enrico Bellavia, "Quando Andreotti regalò il vassoio ai Salvo", *la Repubblica*, 20 febbraio 1999 e Saverio Lodato, *Quarant'anni di mafia. Storia di una guerra infinita*, Rizzoli, Milano 2012.

La speculazione edilizia che prese piede a Palermo tra gli anni cinquanta e settanta – il cosiddetto "sacco di Palermo" – all'ombra del sodalizio tra Ciancimino e Lima e l'avvento delle prime figure di "mafiosi imprenditori" sono descritti da Enrico Deaglio, *Il raccolto rosso 1982-2010. Cronaca di una guerra di mafia e delle sue tristissime conseguenze*, il Saggiatore, Milano 2010 e John Dickie, *Mafia Republic. Cosa Nostra, camorra e 'ndrangheta dal 1946 a oggi*, trad. it. di Fabio Galimberti, Laterza, Roma-Bari 2016.

36. LA SCARPA

L'intervento di Guido Lo Porto citato in apertura, "Se la lotta alla mafia diventa un grande spettacolo", pubblicato sul *Giornale di Sicilia* il 16 novembre 1986 nella pagina delle lettere e dei commenti, è riportato in Giommaria Monti, *Falcone e Borsellino. La calunnia, il tradimento, la tragedia*, Editori Riuniti, Roma 2006.

Il lancio della scarpa in aula e l'omicidio dell'avvocato Nino D'Uva sono raccontati nella puntata numero 4 del docufilm *Maxi. Il grande processo alla mafia*, regia di Graziano Conversano, qui visionabile: https://www.raiplay.it/programmi/maxi-ilgrandeprocessoallamafia. Vedi anche Antonio Ravidà, "Avvocato ucciso a Messina", *La Stampa*, 7 maggio 1986; Nino Amante, "L'assassinio dell'avvocato blocca il processo alla mafia", *La Stampa*, 8 maggio 1986; Michele Ruggiero, "L'avvocato stava telefonando alla polizia quando l'hanno ucciso?", *l'Unità*, 8 maggio 1986; Nuccio Anselmo, "Una scarpa volò dalle gabbie: ordine di morte per D'Uva", *i Quaderni de L'Ora*, anno 1, maggio 2011 e Rosaria Brancato, "Quando, il 6 maggio 1986, una scarpa lanciata da un boss firmò la morte di Nino D'Uva ", *Tempo Stretto*, 6 maggio 2016, https://www.tempostretto.it/news/omicidio-penalista-quando-6-maggio-1986-scarpa-lanciata-boss-firm-morte-nino-d-uva.html.

Con "golpe Borghese" s'intende il colpo di Stato che il principe "nero" Junio Valerio Borghese organizzò con l'appoggio dei gruppi della destra oltranzista e di alcuni ambienti militari. Nel dicembre del 1970, quando ormai tutti i preparativi erano ultimati, fu dato il contrordine: le ragioni sono tuttora ignote. Come scrive Saverio Lodato in *La mafia ha vinto. Intervista con Tommaso Buscetta*, Mondadori, Milano 2007, "è storicamente accertato che gli ideatori del golpe avevano previsto un diretto coinvolgimento della mafia siciliana". I legami tra il progetto golpista e Cosa nostra verranno alla luce grazie alle confessioni prima di Tommaso Buscetta e poi di Antonino Calderone. Vedi anche Pino Arlacchi, *Gli uomini del disonore. La mafia siciliana nella vita del grande pentito Antonino Calderone*, il Saggiatore, Milano 2010 e Saverio Lodato, *Quarant'anni di mafia. Storia di una guerra infinita*, Rizzoli, Milano 2012. Il testo del proclama invece è tratto da Luca Telese, *Cuori neri*, Sperling & Kupfer, Milano 2015.

La frase "calmare e far vedere al popolo siciliano che noi eravamo d'accordo, ognuno per la sua sfera di influenza che avevamo nelle nostre terre" è di diversi anni dopo, si trova citata nella requisitoria dei pubblici ministeri Scarpinato e Lo Forte durante il cosiddetto "processo Andreotti". Dichiarazioni in tal senso erano già state rese da Buscetta nel dicembre dell'84.

Per una ricostruzione del "golpe Borghese", vedi Camillo Arcuri, *Colpo di Stato. Storia vera di una inchiesta censurata*, BUR, Milano 2004.

Sull'omicidio del piccolo Claudio Domino, avvenuto durante il Maxiprocesso, proprio quando Cosa nostra aveva dato l'ordine di non sparare in città, si indaga da trentasei anni ormai. Tuttora non si è giunti a nessuna verità. Per questa parte del capitolo ho consultato Saverio Lodato, *Quarant'anni di mafia*, cit.; Attilio Bolzoni, *Parole d'onore*, BUR, Milano 2008 e Id., "La mafia ha ucciso il piccolo Claudio Domino e ha confessato di esistere", *Domani*, 7 ottobre 2021.

Sugli ultimi sviluppi della vicenda vedi Lirio Abbate, *Faccia da mostro*, Rizzoli, Milano 2021; l'articolo di Stefano Baudino sul periodico online *Antimafia Duemila* "Il brutale omicidio del piccolo Claudio Domino: 35 anni senza una verità ", 7 ottobre 2021; Francesco Patanè, "Palermo, nuove indagini sull'uccisione di Claudio Domino: spunta l'ombra di 'Faccia da mostro'", *la*

Repubblica, 21 maggio 2021 e l'intervento di Lirio Abbate a La7 durante la trasmissione *Atlantide* qui visionabile: https://www.la7.it/atlantide/video/lintervista-a-lirio-abbate-chi-era-faccia-da-mostro-associato-a-tantissimi-omicidi-ha-sparato-al-05-05-2021-379544.

37. VUOI TU

Il matrimonio di Falcone e Francesca Morvillo, celebrato nel maggio 1986 da Leoluca Orlando, è descritto in Francesco La Licata, *Storia di Giovanni Falcone*, Feltrinelli, Milano 2002.

Come racconta Maria Falcone a Francesco La Licata, gli unici altri presenti alla funzione erano i due testimoni, Antonino Caponnetto e Rosangela Maira. Al ricevimento era presente un'altra amica di Francesca di cui non viene mai indicato il nome. Ho utilizzato il nome di Cetta in omaggio a Cetta Brancato, autrice di un piccolo, bello e sentitissimo libro che pure ho usato come testimonianza della storia d'amore tra Giovanni e Francesca: *Canto per Francesca*, Melampo, Milano 2017, nato da un progetto patrocinato della sezione di Palermo dell'Associazione nazionale magistrati per il venticinquennale della strage di Capaci.

38. VISTI GLI ARTICOLI DI LEGGE

Per i numeri del Maxiprocesso, vedi i testi e i materiali audiovisivi già segnalati nelle bibliografie dei capitoli *Maxi, Siamo tutti siciliani, Grand Guignol.*

Il sito della Fondazione Falcone mette a disposizione di tutti coloro che li volessero consultare, tra le altre cose, gli atti principali del processo, https://www.fondazionefalcone.org/Maxiprocesso/, nella sezione "Documenti".

La scena nell'ufficio dell'ala sud nell'aula bunker dove i magistrati attendono la sentenza è immaginata, come pure i dialoghi: ho voluto che fossero tutti insieme, raccolti in una piccola stanza – come dietro le quinte di un teatro –, in un momento tanto importante per il futuro del Paese, ad aspettare l'esito di un lavoro durato anni.

39. NOTTURNO

In questo capitolo ho voluto mostrare un momento di malinconica tenerezza tra Francesca e Giovanni. Il sonetto shakespeariano a cui pensa Francesca mentre guarda Giovanni dormire è il numero 9. La traduzione di Massimiliano Palmese è tratta da William Shakespeare, *Tutte le opere*, volume IV, a cura di Franco Marenco, Bompiani, Milano 2019.

40. CORRENTI

L'articolo di Leonardo Sciascia "I professionisti dell'antimafia", da cui prende le mosse il capitolo, uscì sul *Corriere della Sera* il 10 maggio 1987. La denuncia colpì anche Paolo Borsellino e fu subito strumentalizzata contro i giudici del pool. Su questo argomento vedi anche Antonino Caponnetto, *I miei giorni a Palermo. Storie di mafia e di giustizia raccontate a Saverio Lodato*, Garzanti, Milano 1993; Francesco La Licata, *Storia di Giovanni Falcone*, Feltrinelli, Milano 2002 e Giommaria Monti, *Falcone e Borsellino. La calunnia, il tradimento, la tragedia*, Editori Riuniti, Roma 2006.

Il dialogo tra Giovanni Falcone e Saverio Lodato è ispirato dalla lettura del *Rapporto sulla Mafia degli anni '80. Gli atti dell'Ufficio istruzione del Tribunale di Palermo: Giovanni Falcone intervista-racconto*, a cura di Lucio Galluzzo, Francesco La Licata e Saverio Lodato, Flaccovio, Palermo 1986.

Sul trasferimento di Paolo Borsellino a Marsala vedi Umberto Lucentini, con Agnese, Lucia, Manfredi e Fiammetta Borsellino, *Paolo Borsellino. Il valore di una vita*, Mondadori, Milano 1994; Antonino Caponnetto, *I miei giorni a Palermo*, cit. e Giommaria Monti, *Falcone e Borsellino*, cit.

L'espressione "smobilitazione dell'antimafia" fu usata da Borsellino durante la presentazione del libro *Mafia e il processo di Agrigento* di Giuseppe Arnone nel luglio del 1988, ed è in anticipo di qualche mese rispetto al tempo del racconto; ma visto il clima creatosi nei mesi successivi alla prima sentenza del Maxiprocesso è plausibile che Borsellino pensasse già all'imminente colpo mortale che sarebbe stato inflitto al pool. Vedi Saverio Lodato, *Quarant'anni di mafia. Storia di una guerra infinita*, BUR, Milano 2012.

Le accuse di protagonismo, di opportunismo e di smania di potere perseguitavano ingiustamente Falcone sin dagli anni ottanta, come è messo bene in evidenza in *Rapporto sulla Mafia degli anni '80*, cit.

Le dinamiche interne al Consiglio superiore della magistratura sono ben descritte in Giuseppe Ayala con Felice Cavallaro, *La guerra dei giusti. I giudici, la mafia, la politica*, Mondadori, Milano 1993; Francesco La Licata, *Storia di Giovanni Falcone*, cit. e Giommaria Monti, *Falcone e Borsellino*, cit.

41. IL CONSIGLIO APPROVA

Gli interventi durante il *plenum* del CSM con oggetto la votazione del nuovo capo dell'Ufficio istruzione di Palermo sono tratti dal *Resoconto integrale della seduta del CSM del 19 gennaio 1988.*

Sulla vera e propria spaccatura che si verificò all'interno dei gruppi presenti in Consiglio ho consultato anche Antonino Caponnetto, *I miei giorni a Palermo. Storie di mafia e di giustizia raccontate a Saverio Lodato*, Garzanti, Milano 1993; Francesco La Licata, *Storia di Giovanni Falcone*, Feltrinelli, Milano 2002 e Giommaria Monti, *Falcone e Borsellino. La calunnia, il tradimento, la tragedia*, Editori Riuniti, Roma 2006.

Per la descrizione della sala riunioni del CSM nel Palazzo dei marescialli sono partito dalle foto dell'archivio storico disponibili sul sito del Consiglio superiore della magistratura: https://www.csm.it/web/csm-internet/aree-tematiche/archivio-storico/foto.

42. BERSAGLIO

La telefonata tra Falcone e D'Ambrosio è raccontata dallo stesso D'Ambrosio nell'intervista rilasciata a Paola Filippi e Roberto Conti, "Falcone e quella notte al Consiglio Superiore della Magistratura. Vito D'Ambrosio" consultabile sulla piattaforma *Giustizia insieme*, 9 luglio 2020, https://www.giustiziainsieme.it/it/le-interviste-di-giustizia-insieme/1210-falcone-e-quella-tragica-notte-al-consiglio-superiore-della-magistratura-iv-vito-d-ambrosio?hitcount=0.

43. VISIONARI

Per la stesura del capitolo e dei dialoghi mi sono ispirato alle testimonianze di Giuseppe Ayala con Felice Cavallaro in *La guerra dei giusti. I giudici, la mafia, la politica*, Mondadori, Milano 1993, e in *Chi ha paura muore ogni giorno. I miei anni con Falcone e Borsellino*, Mondadori, Milano 2008; di Antonino Caponnetto in *I miei giorni a Palermo. Storie di mafia e di giustizia raccontate a Saverio Lodato*, Garzanti, Milano 1993; di Francesco La Licata in *Storia di Giovanni Falcone*, Feltrinelli, Milano 2002; e di Maria Falcone, in *Giovanni Falcone. Un eroe solo* (intervista con F. Barra), Rizzoli, Milano 2012.

L'aneddoto sul telegramma di trasferimento di Caponnetto, sul foglio dove cui Giovanni annotava i voti favorevoli e contrari prima del *plenum* del CSM e sulla zuppiera d'argento sono ripresi da Antonino Caponnetto, *I miei giorni a Palermo*, cit.

Vincenzo Geraci illustrò le ragioni del suo voto al giornalista Alberto Spampinato in "Perché ho votato contro Falcone", *L'Ora*, 29 gennaio 1988. Vedi anche Luca Rossi, *I disarmati. Falcone, Cassarà e gli altri*, Mondadori, Milano 1992.

Il giornalista che scriveva gli articoli direttamente dall'ufficio di Geraci e le macchinazioni interne al CSM per far votare Meli trovano riscontro in Giuseppe Ayala con Felice Cavallaro, *La guerra dei giusti*, cit.

Il tavolo da ping-pong in realtà si trovava nella villa di Giuseppe Ayala a Mondello. Mi è piaciuto immaginarli tutti insieme in un momento di gioco e convivialità come spesso accadeva, e che il teatro di questa unione fraterna fosse la casa di Giovanni e Francesca.

La frase di Giovanni Borrè: "Se noi nominiamo Falcone a Palermo, fra dieci anni ce lo ritroveremo presidente della Cassazione" è riportata in Antonino Caponnetto, *I miei giorni a Palermo*, cit.

Per Antonino Meli, che in un'audizione disse al CSM che non sapeva cosa farsene del "metodo Falcone", vedi l'articolo di Gian Carlo Caselli sul periodico online *Antimafia Duemila* "Quando Falcone iniziò a morire", 20 novembre 2014, https://www.antimafiaduemila.com/home/opinioni/234-attualita/52455-quando-falcone-inizio-a-morire.html.

A Falcone e Ayala, che ancora coltivavano la speranza che il pool non sarebbe stato smantellato, una disincantata Francesca Morvillo disse davvero che erano dei "visionari", come raccontato da Giuseppe Ayala in *Chi ha paura muore ogni giorno*, cit.

44. CALDERONE

Sulla vicenda dei "quattro cavalieri del cemento" ho consultato Giovanni Falcone e Marcelle Padovani, *Cose di Cosa Nostra*, BUR, Milano 1991; Enrico Deaglio, *Il raccolto rosso 1982-2010. Cronaca di una guerra di mafia e delle sue tristissime conseguenze*, il Saggiatore, Milano 2010; Saverio Lodato, *Quarant'anni di mafia. Storia di una guerra infinita*, Rizzoli, Milano 2012; Angiolo Pellegrini e Francesco Condoluci, *Noi, gli uomini di Falcone. La guerra che ci impedirono di vincere*, Sperling & Kupfer, Milano 2015. Nell'aprile del 1991 il giudice istruttore di Catania Luigi Russo, dovendo giudicare la condotta dei costruttori Pasquale e Carmelo Costanzo e Gaetano Graci, "dichiarò che il fatto non costituiva reato, agendo gli imprenditori in stato di necessità", vedi Attilio Bolzoni, "Assolti i 'cavalieri dell'Apocalisse'", *la Repubblica*, 5 aprile 1991 ed Enrico Deaglio, *Il raccolto rosso*, cit.

La citazione di Giuseppe Fava è tratta dall'articolo "I quattro cavalieri dell'apocalisse mafiosa" apparso su *I Siciliani*, gennaio 1983. Per l'omicidio e la biografia di Pippo Fava, rimando a *La mafia comanda a Catania. 1960-1991*, Laterza, Roma-Bari 1991 e a Massimo Gamba, *Pippo Fava. Un antieroe contro la mafia*, Sperling & Kupfer, Milano 2018. Chiunque volesse conoscere lo straordinario Pippo Fava nella veste di romanziere può leggere *Prima che vi uccidano*, Bompiani, Milano 2013, di cui ho scritto la prefazione.

Il dialogo tra Giovanni Falcone e Antonino Meli l'ho ricostruito sulla base delle fonti consultate, tutte concordi nel giudicare teso e difficile il rapporto fra i due. Sullo scontro Falcone-Meli sui Costanzo vedi Francesco Vitale, "L'accusa di Meli alla Procura: 'Dovevate incriminare i Costanzo'", *l'Unità*, 8 novembre 1988; Antonino Caponnetto, *I miei giorni a Palermo. Storie di mafia e di giustizia raccontate a Saverio Lodato*, Garzanti, Milano 1993; Giuseppe Ayala con Felice Cavallaro, *La guerra dei giusti. I giudici, la mafia, la politica*, Mondadori, Milano 1993; Francesco La Licata, *Storia di Giovanni Falcone*, Feltrinelli, Milano 2002; Giuseppe Ayala *Chi ha paura muore ogni giorno. I miei anni con Falcone e Borsellino*, Mondadori, Milano 2008.

La lettera di Antonino Meli a Falcone citata a fine capitolo è ripresa da Francesco La Licata, *Storia di Giovanni Falcone*, cit.

Sulle dichiarazioni di Antonino Calderone vedi Attilio Bolzoni, "Cantieri dalla Sicilia al Venezuela, un impero fondato sul sospetto", *la Repubblica*, 11 aprile 1990 e Pino Arlacchi, *Gli uomini del disonore. La mafia siciliana nella vita del grande pentito Antonino Calderone*, il Saggiatore, Milano 2010.

Sull'arresto dei giornalisti Attilio Bolzoni e Saverio Lodato, poi prosciolti, per peculato, vedi Giuseppe Ayala con Felice Cavallaro, *La guerra dei giusti*, cit.; Saverio Lodato, *Quarant'anni di mafia*, cit. e Giuseppe Ayala, *Chi ha paura muore ogni giorno*, cit.

45. NON È PIÙ STAGIONE

Il capitolo in cui Giuseppe Di Lello, Leonardo Guarnotta e Giacomo Conte lasciano il pool l'ho scritto basandomi su Giuseppe Ayala con Felice

Cavallaro, *La guerra dei giusti. I giudici, la mafia, la politica*, Mondadori, Milano 1993 e Giuseppe Ayala, *Chi ha paura muore ogni giorno. I miei anni con Falcone e Borsellino*, Mondadori, Milano 2008.

Sul blitz delle Madonie, sul parente acquisito di Antonino Meli arrestato per mafia, sulla vicenda del matrimonio riparatore, vedi Attilio Bolzoni, "Palermo, l'ultima sfida è il blitz delle Madonie", *la Repubblica*, 14 settembre 1988; Umberto Rosso, "Meli vuole incontrarsi con Falcone e il pool: 'Parliamone tra noi'", *la Repubblica*, 26 novembre 1988; Id., "Politici nella lista nera", *la Repubblica*, 30 marzo 1988 e Giommaria Monti, *Falcone e Borsellino. La calunnia, il tradimento, la tragedia*, Editori Riuniti, Roma 2006.

46. SMANTELLAMENTO

Per le circostanze e lo stato d'animo in cui Paolo Borsellino rilasciò le sue dichiarazioni ad Attilio Bolzoni e Saverio Lodato, e il terremoto che ne seguì, vedi Umberto Lucentini, con Agnese, Lucia, Manfredi e Fiammetta Borsellino, *Paolo Borsellino. Il valore di una vita*, Mondadori, Milano 1994 e Saverio Lodato, *Quarant'anni di mafia. Storia di una guerra infinita*, Rizzoli, Milano 2012. Le due interviste uscirono in contemporanea il 20 luglio 1988 sulla *Repubblica* e sull'*Unità*: Attilio Bolzoni, "'Lo Stato si è arreso. Del pool antimafia sono rimaste macerie'", *la Repubblica*, 20 luglio 1988 e Saverio Lodato, "'Vogliono smantellare il pool antimafia'", *l'Unità*, 20 luglio 1988.

Il dialogo del capitolo è stato costruito partendo dal testo dell'intervista di Attilio Bolzoni.

47. FENOMENO

L'articolo di Marco Ventura con cui si apre il capitolo è "Così Falcone è diventato un simbolo", pubblicato sul *Giornale* il 31 luglio 1988.

Per i dialoghi tra Giovanni e Francesca mi sono ispirato ai libri di Francesco La Licata, *Storia di Giovanni Falcone*, Feltrinelli, Milano 2002; Maria e Anna Falcone con Leone Zingales, *Giovanni Falcone, un uomo normale*, Aliberti, Reggio Emilia 2007; Maria Falcone, *Giovanni Falcone. Un eroe solo* (intervista con F. Barra), Rizzoli, Milano 2012. Un'ulteriore testimonianza sull'amore che li legava è contenuta in Cetta Brancato, *Canto per Francesca*, Melampo, Milano 2017.

Il riferimento al giornalista che scriveva gli articoli direttamente dall'ufficio di Geraci si trova in Giuseppe Ayala con Felice Cavallaro, *La guerra dei giusti. I giudici, la mafia, la politica*, Mondadori, Milano 1993.

La lettera di dimissioni fu scritta da Giovanni Falcone il 30 luglio 1988, mentre era a Palermo; fu subito riportata il giorno successivo da diversi telegiornali. Per drammatizzare questo evento, ho voluto che fosse lo stesso Falcone a leggerla durante una seduta del CSM. Lo stesso vale per la prolusione del presidente Cesare Mirabelli, che ho elaborato basandomi sui resoconti del periodo.

Per il testo della lettera, vedi Giommaria Monti, *Falcone e Borsellino. La calunnia, il tradimento, la tragedia*, Editori Riuniti, Roma 2006 e Maria Falcone, *Giovanni Falcone*, cit.

48. PACIATA

L'espressione dialettale "paciata", riguardo all'incontro organizzato dall'allora presidente della Corte d'appello per riconciliare Falcone e Meli, è usata da Giuseppe Ayala con Felice Cavallaro in *La guerra dei giusti. I giudici, la mafia, la politica*, Mondadori, Milano 1993.

Il testo della relazione del capo degli ispettori del ministero di Grazia e giustizia Vincenzo Rovello è ripresa da Giommaria Monti, *Falcone e Borsellino. La calunnia, il tradimento, la tragedia*, Editori Riuniti, Roma 2006.

Sul desiderio di Giovanni di trasferirsi a Roma e l'intenzione di candidarsi alla carica dell'Alto commissariato antimafia, vedi Francesco La Licata, *Storia di Giovanni Falcone*, Feltrinelli, Milano 2002; Giuseppe Ayala, *Chi ha paura muore ogni giorno. I miei anni con Falcone e Borsellino*, Mondadori, Milano 2008 e Maria Falcone, *Giovanni Falcone. Un eroe solo* (intervista con F. Barra), Rizzoli, Milano 2012.

Sulla cattura di Tano Badalamenti e la sua possibile collaborazione con la giustizia vedi Giuseppe Ayala con Felice Cavallaro, *La guerra dei giusti*, cit. La notizia di Badalamenti in procinto di pentirsi trapelerà nel maggio 1989. Qui, per scopi narrativi, ho preferito che le trattative durassero ormai da tempo.

49. PERDENTI

Il capitolo contrae in un paio di scene i mesi a cavallo tra l'insediamento di Domenico Sica all'Alto commissariato antimafia e la fuga di notizie che, secondo Giuseppe Ayala, comporterà il mancato pentimento di Gaetano Badalamenti.

L'arrivo di Sica all'Alto commissariato antimafia è descritto in Rita Di Giovacchino, *Il libro nero della Prima Repubblica*, Fazi, Roma 2005 e in Giuseppe Ayala con Felice Cavallaro, *La guerra dei giusti. I giudici, la mafia, la politica*, Mondadori, Milano 1993. Per la conferenza stampa di insediamento mi sono servito del libro di Saverio Lodato, *Quarant'anni di mafia. Storia di una guerra infinita*, Rizzoli, Milano 2012 e dei dettagli contenuti nel suo articolo "Sica all'esordio: 'La mafia? Son qui per capire che cos'è'", *l'Unità*, 14 agosto 1988.

Lo scambio tra Ayala e Falcone è ispirato al racconto di quei mesi fatto da Giuseppe Ayala in *Chi ha paura muore ogni giorno. I miei anni con Falcone e Borsellino*, Mondadori, Milano 2008.

La vicenda di Sica che "brucia" la collaborazione di Gaetano Badalamenti è riportata da Giuseppe Ayala con Felice Cavallaro in *La guerra dei giusti*, cit. Le indiscrezioni su Badalamenti "in odore di pentimento" sono del maggio 1989, come si può leggere in Sandra Bonsanti, "Badalamenti vuota il sacco?", *la Repubblica*, 9 maggio 1989. Nel capitolo, come già accennato, ho ipotizzato che le trattative fossero in cantiere da mesi. Sulla vicenda, vedi anche Luca Tescaroli, *Obiettivo Falcone. Dall'Addaura a Capaci. Misteri e storia di un delitto annunciato*, Rubbettino, Soveria Mannelli 2011.

Sul ministro dell'Interno Antonio Gava interrogato dal giudice Alemi, rimando a un articolo di Giuseppe Francaviglia sulla testata online *The Vision*, "Quando lo Stato trattava con i terroristi chiedendo aiuto alla camorra", 22 gennaio 2019, e a uno di Andrea Di Consoli, "Quando la DC decise di trattare con le BR per liberare Ciro Cirillo", *Il Sole 24 Ore*, 18 gennaio 2019. Vedi anche John Dickie, *Mafia Republic. Cosa Nostra, camorra e 'ndrangheta dal 1946 a oggi*, trad. it. di Fabio Galimberti, Laterza, Roma-Bari 2016. Per le dichiarazioni di Sica: Saverio Lodato, *Quarant'anni di mafia*, cit.

Riguardo agli eventi citati nella digressione (il rapimento del piccolo Marco Fiora, la sentenza di primo grado per la strage di Bologna, il primo Salone del libro di Torino), vedi "Libero dopo 520 giorni di catene", *Corriere della Sera*, 3 agosto 1988; Cinzia Venturoli, *Storia di una bomba. Bologna, 2 agosto 1980: la strage, i processi, la memoria*, Roma, Castelvecchi 2020 e Leonardo Grassi, *La strage alla stazione: in quaranta brevi capitoli*, CLUEB,

Bologna 2020 e Roberto Moisio, *Un romanzo di carta. Storia del Salone del libro di Torino*, Marsilio, Venezia 2014. Massimiliano Fachini e Sergio Picciafuoco, condannati all'ergastolo in primo grado, sono poi stati assolti negli anni successivi.

50. IL CORVO

Per la stesura del capitolo sono partito da Francesco Vitale, "È tornato dall'America per vendicare i suoi", *l'Unità*, 27 maggio 1989; Attilio Bolzoni, "Superpentito con la licenza di uccidere", 28 maggio 1989; vedi anche di Saverio Lodato, *Quarant'anni di mafia. Storia di una guerra infinita*, Rizzoli, Milano 2012.

Sulla vicenda delle lettere anonime scritte dal cosiddetto Corvo ho consultato Francesco La Licata, *Storia di Giovanni Falcone*, Feltrinelli, Milano 2002, Saverio Lodato, *Quarant'anni di mafia*, cit.; e Riccardo Rosa e Matteo Zilocchi, *Il corvo di Palermo*, Glifo, Palermo 2021. Il testo della lettera citata nel libro/romanzo è ripreso da Giommaria Monti, *Falcone e Borsellino. La calunnia, il tradimento, la tragedia*, Editori Riuniti, Roma 2006.

51. IO PENSO SEMPRE A TE

L'ispirazione per la stesura del capitolo mi è venuta dopo la visione del bellissimo e toccante documentario di Davide Lorenzano, *L'abbraccio* (2020). Molti dei dettagli che ho utilizzato per costruire la scena sono ripresi da qui.

L'omicidio di Antonino Saetta e suo figlio Stefano è raccontato in Lillo Granata, "Agguato a mezzanotte", *L'Ora*, 26 settembre 1988; Saverio Lodato, "Torna il mitra contro i giudici", *l'Unità*, 27 settembre 1988; "Mafia scatenata, ucciso un giudice", *Corriere della Sera*, 27 settembre 1988; Giampaolo Pansa, "Due delitti annunciati", *la Repubblica*, 27 settembre 1988. Per la biografia del magistrato rimando anche a Carmelo Sciascia Cannizzaro, *Antonino Saetta. Il primo magistrato giudicante assassinato dalla mafia*, Paoline, Milano 2008.

52. BORSONE BLU

Il fallito attentato all'Addaura, vero e proprio spartiacque della biografia di Giovanni Falcone, coincide con il periodo più cupo della sua vita. Per raccontarlo ho consultato: Luca Tescaroli, *I misteri dell'Addaura. ...ma fu solo Cosa Nostra?*, Rubbettino, Soveria Mannelli 2001; Id., *Perché fu ucciso Giovanni Falcone*, Rubbettino, Soveria Mannelli 2001; Francesco La Licata, *Storia di Giovanni Falcone*, Feltrinelli, Milano 2002; Giuseppe Ayala, *Chi ha paura muore ogni giorno. I miei anni con Falcone e Borsellino*, Mondadori, Milano 2008; Attilio Bolzoni, *Parole d'onore*, BUR, Milano 2008; Luca Tescaroli, *Obiettivo Falcone. Dall'Addaura a Capaci. Misteri e storia di un delitto annunciato*, Rubbettino, Soveria Mannelli 2011; John Follain, *I 57 giorni che hanno sconvolto l'Italia. Perché Falcone e Borsellino dovevano morire?*, trad. it. di Lucilla Luni, Newton Compton, Roma 2012; Giuseppe Ayala, *Troppe coincidenze. Mafia, politica, apparati deviati, giustizia: relazioni pericolose e occasioni perdute*, Mondadori, Milano 2012; Claudio Martelli, *Ricordati di vivere*, Bompiani, Milano 2013 e Giovanni Bianconi, *L'assedio. Troppi nemici per Giovanni Falcone*, Einaudi, Torino 2017.

Vedi anche gli atti processuali sull'Addaura disponibili ai seguenti link: https://www.csm.it/web/csm-internet/aree-tematiche/giurisdizione-e-societa/mafie?show=true&title=Cosa%20Nostra&show_bcrumb=Cosa%20Nostra; e https://www.archivioantimafia.org/atti_falcone.php.

Andrea Purgatori ricostruisce la vicenda con Saverio Lodato nella puntata di *Atlantide* qui disponibile: https://www.la7.it/atlantide/video/il-fallito-attentato-delladdaura-a-giovanni-falcone-nella-ricostruzione-di-andrea-purgatori-con-05-05-2021-379546.

Per le prime impressioni di Falcone dopo l'Addaura, rimando alle interviste di Paolo Graldi, "Falcone racconta l'attentato", *Corriere della Sera*, 23 giugno 1989 e di Saverio Lodato, "Nella villa sul mare di Falcone", *l'Unità*, 10 luglio 1989.

L'episodio di Liliana Ferraro e della "bonifica" è tratto da Giovanni Bianconi, *L'assedio*, cit.

Dopo il fallito attentato all'Addaura, Giovanni Falcone si domandò davvero se non fosse il caso di separarsi da Francesca Morvillo, per cercare di proteggerla. La frase detta alla sorella Maria ("Io ormai sono un cadavere ambulante") esprime tutta l'inquietudine di quei giorni. Vedi Francesco La Licata, *Storia di Giovanni Falcone*, cit. e Maria Falcone, *Giovanni Falcone. Un eroe solo* (intervista con F. Barra), Rizzoli, Milano 2012.

Sulle congratulazioni di Andreotti per lo scampato pericolo, vedi la testimonianza di Mario Almerighi in Francesco La Licata, *Storia di Giovanni Falcone*, cit. e quella di Maria Falcone in *Giovanni Falcone*, cit.

Le citazioni in apertura di Giuseppe Tomasi di Lampedusa, segnalate dal corsivo, sono tratte dal *Gattopardo*, Feltrinelli, Milano 2002.

53. LO SCANNACRISTIANI

Ho raccontato il fallito attentato all'Addaura dal punto di vista di Riina e degli altri mafiosi basandomi sulle ricostruzioni, di Luca Tescaroli, *I misteri dell'Addaura. ...ma fu solo Cosa Nostra?*, Rubbettino, Soveria Mannelli 2001 e Id., *Perché fu ucciso Giovanni Falcone*, Rubbettino, Soveria Mannelli 2001; di Giuseppe Ayala, *Troppe coincidenze. Mafia, politica, apparati deviati, giustizia: relazioni pericolose e occasioni perdute*, Mondadori, Milano 2012; di John Follain, *I 57 giorni che hanno sconvolto l'Italia. Perché Falcone e Borsellino dovevano morire?*, trad. it. di Lucilla Luni, Newton Compton, Roma 2012; di John Dickie, *Mafia Republic. Cosa Nostra, camorra e 'ndrangheta dal 1946 a oggi*, trad. it. di Fabio Galimberti, Laterza, Roma-Bari 2016 e di Giovanni Bianconi, *L'assedio. Troppi nemici per Giovanni Falcone*, Einaudi, Torino 2017. Vedi anche i documenti processuali sull'attentato all'Addaura, messi a disposizione sul sito del CSM e su https://www.archivioantimafia.org, ai rispettivi link: https://www.csm.it/web/csm-internet/aree-tematiche/giurisdizione-e-societa/mafie?show=true&title=Cosa%20Nostra&show_bcrumb=Cosa%20Nostra; e https://www.archivioantimafia.org/atti_falcone.php.

Sugli strani movimenti vicino la scogliera il giorno prima dell'attentato e sulle informazioni emerse negli ultimi anni di indagini, vedi Attilio Bolzoni, "Addaura, nuova verità sull'attentato a Falcone", *la Repubblica*, 7 maggio 2010 e Id., "Fra topi, muffa ed escrementi le carte di Capaci e via D'Amelio", *la Repubblica*, 15 maggio 2010 e Luca Tescaroli, *Obiettivo Falcone. Dall'Addaura a Capaci. Misteri e storia di un delitto annunciato*, Rubbettino, Soveria Mannelli 2011; Giuseppe Ayala, *Troppe coincidenze*, cit.

54. L'UOMO CON LA PIPA

Per la conversazione tra Mario Almerighi e Giovanni Falcone ho preso ispirazione dalla testimonianza di Almerighi in Francesco La Licata, *Storia di Giovanni Falcone*, Feltrinelli, Milano 2002. È documentato che Falcone adorasse Valeria, la figlia piccola di Almerighi. I particolari dell'orso di pezza e delle battute affettuose li ho quindi costruiti certo di non fare torto a nessuno e anzi con l'idea di restituire al lettore la tenerezza di Falcone e la simpatia che la piccola Valeria nutriva per lui.

Sulle circostanze che portarono alla scissione di Unità per la costituzione e alla nascita del Movimento per la giustizia, vedi Giovanni Bianconi, *L'assedio. Troppi nemici per Giovanni Falcone*, Einaudi, Torino 2017.

I dissidi di Falcone con il procuratore Giammanco sono documentati in Giuseppe Ayala con Felice Cavallaro, *La guerra dei giusti. I giudici, la mafia, la politica*, Mondadori, Milano 1993; Francesco La Licata, *Storia di Giovanni Falcone*, cit.; Giuseppe Ayala, *Chi ha paura muore ogni giorno. I miei anni con Falcone e Borsellino*, Mondadori, Milano 2008 e Giovanni Bianconi, *L'assedio*, cit.

Sull'insediamento di Pietro Giammanco come procuratore capo di Palermo, rimando ad Attilio Bolzoni, "Palermo, Falcone dà il benvenuto al nuovo procuratore Giammanco", *la Repubblica*, 20 giugno 1990.

55. BATTAGLIA

Che nell'estate 1990, a Palermo, si tenesse una mostra su Letizia Battaglia è una mia congettura, ma giustificata dal fatto che il suo nome fosse ormai legato a quasi vent'anni di reportage in Sicilia. Non potevo non omaggiare in questo romanzo lo slancio etico, politico e civile con cui Battaglia ha sempre perseguito la sua arte. Per chi volesse conoscere meglio i suoi lavori citati nel capitolo, e non solo, rimando a Giovanni Calvenzi, *Letizia Battaglia. Sulle ferite dei suoi sogni*, Bruno Mondadori, Milano 2010; *Letizia Battaglia. Fotografia come scelta di vita*, a cura di Francesca Alfano Miglietti, Marsilio, Venezia 2019 e Letizia Battaglia e Sabrina Pisu, *Mi prendo il mondo ovunque sia. Una vita da fotografa tra passione civile e bellezza*, Einaudi, Torino 2020.

L'aneddoto su Battaglia e Boris Giuliano è tratto da Michela Tamburrino, "Sangue e gioia nelle foto di Letizia Battaglia", *La Stampa*, 23 novembre 2011.

Il riferimento all'amicizia tra Mario D'Acquisto, uomo vicino all'allora eurodeputato Lima, e Piero Giammanco si trova in Francesco La Licata, *Storia di Giovanni Falcone*, Feltrinelli, Milano 2002. Vedi anche Felice Cavallaro, *Sciascia l'eretico. Storia e profezie di un siciliano scomodo*, Solferino, Milano 2019 e Antonino Caponnetto, *I miei giorni a Palermo. Storie di mafia e di giustizia raccontate a Saverio Lodato*, Garzanti, Milano 1993.

La presenza di Giulio Andreotti e Nino Salvo all'hotel Zagarella durante un ricevimento elettorale nel 1979 è immortalata nella celebre foto leggermente sfocata di Letizia Battaglia e data alle cronache dall'articolo di Antonio Calabrò, "'Io in pensione? Nel Duemila ci sarò ancora...'",

L'Ora, 8 giugno 1979. Nel corso del "processo Andreotti", l'ex presidente del Consiglio negò sempre che esistesse un rapporto di amicizia tra lui e i Salvo. Vedi anche Attilio Bolzoni, "'Il senatore cenò con Nino Salvo'", *la Repubblica*, 16 dicembre 1993.

La mancata nomina di Falcone è raccontata in Francesco La Licata, *Storia di Giovanni Falcone*, cit. Vedi anche "Il CSM ora va a più sinistra", *L'Ora*, 3 luglio 1990 e Francesco Vitale, "Il giorno dopo la sconfitta. Falcone: 'Pago sempre io'", *L'Ora*, 3 luglio 1990.

56. TESTIMONE DI NOZZE

Per la scena dell'incontro all'Addaura, i particolari della pistola e della grappa alle pere, sono partito dalla testimonianza di Francesco La Licata contenuta in *Storia di Giovanni Falcone*, Feltrinelli, Milano 2002. La visita all'Addaura avvenne qualche tempo dopo il fallito attentato, mentre il passaggio di La Licata alla *Stampa* avvenne nella seconda metà degli anni ottanta. Gli episodi sono stati posticipati di diversi mesi per necessità narrativa.

Per quanto riguarda la pista eversiva sull'omicidio di Piersanti Mattarella, ho consultato Giovanni Bianconi, *L'assedio. Troppi nemici per Giovanni Falcone*, Einaudi, Torino 2017 e Giuseppe Lo Bianco e Sandra Rizza, *Ombre nere. Il delitto Mattarella tra mafia, neofascisti e P2*, Rizzoli, Milano 2018. Vedi anche Lirio Abbate e Paolo Biondani, "Piersanti Mattarella e Mario Amato uccisi dalla stessa pistola. 'Due delitti fascio-mafiosi'", *L'Espresso*, 23 dicembre 2019.

Sul caso di Giuseppe Pellegriti vedi Attilio Bolzoni, "Un grande imbroglio nato dietro le sbarre", *la Repubblica*, 6 ottobre 1989; Id., "Ecco la confessione di Pellegriti", *la Repubblica*, 13 ottobre 1989; Giuseppe Ayala con Felice Cavallaro, *La guerra dei giusti. I giudici, la mafia, la politica*, Mondadori, Milano 1993 e Francesco La Licata, *Storia di Giovanni Falcone*, cit.; Giuseppe Ayala, *Chi ha paura muore ogni giorno. I miei anni con Falcone e Borsellino*, Mondadori, Milano 2008.

Per l'intervento di Leoluca Orlando nella puntata di *Samarcanda* del 17 maggio 1990, ho seguito Francesco La Licata, *Storia di Giovanni Falcone*, cit. e Maria Falcone, *Giovanni Falcone. Un eroe solo* (intervista con F. Barra), Rizzoli, Milano 2012. Per la trascrizione del testo, vedi Giommaria Monti, *Falcone e Borsellino. La calunnia, il tradimento, la tragedia*, Editori Riuniti, Roma 2006.

57. DUOMO CONNECTION

Per costruire il capitolo ambientato a Milano sono partito da Ilda Boccassini, *La stanza numero 30. Cronache di una vita*, Feltrinelli, Milano 2021; Piero Colaprico, Luca Fazzo, Riccardo Mannelli, *Duomo connection. Indagine sulla fine della capitale morale*, Sisifo, Siena 1991; Mario Portanova, Giampiero Rossi, Franco Stefanoni, *Mafia a Milano. Sessant'anni di affari e delitti*, Editori Riuniti, Roma 1996.

Il viaggio in Argentina di Ilda Boccassini e Giovanni Falcone per un interrogatorio è del giugno 1991. Per necessità narrativa e per non spezzare la linearità del racconto, ho immaginato che fosse accaduto nell'estate del '90, prima della sentenza di Corte d'assise del Maxiprocesso.

58. SECONDO GRADO

Il *j'accuse* di Antonino Caponnetto è ripreso dal suo libro *I miei giorni a Palermo. Storie di mafia e di giustizia raccontate a Saverio Lodato*, Garzanti, Milano 1993.

Nella sezione "Documenti" sul sito della Fondazione Falcone sono a disposizione gli atti principali del Maxiprocesso, tra cui la sentenza della Corte d'appello. Vedi https://www.fondazionefalcone.org/Maxiprocesso/.

Sulla sentenza di secondo grado del Maxiprocesso rimando ad Alfonso Giordano, *Il Maxiprocesso venticinque anni dopo. Memoriale del Presidente*, Bonanno, Acireale 2011.

Per la reazione di Falcone alla sentenza e alle dichiarazioni di Vincenzo Palmegiano, vedi Attilio Bolzoni, "'Io non lotto, faccio solo sentenze'", *la Repubblica*, 12 dicembre 1990.

59. MA QUALE MAFIA

Per costruire la scena sulla sentenza di scarcerazione emessa dalla prima sezione della Corte d'appello presieduta da Corrado Carnevale nel febbraio 1991 e sul decreto legge preparato in risposta da Claudio Martelli ho consultato Giovanni Bianconi, *L'assedio. Troppi nemici per Giovanni Falcone*, Einaudi, Torino 2017; Attilio Bolzoni e Giuseppe D'Avanzo, *La giustizia è Cosa nostra. Il caso Carnevale tra delitti e impunità*, Mondadori, Milano 1995; Corrado Carnevale e Andrea Monda, *Un giudice solo. Una vicenda esemplare*, Marsilio, Venezia 2006 e Claudio Martelli, *Ricordati di vivere*, Bompiani, Milano 2013.

Tra la scarcerazione, il decreto legge del governo che di fatto annullò il verdetto della Cassazione e il ritorno in cella passarono circa tre settimane. La riconvocazione in questura non avvenne quindi nello stesso giorno dell'intervista televisiva concessa da Michele Greco al giornalista Lino Jannuzzi. Qui ho accorciato i tempi per dare più linearità al racconto. Riguardo a questo episodio, vedi Giovanni Bianconi, *L'assedio*, cit.; Giuseppe Lo Bianco, "Il 'maxi' in fumo. Tutti liberi i boss", *L'Ora*, 12 febbraio 1991; Attilio Bolzoni, "Escono dal carcere i mafiosi 'graziati'", *la Repubblica,* 19 febbraio 1991; Umberto Rosso, "Il 'Papa' sotto scorta", *la Repubblica*, 28 febbraio 1991; Id. "'Io, Michele Greco un sequestrato come Cesare Casella'", *la Repubblica*, 1 marzo 1991.

Le domande di Lino Jannuzzi a Greco sono costruite a partire dalle fonti a disposizione.

Parte delle dichiarazioni di Michele Greco al giornalista sono in realtà frasi che pronunciò dopo il primo arresto e durante il Maxiprocesso, come si può leggere in Saverio Lodato, *Quarant'anni di mafia. Storia di una guerra infinita*, Rizzoli, Milano 2012.

Il riferimento alle "mangiate" e alle "parlate" nel fondo Favarella è tratto da Attilio Bolzoni, *Parole d'onore*, BUR, Milano 2008.

I passaggi con cui si arrivò al decreto d'urgenza del ministro Martelli sono descritti con dovizia di particolari in Giovanni Bianconi, *L'assedio*, cit. Vedi anche Silvana Mazzocchi, "Troppo pericolosi per tornare liberi", *la Repubblica*, 26 febbraio 1991.

Sul trasferimento di Giovanni Falcone a Roma, Giovanni Bianconi scrive in *L'assedio*, cit.: "La decisione di trasferirsi al ministero arrivò nel mezzo della bufera provocata dai mafiosi tornati in libertà. Alimentata dalla scoperta che era stato inserito nella lista degli imputati da scarcerare anche un certo Giuseppe Lucchese, per il quale i termini di custodia cautelare non erano scaduti, al pari di altri due boss." Vedi anche le dichiarazioni rilasciate in quei giorni da Falcone ad Attilio Bolzoni: "Falcone: 'Non me ne vado per paura'", *la Repubblica*, 1 marzo 1991.

60. ESERCIZI DI NORMALITÀ

Per il racconto delle prime settimane di Falcone a Roma, l'amicizia con Liliana Ferraro, il confronto tra Falcone e Borsellino sulla Superprocura, sono partito da Giovanni Bianconi, *L'assedio. Troppi nemici per Giovanni Falcone*, Einaudi, Torino 2017.

La frase di Falcone sul finire a occuparsi di furti di elettricità è ripresa dall'intervista al giudice di Marcelle Padovani in *Cose di Cosa Nostra*, BUR, Milano 1991.

I compiti del procuratore nazionale antimafia, detto superprocuratore, che Falcone legge a Borsellino sono ripresi dal testo del decreto legge che sarà poi convertito in legge il 20 novembre 1991, qui consultabile: https://www.senato.it/service/PDF/PDFServer/DF/269154.pdf.

61. CENERENTOLA

L'episodio con cui si apre il capitolo – i colpi d'arma da fuoco esplosi contro gli agenti di scorta che presidiavano la villa sull'Appia dove abitava Martelli – è citato in Claudio Martelli, *Ricordati di vivere*, Bompiani, Milano 2013 e Giovanni Bianconi, *L'assedio. Troppi nemici per Giovanni Falcone*, Einaudi, Torino 2017.

Per la vita romana di Falcone con Sinisi e le dinamiche interne agli uffici del ministero di Grazia e giustizia, ho consultato Francesco La Licata, *Storia di Giovanni Falcone*, Feltrinelli, Milano 2002 e Giovanni Bianconi, *L'assedio*, cit.

Sulle invettive di Corrado Carnevale contro Falcone, rimando ad Attilio Bolzoni, "'Falcone? Un cretino'", *la Repubblica*, 21 gennaio 1995; ad Attilio Bolzoni e Giuseppe D'Avanzo, *La giustizia è Cosa nostra. Il caso Carnevale tra delitti e impunità*, Mondadori, Milano 1995; a Corrado Carnevale e Andrea Monda, *Un giudice solo. Una vicenda esemplare*, Marsilio, Venezia 2006 e ad Attilio Bolzoni, "La toga ammazzaprocessi che non credeva alla Cupola", *la Repubblica*, 31 ottobre 2002.

Sulla rotazione tra le diverse sezioni della Corte di Cassazione, e la proposta fatta da Carnevale di mettere Pasquale Vincenzo Molinari a capo del collegio giudicante per la sentenza di Cassazione del Maxiprocesso di Palermo, rimando ad Attilio Bolzoni e Giuseppe D'Avanzo, *La giustizia è Cosa nostra*, cit. e Giovanni Bianconi, *L'assedio*, cit. La comunicazione che sarebbe stato Molinari a presiedere il collegio Carnevale la dette inizialmente nel corso di una riunione della prima sezione penale convocata da Antonio Brancaccio, senza che Molinari fosse stato consultato né avvertito della sua intenzione. Solo dopo, in un incontro privato, affrontarono la questione di persona.

62. NON DIRLO MAI

Per la lettera dei sessantatré magistrati contro l'istituzione della Superprocura, per le critiche di Bertoni, di Caliendo, di Cicala, di Paciotti, e il conseguente disappunto di Falcone, mi sono basato su "Martelli accusa la Barreca: 'Adesso ho la prova...'", *la Repubblica*, 30 ottobre 1991; Franco Coppola, "I magistrati tentano di silurare la Superprocura", *la Repubblica*, 29 ottobre 1991; Francesco La Licata, *Storia di Giovanni Falcone*, Feltrinelli, Milano 2002 e Giovanni Bianconi, *L'assedio. Troppi nemici per Giovanni Falcone*, Einaudi, Torino 2017.

63. IN ONDA

Il capitolo è incentrato sulla puntata del *Maurizio Costanzo Show* del 26 settembre 1991, che, in occasione della serata in onore dell'imprenditore Libero Grassi – assassinato dalla mafia il mese prima –, andò in onda in contemporanea con *Samarcanda*. La trascrizione completa della puntata si può trovare in Salvatore Costantino e Gianfranco Badami, *Et lux fuit? La lunga notte di Samarcanda. Un'analisi critica*, Giappichelli, Torino 1992.

Per il retroscena della puntata, la defezione all'ultimo minuto di Martelli, l'agitazione di Falcone e "i litri di Maalox", la presenza di Sinisi dietro le quinte del programma, le dichiarazioni di Leoluca Orlando, la discussione con Alfredo Galasso in diretta, sono partito da Francesco La Licata, *Storia di Giovanni Falcone*, Feltrinelli, Milano 2002.

Per necessità interne al racconto, ho postdatato di un mese la puntata del *Maurizio Costanzo Show* rispetto alla lettera dei sessantatré firmatari contro la Superprocura; infine, sempre per rendere compatta la scena, rispetto alla puntata originale ho dato immediatamente spazio allo scambio acceso tra Galasso e Falcone, tralasciando una domanda del pubblico e altri interventi degli ospiti.

L'audio della trasmissione è ascoltabile a questo link: https://www.radioradicale.it/scheda/43914/samarcanda-e-costanzo-show-sullassassinio-di-libero-grassi.

Per approfondire la storia di Libero Grassi, rimando a Marcello Ravveduto, *Libero Grassi. Storia di un'eresia borghese*, Feltrinelli, Milano 2012.

64. BOTTE DI FERRO

L'incontro tra Messina Denaro ed Enrico Gaito è citato da Giovanni Bianconi in *L'assedio. Troppi nemici per Giovanni Falcone*, Einaudi, Torino

2017, che a sua volta si è basato sulla deposizione dell'avvocato Enzo Gaito nel procedimento a carico di Corrado Carnevale. Nei procedimenti per il reato di concorso esterno in associazione mafiosa Gaito fu prosciolto in primo grado, condannato in secondo e infine assolto dalla Corte di Cassazione.

Per l'omicidio di Antonino Scopelliti, ancora oggi senza colpevoli, vedi Antonio Cipriani, "La mafia uccide un giudice in Calabria", *l'Unità*, 10 agosto 1991; F. Diano, "Scopelliti lavorava già al Maxiprocesso", *L'Ora*, 10 agosto 1991; Felice Cavallaro, "Esecuzione firmata dalla mafia", *Corriere della Sera*, 10 agosto 1991.

La carriera del magistrato Scopelliti, i mesi precedenti l'omicidio, l'esecuzione a Campo Calabro e le indagini sono raccontati da Aldo Pecora in *Primo sangue*, Rizzoli, Milano 2010.

65. SUPERCOSA

Le riunioni dei capimafia, la costituzione della Supercosa e la discussione dei possibili obiettivi di attentato sono raccontati in Giovanni Bianconi, *L'assedio. Troppi nemici per Giovanni Falcone*, Einaudi, Torino 2017 sulla base delle deposizioni e degli interrogatori dei collaboratori di giustizia Vincenzo Sinacori, Antonino Giuffrè e Giovanni Brusca. Sull'affiliazione di Salvatore Cancemi da parte di Vittorio Mangano, vedi Corrado De Rosa e Laura Galesi, *Mafia da legare. Pazzi sanguinari, matti per convenienza, finte perizie, vere malattie: come Cosa nostra usa la follia*, Sperling & Kupfer, Milano 2014.

66. UN BEL PROBLEMA

Per la sentenza finale della Corte di cassazione sul Maxiprocesso, vedi Alexander Stille, *Nella terra degli infedeli. Mafia e politica nella Prima Repubblica*, trad. it. di Paola Mazzarelli, Mondadori, Milano 1995; Alfonso Giordano, *Il Maxiprocesso venticinque anni dopo. Memoriale del Presidente*, Bonanno, Acireale 2011; Giovanni Bianconi, *L'assedio. Troppi nemici per Giovanni Falcone*, Einaudi, Torino 2017 e Attilio Bolzoni e Giuseppe D'Avanzo, *La giustizia è Cosa nostra. Il caso Carnevale tra delitti e impunità*, Mondadori, Milano 1995.

67. LA DOLCE VITA

La riunione della Supercosa alla fontana di Trevi, il recupero delle armi, i pedinamenti e la scelta degli obiettivi, sono raccontati da Giovanni Bianconi in *L'assedio. Troppi nemici per Giovanni Falcone*, Einaudi, Torino 2017. Per scrivere il capitolo mi sono basato sulla sua attenta ricostruzione dei fatti.

68. PRONOSTICI

L'articolo di Vincenzo Geraci "Vinca l'indipendenza" fu pubblicato dal *Giornale* il 26 febbraio 1992. Per un inquadramento dell'articolo rispetto a quei giorni, vedi, tra gli altri, Francesco La Licata, *Storia di Giovanni Falcone*, Feltrinelli, Milano 2002 e Giommaria Monti, *Falcone e Borsellino. La calunnia, il tradimento, la tragedia*, Editori Riuniti, Roma 2006.

69. SCHERMAGLIE

Nel capitolo, per il dialogo tra Falcone e Martelli, per i riferimenti alle dinamiche politiche e quelle interne al CSM nel febbraio-marzo 1992, mi sono servito delle testimonianze e dei resoconti contenuti in Francesco La Licata, *Storia di Giovanni Falcone*, Feltrinelli, Milano 2002 e in Giovanni Bianconi, *L'assedio. Troppi nemici per Giovanni Falcone*, Einaudi, Torino 2017.

70. SENZA ASSOLUZIONE

Per raccontare le ore precedenti all'omicidio e l'esecuzione di Salvo Lima sono partito dagli articoli di cronaca di quei giorni, come "La mafia alle urne, ucciso Lima", *Corriere della Sera*, 13 marzo 1992; Felice Cavallaro, "Ore 9.40. morte dell'"intoccabile"", *Corriere della Sera*, 13 marzo 1992; Saverio Lodato, "Terremoto mafioso: ucciso Lima", *l'Unità*, 13 marzo 1992; Lucio Luca, "'L'ho visto morire sotto i miei occhi'", *la Repubblica*, 14 marzo 1992, e dal libro di Giovanni Bianconi, *L'assedio. Troppi nemici per Giovanni Falcone*, Einaudi, Torino 2017.

71. BASTA MEDIATORI

La reazione allarmata di Falcone all'omicidio Lima, l'irruzione nell'ufficio di Giannicola Sinisi, la profonda inquietudine confessata a Liliana Ferraro e Claudio Martelli, la visita dei due colleghi del CSM, Falcone sacrificato sull'altare del compromesso politico, sono tutti episodi testimoniati in Francesco La Licata, *Storia di Giovanni Falcone*, Feltrinelli, Milano 2002 e in Giovanni Bianconi, *L'assedio. Troppi nemici per Giovanni Falcone*, Einaudi, Torino 2017.

72. NATO DUE VOLTE

Per raccontare il pranzo di compleanno di Giovanni Falcone a Palermo con i colleghi di vecchia data e della nuova guardia sono partito da Umberto Lucentini, con Agnese, Lucia, Manfredi e Fiammetta Borsellino, *Paolo Borsellino. Il valore di una vita*, Mondadori, Milano 1994; da Gian Carlo Caselli e Antonio Ingroia, *L'eredità scomoda. Da Falcone ad Andreotti, sette anni a Palermo*, Feltrinelli, Milano 2001; da Giorgio Bongiovanni, Lorenzo Baldo, Antonio Ingroia, *Gli ultimi giorni di Paolo Borsellino*, Aliberti, Reggio Emilia 2010; Antonio Ingroia, *Nel labirinto degli dèi. Storie di mafia e di antimafia*, il Saggiatore, Milano 2010 e da Agnese Borsellino con Salvo Palazzolo, *Ti racconterò tutte le storie che potrò*, Feltrinelli, Milano 2013.

Il compleanno al ristorante si tenne il 18 maggio 1992, ma alcuni degli eventi citati nel capitolo, come, per esempio, Borsellino che ottiene quarantasette voti allo scrutinio dell'elezione del presidente della Repubblica italiana, avverranno nei giorni successivi.

Il riferimento alla morte del padre e del nonno di Borsellino a cinquantadue anni è citato in Umberto Lucentini, con Agnese, Lucia, Manfredi e Fiammetta Borsellino, *Paolo Borsellino*, cit. L'amara frase di Borsellino "Complimenti. Ti invidio molto. Non so se io ci riuscirò" è riportata in Giorgio Bongiovanni, Lorenzo Baldo, Antonio Ingroia, *Gli ultimi giorni di Paolo Borsellino*, cit. e in Antonio Ingroia, *Nel labirinto degli dèi*, cit.

Il trasferimento di Francesca a Roma nella commissione esaminatrice degli uditori giudiziari è documentato in John Follain, *I 57 giorni che hanno sconvolto l'Italia. Perché Falcone e Borsellino dovevano morire?*, trad. it. di Lucilla Luni, Newton Compton, Roma 2012 e in Giovanni Bianconi, *L'assedio. Troppi nemici per Giovanni Falcone*, Einaudi, Torino 2017.

La passione di Falcone per la torta di fragole e panna è citata in Maria e Anna Falcone con Leone Zingales, *Giovanni Falcone. Un uomo normale*, Aliberti, Reggio Emilia 2007.

Sulle elezioni al Quirinale del 1992 e il nome di Borsellino tra i votati, la data di nascita di Falcone registrata all'anagrafe due giorni dopo, il "secondo compleanno" con Ayala a Roma, vedi Giovanni Bianconi, *L'assedio*, cit.

Il libro *Cose di Cosa Nostra*, scritto da Giovanni Falcone con Marcelle Padovani, uscì per Rizzoli nel novembre 1991.

Il progetto della trasmissione *Lezioni di mafia* nacque nel 1992 dall'incontro tra l'allora direttore del Tg2 Alberto La Volpe e Giovanni Falcone. L'inizio del programma era fissato per giovedì 28 maggio. Dopo l'epilogo di Capaci La Volpe decise di andare in onda lo stesso, il 16 giugno 1992, ma con una sedia vuota al centro dello studio. Su questo aneddoto, rimando alla testimonianza di Alberto La Volpe, qui disponibile: https://www.rainews.it/archivio-rainews/media/Capaci-23-maggio-1992-Alberto-La-Volpe-Lezioni-di-mafia-e-quella-sedia-vuota-24ae98c9-2817-4ef0-b372-3aed14a2863d.html.

73. VIAGGIO D'AMORE

Sull'intenzione di Giovanni Falcone e di Francesca Morvillo di assistere alla tradizionale mattanza dei tonni a Favignana, vedi Francesco La Licata, *Storia di Giovanni Falcone*, Feltrinelli, Milano 2002.

La telefonata e il dialogo tra Falcone e Francesco La Licata sono stati scritti a partire da *Storia di Giovanni Falcone*, cit.

L'aneddoto sull'accendino Dunhill e il proposito di Falcone di smettere di fumare sono testimoniati da Pietro Grasso in *Liberi tutti. Lettera a un ragazzo che non vuole morire di mafia*, Sperling & Kupfer, Milano 2012.

74. LA CARNE È ARRIVATA

Per la pianificazione e le prove generali da parte di Cosa nostra per l'attentato di Capaci, sono partito dai testi di Giovanni Bianconi e Gaetano Savatteri, *L'attentatuni. Storia di sbirri e di mafiosi*, Mondadori, Milano 2006; di Giovanni Bianconi, *L'assedio. Troppi nemici per Giovanni Falcone*, Einaudi, Torino 2017; Luca Tescaroli, *Obiettivo Falcone. Dall'Addaura a Capaci. Misteri e storia di un delitto annunciato*, Rubbettino, Soveria Mannelli 2011 e di Saverio Lodato, *Ho ucciso Giovanni Falcone. La confessione di Giovanni Brusca*, Baldini&Castoldi, Milano 1998.

La conferenza all'istituto Gonzaga si tenne l'8 maggio: nel capitolo mi serviva per spiegare uno dei modi con cui i mafiosi tenevano sotto controllo gli spostamenti di Falcone, ed è stata posticipata di qualche giorno; vedi Giovanni Bianconi, *L'assedio*, cit.

Su Antonino Galliano, nipote del boss Raffaele Ganci, vedi "L'attentato di via D'Amelio. 'Sentiti 'u buotto'", *Gazzetta del Sud*, 10 luglio 2014.

Sui bombardamenti americani in Sicilia nel 1943 rimando a Enrico Deaglio, *Il raccolto rosso 1982-2010. Cronaca di una guerra di mafia e delle sue tristissime conseguenze*, il Saggiatore, Milano 2010.

Vedi anche Alessandro Bellomo e Clara Picciotto, *Bombe su Palermo. Cronaca degli attacchi aerei 1940-1943*, Associazione culturale Italia, Genova 2008 e Amelia Crisantino, "Le bombe del 9 maggio 1943 che distrussero Palermo", *la Repubblica*, 9 maggio 2013.

Il particolare di Totò Riina chiuso in casa a guardare con il figlio le regate dell'America's Cup è tratto da Giovanni Bianconi, *L'assedio*, cit.

75. SOLO È IL CORAGGIO

Per raccontare la strage di Capaci ho consultato Giovanni Bianconi, *L'assedio. Troppi nemici per Giovanni Falcone*, Einaudi, Torino 2017; Luca Tescaroli, *Obiettivo Falcone. Dall'Addaura a Capaci. Misteri e storia di un delitto annunciato*, Rubbettino, Soveria Mannelli 2011; Giovanni Bianconi e Gaetano Savatteri, *L'attentatuni. Storia di sbirri e di mafiosi*, Baldini&Castoldi, Milano 1998; Giorgio Bongiovanni, Lorenzo Baldo, Antonio Ingroia, *Gli ultimi giorni di Paolo Borsellino*, Aliberti, Reggio Emilia 2010; Attilio Bolzoni e Francesco Viviano, "Capaci 23 maggio 1992. Dettagli di una strage ore 17:56':48", *la Repubblica*, 22 maggio 2012; Angelo Corbo, *Strage di Capaci, paradossi, omissioni ed altre dimenticanze. Intervista di Domenico Billotta*, Diple, Figline e Incisa Valdarno 2016; Saverio Lodato, *Ho ucciso Giovanni Falcone. La confessione di Giovanni Brusca*, Mondadori, Milano 2017 e Nando dalla Chiesa, *Una strage semplice*, Melampo, Milano 2017.

Sulla visita che Giovanni Falcone e Francesca Morvillo avrebbero dovuto fare a Maria Falcone il pomeriggio del 23 maggio 1992, vedi Francesco La Licata, *Storia di Giovanni Falcone*, Feltrinelli, Milano 2002.

Antonio Vassallo racconta quella giornata (l'arrivo in motorino pochi minuti dopo l'esplosione, i flash monouso venduti a Giovanni Battaglia, il giallo delle foto) in questa preziosa testimonianza video raccolta durante una visita a Capaci di una scolaresca: https://www.youtube.com/watch?v=2at7GxE4AxI. Vedi anche Francesco Cortese, "I misteri della strage di Capaci, un testimone: 'Le mie foto scomparse dopo l'attentato'", in *Fanpage.it*, https://www.fanpage.it/attualita/i-misteri-della-strage-di-capaci-un-testimone-le-mie-foto-scomparse-dopo-lattentato/.

Sul vicino di casa di Antonio Vassallo, Adriana Falsone, "Mafiosi da legare. Quando il boss arrestato disse: 'Sono Napoleone'", *la Repubblica*, 17 maggio 2013.

I primi soccorsi e la vicenda di Salvatore Gambino, il primo testimone che si trovava con la macchina a pochi metri dell'esplosione, sono raccontati in "Sangue, panico e un 'muro d'asfalto': cosa ho visto coi miei occhi quel giorno a Capaci", *Vice*, 23 maggio 2016, https://www.vice.com/it/article/9k73dy/intervista-primo-testimone-strage-capaci.

Sugli agenti presenti quel giorno, sul fatto che nessuno in quei mesi volesse fare da scorta a Falcone, rimando all'intervista ad Angelo Corbo sul periodico online *Antimafia Duemila*, qui disponibile: https://www.antimafiaduemila.com/home/rassegna-stampa-sp-2087084558/cronache-italia/78946-strage-di-capaci-intervista-ad-angelo-corbo.html.

Nei giorni successivi alla morte di Francesca Morvillo, fra le corsie dell'ospedale di Palermo circolava la voce che le sue ultime parole fossero state quelle riportate in questo capitolo: "Dov'è Giovanni?", versione, questa, condivisa anche da Isabella Bossi Fedrigotti (come si può leggere in questo articolo online sul portale di *Reti di giustizia*, "'Erano nostri amici, lei disse «rimarrò a Roma», poi per amore tornò a Palermo con lui.' Mariella racconta le ultime ore dei due giudici", https://www.retidigiustizia.it/leggi-e-diritto/erano-nostri-amici-lei-disse-rimarro-a-roma-poi-per-amore-torno-a-palermo-con-lui-mariella-racconta-le-ultime-ore-dei-due-giudici-p). Pur non avendo ottenuto in merito conferme ufficiali, mi è sembrato giusto inserire nel romanzo questo estremo sospiro, assolutamente coerente con l'amore che ha sempre espresso verso suo marito Giovanni e che, ne sono certo, l'ha accompagnata fino all'ultimo istante di vita. Sulla morte di Francesca Morvillo vedi anche Francesco Viviano, "Due ore di agonia per la moglie del giudice", *la Repubblica*, 23 maggio 1992.

Per la scena di Paolo Borsellino raggiunto dalla notizia dell'attentato mentre si stava facendo i capelli sono partito da due videointerviste rilasciate dal suo barbiere Salvatore Biondo, una al programma *Siamo noi* di TV2000, https://www.youtube.com/watch?v=6QPWL0dWcQs e un'altra a *BlogSicilia.it*, https://www.youtube.com/watch?v=DqeudumjGss. Vedi anche Fiammetta Borsellino con Salvo Palazzolo, *Ti racconterò tutte le storie che potrò*, Feltrinelli, Milano 2013.

Ho scritto la chiusa del capitolo, con la drammatica telefonata di Antonino Caponnetto e con Paolo Borsellino in lacrime, basandomi su quanto riportato in Giorgio Bongiovanni, Lorenzo Baldo, Antonio Ingroia, *Gli ultimi giorni di Paolo Borsellino*, Aliberti, Reggio Emilia 2010, e sulle parole commosse dello stesso Borsellino contenute in un servizio del compianto David Sassoli, qui visionabile: https://www.raiplay.it/video/2020/07/28-anni-fa-Via-DAmelio-Le-parole-di-Borsellino-una-settimana-dopo-la-morte-di-Falcone--32412fa5-8cfe-4696-8f43-85c608245b57.html. Ho raccontato quei momenti serbando nel cuore la tristezza e il dolore immenso che deve aver provato un uomo a cui era stato sottratto nel più barbaro dei modi il suo amico più caro. Un uomo consapevole che di lì a poco lo stesso destino sarebbe toccato a lui. Nell'atto finale, quando idealmente si chiudono le quinte, ho voluto che Paolo Borsellino fosse ritratto da solo con il proprio dolore. Da solo, soprattutto, con il proprio coraggio.

CREDITI

Per le citazioni alle pp. 188 e 189
Sant'Agostino, *Le confessioni* © 1954 RCS Rizzoli Libri S.p.A. © 2018 Mondadori Libri S.p.A., Milano per BUR Rizzoli

Per la citazione a p. 339
Francesco La Licata, *Storia di Giovanni Falcone* © Giangiacomo Feltrinelli Editore Milano. Prima edizione nell'"Universale Economica" maggio 2002

Per le citazioni alle pp. 100 e 102
The Freeze, written by Gary Kemp, published by Reformation Publishing Company Ltd
Sub Editore per l'Italia: Café Concerto International srl – Via G. Revere 9 – 20123 Milano – Italy. All rights reserved

Per le citazioni alle pp. 375 e 376
Città vuota (*It's a Lonely Town*)
Testo originale e Musica di D. Pomus, M. Shuman – Testo italiano di G. Cassia
© 1965 by Mort Shuman Songs LLP / Pomus Songs Inc.
Su licenza di Warner Music Publishing Italy S.r.l.

Per le citazioni alle pp. 159 e 169
You Must Believe in Spring (*Chanson De Maxence*)
Testo di Jacques Demy – Musica di Michel Legrand
© 1967 by Warner Chappell Music France SA / Universal Music Publishing MGB France. Su licenza di Warner Chappell Music Italiana S.r.l. e di Hal Leonard LLC (US) thru Hal Leonard Europe BV (Italy) ciascuno per la propria quota del 50%
Testo inglese adattato di Alan Bergman e Marilyn Bergman

Per le citazioni a p. 378
A Hard Day's Night
Words and Music by John Lennon and Paul McCartney
© 1964 (Renewed) Sony Music Publishing (US) LLC
International Copyright Secured - All Rights Reserved Riprodotto su autorizzazione di Hal Leonard LLC (US) thru Hal Leonard Europe BV (Italy)

INDICE

Finito di stampare nel mese di aprile 2022 presso
Elcograf S.p.A. – Stabilimento di Cles (TN)

Printed in Italy